BASTEI LÜBBE

Gayle Lynds

MASKERADE

Psycho-Thriller

Ins Deutsche übertragen
von Susanne Zilla

BASTEI
LÜBBE

BASTEI LÜBBE TASCHENBUCH
Band 13 911

Erste Auflage: November 1997
Zweite Auflage: September 1998

Deutsche Lizenzausgabe 1997 by
Bastei-Verlag Gustav H. Lübbe GmbH & Co.,
Bergisch Gladbach
Originaltitel: Masquerade
Lektorat: Stefanie Rahnfeld / Dr. Edgar Bracht
Titelbild: Mauritius-Bildagentur
Umschlaggestaltung: QuadroGrafik, Bensberg
Satz: KCS, GmbH, Buchholz / Hamburg
Druck und Verarbeitung: Brodard & Taupin,
La Flèche, Frankreich
Printed in France

ISBN 3-404-13911-9

Der Preis dieses Bandes versteht sich einschließlich der gesetzlichen Mehrwertsteuer.

Für Dennis, in Liebe

Für ihren Rat und ihre Hilfe möchte ich mich ganz besonders bei folgenden Personen bedanken: dem ehemaligen Geheimagenten Philip Shelton, der Sprachpathologin Karyn Lewis Searcy, M.A. C.C.C., dem Spionageexperten und Schriftsteller Michael Kurland, dem Redakteur Fred Klein und Linda Tesar, Ph.D., Department of Economics, University of California in Santa Barbara.

Für ihre großzügige Hilfe und ihre Analysen bin ich Julia Cunningham, Nancy Fischer, Bina Garfield, Gary Gulbransen, Susan Miles Gulbransen, Sheila Johnson, Ken Kuhlken, Dennis Lynds, Christine McNaught und Katy Peake zu Dank verpflichtet.

Und schließlich gilt mein tief empfundener Dank Danny Baror dafür, daß er so früh schon daran geglaubt hat, Judy Kern für ihr unfehlbares Lektorenauge und dem außergewöhnlichen Henry Morrison für sein Verständnis und seine Ideen, seine Geduld und seine Freundlichkeit.

Gewißheit beruht auf dürftigeren Beweisen als den meisten von uns klar ist.

ELLEN J. LANGER, Ph.D.,
Psychologin in Harvard,
Autorin von *Mindfulness*

TEIL 1

Liz Sansborough

1

Die Vergangenheit entglitt ihr. Eines Morgens wachte sie auf und sah fremde Möbel im Zimmer. Der Mann sagte: »Das gehört alles dir. Weißt du das nicht mehr?« Sie wußte es nicht mehr, aber es war zu anstrengend, das auszusprechen. Sie war erschöpft und durcheinander, und alles tat ihr weh. Ihr Kopf fühlte sich an, als ob er jeden Moment explodieren würde. Etwas später wußte sie nicht mehr, wo sie war, und schließlich auch nicht mehr, wer sie war.

»Du weißt nicht mehr, wie du heißt?« sagte er.

»Nein.« Schmerz pochte erbarmungslos hinter ihren Augen.

»Bald wirst du es wieder wissen«, sagte er. »Schon bald, das verspreche ich dir. Jetzt ruh dich nur aus, mein schöner Schatz.«

Mit dem Leiden schwand auch ihre Kraft. Ihre Hände zitterten. Ihre Lippen bebten. Sie ging nie an die Tür, wenn es klingelte, und auch das Telefon nahm sie nicht ab. Sie setzte sich nie ans Fenster oder an den Schreibtisch. Sie mißtraute der Welt. Bis auf die Stimme des Mannes lebte sie in völliger Stille. Sie horchte in sich hinein, um herauszufinden, wer sie war.

Der Mann gab ihr Medikamente. Er fütterte sie wie ein Baby. Er zog sie aus und wusch sie. Sie war hilflos. Alles was sie hatte, war dieser Mann und ein Gefühl des Verlustes, das sie tief im Innersten ihres Wesens erschütterte.

Schlaf war ihre Erlösung. Sie blieb im Bett. Die Zeit blieb stehen.

Der Mann gab ihr andere Tabletten.

Sie fühlte sich besser. Stärker.

Er sagte ihr, er hieße Gordon. »Erinnerst du dich immer noch nicht an mich, Liz, mein Schatz?«

»Ich wünschte –« sie stockte, die Worte waren verloren, die Gedanken vergessen.

Sonnenlicht strömte zum Fenster herein. Eine frische, salzige Brise fuhr durch ihr Nachthemd. Sie hielt sich an den Möbeln fest und schleppte sich durchs Wohnzimmer.

»Du bist Gordon?«

»Ja, Schatz.«

»Du hast gesagt, ich hieße Liz.«

»Liz Sansborough.« Er lächelte sie an und schien sich zu freuen. »Jetzt wirst du schon bald wieder ganz du selbst sein.«

Liz Sansborough. Sie wiederholte den Namen in Gedanken wieder und wieder. Überall und zu jeder Zeit schien sie ihn zu hören. Er pochte im gleichen Rhythmus wie ihr Herz.

An dem Tag, da sie sich selbst anziehen konnte, fragte sie: »Gordon, was ist mit mir passiert?«

»Es war vor acht oder neun Wochen«, sagte er. »Du bist ausgerutscht und von einer Klippe gestürzt. Du bist auf die Felsen direkt an der Brandung gefallen. Es war furchtbar, Schatz. Du hast dir nichts gebrochen, aber du hast dir den Kopf angeschlagen.«

Sie verzog das Gesicht.

»Du hattest eine schwere Gehirnerschütterung und

dann eine Art Gehirnentzündung. Der Arzt sagt, so etwas kann passieren. Daß sich das Gewebe nach einer Kopfverletzung entzündet, meine ich. Die Entzündung hat deine Amnesie verursacht.«

»Ich leide unter Amnesie«, sagte sie benommen. »Natürlich. Amnesie.«

Ein Fremder war im Zimmer. Sie wachte schweißgebadet auf und geriet in Panik.

»Erinnern Sie sich an mich, Liz?« Er kam im grauen Licht des Morgens auf sie zu und trug etwas, das wie ein kleiner Koffer aussah.

»Ich ... glaube ja. Wer –?«

»Ich bin Ihr Arzt. Ich heiße Allan Levine.« Er war groß und bleich, aber seine Stimme klang freundlich. Er stellte die Tasche ab und lächelte. »Ich bin ein paar Tage nicht hier gewesen.« Er maß ihren Blutdruck und Puls. »Alles hat sich wieder normalisiert. Daß Sie aufgewacht sind, als ich gekommen bin, ist ein Zeichen dafür, daß Sie schon viel wacher sind.« Er horchte ihre Herztöne ab. Er lächelte, aber er arbeitete mit mikroskopischer Präzision. Sie war sich nicht sicher, ob ihr das gefiel.

»Wann werde ich mich wieder an mein Leben erinnern können?«

»Ich weiß es nicht. Aber machen Sie sich darüber nicht zu viele Sorgen.« Er packte sein Stethoskop ein. »Ich habe Neuigkeiten, die Ihnen gefallen werden. Zuerst einmal geht es Ihnen so viel besser, daß ich nur noch einmal pro Woche kommen werde. Und zweitens brauchen Sie nur noch eine Tablette pro Tag zu nehmen.«

»Was ist das für eine Tablette?« Sie haßte es, so viele nehmen zu müssen.

»Ein Antidepressivum. Es unterstützt Ihre Genesung.«

»Aber ich fühle mich nicht deprimiert.«

»Nein, natürlich nicht. Aber wenn Sie es nicht mehr nehmen, dann wird die Chemie Ihres Gehirns außer Kontrolle geraten und verrückt spielen – wie vorher. Sie riskieren einen Rückfall, und ich kann nicht garantieren, daß Sie sich auch von dem wieder erholen werden. Wenn Sie unbedingt möchten, können Sie das Antidepressivum absetzen, aber ich rate Ihnen nicht dazu.«

Die Erinnerung an den erbarmungslosen Schmerz in ihrem Kopf, an das entsetzliche Chaos kam zurück. »Nein, das möchte ich nie wieder erleben.«

Sie und Gordon gingen spazieren. Sie wurde stärker.

Sie träumte und wachte mit der Erinnerung an andere Menschen, an andere Leben, auf. Eine Erinnerung an sich selbst hatte sie nie. Sie sah sich in der Dunkelheit des Schlafzimmers um. Sie hatte keine Erinnerung an dieses Zimmer.

Sie stand auf und ging ins Wohnzimmer. »Wo sind wir?«

Gordon setzte sich im schwachen Licht des Morgens auf dem Sofa auf und rieb sich den Schlaf aus den Augen. »Liz? Ist alles in Ordnung?« Er knipste die Lampe an und sah auf seine Uhr. »Es ist erst fünf Uhr!«

»Wo sind wir?« fragte sie unbeirrt.

Er sah sie forschend an. »In Santa Barbara. Das ist in Kalifornien.«

Sie drehte sich um und betrachtete die modernen Möbel im dänischen Stil, die vielen Bücher und die geschlossenen Jalousien. Dies war das Wohnzimmer. Es gab noch drei weitere Räume – Küche, Badezimmer und das Schlafzimmer, in dem sie schlief. Gordon schlief auf dem Sofa hier im Wohnzimmer.

Sie zeigte auf das alles. »Ich weiß, das hast du mir schon gesagt. Aber was ist das hier?«

»Deine Wohnung. Wir wohnen hier schon ein paar Jahre. Du und ich.« Er machte eine Pause. »Erinnerst du dich, Schatz?«

Sie ließ sich in den Schaukelstuhl fallen. »Wir waren ein Liebespaar?«

Er lächelte. »Ist dir das unangenehm?«

Ihr Blick glitt über seinen langgliedrigen Körper, sein verschlafenes, aber strahlendes Gesicht. Er war groß und muskulös, mit welligem braunem Haar und einem energischen Kinn. Gutaussehend und stabil gebaut wie die Cowboys aus den alten Western im Fernsehen. Das alles gefiel ihr, aber viel anziehender war seine Beständigkeit. Danach sehnte sie sich. Sie hatte keine Vergangenheit mehr, und er war die Verbindung zu einer vergessenen, unbekannten Welt.

»Nein, natürlich ist es mir nicht unangenehm.« Sie lächelte ihn ebenfalls an. Plötzlich fühlte sie sich besser. »Aber alles ist so neu. Du. Diese Wohnung. Alles. Ich bin aufgewacht, weil mir etwas Merkwürdiges über mein Gedächtnis aufgefallen ist. Ich kann mich nicht mehr erinnern, wo ich gelebt habe, aber ich kann mir die Schuhe zubinden, kochen und sogar den Videorecorder programmieren. Wie kommt es, daß ich das alles weiß, aber nichts über mein Leben?«

»Gute Frage. Komm, laß uns spazierengehen.«

»Um diese Uhrzeit?«

»Dann erkläre ich es dir.«

Es war still, und die Sommerluft duftete sanft. So früh am Morgen waren Santa Barbaras Straßen noch dunkel. Hohe Palmen zeichneten sich schwarz gegen den pastellfarbenen Himmel ab. Gordon und Liz wählten einen verschlungenen Pfad durch den Alice Keck-Park.

»Also?« sagte sie ungeduldig.

»Aha, du hast es also nicht vergessen.«

»Wie könnte ich das? Schließlich hat es damit zu tun, was mit mir nicht in Ordnung ist.«

»Natürlich. Aber ich weiß nur, was Doktor Levine mir gesagt hat.«

»Und was ist das?«

»Es gibt zwei Arten von Gedächtnis – Task-Memory und Fact-Memory. Beim ersten geht es um die Bewältigung von Aufgaben wie Kochen, Autofahren, sich die Schuhe zubinden oder den Videorecorder programmieren. Die zweite Art von Gedächtnis enthält all die vielen Einzelheiten, die deine Person ausmachen – wer du bist, wo, wann, und warum. Deine Identität. Dein Zustand ist ganz typisch für eine Amnesie. Du hast dein gesamtes ›fact memory‹ verloren und vielleicht auch einiges von deinem ›task memory‹. Das werden wir erst in einer Weile genau sagen können.«

»Deswegen kann ich also lesen, aber mich an keines der Bücher, die ich früher gelesen habe, erinnern. Oder warum ich sie lesen wollte. Oder an meinen Unfall.«

Sie hob den Kopf, atmete die frische Seeluft tief ein und ging schneller. Da war eine geheimnisvolle Kraft in ihr, die sie jetzt antrieb, bis sie lief. Als ob sie allein durch den Willen ihres Körpers allem davonlaufen und ihre Seele zurückerobern könnte.

Gordon hielt mit ihr Schritt. Ein frischer Wind wehte über die roten Ziegeldächer von Santa Barbara und rauschte durch die Palmen und Hibiskussträucher. Die

Luft schmeckte nach Salz und nach Sommer. Gordon sagte ihr, daß es Juli sei.

Am nächsten Nachmittag vereinigten sich alle Fragen zu einer einzigen.

Wer war sie wirklich? Nicht nur ein Name, eine Identität. Wo kam sie her? Wie lange lebte sie schon in Santa Barbara? War sie verheiratet? Hatte sie Kinder? Wer waren ihre Eltern? Was war sie von Beruf?

Wer? Wo?

Was für eine Art Mensch war sie?

Sie fragte Gordon, und er holte ein altes Fotoalbum. Sie setzten sich zusammen an den Eßtisch. Sie lächelte ihn aufmunternd, aber nervös an, als er begann: »Deinen Namen kennst du ja schon. Elisabeth Sansborough. Liz, okay? Du bist in London geboren und in der Shawfield Street in Chelsea aufgewachsen. Klingt das irgendwie vertraut?«

»England?« Sie schüttelte den Kopf. »Nein, verdammt.«

»Reg dich nicht auf, Schatz.«

Irgend etwas stimmte nicht. »Warum spreche ich nicht mit britischem Akzent?«

»Ich weiß natürlich nur, was du mir erzählt hast – daß du deinen Vater imitiert hast, und der war, wie du gleich sehen wirst, Amerikaner.«

Er schlug das Album auf und zeigte auf einen Schnappschuß auf der ersten Seite. Darauf sah man eine schmale Straße mit hübschen Reihenhäusern. Die Häuser waren weiß und dreistöckig mit einer Reihe von Schornsteinen auf dem Dach und schwarzen Zäunen aus Schmiedeeisen davor. Vor einem dieser Häuser stand ein kleines Mädchen in flachen, schwarzen Lackschuhen und einem Wollmantel. Ein lächelnder

Mann neben ihr, ebenfalls im Mantel, hielt sie bei der Hand.

»Das bist du mit deinem Vater, Harold Sansborough«, sagte Gordon. »Und das ist das Haus, in dem du aufgewachsen bist. Dein Vater war ein amerikanischer Vertreter, der nach London gezogen ist, nachdem er deine Mutter geheiratet hatte. Sie hieß Melanie Childs, und sie war Engländerin. Er arbeitete für amerikanische Firmen in England. Da, das nächste Bild ist deine Mutter. Eine richtige Schönheit.«

Auf einem großformatigen Porträt starrte Melanie Childs Sansborough – nicht älter als Anfang zwanzig – in die Zukunft. Liz sah ihr überhaupt nicht ähnlich. Melanie hatte feine Gesichtszüge, eine schmale Nase und schimmernde, blaue Augen, die eine behütete Kindheit und Jugend verrieten. Sie trug eine Halskette mit einer Perle.

Liz lächelte erleichtert. Das waren ihre Eltern. Echte Menschen, eine echte Vergangenheit, greifbar und verheißungsvoll.

»Was hat meine Mutter für einen Beruf gehabt?«

»Sie war Hausfrau.« Er blätterte weiter und zeigte auf Schnappschüsse von Liz als Kind – auf einem Pony im Hyde Park, mit ihren Eltern in einem Ruderboot auf dem See im Battersea-Park, beim Drachen steigen lassen am Ufer. Auf anderen Fotos sah man sie im Urlaub in Frankreich und auf Sommerbesuch in New York, wo ihr Vater sich zur jährlichen Tagung aufhielt.

Auf dem letzten Schnappschuß stand sie als langbeiniges junges Mädchen zwischen ihren stolzen Eltern. Sie sah ihrem Vater ähnlich.

Sie hob den Kopf und holte tief Luft.

Dann betrachtete sie wieder das Bild, das sie als Teenager zeigte. Das war sie, soviel war klar, aber es war auch eine Unbekannte.

Sie nahm das Fotoalbum mit ins Schlafzimmer und starrte abwechselnd in den Spiegel und auf die junge Frau auf dem Bild. Sie war groß und schlaksig, mit hoher Stirn, gewölbten Nasenflügeln und breitem Mund. Ausgeprägte Backenknochen. Sie studierte das Bild: Ja, das war alles zu sehen. Der kleine Finger ihrer linken Hand war krumm.

Sie hielt ihre linke Hand hoch und sah den Finger an. Er war auf die gleiche Weise gekrümmt.

»Du hast ihn dir als Kind gebrochen«, sagte Gordon, der in der Tür stand. »Beim Schlittschuhlaufen. Es ist nie wieder richtig zusammengewachsen.«

»Ja. Manchmal tut es noch weh.«

Die dichten, rotbraunen Haare der jungen Frau auf dem Bild fielen ihr auf, und das schwarze Muttermal über dem rechten Mundwinkel. Sie sah in den Spiegel und berührte das auffällige Muttermal über ihrem Mund.

Sie und diese junge Frau waren tatsächlich ein und dieselbe.

Eine Person. Sie.

Ihre Gesichtszüge waren eher dramatisch als fein. Aus einem eigenartigen Gefühl der Distanz heraus stellte sie fest, daß sie schön war und daß es aus irgendwelchen Gründen wichtig war, schön zu sein.

Er sagte: »Da warst du achtzehn und auf dem Weg nach Cambridge.«

»Die Universität? Habe ich da studiert?«

»Das ist erst mal genug.«

»Aber ich muß doch wissen –«

»Du wirst bald alles wissen. Sehr bald schon.«

Das reichte ihr nicht. »Aber wie bin ich denn? *Wer* bin ich? Bin ich Lehrerin oder Bankräuberin, was ist denn aus mir geworden?«

Er schüttelte den Kopf. »Wir werden das richtig

angehen, Schatz. Der Arzt hat mich gewarnt. Ich soll warten, bis du mir Fragen stellst, und dich dann in kleinen Dosen mit den Informationen füttern, damit sie dich nicht überwältigen. Vergiß nicht, du bist beinahe an einer Gehirnhautentzündung gestorben. Du erholst dich zwar allmählich, aber wir dürfen nichts überstürzen. Deine Vergangenheit muß sich langsam entwickeln. Mit der Zeit wird alles zu dir zurückkommen.« Er lächelte sie zuversichtlich an und ging in die Küche.

Sie blätterte weiter in dem Album und betrachtete die Bilder. Und plötzlich hatte sie eine weitere wichtige Frage. Wenn Gordon abwarten wollte, bis sie von selbst Fragen stellte, warum hatte er sich dann geweigert, sie alle zu beantworten? Warum hatte er Angst, daß sie ›überwältigt‹ werden könnte ... falls es da nicht etwas gab, worüber er sich Sorgen machen mußte, worüber *sie* sich Sorgen machen mußte?

»Liz! Was machst du denn da?« Er bahnte sich einen Weg zwischen den Möbeln hindurch zum Schreibtisch, an dem sie saß. *Ihr* Schreibtisch, so hatte er wenigstens behauptet.

»Wer ist Sarah Walker?« Sie wedelte mit einem Schriftstück.

Zorn und Sorge wechselten sich auf seinem kantigen Gesicht ab. »Der Arzt hat gesagt –«

»Es interessiert mich überhaupt nicht, was der Arzt gesagt hat! Das ist mein Leben. Ich habe ein Recht darauf, zu erfahren, wer – und was – ich bin!«

Er beugte sich mit zusammengebissenen Zähnen über den Schreibtisch. »Verdammt, Liz! Es ist noch zu früh!«

»Wofür denn, Gordon? Wofür?«

Er beugte sich noch etwas weiter nach vorn. Sein eckiges Gesicht war rot. Seine braunen Augen funkelten. Sie hatte ihn noch nie zornig gesehen. Seine wütende Sorge besänftigte den harten, einsamen Kern in ihr. Aber sie *mußte* es einfach wissen. Sie warf das Papier auf den Schreibtisch.

»Es tut mir leid, wenn ich dich beunruhigt habe, Gordon, aber Sarah Walker ... ich muß es wissen. Wer ist sie? Sieh doch, ich habe diese Zeitungsartikel in der Schublade gefunden.« Sie warf sie ebenfalls auf den Schreibtisch. »Die sind in einer Zeitschrift namens *Talk* erschienen, und die Autorin ist Sarah Walker. Wenn ich mir die Dateien in dem Computer ansehe und diesen Schreibtisch hier, dann muß das hier ihr Arbeitsplatz sein. Weder auf dem Computer noch in den Schubladen gibt es etwas mit meinem Namen. Absolut nichts!«

Gordon atmete tief durch, um sich zu beruhigen. Er richtete sich auf. »Man hat mich gewarnt, daß es nicht leicht sein würde. Aber verdammt, hättest du nicht wenigstens noch ein bißchen warten können?«

»Nein. So oder so, ich werde es schon herausbekommen.«

»Ich muß zuerst Doktor Levine anrufen. Wenn er zustimmt, liegt die Verantwortung bei ihm. Vergiß nicht, Liz. Er hat dir das Leben gerettet. Er kümmert sich wirklich sehr um dich.«

»Selbst wenn er nein sagt, ich werde nicht aufgeben. Das kann ich einfach nicht. Ich muß dieses Loch, das einmal mein Leben war, irgendwie füllen. Was werde ich als nächstes finden, das du mir nicht erklären willst? Briefe, mehr Fotos, Notizen –«

Bevor sie noch ausreden konnte, hatte er bereits den Telefonhörer in der Hand und wählte eine Nummer. Sie stand neben ihm, während er mit dem Arzt sprach.

Schließlich nickte er und legte auf. »Er sagt, wenn du so energisch bist, dann kannst du es höchstwahrscheinlich auch aushalten.«

»Natürlich kann ich das.« Sie ging hinter ihm her zum Wandschrank im Flur, erleichtert, daß sie nicht mehr böse auf ihn war. Ihrer Meinung nach hatte er wesentlich mehr zu ihrer Rettung beigetragen als der Arzt.

»Ja, aber er hält es für wichtig, daß ich dich hindurchführe.« Aus dem obersten Fach des Schranks nahm Gordon jetzt einen Stapel Aktenordner, ein weiteres Fotoalbum und zwei Videokassetten.

»Danke.« Zitternd vor Aufregung nahm sie die Sachen und ging zum Sofa. Er setzte sich neben sie, und Liz öffnete das Fotoalbum. Auf der ersten Seite war ein Bild von ihr und ihren Eltern vor einer majestätischen, alten Kirche mit vielen Strebepfeilern und Türmen.

»Erkennst du sie wieder?« fragte er. »Das ist die King's College Chapel in Cambridge.«

Aber bevor sie antworten konnte, erfüllte der ohrenbetäubende scharfe Knall mehrerer Explosionen das Zimmer. Im gleichen Augenblick barst das Fenster nach innen. Der Tisch neben ihr explodierte. Eine Lampe kippte herunter und zerbrach. Schüsse!

»Liz! Runter!«

Sie warf sich auf den Teppich und kroch hinter das Sofa. Eine zweite Salve pflügte durch das Zimmer. Glas- und Holzsplitter und Putzbrocken flogen durch die Luft. Dann war Gordon bei ihr. Er zog eine Pistole unter seinem Hemd und eine weitere unter dem Sofa hervor. Er legte ihr eine davon in die Hand. Sie war riesig. Eine Selbstladepistole dachte sie.

Woher weiß ich, daß das eine Selbstladepistole ist?

»Nimm sie!« befahl er.

Sie starrte die Waffe an. »Ich weiß aber nicht, wie –«

»O ja, das weißt du sehr wohl. Nimm sie!«

Sie packte die Pistole. Es war ein ... vertrautes Gefühl.

Wer war sie?

2

Plötzlich war es still. Putz rieselte von der Decke. Eine Glasscherbe fiel klirrend zu Boden. Die Spannung war kaum auszuhalten.

Dann eine weitere Salve.

Gordons Stimme klang gepreßt. »Sie schießen von der anderen Seite der Straße auf uns und halten uns unten. Sie –«

»Warum, Gordon? Wer sind sie? Wer –«

Eine Explosion ließ die Wohnung erbeben.

»Liz! Paß auf –«

Die Eingangstür flog durch den Raum und zerstörte Tisch und Stühle. Drei Männer stürzten durch das gähnende Loch herein. Gordon ging in die Hocke und schoß. Einer der Männer fiel nach hinten durch den Türrahmen. Die anderen warfen sich links und rechts zu Boden und erwiderten das Feuer. Die Kugeln zerfetzten das Sofa.

»Liz!«

Sie zielte mit der riesigen Waffe und beobachtete den Mann zu ihrer Rechten, der jetzt schnell davonkroch. Er hatte eine gedrungene schwarze Waffe mit kurzer Trommel und einer seitlichen Stütze, die jetzt in seiner Armbeuge ruhte. Sie drehte sich, als er um das Sofa herumkam. Er sah ihr direkt in die Augen. Sein

Gesicht war vollkommen ausdruckslos. Seine Haare waren braun und mit Gel zurückgekämmt.

Er richtete sich auf die Knie auf. Die schwarze Waffe zielte genau auf ihr Herz. In wenigen Sekunden würde sie tot sein –

Sie drückte ab.

Die Pistole ruckte heftig in ihrer Hand, und sie spürte einen stechenden Schmerz. Sie war tot … sie … starrte den knienden Mann an, dessen Brust sich rot färbte. Auch aus seinem Mund rann es rot heraus. Wie eine schlaffe Gliederpuppe wurde er nach hinten gegen die Wand geworfen und –

Andere Männer kamen herein und schlugen den dritten Schützen nieder.

»Kümmere dich um Gordon!« rief jemand.

Liz drehte sich wieder um. Gordon war auf dem Boden hinter ihr zusammengebrochen. Er war voller Blut. Plötzlich wurde sie hochgehoben und zur Tür gezogen.

»Gordon!«

»Wir kümmern uns um ihn. Kommen Sie jetzt! Schnell!«

Sie war jetzt im Flur und wurde zum Hinterausgang halb gezogen, halb getragen. Sie wehrte sich erbittert.

»Herrgott noch mal, wir sind doch Freunde, Sansborough!«

»Für Erklärungen ist jetzt keine Zeit. Bringt sie einfach her!«

Drei Männer zerrten sie die Treppe herab und schließlich in einen wartenden Wagen. Dort hielten sie wieder zwei Männer fest. Die Tür wurde zugeschlagen, und der Wagen schoß mit quietschenden Reifen davon. Er bog in die Micheltorena Street ein.

Ein weiterer Wagen schleuderte von Kugeln durchsiebt quer über die Straße.

Noch mehr Männer, ein dritter Wagen, laute Sirenen. Ein Polizeiwagen raste über die Garden Street in Richtung ihrer Wohnung.

Das Auto, in dem sie saß, bog jetzt in das Labyrinth aus kleinen Gäßchen an der Riviera Street ein, fuhr steile Hänge hinauf, ein Stück parallel zur Anhöhe und auf der anderen Seite wieder runter ins Tal. Sie hatte keine Ahnung, wo sie war. Hier war sie mit Gordon nie gewesen.

Endlich hielten sie vor einem Haus, das versteckt in einer abgelegenen Schlucht lag. Die Männer schoben sie in ein Zimmer mit einem Bett und einem Schreibtisch. Die Tür schloß sich hinter ihr, und sie hörte, wie der Schlüssel herumgedreht wurde. Das Fenster war vergittert.

Die dunklen Schatten in dem kleinen Zimmer wurden länger. Die Zeit, die sie jetzt schon mit diesem scheußlichen Gefühl im Magen hier saß, kam ihr vor wie Stunden. Wie schwer verletzt war Gordon?

Und was war mit dem Mann mit dem ausdruckslosen Gesicht, den braunen Haaren und der blutigen Brust? Hatte sie ihn umgebracht?

Und wer waren sie, diese Männer, die behaupteten, ihre Freunde zu sein?

Sperrten einen ›Freunde‹ denn ohne irgendeine Erklärung in einem solchen Zimmer ein?

Sie hatten sie vor den Angreifern in ihrer Wohnung gerettet, und sie kannten Gordon. Oder zumindest seinen Namen. Aber –

Sie hörte, wie die Tür aufgeschlossen wurde. Ein Mann trat herein. Er war schon älter, dünn, mit grauen Haaren und einem freundlichen Gesicht. Er trug ein Tablett mit belegten Broten und einem Glas Milch.

»Warum hat man mich eingeschlossen?«

»Es tut uns leid, Liz, aber es war einfach keine Zeit, Ihnen irgend etwas zu erklären. Sie hätten es noch nicht verstanden. Wir hatten Angst, daß Sie davonlaufen würden. Aber hier sind Sie sicher. Sie müssen etwas essen, und wir haben –«

»Wo ist Gordon? Ist er schwer verletzt?«

»Er ist im Krankenhaus. Ich weiß nicht, wie ernst es ist, aber ich werde es so bald wie möglich herausfinden.«

»Was ist mit dem Mann, auf den ich geschossen habe?«

»Tot. Ein sauberer Schuß.«

Sie schloß die Augen. Ihr wurde übel.

»Sie mußten ihn erschießen, Liz. Er hätte sonst Sie getötet.«

Sie unterdrückte ihr Schuldgefühl und zwang sich, die Augen wieder zu öffnen. »Sind Sie von der Polizei?«

»In gewisser Weise. Wir haben Ihren Arzt angerufen. Er wird bald hier sein. Jetzt essen Sie erst mal etwas, okay?«

Sie wollte nicht. Sie dachte an Gordon und an den Toten. Sie biß in das erste Brot.

»Liz, geht es Ihnen gut?« Doktor Levine eilte herein. Sein langes, hageres Gesicht sah besorgt aus. Er machte das Licht an, zog ein Stethoskop aus seiner Tasche und untersuchte sie. »Sie sagen, Sie wären nur knapp davongekommen.«

»Wer waren diese Männer? Warum wollten sie uns umbringen?«

»Nicht Gordon. Es ging um Sie, fürchte ich. Und Sie haben wirklich ein Recht darauf zu erfahren, warum. Aber ich warne Sie. In einem relativ kurzen Augenblick alles über sein Leben zu erfahren kann ein ziemlicher Schock sein, ein traumatisches Erlebnis. Wenn Sie glauben, es nicht mehr ertragen zu können, hören Sie auf und machen Sie lieber morgen weiter.«

Er ging und kam mit dem Fotoalbum, den Aktenordnern und den Videokassetten aus ihrer Wohnung zurück. Sie nahm sie dankbar, und der dünne, grauhaarige Mann rollte ein Phonomöbel mit Fernsehgerät und Videorecorder herein.

»Wissen Sie schon etwas von Gordon?«

»Nein, tut mir leid, Liz.« Doktor Levine blieb in der Tür stehen. »Ich habe den Wachtposten Ihre Medikamente gegeben. Sie werden ein paar Kleider für Sie besorgen und Sie wieder etwas herrichten. Sie können ihnen vertrauen. Müssen die Jungs Sie weiterhin einschließen?«

Sie sah auf das Album, die Ordner und die Videokassetten in ihrem Schoß und schüttelte den Kopf. Der Arzt ging. Kein Schlüssel wurde herumgedreht.

Draußen funkelten die Sterne am schwarzen Nachthimmel. Sie ging zum Schreibtisch und schaltete die Lampe an. Dann öffnete sie den ersten Aktenordner und begann, ihr Leben zu lesen.

Sie hatte in Cambridge Politikwissenschaft studiert und war mit einem Freund zusammengezogen. In dem Album gab es eine ganze Reihe von Fotos von ihr und einem dunkelhaarigen jungen Mann – in einem Teeladen, vor der roten Ziegelwand einer Bücherei, beim Wandern, am Flußufer der Cam, wo er den Booten zusah. Er hatte ein ernstes Gesicht, glatte Haut und kohlschwarze Haare und Augen. Auf fast jedem Bild fiel ihm das Haar in die Stirn, als ob es sich jeglicher Kontrolle widersetzte. Er hieß Huseyn Shaheed Noon und stammte aus einer prominenten pakistanischen Familie. Er war nach Hause zurückgekehrt, um seiner Familie von ihr zu erzählen, und während er dort war, wollte er mit seinem Sportflugzeug ein paar Runden drehen. Der Motor fiel aus. Er stürzte ab und starb.

In der Stille des Raums versuchte sie, sich an diesen ernsten jungen Mann zu erinnern, aber es ging nicht. Sie hatte ihn geliebt. Es mußte furchtbar für sie gewesen sein, ihn zu verlieren. Aber was war das: Liebe? Sie hatte Gordon geliebt, und doch ... sie konnte sich an keinen Augenblick romantischer Liebe in ihrem Leben erinnern. Das war ein so gewaltiger und neuer Komplex, daß sie sich im Moment nicht heranwagen wollte.

Ihre Eltern waren ebenfalls gestorben, während sie in Cambridge war. Ein Straßenräuber hatte sie umgebracht, als sie zu der jährlichen Konferenz ihres Vaters in New York gereist waren. Es tat ihr weh, daß sie sich überhaupt nicht an sie erinnern konnte. An ihre eigenen Eltern.

Wie sollte sie die Erinnerung daran zurückholen, wie noch einmal den persönlichen Verlust empfinden, den sie bei ihrem Tod sicherlich empfunden hatte?

Einen Augenblick saß sie da und dachte über diese beiden Unbekannten nach, die ihre Eltern gewesen waren. Mit einem tiefen Seufzer wandte sie sich wieder dem Ordner zu und las weiter. Wieder wartete ein emotionaler Schock auf sie.

Ein Jahr nach dem Tod ihrer Eltern hatte sie einen blonden jungen Mann geheiratet. Sein Gesicht war voller Sommersprossen, er war muskulös und strahlte eine gelassene Selbstsicherheit aus. Garrick Richmond war mit einem amerikanischen Fullbright- Stipendium in Cambridge. Es gab sogar noch mehr Fotos von ihr und dem blonden Amerikaner. Auf jedem lächelte er und versprühte jungenhaften Charme. Sie war in dem

Jahr einundzwanzig geworden und hatte die amerikanische Staatsbürgerschaft angenommen. Später waren sie und Garrick nach Virginia gezogen, wo er für den CIA arbeitete. Es war eine gefährliche Arbeit, und er war bei einem Auftrag im Libanon umgekommen.

Sie schloß das Album und den Ordner.

Eine dunkle Wolke senkte sich auf sie herab und nahm ihr den Atem. Wieder war jemand gestorben, den sie liebte. Starben denn alle, die sie liebte? Hatte das etwas mit ihr zu tun, gab es da vielleicht einen Fluch, der auf ihr lastete, an den sie sich nicht erinnern konnte? Ohne Erinnerung konnte sie darüber nur Mutmaßungen anstellen und sich fürchten. Ohne ihr Gedächtnis schien es, als hätten sie nie gelebt. Ohne ihr Gedächtnis hatte *sie* nie gelebt.

Sie stand auf und ging zum Bett. Ohne Gedächtnis kann man nicht man selbst sein, weil man nicht weiß, wer man ist. Man hat keine Identität. Keine Vergangenheit, die einen prägt. Keine Erfahrungen, aus denen man lernen könnte. Keine alten Gefühle, mit denen man neue vergleichen könnte.

Man ist nichts weiter als ein Gesicht im Spiegel. Der Geschmack von Zahnpasta. Der Sonnenstrahl, der einen wärmt. Das Gefühl von glatter Baumwolle auf der Haut.

Man trauert und tobt und erschöpft sich in endlosen, fruchtlosen Mutmaßungen.

Sie hieß Liz Sansborough. Sie war zweiunddreißig Jahre alt. Verwitwet. Bis auf Gordon waren alle, die sie geliebt hatte, tot. Sie lag in einem unbekannten Zimmer im Bett und weinte um diese zweiunddreißig Jahre, die sie verloren hatte und nicht mehr zurückholen konnte.

Sie hatte für den CIA gearbeitet. Sie war eine Spionin.

Der nächste Ordner enthielt ihr vollständiges CIA-Dossier. Sie hatte unmittelbar nach Garrick Richmonds Tod angefangen. Sie war in Camp Peary, Virginia, der ›Farm‹, ausgebildet worden. In dem Dossier stand alles über ihre Ausbildung mit den verschiedensten Instrumenten und Maschinen. Über Dechiffrier-Kenntnisse und Judo. Schießübungen. Sie war eine gute Schützin ... oder war es zumindest gewesen. Kein Wunder, daß Gordon darauf bestanden hatte, daß sie die Waffe nahm.

Sie schob eines der Videobänder in den Recorder. Laut Aufschrift war es vor fünf Jahren von einem Freund in ihrer Londoner Wohnung aufgenommen worden. Die Wohnung war klein und mit denselben Möbeln eingerichtet, die jetzt in ihrer Wohnung in Santa Barbara standen. Eine Nahaufnahme zeigte sie mit einem Buch in der Hand. Der kleine Finger ihrer linken Hand war krumm.

Sie erinnerte sich an kein einziges Detail.

Die zweite Kassette war vom CIA aufgenommen worden. Man sah sie bei einer Überwachung in Potsdam ... beim Empfang einer geheimen Nachricht in Salzburg ... bei der Beschattung in einer finsteren Gasse irgendwo in Wien. Am Ende der Aufnahme sah man, wie sie in der Dunkelheit Wiens unter einer Laterne den Kopf hob. In dem gelben Licht leuchtete ihr Gesicht auf. Es war eindeutig ihr Gesicht. Auch der dramatische Schönheitsfleck über ihrem Mund war da.

Laut Dossier war sie in London stationiert gewesen, weil sie die Stadt so gut kannte, und sie hatte überall in Westeuropa gearbeitet. Vor drei Jahren war sie dann zu einem Boten in Lissabon geschickt worden. Als sie dort ankam, war der Bote tot. Ein Auftragskiller, der sich der Carnivore nannte, hatte ihn gerade erschossen.

Dann schoß er auf sie. Er glaubte, sie getötet zu haben und ließ sie einfach liegen.

Es war ein langer Weg gewesen, aber die Mediziner vom CIA hatten sie gerettet. Dann hatten sie sie als Journalistin unter dem Decknamen Sarah Walker nach Santa Barbara in den Ruhestand geschickt.

Sarah Walker!

Also war der Schreibtisch in der Wohnung doch ihrer. Sie dachte darüber nach, wie es gewesen sein mußte, Sarah Walker zu heißen und Journalistin für eine Illustrierte zu sein. Der Name klang vertraut, aber es war mehr ein Gefühl als eine Erinnerung.

Dann dachte sie darüber nach, daß sie niedergeschossen worden und schon so gut wie tot gewesen war. In gewisser Hinsicht war sie gestorben. Nur Tote erinnerten sich an so wenig wie sie.

War das wirklich sie auf all diesen Fotos, Akten und Videos?

Als letztes war ein Foto von ihr und Gordon in dem Ordner. Sie standen am Strand und hielten sich umarmt. Hinter ihnen sah man weißschäumende Wellen auf goldenem Sand. Sie betrachtete das Foto und drehte es herum. Dort stand, daß die Aufnahme vor einem Jahr am Hendry's Beach gemacht worden war.

Sie sahen glücklich aus.

Während sie noch das Foto anstarrte, öffnete sich die Tür. Sie drehte sich um. Gordon stand da. Sein Gesicht war blaß und seine Schulter dick bandagiert. Sein Arm hing in einer Schlinge. Sie lief zu ihm und umarmte ihn.

Sie saßen nebeneinander auf dem Bett in dem kleinen Zimmer. Sie sagte: »Ich habe für den CIA gearbeitet. Wußtest du das?«

»Ja, Liz.«

»Dann mußt du auch beim CIA sein.«

»So haben wir uns kennengelernt, du und ich. Wir nennen sie die *Company* oder die *Agency* oder auch einfach nur *Langley*.«

»Und die Männer, die uns gerettet haben, und dieses Haus?«

Gordon lächelte. »Die gehören auch zum CIA. Und dies ist eines unserer sicheren Häuser.«

»Aber wie können wir beide zusammen in Santa Barbara gelebt haben? Was war mit deiner Arbeit? Deinen Aufträgen?«

»Selbst Agenten haben ein Privatleben, Schatz. Ich war nicht immer da, aber Santa Barbara ist mein ›Zuhause‹ geworden. *Du* warst mein ›Zuhause‹. Siehst du das hier?« Er hielt seine linke Hand hoch. Am Ringfinger trug er einen goldenen Ring.

Sie erinnerte sich daran, ihn schon einmal gesehen zu haben, aber sie hatte nicht darüber nachgedacht.

»Wir sind verheiratet?«

»Nicht offiziell. Das ist nicht unser Stil.«

Er nahm einen kleineren Ring aus seiner Hemdtasche und betrachtete ihn ernst. Dann lächelte er sie an. »Das hier ist deiner.«

»Du hast ihn mir ... früher gegeben?« Sie warf einen Blick auf ihre linke Hand, auf den Ringfinger, der so glatt und nackt aussah.

»Ja. Wir haben uns die Ringe gegenseitig geschenkt, als ich zu dir gezogen bin. Aber die Schwester hat dir deinen im Krankenhaus abgenommen, weil sie befürchtete, daß er gestohlen werden könnte, besonders, da du nicht bei Bewußtsein warst. Als wir deinen Gedächtnisschwund feststellten, war ich der Meinung, daß ich nicht das Recht hätte, ihn dir einfach so wieder an den Finger zu stecken. Nimm ihn, Schatz.«

Der goldene Ring in ihrer Hand fühlte sich schwer an.

»Als du gestürzt bist und die Gehirnerschütterung hattest«, sagte er leise, »da konnte ich dich einfach nicht allein lassen. Du bist mein nächster Auftrag geworden. Dir zu helfen, daß du wieder gesund wirst.«

Sie wußte, daß er wollte, daß sie den Ring wieder an den Finger steckte, aber sie konnte es nicht. Es war zu vieles damit verbunden, was sie noch nicht verstand.

Sie ließ ihn in ihre Tasche gleiten und wechselte das Thema. »Carnivore ist ein scheußlicher Name, er klingt böse. Wer ist das, Gordon?«

Sie sah die Enttäuschung über ihre Entscheidung kurz in seinen Augen aufflackern. »Ein international bekannter Killer, dessen Deckname seinem Ruf durchaus gerecht wird. Niemand weiß, wer er wirklich ist, und es gibt keine Fotos von ihm. Angeblich bringt er jeden um, der ihn gesehen haben könnte. Das ist dir in Lissabon passiert. Er hat geglaubt, daß du ihn gesehen hast, daher mußte er dich töten.«

Sie sah in sein bleiches Gesicht und sagte: »Erzähl mir alles über ihn. Den Carnivore.«

Gordon stand auf und ging durchs Zimmer zu dem vergitterten Fenster. Er sah hinaus in die dunkle Nacht, als ob er dort nicht nur die Vergangenheit, sondern auch die Zukunft sehen könnte.

»Ungefähr dreißig Jahre lang hat Langley alles versucht, ihn zu neutralisieren.« Er drehte sich um. Sein Gesicht war bitter. »Und wir sind nicht die einzigen. Jeder Geheimdienst auf beiden Seiten des alten Eisernen Vorhangs hätte ihn gerne erledigt, heute noch mehr als früher. Er ist eine frei verfügbare Waffe in einer immer unbeständigeren Welt. Rücksichtslos. Effizient. Vollkommen unabhängig. Treu ist er nur dem

Geld. Wir haben gehört, sein wirklicher Name sei Alex Bosa, aber dafür gibt es keine Bestätigung. Wo und wann er geboren wurde, die Nationalität seiner Eltern, seine Schulbildung, wenn er überhaupt eine hat, sein Alter, das alles sind große Unbekannte. Wir wissen nicht, wie er aussieht, weil er, wie ich schon sagte, jeden umbringt, der ihn gesehen hat.

»Wenn ich ihn gesehen habe, warum habe ich ihn dir nicht beschrieben?«

»Anscheinend hast du nicht mehr gesehen als eine Silhouette, aber er dachte, du hättest viel mehr gesehen. Er hat auf dich geschossen. Du warst bewußtlos und hast eine Menge Blut verloren.«

Angst schnürte ihr die Kehle zu. »Ich habe Glück gehabt.«

»Allerdings. Wenn nicht zufällig eine Polizeistreife in die Straße eingebogen wäre, als er gerade auf dich zuging – wahrscheinlich um sicherzugehen, daß du auch wirklich tot bist –, dann hätte er sicher gesehen, daß du noch am Leben warst. Gott sei Dank ist er abgehauen. Der Polizeistreife hatte er leider den Rücken zugekehrt. Wir haben gleich angenommen, daß er es war, und am nächsten Tag hat es die Spezialabteilung bestätigt.«

Liz erschauerte. Dann merkte sie, daß Gordon sie anstarrte. Sein Gesichtsausdruck war ernst und düster. Sie betrachtete sein blasses Gesicht, seine bandagierte Schulter und den Arm in der Schlinge. Sie dachte an den so plötzlichen, brutalen Anschlag in ihrer Wohnung und die schnelle Rettungsaktion des CIA.

Langsam ergaben die einzelnen Teile ein Ganzes.

»Offensichtlich hat mich der CIA beobachtet«, sagte sie. »Diese Männer, die uns angegriffen haben, wer waren sie?«

»Wir sind uns nicht sicher. Der eine, den wir erwischt haben, redet nicht und wird es wahrscheinlich nie tun. Aber wir wissen, was sie vorhatten.«

Sie wartete mit klopfendem Herzen.

Er sagte: »Es gab eine undichte Stelle bei uns. Der Carnivore hat erfahren, daß du überlebt hast, Liz, und er meint, daß du nur zu deinem eigenen Schutz behauptest, sein Gesicht nicht gesehen zu haben. Er hat verbreiten lassen, daß er eine enorme Belohnung für denjenigen ausgesetzt hat, der dich umlegt. Er geht kein Risiko ein, das heißt, er selbst sucht ebenfalls nach dir. So oder so, diesmal stellt er sicher ... daß du ... wirklich stirbst.«

3

In einem Arbeiterviertel von Paris bahnte sich ein Mann in schmutzigen Jeans und engem T-Shirt einen Weg durch eine Gruppe streikender Busfahrer und betrat eine schmuddelige Bar. Er brauchte den Lieferwagen, der vor der Tür stand. Er hatte vor, den Wagen mitsamt Fahrer zu stehlen.

Er ging leichtfüßig und hatte die fast schon unheimliche Eigenschaft, sich vollkommen in seine Umgebung einzupassen. Er war ungefähr sechzig Jahre alt, aber er sah mindestens zehn Jahre jünger aus. In Zürich hatte kosmetische Chirurgie seine Falten geglättet, seine Nase abgeflacht und sein Kinn verkleinert. In Rom hatte ein Zahnarzt seine Zähne überkront und die Aufzeichnungen vernichtet, so daß niemand ihn anhand seines Gebisses jemals identifizieren konnte. In Berlin hatte ihm eine Spezialsäure die Fingerkuppen verätzt. Jetzt nahm er Steroide und trainierte täglich mit Gewichten. Sein Kopf war klar und sein Herz so kühl und unbarmherzig wie immer. Er war Geschäftsmann. Er war gestern nach Paris zurückgekommen.

Sein graues Haar war immer ganz kurz geschnitten, und daher nannte man ihn in bestimmten Kreisen in Frankreich Plume – die Feder. Im Englischen hieß er Quill – Federkiel.

Quill ging direkt zur Theke, wartete, bis der Barmann ihn ansah und winkte ihn mit einer kurzen Kopfbewegung her. Als der sich schimpfend mit einem Glas in der Hand, das er gerade abtrocknete, in Bewegung setzte, sah sich Quill die anderen Kunden an, die aufgereiht wie an einem Futtertrog an der Bar standen. Besser hier als draußen in dem Lärm und dem Chaos.

Der Barmann stand jetzt vor ihm. »*Qu'est-ce que?*«

»*Bock.* Miller's.« Quill legte ein paar Münzen auf die Theke.

Als der Barmann sie in seine weiße Schürze steckte und zum Zapfhahn ging, sah Quill seinen Mann. Den Fahrer. Auf dem Rücken seines braunen Overalls stand der Name einer Wartungsfirma, der gleiche wie auf dem Lieferwagen.

Quill nahm sein Bier und ging auf ihn zu. Der Mann trank ebenfalls Bier. Es war früh am Nachmittag, und ein hart arbeitender Franzose hatte schnell eine trockene Kehle.

Weit südlich von Paris am grünen Ufer der Rhone traten die *citoyens* der uralten Stadt Avignon aus ihren Läden, Büros und Häusern in den strahlenden Sonnenschein hinaus. Von weitem hörte man fröhliche Akkordeonmusik, die die aufgeregten Kinder der Stadt, die von den Plakaten an den Mauern aus dem zwölften Jahrhundert und an den Laternenmasten des zwanzigsten Jahrhunderts bereits wußten, daß an diesem Tag ein Zirkus in die Stadt kommen würde, herbeilockte. Das Land versank immer tiefer in einer Rezession, und die Menschen sehnten sich mehr und mehr nach Ablenkung.

An der Rückseite einer Tankstelle schloß sich eine junge Frau in Fahrradkleidung in der primitiven Toilettenkabine ein. Es gab gar keine richtige Toilette, nur ein Loch im Boden und zwei abgewetzte Stellen für die Füße.

Aber sie war nicht hier, um die Toilette zu benutzen. Mit geschmeidigen, geübten Bewegungen entledigte sie sich der Kappe und der Sonnenbrille, streifte Rucksack und Fahrradkleidung ab. Aus dem Rucksack nahm sie ein billiges weites Kleid und zog es an. Die Fahrradkleidung verstaute sie im Rucksack.

Sie beeilte sich nicht, aber sie machte auch keine überflüssige Bewegung. Auf diese Weise war sie sehr schnell.

Aus einer Seitentasche holte sie einen Kosmetikspiegel und Make-up. Sie verteilte die Grundierung sorgfältig im Gesicht, bis ihre von Natur aus rosige Haut aussah wie Leder. Dann malte sie mit einem dunkleren Stift Falten auf die Stirn und um den Mund, die sie etwas verwischte. Mit einem Kopftuch, dicken Brillengläsern und von der Sonne gegerbter Haut würde sie auf den belebten Straßen von Avignon nicht weiter auffallen.

Sie spürte das Adrenalin in ihren Adern. Es war ein angenehmes Gefühl. Drei Jahre hatte sie nicht gearbeitet. Sie hatte es vermißt, obwohl sie froh sein würde – nein, ›euphorisch‹ war das bessere Wort –, wenn dieser Auftrag ausgeführt war.

Als sie mit ihrem neuen Aussehen zufrieden war,

ging sie hinaus. Die Musik kam jetzt näher, und das bedeutete, daß sie nur noch wenig Zeit hatte. Sie fuhr zu einer *épicerie* und kaufte frische Karotten, Knoblauchzöpfe, Zwiebeln und Radieschen, die sie im Strohkorb vor dem Lenker ihres Fahrrads verstaute.

Dann fuhr sie weiter bis zu einer Stelle, an der der Zirkus vorbeikommen würde. Sie stellte sich an eine Ecke und pries ihre Waren an wie jede andere brave französische Bäuerin.

»*Oignons grandes! Carottes! Radises! Ail!*« Sie hielt einen Knoblauchzopf in der einen Hand und ein Bund runde, rote Radieschen in der anderen. »*Ail grand! Radises grandes!*«

Als die Zirkusparade unten auf der Straße erschien, kaufte eine Frau Knoblauch und Zwiebeln. Ein Büroangestellter sah zu ihr herüber. Er kaufte ein Bund Radieschen. Er wischte eines ab und biß hinein, als die ersten Zirkusponys vorbeitänzelten.

Dann kamen die Clowns. Sie stolperten über die Straße und spielten Fangen. Hier und da blieben sie stehen und schüttelten einem Zuschauer übertrieben artig die Hand. Clowns waren immer die beste Werbung für einen Zirkus, und die freudige Aufregung der Menge wuchs sichtlich, als sie so herumtollten.

Auch die Bäuerin war aufgeregt, und sie schob ihr Fahrrad näher heran, bis sie dicht am Bordstein stand. Einer der Clowns sah sie. Er war kugelrund und wie ein napoleonischer Matrose angezogen, hielt jetzt direkt vor ihr an und jonglierte mit bunten Bällen.

Die Bäuerin lachte und klatschte in die Hände. Aber dazu mußte sie das Fahrrad loslassen, und es fiel vom Bordstein herunter und stieß mit dem Clown zusammen.

Die Menge erschrak.

Der Clown konnte gerade noch die bunten Bälle aus der Luft angeln, dann fiel er hin.

Die Frau griff schnell nach ihrem Fahrrad und kniete neben dem Clown nieder.

»Oh, entschuldigen Sie bitte!« rief sie laut auf französisch. »Was habe ich getan! Haben Sie sich verletzt?« Und dann flüsterte sie schnell auf englisch: »Wie läuft es?«

»Alles wie geplant. Und bei dir?«

Sie lächelte. »Es scheint ja alles gut zu klappen.«

Für mehr war keine Zeit. Der Clown wippte zurück und sprang schnell wieder auf seine riesigen Clownfüße.

Die Menge klatschte.

Mit einer tiefen Verbeugung hielt er der Bäuerin mit der ledernen Haut den blauen Jonglierball hin. Sie nahm ihn mit einem lauten *merci* an. Daraufhin rannte der Clown zurück zu seiner Gruppe.

Obwohl sie es kaum erwarten konnte, endlich zu gehen, blieb sie noch einige Zeit am Bordstein stehen und spielte ihre Rolle weiter. Nachdem die gesamte Zirkusparade an ihr vorübergezogen war, stieg sie auf ihr Rad und fuhr davon.

In einer anderen Tankstelle wusch sie sich das Gesicht ab und zog wieder ihre Fahrradkleidung an. Sie schnitt den Gummiball auf und nahm eine winzige Papierrolle heraus. Sie rollte das Papier fester zusammen und steckte es in einen Kugelschreiber. Dann zerschnitt sie den Ball in kleine Stückchen und spülte ihn in der Toilette runter.

Sie trat aus der Toilette heraus und sah sich vorsichtig um. Dann fuhr sie im Sonnenschein in südlicher Richtung davon. In Marseille würde sie ihr Aussehen noch einmal ändern und in den Bus nach Paris steigen. Sie war eine sehr hübsche Frau, und sie lächelte.

In der verrauchten Bar in Paris gab Quill dem Fahrer des Lieferwagens ein Bier nach dem anderen aus, bis er schließlich hinaustorkelte. Quill wartete, bis noch ein weiterer Gast gegangen war, dann erst folgte er ihm.

Der Mann kletterte hinter das Steuer seines Lieferwagens und suchte nach seinen Schlüsseln. Quill sah nach rechts und nach links, aber auf der Straße war es jetzt, da die Demonstration vorüber war, ruhig. Er nahm eine kleine schwarze Schachtel aus der Hosentasche, öffnete sie und zog die gefüllte Spritze heraus. Dann öffnete er die Fahrertür.

Der Mann drehte sich um, plötzlich war er hellwach. Er sah die Nadel und war sofort kampfbereit. Seine kräftige Faust zielte auf Quills Kopf.

Quill duckte sich, trat näher und injizierte dem Mann den Inhalt der Spritze in die Hüfte. Wieder versuchte der Mann, ihn mit der Faust zu treffen, aber er hatte keine Kraft mehr. Quill schob ihn auf den Beifahrersitz, und der Franzose fiel mit geschlossenen Augen gegen die Rückenlehne. Am nächsten Morgen würde er mit einem fürchterlichen Kater aufwachen und sich an nichts erinnern können.

Quill setzte sich ans Steuer und ließ den Motor an. Er hatte vier sichere Häuser in Paris. Niemand kannte auch nur eines davon, und so sollte es auch bleiben. In einem hatte er die letzte Nacht geschlafen. Jetzt fuhr er mit dem Bewußtlosen neben sich nacheinander zu den drei anderen. Sein neues Gesicht sowie Overall und Kappe des Fahrers neben ihm waren genug Verkleidung. Er sah nach, ob alles in Ordnung war, inspizierte Alarmanlagen und Fluchtwege und betrachtete die Lebensmittel, Medikamente und Kleider.

Quill hätte dafür auch jemanden anstellen können, aber er hatte schon vor langer Zeit gelernt, daß selbst der treueste ›Freund‹ umzudrehen war, wenn die Bezahlung stimmte. Er zog es vor, allein zu arbeiten.

Um vier Uhr fuhr er hinunter zum linken Seine-Ufer und parkte auf einem breiten Boulevard direkt vor einem riesigen Wolkenkratzer aus Stahl und Glas, der viele Millionen Dollar gekostet hatte und von den Pariser Maklern Le Tour Languedoc genannt wurde.

Er stellte den Motor ab, verschränkte die Arme vor der muskulösen Brust und ließ den Kopf hängen, als ob er eingenickt wäre. Das war der einzige Augenblick, wo er nervös war, aber es war eine eigenartige Form von Nervosität, die mit den Jahren immer gedämpfter wurde. Sie manifestierte sich lediglich in einem starken Gefühl der Erwartung.

Schließlich sah er sie. Sie spazierte in der warmen Sonne über die Straße. Durch seine Wimpern hindurch beobachtete er sie genau. Er bewunderte ihren stolzen Gang, ihre Größe, ihr glänzendes rotbraunes Haar, ihre gesamte Erscheinung in dem hautengen schwarzen Kleid. Aber er erlaubte sich nur eine Minute des Genusses.

Mit Kennerblick suchte er die Straße ab und fand gleich den ersten Beschatter: eine Frau, die ein paar hundert Meter hinter ihr ging. Sie trug das elegante Kostüm einer Geschäftsfrau und eine große Künstlermappe unter dem Arm. Die andere Hand war frei, zweifellos damit sie jederzeit die Pistole aus der dicken Mappe ziehen und schießen konnte.

Dann entdeckte er auch die anderen beiden. Sie waren vor ihr und warteten am anderen Ende des Languedoc. Einer saß in einem Wagen, der andere goß die Blumenbeete. Er sah sie genau an, und wieder streifte sein Blick über die Straße. Es gab noch einen vierten Beschatter! Das zeugte von der außerordentlichen Wichtigkeit, die der Languedoc diesem Unternehmen beimaß. Schließlich hatte auch die langbeinige Schöne den Tour Languedoc erreicht.

Sie schritt zügig durch die Doppelglastüren und ging zum hintersten Aufzug. Quill überprüfte ihre vier Beschatter. Nur die ›Künstlerin‹ folgte ihr, und sie blieb beim ersten Aufzug stehen.

Quill nickte. Gut. Alles verlief wie geplant.

Er würde mit seinen eigenen Vorbereitungen erst fortfahren, wenn sie wieder herauskam, wenn er ihr gefolgt war und sichergestellt hatte, daß sie ihre Beschatter verlor. Wenn er sichergestellt hatte, daß sie verschwunden war. Er spürte den Kloß in seinem Hals. Sie war sein schwacher Punkt.

4

Ein silberner Halbmond ging über dem sicheren Haus des CIA in der abgelegenen Schlucht bei Santa Barbara auf. Liz Sansborough stand am Küchenfenster, als zwei schwerbewaffnete Männer über die Koppel vor dem Haus auf sie zukamen. Ihr Herz klopfte heftig.

»Gordon?« sagte sie leise.

Er stellte sich hinter sie. »Wachtposten.«

Sie trugen Tarnanzüge und hatten Gewehre. Granaten baumelten an ihrem Gürtel. Sie bewegten sich wie Schemen im Mondlicht. Unablässig schauten sie nach allen Richtungen auf der Suche nach den gedungenen Killern des Carnivore. Vielleicht würde er es auch selbst erledigen.

Plötzlich war ihr eiskalt. »Wie hat er mich gefunden?«

»Wir sind uns nicht ganz sicher. Wir wußten, daß er es versuchen würde. Deshalb hat Langley die Männer vor deiner Wohnung stationiert.« Gordon goß Kaffee in zwei Becher und trug sie zum Küchentisch hinüber.

Sie runzelte die Stirn. Das war alles zu sauber, zu glatt. »Es ist an der Zeit, daß du mir sagst, was wirklich los ist, Gordon. Ich möchte nicht noch mehr Überraschungen erleben.«

Er saß am Tisch und sah auf seinen Kaffee hinunter, aber er machte keine Anstalten, ihn zu trinken. Er lächelte sie beschwichtigend an. »Langley bereitet sich darauf vor, den Carnivore zu fassen. Lebend. Sie wollen alles aus ihm herausholen, was er weiß. All die politischen Geheimnisse. Die Leichen im Keller.«

»Das ist ja großartig. Dann brauche ich mir wegen ihm ja keine Sorgen mehr zu machen.« Sie hielt inne, weil es ihr plötzlich klar wurde. »Das hat irgendwie mit mir zu tun, den Carnivore zu erwischen, stimmt's? Und ich muß dafür gesund sein. Wie hängt das zusammen?«

»Langley braucht dich für dieses Unternehmen.«

»Du machst Witze.«

»Nein. Langley glaubt, daß du ihnen ganz enorm dabei helfen kannst. Außerdem meinen sie, daß du durchaus ein begründetes Interesse an seiner Festnahme hast.«

Sie ging in der Küche auf und ab. »Ich erinnere mich nicht mehr an meine Arbeit! Alles, was ich habe, ist eine Liste mit Daten und Orten und eine Zusammenfassung der Operationen, an denen ich beteiligt gewesen bin. Nur das, was du mir zu *lesen* gegeben hast. Ich könnte dabei getötet werden. Oder jemand anders könnte wegen mir getötet werden!«

Seine ruhige Stimme klang jetzt ernst: »Langley ist der Meinung, daß das Risiko bei entsprechender Vorbereitung minimal ist. Das klingt einleuchtend, Liz. Du bist bereits in die Angelegenheiten des Carnivore verwickelt, und deshalb braucht Langley dich. Sie wollen dich in unser Elite-Ausbildungslager in Colorado schicken. Du wirst wieder Ausdauer und Kraft bekommen und eine vernünftige Allgemeinbildung über die Welt … aktuelle Nachrichten, Persönlichkeiten, Politik, so was eben. Sie wollen, daß du in der Lage bist, Konversation zu machen, ohne aufzufallen. Und natürlich mußt du auch, was deine Fähigkeiten als Agentin angeht, wieder auf deinen alten Stand gebracht werden.«

Sie saß zusammengesunken am Tisch. Sie starrte den Kaffee an, aber sie hatte kein Verlangen danach. Sie hatte gelesen, daß Langleys geheime Ausbildungslager ausgezeichnet waren und höchst erfolgreiche Agenten hervorbrachten. Trotzdem –

»Ich werde bei dir sein und die ganze Zeit mit dir üben und lernen.« Er lächelte sie aufmunternd an.

»Du hast gesagt, daß Langley mich wegen meiner Verbindung zu dem Carnivore braucht.« Sie sah ihm direkt in seine braunen Augen und versuchte, die Wahrheit darin zu entdecken. »Hat Langley vor, mich als … *Köder* für den Carnivore zu benutzen?«

Er wich ihrem Blick aus. »Tut mir leid, Liz. Aber ich weiß es wirklich nicht. Ich weiß noch nicht einmal etwas über meinen eigenen Auftrag. Vielleicht werden wir beide so lange nichts erfahren, bis es sich nicht mehr länger umgehen läßt. Sicherheit ist oberstes Gebot. Diese Operation ist höher eingestuft als Top Secret. Es ist nicht so, daß der CIA sich nur Sorgen um den Carnivore macht. Sie befürchten, daß ein anderes Land ihn sich zuerst holen könnte. Natürlich wollen wir ihn – und was er weiß – für uns ganz allein.« Endlich sah er sie an. Sein kantiges Gesicht war ernst und gefaßt. »Wenn du wirklich als Köder eingesetzt werden sollst, dann wirst du darauf bestens vorbereitet werden, und du kannst glauben, daß Langley auf jede Eventualität eingerichtet ist und dich beschützen wird. Sie wissen ganz genau, was sie tun.«

Er trank seinen Kaffee. »Du bist nicht dazu verpflichtet, Schatz. Du kannst alles vergessen, was ich gerade gesagt habe. Langley kann dich nicht einsetzen, wenn du es nicht willst. Wenn du dich dagegen entscheidest, werden sie dir eine neue Identität geben. Du kannst dich in einer anderen Stadt verstecken.«

Seine Worte sagten etwas anderes als sein Gesicht. Er – und Langley – wollten sie.

Sie sagte: »Erzähl mir, wie der CIA sich das Ganze vorstellt.«

Er erklärte ihr die Einzelheiten. Als er fertig war, lehnte sie sich nach vorn und stützte nachdenklich den Kopf in die Hände. Sie war furchtbar krank gewesen, aber jetzt schien ihr Gehirn wieder ausgezeichnet zu arbeiten. Ihr Körper wurde von Tag zu Tag stärker. Sie dachte an ihre Vergangenheit. Laut den Berichten war sie eine Top-Agentin gewesen. Langley glaubte so sehr an sie, daß sie weder Mühe noch Kosten scheuten, sie wiederzubekommen. Sie hofften, mit ihrer Hilfe endlich die schon drei Jahrzehnte dauernde Jagd auf den gefährlichen, internationalen Killer erfolgreich beenden zu können.

Der Carnivore würde nie aufhören, nach ihr zu suchen, und sie haßte den Gedanken, den Rest ihres Lebens davonlaufen zu müssen.

Und außerdem half ihr das Ausbildungslager vielleicht dabei, ihr Gedächtnis wiederzuerlangen.

Sie holte tief Luft und nahm den Becher mit kaltem Kaffee in die Hand. »Ich bin dabei.«

Am nächsten Tag flogen Liz und Gordon über die graubraune Wüste von Kalifornien und Utah bis in die grünen Berge des nördlichen Colorado, wo sich das Camp William Donovan über zwanzigtausend Hektar einsamer, bewaldeter Hänge erstreckte. Es war nach ›Wild Bill‹ Donovan benannt, dem Leiter der damaligen Office of Strategic Services, OSS, und so geheim, daß seine Telefonnummer noch nicht einmal in Langleys eigenem Verzeichnis aufgeführt werden durfte. Auf den Schildern am Hochsicherheitseingang und entlang der Grenzmauer stand: KEIN ZUTRITT. FOUR ROCK RANCH – EIGENTUM DES U.S. FORSTAMTS.

Aus diesem Grund nannten Eingeweihte das Camp Donovan einfach die Ranch.

Das Herzstück der Ranch, drei Meilen vom Eingang entfernt, bildete ein kreisförmiger Platz mit einem Flaggenmast in der Mitte, an dem die amerikanische Fahne im Wind flatterte. Um diesen Platz herum standen Baracken, in denen Labors, Büros, Unterrichtsräume und Ausrüstung untergebracht waren. Die exakte Anordnung der frischgestrichenen Gebäude und das glänzende Wellblech vermittelten den Eindruck von Autorität und Präzision. Die ganze Woche über eilten Männer und Frauen zwischen den Häusern hin und her von einer Unterrichtsstunde zur nächsten. Manche taten es im Dauerlauf. Die Luft knisterte vor Spannung. Die Stundenpläne der Auszubildenden waren vollgepackt, da es enorm viel Stoff zu bewältigen gab, und unter Streß Hochleistungen zu erbringen gehörte mit zur Ausbildung.

Die meisten der Auszubildenden und einige der Trainer benutzten Decknamen. Wie Liz standen viele kurz vor einem Einsatz. Eine der Regeln im Camp verbot jede Form von Freundschaft, auch lose. Freundschaftliches Verhalten im Einsatz konnte im harmlosesten Fall eine Deckung auffliegen lassen. Im Ernstfall kam vielleicht jemand ums Leben.

Es gab vielleicht noch zwei weitere, die ihren persönlichen Trainer hatten, aber niemand war so aufmerksam wie Gordon. Er brachte ihr Illustrierte, *The New York Times* und Obst- und Gemüsesäfte. Er begleitete sie in die Bücherei und zum Unterricht. Auf dem Programm standen: Handfeuerwaffen, Überwachung, Judo und Anbringung und Entfernung von Wanzen. Geduldig saß er neben ihr, wenn sie bis in die Nacht hinein lernte. Oft machte er sich Notizen in sein eigenes Heft mit seinem geliebten silbernen Cross-Füller. Gordon wollte, daß sie erfolgreich war. Das sah sie in seinen forschenden, braunen Augen. Er las ihr jeden Wunsch von den Augen ab und sparte nicht mit Lob und ermunternden Worten.

Konnte ihr jemand mehr ergeben sein als er?

Wenn sie sich doch nur an die Liebe erinnern könnte, die sie miteinander verbunden hatte. Er hatte ihr gesagt: »Das muß jetzt erst einmal ruhen. Das Wichtigste war, daß du wieder gesund wurdest, und jetzt ist es natürlich der Carnivore-Einsatz. Ich werde warten, bis du dich erinnerst oder bis du dich neu in mich verliebst. Du bist es wert, daß man auf dich wartet, Schatz.«

Sie fühlte sich schuldig und verwirrt. Er war für sie Vater, Bruder, Freund, Lehrer und Lebensretter. Sie träumte manchmal von Sex, und ihr wurde klar, daß Sex zu dem Teil ihres Gedächtnisses gehörte, den sie nicht verloren hatte. Sie wußte ganz genau, wie Sex funktionierte, aber sie konnte sich nicht an einen einzigen Liebhaber erinnern. Auch nicht – und das war das Wichtigste – an Gordon.

Manchmal, wenn er es nicht merkte, sah sie ihn an,

seinen muskulösen Körper und seine katzenhafte Geschmeidigkeit. Der Klang seiner Stimme und seine eleganten Bewegungen gruben sich tief in ihr Gehirn ein. Es war ein Schock, als ihr klar wurde, daß sie ihn verlieren könnte. Er könnte fortgehen. Er könnte sterben.

War das Liebe?

Sie stellte ihm Fragen über sein Leben.

»Ich bin von der Company angeworben worden, als ich noch auf dem College war«, sagte er ihr. »Auf der University of Michigan in den frühen Sechzigern. Ein Professor für Geschichte hat mich eines Tages zu sich ins Büro eingeladen, und da wartete schon der Mann von der Company auf der Suche nach Nachwuchs. Es klang gut, da hab ich mich mit meinem Abschluß gar nicht weiter aufgehalten.«

»So schnell hast du gewußt, daß du bei ihnen anfangen willst?«

»Ich wollte immer schon für mein Land kämpfen. Es war die Zeit des Kalten Krieges. Natürlich wollte ich zu ihnen.«

»Und du hast es nie bedauert?«

»Nein.« Sein Gesichtsausdruck wurde hart. Es war eine alberne Frage.

Aber sie fragte sich, ob er ihr wirklich die volle Wahrheit erzählte. Seine Stimme klang plötzlich ein klein wenig anders, irgendwie … bitter und wütend. Aber die Veränderung war so gering, daß sie sich nicht sicher sein konnte. Aber wenn sie recht hatte, dann war es einer der wenigen Sprünge in seiner sonst so glatten, kühlen Fassade, die er ihr und der Welt präsentierte.

Er spürte ihren Gedanken. »Hey, versteh mich nicht falsch. Sicher hab' ich auch schon mal miese Tage, aber ich setze mich nicht hin und betreibe Nabelschau. So kann man in unserem Geschäft nämlich nicht überleben. Vergiß das nicht.«

Wo auch immer sie auf der Ranch hingingen, sah sie sich heimlich jedes Gesicht ganz genau an. Wie sah der Carnivore wohl aus? Wo war er jetzt? Was würde sie tun müssen, um zu überleben, wenn sie ihn traf?

Um nicht durchzudrehen, konzentrierte sie sich voll und ganz auf eine einzige Aufgabe – die Vorbereitung auf ihren Einsatz, wie auch immer der aussehen mochte. Gordon schien mindestens genauso besessen zu sein. Sie lernte schnell, und sie konnte sehen, wie stolz er war. Trotz der langen, anstrengenden Tage wurde sie immer stärker und gesünder. Je mehr ihr Selbstvertrauen wuchs, desto mehr irritierte sie die tägliche Tablette, die sie wegen ihrer angeblichen Depressionen schlucken mußte.

Eines Morgens fragte sie Gordon beim Frühstück: »Warum muß ich die immer noch nehmen?« Sie sah auf die Tablette, die er ihr gerade gegeben hatte. »Ich fühle mich großartig. Zum Teufel, gestern bin ich zehn Meilen in voller Montur marschiert.«

»Das war dein Körper, nicht dein Gehirn«, sagte er sanft.

»Aber Doktor Levine hat gesagt, es sei die *Chemie* des Gehirns, die verrückt gespielt hat, und das klingt mir schon eher wie etwas Körperliches. Das ist bestimmt etwas Physisches.«

Er legte seinen Löffel zurück auf den Teller mit den Cornflakes, und seine braunen Augen sahen sie direkt an. »Doktor Levine ist ein Gehirnspezialist. Ohne ihn wärst du jetzt tot. Wir können nicht riskieren, daß du wieder krank und verwirrt wirst, dafür haben wir einfach keine Zeit. Auf uns wartet ein Auftrag!«

»Ich kann mir wirklich nicht vorstellen, daß ich

irgend etwas riskiere, wenn ich nur so als Experiment eine Tablette auslasse –«

In seinen Augen blitzte plötzlich etwas auf. Jäher Zorn oder vielleicht auch Angst. »Liz, du hast genaue Anweisungen. Wir sind beinahe am Ende angelangt. Ich werde nicht zulassen, daß du alles gefährdest! Nimm deine Tablette!«

Sie blinzelte. Langsam nahm sie die Tablette in den Mund, trank etwas Wasser und schluckte. Seine Reaktion war eine Offenbarung gewesen: Er ordnete sich blind der Autorität unter. Sie erinnerte sich an das einzige andere Mal, daß sie ihn wütend gesehen hatte. Als sie darauf bestanden hatte, daß er ihr den Rest ihrer Lebensgeschichte erzählte. Auch damals hatte er sich strikt an Doktor Levines Anweisungen halten wollen, um sicherzugehen, daß sie von den vielen unangenehmen Aspekten nicht überwältigt werden würde.

Damals hatte er sich geirrt, und ebenso konnte er sich auch jetzt irren.

Den Rest des Tages dachte sie über diese Situation nach. Am nächsten Morgen beschloß sie, das Experiment auf eigene Faust zu wagen. Beim Frühstück tat sie so, als ob sie die Tablette schluckte, aber sie spuckte sie statt dessen in ihre Papierserviette und steckte sie unauffällig in ihre Tasche. Eine Stunde später spülte sie sie in der Toilette runter.

Sie spürte den ganzen Tag keinerlei Anzeichen einer Depression, und am nächsten Morgen spuckte sie die Tablette wieder heimlich aus. Am Ende der Woche war sie sich sicher, daß sie recht gehabt hatte. Aus welchem Grund auch immer, ihr Gehirnstoffwechsel schien sich wieder normalisiert zu haben. Sie nahm keine weiteren Tabletten, und sie sah keinen Grund dafür, es Gordon zu erzählen.

Am nächsten Morgen begann der Chiffrierunterricht. Der Lehrer sagte: »Ich werde Ihnen jetzt eine der ältesten Methoden der Verschlüsselung zeigen – den Playfair-Code.«

Liz meldete sich: »Aber in der Literatur lese ich immer nur von elektronischer Spionage. Warum sollten wir uns also mit einer so langsamen Methode wie dem Chiffrieren abgeben?«

Der Lehrer, ein glatzköpfiger Mann mit Metallbrille, hob angesichts ihrer Ignoranz verwundert die Augenbrauen.

»Telefon und Funkübertragungen können abgehört werden«, erklärte er. »Elektronische Signale können aufgespürt werden. Die NSA gibt für nichts anderes jährlich Milliarden aus. Diese Methoden sind manchmal gut, aber meistens viel zu riskant. Und das bringt uns zurück zu den Grundlagen. Sie werden es vermeiden wollen, einer Person eine Nachricht persönlich zu übergeben, da man sie hören könnte oder Sie nicht mit der Kontaktperson gesehen werden dürfen. Also, was tun Sie? Sie lassen die Botschaft an einem neutralen Ort zurück – einem toten Briefkasten zum Beispiel –, wo sie abgeholt werden kann. Und um sicher zu gehen, daß niemand sonst sie lesen kann, chiffrieren Sie sie.«

»Ich verstehe.«

»Wählen Sie ein Wort, irgendein Wort.«

Ohne zu zögern, sagte sie: »Hamilton.« Und sofort fragte sie sich, wieso ihr das eingefallen war.«

Der Lehrer ließ es sie in Blockbuchstaben an die Tafel schreiben. »Fünf Buchstaben in einer Reihe, die nächsten in die Reihe darunter.« Während sie an der Tafel stand, schrieb die kleine Gruppe der Schüler mit. »Füllen Sie die Reihen mit den restlichen Buchstaben des Alphabets. Denken Sie daran, I und J stehen in einem Feld.«

Als sie fertig war, standen an der Tafel fünf Reihen mit jeweils fünf Buchstaben:

H	A	M	I/J	L
T	O	N	B	C
D	E	F	G	K
P	Q	R	S	U
V	W	X	Y	Z

Dann schrieb sie: *Got key. Must meet at five.* ›Habe Schlüssel. Müssen uns um fünf treffen.‹ Dann ging sie zurück zu ihrem Platz.

Er zeigte der Klasse, wie man aus der Botschaft Buchstabenpaare bildete, wobei man Satzzeichen und die Zwischenräume zwischen den Worten ignorierte:

go tk ey mu st me et at fi ve

Dann nahm er das erste Buchstabenpaar und formte darauf die diagonal gegenüberliegenden Ecken eines Rechtecks im Playfair-Quadrat. Die Ecken der zweiten Diagonale waren die codierten Buchstaben. Der Ersatzbuchstabe aus der Reihe des Ersten kam zuerst. So wurde aus dem ersten Paar ›go‹ EB.

H	A	M	I/J	L
T	O	N	B	C
D	E	F	G	K
P	Q	R	S	U
V	W	X	Y	Z

»Nachdem Sie die Botschaft verschlüsselt haben«, erklärte er, »bilden Sie aus den Buchstabenpaaren jeweils Fünfergruppen.«

Wenn man seinen Anweisungen folgte, wurde aus *Got key. Must meet at five.* EBCDG WLRPB AFDOH OGMWD.

Sie starrte die Buchstaben an. Mein Gott, es funktionierte.

Während die Klasse weiter übte, dachte Liz nach. Sie spürte ein merkwürdiges Gefühl in der Magengegend. Sie zwang sich, weiterzuarbeiten, aber ihr Blick kehrte immer wieder zurück zur Tafel und dem Wort Hamilton.

Es war eine merkwürdige Wahl für eine Chiffrierübung, fand sie. Ein Name, der des amerikanischen Staatsmannes Alexander Hamilton oder der von Lord Nelsons Liebhaberin, Lady Emma Hamilton. Es war eigenartig, wie das Gehirn Verbindungen herstellte. Sie hatte über diese historischen Personen erst vor kurzem in der Bücherei der Ranch etwas gelesen.

Aber sie wurde das Gefühl nicht los, daß das Wort an der Tafel sich noch auf etwas anderes bezog – oder auf jemand anderen. Der Name haftete in ihrem Gedächtnis wie ein halb vergessenes Lied. Wieder starrte sie den Namen an der Tafel an und war plötzlich eigenartig und gefährlich glücklich.

5

Ein weißer Augustmond leuchtete heiß und nackt vom Himmel über Washington D.C. Nach Mitternacht parkten kurz hintereinander vier Männer nicht weit vom Potomac River entfernt in einer verlassenen Straße vor einem neoklassizistischen Gebäude. Trotz der Hitze trugen sie Anzug und Krawatte. Alle vier waren Anfang Sechzig. Sie saßen in ganz normalen amerikanischen Limousinen, wie sie fast jeder, der in der staatlichen Verwaltung arbeitete, fuhr, aber jeder der vier hatte einen Fahrer, der jetzt ausstieg, nach rechts und links sah und seinem jeweiligen Passagier dann zunickte. Die vier Männer stiegen aus und gingen eilig in das Gebäude.

Drinnen nahm jeder von ihnen einen Aufzug, der sie sechs Stockwerke tief ins Innere des Gebäudes brachte. Dort betraten sie einen Konferenzraum und setzten sich an den großen, polierten Tisch. Der Raum war explosionsgeschützt, klimatisiert und mit Audio- und Video-Anlagen ausgerüstet, die dem neuesten Stand der Technik entsprachen. Er war auf Wanzen kontrolliert worden und gegen elektronische Störung abgeschirmt.

Ein Sicherheitsbeamter drückte draußen im Flur auf einen Knopf. Aber kurz bevor die schalldichte Tür sich schloß, kam noch ein fünfter Mann herein und ging zu seinem Platz am Kopf des langen Tisches. Seine aufrechte Gestalt strahlte Macht und Autorität aus. Er hatte ein aristokratisches Gesicht mit hohlen Wangen und einer schmalen, gebogenen Nase. Sein Gesichtsausdruck war unergründlich wie immer. Es war Hughes Bremner, der Vorsitzende der Gruppe.

»Gentlemen«, sagte er, »das Unternehmen MASKERADE wird bald in die letzte Phase eintreten.«

Die Gesichter der anderen vier zeigten keinerlei Emotion, aber die Spannung schwebte im Raum wie ein uneingeladenes sechstes Mitglied. Der Erfolg des Unternehmens MASKERADE war für sie alle essentiell wichtig. Ein Fehlschlag würde sie vernichten.

»Ist dieser Teil des Unternehmens denn weniger riskant?« fragte der älteste der Männer.

»Wir versuchen doch immer noch, ihn zu eliminieren, bevor er ins Land kommt, oder?« Es war entscheidend, daß der Auftragskiller in keinem US-Bundesstaat lebend auftauchte.

»Natürlich«, sagte Bremner. Seine Stimme klang wie gewöhnlich kühl und distanziert. »Aber er ist untergetaucht, und unsere Kontaktpersonen haben seine Spur verloren. Es gibt wenig Chancen, ihn zu neutralisieren, solange er irgendwo da draußen herumläuft. Mehr denn je brauchen wir MASKERADE.«

Lucas Maynard war ein schwergewichtiger Mann, und er hatte in der Hierarchie der Gruppe die höchste Stellung. Er saß rechts von Bremner und dachte über die Situation nach: Vor drei Monaten hatte der Carnivore in vier Ländern verbreiten lassen, daß er müde sei. In der Welt nach dem Kalten Krieg mit all ihren neuen Gesichtern und Regeln wolle er nicht mehr arbeiten. Im Austausch für einen gesicherten Ruhestand bot er sein detailliertes Wissen über jeden Auftrag, jedes Attentat, jede subversive Aktion, von der er Kenntnis hatte, an. Damit bot er eine unbezahlbar wertvolle Sammlung der geheimsten Geheimnisse der Welt zur Versteigerung an, und Großbritannien, Frankreich, Deutschland und die Vereinigten Staaten waren eingeladen zu bieten.

Hughes Bremner hatte es arrangiert, daß er vor dem

Unterhändler des Carnivore als Repräsentant der Vereinigten Staaten auftreten konnte. Und sogleich stellte sich ihm ein Problem in den Weg: Der Präsident wollte mit der ganzen Angelegenheit nichts zu tun haben. Er sagte, daß er nicht Präsident geworden sei, um die miesen Sitten seiner Vorgänger fortzusetzen, und er wolle verdammt sein, wenn er einem Killer, Terroristen oder irgend jemandem mit dieser Art von Blut an den Händen Asyl gewähren würde.

Gemeinsam mit dem Direktor des CIA hatte Bremner den Präsidenten dann doch von dem Wert des Carnivore überzeugen können, und schließlich erteilte er, wenn auch widerwillig, seine Erlaubnis – wenn der Aufenthalt des Killers im Land absolut geheim gehalten würde.

Die Nummer eins, Lucas Maynard, sagte: »Gut, daß wir die anderen überbieten konnten, Hughes.«

Hughes Bremner verkniff sich ein Lächeln. Dieses Spiel beherrschte er besser als irgend jemand sonst. »Ja, Großbritannien und Frankreich sind auf Grund ihrer anhaltenden Rezession zu schwach, um ernsthaft mitbieten zu können, und Deutschland hat so viele Probleme mit der Arbeitslosigkeit und dem Osten, daß es für andere Dinge keine Energie mehr hat. Wir haben jede Forderung des Carnivore erfüllt.« Er hielt inne und suchte in den Gesichtern der anderen nach den winzigen Anzeichen, die ihre Erleichterung verrieten. »Die üblichen Vorkehrungen für die Prüfung seiner Glaubwürdigkeit und seiner Absichten sind bereits in vollem Gange, und auch MASKERADE läuft nach Plan.« Er sah jeden der Reihe nach an. Sein Blick war kühl und herrschaftlich. »Ich werde die letzten Schritte noch einmal erläutern, damit wir wirklich alle genau wissen, was wir tun.«

Fast eine Stunde lang beschrieb Bremner Grundlagen, Risiken, Vorsichtsmaßnahmen und Zeitpläne des Unternehmens. Er zeigte ein Video-Interview mit einem international führenden Wissenschaftler auf dem Gebiet der Hirnforschung. Als er endete, saßen sie alle schweigend in dem abgeschirmten Raum weit unterhalb der schwülen Hitze der Stadt, während sich jeder für sich ein Urteil über das Gehörte bildete.

»Wenn jemand Zweifel hat, sollte er sie uns allen mitteilen«, ermutigte Bremner die Männer. »Es geht immerhin um unser aller Leben.«

Die fünf sprachen noch zwei weitere Stunden miteinander, aber letzten Endes änderten sie doch nichts Grundlegendes. Nur selten mußten von Bremner geplante Unternehmen in wesentlichen Teilen geändert werden.

Um vier Uhr morgens verließen sie einzeln den geheimen Versammlungsort. Lucas Maynard fuhr allein im Aufzug. Er drückte auf den Knopf seines Micro-Aufnahmegerätes, das unter seinem Anzug und der konservativen Krawatte versteckt war. Er lauschte den Stimmen seiner Kollegen und lächelte.

Es war noch immer heiß in Washington D.C., als am nächsten Morgen der altgediente CIA-Agent Lucas Maynard mit rot angelaufenem Gesicht im vornehmen Hay-Adams-Hotel eintraf, um mit einem alten Freund, dem Staatssekretär des Außenministeriums Clarence ›Clare‹ Edward, zu frühstücken. Maynard war absichtlich etwas zu früh gekommen, und für einen Mann mit seiner Erfahrung in geheimen Aktionen war er ungewöhnlich nervös. Aber er war schon viele Jahre nicht mehr im Geschäft, und er hatte sich noch nie über die eigene Seite Sorgen machen müssen.

Maynard hatte das Hay-Adams, das nur einen Straßenblock vom Weißen Haus entfernt lag, ausgewählt, weil die Tische des Restaurants dort weit genug voneinander entfernt waren, um sich ungehört unterhalten zu können. Und er hatte um dieses Treffen gebeten, weil er nach mehr als dreißig Jahren das Versprechen des Staatssekretärs, sich für einmal geleistete Dienste zu revanchieren, einlösen wollte.

Davon wußte der Staatssekretär nichts. Maynard hätte die Situation vielleicht amüsant finden können, wenn sie nicht so verdammt gefährlich gewesen wäre.

Maynard dachte an seine Diabetes und bestellte Fruchtsalat, Haferbrei und Milch. Er sah sich im Restaurant um, ob vielleicht jemand von Langley dort war. Er erkannte niemanden, sah keinerlei Anzeichen von Abhöreinrichtungen, und es sah auch niemand wie zufällig in seine Richtung. Es gab eigentlich auch keinen Grund, warum jemand aus der Company Verdacht schöpfen sollte. Sein Motiv kannte nur er ganz allein, da war er sich sicher.

Maynards Frühstück kam und ebenso der Staatssekretär. Clare Edwards setzte sich, und sie tauschten die üblichen Höflichkeitsfloskeln aus. Sobald der Kellner gegangen war, fragte der Staatssekretär nach dem Grund des Treffens. Er machte schon jetzt einen hektischen, erschöpften Eindruck, dabei war es erst acht Uhr morgens.

»Was hast du auf dem Herzen, Lucas?«

»Warst du wieder die ganze Nacht auf?« Maynard lächelte.

Der Staatssekretär des Außenministeriums mochte die Frauen, besonders die, die für ihn arbeiteten. Er hatte gemerkt, daß es nicht schwer war, ihre Verehrung für ihn vom Büro ins Bett zu verlagern. Das war keine besonders große Herausforderung, dafür aber sehr abwechslungsreich, und die Ergebnisse auf physischer

Ebene ebenso. Wenn sie protestierten, versetzte er sie in eine andere Abteilung mit einem kleinen Bonus oder einer Beförderung, damit sie den Mund hielten. Er war ein ziemlicher Dummkopf, dachte Maynard, aber sein Ego war schon immer größer gewesen als das des eitelsten Filmschauspielers.

Der Staatssekretär grinste und rückte die Krawatte in den Farben der republikanischen Partei zurecht. »Du weißt ja, wie das ist.«

Maynard probierte seinen Haferbrei. Er war kochend heiß. »Wie läuft's denn so im Außenministerium?«

»Wie immer.« Staatssekretär Edward hatte silbergraue Haare, lebhafte blaue Augen und die typische Cabo San Lucas-Bräune. Er war Ende Fünfzig, sah zehn Jahre jünger aus und aß und schnitt auf wie ein gestörter Teenager. Er bestellte sich schwarzen Kaffee, Pflaumensaft und dänisches Gebäck.

Maynard versuchte noch einmal seinen dampfenden Haferbrei. Wie beiläufig fragte er: »Gibt es was Neues über dieses Collegemädchen, das in Guatemala verschwunden ist?«

Staatssekretär Edward sah ihn argwöhnisch an. »Die abenteuerlustige Tochter des Senators von Virginia? Nein, sie scheint einfach verschwunden zu sein. Der derzeitige Diktator Guatemalas – unser Freund, politisch gesehen natürlich – behauptet, von der ganzen Angelegenheit keine Ahnung zu haben. Warum?«

Der Haferbrei war noch immer viel zu heiß. Gut, dann würde er eben nur die Früchte essen. Mit einer solchen Diät wäre er in einem Monat zehn Pfund leichter. Das war gut. Früher einmal war er dünn und sehnig gewesen, aber mit den Jahren hatte er mehr und mehr zugenommen, und dieses Übergewicht war mitverantwortlich für seine Diabetes.

»Ich dachte gerade an eine andere Senatorentochter, die verlorengegangen war.« Maynard freute sich, als der Staatssekretär das Gesicht verzog.

Er und Clare waren 1961 in Westberlin eingesetzt worden, kurz nachdem die Mauer errichtet worden war. Damals war Clare ebenfalls ein Langley-Agent gewesen. Wie von ihm zu erwarten war, hatte er den ganzen Sommer damit verbracht, der blutjungen Tochter eines Senators nachzustellen. In seinem verzweifelten Bemühen, sie zu beeindrucken, nahm er sie mit, als er eine Waffenfabrik in Ostberlin fotografierte. Die Sowjets erwischten ihn dabei. Einer von Maynards Leuten hatte die ›Verhaftung‹ zufällig mitangesehen. Dank Maynards Einfluß wurden sie nur eine Nacht gefangen gehalten, in Zellen, in denen sie die Schreie der Gefolterten hören konnten.

Als Stützpunktleiter hatte sich Maynard gleich an die oberste Stelle gewandt. Er rief den Vater des Mädchens an und das Weiße Haus. Präsident Kennedy nahm den Hörer seines roten Telefons und sprach persönlich mit Nikita Chruschtschow. Am nächsten Tag waren die beiden auf der Glienicke-Brücke gegen zwei finstere KGB-Kerle ausgetauscht worden.

»Ostberlin. Ja.« Der Staatssekretär sah Maynard irritiert an. »Das ist schon lange her, Lucas, aber ich habe es nicht vergessen. Dafür schulde ich dir was. Was willst du also?«

Der Kellner kam mit dem Frühstück des Staatssekretärs. Maynard sah sich noch einmal in dem eleganten Raum um, aber alles schien sauber. Er sprach leise und deutlich wie jemand, der sich genau überlegt hatte, was er sagen wollte: »Erinnerst du dich an die überraschende Wende bei OMNI-American Savings & Loan vor ein paar Jahren?« 1990 war die riesige Bank unter dem Gewicht von unbrauchbaren Wertpapieren und zu vielen wackeligen Baudarlehen fast zusammengebrochen. Aber eine plötzliche Finanzspritze hatte ihr wieder auf die Beine geholfen.

Der Staatssekretär schob sein Gebäck auf dem Teller hin und her. »*Überraschend* ist wohl kaum das richtige Wort. Erstaunlich würde ich sagen. Und außerdem eigentlich unmöglich.«

Seit die liberale Baugesetzgebung von Texas und Arizona riskante Baukredite gewährte, hatte OMNI-American Darlehen ohne Anzahlung vergeben, sich auf riskante Bauprojekte und spekulative Aktiengeschäfte eingelassen und in Baufirmen wie der bereits angeschlagenen Southmark Corporation in Dallas investiert.

Maynard dämpfte seine Stimme und ließ die Bombe platzen. »Die plötzliche Wende ist mit altem Iran-Contra-Geld finanziert worden. Illegal, und mancher würde wohl auch sagen zutiefst unmoralisch.«

Der Staatssekretär biß in sein Gebäck. Dann tupfte er sich mit der Leinenserviette den Mund ab. Er rückte seine Krawatte zurecht. Er sah aus, als ob er gerade Shangri-la entdeckt hätte. Er lächelte, und Maynard wußte, daß der Staatssekretär darüber nachdachte, welche Macht in dieser Information steckte, wenn man sie richtig einsetzte – und er würde sie richtig einsetzen. Deshalb war Clare Edward auch zum Staatssekretär aufgestiegen.

»Hast du was Schriftliches darüber, Lucas?« fragte er ruhig.

»Natürlich.«

Der Staatssekretär betrachtete Maynards schlichten Leinenanzug, das weiße Baumwollhemd, die einfache blaue Krawatte. Maynard trug keine Ringe. Seine Uhr war eine Timex. Er sah alles andere als reich aus, aber das konnte täuschen, besonders bei jemandem von der

Company, nachdem Aldrich ›Rick‹ Ames' Verbindungen zum KGB entdeckt worden waren, und der Staatssekretär war sich dessen wohl bewußt.

»Hast du das selbst herausgefunden?« fragte der Staatssekretär prüfend.

»So könnte man sagen.«

Clare beugte sich vor. »Ich brauche etwas, was ich dem Präsidenten und dem Minister geben kann. Etwas Konkretes. Du mußt mir etwas geben, sonst lachen die mich aus.«

»Ich weiß. Hier ist ein Anfang: BCCI.«

Der Staatssekretär wurde trotz seiner Sonnenbräune merklich blaß. BCCI – Bank of Credit and Commerce International – war weltweit die größte und zuverlässigste Organisation gewesen, wenn es darum ging, ohne lästige Fragen Kapital zu transferieren. Damit war die Bank lediglich in die Fußstapfen einiger skrupelloser Vorgänger getreten, besonders Schroder Trust und Nugan Hand Bank. Aber selbst in ausgesprochen pragmatischen Kreisen löste die Nennung der BCCI wegen ihrer Skandale und den absichtlich oder unfreiwillig darin verwickelten Kollegen peinliche Betretenheit aus.

Maynard sagte: »Du weißt natürlich, daß Langley zehn Millionen Dollar auf den BCCI-Konten der Contras deponiert hatte.«

»Das war illegal. Wirklich kriminell.«

Maynard sprach leise weiter: »Nur damit wir beide wissen, wovon wir reden, möchte ich dich daran erinnern, daß die BCCI ohne eine einzige Frage unser Bargeld – Langley-Bargeld – säckeweise angenommen und das Geld transferiert hat, wo immer wir es hin haben wollten.«

»Wo es gewaschen wurde.«

»Und da gab es keine Devisenkontrolle oder Finanzbeamte, die uns über die Schulter gesehen hätten. Würde es dich unter diesen Umständen überraschen, wenn ein paar Agenten, die diese vielen Millionen in der Welt herumschickten, hier und da eine Million abgezweigt und auf ihr eigenes Nummernkonto gelegt hätten?«

Der Staatssekretär atmete vernehmlich aus und lehnte sich nach hinten.

Maynard gestattete sich ein Lächeln. »Ich habe außerdem konkrete Informationen über die plötzliche Expansion eines weiteren Unternehmens mit Sitz in den U.S.A. – Nonpareil International Insurance.«

Der Staatssekretär sah sich im Raum um, dann ruhte sein Blick wieder auf Maynard. »Finanziert durch gestohlenes Iran-Contra-Geld?«

»Ja.«

Habgier verdunkelte das gebräunte Gesicht des Staatssekretärs. Gier nach Macht *und* Geld. »Was kostet mich das alles, Lucas?«

»Meine Immunität, mehr nicht. Was ich dir erzählt habe, ist nur die Spitze des Eisbergs. Ich habe genug Material, um den schmutzigsten Skandal in der Geschichte der Vereinigten Staaten auffliegen zu lassen. Verglichen damit waren die BCCI, Irangate, Irakgate und Watergate reine Sandkastenspielchen.«

Staatssekretär Edward trank seinen schwarzen Kaffee. Maynard lehnte sich zurück und ließ ihn sein Angebot überdenken, nach versteckten Gefahren oder unangesprochenen Haken suchen. Das Risiko und der mögliche Gewinn mußten gegeneinander abgewogen werden.

Aber schließlich schien die Rechnung zu seinen Gunsten aufzugehen, auch wenn der Staatssekretär ihm das nicht gleich offen zeigte.

»Ich brauche mehr«, forderte er. »Irgend etwas, was dem Präsidenten und dem Minister beweist, daß du das Material wirklich hast. Das ist der einzige Weg, wie du zu deiner Immunität kommen kannst.«

»Überprüfe ein BCCI-Konto auf den Namen *Samuel Trooper*. Du findest es in den Untersuchungsakten. Wenn du die Einzahlungen lange genug zurückverfolgst, wirst du sehen, daß die ursprüngliche Einlage aus einem Waffenverkauf an den Iran stammt. Wenn du in der anderen Richtung suchst – ich warne dich, es wird nicht leicht sein –, dann wirst du feststellen, daß das Konto-Guthaben auf ungefähr fünfzig Millionen Dollar angewachsen ist, die im November 1990 ausgezahlt worden sind.«

»Und?« fragte Clare Edward.

»Das Geld ist verschwunden. Was kann man für fünfzig Millionen Dollar kaufen, ohne daß jemand Fragen stellt?«

»Was?«

»Die Gesundheit eines Verlierers wie OMNI-American. Und ich habe die Dokumente, die das beweisen.«

Wieder sah sich der Staatssekretär im Raum um. Er senkte den Kopf und sah Maynard forschend an, der seinem Blick standhielt.

»Sag mir, Lucas«, sagte der Staatssekretär, »wofür benötigst du Immunität? Du hast doch nicht etwa selbst ein paar von den Milliönchen abgezweigt, alter Freund?«

Maynard zeigte keinerlei Gefühlsregung. »Was ich getan oder nicht getan habe, hilft dir absolut nicht weiter. Wenn du die Ware willst, mußt du mein Spiel mitspielen. Wenn du versuchst, mich zu umgehen, werde ich mich an jemand anderen wenden. Ich bin der einzige, der die entsprechenden Dokumente hat. Der einzige. Für dich ist das ein unheimlich gutes Geschäft, und das weißt du. Wenn ich dir gebe, was ich habe, bist du ein Held.«

»Und du, mein schlauer Freund, kannst auf deine alten Tage auf einer tropischen Insel vor dich hin faulenzen mit einem Haufen Bargeld und niemandem, der dir im Nacken sitzt. Zum Teufel, du wirst wahrscheinlich sogar noch deine Pension bekommen.«

»Willst du mitspielen, Clare?«

»Um nichts in der Welt möchte ich mir das entgehen lassen«, sagte der Staatssekretär.

»Dann gehe der Samuel Trooper-Spur nach, die ich dir genannt habe, und überprüfe, was immer du für nötig hältst.«

»Wie kann ich dich erreichen?« fragte der Staatssekretär.

»Gar nicht. Ich werde dich erreichen.«

Am anderen Ende des eleganten Restaurants las eine junge Frau in einem grauen Kostüm *The Wall Street Journal*, während sie ihr Frühstück zu sich nahm. Sie schien die beiden älteren Männer, die sich so angeregt unterhalten hatten und die jetzt das Lokal verließen, nicht zu bemerken.

Ungefähr fünf Minuten später winkte sie den Kellner herbei. Er brachte ihr die Rechnung auf einem Silbertablett. Als sie das Papier hochhob, verbarg sie das winzige Aufnahmegerät, das er darunter versteckt hatte, in der Hand. Sie zahlte bar und ging.

6

Acht Meilen nordwestlich des Hay-Adams Hotel, in dem sich Lucas Maynard und Clare Edward zum Frühstück getroffen hatten, sprach Hughes Bremner erregt in sein codiertes Spezialtelefon.

»Nein! Nein, nicht so schnell! Du kaufst zu schnell Francs. Von Tokio bis London wird jeder Verdacht schöpfen. Halte dich an den Plan, sonst verdirbst du die ganze Transaktion!« Er hörte zu. Als er wieder sprach, war seine Stimme leise und kalt. »Du bekommst deine fünf Millionen Dollar, Crowther. Aber im Augenblick mußt du es ganz langsam und ruhig angehen lassen. Am Montag schlagen wir zu. Denk an die fünf Millionen, das wird deine Nerven beruhigen!«

Hughes Bremner legte auf und betrachtete die Akten auf seinem Tisch. Sein schmuckloses Büro lag auf dem begehrten siebten Stock des riesigen, weitläufigen CIA-Komplexes in Langley, Virginia. Er sollte eigentlich arbeiten, aber statt dessen ging er im Zimmer auf und ab. Er war abgelenkt und gereizt. Er blickte aus dem Fenster auf das grüne Meer aus Bäumen, das Virginias sanfte Hügellandschaft bedeckte. Der Anblick der unschuldigen Landschaft beruhigte ihn normalerweise.

Hughes Bremner war ein mächtiger Mann – der Chef von Mustang, der geheimsten und elitärsten Gruppe der CIA. Unter wechselnden Decknamen hatte Mustangs Direktive früher darin bestanden, den Kommunismus aufzuhalten und zu vernichten. Jetzt, wo die politische Welt auf den Kopf gestellt war, gab es zwei neue Direktiven: Erstens, die wechselhafte neue Welt nach dem Kalten Krieg zu beobachten, und zweitens, jede andere Macht daran zu hindern, der USA Konkurrenz zu machen.

Chef von Mustang und seinen Vorläufern zu sein war eine glänzende Position auf der Karriereleiter, und Hughes Bremner, der schon seit fünfzehn Jahren auf diesem Stuhl saß, unterschätzte ihre Bedeutung nie. Trotzdem hatte er einmal Ambitionen nach Höherem gehabt. Er wollte um jeden Preis *Deputy Director for Operations* werden, der DDO: die gesamte Spionageabteilung der CIA leiten, alle Stützpunkte im Ausland dirigieren, den Überblick über sämtliche geheimen Informationen sowohl des Inlandes als auch des Auslandes haben und die Myriaden von geheimen Einsätzen planen und lenken, besonders in dieser aufregenden neuen Ära, in der Bündnisse, ja ganze Länder starben und über Nacht neu geboren wurden.

In den fünfziger Jahren, zu Beginn seiner Karriere beim CIA, war Hughes Bremners Weg bis zum DDO und letzten Endes bis ganz nach oben – dem DCI, *Director of Central Intelligence* – klar vorgezeichnet gewesen. Das hatte nicht nur an seinen ausgezeichneten Leistungen und seiner für diesen Führungsposten außerordentlich geeigneten Persönlichkeit gelegen, sondern auch daran, daß sowohl er als auch seine Frau, Barbara ›Bunny‹ Hartford Bremner, aus den richtigen Kreisen kamen.

Damals hatte das eine große Rolle gespielt.

Tatsächlich hatte Bremner, wie man auf einem Gemälde in seinem Haus erkennen konnte, große Ähnlichkeit mit dem Begründer des Familienvermögens, seinem Ur-Ur-Großvater, dem ersten Hughes Bremner. Beide hatten dünnes, graues Haar und ein aristokratisches Gesicht mit hohlen Wangen, schmaler, langer Nase und blaßblauen Augen. Auch ihr Blick hatte erstaunliche Ähnlichkeit – undurchdringlich und eisig wie der Nebel an der Küste.

Hughes Bremner war stolz auf seine Abstammung, aber er behielt für sich, womit sein Ur-Ur-Urgroßvater sein Vermögen gemacht hatte. Der alte Mann war ein ›Blackbirder‹ gewesen, der afrikanische Sklaven in die Neue Welt importiert hatte. Auch Bunny Bremner hatte einen recht abenteuerlichen Ahnen, einen Goldspekulanten, der reich geworden war, indem er die Ersparnisse der Amerikaner des frühen neunzehnten Jahrhunderts ausgelöscht hatte, ähnlich wie die Abstauber, die sich wie Geier auf krisengeschüttelte Unternehmen stürzten, oder die dubiosen Aktienjongleure des späten zwanzigsten Jahrhunderts.

Ein Klopfen an der Tür riß ihn aus seinen Gedanken. Er drehte sich um, aber nichts in seiner strengen Miene verriet, wie sehr er schon darauf gewartet hatte.

»Herein.«

Ja, es war die junge Frau, die er ins Hay-Adams Hotel geschickt hatte. Sie war neu in der Company und wollte sich bewähren. Begeistert hatte sie die Chance ergriffen, den mächtigen Bremner zu beeindrucken, indem sie das Treffen zwischen Lucas Maynard und Staatssekretär Clare Edward abhörte.

»Ich habe einem der Kellner fünfzig Dollar gegeben, damit er den Recorder an Mr. Maynards Schüssel mit Haferbrei anbringt.« Sie war kühl, ruhig, ausgezeichnet ausgebildet. »Ich habe gesagt, ich sei Privatdetektivin. Ich habe ihm meine Deck-Lizenz gezeigt. Er hat keine Fragen gestellt.«

»Gut. Haben Sie sich das Band angehört?«

Sie richtete sich indigniert auf. »Natürlich nicht, Sir.«

Bremner lächelte höflich und lobte sie. Sobald sie gegangen war, drückte er auf den winzigen Wiedergabeknopf des Recorders.

In seinem luxuriös eingerichteten Büro im Außenministerium setzte sich Clare Edward in seinen weinroten Ledersessel mit der hohen Rückenlehne und wählte die Nummer der Nachrichtenabteilung des Außenministeriums.

Er sagte: »Ich möchte Routine-Überprüfungen von OMNI-American Savings & Loan, Nonpareil International Insurance und einem alten BCCI-Konto auf den Namen Samuel Trooper.«

»Suchen Sie nach etwas Bestimmtem, Sir?«

»Ich möchte den Anfang und das Ende des Samuel Trooper-Kontos bei der BCCI, und sehen Sie nach, ob es irgendwelche Verbindungen zwischen dem Konto, S & L und der Versicherung gibt.«

Der Staatssekretär legte auf und sagte seiner rothaarigen Sekretärin über die Sprechanlage, daß sie ihm Bescheid geben sollte, sobald ein Umschlag von der Nachrichtenabteilung gebracht werde. Dann beschäftigte er sich mit einem Stapel von Kongreßanfragen, eine lästige, aber politisch notwendige Arbeit. Manchmal kam sogar etwas Gutes dabei heraus, etwa daß man einem Kongreßabgeordneten einen Gefallen tat, für den er sich später einmal erkenntlich zeigen mußte.

Um 11 Uhr 45 ging er wie gewöhnlich zum Mittagessen in den Club, wo er sich auf die Sonnenbank legte, um seine goldene Bräune zu erhalten, die noch aus Cabo San Lucas stammte. Um 13 Uhr 15 kam er zurück ins Büro und hatte eine lange Liste von Terminen vor sich. Je später es wurde, desto ungeduldiger wartete er auf die Stimme der Sekretärin.

Um 16 Uhr ging sein letzter Besucher. Er hatte eigentlich gehofft, daß auch er um diese Zeit das Büro verlassen konnte. Statt dessen rief er den Benachrichtigungs-Dienst an, um seine neue Angebetete – eine achtzehnjährige Schreibkraft – schon zu seinem Haus in Georgetown vorfahren zu lassen.

Als es später und später wurde, tröstete er sich damit, daß sie schon auf ihn wartete – weich, willig, hübsch und nervös.

Um 17 Uhr 45, als das riesige, alte Haus in düsterer Stille vor sich hinbrütete, hörte er endlich den Boten am Schreibtisch seiner Sekretärin. Er quittierte den Erhalt des großen, versiegelten Umschlags eigenhändig.

Er versuchte, seine Erregung unter Kontrolle zu halten, kehrte in sein Büro zurück und schloß die Tür ab. Dann studierte er die Berichte und Kopien. Die Informationen über OMNI-American Savings & Loan und Nonpareil Insurance enthielten nichts Besonderes – Daten, Mitglieder des Vorstands, Vorsitzende, Präsidenten, CEOs und Namen anderer leitender Angestellter, Kunden und Adressen der Filialen. Beide Unternehmen gehörten einer internationalen Gesellschaft: Sterling-O'Keefe Enterprises.

Nichts Verdächtiges.

Kein Iran-Contra-Geld. Der CIA wurde nirgendwo erwähnt. Keinerlei Querverweise.

Verflucht.

Laut Bericht hatte sich die OMNI-American selbst saniert, indem sie große Bauprojekte verkauft und neue solvente Kunden geworben hatte. Nonpareil International hatte so gewaltig expandieren können, weil sie kleine verlustmachende Versicherungen günstig aufgekauft und sie in gewinnbringende Unternehmen mit vielen neuen Kunden verwandelt hatte. Das Samuel Trooper-Konto war 1984 von einem österreichischen Geschäftsmann eröffnet und im Oktober, nicht November, 1990 aufgelöst worden.

Nichts.

Der übliche Kram. Alles sauber gewaschen, um irgendeinem Mächtigen den Arsch zu retten.

Wütend wählte er die Nummer des Chefs der Nachrichtenabteilung. Aber der Mistkerl war schon fort. Er hinterließ eine Nachricht und ordnete eine detaillierte Untersuchung der Quelle des Samuel Trooper-Kontos an. Wenn es sich wirklich um Iran-Contra-Geld handelte, dann war das der direkteste Beweis für ein massives Fehlverhalten des CIA, und den wollte er unbedingt haben.

Um 18 Uhr ging Hughes Bremner in seinem Büro auf und ab. Mit dem Aufnahmegerät stimmte etwas nicht, und er hatte es den Genies aus der Technischen Abteilung zum Reparieren gegeben. Den ganzen Tag arbeiteten sie jetzt schon daran, aber bisher konnten sie den Fehler noch nicht finden. Das hieß, er hatte zwar einen Verdacht, aber keine Bestätigung, warum Lucas Maynard das Treffen mit Clare Edward arrangiert hatte.

Endlich klopfte es. Es war ein Techniker mit einem hageren, besorgten Gesicht.

»Es tut uns leid, Sir.« Er wollte Bremner den kleinen Recorder in die Hand geben, aber dann entschied er sich anders und legte ihn auf den großen Schreibtisch. Bremner nickte nur. In der Company war Ausdruckslosigkeit zur Kunstform erhoben worden. Der Techniker wich zurück. Er schien die Wut, die in Bremners Bauch kochte, zu spüren.

»Sagen Sie mir, was passiert ist.« Bremners Stimme war leise und kühl.

»Das Bandmaterial des Recorders ist extrem dünn, Sir.«

»Ja. Weiter.«

»Wenn es so dünn ist, dann blockiert es sehr leicht.

Jemand muß den Recorder in die Sonne gelegt haben oder an etwas Heißem befestigt haben –«

»Wie etwa eine Schüssel mit heißem Haferbrei?« fragte Bremner.

»Wenn er heiß genug war, ja, durchaus. Jedenfalls hat sich das Band verzogen und ist stehengeblieben. Es ist absolut leer. Wir haben es komplett abgehört, um wirklich sicher zu sein.«

»Es hat überhaupt nichts aufgenommen?«

»Ich fürchte nein, Sir, tut mir leid.«

Bremner drehte ihm den Rücken zu. Sobald er die Tür ins Schloß fallen hörte, ballte er die Hände zu Fäusten, beugte sich über den Schreibtisch und fluchte.

Er brauchte dieses Gespräch.

Was zum Teufel hatte Lucas Maynard vor?

Bremner rief Sid Williams an, den Mann, den er beauftragt hatte, Maynards Haus bewachen und seinen Telefonleitungen zu Hause und im Büro abhören zu lassen.

»Nichts Neues, Sir«, versicherte ihm Williams. »Maynard ist im Augenblick auf der Straße. Matt ist ihm auf den Fersen.«

»Keine Wochenberichte mehr, ich will *tägliche* Berichte: mit wem er spricht, wen er trifft, wohin er geht und alle seine Anrufe. Auf meinem Schreibtisch. Punkt sieben Uhr morgens. Falls irgend etwas besonders wichtig aussieht, möchte ich es sofort wissen. Gibst es sonst noch etwas?«

Sid Williams zögerte.

Hughes Bremner hörte es. »Was ist?«

»Nun ja, Maynard verschwindet hin und wieder mal. Wir glauben, daß er uns noch nicht entdeckt hat, aber es ist so, als ob er das aus Routine macht, um nicht aus der Übung zu kommen. Drei oder vier Stunden später ist er dann wieder in seinem Haus oder bei Langley.«

»Himmel Herrgott! Ich will über jede Minute dieses Bastards Bescheid wissen! Setzen Sie mehr Männer ein.«

»Jawohl, Sir!«

»Setzen Sie auch jemanden auf Staatssekretär Edward an, und hören Sie sein Telefon ab. Zu Hause und im Büro, wie bei Maynard. Der Staatssekretär und Maynard, beide. Haben Sie das verstanden?«

»Jawohl, Sir. Kein Problem.«

»Das will ich auch hoffen, verdammt noch mal!«

7

Am nächsten Nachmittag saß Clare Edward mit finsterer Miene über den neuen Akten, die gerade von der Nachrichtenabteilung gekommen waren. Sie enthielten eine ausführliche Auflistung von Samuel Troopers BCCI-Konto, aber er konnte keinen nützlichen Hinweis finden.

Später, als Lucas Maynard anrief, sagte er ihm: »Ich werde dir nicht helfen können, Lucas, alter Freund. Ich kann einfach nichts finden, was ich verwenden könnte.«

Die Stimme des CIA-Mannes klang müde. »Ich habe dir gesagt, daß es nicht leicht sein würde.«

»Die Abteilung hier behauptet, daß da nichts ist.«

»Du lieber Himmel. Vielleicht schaffen sie es ja irgendwann einmal, mit ihren Computern umzugehen!«

»Sie sagen, sie fänden nichts zu deinem, äh, Vorschlag in der gesamten Datenbank. Sie haben wirklich gründlich gesucht. Nichts. Du mußt dir was anderes einfallen lassen.«

»Ich werde darüber nachdenken«, sagte Maynard scharf.

Der Staatssekretär hörte es klicken. Maynard hatte aufgelegt. Daß er so gereizt reagiert hatte, bewies, daß es sich wirklich um eine höchst explosive Angelegenheit handelte, und er war ungehalten darüber, daß er nicht bekam, was ihm zustand. Lächelnd legte der Staatssekretär den Hörer auf die Gabel. Er hatte seinen Freund vom CIA an der Angel. Er wollte seine Immunität, und er würde tun, was nötig war, auch wenn er jetzt noch so beleidigt tat.

Der Staatssekretär beugte sich vor, stützte sich mit den Ellbogen auf den antiken Schreibtisch aus Walnußholz und formte mit den Fingern eine Pyramide. Er legte sein Kinn darauf und dachte mit großem Genuß über seine Zukunft nach.

Er hatte Gerüchte gehört, daß der Außenminister daran dachte, in den Ruhestand zu treten. Mit der positiven Publicity, die er mit dieser Geschichte bekommen könnte, gab es eigentlich nichts, was gegen seine Ernennung für diesen glanzvollen Posten sprach.

Falls Lucas Maynard seine Meinung nicht noch änderte …

Nein, der Staatssekretär wußte, daß Maynard niemals riskiert hätte, so viel zu offenbaren, wenn er es nicht beweisen konnte. Irgend etwas war mit Lucas Maynard geschehen, etwas, das ihn von seinem CIA-Sockel gestoßen hatte. Und jetzt mußte er sich plötzlich in dem rauhen, unsicheren Gelände der Normalsterblichen zurechtfinden.

In der abgelegenen Ranch in den Rocky Mountains hatte Liz Sansborough immer häufiger vertraute sinnliche Empfindungen, besonders bei Klängen und Gerüchen. Sie nannte sie für sich Beinahe-Erinnerungen. Und jede dieser Empfindungen verstärkte einen Drang tief in ihr, der sie immer unruhiger machte.

Wie konnte sie sich selbst kennen, sich verstehen und vertrauen, wenn sie ihre persönliche Biographie nur aus Berichten und Fotos kannte?

Dann sollte sie eines Morgens im Unterricht zur Übung eine Nachrichtenübergabe arrangieren. Sie öffnete ihr Heft auf der ersten Seite, wo die Playfair-Chiffriermethode beschrieben war, und sah das Codewort *Hamilton*.

Wie ein Blitz traf sie der volle Name: Hamilton *Walker*!

Sie holte tief Luft. Wo kam das her? Sie suchte ihr Gedächtnis nach weiteren Hinweisen. Sie erinnerte sich, wie eigenartig glücklich sie sich gefühlt hatte, als sie in der ersten Unterrichtsstunde den Namen ›Hamilton‹ vor sich gesehen hatte. Hatte sie einen Hamilton Walker gekannt?

Verdammt! Sie brauchte mehr Informationen, um ihrem Gedächtnis auf die Sprünge zu helfen. Logischerweise mußte sie bei sich selbst anfangen. Hatte Langley ihr alles erzählt? Sie könnte Gordon fragen –

Aber er hatte nichts anderes im Kopf als den Carnivore-Auftrag. Das waren Langleys Befehle, und Befehle befolgte er peinlichst genau. Und sie mußte zugeben – obwohl sie es nicht glaubte –, daß ihr Eifer, ihre Vergangenheit zu rekonstruieren, ein Anzeichen für die ›Verrücktheit‹ sein könnte, vor der er sie gewarnt hatte. Aber was war mit Hamilton Walker?

Walker! Sie lächelte. Natürlich. Das war ihr Deckname in Santa Barbara gewesen: Sarah Walker. Vielleicht war da ein Zusammenhang.

Sie schöpfte neuen Mut und beeilte sich, die Aufgabe für den Unterricht abzuschließen. Danach nutzte sie ihre neu erlernten Fähigkeiten, um einen Plan zu entwerfen, wie sie die Personendateien der Computer-Datenbank anzapfen konnte.

Sie sagte Gordon, daß sie eine Extra-Stunde auf dem Schießstand üben wollte. Er genehmigte die Munition, und als er wegging, um etwas zu besorgen, zog sie eines seiner Tarnhemden über ihres. Während der Sergeant ihre Munition holte, konnte sie eine Infrarot-Taschenlampe mit Brille und einen neuen Laser-Dietrich an sich bringen und unter dem Hemd verstecken.

Nach dem Abendessen gingen Gordon und sie zu einem Motivations-Vortrag. Sie hörte nur mit halbem Ohr zu, weil sie in Gedanken noch einmal ihren Plan durchging.

»... ein guter Agent muß nicht nur ein hervorragender Spion sein, sondern Psychologe und Vater- und Mutterfigur in einer Person.«

»... in dieser politisch chaotischen Welt ist der CIA der einzige Garant für den Erhalt der Freiheit.«

»... Obwohl Sie Ihr früheres Leben hinter sich lassen müssen, sind Sie auf dem Weg in ein besseres. Es warten sinnvolle und nützliche Aufgaben auf Sie.«

Plötzlich hatte sie ein schlechtes Gewissen, aber sie schob die Bedenken beiseite. Was sie vorhatte, würde den Carnivore-Einsatz in keiner Weise gefährden.

Liz und Gordon teilten sich eine Hütte südlich des Flaggenkreises. Sie bestand aus einem Raum mit zwei Metallpritschen, schmalen Wandschränken, Schreibtischen aus Kiefernholz, Regalen und einem Duschraum. Alles war praktisch und rustikal. Später am Abend, als Gordon auf seiner Pritsche schnarchte, zog sich Liz leise Tarnhemd und Hose an und nahm ihre Infrarot-Taschenlampe mit Brille und ihren Laser-Dietrich.

Sie schlich in die Nacht hinaus und beobachtete das schlafende Camp, dann huschte sie schnell in nördlicher Richtung durchs feuchte Gras. Sie suchte Deckung hinter jedem Gebäude, wie sie es gelernt hatte. Sie lief um den Flaggenkreis herum und drückte sich gegen die Holzwand des Offiziersclubs. In den Hütten dahinter sah man ein wenig Licht. Es war fast ein Uhr morgens.

Sie schoß über den Rasen auf die Wellblechhütte des Personalbüros zu. Sie mußte die Alarmanlage an der Tür außer Kraft setzen. Das könnte ein Problem werden. Wenn es schiefging, würde die Sirene losgehen, laut und schrill genug, selbst Tote aufzuwecken. Das wußte Liz; sie hatte sie schon einmal bei einem Probe-Alarm gehört.

An der Tür hielt sie den Dietrich an das Schlüsselloch des Steckschlosses. Sie drückte auf den Knopf, und ein Laserstrahl kreiste im Inneren des Schlosses. Sie hielt den Atem an.

Dann hörte sie am leisen Klicken, daß sich das Schloß öffnete.

Ab jetzt war Schnelligkeit alles. Sie hatte nur fünfzehn Sekunden, um den Code einzugeben, der die Sensoren der Alarmanlage abschaltete. Sie und Gordon hatten beide am ersten Tag im Camp ihren privaten Code erhalten. Wenn ihrer nicht funktionierte, oder wenn sie eine Sekunde zu langsam war, würde der Alarm ausgelöst werden.

Sie holte tief Luft und drehte den Türknauf. Die Tür

öffnete sich, und sie schob die Hand hinein und tippte den Code auf der Tastatur an der Wand ein.

Sie wartete.

Sie hörte nur Stille. Nach einer vollen Minute erlaubte sie sich einen kurzen Augenblick des Triumphs. Es hatte geklappt!

Sie schlich in die Hütte und schloß die Tür. Dann setzte sie die Infrarotbrille auf und schaltete die Taschenlampe an. Der grüne Schein der Taschenlampe war unsichtbar für jeden, der keine Infrarotbrille trug. Sie suchte den Raum ab, ging an ein paar Schreibtischen vorbei und durch eine weitere Tür in den Computerraum – ein Büro mit Aktenschränken, Schreibtischen und Computern.

Sie nahm die Brille ab, setzte sich an einen Computer und schaltete ihn an. Sie tippte ihren Code ein, dann fragte sie ihre persönliche Akte ab: ›Elisabeth Alice Sansborough‹. Im unheimlichen Licht des Bildschirms überflog sie die bereits vertrauten Daten. Plötzlich hielt sie inne. Sarah Walker wurde dort als ihre Cousine aufgeführt, die in Santa Barbara, Kalifornien, lebte.

Das ergab keinen Sinn. ›Sarah Walker‹ war ihr Deckname gewesen, den sie von Langley erhalten hatte, als sie sich in Santa Barbara als Journalistin zur Ruhe gesetzt hatte.

Warum sollte jemand ihre Deck-Identität als ihre Cousine ausgeben?

Sie las weiter, und dann sah sie es: Hamilton Walker.

Laut Computer gab es eine ganze Familie Walker – Sarahs Vater, Mutter und Bruder. Und der Name des Vaters lautete Hamilton Walker. Das mußte mehr sein als ein Zufall, besonders wenn man all ihre Beinahe-Erinnerungen in Betracht zog. Sie machte eine Pause und hoffte, daß ihr vielleicht noch irgend etwas dazu einfallen würde.

Aber nichts geschah.

Enttäuscht las sie weiter. Die Mutter von Sarah war angeblich ihre Tante, die Schwester von Harold Sansborough, ihrem Vater. Aber in dem Dossier, das sie in Santa Barbara gelesen hatte, stand, daß von ihrer Familie niemand mehr lebte. Hätte dort die erfundene Familie ihrer ›Cousine‹ nicht wenigstens erwähnt werden sollen? Es war einfach zu verwirrend.

Die restlichen Informationen waren ihr bekannt aus ihrer Akte in Santa Barbara – alles von ihrem Geburtsdatum bis zu ihrem gebrochenen kleinen Finger und dem Muttermal über dem rechten Mundwinkel, von Cambridge bis zum Eintritt in den CIA. Die Computerakte endete vor drei Jahren. Das war der Zeitpunkt, als Carnivore sie beinahe getötet hatte, als sie sich zur Ruhe gesetzt und den Namen Sarah Walker erhalten hatte.

Sie las noch einmal das Material über die Familie Walker.

Vater: Hamilton Walker.

Mutter: Jane Sansborough Walker.

Bruder: Michael Walker.

Sie schaltete den Computer aus und lehnte sich in der Dunkelheit zurück. Die Namen und Verwandtschaftsbeziehungen schwirrten ihr im Kopf herum, und weder Erinnerung noch Logik konnten das Ganze zu einem sinnvollen Gefüge zusammensetzen. Frustriert und verwirrt verließ sie den Raum. An der Außentür gab sie wieder ihren Code ein, um die Alarmanlage zu reaktivieren. Sie drehte am Türknauf und öffnete die Tür einen Spalt.

Und erstarrte. Jemand war dort draußen.

Mit wild klopfendem Herzen tippte sie ihren Code wieder ein. Es war ein Mann, kleiner und dünner als Gordon. Er schlenderte durchs Gras, die Hände in die

Jackentaschen vergraben, und sah zum Nachthimmel hinauf. Er macht nur einen Spaziergang, dachte sie erleichtert. Aber um diese Uhrzeit? Sie fühlte sich plötzlich mit ihm auf eigenartige Weise verbunden, zwei Fremde allein in der Nacht, wo keiner von ihnen hingehörte.

Er blieb abrupt stehen.

Er drehte sich um und starrte in ihre Richtung. Die Wolken teilten sich, und im Mondlicht konnte sie sein Gesicht erkennen. Es war eckig, mit buschigen schwarzen Augenbrauen und einem breiten Mund. Es war der neue Personalleiter. Er war nur wenige Tage nach Gordon und ihr angekommen. Er war jünger als er, Ende Zwanzig, und ein ziemlich angeberischer Hitzkopf. Im Camp war er bekannt, weil er sich zunehmend eigenartiger benahm.

Die schwarzen Wolken schlossen sich wieder, und sie konnte sein Gesicht nicht mehr sehen. Er schien noch immer auf die Tür des Personalbüros zu starren. Schließlich ging er darauf zu.

Angst schnürte ihr die Kehle zu. Sie hatte die Alarmanlage wieder aktiviert und die Tür geschlossen. Leise lief sie an den Schreibtischen vorbei in die hinterste Ecke des Raums.

Aber sie hatte vergessen die Tür abzuschließen.

Dumm, Dumm!

Zu spät, der Türknauf bewegte sich!

Sie hatte keine Wahl. Sie ließ sich zu Boden fallen, kroch unter einen Schreibtisch und tastete nach ihrem Dietrich und der Taschenlampe, um sicherzugehen, daß sie sie nicht irgendwo liegengelassen hatte. Die Brille hing um ihren Hals. Gott sei Dank waren die Rollen des Schreibtischstuhls, den sie jetzt hinter sich zog, gut geölt.

Sie schwitzte.

Die Tür öffnete sich, und sie hörte ihn fluchen.

Sie hielt den Atem an und verhielt sich vollkommen still. Sie schöpfte wieder etwas Mut, denn sein Fluchen verriet ihr, daß er sich selbst für denjenigen hielt, der die Tür nicht abgeschlossen hatte.

Schimpfend tippte er seinen Code ein, kam herein und schloß die Tür hinter sich. Er knipste eine kleine Schreibtischlampe an.

Seine Füße bewegten sich von Schreibtisch zu Schreibtisch. Er blieb direkt vor ihr stehen. Sie hielt die Luft an. Das Warten schien endlos. Seine Füße gingen einen Kreis, als er den Raum untersuchte. Wahrscheinlich schaute er nach, ob irgend etwas fehlte.

Der Schweiß lief ihr die Stirn herunter. Wieder berührte sie den Dietrich und die Taschenlampe. Aber in ihrer Nervosität stieß sie dagegen. Sie spürte, wie die Taschenlampe umfiel.

Ihre Hand schoß vor, konnte die Lampe gerade noch greifen und erstarrte mitten in der Bewegung.

Endlich ging er in den anderen Raum – den Computerraum. Er blieb in der Tür stehen, um das Deckenlicht anzuschalten. Er würde auch dort nachsehen. Wahrscheinlich um sicherzustellen, daß alle Computer unberührt waren.

Als er hineinging, rollte sie vorsichtig den Stuhl zurück. Sie kroch heraus und spähte über die Kante des Schreibtischs. Er drehte sich um. Sie ließ sich wieder fallen.

Sie lauschte angestrengt.

Er bewegte sich wieder, diesmal von ihr fort. Sie mußte das Risiko eingehen und noch einmal nachsehen. Er ging zum ersten Computer und hatte ihr den Rücken zugekehrt. Erleichtert kroch sie so leise und schnell wie möglich um die Schreibtische herum zur Tür. Tief gebückt sah sie sich noch einmal um. Er war nicht zu sehen. Wahrscheinlich saß er an einem der Computer.

Draußen in der frischen Bergluft schloß sie leise die Tür und zwang sich zur Ruhe. Sie war wütend über die beiden Fehler, die ihr unterlaufen waren: die Tür nicht abzuschließen und die Taschenlampe umzuwerfen.

Dafür zu beten, daß man Glück hatte, war etwas für Verlierer und Schlappschwänze. Um erfolgreich zu sein und zu überleben, würde sie verdammt viel besser werden müssen – was sie auch immer im Carnivore-Einsatz erwartete.

Als sie wieder zu ihrer Hütte zurückschlich, ließ ein Name sie nicht los. Hamilton Walker.

Jetzt war sie sich sicher: Sie erinnerte sich an diesen Namen, aber die Sache hatte einen Haken. Sie erinnerte sich an den Namen einer Person, die gar nicht existierte. Wie konnte das sein? Wie konnte eine nicht existierende Person wichtig genug sein, daß sie sich an sie erinnerte, wo sie sich doch sonst an nichts und niemanden erinnerte?

Es sei denn, es gab tatsächlich einen Hamilton Walker.

8

Nur wenige Meilen abseits der Umgehungsstraße um Washington spazierte Lucas Maynard durch die unterirdischen Geschäfte der Crystal City Metro-Haltestelle in Arlington. Er übte das Abschütteln von Verfolgern. Seit kurzem hatte er auch regelmäßig eine Pistole bei sich – eine Walther TPH, Taschenpistole mit Hahn. Sie war leicht zu bedienen und zu verstecken. Es war eine leichte, kleinere Ausführung der berühmten Walther PP/PPK-Serie.

Er überquerte Gänge, benutzte Schaufenster als Spiegel und hielt mehrmals an, um die Platanen und Stiefmütterchen zu bewundern.

Auf diese Weise konnte er überprüfen, ob ihn jemand verfolgte.

Eine Stunde später, als er sich sicher war, daß ihm niemand folgte, eilte er zurück auf die Straße. Er zog seine Jacke aus und ging zügig durch die Augusthitze.

Er bog in eine Seitenstraße ein und erreichte nach drei Blocks ein Wohnhaus aus rotem Backstein. Er schwitzte, und das ärgerte ihn. Er kam nicht gern verschwitzt an. Er öffnete die Haustür mit seinem Schlüssel, stieg die Stufen zum zweiten Stock hinauf und schloß die Tür der vorderen Wohnung auf.

»Was riecht denn hier so gut?« fragte er.

In der bescheidenen, klimatisierten Wohnung roch es einladend nach gebratenem Fleisch und Soße. Plötzlich war er wieder ein kleiner Junge in Terre Haute, Indiana. Er fühlte sich bei Leslee immer wie ein Siebzehnjähriger, der die ganze Zukunft noch vor sich hatte. Dabei war er Anfang Sechzig, schon lange geschieden, litt an Diabetes, hatte Übergewicht und drei erwachsene Kinder, die er kaum noch kannte.

Als er die Tür hinter sich schloß, kam Leslee Pousho aus der Küche. Ihr Gesicht war gerötet vom Kochen. Sie war hellblond, klein und kompakt und freute sich so sehr ihn zu sehen, daß ihre blauen Augen tanzten.

»Liebling, du bist aber früh!«

Er umarmte sie, und sein Herz klopfte heftig gegen ihren kleinen, festen Körper. Er küßte ihre ofenwarmen Wangen und dankte wieder einmal dem Herrgott im Himmel für diese zweite Chance.

Sie nahm sein Gesicht in die Hände und küßte ihn

leidenschaftlich auf die Lippen. Er wollte sie hochheben und ins Schlafzimmer tragen, aber sie stieß ihn fort.

»Schau mal, was ich für dich habe.«

Sie trat zurück und zog sich das Trägerkleid über den Kopf. Dann stand sie in Dessous aus schwarzrosa Spitze vor ihm. Glänzende Satineinsätze bedeckten sittsam Brustwarzen und Schamhaare. Aber es war alles andere als sittsam, es war hinreißend. Und sie wußte es und drehte sich vor ihm. Ihre kurzen Beine wirkten lang in den schwarzen Netzstrümpfen, und ihre kleinen Füße wölbten sich zierlich in den gefährlich hochhackigen Schuhen.

Sie lachte, weil ihr das so überhaupt nicht ähnlich sah.

»Himmel, Les.« Seine Stimme war heiser wie in einem schlechten Film, aber das kümmerte ihn überhaupt nicht. Er grapschte nach ihr. Sie lief ins Schlafzimmer. Er folgte ihr wie ein aufgeregter kleiner Junge.

Danach lagen Lucas und Leslee nackt auf dem Bett im kühlen Luftzug der Klimaanlage. Er betrachtete ihren Körper voller Ehrfurcht. Er war so fest und glatt, ihre kleinen Brüste wie zwei Kugeln. Sie war zweiunddreißig, er war zweiundsechzig und voller wabbelnder Fettpolster und Falten. Besonders jetzt, wo er abnahm, hing alles noch trauriger herab. Aber Leslie schien ihn schön zu finden.

»Ist jetzt wegen mir das Essen angebrannt?« fragte er.

»Nein. Es ist *Boeuf Bourgignonne*. Das muß ganz langsam vor sich hin köcheln. Eigentlich ist es dafür viel zu heiß, aber ich hatte Lust darauf. Macht es dir etwas aus?«

Er lächelte. »Ich habe immer darauf Lust, worauf du Lust hast.«

Sie war Redakteurin bei der *Washington Independent*, einer alternativen Zeitung, die schon fünfundzwanzig Jahre trotz dürftiger Finanzen, Angriffen der Konservativen, Hausdurchsuchungen und einem unterbezahlten, häufig wechselnden Personal überlebt hatte.

Und Leslee hatte sein Leben verändert.

»Wenn ich nur vorher gewußt hätte, daß du so pflegeleicht bist.« Sie zwinkerte mit den Augen.

Sie hatte sein Leben verändert, weil sie seinen Blick weg von den Fehlern der Vergangenheit hin zu den Möglichkeiten der Zukunft gerichtet hatte. Er hatte alles sorgfältig geplant. Um mit Leslee zusammen zu sein, wollte er seine Vergangenheit abschütteln.

Das, was er und seine Kollegen getan hatten, war nicht richtig gewesen. Iran-Contra und Bill Casey, der damalige Chef des CIA in den hektischen Achtzigern, hatten Unheil gebracht. Reagan und Busch waren noch gefährlicher gewesen. Maynard schämte sich dafür, daß er Berichte gefälscht, Geld gestohlen und Mörder unterstützt hatte.

Müde schloß er die Augen und sah Leslee klar vor sich. Wenn er genau hinhörte, konnte er ihre Stimme in der Stille des Zimmers hören, obwohl sie gerade in seinen Armen einschlief. Es war Leslee Pousho mit ihrem kleinen, kompakten Körper und ihrer scharfen Intelligenz, die ihn die Welt anders sehen ließ. Er sehnte sich danach, ihr alles zu erzählen, aber er mußte damit warten, bis er seine Immunität hatte.

Dann würde er es Leslee erzählen und ihr einen Heiratsantrag machen, wenn sie ihn dann noch wollte.

»Mein Gott«, murmelte sie. »Das Essen.«

»Laß mich das machen. Du bist müde.« Er stand auf und mußte sich am Bettpfosten festhalten, weil ihm schwindelig wurde. Diese verdammte Diabetes. Warum, zum Teufel, hatte er Leslee nicht früher kennenlernen können, als er noch nicht alt und krank und in Schwierigkeiten gewesen war.

»Geht es dir gut?« Sie setzte sich auf. Ihre Brüste waren so klein und perfekt, daß sie sich kaum bewegten.

Die Dessous und die schwarze Strumpfhose lagen mit seinen Kleidern in einem Knäuel auf dem Boden. Er hatte keine Ahnung, wo ihre Schuhe waren. Vielleicht im Flur.

»Mir geht es gut.« Er zog seinen Morgenmantel an. »Was soll ich mit dem Essen machen? Glaubst du, daß es angebrannt ist?«

Sie lachte leise. »Nein. Ich glaube, es ist genau richtig. Hast du Hunger?«

Sie aßen wie gewöhnlich am Küchentisch mit der rotkarierten Wachstuchdecke. Wieder erinnerte es ihn an Terre Haute. Dabei war sie eine Karrierefrau aus Manhattan.

»Ich arbeite gerade an einer Story über euer Geschäft«, sagte sie zwischen zwei Bissen. »Möchtest du vielleicht etwas dazu sagen?«

»Wahrscheinlich nicht. Aber versuch's mal.«

Zuerst stritten sie sich über die Aufgaben eines staatlichen Geheimdienstes, seinen Platz in einer Demokratie, ob seine Existenz nicht antidemokratisch sei. Dann stritten sie über die Exzesse der Reagan- und Bush-Jahre und schließlich über die Rolle der Company in der heutigen Welt nach dem Kalten Krieg.

Sie sagte: »Der Vizesenator von Utah hat einen Gesetzesentwurf eingereicht, der dem CIA offiziell Wirtschaftsspionage erlaubt.«

»Das scheint dich zu überraschen.«

»Diesmal kommt er wahrscheinlich durch.«

»Das habe ich auch gehört.« Er kaute und betrachtete ihr herzförmiges Gesicht.

Sie wurde wütend, weil er nicht reagierte.

Er sagte: »Sieh doch, ich verstehe das durchaus. Wir Amerikaner haben Angst. Wir rutschen gerade den glatten Berg unserer eigenen Gier hinunter. Wir sind die größte Finanzmacht der Welt, und jetzt wollen wir Garantien dafür, daß das auch so bleibt. Aber alles scheint gegen uns zu arbeiten. Die Geheimdienste des Auslandes schleusen Spione in unsere Unternehmen ein. Sie fotografieren und stehlen unseren Geschäftsleuten wichtige Dokumente und Muster neuer Technologien, wenn sie ins Ausland reisen. Der französische Geheimdienst läßt sogar die Business Class der Air France abhören. Sieh dir nur all die amerikanischen Berater hier in Washington an, die von Japanern, Briten, Russen, Deutschen und Chinesen bezahlt werden. Kein Wunder, daß unsere Unternehmen wollen, daß wir Agenten in den Finanzministerien des Auslandes anwerben. Wenn wir Gefahr laufen, das Wettrennen zu verlieren, warum nicht?«

»Aber wenn wir im Ausland ein Geschäftsgeheimnis stehlen, wem geben wir es dann – IBM oder Apple? Delco oder G.E.?«

»Vielleicht veröffentlichen wir es einfach im *Wall Street Journal*, so daß jeder eine Chance hat.«

»Wenn das Gesetz verabschiedet wird, dann werden wir letzten Endes bei unseren eigenen Verbündeten spionieren. Und du weißt, daß unsere Unternehmen versuchen werden, die Agenten zu bestechen, wo es nur geht. Jeder will die Information zuerst, nicht nur, um einen Wettbewerbsvorsprung vor den Unternehmen anderer Länder zu haben, sondern vor allem auch vor der heimischen Konkurrenz. Dann gibt es da noch das Problem der multinationalen Unternehmen.

Wie kann man überhaupt noch sagen, ob ein Unternehmen amerikanisch ist oder nicht?«

»Wirtschaftsabkommen sind für die nationale Sicherheit heute viel wichtiger als Rüstungsabkommen, Les.«

»Wir leben in einer Demokratie, verdammt noch mal.« Sie schüttelte wütend den blonden Kopf. »Die Demokratie schreibt vor, daß es keine Verbindung von Privatwirtschaft und Regierung geben darf, genauso wie die Kirche von der Regierung getrennt ist. Es braucht tiefgehende Veränderungen in unserer Kultur und unseren Gesetzen, um das Wissen, das sich der CIA mittels Industriespionage angeeignet hat, den Unternehmen weitergeben zu können. Wenn man die Vorstellung, daß die Regierung in der Privatwirtschaft herumspukt, bis zu ihrem logischen Ende weiterdenkt, dann landet man am Ende beim totalitären, kommunistischen Staat, in dem Regierung und Wirtschaft eins sind. Das wäre sicher ein schwerer Schock für den rechten Flügel.«

Maynard kaute nachdenklich. »Es war immer ein großes Problem für die Amerikaner, den Konflikt zwischen einer offenen Demokratie und der Geheimhaltung, die für die Arbeit des Geheimdienstes notwendig ist, zu lösen. Ich halte es da mit George Washington. Ein Geheimdienst war für ihn lebenswichtig, aber nur, um unser Volk vor der Aggression anderer Völker zu schützen. Wie immer du es auch drehst und wendest, Geld zu machen ist nicht gewalttätig. Es *erzeugt* Gewalt, wenn ein Gierschlund es auf den anderen Gierschlund abgesehen hat oder wenn so ein Schwein Hungernden die Nahrung wegnimmt. Aber an sich ist finanzieller Wettbewerb nicht gewalttätig. Daher glaube ich, daß Langley die Finger von Industriespionage lassen sollte.«

Leslee legte ihre Gabel hin. »Ist das dein Ernst? Habe ich tatsächlich eine Delle in deinen Dickschädel schlagen können?«

»Eine beinahe tödliche Delle, die eine Art Wiedergeburt verursacht hat. Da hast du ganz recht. Unser politisches System – die Demokratie – ist von unserem ökonomischen System – dem Kapitalismus – beschmutzt worden. Tatsächlich regieren wir die Vereinigten Staaten so, als *wäre* der Kapitalismus das politische System. Profit ist alles. Erfolg läßt sich nur in Geld messen.«

Sie nickte. »Wenn einen die Leute fragen, was man tut, meinen sie eigentlich damit, wieviel man verdient.«

»Dafür war Langley nie vorgesehen«, sagte er. »Der CIA sollte lediglich die Regierung mit Hilfe von nützlicher Information zum rechten Zeitpunkt in ihren Entscheidungen unterstützen. Das ist alles, aber auch das ist schon problematisch genug. Das ist es, was unsere neue Direktorin will, und sie arbeitet hart an den Reformen, die alle anderen Aktivitäten unterbinden. Aber es ist nicht leicht. Fünfzig Jahre lang ist Langley neben dem rechten Weg gelaufen. Aber wenn wir jetzt dem Druck nachgeben und Industriespionage erlauben, dann wenden wir uns von den Prinzipien der Demokratie ab, und damit schwächen wir die moralische Basis unserer Nation nur noch mehr.«

Sie strahlte. »Darf ich dich zitieren?«

»Du kannst mich als anonyme Regierungsstelle zitieren.« Er runzelte die Stirn. »Aber bald, Les, schon sehr bald, werde ich an die Öffentlichkeit gehen.«

9

»Gordon, habe ich Familie in Santa Barbara – ich meine, eine echte oder eine erfundene?« sagte Liz. »Die Walkers? Tante Jane, Onkel Hamilton, Cousin Michael?«

Sie saßen allein am langen Tisch im leeren Klassenzimmer. Er saß ihr gegenüber, sein Notizheft lag zugeklappt dicht neben ihm. Sie war über eine Beretta 92-F gebeugt und säuberte sie.

Gordon sagte: »Walker war ein Deckname, den wir für dich erfunden haben.«

»Ja, Sarah Walker. Du hast nicht auch noch eine Familie in Santa Barbara für mich dazuerfunden, oder?«

»Wie kommst du plötzlich auf so komische Ideen?«

Sie ölte die Beretta. »Gibt es da etwas, was ich wissen sollte? Etwas über mich und meinen Decknamen?«

»Wo hast du denn nur diesen ganzen Mist über diese Familie Walker her?«

»Aus meiner CIA-Akte.«

»Nicht aus der Akte, die ich dir gegeben habe.«

»Nein, aus der im Personalbüro. Hier auf der Ranch. Ich habe den Computer benutzt.«

»Wann?«

Sie hob den Kopf. Sein Gesicht war dunkelrot angelaufen.

Sie sagte: »Ist das wichtig?«

Blitzschnell und mit der Sicherheit eines Raubtiers warf er sich über den Tisch und packte ihren Arm. Die Gewalttätigkeit ließ sie erstarren.

»Hör mir zu, Liz Sansborough.« Seine Stimme war schneidend, seine Augen nur noch Schlitze. »Ich habe dir alles gezeigt, was du wissen mußt. Was in der Akte im Personalbüro steht, geht dich verdammt nochmal nichts an. Sie ist *Top Secret*.«

Ihr Magen spielte verrückt, aber in ihrem Kopf war sie eigenartig ruhig.

Sein Gesicht war jetzt dicht vor ihrem. »Du bist Mitglied der Company. Du führst Befehle aus. Dein Befehl lautete, daß du die Finger von Regierungsdokumenten läßt, für die du nicht autorisiert bist. Hast du verstanden?«

Sie könnte ihm die Fingerspitzen in die Augen rammen. Oder ihm unter dem Tisch in die Eier treten. Ihre Beretta war nicht geladen, aber sie könnte ihn damit auf den Kopf schlagen ... aber warum dachte sie an so etwas überhaupt? Das hatte man ihr als Verteidigung beigebracht, wenn sie auf einen Feind traf.

»Ja.« Ihre Stimme klang spröde.

Er ließ sie los und atmete tief durch. »Ich wollte dir nicht weh tun, Schatz.« Seine Stimme klang jetzt völlig anders: sanft, gefaßt, die Stimme des Mannes, den sie bewunderte. »Mitglied der Company zu sein ist kein Spiel. Die Vorschriften sind wichtig. Es geht um Leben und Tod. Warum wolltest du deine Akte überhaupt sehen?« Er starrte sie an, als ob er in ihr Gehirn eindringen wollte. »Ich möchte nicht, daß dir etwas zustößt oder du womöglich sogar umkommst.«

»Nein, natürlich nicht.«

Eine heiße Welle des Zorns stieg in ihr hoch. Wer *waren* denn Jane, Hamilton, Sarah und Michael Walker? Wenn es sie wirklich gab, kannte sie sie? Waren sie Teil ihrer verlorenen Vergangenheit?

Und warum war Gordon auf die bloße Erwähnung ihrer Namen hin so außer Kontrolle geraten? Was gab es noch, was sie nicht sehen ... oder wissen durfte?

Zum Abendessen gab es Spaghetti. Der Geruch von Oregano, Thymian und Knoblauch erfüllte die Cafeteria. Liz spürte, daß sie dieses Essen schon viele Male mit einer älteren, weißhaarigen Dame gegessen hatte, die italienisch sprach und nach frisch gebackenem Brot roch. Die Dame hatte eine Anrichte mit häßlichen Schnörkeln in ihrem Wohnzimmer, und als kleines Mädchen hatte Liz sich darin oft versteckt.

Wer war diese weißhaarige Frau?

Eine Nachbarin? Ihre Großmutter?

Später am Abend beobachtete Liz Gordons Schlaf – wann er unruhig wurde und wann er tief und fest schlief. Am Anfang der nächsten Tiefschlafphase schlich sie noch einmal zum Personalbüro. Wieder gab sie ihren Code in den Computer ein, aber diesmal nahm er ihn nicht an:

CANNOT READ. EXIT OR TRY AGAIN.

Gordon hatte ihren Code gesperrt.

Der Himmel am frühen Morgen war leuchtend blau und wolkenlos. Liz lag auf ihrer Pritsche, starrte hinaus auf die Berge und dachte an das Foto von Gordon und ihr am Strand von Santa Barbara. Da war etwas –

»Du bist wach. Gut.« Gordon stand über sie gebeugt. Wie immer lächelte er warm. »Zieh deine Joggingsachen an. Wir machen eine kleine Fahrt.«

»Warum?«

»Um deine Ausdauer zu testen. Du mußt zwanzig Meilen zum Camp zurücklaufen.«

Während sie sich anzog, sah sie ihn argwöhnisch an.

Er tat so, als ob nichts geschehen wäre, als ob er nie explodiert wäre und ihr fast den Arm zerquetscht hätte. Statt dessen schwatzte er munter über den Unterricht des Tages, und als sie fertig war, fuhren sie in einem grünen Ford Explorer über eine der Sandstraßen, die sich durch das Geländer der Ranch schlängelten.

Schließlich hielten sie an und stiegen neben einem riesigen Busch wilder Rosen aus, deren gelbe Köpfe sich im sanften Wind wiegten. Die Straße zog sich wie ein schmales, staubiges Band durch die bewaldeten Hänge. Die Sonne war angenehm warm, aber sie wußte, daß sie sich beim Laufen schon nach einer halben Stunde fühlen würde, als wäre sie in der Mojave Wüste.

»Wofür ist der Ausdauertest?« fragte sie. Sie machte ein paar Dehnübungen, um ihre Muskeln aufzuwärmen.

»Für deine physische Konstitution. Ich werde auf dich warten.«

»Und dann, was passiert dann?«

»Ich werde dir ein Bier im Offiziersclub ausgeben.«

»Gordon, verdammt noch mal. Was soll das alles?«

»Wenn du bestanden hast, werden wir reden.« Er stieg wieder ein.

Er schien volles Vertrauen darin zu haben, daß sie es schaffen würde. Sie war sich hingegen gar nicht so sicher, daß sie die zwanzig Meilen durchhalten würde, besonders in dieser Höhe. Ihre längste Laufstrecke war bisher acht Meilen lang gewesen.

Sie lief los, nicht zu schnell. Als er an ihr vorbeifuhr, winkte er und verschwand dann hinter einer Kurve.

Sie behielt ein stetiges Tempo bei, aber nach ein paar Meilen spürte sie, wie die Energie aus ihren Gliedern wich. Ab und zu trat sie auf einen Stein, und sie spürte es bis in die Zähne. Sie wußte, daß sie jetzt an die ›Mauer‹ kam. Sie wollte sich vor Erschöpfung einfach fallen lassen.

Aber es ging um ihren Stolz. Sie mußte es schaffen.

Der Jogginganzug klebte schweißnaß an ihrem Körper. Ihre Gelenke schmerzten bei jedem Schritt.

Dann spürte sie plötzlich, wie der Schmerz nachließ. Sie hatte die demoralisierende Mauer überwunden. Jetzt konnte sie wieder atmen.

Die Kraft floß zurück in ihre Muskeln.

Triumphierend lief sie weiter. Schließlich sah sie Gordon, der im Auto auf sie wartete, wie er gesagt hatte. Das mußte das Ende der zwanzig Meilen sein. Welche Erleichterung.

Sie wurde langsamer.

Sie bereitete sich physisch und psychisch auf das Ende des Laufs vor, aber Gordon lehnte sich aus dem Fenster des Wagens heraus und zeigte nach vorn die heiße Bergstraße entlang. »Weiter!« rief er. »Noch eine Meile bis zum Camp!«

Sie runzelte die Stirn. Er mußte zu früh angehalten haben. Alles tat ihr weh. Sie zitterte. Würde sie noch eine ganze Meile schaffen?

Fluchend schleppte sie sich weiter.

Er fuhr vorbei, ohne sich umzudrehen. Sie kämpfte mit dem Drang, aufzuhören. Sie torkelte und zwang sich dazu, sich auf die staubige Straße zu konzentrieren, obwohl sie an nichts anderes mehr denken konnte, als im Schatten der kühlen Ponderosa-Kiefern auszuruhen.

Endlich sah sie ihn wieder. Er wartete am Rand des Flaggenkreises. Die Schmerzen waren unerträglich. Ihr war schwindelig. Dann war die sanfte Bergluft plötzlich von ohrenbetäubendem Lärm erfüllt – es klang nach einem Baseballspiel.

Gordon lehnte sich wieder aus dem Fenster.

Der Krach kam aus dem Müllwagen, der langsam um den Platz herumfuhr. Das Radio lief auf voller Lautstärke. Es war ein Dodgers-gegen-Braves-Spiel, und der Fahrer war der neue Personalchef, der sie bei ihrem ersten Einbruch ins Personalbüro beinahe entdeckt hatte.

Als sie Gordon erreicht hatte, zwang sie sich dazu, sich nicht fallen zu lassen. Sie stolperte weiter im Kreis, und wartete, daß ihre Muskeln abkühlten.

»Der Kerl ist jetzt wirklich verrückt geworden.« Er nickte in die Richtung des Müllwagens.

»Was war denn los?« keuchte sie endlich. »Hast du dich in der Entfernung verschätzt?«

»Nein. Ich wollte, daß du die ganzen einundzwanzig Meilen läufst.«

»Du Mistkerl. Das hättest du mir sagen müssen.«

»Dann hättest du es dir besser einteilen können, meinst du. Aber darum ging es ja gerade. In unserem Geschäft ist es ein Fehler zu glauben, daß man ein Ziel erreicht hat, denn damit stellt man sich physisch und psychisch darauf ein, abzuschalten.«

Die einfache Logik beeindruckte sie. »So wie ich auf der letzten Meile abschalten wollte.«

»Verstehst du die eigentliche Prüfung?« Er sah sie forschend an.

Sie nickte. »Die körperliche Anforderung zu bewältigen war wichtig, aber entscheidend war, ob ich es schaffen würde, weiterzumachen.«

»Genau. Entschiedenheit, Hartnäckigkeit. Wie auch immer du es nennen willst. Es gibt Zeiten, wo wir alle in diesem Geschäft über das ursprüngliche Ziel hinaus leistungsfähig bleiben müssen. Aber wenn Körper und Geist Widerstand leisten, dann schaffen wir es vielleicht nicht.«

»Oder wir machen Fehler.«

Er lächelte, und sie sah, wie enorm stolz er auf sie war. »Nun, mein Schatz, du hattest den Mut und die Ausdauer für diese zusätzliche Meile, und du bist klug genug, um zu verstehen, warum es wichtig war. Ich könnte dir jetzt alle möglichen Fragen zu Geschichte, Kultur und Tagesgeschehen stellen, aber das wäre albern. So wie du alles an Informationen in dich hineinsaugst, wirst du sicher in der Lage sein, mit jemandem ein vernünftiges Gespräch zu führen.«

Sie schluckte. »Was hat das zu bedeuten, Gordon? Bin ich hier fertig? Sind wir –?«

»Ich werde mit Hughes Bremner sprechen, ihm sagen, daß er von mir aus einen Termin ausmachen kann. Das wird ihn freuen.« Gordon hatte ihr gesagt, daß Bremner, ein hohes Tier in Langley, sich für sie interessierte. Es war Bremner, dem Gordon jeden Tag seine Aufzeichnungen faxte. »In der letzten Phase deiner Ausbildung wirst du konkret auf deinen Auftrag vorbereitet werden. Herzlichen Glückwunsch, Schatz. Du hast bestanden.«

Während Gordon zum Verwaltungsgebäude ging, um Hughes Bremner anzurufen, kehrte Liz zur Hütte zurück. Sie fühlte sich schuldig.

Vielleicht hatte sie unrecht. Vielleicht hatte sie Gordon falsch eingeschätzt.

Sie zog sich aus und ging ins Bad. Unter der Dusche dachte sie noch einmal über alles nach und versuchte, es aus einem anderen Blickwinkel zu sehen. Während sie sich Tarnhose und Hemd anzog, mußte sie wieder an den Morgen denken, als sie aufgewacht war. Wieder spürte sie diesen eigenartigen, nagenden Zweifel. Da war etwas mit dem Bild von Gordon und ihr –

Sie fand es in der Schublade neben dem goldenen Ring, den sie noch immer nicht tragen wollte. Sie sah es genau an. Sie strahlten beide. Sie konnte ihre Hände nicht sehen, aber Gordons linke Hand war sichtbar. Und er trug ... keinen Goldring. Nichts.

Es schnürte ihr die Kehle zu. Das hatte sie die ganze Zeit gestört. Sie starrte die Hand eine ganze Weile an. Schließlich drehte sie das Foto um. Sie wußte noch, was dort stand: Hendry's Beach und ein Datum.

Das war vor weniger als einem Jahr gewesen. Aber er hatte ihr gesagt, daß er den Ring *zwei Jahre lang* nicht abgenommen hatte. Vielleicht hatte er sich nur in der Zeit vertan, aber sie bezweifelte es. Er hatte zuviel Theater um diesen Ring gemacht, um sich so zu irren. Er mußte gelogen haben. Aber warum?

Er hatte die Kontrolle verloren, war wütend und gewalttätig geworden, als sie in ihrer Akte gestöbert hatte. Dann hatte er ihren Zugang zum Computer gesperrt. Und sie glaubte, daß er genauso wütend sein würde, wenn er wüßte, daß sie ihre Tabletten nicht mehr nahm.

Sie konnte ihre Zweifel nicht länger abschütteln. Trotz seiner feierlichen Rede heute über den Ernst ihrer Aufgabe und seiner Glückwünsche zu der Extra-Meile spürte sie, daß etwas nicht stimmte.

Welche Lügen hatte Gordon ihr noch erzählt? Und warum?

Und was hatten sie mit dem Carnivore zu tun?

Am Abend begleitete sie Gordon zur Verwaltung, in der immer viel Betrieb herrschte. Von dort schickte er seine täglichen Faxe zu Hughes Bremner bei Langley. Wie gewöhnlich beugte er sich über das kleine Faxformular, schrieb mit seinem geliebten silbernen Cross-

Kugelschreiber und deckte mit der Hand das Geschriebene ab. Es war unmöglich, seinen Code zu sehen. Als er fertig war, riß er die Seite vom Block herunter, heftete sie mit einer Büroklammer an seinen Bericht und gab alles der Sekretärin. Sie sagte, daß sie es sofort durchfaxen würde. Als Gordon sich umdrehte und zur Tür ging, sah sich Liz um. Alle waren beschäftigt. Heimlich nahm sie den Block mit den Faxformularen, steckte ihn ein und folgte Gordon hinaus.

In der Nacht schlich sie ins Bad und rieb mit einem weichen Bleistift über das Papier. Mit bloßem Auge konnte man auf dem Papier nichts erkennen, aber Gordon schrieb mit der gleichen Intensität, mit der er sich Langley verschrieben hatte, und sie hoffte, daß sich etwas von seiner Schrift durchgedrückt hatte.

Sie arbeitete langsam und geduldig, bis zuerst ein paar Buchstaben, dann Worte und schließlich Zahlen sichtbar wurden. Sie jubelte innerlich. Sie hatte es geschafft. Sie hatte Gordons persönlichen Code!

Sehr viel später in der Nacht analysierte Liz wieder Gordons Schlaf. Um drei Uhr morgens, als seine nächste Tiefschlafphase begann, brach sie wieder in das Personalbüro ein. Sie setzte sich an den Computer und tippte den Code ein. Würde es funktionieren?

Als das Menü auf dem Bildschirm erschien, atmete sie erleichtert auf.

Sie forderte die Akte ihrer Deckidentität Sarah Walker an. Nach wenigen Sekunden sah sie auf dem Schirm ein Gesicht, das als Sarah Walker identifiziert wurde.

Es war nicht ihr Gesicht!

Statt dessen sah sie eine sympathische Frau mit

einem kleinen Kinn, einer leicht schiefen Nase und ohne Muttermal über der Lippe. Sie starrte das Computerbild an, als ob sie es zum Reden bringen könnte. War es ein vertrautes Gesicht? Vielleicht –

Sie las die Akte. Sarah Jane Walker, Journalistin und Gesellschaftsreporterin. Sie war im selben Jahr geboren wie Liz. Ihre Größe differierte nur um einen Zentimeter, ihr Gewicht um drei Pfund. Da stand außerdem, daß Sarahs Mutter einen Bruder hatte, der in England lebte – Harold ›Hal‹ Sansborough. Er war mit Melanie Childs verheiratet, und sie hatten eine Tochter namens Liz. Hal und Melanie Sansborough waren in New York City umgebracht worden.

Wie weiß man, fragte sie sich, ob sich jemand an etwas erinnert, nur weil es einem jemand erzählt hat, oder weil man es wirklich erlebt hat?

Wenn Liz Sansborough und Sarah Walker dieselbe Person waren, warum gab es dann unterschiedliche Beschreibungen ihres Äußeren? War das ein Fehler desjenigen, der die Daten eingegeben hatte? Aber bei der Größe – ein Meter fünfundsiebzig, mehr oder weniger – konnte ein Zentimeter Unterschied leicht an unterschiedlichen Meßinstrumenten oder Körperhaltung gelegen haben, und die drei Pfund konnten auf ganz normale Gewichtsschwankungen zurückzuführen sein. Wenn sie darüber nachdachte, konnte die Beschreibung genausogut auch auf sie passen.

Aber wenn sie Sarah Walker *und* Liz Sansborough war, warum hatte man dann für Sarah Walkers Beschreibung nicht einfach Liz Sansboroughs Daten kopiert?

Und wie war das Gesicht mit dem kleinen Kinn ohne Muttermal über dem Mund zu erklären, besonders wo es angeblich Sarah Walkers Gesicht war?

Dann sah sie eine Eintragung über eine Urgroßmutter Firenze, die Sarah und Liz gemeinsam hatten. Also war sie die Großmutter von Jane Sansborough. Als sie weiterlas, tauchte eine temperamentvolle, weißhaarige Frau vor ihrem inneren Auge auf, und sie roch würzige Spaghetti und frisch gebackenes Brot mit Rosmarin.

Ihr Herz klopfte wild vor Aufregung. Sie schloß die Augen und versuchte, das Bild festzuhalten, aber es entglitt ihr immer wieder wie ein Stück Seife.

Verdammt. Das Bild verschwand so plötzlich, wie es gekommen war.

Wieder eine echte Erinnerung?

Ja! Das mußte es gewesen sein! Urgroßmutter Firenze!

Sie las weiter. Sarah hatte an der University of California in Santa Barbara studiert und die Uni-Zeitung herausgegeben, *The Daily Nexus*. Nach dem Examen hatte sie eine Weile bei der *Santa Barbara Independent* gearbeitet. Sie lebte von dem Geld, das sie von ihrer Urgroßmutter Firenze geerbt hatte. Schließlich hatte sie begonnen, als freie Journalistin für verschiedene Illustrierte zu schreiben. Wie konnte es sein, daß sie eine eigene ›persönliche‹ Erinnerung an Urgroßmutter Firenze hatte, wenn ihre Familie – die Sansboroughs – Santa Barbara angeblich nie besucht hatte?

Vielleicht hatte Urgroßmutter Firenze sie in England besucht, und sie hatte den Rest der Erinnerung erfunden?

Gab es irgendwo da draußen wirklich Sarah Walker? Jemand, der aussah wie diese Frau auf dem Computerbildschirm? Wenn ja, was war mit ihr geschehen?

Als Liz darüber nachdachte, lief ihr ein eiskalter Schauer den Rücken hinunter. Lange saß sie da im Schein des Bildschirms in dem sonst finsteren Raum.

Schließlich ging sie zurück an den Anfang der Akte. Sie merkte sich die Santa Barbara-Telefonnummern von Sarah Walker, Hamilton und Jane Walker und Michael Walker.

Dann schaltete sie den Computer aus und ging zur Tür. Diesmal stand niemand draußen. Sie dachte an das merkwürdige Schauspiel vom Vortag, als der Personalleiter im Müllwagen um den Flaggenkreis herumgefahren war und sich in voller Lautstärke das Baseballspiel im Radio angehört hatte.

Als sie zu ihrer Hütte zurückging, bemerkte sie eine Gruppe von stecknadelgroßen Lichtern im Südwesten – ein Bergdorf, das nicht an der Straße lag, auf der sie und Gordon zur Ranch gefahren waren; sie waren aus Südosten gekommen. Die Lichter waren nur wenige Meilen weit weg, aber ihr kam es so vor, als ob sie in einem anderen Universum lägen.

Am nächsten Morgen ging Liz auf dem Weg zur ersten Unterrichtsstunde in die Damentoilette. Gordon bog um die Ecke und verschwand auf der Seite der Herren. Als sie ihn nicht mehr sah, lief sie rasch zum Verwaltungsgebäude. Davor stand eine öffentliche Telefonzelle. Sie warf Geld ein und wählte Sarah Walkers Nummer in Santa Barbara. Nachdem es vier Mal geläutet hatte, teilte ihr eine Computerstimme mit, daß die Nummer abgemeldet sei. Sie versuchte es bei Sarahs Eltern in Santa Barbara. Eine Frau antwortete.

»Mrs. Walker?«

»Nein. Welche Nummer haben Sie denn gewählt?«

Es war die richtige Nummer, aber die Frau sagte, daß sie sie erst drei Monate hätte.

Enttäuscht warf Liz einen Blick auf die Herrentoilette, aus der Gordon herauskommen mußte. Er würde ihr den Rücken zukehren. Sie warf nochmal Geld ein und wählte die Nummer von Sarah Walkers Bruder.

Das Telefon klingelte und klingelte. Niemand nahm ab. Sie legte auf, aber etwas hielt sie zurück. Warum? Es dauerte einen Moment … dann wußte sie, was es war.

Sie hatte es zweimal fast unhörbar klicken hören, kurz bevor sie den Hörer aufgelegt hatte. Sie lief zurück, um Gordon nicht zu verpassen, und spürte die Angst, die in ihr hochstieg. Das einzige öffentliche Telefon des Camps wurde abgehört. Jetzt würde jemand wissen, daß sie noch immer versuchte herauszufinden, wer Sarah Walker war.

10

Der Gürtel um Washington begann bereits, in der Hitze der Morgensonne zu flimmern, als Lucas Maynard bei der Bank unter den Kirschbäumen ankam, wo Staatssekretär Edward schon ungeduldig auf ihn wartete.

Unter dem Arm trug Maynard einen großen, braunen Umschlag. In diesem Umschlag waren Papiere, die er in der Nacht zuvor kopiert hatte. Die Originale lagen in einem feuersicheren Safe unter Leslee Poushos Bett. Leslee hatte geschlafen und nicht gemerkt, daß er leise fortgegangen war und die Dokumente in einem Copy-Shop, der die ganze Nacht geöffnet hatte, kopiert hatte. Der Safe gehörte ihm, und sie hatte keine Ahnung, was darin war. Er hatte ihr versprochen, es ihr bald zu zeigen, und sie vertraute ihm genug, um zu warten. Als Vorsichtsmaßnahme hatte er ihr die Büro- und die private Telefonnummer von Clare Edwards gegeben. Falls ihm irgend etwas zustieß, sollte sie den Safe dem Staatssekretär übergeben.

Der Gedanke, daß ihm etwas ›zustoßen‹ könnte, gefiel ihr gar nicht. Er wußte, daß sie irgendwann die Nase voll davon haben würde, dauernd mit irgendwelchen Problemen eines alternden, bekehrten Spions konfrontiert zu werden.

Sie würde sich eine Beziehung suchen, in der es keine Geheimnisse gab.

Wenn er sie nicht verlieren wollte, würde er so bald wie möglich aus seinem unordentlichen Leben aussteigen müssen.

Die Dokumente, die er dem Staatssekretär übergab, enthielten Informationen über die geheime Quelle von etwa zehn Millionen Dollar Iran-Contra-Geldes, das er und die anderen von Gewinnen aus Drogengeschäften abgezweigt und auf eigenen, diskreten Nummernkonten der BCCI gelagert hatten. Wenn das Geld einmal im BCCI-System war, war es anonym. Aber er hatte Papiere, die bewiesen, daß das Geld später ausbezahlt und in OMNI-Anteilen und Nonpareil Insurance investiert worden war.

Keiner von beiden sagte etwas.

Sorgfältig beobachteten sie ihre Umgebung.

Dann legte Maynard den Umschlag wie selbstverständlich auf die Bank. Er stand auf, ging fort und verschwand zwischen den Bäumen.

Als Clare Edward mit dem braunen Umschlag unter dem Arm im Außenministerium eintraf, ging er eilig in sein Büro, ohne den Mann mit dem starren Gesicht und den unruhigen Augen, der mit seiner rothaarigen Sekretärin sprach, zu beachten. Sie wartete, bis der Staatssekretär vorbei war, und lächelte dann den jungen Mann an, der in letzter Zeit häufiger gekommen war. Sie fand ihn amüsant, eher wie einen Bruder und nicht wie einen potentiellen Freund, und das war eine erfrischende Abwechslung.

Er überreichte ihr einen Strauß Rosen.

»Sie sind wunderschön.«

»Wie wäre es mit einem späten Frühstück?« schlug er vor.

»Jetzt, wo der Boß da ist, habe ich jede Menge zu tun. Tut mir leid.«

Staatssekretär Clare Edward saß grinsend an seinem antiken Schreibtisch aus Walnußholz in seinem holzgetäfelten – ebenfalls Walnußholz – Büro. Sein Herz pochte heftig vor Aufregung, denn er las gerade Lucas Maynards Papiere.

Sie übertrafen seine Erwartungen um ein Vielfaches. Er kannte keinen der Namen auf der Liste. Wahrscheinlich Strohmänner, aber das würde sich herausfinden lassen. Die Kontonummern und Beschreibungen der Waffen- und Drogengeschäfte waren vollständiger als alles, was die Iran-Contra-Untersuchungen ergeben hatten.

Er rief das Büro des Außenministers an und bat um einen dringenden Termin. Er bekam einen am nächsten Morgen um zehn Minuten nach zehn.

Den Rest des Tages konnte sich der Staatssekretär nicht mehr richtig auf seine Arbeit konzentrieren. Als Maynard am Nachmittag endlich anrief, klang Edwards kultivierte Stimme ausgesprochen gutgelaunt und jovial.

»Großartiges Material, das du mir da gegeben hast, Lucas. Ich habe morgen früh schon einen Termin bei Warren. Sieh zu, daß du die restlichen Informationen bis dahin hast. Wenn die genauso heiß sind wie das hier, dann werden wir richtig Spaß haben.«

Lucas Maynards Stimme klang gereizt. »Nichts weiteres mehr, bis meine Forderung erfüllt ist. Volle Immunität.«

»Ausgezeichnet.« Hughes Bremner saß an seinem Schreibtisch bei Langley und sprach mit Gordon, der gerade angerufen hatte, um ihm die gute Nachricht vom Einundzwanzig-Meilen-Test mitzuteilen. »Sie haben gute Arbeit mit ihr geleistet. Wie hat sie auf die zusätzliche Meile reagiert?«

»Wütend, daß sie reingelegt worden ist, aber dann extrem stolz, daß sie es geschafft hat.«

Bremner lachte leise in sich hinein. Stolz. Ihr Untergang. Aber die Eitelkeit, die sie vernichten würde, würde seinen Erfolg ins Unermeßliche steigern.

»Wie ist ihr Verhalten im allgemeinen, Gordon?«

»Sie ist ruhiger geworden, Sir. Was sie bisher herausgefunden hat, führt alles in eine Sackgasse. Jedenfalls hat sie jetzt ganz sicher keinen Zugang mehr zur Datenbank.«

»Sie ist keine von diesen Hackern, nicht wahr?«

»Nein, Sir«, meinte Gordon aus der fernen Ranch. »Wann soll ich mit der nächsten Stufe beginnen?«

Bremner dachte einen Augenblick nach. »Ich werde morgen in Paris sein, übermorgen zurück. Dann fangen Sie an. Ich will hier sein, damit ich alles beaufsichtigen kann. Und bis dahin vergessen Sie nicht, daß wir uns keine noch so kleine Panne leisten können. Besonders nicht, da wir schon so nah dran sind.«

Mittags wurde eine Abschrift des Telefongesprächs von Lucas Maynard und dem Staatssekretär in Bremners Büro abgeliefert. Bremner las sie mit wachsendem Ärger und großer Sorge.

Lucas Maynard forderte Immunität, und der Staatssekretär ging mit Maynards Informationen zum Außenminister!

Bremner wurde plötzlich kalt.

Was genau wußte Maynard? Was versuchte er zu verkaufen, das seine Immunität erforderte? Es konnte auf keinen Fall die französische Operation sein. Nicht einmal Bremners Vorstandsmitglieder wußten über den bisher größten Coup seiner Karriere Bescheid – GRANDEUR. Er hatte ihnen schon soviel gegeben, daß er keinen Grund sah, warum er sie auch hieran teilhaben lassen sollte, und GRANDEUR würde sein endgültiger Triumph werden. Es würde das selbstgefällige Europa in seinen Grundfesten erschüttern, und auch die Vereinigten Staaten würden nicht ungeschoren davonkommen. Aber Lucas Maynard wußte genug. Allein die Einzelheiten über Sterling-O'Keefe könnten alles zerstören und GRANDEUR mit in den Abgrund reißen.

Wieder studierte er die Abschrift und den angefügten kurzen Bericht. Einer von Bremners Agenten, dessen zugewiesenes Gebiet das Außenministerium war, hatte Staatssekretär Edward beobachtet. Er berichtete, daß der Staatssekretär mit einem braunen Umschlag unter dem Arm hastig in seinem Büro verschwunden sei. Die Abschrift des Telefongesprächs bestätigte die Bedeutung dieses Umschlags.

Aber weder Maynards Beschatter noch Bremners eigener Agent im Außenministerium hatten herausfinden können, wohin er immer wieder für Stunden verschwand. Bremner konnte nicht noch länger warten. Er würde es selbst in die Hand nehmen müssen.

Vor Jahren hatte er begonnen, in der strengen Atmosphäre seines Büros im siebten Stock zum Nachmittagskaffee einzuladen. Bei den ehrgeizigen Untergebenen waren diese Einladungen natürlich heißbegehrt. Er stand fast an der Spitze der Company, und auf diesen Treffen verteilte er ganz gezielt wichtige Neuigkeiten und Karrieretips. Jeder wußte, daß es sich lohnte, Bremner zu hofieren.

Er rief Maynard an und lud ihn zum Kaffee ein. »Nur wir beide, Lucas«, sagte er sanft.

Maynard sagte zu. Eine Absage hätte Bremner Verdacht schöpfen lassen. Das wußten sie beide.

Zehn Minuten später stand Maynard vor seiner Tür. »Wir haben schon lange nicht mehr miteinander geredet, Lucas«, begrüßte ihn Bremner und bot ihm höflich einen Platz auf der Sitzgruppe an, die in der hinteren Ecke seines Büros um einen Couchtisch mit Schieferplatte gruppiert war. Jenseits der Sitzgruppe konnte man durch die Fenster die bewaldeten Hänge Virginias sehen.

»Du warst sehr beschäftigt, Hughes. Wir waren es beide.« Maynard setzte sich in einen Sessel mit dem Rücken zum Fenster, nicht zur Tür.

»Du hast abgenommen.« Bremner goß Kaffee in Haviland-Tassen.

»Zwanzig Pfund bis jetzt. Wegen meiner Diabetes.«

»Ah, ja.« Bremner stellte die vollen Tassen auf den Couchtisch und legten neben jede eine Leinenserviette. Zwischen die Tassen stellte er noch Zuckerdose und Milchkännchen, ebenfalls aus Haviland-Porzellan, und eine Silberplatte mit Sandwiches. Er hatte alles selbst zubereitet, denn er wußte, daß sich seine Gäste durch diese persönliche Behandlung geschmeichelt fühlten und wesentlich zugänglicher waren.

»Ich habe über Sterling-O'Keefe und MASKERADE

nachgedacht.« Bremner saß Maynard gegenüber und konnte durch die Fenster in die Welt draußen schauen. »Hast du irgendwelche Bedenken?«

In Maynards Kopf läuteten die Alarmglocken. Sie hatten bei Langley noch nie über Sterling-O'Keefe gesprochen. Nie. Steckte da noch etwas anderes dahinter? Etwas, das Bremner nicht aussprechen wollte? Oder hatte er herausbekommen, was er mit dem Staatssekretär verhandelte?

Aber der altgediente Agent nahm in aller Ruhe einen Schluck von seinem Kaffee. »Das ist eine eigenartige Frage, besonders weil du sie stellst. Sterling-O'Keefe ist dein Baby. Wir sind durch dich reich wie Krösus geworden. Warum sollte ich Bedenken haben?«

Bremner lächelte. »Sag's mir.«

Maynard stellte seine Tasse ab und verschränkte die Arme vor der breiten Brust. »Keinerlei Bedenken, Hughes. Außer wegen mir selbst. Ich werde alt. Vielleicht ist es an der Zeit aufzuhören.«

»Du willst dich zur Ruhe setzen?«

»Das passiert uns allen mal.«

»Außer den Sternen in der Halle.« Hughes Bremner vergaß nie die einfachen, fünfzackigen Sterne, die in die Wand der Eingangshalle gemeißelt waren. Jeder der sechzig Sterne stand für einen im Einsatz gestorbenen Agenten, aber nur die Hälfte war in dem Ehrenbuch verzeichnet, das in der Nähe ausgelegt war. Die Namen der anderen Agenten wurden genauso geheimgehalten wie ihre tödlichen Missionen. Die Worte, die oberhalb der Sterne in den Marmor gemeißelt waren, sagten es klar und deutlich: »Zu Ehren jener Amerikaner, die ihr Leben im Dienst für ihr Vaterland gegeben haben.«

Dienst. Vaterland. Deswegen war Hughes Bremner – und all die anderen Männer, die in den fünfziger Jahren angefangen hatten – zu Langley gekommen. Sie alle waren Idealisten gewesen. Bremner selbst hätte alles dafür gegeben, einer dieser Sterne zu werden. In jenen frühen Tagen des Kalten Krieges hatte er sich danach gesehnt. Nicht nach dem Tod, sondern nach Ruhm und Heldentum. Damals hatten die Vereinigten Staaten ihre Feinde gekannt, und sie hatten den Mut gehabt, sie zu jagen. Erbarmungslos.

Die achtziger Jahre waren anders. Als Bremner Waffengeschäfte in den Iran und Drogenverkäufe in die Vereinigten Staaten organisierte, um die Contras – *contrarevolucionarios* – in Nicaragua zu finanzieren, stempelten ihn die neuen U.S.-Gesetze als Kriminellen ab. Da hatte er endgültig begriffen, daß sein einmal so ruhmreiches Land sich seit drei Jahrzehnten auf der Talfahrt befand.

Die glorreichen Vereinigten Staaten von Amerika waren am Ende, ruiniert von Radikalen, Weltverbesserern und liberalen Mehrheiten im Kongreß.

Als er einmal zu dieser schmerzlichen Einsicht gelangt war, sah er allerdings keinen Grund, warum er mit untergehen sollte. Das war nicht mehr *sein* Land. Es war an der Zeit, daß er für sich selbst sorgte. Für den Bruchteil einer Sekunde hatte er sich wie sein Ahne, der Sklavenhändler, gefühlt – wie ein Abtrünniger. Und in diesem Moment war er zu einer neuen Überzeugung gelangt, die ihn und sein Schicksal für immer verändern sollte: Wenn er es schon tun würde, dann richtig. Dann wollte er auch so reich und mächtig werden, daß ihm nie wieder jemand etwas anhaben könnte.

Als Chef von Mustang war Hughes Bremner einer der CIA-Abteilungsleiter und somit Herrscher über ein kleines Königreich. Die Führungsspitze – der

Direktor und seine drei Vizedirektoren – hatten alle Hände voll zu tun, und sie dankten dem Himmel für energische Abteilungsleiter wie Bremner und erwarteten, daß sie selbständig arbeiteten, ohne daß sie ihnen ständig über die Schulter sehen mußten. Es war die ideale Voraussetzung für persönlichen Profit, und Bremner und seine vier Vizes waren nicht auf den Kopf gefallen. Die Entlarvung von Aldrich Ames, dem berüchtigten KGB-Agenten, hatte sie nur noch vorsichtiger gemacht. Für jedes Problem gab es eine Lösung, in jedem Gesetz eine Lücke.

»Wir werden bestimmt nicht hinter dem Schreibtisch sterben«, sagte Lucas Maynard.

»Das will ich aber auch hoffen.« Bremner sah an Maynard vorbei durchs Fenster nach draußen. Jetzt war es an der Zeit, die Falle auszulegen. »Wir haben schon eine ganze Menge hinter uns, was, Lucas? Sag mir, vermißt du manchmal den Kalten Krieg?«

Die Frage berührte Maynard tief im Innersten. »Mein Gott, ja. Damals konnten wir die Guten und die Bösen noch auseinanderhalten. Dieses ganze Theater im Augenblick, daß Geheimdienst-Informationen nicht korrekt nach oben transportiert werden, bringt mich zum Lachen. Sie glauben, das sei neu. Erinnerst du dich noch an '57 und '58, als wir diesen geheimen Auftrag hatten, Sukarno zu stürzen? Wir haben nur das berichtet, was Langley an Washington weitergeben wollte. Wir haben die Botschafter angelogen, die uns aufhalten wollten, und dann haben wir für ihre Versetzung gesorgt, wenn sie immer noch keine Ruhe gegeben haben. Damals haben wir uns darum überhaupt keine Gedanken gemacht. Und das war nur ein Fall von vielen. Ob ich den Kalten Krieg vermisse? Verdammt, ja. Es war alles soviel einfacher. So aufregend. Wir konnten etwas bewirken. Wir haben alle gemeinsam für eine Sache gekämpft: für die Freiheit. Demokratie.«

»Der Kalte Krieg hat den Vereinigten Staaten ein Ziel gegeben.« Bremner hob den vornehmen Kopf und lächelte. »Wir waren alles, was die andere Seite nicht war. Erinnerst du dich noch, wie Ike das Interstate Highway-System durchgedrückt hat? Er hat gesagt, es wäre notwendig, um die Städte im Falle eines Atomkriegs zu evakuieren. Und als Kennedy meinte, daß wir besseren Unterricht in Naturwissenschaften und Sport bräuchten, da hat er gesagt, daß wir damit den Sowjets eins auswischen könnten. Heutzutage erreichen wir so wenig.«

Lucas Maynards Blick verschleierte sich. Bremner sah, daß er die richtige vertrauliche Atmosphäre geschaffen hatte. Maynard war in die Falle gegangen.

Jetzt würde Bremner warten. Das war der Trick: Der andere entspannte sich und fühlte sich verstanden. Er selbst sagte nichts mehr. In der entstandenen Schweigepause würde sich der andere schon bald gezwungen fühlen, etwas zu sagen, und oft genug sprach der Gast dann darüber, was ihm auf der Seele lag …

Schließlich sagte Maynard: »Hast du dir schon jemals überlegt, Hughes, daß Langley fünfzig Jahre lang mit dem Abschaum der Menschheit zusammenarbeiten mußte? Mit der Mafia. Den Drogenbaronen von Miami bis Hongkong. Den Diktatoren, die ihre Länder betrogen und ausgesaugt haben. Man hat von uns erwartet, daß wir uns mit diesem Dreck abgeben und mit ihnen zusammenarbeiten, wenn es sein mußte, aber wir sollten uns nicht mit ihnen ins Bett legen.«

»Eine andere Welt, Lucas. Keine schöne.«

Maynards schweres Gesicht war angespannt. Was hatte er für ein Problem? Bremner hätte ihn gern ermutigt, ganz offen zu reden, aber das würde nicht funktionieren. Maynard hatte zuviel Erfahrung mit Verhören, hatte selbst zu viele geleitet. Er würde Verdacht schöpfen.

Bremner atmete gleichmäßig und langsam. Würde Maynard weitersprechen?

Maynard stellte seine Tasse ab, als ob er sich einer schweren Last entledigte. Er sah Bremner direkt in die Augen, und einen Augenblick glaubte Bremner, daß er jetzt seine tiefsten Geheimnisse enthüllen würde.

Statt dessen sah Maynard auf seine Uhr.

»Ein Termin?« Bremner spürte eine seltene Empfindung: Überraschung.

»Tut mir leid, Hughes, aber du hast so knapp angerufen. Ich konnte nicht mehr absagen.«

»Das muß ja sehr wichtig sein.« Seine Stimme klang gelassen, aber er hätte Maynard am liebsten das fette, diabetische Gesicht zwischen den Händen zerquetscht.

Maynard schien zu wissen, daß er eine unanfechtbare Entschuldigung hervorbringen mußte, und er verlor keine Zeit. »Mein Ex-Stasi-Spitzel. Du weißt ja, wieviel Angst er hat. Wenn ich ihn fallen lasse, dann könnte ich eine unserer wichtigsten Quellen in der deutschen Regierung verlieren.«

»Natürlich«, sagte Bremner ruhig. »Das ist wirklich wichtig.«

»Gibt es noch irgend etwas, was du mir sagen wolltest, Hughes?« Maynard stand auf. »Mir ist nicht ganz klar, warum du mich herbestellt hast.«

Bremner stand ebenfalls auf. Er lächelte innerlich. Der Bastard hatte gerade versucht, den Spieß umzudrehen. »Ich möchte den Kontakt zu meinen Freunden nicht verlieren. Das weißt du doch, Lucas.«

»Sicher. Nun, das war wirklich wie in alten Zeiten. Wie in den guten alten Zeiten. Nicht sehr viele von uns können sich daran noch erinnern.«

»Ja. Das ist wirklich traurig.«

Bremner blieb noch eine Weile in der Tür stehen und sah seinem alten Verbündeten nach, der zum Fahrstuhl ging. Er ging aufrecht und gerade. Würdevoll. Zum ersten Mal in vielen Jahren war Hughes Bremner nervös.

11

Hughes Bremner wartete dreißig Minuten, genug Zeit für Maynard, sein Büro zu erreichen, mit seiner Sekretärin zu sprechen und sich zu seinem Termin auf den Weg zu machen.

Wenn es einen Termin gab. Wenn er ihn nicht im letzten Moment erfunden hatte, um seinen verlogenen Arsch zu retten, weil er die Falle gespürt hatte.

Bremner wählte Maynards Nummer. Die Sekretärin nahm ab. Er sagte ihr, er wollte Maynard sprechen.

»Tut mir leid, Sir. Er kommt heute nicht mehr zurück.«

»Ach ja. Was war es noch? Ich hab's vergessen –«

»Er trifft sich mit seinem deutschen Informanten, Sir.«

Also hatte Maynard doch die Wahrheit gesagt. Bremner wußte immer noch nicht mehr als vorher. Ärger stieg in ihm hoch wie bittere Galle. Er wollte gerade noch eine höfliche, nichtssagende Bemerkung anfügen und dann auflegen, als ihm plötzlich noch etwas einfiel.

»Hat er Ihnen von dem Termin erzählt, bevor er zu mir kam oder danach?« fragte Bremner.

»Oh, vorher, Sir. Er hat mich gebeten, ihn anzurufen, falls es bei Ihnen länger dauern würde.«

Verdammt. Bremner war sich so sicher, daß Maynard die ganze Geschichte nur erfunden hatte, um gehen zu können. Er versuchte es mit einer letzten Frage: »Wann hat der Deutsche das Treffen vereinbart?«

»Ich glaube, Mr. Maynard hat es vereinbart. Es muß sehr plötzlich gewesen sein.«

»Plötzlich?«

»Ja. Nachdem er gegangen war, habe ich gesehen, daß er einen Arzttermin verpassen würde. Das passiert ihm eigentlich nie. Seine Diabetes, wissen Sie. Also nehme ich an, daß er mit dem Deutschen erst ganz kurz vor dem Treffen mit Ihnen gesprochen hat, oder –«

Bremner lächelte. Maynard war immer noch gut, aber diesmal nicht gut genug. Maynard hatte das Treffen selbst arrangiert, da er vorausgesehen hatte, daß er eine Entschuldigung brauchen würde.

Die Sekretärin stockte. »Sir … ist irgend etwas nicht in Ordnung? Ich meine, weil Sie all diese Fragen zu Mr. Maynards Terminen stellen?«

Bremner wußte genug. Es paßte alles zusammen: Maynards Frühstück mit dem Staatssekretär, seine Forderung nach Immunität und der braune Umschlag, an dem dem Staatssekretär so viel gelegen schien. Es gab nur eine logische Schlußfolgerung: Lucas Maynard hatte Aufzeichnungen gemacht.

»Ja, da ist wirklich etwas nicht in Ordnung, Mildred«, sagte Bremner. Seine Stimme klang ernst und besorgt. »Ich mache mir Sorgen wegen Lucas' Diabetes. Glauben Sie, daß er zu hart arbeitet?«

»Oh, Mr. Bremner, Sie haben ja so recht –«

Er hörte kaum hin, als sie sich über Maynards Gesundheit ausließ. Er schmiedete bereits Pläne.

Es gab nichts Schlimmeres als einen Verräter, und Lucas Maynard war ein Verräter. Zu einer anderen Zeit hätte Bremner sich den Luxus erlaubt, Maynard weiter zu beobachten, um den Grund für seinen Verrat herauszufinden. Es gab immer einen Grund, und möglicherweise konnte man ihn gegen den Feind verwenden. Aber nicht jetzt. Jetzt durfte er kein unnötiges Risiko eingehen, keine Fehler machen, weder bei MASKERADE noch bei seinem privaten französischen Unternehmen GRANDEUR.

Als er Maynards Sekretärin endlich losgeworden war, rief Hughes Bremner Sid Williams von seinem sicheren Telefon an.

»Maynard hat wichtige, streng geheime Regierungsdokumente gestohlen«, teilte Bremner seinem Untergebenen mit. »Das ist eine ernste Gefährdung der nationalen Sicherheit und des Unternehmens MASKERADE. Wir brauchen diese Dokumente, und wir müssen ihn zum Schweigen bringen. Tun Sie, was nötig ist. Und das heißt auch, daß Sie sich um den Staatssekretär kümmern müssen. Und zwar sofort.«

Um vier Uhr stand Staatssekretär Clare Edwards Limousine bereit, um ihn zu seinem klassizistischen Haus in Georgetown zu bringen. Lucas Maynards Umschlag war in seiner Aktentasche. Er hatte überlegt, ihn im Safe des Außenministeriums einzuschließen, aber es gab zu viele Leute, die Zugang zu dem Safe hatten.

Ja, selbst zu seinem Büro hatten zu viele Zugang. Erst an diesem Nachmittag hatte ein neuer Sicherheitsbeamter in der Tür gestanden und mit seiner Sekretärin geredet, während er seine Tasche gepackt hatte. Er hatte ihn weggeschickt. Der Kerl hatte sich tausend Mal entschuldigt, aber trotzdem –

Auf gar keinen Fall würde er Maynards explosive Dokumente im Büro zurücklassen. Diese Bombe wollte er ganz für sich allein.

Er würde die Papiere unter sein Kopfkissen legen.

Als die Limousine vor seinem Haus hielt, nahm er sich vor, die neue Buchhalterin für den Abend zu sich einzuladen. Sie war ein süßes, kleines Ding, frisch von der High School. Sehr jung. Winzig. Er mochte kleine Frauen. Sie waren so harmlos.

Als der Wagen davonrollte, ging er über den Gehsteig auf sein Haus zu. Sein Gang wurde immer elastischer, je mehr er über das kleine Mädchen nachdachte.

Plötzlich hörte er ein Geräusch und drehte sich um.

Ein blonder junger Mann auf Rollschuhen kam mit hoher Geschwindigkeit auf ihn zu. Er sah kurz die silberne Klinge eines Messer aufblitzen. Angst schnürte ihm die Kehle zu. Hilflos hob er die Hand, viel zu spät. Das Messer fuhr durch seine Handfläche und blieb zwischen seinen Rippen stecken. Der Rollschuhläufer fiel auf ihn.

Der Staatssekretär erstarrte vor Schmerz und Schock. Er konnte sich nicht rühren.

Der Rollschuhläufer durchsuchte seine Taschen, nahm seine Brieftasche, seine Rolex-Uhr und zwei Diamantringe. Dann stieß er ihm das Messer noch tiefer zwischen die Rippen, zog es heraus und richtete sich wieder auf.

Der Staatssekretär hob schwach eine Hand. Er wollte rufen, dem Räuber sagen, daß er aufhören sollte, aber er schaffte es nicht. Der Schmerz wich einer dumpfen Übelkeit. Überall war heißes Blut. Er starb. In einer plötzlichen Klarheit erkannte er, daß es richtig so war. Sein Leben war sinnlos geworden. Da hatte er sich doch tatsächlich auf eine Nacht mit einem Teenager gefreut, die gerade erst Schreiben gelernt hatte. Er schloß die Augen, und der Dieb raste davon. Das letzte, was er sah, war die braune Aktentasche, die der Junge eng an die Brust gepreßt hielt.

Ungefähr zur selben Zeit an dem Nachmittag ging Lucas Maynard über den Hausflur zu Leslee Poushos Wohnung in Arlington. Er war ein Narr gewesen. Er hatte Hughes Bremner unterschätzt. Er hatte es bereits in Bremners Büro gespürt, und als er nach Hause kam, erhielt er die Bestätigung.

Sid Williams und Matt Lister warteten schon auf ihn. Sie hatten sich mit den neuen Laser-Dietrichen Zugang verschafft. Ohne die Jahre der automatischen Vorsicht und ohne seine Walther wäre er niemals entkommen.

Als er von der Garage auf seine Haustür zugegangen war, hatte er die sachte Bewegung der Gardinen bemerkt. Die alte zugelaufene Katze saß nie vor der Haustür, wenn nicht jemand im Haus war, aber jetzt war sie da. Er hatte sich sofort umgedreht und war zum Auto zurückgelaufen. Sie stürzten aus der Tür heraus und jagten ihm nach. Er erwischte Lister mit einem Schuß ins Bein und zwang Williams, in Deckung zu gehen. Dann war er fort.

Er lächelte finster. Weder die Sterling-O'Keefe noch die MASKERADE-Dokumente waren in seinem Haus. Es war alles hier, im Safe unter Leslees Bett. Jetzt mußte er Clare Edwards anrufen. Der Staatssekretär würde ihn unter Schutz stellen und ihm und Leslee eine sichere Unterkunft verschaffen müssen. Er dankte dem Himmel für Clare Edwards. Wie sollten Leslee und er ohne den Staatssekretär aus diesem Schlamassel je wieder herauskommen?

Lucas Maynard nahm den Hörer ab und wählte.

Um 16 Uhr 45 wartete Hugh Bremner an einer verkehrsreichen Kreuzung in Georgetown auf dem Rücksitz seiner schwarzen Dienstlimousine und beobachtete die Straße über den Seitenspiegel. Der kraftvolle Motor flüsterte leise im Leerlauf. Die Limousine war mit dem vollen Sicherheitspaket ausgerüstet – gepanzerte Karosserie, Anti-Minen-Boden und kugelsichere, von außen schwarz getönte Scheiben.

Genau um 16 Uhr 50 schlängelte sich ein junger Mann auf Rollschuhen zwischen dem Verkehr hindurch. Er kam von hinten an die Limousine heran.

Bremner öffnete das Seitenfenster. Als der Rollschuhläufer vorüberschoß, warf er eine Aktentasche aus braunem Leder durch die geöffnete Scheibe. Er hatte gut gezielt, sie landete fast genau in Bremners Schoß.

»Dulles, Tommy.« Bremner zog Lucas Maynards braunen Umschlag heraus und öffnete ihn.

Der Rollschuhläufer verschwand um die Ecke, und die Limousine reihte sich in den Verkehr ein und fuhr in Richtung Flughafen. Bremner hatte eine Buchung für den Nachtflug nach Paris.

Er blätterte rasch durch Maynards Dokumente und sah sofort, warum dem Staatssekretär das Wasser im Munde zusammengelaufen war und warum Maynard sich dafür Immunität erhoffte. Was er da auf Papier hatte, würde reichen, sie alle hinter Gitter zu bringen und alles zu zerstören, was sie aufgebaut hatten. Auch das französische Unternehmen könnte dadurch gefährdet werden. Und Maynard hatte dem Staatssekretär noch einen ganzen Haufen mehr Dokumente aus der gleichen Quelle versprochen.

Aber es gab keinen Hinweis auf GRANDEUR. Bremner lächelte. Er war erleichtert. Das Unternehmen war also immer noch sicher.

Er entspannte sich, während sich die Limousine durch den dichten Fünf-Uhr-Verkehr kämpfte, und dachte an seine wichtigste Aufgabe. In ein paar Stunden würde sein bestes Überwachungsteam noch einmal versuchen, den Mittelsmann des Carnivore bis zu dessen Unterschlupf zu verfolgen.

12

Es war Mittagessenszeit in der Cafeteria der Ranch. Liz Sansborough tat so, als ob sie nichts anderes im Sinn hätte als ihr Essen. Dann setzte sie sich plötzlich auf und sah Gordon an.

»Ich habe die Aufzeichnungen für den nächsten Unterricht vergessen.« Sie stand auf. »Sie sind in meinem Fach. Ich bin gleich zurück.«

Er wollte aufstehen, um mit ihr zu gehen, aber sie sagte mit etwas lauterer Stimme, daß Unabhängigkeit eine der Fähigkeiten sei, die sie hier gelernt habe. An einem der Nebentische saßen drei Schüler und ein Lehrer. Sie sahen auf. Gordon erkannte, daß sie es gehört hatten. Er lächelte sie an und setzte sich wieder. Sie konnte seinen forschenden Blick heiß auf ihrem Rücken spüren, als sie die Cafeteria verließ.

Sie sah auf ihre Uhr – 12 Uhr 06. Sie rannte. Sie mußte jede Sekunde nutzen. Aber als sie um die Ecke bog, stieß sie mit dem Personalchef zusammen.

»Entschuldigung.«

Er grinste. »Die Dogers sind drei zu zwei vorn.«

Ein Walkman hing an seinem Gürtel, und er hatte die Kopfhörer aufgesetzt. Er trug ein T-Shirt, Shorts und Jogging-Schuhe und hörte sich mitten während des Arbeitstages ein Baseballspiel an. Er war wirklich verrückt. Und sie hatte keine Zeit zu verlieren. Sie murmelte noch eine Entschuldigung und lief weiter direkt zu ihrem Schließfach.

Wenn sie recht hatte, war das Telefon, das sie am Morgen benutzt hatte, abgehört worden. Es war das einzige öffentliche Telefon auf der ganzen Ranch. Privat-Telefone gab es nur in den Hütten der Offiziere und des Personals.

Da die Auszubildenden auf der Ranch keinen Kontakt zur Außenwelt haben sollten, vermutete sie, daß das Abhören des Telefons nicht nur ihr galt, sondern daß man ganz allgemein über solche Gespräche eine Kontrolle haben wollte. Schließlich lief diese streng geheime Geburtsstätte von U.S.-Spionen immer Gefahr, von ausländischen Geheimdiensten – Freund oder Feind –infiltriert zu werden.

Aber was auch immer der Zweck des Abhörens war, ihre Versuche, die Familie Walker in Santa Barbara zu erreichen, waren auf Band festgehalten worden.

Sie nahm schnell ihre Sachen aus ihrem Schließfach, die sie sich vorher schon zurechtgelegt hatte, und lief über den Rasen zum Personalbüro, das wie gewöhnlich verschlossen war. Alle waren entweder beim Mittagessen oder beim Sport. So hatte sie es sich erhofft.

Sie sah sich vorsichtig um und benutzte dann ihren Dietrich und Gordons Code, um hineinzukommen. Sie schloß die Tür hinter sich ab und lief in den Computerraum. Dort nahm sie die Deckplatte vom Lichtschalter und installierte einen ferngesteuerten Mechanismus, den sie in der Elektronikabteilung gestohlen hatte. Er hatte keinen Einfluß auf den normalen Gebrauch, aber sie konnte damit das Licht ein- und ausschalten.

Weit hinten unter dem ersten Computerschreibtisch versteckte sie einen Miniaturrecorder. Er hatte ungefähr die Größe eines Streichholzheftchens und konnte ebenfalls ferngesteuert werden. Auf dem Band war eine halbe Stunde Bürogeräusch aufgenommen – Schritte, Schubladen, die aufgezogen wurden, das Quietschen eines Stuhls, die Tippgeräusche auf einer Computertastatur und gedämpfte Stimmen. Auch den Recorder hatte sie aus der Elektronikabteilung, und das Band hatte sie aufgenommen, während sie in der Bibliothek lernte.

Sie sah auf die Uhr. Acht Minuten waren vergangen. Sie packte ihre Aufzeichnungen und rannte zurück zu Gordon.

In der Nacht, als Gordon fest zu schlafen schien, schlich sich Liz leise aus der Hütte und versteckte sich in der Dunkelheit unter einer Kiefer gegenüber dem Personalbüro. Die Luft war kühl und feucht, es roch nach Tannennadeln und Erde. In der Ferne erinnerten sie ein paar winzige Lichter an das Dorf in südwestlicher Richtung.

Die Zeit verging langsam.

Sie ging noch einmal in Gedanken jeden Schritt ihres Plans durch, aber ihr fiel nichts ein, was sie übersehen haben könnte. Vielleicht irrte sie sich. Vielleicht gab es keinen Grund, diese Falle zu legen.

Dann bewegte sich etwas zwischen den Bäumen.

Sie starrte angestrengt in die Dunkelheit. Alle ihre Sinne waren hellwach. Jemand kam um die Ecke des Offiziersclubs!

Sie kauerte dicht am Boden zwischen den Zweigen. Die Person schloß die Tür zum Personalbüro auf. Mit ihrer Fernsteuerung schaltete Liz das Licht im Computerraum ein und startete das Band mit den Bürogeräuschen.

Als die Person sich hineinschlich, huschte sie näher heran. Am Fenster setzte sie ihre Infrarot-Brille auf und knipste die Taschenlampe an. Mit dem grünen Strahl suchte sie durchs Fenster das Innere der Hütte ab.

Da war er, ein Mann. Er lauschte an der Tür zum Computerraum, unter der ein gelber Lichtstrahl nach außen drang. Aber sie konnte sein Gesicht immer noch nicht sehen.

Dann drehte er sich um, und ihr Verdacht bestätigte sich.

Gordon!

Wütend und ärgerlich sah sie zu, wie er zu einem Computer im Empfangsbereich ging und ihn anstellte. Sie wußte, was er vorhatte: er würde seinen Override-Code eingeben und nachsehen, was sie dort drüben tat. Sie mußte sich beeilen, bevor er merkte, daß der Nebenraum leer war.

Sie rannte, beobachtete das schlafende Camp und fühlte sich tief betrogen. Am Anfang war das Camp für sie eine Quelle der Hoffnung gewesen. Jetzt sah sie das anders. Wer auch immer das öffentliche Telefon abhörte, mußte Gordon von ihren Anrufen in Santa Barbara erzählt haben. Auch die Ranch hatte sie hintergangen.

Was war es, was sie nicht wissen sollte?

Warum konnte er nicht ehrlich zu ihr sein?

Sie hatte ihm vertraut, aber er hatte ihr nicht vertraut.

Tief in ihrem Herzen träumte sie immer noch davon, daß er unschuldig war, träumte von dem Gordon in Santa Barbara, dem sie vertraut und den sie bewundert hatte. Jetzt bezweifelte sie, daß ihre Liebesbeziehung echt gewesen war. Die Goldringe waren eine wunderschöne Idee gewesen – romantisch, rührend. Wichtiger noch, sie hatten ihr Vertrauen zu ihm zementiert.

Und dann war da noch der Carnivore –

Ihre Ausbildung auf der Ranch hatte ihr klargemacht, wie hinterhältig Langley sein konnte. Möglicherweise hatte Gordon den Angriff auf ihre Wohnung in Santa Barbara inszeniert und die Dossiers erfunden, die behaupteten, daß der Carnivore auf der Suche nach ihr war. Der Mann mit dem ausdruckslosen Gesicht, den sie angeblich getötet hatte, war vielleicht gar nicht tot und das Blut gar nicht echt gewesen. Gordon konnte durchaus wirklich in den Arm geschossen worden sein, um das Ganze überzeugender zu machen … denn ohne den Angriff und die Dossiers gab es keinerlei Hinweise, daß der Carnivore überhaupt existierte. Soviel sie wußte, hatte kein Killer bisher versucht, sie umzubringen!

Sie hatte ein Recht darauf zu wissen, wer sie war. Jeder hatte dieses Recht. Man mußte es sich nicht verdienen, und es wurde einem nicht geschenkt. Man mußte einfach nur geboren werden. Und jetzt war es wichtiger denn je, daß sie Bescheid wußte, denn wenn sie betrachtete, wie Gordon sich benahm, mußte ihr verlorenes Gedächtnis Details darüber enthalten, was er und Langley wirklich vorhatten.

Zurück in der dunklen Hütte beeilte sie sich, ihre Sachen zu packen. Sie befestigte ihr Messer und ihre Feldflasche am Gürtel, nahm ihren Rucksack und warf Infrarot-Taschenlampe, Kompaß, Seitenschneider, 9mm-Beretta und Gordons Brieftasche mit Geld und Kreditkarten hinein. Die Infrarot-Brille hing noch um ihren Hals.

Durchs Fenster hielt sie nach Gordon Ausschau. Sie sah und hörte nichts. Sie öffnete die Tür einen Spalt.

Eine Faust schob sich hinein. Sie schlug die Tür dagegen.

Gordon stöhnte und warf sich gegen die Tür. Sie flog auf. »Rein mit dir! Du gehst nirgendwo hin!« Er gab ihr einen Stoß, daß sie stolperte. Sein Gesicht war wutverzerrt. Seine Stimme war schneidend scharf wie ein Messer. Wieder hatte sie die Regeln gebrochen, und schlimmer noch – ihn zum Narren gehalten.

Sie hatte Gott zum Narren gehalten.

Haß stieg in ihr hoch, aber dafür hatte sie jetzt keine Zeit. Sie wich ihm aus und lief zur Tür. Wenn die Erinnerung die Grundlage für Wissen war, dann erinnerte sie sich wirklich. Sie *wußte*, daß sie die Ranch verlassen mußte.

»Ich gehe, Gordon.«

»Einen Teufel wirst du!« Er packte sie am Arm und riß sie herum. »Du wirst tun, was man dir sagt!«

»Es ist deine Schuld. Ich glaube dir nicht mehr.« Sie versuchte, sich zu befreien. »Ich will nichts mit dem zu tun haben, was ihr hier vorhabt!«

»Du Miststück. Du blödes, arrogantes Miststück!« Er packte ihren Rucksack und versuchte, ihn ihr von den Schultern zu reißen.

Sie reagierte sofort, packte die Ärmel seines Hemdes, trat mit ihrem rechten Fuß von innen gegen seinen rechten Fuß und nutzte seine Bewegung aus, ihn aus dem Gleichgewicht zu bringen. Er fiel auf den Rücken in einem gelungenen *ko-uchi-gari*.

»Liz!«

»Laß mich in Ruhe, Gordon.«

Bevor er wieder auf die Füße kommen konnte, machte sie einen Satz durch die Tür und lief davon.

»Liz, Schatz!« rief er ihr nach, und seine Stimme klang plötzlich wieder freundlich und besorgt. »Komm zurück. Du mußt doch deine Medizin nehmen!«

»Zum Teufel mit meiner Medizin.«

Sie rannte durch die Dunkelheit in südwestlicher Richtung auf die Lichter des Dorfs zu, wo es eine Straße zurück in die Zivilisation und zu ihrer Identität gab.

13

Der neue Chef der Personalabteilung der Ranch, Asher Flores, schlief in seiner Hütte. Er träumte von Meßdienergewändern, die gegen seine Waden flatterten, als er von der Sonntagsmesse weglief, Baseballspielen, bei denen die Dodgers immer gewannen, und den lustigen Geschichten, die sein Onkel der Familie seiner Mutter immer erzählt hatte, als sie zu Rosh Hashanah zusammengekommen waren.

Dann rüttelte ihn plötzlich jemand an der Schulter.

Er versuchte, sich in die Sicherheit seiner Träume zurückzuflüchten, aber das Schütteln wurde immer heftiger. Er öffnete die Augen.

Gordon Taite stand im Schein einer Taschenlampe an seinem Bett.

»Hören Sie schon auf.« Asher rollte sich zur Seite.

»Stehen Sie auf, Flores.« Taite schüttelte ihn wieder.

»Meine Zähne haben zweitausend Dollar gekostet. Wollen Sie die neuen Brücken bezahlen? Verschwinden Sie.«

»Aufstehen! Das ist ein Befehl!«

Asher öffnete wieder die Augen. »Wir sind hier nicht beim Militär, Taite. Lassen Sie mich endlich in Ruhe.«

Ächzend und fluchend stand er dann aber doch auf. Gordon Taite war einen Grad über ihm in Langleys Hackordnung. Zu einer anderen Zeit hätte er sich sicher durchgesetzt, aber nicht jetzt. Die Ranch kotzte ihn an. Es machte ihn wahnsinnig. Es war schlimmer als Langeweile. Zum Teufel, sogar die Dodgers verloren ein Spiel nach dem anderen. Wenn Bremner ihn schon damit bestrafen wollte, daß er ihn in den Vereinigten Staaten festhielt, dann konnten die Dodgers doch wenigstens eine Saison lang gewinnen.

Asher steckte sich das Hemd in die Hose, zog den Reißverschluß hoch und machte den Gürtel zu. Die Tarnkleidung umhüllte seinen kräftigen, straffen Körper wie ein zerknautschtes Bettlaken. Aber Stil kam bei ihm an allerletzter Stelle.

»Okay, was ist los?« Er bemühte sich um einen besonders einnehmenden Ton. Dann sah er das Blut in Taites Haar. Er hatte eine häßliche Wunde am Kopf. »Was ist passiert? Haben Sie jemanden geweckt, der weniger freundlich war?«

»Das sage ich Ihnen, wenn wir in der Security sind.« Gordon Taite hatte keine Sinn für Humor.

»Was soll ich anziehen – Stiefel oder Tennisschuhe?«

»Stiefel.«

»Großartig«, brummte Asher. »Das habe ich mir schon immer gewünscht. Einen Mitternachtsspaziergang.« Er zog die Stiefel an und schnürte sie zu.

»Sie könnten ein bißchen mehr Einsatz zeigen, Asher, die Leute reden schon.«

Darüber mußte er grinsen. Seine schwarzen, buschigen Augenbrauen hüpften auf und ab. Gordon Taite spielte sicher auf seine Ausflüge mit dem Müllwagen an, das Radio voll aufgedreht, so daß jeder hören konnte, daß die Dodgers vorn waren, und außerdem auf seine generelle Gleichgültigkeit seinem Job als Personalleiter gegenüber.

Er hatte sich noch ein paar andere sorgfältig geplante Vergehen erlaubt, aber die fielen ihm jetzt auf die schnelle nicht ein. Wie auch immer, sicherlich würde Hughes Bremner davon erfahren und sich Sorgen machen, was er auf der Ranch alles anrichten könnte.

»So, so, man redet über mich, wie?« Asher ging voraus zur Hütte, in der die Überwachungsmonitore standen. »Was sagt man denn so?«

»Daß Sie nicht ganz dicht sind.«

Ashers Grinsen wurde breiter. Er wußte, daß Gordon Taite ihn nicht ausstehen konnte, aber das beruhte auf Gegenseitigkeit. Er hatte Taite auch nie gemocht. Er gehörte zu denen, die nach oben schleimten und nach unten traten. Charmant nach außen, aber null Qualität innen. Kriechern wie Gordon Taite konnte man nie trauen.

»Ich hoffe, Sie haben das Bremner gemeldet«, sagte Asher.

»Natürlich.«

Asher lachte in sich hinein. Vielleicht hatte er doch noch eine Zukunft. »Wo ist denn Ihr Schützling – die Schöne mit den langen Beinen? Sie ist heute in mich hineingerannt, wenn man so sagen kann. Wenn ich mir schon die ganze Nacht um die Ohren schlagen muß, dann sehe ich mir lieber sie an als Sie.«

Gordon Taites Stimme wurde spröde. »Liz ist geflohen. Wir müssen sie zurückholen.«

Asher Flores hatte bei seinen Einsätzen etwas zu oft seinen eigenen Kopf durchgesetzt, und als Strafe hatte Hughes Bremner ihn in dieses langweilige kleine Trainingscamp im tiefsten Nirgendwo versetzt. Aber solche Disziplinierungsmaßnahmen wirkten bei Asher nicht besonders. So befaßte er sich hauptsächlich mit den wenigen angenehmen Aspekten seiner Arbeit und ließ die anderen unter den Tisch fallen. Irgendwann würde es schon eine Notsituation geben, und Bremner würde ihn wieder einsetzen müssen.

Vielleicht war diese Situation gerade eingetreten. »Erzählen Sie mir von Liz … Sansborough, richtig?« Asher öffnete die Tür zur Hütte. An den Wänden waren Reihen von Monitoren installiert, auf denen man das von Infrarotlicht beleuchtete Gelände des Camps sehen konnte.

»Sehen Sie das?« Gordon Taite zeigte auf einen blinkenden Punkt auf dem Radarschirm, der sich in südwestlicher Richtung bewegte. »Das ist sie. Sie war einmal eine gute Agentin, aber dann bekam sie ein paar psychische Probleme. Wir brauchen sie für einen Spezialeinsatz. Unser Arzt meinte, sie könnte es schaffen. Wenn nicht, dann würden wir das beim Training merken. Und wir haben es gemerkt, verdammt. Ich habe den Arzt angerufen. Er fliegt gerade hierher.«

»Ist sie durchgedreht?«

Gordon Taite nickte. »Heute nacht ganz sicher. Hat es einfach nicht mehr geschafft. Wirklich schade. Jedenfalls müssen wir sie zurückholen, damit wir ihr ihre Medikamente wieder geben können.«

Asher betrachtete den Punkt. »Sieht aus, als ob sie nach Ten Scalps unterwegs wäre. Das ist dieses kleine Dorf südwestlich von hier.«

Während Gordon auf den Schirm starrte, zog sich Asher einen Stuhl heran, setzte sich und legte die Füße auf den Tisch. Von hier aus konnte er den Radarschirm gut sehen. Er kümmerte sich nicht um Taites finsteren Blick, und als der etwas sagen wollte, kam Asher ihm zuvor: »Wir brauchen ja wirklich nicht da draußen in der Dunkelheit herumzustolpern. Wir werden sie uns holen, wenn sie ankommt. Gibt's hier irgendwo Kaffee? Die Droge meiner Wahl für heute nacht ist Koffein.«

Als Liz durch die Nacht lief, dachte sie über Gordon nach. Sicher hatte er Alarm geschlagen, aber warum hörte sie dann keine Sirenen? Das konnte sie nicht verstehen. Aber vielleicht wollte Gordon es aus Stolz nicht an die große Glocke hängen ... oder er hatte andere Möglichkeiten, sie einzufangen –

Das machte ihr Sorgen. Sie wurde langsamer und versuchte, sich einen Reim darauf zu machen. Sie keuchte, aber daran war eher Gordons Verrat schuld als das Laufen. Sie hatte noch einen stundenlangen harten Marsch vor sich, sie mußte mit ihrer Energie sparsam umgehen.

Sie lief querfeldein, achtete auf Sensoren und Kameras und fragte sich, wann der Alarm losgehen würde. Und als es still blieb, fragte sie sich, was das zu bedeuten hatte. Das Mondlicht war hell, und sie lief über Wiesen und Hänge, sprang über schmale Sommerbäche, in denen sich der geschmolzene Schnee der Rockies sammelte. Hin und wieder hörte sie Tiere davonlaufen. Einmal sah sie im Mondlicht die Silhouetten einer Hirschherde. Sie trank oft aus ihrer Wasserflasche und hielt nur an, um zu pinkeln.

Dann sah sie ein Gebäude der Ranch, einen Fallschirmturm. Sie schlich im weiten Kreis darum herum, aber sie konnte keine Kameras oder Überwachungsgeräte entdecken. Vielleicht gab es nur welche an der Begrenzungsmauer.

Schließlich kam sie an die hohe Betonmauer. Sie erhob sich schwarz und drohend in den Himmel, oben zusätzlich mit Stacheldrahtrollen gesichert. Sie setzte ihre Brille auf und suchte die Mauer und die Bäume mit der Taschenlampe nach Geräten der Überwachungsanlage ab.

Schließlich entdeckte sie eine Kamera, dann eine zweite. Beide waren hoch oben in den Kiefern angebracht, von wo aus sie überlappende Segmente der Mauer überwachen konnten, aber aus der Luft nicht zu erkennen sein würden.

Sie hockte sich auf den mit Kiefernnadeln bedeckten Boden und überlegte, was sie jetzt tun sollte. Dann hatte sie plötzlich die Lösung. Sie griff mit der Hand in die Kiefernnadeln und spürte die feuchte Erde darunter. Es hatte in der Woche geregnet, und hier unter der dicken Schicht Nadeln war die Erde noch schlammignaß.

Sie nahm eine Handvoll und kletterte auf den ersten Baum, dann schmierte sie das Objektiv der Kamera mit dem Schlamm zu. Mit der anderen verfuhr sie genauso. Mit ein bißchen Glück würde es so aussehen, als wären die Objekte ganz normal verschmutzt, und bis jemand kam, um sie zu säubern – oder um nach ihr zu suchen –, würden sie mehr als hundert Meter Mauer absuchen müssen.

Als sie wieder auf dem Boden war, hangelte sie sich an dem Teil der Mauer hoch, der von der zweiten

Kamera bewacht wurde, und balancierte waghalsig auf der schmalen Kante, ohne den Stacheldraht zu berühren.

Sie suchte die Länge der Mauer im Schein der Infrarot- Taschenlampe ab, und dann sah sie sie: kleine Metallboxen an den Streben, an denen der Stacheldraht befestigt war. Vibrationsdetektoren. Wenn jemand den Draht berührte, wurde automatisch Alarm ausgelöst.

Sie atmete tief durch und schnitt den dicken Draht durch. Sie sah auf ihre Uhr, und nach sechzig Sekunden schnitt sie den Draht einen halben Meter weiter rechts durch. Die Zeitspanne war lang genug, daß die winzige Erschütterung mit etwas Glück wie Wind, ein Vogel oder ein abenteuerlustiges Eichhörnchen wirken würde.

Ihre Hände waren ganz ruhig, als sie die Zange wieder in den Rucksack gleiten ließ, das Stück Draht hochhob, hindurchkletterte und den Draht wieder zurücklegte.

Sie ließ sich auf der anderen Seite auf den Boden fallen. Irgendwann würden sie merken, daß der Draht zerschnitten war, aber bis dahin war sie hoffentlich schon über alle Berge. Sie lief den Hang hinunter weiter auf die Lichter zu, die sie in der Entfernung blinken sah. Als der Morgen in zartem Rosa und Orange dämmerte, hatte sie den Randbezirk des Ortes erreicht. Sie sehnte sich nach einer Dusche und etwas Schlaf, aber das wäre geradezu eine Einladung für Gordon, sie zu finden.

Sie war verschwitzt und erschöpft, aber sie atmete tief durch und genoß ihre Freiheit – und das Wissen, daß sie die Lektionen der Ranch, Gordons Lektionen, gut gelernt hatte. Jetzt gab es zwei Ziele: herauszufinden, was ihre Erinnerungen wirklich bedeuteten und was Gordon mit ihr gemacht hatte und – vielleicht noch wichtiger – warum.

Sie würde dem Bastard schon vermasseln, was immer er vorhatte – egal, was das für sie bedeutete.

TEIL 2

Asher Flores

14

Liz bewegte sich im Laufschritt durch das Bergdorf und folgte der schmalen, zweispurigen, schwarz asphaltierten Straße, die an der anderen Seite wieder herausführte. Dann verringerte sie ihr Tempo wieder, um ihre Kraft nicht vorzeitig zu verbrauchen. Nach einem halben Kilometer hörte sie plötzlich das Motorengeräusch eines Wagens, der von Süden kam. Sie versteckte sich in den Bäumen neben der Straße, kauerte am Boden und machte sich so klein wie möglich. Schweiß tropfte ihr von der Stirn. Sie wartete.

Dann sah sie ihn – ein Jeep, verdammt. Er könnte von der Ranch kommen. Tiefgebückt huschte sie weiter in die Bäume hinein.

Der Jeep hielt mit quietschenden Reifen.

Mit pochenden Schläfen ließ sie sich bäuchlings auf den Boden fallen und rutschte über den Boden ins Unterholz. Zweige zerrissen ihr die Kleider und die Haut. Sie konnte Männerstimmen und lautes Rascheln im Unterholz hinter ihr hören. Der Lärm schien die Männer nicht zu stören, und das gefiel ihr gar nicht.

Ihre Kleider klebten am Körper, und sie atmete keuchend. Angst schnürte ihr wie mit eisernen Bändern die Kehle zu. Sie war gute dreißig Meter von der Straße entfernt, als sie jemanden vor sich hörte. Dann jemanden zu ihrer Linken, einen dritten zu ihrer Rechten.

Rasch änderte sie ihre Richtung. Wenn sie es zurück bis zur Straße schaffte, könnte sie vielleicht den Jeep kurzschließen –

Plötzlich war es vollkommen still. Noch nicht einmal Vögel oder Insekten sangen. Der finstere Wald war unheimlich und bedrückend, als ob ein Raubtier darin lauerte.

Sie erstarrte und schwitzte noch mehr. Vor ihr brach ein Zweig. Sie kroch rückwärts davon. Schnell. Weg von dem Geräusch.

In dem Augenblick machte Gordon einen Satz aus den Bäumen rechts von ihr und landete mitten auf ihrem Rücken, so daß sie keine Luft mehr bekam. Gleichzeitig kam von links ein zweiter Mann aus den Bäumen herausgeschossen – Asher Flores.

Sie wehrte sich und rang nach Luft.

Die Männer waren schnell und perfekt koordiniert. Sie rollten sie auf den Rücken. Flores setzte sich auf ihre Beine. Gordon saß auf ihrer Brust und hielt ihre Arme fest.

»Verdammt noch mal, Gordon. Laß mich los!« Sie versuchte, ihre Arme zu befreien.

»Ganz ruhig, Liz.« Doktor Levine kam aus dem Wald vor ihr und ging auf sie zu.

»Was machen Sie hier?« stöhnte Liz auf.

»Sie sind nicht bei sich, Liz.« Der Arzt stellte seine schwarze Tasche ab und nahm eine Spritze heraus.

»Himmelherrgott! Was haben Sie mit mir gemacht!« Wild starrte sie abwechselnd die Spritze und den Arzt an.

»Du brauchst eine kleine Pause, um dich wieder zu fangen, Schatz.« Gordon sprach mit seiner sanftesten Stimme. Er lächelte freundlich.

»Laß mich los!« Sie trat und kämpfte, aber Gordon und Flores hatten sie fest im Griff.

»Halten Sie sie fest! Ich muß näher ran, um ihr die Spritze zu geben!« Der Arzt ging im Kreis um sie herum.

»Ganz ruhig, Lady. Wir sind drei. Sie haben wirklich keine Chance.« Es war Asher Flores mit seinem kantigen Gesicht, den buschigen schwarzen Haaren und Augenbrauen. Er war es, der sie beinahe bei ihrem ersten Einbruch ins Personalbüro erwischt hatte.

»Scheißkerl!« schrie sie. »Die haben mich mit Medikamenten vollgepumpt –«

Gordon hielt ihr den Mund zu. »Jetzt, Doktor!«

Doktor Levine jagte ihr die Nadel durch die Hose in die Hüfte.

Nur Sekunden später spürte sie die Wirkung des starken Medikaments. Sie versuchte ihren Körper dazu zu bringen, sich dagegen zu wehren, aber die Schläfrigkeit hüllte sie bald ein wie ein warmes Bad. Sie hörte die Stimme des Arztes. Sie drehte den Kopf, um ihn anzusehen, um sich an etwas zu erinnern … etwas … aber ihre Augenlider weigerten sich.

»Der ist aber ganz schön krumm, der Finger«, sagte jemand. Asher Flores, der Personalleiter. »Wie ist das passiert?«

Gordon keuchte. Er war wütend und konfus. »Sie hat ihn sich vor ein paar Wochen gebrochen. Ist sie schon bewußtlos, Doktor? Die Sonne geht auf. Wir müssen hier weg.«

Sie spürte, wie jemand ihren Puls fühlte.

Nur noch ganz verschwommen und undeutlich hörte sie den Arzt erleichtert sagen: »Ihr könnt euch entspannen, Jungs. Sie ist im Land der Träume.«

Asher Flores aß sein Frühstück in der Cafeteria des Camps und überlegte, was er tun sollte. Für die großen Dinge im Leben war gesorgt. Nur die kleinen Sachen blieben übrig – zum Beispiel, was man mit dem Tag anfangen sollte. Es waren die kleinen Dinge, die ihn wahnsinnig machten.

Er war jetzt neunundzwanzig, der Sohn einer polnisch-amerikanischen Mutter, einer Jüdin, und eines mexikanisch-amerikanischen Vaters, eines Katholiken. Er war mit Matzen und Tortillas aufgewachsen, mit Knishes und Burritos. Bis zum Alter von acht Jahren war er sowohl in die Synagoge als auch in die Kirche gegangen. Dann hatte er sich geweigert, auch nur eine von beiden jemals wieder zu betreten. Seine Eltern erwarteten natürlich von ihm, daß er sich eines Tages für eine der beiden entscheiden würde.

In jenen Jahren wohnte seine Familie noch im explosiven South-Central Los Angeles, wo Schießereien und brutale Kriminalität zum Wochenendprogramm gehörten. In der Grundschule hing er bald mit ein paar ziemlich hartgesottenen Vietnamesen herum, und so waren seine Eltern ins konservative, aufstrebende Mission Viejo in Orange County gezogen. Dort hatte er sich mit drei Jungen aus französischen Familien angefreundet, die jeden Tag die Trikolore hißten – bis auf den vierten Juli, an dem sie sie zu Ehren ihrer neuen Heimat gegen das Sternenbanner austauschten. Er hatte ihnen geholfen, an der Schule eine Fußballmannschaft zu bilden, und sie hatten ihm zum Dank ein T-Shirt mit einem silbrig glitzernden Eifelturm geschenkt.

In der High-School war sein bester Freund ein Westdeutscher gewesen. Und am College, der University of California in San Diego, hatte er seinen Abschluß in Internationalen Beziehungen gemacht, damit er Menschen aus so vielen Nationen wie nur möglich kennenlernen konnte. Dort hatte ihn die Company angeheuert. Ihr Grundsatz hatte ihm gefallen: die Demokratie in der Welt zu verbreiten.

In den skandalösen Achtzigern war er in Europa stationiert gewesen, und so hatte er das ganze Iran-

Contra-Theater verpaßt. Aber es war eigentlich auch schon fast vorbei gewesen, als er bei der Company angefangen hatte. Wie alle anderen verfolgte er die Berichte in den Tageszeitungen über die Anhörungen und Verhandlungen, und hin und wieder erzählten ihm andere Agenten süffisanten Klatsch, aber er hatte nie verstehen können, wie irgend jemand in der Company so kriminell sein konnte, so dumm.

Asher war stolz darauf, einer von Hughes Bremners Top-Agenten zu sein. Sogar die Tatsache, daß der neue Chef des CIA jetzt eine Frau war, gefiel ihm. Es war wohl an der Zeit dafür, dachte er. Er glaubte an Langley. Die geheimen Einsätze waren dazu da, die Unwissenden aufzuklären, den Menschen eine neue Perspektive zu geben, krisengeschüttelte Demokratien zu stützen und sicherzustellen, daß böse Absichten fehlschlugen.

Was war daran falsch?

Asher war im Herzen ein einfacher Mann, und auch seine Ziele waren einfach.

Aber er hatte auch noch eine andere Seite, die sich nach der Aufregung von South-Central L.A. sehnte, wo sich ein kleiner, halbjüdischer, halbkatholischer Junge den Weg zur Schule und wieder zurück freikämpfen mußte. Wo Verbündete für den Rest ihres Lebens Brüder waren.

Wo man nie wußte, was einen erwartete, wenn man morgens aufwachte.

Er hielt sich nicht an Regeln. So war das Leben nicht nur garantiert aufregender, sondern es setzte auch voraus, daß er seinen eigenen Grips einsetzen mußte, wenn er überleben wollte. Die besten Agenten waren die, die nicht nur Verstand, sondern auch ›Mumm‹ hatten. Davon hatte Asher reichlich. Zu reichlich, meinte Hughes Bremner. Und deshalb saß

Asher jetzt an einem Computer auf dieser gottverlassenen Ranch.

Nicht nur der KGB hatte einen Gulag.

Jetzt frühstückte er mit Hunderten von eifrigen Grünschnäbeln. Und er hatte wegen Gordon Taites Sonnenaufgangsabenteuer kaum geschlafen. Trotzdem spielte er mit dem Gedanken, ein bißchen zu joggen. Und danach könnte er die neuen Baugeräte ausprobieren, die Uncle Sam gestern geliefert hatte, damit sie das Gelände für eine neue Sporthalle vorbereiten konnten.

Er könnte auch mal im Personalbüro vorbeischauen. Immerhin *war* er ja der augenblickliche Leiter.

Er verließ die Cafeteria, schlenderte unschlüssig ein bißchen herum und drehte eine Runde um den Flaggenkreis. Für das Dodgers-Spiel war es noch zu früh, das fiel also aus. Als er an der kleinen Krankenstation vorbeiging, mußte er an Liz Sansborough denken.

Ein verdammt attraktives Weib. Wirklich schade, daß sie so durchgeknallt war.

Auf seiner zweiten Runde kam er zu dem Schluß, daß er Gordon Taite *wirklich* nicht ausstehen konnte. Er hatte so etwas Schleimiges an sich, und wie er den gesamten Weg zur Krankenstation um Liz Sansborough herumscharwenzelt war, hätte auch den Abgebrühtesten zum Kotzen gebracht. Wahrscheinlich war er jetzt auch bei ihr und geilte sich auf, obwohl der Arzt gesagt hatte, daß sie mehrere Stunden bewußtlos sein würde.

Womöglich war Gordon Taite nekrophil.

Yeah, das war gar nicht so abwegig.

Asher brach seine dritte Runde um den Platz plötzlich ab und lief zu seinem Büro. Seine Intuition hatte ihm einen ordentlichen Tritt versetzt. Ganz plötzlich hatte er das Gefühl, daß Gordon Taite etwas ausheckte.

Für so etwas hatte Asher einen sechsten Sinn. Gab es da nebenbei vielleicht ein paar private Geschäfte? Wenn das stimmte, dann würde es ihm viel Freude machen, dem Arschloch ein bißchen das Leben schwer zu machen. Asher setzte sich an seinen Computer und dachte nach. Am besten fing er ganz am Anfang an. Bestimmt hatte es etwas mit der Frau zu tun.

Er forderte Elisabeth Sansboroughs Akte an. Prompt erschien sie auf dem Bildschirm. Der Anfang sah ziemlich normal aus. Eine nette Geschichte über ihre Kindheit war auch enthalten. Er las sie. Nichts Besonderes. Dann fand er es: Laut dem medizinischen Bericht hatte sie sich den kleinen Finger der linken Hand als Kind bei einem Unfall gebrochen.

Nicht vor ein paar Wochen, wie Taite gesagt hatte, als sie Liz Sansborough gefangen hatten.

Asher grinste. Er hatte ins Schwarze getroffen. Mit ein bißchen Glück würde er Gordon Taite die Hölle heiß machen können.

15

Im Personalbüro gab es außer Asher Flores noch drei weitere Mitarbeiter. Sie brachten die Computereintragungen auf den neuesten Stand, kalkulierten Krankheits- und Urlaubstage, sorgten für Aushilfen und sahen Bewerbungen für eine Stelle als Farsi-Lehrer durch. In der Zeit, die er jetzt da war, hatten sie gelernt, ihn zu ignorieren. Im schlimmsten Fall war er nachlässig; im besten Fall ließ er sie wenigstens ihre Arbeit tun. Offensichtlich hatte er keine Ahnung von den Aufgaben eines Personalleiters, und er hatte auch kein Interesse, es zu lernen. Wenn das Langleys Vorstellung von einem Witz war, dann fanden sie ihn nicht besonders komisch.

Also warteten sie gespannt auf einen richtigen Personalleiter.

Aber immerhin kannte sich Asher Flores mit Computern aus. Nur wenn er seine Spiele auf ihm spielte – Hammurabi, Harpoon und sein Lieblingsspiel, den Flug-Simulator – dann ärgerten sie sich. Er hatte keinen Respekt. Als sie diesen Morgen sahen, daß er eine Personalakte auf seinem Bildschirm hatte, da erzählten sie es sich voller Erleichterung untereinander weiter. Vielleicht gab es doch noch Hoffnung.

Asher spürte die Welle von Optimismus, die sich in dem sonst so schweigsamen Büro ausbreitete, aber er war in Gedanken ganz bei der Akte auf dem Bildschirm. Außer der Ungereimtheit mit dem Finger konnte er nichts Ungewöhnliches finden. Aber Liz Sansborough war ja auch eine Fremde für ihn, so daß es so gut wie unmöglich war, weitere Merkwürdigkeiten zu finden, wenn sie nicht in der Akte selbst enthalten waren.

Nur noch etwas war eigenartig: Die letzten Eintragungen waren drei Jahre alt. Seither gab es nichts mehr. Vielleicht hatten damals ihre psychischen Schwierigkeiten angefangen.

Zur Sicherheit verschaffte sich Asher aber noch Zugang zu Langleys Millionen Dollar teuren Connection-Machine 5, einem riesigen Rechner, der sämtliche Supercomputer übertraf. Bei seinem letzten Langley-Besuch hatte Asher ihn gesehen – ein mächtiger schwarzer Würfel mit roten Blinklichtern. Jetzt stritt er sich mit ihm über den Zugriff auf die Sansborough-Akte. Schließlich wurde ihm klar, daß er dazu den neuen Ultrahochsicherheits-Clearance-Code eingeben mußte, den er als Personalleiter der Ranch erhalten hatte.

Mit dem Code spuckte der CM-5 die Sansborough-Akte endlich aus. Sie war identisch mit der Fassung der Ranch – bis auf zwei zusätzliche Abschnitte.

Asher beugte sich vor, um den ersten zu lesen. Er rechnete nicht mit großen Überraschungen, aber jetzt fiel er fast vom Stuhl: Vor drei Jahren hatte sich die CIA-Agentin Liz Sansborough in einen der tödlichsten internationalen Auftragskiller, den Carnivore, verliebt und war zu ihm übergelaufen.

Asher brauchte eine Weile, bis er das verarbeitet hatte, dann las er den Abschnitt noch zweimal. Er lehnte sich im Stuhl zurück und pfiff leise vor sich hin. Das Klasseweib war eine Verräterin. Sie hatte sich in den höchstbezahlten Killer der Welt verliebt. Und dann hatte sie alles aufgegeben, woran sie geglaubt hatte, um mit ihm zusammen zu sein.

Er rieb sich das Kinn. Er hatte sich nicht rasiert, und seine Haut fühlte sich an wie Sandpapier.

Aber was zum Teufel tat Liz Sansborough dann *hier*? Gordon Taite hatte behauptet, sie hätte psychische Probleme. Mit dem Carnivore als Geliebtem war das nicht weiter verwunderlich. Sie mußte wieder die Seite gewechselt haben. Offensichtlich wollte sie Langley helfen. Aber wenn sie einen Nervenzusammenbruch gehabt hatte, würde ihr Langley nicht mehr vertrauen.

Dann las Asher den letzten Abschnitt: Letzten Monat hat Liz Sansborough verlauten lassen, daß sie und der Carnivore vier Länder um Asyl bitten würden: die Vereinigten Staaten, Deutschland, Frankreich und Großbritannien. Im Austausch für neue Identitäten und einen luxuriösen, unbehelligten Ruhestand würde der Killer auspacken.

Es folgte ein kurzer Satz: ›Der Carnivore hat das Angebot der Vereinigten Staaten akzeptiert.‹ Eine Reihe von Daten folgte. Das aktuellste war das des heutigen Tages. Sansborough würde in Paris als Vermittlerin den Agenten des CIA den Beweis überbringen, daß es der Carnivore mit seinen Versprechungen ernst meinte.

Was bedeutete, daß Liz Sansborough nicht gleichzeitig hier auf der Ranch sein konnte. Oder doch?

Auf der Krankenstation der Ranch roch es nach Chemikalien und Desinfektionsmitteln. Die Station war in einer langgestreckten Wellblechhütte neben dem Personalbüro untergebracht und umfaßte ein Sechs-Bett-Zimmer, ein Einzelzimmer, einen Untersuchungsraum und ein Labor.

Asher saß höflich, aber ungeduldig in dem winzigen Wartezimmer. Als der Arzt der letzten Nacht, Allan Levine, aus irgendeinem der hinteren Räume hereinkam, fragte Asher ihn, ob er Liz Sansborough sehen könnte.

»Ich fürchte nein. Sie ist bewußtlos. Und wir werden sie eine Weile in dem Zustand halten.«

»Warum?«

Doktor Levine war Mitte fünfzig, hatte ein langes, knochiges Gesicht, eine eingefallene Brust und keine sehr freundlichen Manieren. Er hörte kurz auf, auf seinem Klemmbrett zu schreiben, und winkte mit seiner kleinen Hand gereizt ab.

»Junger Mann. Ich bin der Arzt. Ich sage, wann sie Besucher empfangen kann.«

»Ich muß sie etwas fragen. Es wird nur eine Minute dauern. Es ist wichtig.«

»Ihre Gesundheit ist viel wichtiger.« Doktor Levine drehte sich abrupt um und ging zur Tür.

»War nett, mit Ihnen zu reden«, brummte Asher und sah dem weiß bekittelten Rücken nach, der im Flur verschwand.

Wenn es ihr so schlecht ging, dann war sie bestimmt im Einzelzimmer. Er sah sich um, horchte an der Tür und öffnete sie.

Gordon Taite saß am Fenster und schrieb etwas in sein Heft. Er sah ihn böse an. »Was zum Teufel –«

»Sehr gut«, improvisierte Asher. »Ich habe Sie schon überall gesucht. Was hat das alles zu bedeuten mit Liz Sansborough?«

»Was meinen Sie?« Taite sah ihn noch finsterer an.

»Angeblich hat sie nach mir gefragt. Wo ist sie?«

Gordon Taite blinzelte. »Das ist lächerlich. Sie kennt Sie ja noch nicht einmal. Was haben Sie vor – wollen Sie sie im Bett überfallen? Verschwinden Sie, Flores!«

Asher lächelte. Es war den Versuch wert gewesen. Wenigstens wußte er jetzt, daß sie im Mehrbettzimmer war, der einzige Raum, in dem er noch nicht gewesen war. Er entschied sich, Gordon Taite reinen Wein einzuschenken:

»Alter Freund, ich will ja nur wissen, was wirklich mit Liz Sansborough los ist. Sie macht auf mich nicht den Eindruck, als ob sie verrückt wäre. Sie war wirklich gut im Unterricht. Ich habe gerade ihre Akte gelesen, und –«

Gordon Taite stand auf. Er kam durch das Zimmer auf ihn zu. Unwillkürlich wich Asher zurück. Taite war sauer. Er war ganz schön bedrohlich, wenn er ein bißchen außer Kontrolle geriet.

»Das ist ein streng geheimer Einsatz, an dem sie beteiligt ist. Haben Sie das kapiert? Und der geht Sie verdammt noch mal nichts an. Jetzt verschwinden Sie endlich, bevor ich Sie Langley melde!« Taite keuchte schwer. Er war wirklich ziemlich wütend.

»Ich denke, das reicht mir dann.«

Asher zog sich ins Personalbüro zurück und setzte sich wieder an seinen Schreibtisch. Mittags, als alle gegangen waren, rief er Hughes Bremner in Langley an, aber er war nicht da. Er war in Paris, irgendeine geheime Angelegenheit, und würde erst sehr spät zurückkommen. Verdammt.

Asher kratzte sein Sandpapierkinn. Seine Bartstoppeln waren ebenso schwarz wie die Locken auf seinem Kopf, und sie juckten. Bremner war in Paris, und laut Sansboroughs Langley-Akte war Paris auch der Ort, wo die Botschaften des Carnivore ankamen. Tatsächlich sollte sogar heute eine kommen. Man brauchte kein Einstein zu sein, um sich auszurechnen, daß Bremner höchstwahrscheinlich deshalb nach Paris geflogen war, um sich dort mit einer Puppe namens Liz Sansborough zu treffen und die neuesten Leckerbissen des Carnivore in Empfang zu nehmen.

Während er in der Cafeteria beim Mittagessen saß, setzte sich Asher die Kopfhörer auf und hörte sich das Dodgers-Spiel an. Sie verloren gegen Houston. Es stand schon drei zu eins. Er aß zwei Thunfisch-Sandwiches, eine Tüte Kartoffelchips, eine Kiwi und trank zwei Eistee mit Zitrone. Als er fertig war, stand es noch immer drei zu eins. Er entschied sich, das Endergebnis abzuwarten. Er aß noch drei Brownies. Die Dodgers verloren vier zu eins.

Was für ein Scheißtag.

Er ging zur Krankenstation. Vielleicht ergab sich diesmal eine Gelegenheit, Liz Sansborough zu sehen. Aber auf halbem Weg sah er Gordon Taite aus der Verwaltung kommen. Er grinste übers ganze Gesicht.

»Flores, ich hab' da was für Sie. Ist gerade gekommen.«

Taite gab ihm ein Blatt Papier. Es war ein gefaxter Befehl von Langley: Asher wurde nach Spitzbergen abkommandiert, und zwar sofort. Spitzbergen, eine Insel im arktischen Ozean, lag noch nördlicher als der Norden Norwegens. Bekannt war es in Agentenkreisen nur deshalb, weil man sich dort zu Tode langweilte. Es gab heiße Sommer und eiskalte finstere Winter, die einen in den Selbstmord treiben konnten. Es war Langleys perfekteste Version eines Gulag.

»Ein neuer Auftrag. *Bon voyage,* Flores.« Gordon hatte seine rangmäßige Überlegenheit ausgenutzt und schnell reagiert. Er verschränkte die Arme. Sein breites Grinsen war wirklich widerlich.

»Danke, Gordon. Darf ich Sie küssen?«

Zurück im Personalbüro setzte sich Asher wieder an seinen Schreibtisch und überredete Langleys CM-5 dazu, ihm die Akte des Carnivore zu zeigen. Er las sie schnell. Nichts Interessantes, nur die üblichen Vermutungen über seine wahre Identität und Beschreibungen der Attentate, die man ihm zuschrieb.

Ein Detail war interessant: Offenbar hatte der Carnivore in den letzten drei Jahren keinen Auftrag mehr übernommen. Vor drei Jahren war Liz Sansborough angeblich zu ihm gezogen. Das konnte kein Zufall sein. Da mußte es einen Zusammenhang geben.

Während Asher die Akte des Carnivore ausdruckte, beobachtete er die Tür. Gordon Taite konnte jeden Augenblick mit Verstärkung anrücken, ihn in einen Lastwagen werfen und von hier fortschaffen lassen. Schnelligkeit war jetzt entscheidend. Also gab er dem Computer, während er die Sansborough-Akte ausdruckte, gleich auch den Druckauftrag für alle Akten über Personen, die im Zusammenhang mit Liz Sansborough erwähnt wurden.

Die anderen Mitarbeiter sahen vom Drucker zu Asher und wieder zurück. Asher wußte nicht, ob sie besorgt oder beeindruckt waren.

»Ein kleiner Auftrag von Langley«, erklärte er.

Sie lächelten. Da sie wieder an ihre Arbeit gingen, nahm er an, daß sich die Neuigkeit von seiner Strafversetzung noch nicht bis zu ihnen herumgesprochen hatte. Als der Drucker vor sich hinsummte, dachte er über dieses streng geheime Unternehmen nach, für das der CIA Liz Sansborough brauchte. Offensichtlich war eine Frau, die behauptete, Liz Sansborough zu sein, bereits in den Carnivore-Einsatz verwickelt. Aber was hatte die in Paris mit der hier zu tun?

Es schien Asher, als ob die Sansborough in Paris das Vertrauen des Carnivore gewonnen hätte, da er sie als seine Vermittlerin einsetzte. Der Carnivore war offensichtlich von ihrer Echtheit überzeugt. Und Langley glaubte es wohl auch, sonst wäre es nicht in ihrer Akte erwähnt.

Aber was, wenn die Frau hier in Colorado die wirkliche Liz Sansborough war? Bedeutete das, daß die Pariserin die letzten drei Jahre für sie eingesprungen war, als ihre psychischen Probleme anfingen? Er hielt das durchaus für möglich. Aber in Sansboroughs Akte stand ganz klar, daß sie sich in den Carnivore verliebt hatte und vor drei Jahren zu ihm übergelaufen war. Der Carnivore würde doch wohl seine eigene

Geliebte kennen. Falls es nicht von Anfang an die falsche Liz Sansborough gewesen war.

Asher schüttelte den Kopf. Er konnte das Puzzle nicht zusammensetzen. Es gab zu viele Teile. Zu viele Liz Sansboroughs.

Als der Drucker fertig war, riß Asher die perforierten Ränder des Papiers ab, heftete alle Bögen zusammen und steckte sie in einen Ordner.

Was ihm nicht aus dem Kopf ging, war dieser Dreckskerl Taite. Wo Gordon Taite hinging, folgte selten Gutes. Konnte es sein, daß Gordon Langleys Pläne mit Liz Sansborough sabotierte? Wenn das stimmte und Asher es beweisen könnte, müßte er nicht nach Spitzbergen. Und er hätte eine Chance, den Carnivore selbst zu erwischen. Also, wenn *das* keine Aufgabe für einen richtigen Agenten war.

16

Am gleichen Morgen schwitzte Lucas Maynard in Arlington, Virginia, wie ein Glas eisgekühlter Jack Daniels. Er sagte sich, daß es keine Angst sei. Es waren der Schock und seine verdammte Diabetes.

Aber es war Angst.

Er war in Leslees Küche. Er hatte sich gerade eine Tasse Kaffee eingegossen, sich an den Tisch gesetzt und die *Washington Post* genommen. Im selben Augenblick hatten die Beklemmungen in seiner Brust und das Schwitzen begonnen. Auf der ersten Seite, obere Hälfte, war ein aktuelles Portraitfoto von Staatssekretär Clare Edwards und die riesige Schlagzeile:

SPITZENPOLITIKER AUF OFFENER STRASSE AUSGERAUBT UND ERMORDET

Am Abend zuvor hatte Maynard stundenlang versucht, Clare in seinem Haus in Georgetown anzurufen. Jetzt wußte er, warum er nur den Anrufbeantworter erreicht hatte. Sein Magen krampfte sich zusammen. Mit Clare Edwards war auch seine und Leslees beste Chance gestorben, aus der Sache ungeschoren herauszukommen.

Er wischte sich das Gesicht mit einem Küchentuch ab und las die Story. Laut dem Bericht hatte es unter den Fußgängern keine Zeugen gegeben, aber einige Autofahrer hatten einen blonden jungen Mann auf Rollschuhen gesehen, der in der Nähe von Clare Edwards Haus einen älteren, gutgekleideten Mann umgeworfen hatte. Die Polizei sagte, der Mörder hätte sämtliche Wertsachen gestohlen und den Staatssekretär erstochen.

Die Story ging auf Seite zwei weiter. Dort war ein Foto vom Tatort mit Edwards Leiche auf dem Boden.

Wo war seine schicke Aktentasche?

Wieder brach Maynard der Schweiß aus. Sicher hatte Clare den braunen Umschlag in seinem Safe im Außenministerium eingeschlossen. Er würde doch solche wichtigen Beweisstücke nicht in einer einfachen Aktentasche ohne irgendwelche Sicherheitsvorkehrungen mit nach Hause genommen haben.

Oder hatte er vielleicht Angst gehabt, daß jemand im Büro die Papiere entdecken könnte und dann mit am Geschäft beteiligt werden wollte? Das konnte er sich bei Clare gut vorstellen. Das paßte zu seiner Großspurigkeit. Zuviel Großspurigkeit und zu wenig Verstand hatten dazu geführt, daß er die Dokumente in seiner Aktentasche mit nach Hause genommen hatte. Mit etwas mehr Verstand hätte Clare schon längst aufgehört, jede hübsche Frau im Ministerium als sein persönliches Spielzeug zu betrachten.

Einen Augenblick lang schöpfte Maynard Hoffnung: Vielleicht hatte ihn der eifersüchtige Freund einer seiner Flammen umgebracht. Das wäre eine Art romantischer Gerechtigkeit, und es hieße, daß Hughes Bremner nichts mit dem Tod des Staatssekretärs zu tun hatte.

Aber Lucas wußte es besser. Hughes Bremner hatte angeordnet, den Staatssekretär umzubringen, und Bremner hatte den braunen Umschlag mit den Sterling-O'Keefe-Daten. Und Bremner würde ihn als nächsten erwischen, wenn er sich nicht beeilte. Sehr beeilte.

Leslee schlief immer noch. Maynard betrachtete ihr wirres, helles Haar und ihr herzförmiges Gesicht. Es ging nicht nur um sein Leben, sondern auch um ihres.

Sie war um ein Uhr morgens erschöpft und mit dunklen Ringen unter den Augen aus der Zeitungsredaktion gekommen. Aber sie hatte ihren großen Artikel über den CIA fertig. Den Tag heute hatte sie sich freigenommen und würde bis in den Vormittag hinein schlafen.

Und sie sollte allein aufwachen. Solange er da war, war auch ihr Leben in Gefahr.

Er sah weiter ihr süßes Gesicht an, und vor lauter Liebe schmerzte ihn eine Stelle hinten im Hals. Nach all den einsamen Jahren konnte er jetzt unmöglich ohne sie leben.

Es war Zeit für die Flucht. Sterling-O'Keefe, MASKERADE und Immunität, das war jetzt alles unwichtig. Flucht war die einzige Lösung. Und zwar schnell.

Da Leslee beschlossen hatte, den Tag freizumachen, sich um ihre Wäsche zu kümmern und Lebensmittel einzukaufen, vielleicht mit einer Freundin zu Mittag zu essen – diese ganzen alltäglichen Dinge, die sie völlig vernachlässigte, wenn sie an einem wichtigen Artikel arbeitete – hatte Maynard ihr gesagt, daß auch er ein paar Überstunden abfeiern und nicht ins Büro gehen würde, um endlich wieder einmal etwas Zeit mit ihr verbringen zu können. Deshalb war er jetzt da. Sie hatte ihm nicht geglaubt, aber er wußte, daß sie warten würde, bis er es ihr erzählte ... oder bis ihre Ungeduld zu groß wurde. Während Leslee schlief, machte Maynard vier Ausflüge zu einer Telefonzelle, um ›Freunde‹ in Liechtenstein anzurufen und ihre sichere, geheime Abreise aus Washington, früh am nächsten Morgen, zu organisieren. Wenigstens war seine Vorsicht nicht umsonst gewesen. Die Gegend um Leslees Wohnung herum war sauber. Was bedeutete, daß sie beide im Augenblick relativ sicher waren.

Ohne die vielen Leute, die ihm noch einen Gefallen schuldeten, die er über die letzten vierzig Jahre gesammelt hatte, hätte er es nicht geschafft. Für den Rest bezahlte er einen Haufen Geld. Das Ergebnis war, daß Leslee und er mit der Swissair offiziell als Flugbegleiter nach Zürich fliegen würden. Von dort aus war es nicht mehr weit bis nach Liechtenstein, dem winzigen Land in den Bergen oberhalb des Rheins. Da es keine Grenzkontrollen zwischen den beiden Ländern gab, sah er auch dort keine Probleme.

Später aßen Leslee und er zu Abend, redeten und liebten sich in ihrem Bett. Für einen kurzen Augenblick ließ ihn die Erregung die Bedrohung vergessen. Aber er mußte ihr sagen, was geschehen war, ihr erklären, was er geplant hatte, und die Zeit wurde langsam knapp.

Ihr kleiner, kompakter Körper war noch weich und heiß, und sie schmiegte sich wie ein Kätzchen an ihn. Das gedimmte Licht der Deckenlampe malte lange Schatten in den klimatisierten Raum. Das Zimmer war wie sie – klein, gut möbliert, intelligent, schrecklich anziehend.

»Magst du Europa, Leslee?«

»Sehr. Warum, Liebling?«

»Würdest du gern morgen rüberfliegen?«

Ihre kleine zusammengeballte Hand auf seiner Brust streckte sich. Ihr Finger waren winzig wie die eines Kindes, aber ihr Verstand war der einer sehr erwachsenen Frau. Maynard hatte diesen Kontrast immer besonders reizvoll gefunden. Aber jetzt hielt er es kaum aus, als sie ihm in die Augen sah.

»Was ist los, Lucas?«

»Ich hoffe, du sagst ja.« Er zog sie an sich. »Ich muß die Vereinigten Staaten verlassen, und ich möchte, daß du mit mir kommst. Ich steige aus dem Geschäft aus. Ich bin schon lange reif dafür. Jedenfalls habe ich heute alles organisiert. Ich habe etwas Geld in Liechtenstein, genug für uns beide. Wir werden davon gut leben können.«

Sie schwieg. »Es gibt nur zwei Dinge in Liechtenstein – Landschaft und Verschwiegenheit. Hast du soviel Geld, daß du eine dieser Scheinfirmen mit einem Bankkonto gekauft hast, das von einem ihrer Strohmann-Anwälte verwaltet wird?«

Er ignorierte die Empörung in ihrer Stimme und wagte sich noch weiter vor. »Ich möchte dich heiraten, Leslee. Ich weiß nicht, was mich glücklicher machen würde. Ich liebe dich. Bitte, sag, daß du mich heiraten wirst.«

Sie setzte sich auf und sah ihn forschend an. »Liebst du mich genug, um mir die Wahrheit zu erzählen?«

Die Frage hing in der Luft.

Nun war es also so weit. Das hatte er natürlich schon gewußt, bevor er das Gespräch überhaupt begonnen hatte, und er hatte gewußt, daß seine Angst davor, was Bremner ihm antun könnte, nicht so groß war wie die, daß Leslee ihn verlassen würde. Er konnte ohne sie nicht mehr leben. Jetzt konnte er sich nirgendwo mehr verstecken.

Mit leiser, eindringlicher Stimme erzählte er ihr die ganze Geschichte – wie sehr er als junger Mann gehofft hatte, seinem Land dienen zu können, die schmerzliche Enttäuschung seiner mittleren Jahre, dieses Gefühl, verraten worden zu sein. So viele hervorragende, erfahrene Langley-Offiziere waren damals entweder faul geworden oder hatten die Company ganz verlassen. Und schließlich erzählte er von Sterling-O'Keefe und MASKERADE.

»Unser Abteilungsleiter, Hughes Bremner, hat damals beschlossen zu bleiben und sich an der Company für all die verlorenen Jahre zu rächen, die er ihr geopfert hatte. Er rekrutierte seine vier Vizes von Mustang – mich, Adam Risley, Tad Gorman und Ernie Pinkerton. Wir waren alle kalte Krieger, wir alle hatten Washingtons Verwesung aus nächster Nähe miterlebt, und wir fühlten uns betrogen.

Es war so einfach, daß es uns fast so vorkam, als ob wir von Langley den Auftrag dazu bekommen hätten. Wir schöpften Millionen aus iranischen Waffengeschäften und U.S.-Drogenverkäufen. Wir nutzten unsere Beziehungen aus. In der BCCI, in der Mafia, unter den Waffenhändlern, Kongreßabgeordneten und Banken gab es genug Leute, die uns noch etwas schuldig waren, und wir wußten, welche Unternehmer sich gerade auf riskantes, aber profitables Eis hinausgewagt hatten. Von Anfang an hatten wir die richtigen Kontakte. Als der Rubel einmal rollte, haben wir unser Unternehmen gegründet, Sterling-O'Keefe Enterprises. *Sterling,* weil es nach Qualität klingt, und *O'Keefe* zu Ehren unseres alten Mentors in Langley, Red Jack O'Keefe. Er ist jetzt im Ruhestand, sicher schon seit zehn Jahren.« Maynard gestattete sich ein grimmiges Lächeln. »Er hat uns immer gesagt: ›Das Tempo des Führers bestimmt das Tempo des Rudels.‹«

Er sah sie kurz an. Sie sagte nichts. Ihr Gesicht war starr wie eine Maske.

»Es war absolut geheim«, fuhr er fort. »Wir kauften Unternehmen auf. Schließlich gehörten Sterling-O'Keefe OMNI-American Savings & Loan und die Hotel-Casinos des President's Palace in Las Vegas und Atlantic City. Wir haben die Mehrheit bei Gold Star Credit Resources, der größten Kreditkartengesellschaft des Landes, und Gold-Star-Rent-a-Car, einer der größten Autoverleihagenturen. Nonpareil International Insurance – die gehören uns ebenfalls. Einer ganzen Menge unserer Unternehmen gehören noch andere Firmen. Ich weiß längst nicht über alle Querverbindungen Bescheid, wahrscheinlich wollte ich es auch nie. Sterling-O'Keefe gehört zu den schnellwachsensten Unternehmen der Welt.«

Maynard wartete im schwachen Schein der Deckenlampe, aber Leslee schwieg.

Unsicher fuhr er fort: »Einer von Bremners blaublütigen Cousins, Leland Bremner Beaver, erscheint als Strohmann in den Papieren, aber das Unternehmen wird von geheimen Vorstandsmitgliedern geleitet, denen es auch gehört. Ihr Vorsitzender ist Hughes Bremner. Ihm gehören einundfünfzig Prozent. Die restlichen neunundvierzig Prozent teilen sich Tad, Adam, Ernie und ich.«

»Wie nett«, sagte Leslee. »Für jeden ein hübsches Geschäft.«

»Das war es wirklich«, sagte er. »Aber jetzt gibt es Schwierigkeiten. Die ganze Sache, Sterling-O'Keefe und MASKERADE, könnte auffliegen.«

Er erzählte ihr von dem internationalen Killer, dem Carnivore, der alles ruinieren könnte, der aber gar nicht wußte, was er da eigentlich wußte. Maynard ging nicht ins Detail, das brachte er noch nicht einmal jetzt fertig. Er redete sich ein, daß es zu gefährlich für sie wäre, das auch noch zu wissen.

»Aber ich hatte mich ohnehin schon entschieden auszusteigen, Les, wegen dir«, sagte er ernst. »Ich habe mich in dich verliebt, und du hast mein Leben verändert.«

Sie griff nach einer Zigarette und lehnte sich gegen das Kopfende des Bettes. In dieser Haltung verharrte sie bewegungslos. Ihre Stimme klang eisig. »Durch mich hast du also deine Fehler erkannt. Interessant. Aber ich kann diese Veränderung nicht sehen, auf die du so stolz bist. Ich sehe nur einen Kriminellen … einen Feigling … der um sein Leben rennt.«

Er zuckte zusammen, aber sie fuhr fort. »Wenn du jetzt fortläufst, wird Sterling-O'Keefe das Land weiter ausnehmen, und du wirst dich mit deinem Vermögen und deiner Freundin einfach absetzen, wenn du es schaffst, sie dazu zu überreden. Und du sagst, du hast dich verändert?« Sie zog das Laken hoch und bedeckte damit ihre Brust. »Du ekelst mich an!«

»Ich habe versucht –«

»Du hast den Tod des Staatssekretärs verursacht!«

»Vielleicht war es ja wirklich ein Raubüberfall.«

»Das würde dir gefallen, nicht wahr? Damit wärst du fein raus!« Ihre schmale Oberlippe verzerrte sich vor Ekel. »Was ist in dem Safe unter meinem Bett?«

»Dokumente und Aufzeichnungen über Sterling-O'Keefe und MASKERADE.«

»Das ist es, was du für den Staatssekretär kopiert hast, stimmt's?« Als er nickte, fuhr sie fort: »Hier hast du also das Beweismaterial versteckt, das Sterling-O'Keefe und MASKERADE vernichten könnte?«

Als er wieder nickte, schlug sie ihm ins Gesicht.

Es klang wie ein Donner in dem stillen Schlafzimmer. Er berührte sein Gesicht nicht, obwohl er es wollte. Es tat nicht besonders weh, aber der Schmerz, den ihr Zorn verursachte, spürte er wie ein heißes Messer.

»Du hast mein Leben aufs Spiel gesetzt!« Ihre Augen blitzten. »Wenn Bremner einen Staatssekretär des Außenministeriums für ein paar Kontonummern ermorden läßt, was glaubst du wohl, was er mit mir machen würde, wenn er wüßte, was unter meinem Bett versteckt ist?«

Jetzt wurde Maynard wütend. »Ich habe dich geschützt! Niemand weiß von meiner Verbindung zu dir. Niemand ist mir je bis hierhin gefolgt. Wenn du es niemandem erzählt hast, sind wir sicher. Das garantiere ich!« Die Entschiedenheit in seiner Stimme gefiel ihm. Ein paar Dinge wußte er schon auch noch.

»Du kapierst es einfach nicht, Lucas. Nimm deinen Kram und verschwinde hier. Du verschwendest meine Zeit.«

Sie knipste ihre Nachttischlampe an, die das Zimmer plötzlich mit Licht überflutete. Nackt ging sie zum Schrank. Ihre kleinen Pobacken bebten, als ob auch sie wütend wären. Sie nahm ihren weißen Frotteebademantel aus dem Schrank und wickelte sich darin ein, als wäre es eiskalt, als wäre es nicht so schwül, daß die Klimaanlage auf höchster Stufe laufen mußte und es im Schlafzimmer trotzdem noch zu warm war.

»Was kapiere ich nicht?« fragte er leise.

Ihr helles Haar war im Lampenlicht beinahe weiß. In dem weißen Bademantel und mit ihrem herzförmigen rosigen Gesicht sah sie aus wie einer der Engel auf dem Weihnachtsbaum seiner Mutter damals zu Hause im Terre Haute.

Sie steckte sich die nächste Zigarette an und stand in der Tür. »Dich gibt es gar nicht. Du hast eine Vorstellung davon gehabt, was mir gefallen könnte, und das hast du mir dann vorgespielt, und in dieses Phantom habe ich mich verliebt. Aber schließlich gehören Charme und leere Wertmaßstäbe ja zu eurem Handwerkszeug, nicht wahr? Wie arrogant von mir zu glauben, daß ich das schon merken würde!« Sie lachte bitter. »Und du behauptest, du wärest geläutert? So ein Blödsinn. Du konntest noch nicht einmal die Beweise übergeben, ohne zuerst einen Handel abzuschließen, einen goldenen Fallschirm in die Immunität. Und der arme Staatssekretär – dein *Freund!* – wurde deswegen ermordet.« Sie ging in den Flur. »Du bist wirklich das Letzte, Lucas. Nimm deinen Scheiß und mach, daß du raus kommst.«

Nackt folgte er ihr in die Küche. Ohne sie hatte er nichts mehr, für das es sich zu leben lohnte. »Was hätte ich denn tun sollen?« versuchte er zu argumentieren. »Hätte ich vielleicht gegen Bremner mit all seiner Macht antreten sollen? Gegen das gesamte System? Du lieber Himmel, Les, auf dem ganzen Globus sitzen Männer, die für ihn arbeiten! Ich habe genug Material in der Hand, um ihn zu vernichten. Gestern haben seine Leute schon in meinem Haus auf mich gewartet. Er hat bereits Befehl gegeben, mich umzubringen!«

Leslee schüttete Kaffeebohnen aus El Salvador in ihre Kaffeemühle und stellte sie an. Der Lärm war ohrenbetäubend. Sie ließ den Knopf los und schüttete den gemahlenen Kaffee in den Filter. Schon bald roch es in der Küche angenehm nach frischem Kaffee.

Sie machte ihre Zigarette aus, drehte sich um und lehnte sich gegen die Spüle. Sie verschränkte die Arme und sagte nichts, sah ihn nur an, wie er da nackt vor ihr stand. In ihren hellblauen Augen stand der Verrat an ihr überdeutlich geschrieben. Da war kein Platz für Liebe in diesem verwundeten Blick.

»Willst du, daß ich Sterling-O'Keefe und MASKERADE entlarve? In aller Öffentlichkeit?« Der Klang seiner Stimme machte deutlich, daß das keine Frage war, sondern ein Todesurteil.

Mit zwei Fingern zog sie eine weitere Zigarette aus der Packung in ihrer Tasche, eine Pall Mall ohne Filter. Sie mochte den Geschmack, hatte sie ihm gesagt, den vollen, würzigen und trotzdem feinen Geschmack des Tabaks. Er hatte ihr sicher hundertmal immer wieder das Gleiche gesagt, aber jetzt klang es so, als ob er es auch zu sich selbst sagte: »Die Dinger werden dich umbringen, Les.«

Sie zündete die Zigarette an, inhalierte tief und stieß den Rauch aus. »Bei Zigaretten gibt es wenigstens eine Warnung auf der Packung.«

Lange standen sie da, starrten sich an und schwiegen. Er war nackt und verletzlich, sie war eingehüllt in ihren Engelsmantel und rauchte.

Schließlich setzte er sich hin und sah sie an. »Ich könnte selbst ins Außenministerium gehen. Ich könnte dem Außenminister meine Unterlagen übergeben. Das würde bedeuten, daß du und ich nicht sofort nach Europa fliegen können. Ich würde bleiben müssen, um gegen die anderen auszusagen, wahrscheinlich selbst angeklagt werden. Gefängnis. Es könnte Jahre dauern.«

»Ja«, sagte sie.

»Ist es das, was du willst?«

»Ich möchte, daß die Wahrheit herauskommt – für uns alle.« Dann lächelte sie. Auf einmal wirkte das harte Neonlicht in der Küche weich und versöhnlich. »Ich werde auf dich warten«, sagte sie. »Ich liebe dich.«

Er lächelte und sah in ihr kleines, herzförmiges Gesicht. Die Zukunft war ihm noch nicht entglitten. Nackt stand er auf, ging um den Tisch herum und drückte sie an sich. Er roch ihr Gesicht, ihren Hals.

»Morgen gehe ich zum Außenminister«, flüsterte er.

17

Liz war in einer tiefen, schwarzen Grube gefangen. Ihre Finger bluteten, als sie Wände aus Eis hinaufklettern wollte. Sie spürte eine Bewegung und schlug wild um sich. Eine Stimme befahl ihr, unten zu bleiben. Sie kämpfte und versuchte, weiter hinauf zu klettern. Lärm dröhnte in ihren Ohren. Dann war da plötzlich ein furchtbares, blendendes Licht, aber sie sehnte sich danach.

Irgendwie hatte das Licht mit Sicherheit zu tun.

Sie öffnete die Augen. Weiße Wände. Zwei Reihen weiße Betten mit einem Gang in der Mitte. Ein Krankenhaus? Es roch nach Desinfektionsmitteln. Sie brauchte einen Moment, bis sie begriff, daß sie in der Krankenstation der Ranch war. Ihr Bett stand neben einem Fenster. Draußen sah sie eine Ponderosa-Kiefer, die sich der Colorado-Sonne entgegenstreckte.

Ein Pfleger versuchte, sie wieder zurück aufs Bett zu drücken. »Hören Sie auf, sich zu wehren. Gleich sind Sie wieder glücklich.«

Er drehte sich um und beschäftigte sich mit ihrer Tropfflasche. Er mußte sich mit dem Auswechseln verspätet haben, denn die Wirkung des Medikaments hatte so weit nachgelassen, daß sie aufgewacht war. Die neue Flasche würde mehr von den Chemikalien enthalten, die sie vergifteten. Er sah nett aus, aber auch furchtbar dumm. Er würde seine Befehle bis zum bitteren Ende ausführen. Sie hatte keine Zeit, ihn umzustimmen.

Als er abgelenkt war, nahm sie all ihre Kraft zusammen und schaffte es, sich hinzuknien. Sie war zwar ziemlich steif, aber trotzdem schnell. Er drehte sich um und sah sie an.

»Hey! Was tun Sie –?«

Mit der rechten Faust verpaßte sie ihm einen gut gezielten Haken gegen das Kinn. Er stolperte zurück. Mit dem Infusionsschlauch in der linken Hand schlug sie noch einmal zu. Er fiel seitlich gegen ein leeres Bett. Ein Patient ein paar Betten weiter stöhnte.

Sie hielt ihre schmerzende Faust und lauschte. Es war wieder still. Sie kämpfte die restliche Benommenheit nieder und zog sich die Nadel aus der Hand. Ihre Kleider lagen in einer Ecke. Sie zog das Nachthemd aus und ihre Tarnkleidung wieder an, schnallte den Gürtel um und schnürte ihre Stiefel zu. Der Pfleger war offenbar allein auf der Station gewesen, sonst hätte sicher jemand nachgesehen, wo der Lärm herkam. Irgendwann würde schon ein Arzt, eine Schwester oder ein anderer Pfleger kommen, aber bis dahin war sie längst fort.

Sie fesselte und knebelte den Pfleger. Im Fach neben ihrem Bett fand sie ihren Rucksack, aber ihre

Beretta und Gordons Brieftasche waren nicht mehr da. Verdammt. Sie würde zur Hütte laufen müssen, um Gordons Beretta zu holen.

Sie öffnete das Fenster und suchte die Umgebung ab. Dann ließ sie sich ins Gras fallen.

Asher Flores kam mit einem dicken Ordner aus dem Personalbüro. Er überlegte, ob er einen Helikopter entführen oder einfach seinen Wagen nehmen sollte. Dann warnte ihn eine Stimme der Vernunft, daß er kurz davor war, zu weit zu gehen. Sicher, die Sache mit dem Carnivore war ganz schön heiß und Gordon Taite wirklich ein Riesenarschloch, aber Hughes Bremner war sein Boß, und Bremner war immer ein Senkrechtstarter gewesen.

Vielleicht hatten Bremner und Taite gemeinsam einen narrensicheren Plan, wie man den Carnivore erwischen könnte, für den sie die Colorado-Sansborough brauchten. Wenn er ihnen das vermasselte, wäre die abgelegene, arktische Insel das reinste Paradies gegen das, was ihn dann erwartete. Langley war in dieser Beziehung ziemlich strikt. Solange man Erfolg hatte, konnte man es mit den Regeln schon mal etwas lockerer sehen, aber wehe die Rechnung ging nicht auf, dann wurden sie ausgesprochen böse. Er würde später noch einmal versuchen, Bremner zu erreichen. Vielleicht konnte er den Boß dazu überreden, ihn bei der Carnivore-Sache mitmachen zu lassen.

Als er darüber nachdachte, sah er den Müllwagen des Camps, der gerade seine Runde machte. Es war ein großartiges Gerät, und die sperrige Schwerfälligkeit fand Asher geradezu göttlich.

Dann bemerkte er eine schattenhafte Bewegung zu

seiner Rechten. Ohne den Kopf zu drehen, stellte er seinen peripheren Blickwinkel darauf ein. Erstaunt wurde er langsamer, um sich die Gestalt etwas genauer anzusehen.

Es war Liz Sansborough!

Sie war angezogen, trug ihren Rucksack und versuchte, den Parkplatz zu erreichen. Eine Klassefrau, einfach nicht unterzukriegen. Asher brauchte zehn Sekunden, bis er diesen neuesten Entwicklungsstand verarbeitet hatte. Es sah ganz so aus, als ob er trotz allem in Gordon Taites großes Geheimnis eingeweiht werden würde.

Liz Sansborough war geflohen. Gordon Taite hatte es verbockt. Asher grinste. Das war vielleicht ein Weg, Bremner umzustimmen – und Taite gleichzeitig eins auszuwischen.

Asher schlenderte zum Müllwagen hinüber.

»Hey, Asher.« Bernie war Ashers Kumpel. Bernie liebte den Müllwagen genauso wie Asher.

»Hey, Bernie. Willst du nicht ein bißchen Pause machen? Ich könnte sie für dich in die Stadt fahren.«

»Ich weiß nicht.« Bernie wischte sich den Schweiß von der Stirn. »Wir sind heute ganz schön voll. Du mußt verdammt gut auf das Gefälle aufpassen, wenn sie so voll ist.«

»Das hast du mir beigebracht. Das weißt du doch.«

»Ja, das stimmt«, strahlte Bernie. »Also, ich könnte schon eine Pause brauchen. Okay, fahr sie runter.« Bernie tätschelte den Kühlergrill des unförmigen Lastwagens, und die Sache war geklärt.

Asher sprang hinters Lenkrad, löste die Bremse und brauste davon.

Vor dem Offiziersclub leerte Asher den letzten Müllcontainer in den Lastwagen. Dann fuhr er zu seiner Hütte. Er warf seine Pistole, Munition, Kleidung, Geld, Kreditkarten und mehrere Ausweise in eine Sporttasche. Er hatte so ein Gefühl, daß es besser sein würde, jemand zu sein, den Gordon Taite nicht kannte, bis die Geschichte vorbei war. Er warf die Tasche auf den Beifahrersitz des Lastwagens und donnerte zum Parkplatz.

Liz Sansborough hatte die Haube eines grünen Ford Explorer geöffnet und war dabei, ihn kurzzuschließen. Sie sah ihn, warf die Haube zu und sprang auf den Fahrersitz.

Er hielt mit dem Müllwagen hinter dem Explorer und blockierte sie. Dann sagte er leise: »Hey, Sansborough? Wollen Sie mitfahren?«

Sie krallte sich am Lenkrad des Fords fest, bis ihre Finger ganz weiß waren.

Er sagte: »Ohne mich kommen Sie hier nie raus.«

Sie starrte ihn mit wilden Augen an. Junge, war die sauer.

»Das mit heute morgen tut mir leid«, sagte er. »Ich habe nur Befehle ausgeführt. Aber jetzt bin ich bei Langley auch unten durch.«

Mit dem Rucksack in der Hand glitt sie aus dem Ford und beobachtete gebückt den Parkplatz. Es war niemand da. Sie rannte auf die Beifahrerseite des Lastwagens und kletterte hinein. Er drehte sich zu ihr um und grinste, aber das Grinsen gefror ihm auf dem Gesicht. Er sah direkt in den Lauf einer 9mm Beretta.

»Wie haben Sie mich gefunden?« wollte sie wissen.

»Ich habe Sie gesehen. Aber ich glaube, ich war der einzige. Sie machen das wirklich gut.«

»Wie haben Sie mich heute morgen im Wald gefunden?«

Er runzelte die Stirn und wußte nicht, was sie wollte. Dann hatte er es. »Der Gürtel. *Yeah.* Sehen Sie, diese Schnalle sieht ganz unauffällig aus, aber es ist ein kleiner Sender eingebaut. Alle, die hier ausgebildet werden, bekommen so einen Gürtel. Wenn es nötig ist, kann man den Sender aktivieren, zum Beispiel wenn sich jemand verläuft.«

»Wenn sich jemand verläuft, ja sicher«, sagte sie beißend, als sie den Gürtel mit der freien Hand öffnete und aus dem Fenster warf. Er landete unter dem grünen Ford Explorer.

»Gut gezielt«, meinte er.

»Warum tun Sie das?«

»Legen Sie sich auf den Boden, damit Sie niemand sieht.«

»Nein.« Sie zielte weiter mit der Pistole auf ihn. »Sagen Sie es mir.« Aus dem Augenwinkel suchte sie den Parkplatz und die Bäume am Rand ab. Wenn sich irgend etwas bewegen sollte, dann würde sie es sehen. Sie schaffte es eine ganze Weile, ohne ihn aus den Augen zu lassen.

»Ich möchte mitmachen, was immer es auch ist.« Um Himmels willen, er saß neben der Ex-Freundin des Carnivore. Oder nicht?

»Was meinen Sie damit?«

»Das, was ich gesagt habe. Ich bin in Ungnade gefallen und will da wieder raus.«

»Wenn Sie irgendwas wiedergutmachen wollen, dann liefern Sie mich aus.«

»Das könnte ich natürlich.« Aber Asher wollte es nicht. Er mochte diese Frau; sie hatte Mut. Sie lief vor Gordon Taite davon, und Gordon Taite war wirklich zum Kotzen. »Aber ich mag Taite nicht. Da ist irgendwas Komisches im Gange. Ich möchte erst mehr wissen, bevor ich mich entscheide.«

Sie beobachtete ihn weiterhin, die Pistole unbeweglich im Anschlag. »Dann bringen Sie mich hier raus.«

Er legte den Gang ein und rumpelte davon.

Sie sah ihn forschend an, und in ihrem Gesicht war mehr als Haß oder Wut. Es war Neugier. »Vielleicht haben wir beide etwas gemeinsam. Aber wenn Sie mich verraten oder ausliefern, dann schieße ich. Ist das klar?«

Er nickte. Sie rutschte auf den Boden. Die Beretta zielte auf sein Herz. Sie faltete ihre langen Beine unter sich. Es war erstaunlich, wie klein sie sich machen konnte. Es gefiel ihm, daß sie ihn in Erstaunen versetzen konnte.

»Ich fand immer, daß Gordon ein Schwachkopf ist«, sagte er.

»Ich nicht. Ich habe geglaubt, daß er mir das Leben gerettet hat. Aber seine verdammten Drogen nehme ich nicht. Wo sind wir jetzt?«

»Wir sind aus dem Zentrum des Camps heraus auf dem Weg zum Tor.«

»Wie kommen Sie darauf, daß wir durch das Tor herauskommen? Die haben doch alle möglichen Kameras dort.«

»Das stimmt. Aber die können nicht durch Stahltüren sehen, und der Winkel ist nicht so eingestellt, daß man den Boden eines Müllwagens sehen könnte. Bei einem Jeep ist das was anderes, aber der Lastwagen ist zu hoch. Außerdem haben Sie Glück. Heute ist der normale Tag für den Müll.«

»Sie scheinen den Lastwagen ja ganz besonders zu mögen. Haben Sie Ihn schon mal in die Stadt gefahren?«

»Ja. Bernie hat es mir beigebracht. Niemand wird irgendwas sagen, wenn ich am Steuer sitze.«

»Sagen Sie mir, wenn wir dort sind.«

Der große Lastwagen rumpelte schwerfällig an einer Reihe Ponderosa-Kiefern vorbei, die so dicht wuchsen, daß ihre Stämme dünn wie Streichhölzer wirkten. Die buschigen, grünen Kronen wiegten sich im Wind vor dem azurblauen Himmel. Schließlich hielten sie an.

»Wir sind da.« Er bewegte die Lippen nicht, weil die Kameras es sehen würden. Er war angespannt und wartete nur darauf, daß der Alarm des Camps losging, weil sie herausgefunden hatten, daß Liz Sansborough verschwunden war. Außerdem machte er sich Sorgen, daß sich die Neuigkeit von seiner Versetzung bereits herumgesprochen hatte. Dann würden sie ihn sicher nicht in die Stadt fahren lassen.

Er sprang heraus, und während er seinen Code eintippte, hörte er ein langgezogenes, mechanisches Kreischen, das die stille Bergluft zerriß. Es war der Alarm, und das Geräusch schien von überall aus jedem einzelnen Baum zu kommen.

O Gott, er hoffte, daß das Tor noch aufgehen würde!

Er tippte seinen Code noch einmal ein. Dann sah er, wie sich das Tor einen Spalt öffnete. Er holte tief Luft und kletterte zurück in den Wagen.

Das Tor öffnete sich schneller. Der Alarm heulte immer noch.

»Sie wissen Bescheid«, flüsterte Liz heiser.

»Ja.« Er fuhr durch das offene Tor. Sie wußten über sie Bescheid, aber vielleicht nicht über ihn. Noch nicht.

Die Straße war voller Schlaglöcher, aber er trat trotzdem aufs Gas und dachte über ihre Situation nach. Eines war sicher: Es gab kein Zurück mehr. Er hatte sich entschieden, als er Liz Sansborough seine Hilfe angeboten hatte. Jetzt mußte er nur noch ihr Vertrauen gewinnen.

Als der Alarm sich in der Ferne verlor, erzählte er ihr, was geschehen war, als er Gordon Taite gesagt hatte, daß er ihre Akte gelesen hatte.

»Ich soll glauben, daß sie auf eine arktische Insel versetzt werden, nur weil sie ein bißchen in meiner Akte rumgeschnüffelt haben? Ich habe vielleicht mein Gedächtnis verloren, aber ich bin kein Trottel.«

»Sie haben Ihr Gedächtnis verloren?« Das hatte nicht in ihrer Akte gestanden. »Wann?«

»Ungefähr vor zwei Monaten.«

»Sie erinnern sich an nichts mehr, was davor geschehen ist?«

»Warum sind Sie denn so überrascht? So etwas kommt vor.«

»Wie sollen Sie denn ohne Ihr Gedächtnis den Carnivore schnappen?«

»Also gibt es wirklich einen Killer namens Carnivore?«

Er runzelte die Stirn. »Ja, natürlich! Warum?«

Sie schwieg, dann nickte sie. »Okay. Wenigstens hat mir Gordon darüber die Wahrheit erzählt. Angeblich hat der Carnivore zweimal versucht, mich umzubringen. Und jetzt soll ich Langley helfen, ihn zu kriegen.«

Asher lächelte innerlich. Der Carnivore war also tatsächlich Gordons großartiger Top-secret-Einsatz. Aber wenn der Carnivore freiwillig kommen wollte, warum brauchte man dann ein solches Unternehmen, um ihn zu erwischen? Und warum wollte der Carnivore sie umbringen?

»Also, das hab' ich noch nicht richtig verstanden. Ihr Liebhaber, der Carnivore –«

»Moment mal!« Sie starrte ihn schockiert an. »Mein *Liebhaber*?« Der Lauf der Beretta kam seinem Herzen ein Stückchen näher. Ihr Finger am Abzug war weiß. »Was reden Sie denn da?«

Er bewunderte emotionale Frauen mit einer sicheren Hand, aber nicht, wenn die Pistole auf ihn gerichtet war. »Sie erinnern sich nicht mehr?«

»Um Himmels willen, ich hoffe, da gibt es nichts zu erinnern!«

Er sagte: »Wie wäre es, wenn ich ihnen erzähle, was in Langleys streng geheimer Computerakte über Sie steht?«

Die Beretta bewegte sich keinen Millimeter. »Ich höre.«

Er holte tief Luft. »In Ihrer Akte auf der Ranch gibt es für die letzten drei Jahre keinen Eintrag.«

»Das weiß ich, ich habe sie gesehen. Zu der Zeit habe ich in Santa Barbara mit einer neuen Identität gelebt. Mein Deckname war Sarah Walker, und ich war Journalistin.«

»In der Langley-Akte gibt es aber sehr wohl Einträge. Dort wird ihre Beziehung zum Carnivore erklärt.«

»Steht da auch, daß sie mich nach Lissabon geschickt haben, um eine Nachricht entgegenzunehmen, ich aber zu spät gekommen bin? Daß der Carnivore den Kurier umgebracht hat und geglaubt hat, mich ebenfalls getötet zu haben? Das klingt mir nicht nach Liebesbeziehung. Er glaubt, ich hätte sein Gesicht gesehen, und er weiß, daß ich lebe. Wenn der Anschlag in Santa Barbara echt war, dann sucht er nach mir.« Sie beschrieb ihm die Schießerei in ihrer Wohnung.

Asher dachte darüber nach. »Das stimmt alles hinten und vorne nicht. Er hat einen Handel mit Langley, daß er freiwillig ins Land kommt. Er will aussteigen. Warum sollte es ihn kümmern, daß Sie ihn gesehen haben?«

Sie starrte ihn an. »Er kommt freiwillig? Aber Gordon hat mir gesagt –«

»Ah, diese Wanze Gordon. Das größte Arschloch des Universums.« Wie ein Blitz durchfuhr es Asher – du lieber Himmel, wollte Gordon Taite etwa die ganze Carnivore-Aktion kippen? Langley reinlegen? Bremner würde ihm den Arsch dafür küssen, wenn er das aufdeckte.

Er sagte: »Das eine müssen Sie endlich mal kapieren: Gordon hat nicht gerade eine humanitäre Ader. Wenn er Ihr Leben gerettet hat, dann hat er das nur für sich gemacht. Erinnern Sie sich noch an Clair George? Er war Vizedirektor der Einsatzabteilung, bevor er über die Iran-Contra-Affäre gestolpert und in den vorzeitigen Ruhestand getreten ist. Für Außenstehende war er der geborene Spion – witzig, clever, ungeduldig und unverschämt erfolgreich. Aber einer unserer Botschafter hatte ihn durchschaut. Er sagte, daß George die Idealkombination der Eigenschaften hatte, die Langley suchte – er wirkte ungemein freundlich und vertrauenswürdig und war gleichzeitig eine falsche Schlange wie sie im Buch steht.« Er machte eine Pause. »Kommt Ihnen das nicht irgendwie bekannt vor?«

Sie nickte. »Gordon.«

»Sie können Ihr Dossier ja selbst lesen, wenn die Lage sich etwas beruhigt hat, aber laut Langley haben Sie sich vor drei Jahren in den Carnivore verliebt und sind zu ihm übergelaufen.«

»Gut, ich gebe Ihnen recht, was Gordon angeht. Er ist ein Lügner, ein Idiot und Gott weiß was sonst noch. Und deshalb höre ich mir an, was Sie da angeblich über den Carnivore und mich gelesen haben. Aber ich –«, sie verzog das Gesicht. »Drei Jahre lang die Geliebte eines der übelsten Killer der Welt? Mein Gott!«

»Da ist noch mehr. Laut Dossier vermitteln Sie zwischen ihm und Langley. In dieser Minute sind sie irgendwo in Paris. Sie haben seine Enthüllungen an die dortige CIA-Kommandozentrale übermittelt. So erkauft er sich für Sie beide seine Zukunft.«

»Ein ganz nettes Zauberstückchen, wenn man bedenkt, daß ich gerade hier sitze. Jemand muß in Paris unter meinem Namen herumlaufen.«

»Vielleicht. Und nun lassen Sie uns über den krummen kleinen Finger Ihrer linken Hand sprechen. Wann haben Sie ihn gebrochen?«

»Als Kind. Beim Schlittschuhfahren. Es steht in meiner Akte.«

»Gordon hat mir gesagt, daß sie ihn erst vor ein paar Monaten gebrochen haben.«

Sie blinzelte und dachte nach. Er studierte ihr Gesicht. Das Muttermal über ihrem rechten Mundwinkel gefiel ihm besonders. Ziemlich sexy. Er spürte den plötzlichen Wunsch, es zu berühren.

Sie sagte: »Gleich nachdem Sie mich heute morgen gefangen haben, hat mir Doktor Levine eine Spritze gegeben. Ich habe jemanden – Sie – gehört, wie er Gordon wegen des Fingers gefragt hat. Ja. Und Gordon hat gesagt …« Sie erinnerte sich.

»*Yeah,* Sie erinnern sich richtig. Irgend jemand lügt hier also. Entweder die Langley-Akte oder unser Schätzchen Gordon.«

Sie kämpfte mit dem Zweifel. Dann hörte sie in der Ferne ein Summen. Sie sah hinaus in den Himmel. »Ein Helikopter!«

»Zwei sogar. Wahrscheinlich kommen sie von der Ranch und suchen nach Ihnen.«

Sie fragte nicht, was sie tun sollte. Sie prüfte ihre Beretta und kroch tiefer unter das Armaturenbrett des Lastwagens.

Asher beobachtete den blauen Himmel. Die beiden großen Vögel kamen immer näher.

18

Einer der Helikopter war ein AH-64 Apache, und er sah aus, als ob er genügend Waffen und Raketen an Bord hätte, um den Müllwagen bis nach Arizona zu beschießen. Aus dem Lautsprecher des Apache krächzte es jetzt: »Der Lastwagen da unten, anhalten! Asher Flores, anhalten! Das ist ein Befehl!«

Asher sah Liz Sansborough an. Sie hob das Kinn. Sie hatte ein sehr hübsches Kinn. »Mit einem Müllwagen kommt man gegen zwei Hubschrauber wirklich nicht an«, erklärte er. Er mußte sich etwas anderes einfallen lassen. Er befolgte den Befehl und hielt an.

Der Apache schwebte weiter über den Bäumen, von wo aus er den Lastwagen gut im Visier hatte. Der zweite Hubschrauber, ein aufgerüsteter Huey – eines der UH-1B Arbeitstiere aus dem Vietnamkrieg – landete auf der Straße vor ihnen. Zwei Marines mit M-16 Maschinenpistolen sprangen heraus.

Asher stieg aus und schlenderte auf sie zu.

»Asher, was zum Teufel machst du denn hier?« rief der erste Marine über das Brüllen des Helikopters hinweg.

»Nun, um ehrlich zu sein, ich dachte, ich würde eine Ladung Müll zur Müllkippe bringen! Gibt es da irgendwas, was ich nicht weiß?«

»Wir haben Befehl, dich zu durchsuchen!« brüllte der zweite Marine.

»Wonach? Ist was Radioaktives aus dem Labor verschwunden?«

Sie gingen zurück zum Müllwagen, wo es etwas ruhiger war und sie nicht so schreien mußten. Der erste Marine steckte sich eine Zigarette an. Asher rauchte eigentlich nicht, aber er bat trotzdem um eine.

Es war eine kleine Ablenkung, eine freundliche Geste. Psychologie war wichtig.

Der erste Marine hielt ein Feuerzeug an Ashers Marlboro. »Eine aus dem Camp ist durchgedreht. Elisabeth Sansborough. Kennst du sie?«

»Ich hab' sie im Camp ein paar Mal gesehen.« Asher zog an seiner Zigarette. Himmel, sein ganzer Mund brannte bis runter zur Kehle.

»Wir müssen sie finden, damit der Doc ihr wieder ihre Medikamente geben kann. Das heißt, wir müssen den Wagen durchsuchen.«

»Ich verstehe. Also vorne ist niemand, das hätte ich wohl gemerkt. Aber hinten, das weiß ich natürlich nicht. Kommt, wir schauen mal nach.«

Die beiden Marines zogen die Augenbrauen in die Höhe, und Asher führte sie zur Hinterseite des Lastwagens. Er legte den Hebel um, und die Klappe öffnete sich lautstark. Es stank, als ob ihnen jemand reine Jauche ins Gesicht spritzen würde.

»Pfui Teufel«, sagte der zweite Marine.

»Nur gut, daß wir so hoch sind«, sagte Asher fröhlich. »In dieser Höhe gibt es nicht so viele Fliegen.«

»*Yeah.* Nun ja, wir müssen das wohl durchsuchen.«

»Soll ich das für euch übernehmen, Jungs?«

Dankbarkeit war ein mächtiger Freund, vielleicht mächtig genug, daß sie Asher vertrauten und nicht mehr in der Fahrerkabine nachsahen. Wenn sie der Gestank nicht ganz in die Flucht schlug und sie darüber die Kabine vergaßen.

Der erste Marine strahlte. »Wenn du darauf bestehst.«

»O ja.« Asher drückte seine Zigarette aus und schnippte sie in den Müll. Dann kletterte er hinein. Er stieg über schwarze Plastiksäcke und sank bis zur Hüfte im Dreck ein. Er tastete sich zwischen Bierflaschen, Küchenabfällen, aufgeweichtem Papier, stinkenden, alten Tennisschuhen, klebrigen Papptellern, zerrissener Unterwäsche, benutzten Papiertaschentüchern und allerlei anderem Strandgut des menschlichen Lebens hindurch.

»Siehst du irgendwas?« fragte der zweite Marine.

Asher patschte noch ein bißchen mehr darin herum. »Nichts Lebendiges jedenfalls. Soll ich noch tiefer hineingehen?«

»Nein, nein. Ich glaube, das reicht, oder?«

Die beiden Marines besprachen sich miteinander. Sie waren sich einig. Asher kroch heraus. Er stank genauso fürchterlich wie der Müll. Die Marines wichen einen Schritt zurück und dankten ihm.

»Du mußt aber jetzt ins Camp zurückfahren, Asher.« Der erste Marine sah ihn mitfühlend an. Jedermann wußte, wie Asher den häßlichen Lastwagen liebte.

»Wieso denn das?«

»Befehl. Ich nehme an, daß du von deiner Versetzung schon gehört hast. Sie wollen, daß du sofort aufbrichst.«

Asher nickte. Was jetzt? Er machte einen Schritt nach vorn, um sie noch einmal daran zu erinnern, wie gräßlich er stank. »Es dauert nur eine Stunde, den Wagen zu entladen. Findet ihr nicht auch, daß das besser ist, als den armen Bernie die ganze Strecke nochmal fahren zu lassen? Eine Stunde ist doch nicht so schlimm. Außerdem wird der Gestank immer schlimmer, je länger der Wagen voll ist. Niemand wird ihn im Camp haben wollen, solange er voll ist. Ich höre sie schon alle meckern.«

Asher sah an sich hinab. Er rümpfte die Nase. Er hatte ihnen einen Gefallen getan, jetzt waren sie an der Reihe.

»Kein Problem«, entschied der erste Marine. »Ich werde das klären, sobald ich zurück bin. Sie können dich ja wohl auch noch heute abend ausfliegen.«

Hin und wieder war einem das Glück hold. Die Marines stiegen zurück in den Huey. Asher stand am Kühlergrill des Müllwagens und genoß seinen Erfolg. Voller Begeisterung winkte er ihnen nach, als die zwei Helikopter sich über die Baumwipfel erhoben und davonflogen.

Flores stank entsetzlich, aber Liz wußte, daß er sie zumindest für den Augenblick gerettet hatte. Die Frage war, warum? Sie ließ die Beretta sinken, legte sie aber nicht weg. Sie bedankte sich bei ihm. Er nickte nur kurz mit seinem schwarzen Lockenkopf.

Sie fuhren weiter durch den Wald. »Sagen Sie mir, was Sie glauben, was Sie die letzten drei Jahre getan haben?«

Als sie sprach, hatte sie das Gefühl, die Geschichte eines anderen Menschen zu erzählen, und in gewisser Weise stimmte das ja auch, weil sie nur davon gelesen hatte und sich nicht erinnern konnte, es tatsächlich erlebt zu haben. Sie umklammerte die Beretta, bis ihre Hand schmerzte. Sie war wütend und frustriert und wußte nicht, wie ihr Leben wirklich ausgesehen hatte.

»Und dann hat der Carnivore erfahren, daß ich noch lebe«, schloß sie. »Und das heißt, daß er mich umbringen muß, bevor ich ihn identifizieren kann.«

»Vielleicht haben Sie ihn überhaupt nie gesehen. Vielleicht hat es gar nichts mit Langley zu tun. Vielleicht hat Gordon das alles erfunden. Er hat immerhin auch gesagt, daß Sie verrückt sind. Vielleicht haben Sie sich alles nur eingebildet. Vielleicht ist es gut, daß er Ihnen die Medikamente gegeben hat.«

Sofort zielte sie wieder mit der Beretta auf ihn, und ihr Finger krampfte sich um den Abzug. Ihre Stimme klang eisig und hart. »Warum haben Sie mich dann nicht ausgeliefert, wenn Sie das glauben? Halten Sie den Wagen an. Sofort!«

Flores trat auf die Bremse, und das schwerfällige Ungetüm kam quietschend und prustend auf dem Seitenstreifen der schmalen, unebenen Straße zum Stehen.

In der Stille der majestätischen Kiefern und des dunkelblauen Himmels sahen sie einander an.

Flores sagte ruhig: »Steigen Sie aus, wenn Sie wollen. Ich werde Sie nicht aufhalten. Aber zu Fuß werden Sie keine Chance haben, schon gar nicht ohne spezielles Waldtraining. Sie wollten den Grund wissen, warum ich Sie nicht ausgeliefert habe. Den habe ich Ihnen schon genannt: Ich glaube, daß Gordon irgend etwas ausheckt. Vielleicht gegen Sie, vielleicht gegen Langley. Vielleicht sogar gegen das ganze Land. Ich möchte wissen, was es ist … für Sie, für das Land und für mich.« Er lächelte.

Sie schwieg. Auf jeden Fall war er nützlich, um ihr Gordon vom Leib zu halten. Was ihr Gedächtnis betraf, das mußte sie allein herausfinden. Nichts mehr würde sie jetzt davon abhalten.

Sie sagte: »Glauben Sie, daß Sie uns hier rausbringen können?«

»Ich kann es versuchen.«

»Okay, dann los.«

Flores legte den ersten Gang ein und fuhr zurück auf die kurvenreiche Straße.

Nach einer Weile fragte er leise: »Und was sind das für Medikamente, die man Ihnen gegeben hat?«

Sie antwortete nicht sofort. Sie war sich noch immer nicht sicher, was er von ihr wollte und warum er ihr diese Fragen stellte. »Die letzten Tabletten waren Antidepressiva. Eine am Tag. Als wir dann auf die Ranch gekommen sind, habe ich mich so gut gefühlt, daß ich sie nicht mehr genommen habe. Aber Gordon tat so, als wäre es das Ende der Welt, wenn ich nur erwähnt habe, daß ich die Tabletten nicht weiter nehmen wollte. Also habe ich es ihm nie gesagt, und ich fühlte mich großartig. Ich habe seitdem keine Tablette mehr genommen.«

Flores sagte: »Wenn es ein Antidepressivum war, dann hätten Sie deprimiert sein müssen, als Sie es abgesetzt haben.«

»Ich weiß, aber das war ich nicht. Was mir der Arzt heute morgen gegeben hat, war etwas anderes, etwas wirklich Starkes. Ich erinnere mich noch schwach daran, daß ich ganz ähnlich benommen war, als ich noch die vielen Tabletten nehmen mußte. Aber sie haben gegen meine Kopfschmerzen geholfen, die wirklich schrecklich waren.«

»Warum mußten Sie so viele Pillen nehmen?«

»Zuerst wegen der Gehirnentzündung, und dann hat der Arzt die Amnesie festgestellt und die Medikamente geändert. Angeblich sollte das helfen, meine Erinnerung zurückzubringen.«

Der Lastwagen verließ jetzt die schmale Waldstraße und bog in eine breitere Überlandstraße ein.

Er sagte: »Ich glaube, Sie können sich jetzt wieder hinsetzen, wenn Sie möchten.«

Steif und mißtrauisch erhob sie sich und sah sich um. Dann setzte sie sich neben Flores. Er stank wie ein Maultierstall, der ein Jahr lang nicht ausgemistet worden war. Sie stutzte. Ein Maultierstall? Was wußte sie über Maultierställe? Sie suchte in ihrer Erinnerung, aber es kam nichts mehr. Sie seufzte, streckte sich und rieb sich Arme und Beine.

Er sah sie von der Seite an. »Wie ist es zu der Amnesie gekommen?«

»Gordon sagt, ich sei gestürzt und hätte mir den Kopf gestoßen, und dann habe ich wohl eine dieser mysteriösen Gehirnentzündungen bekommen, über die die Ärzte auch nicht sehr viel wissen. Der Arzt hat gesagt, ich hätte Glück gehabt, daß mein Gehirn dabei unversehrt geblieben ist. Gedächtnisschwund sei nicht so schlimm. Manchmal kommt die Erinnerung von selbst zurück.«

»Spontan?«

»Ja, genau. Ich dachte, ich hätte wirklich Glück gehabt. Wenn man sich ansieht, wodurch Amnesie normalerweise verursacht wird – Arterienverkalkung, epileptische Anfälle, Schlaganfälle, Tumoren und auch Stoffwechselprobleme oder Vergiftungen wie Reaktionen auf Medikamente. Ich hatte nur eine leichte Gehirnentzündung als Folge eines Unfalls. Das ist angeblich viel leichter zu behandeln.«

»Es muß ganz schön übel sein, seine Vergangenheit zu verlieren. Ich glaube, ich würde mich lieber auf die Straße legen und mich von Hortense überfahren lassen. Das hier ist Hortense.« Er tätschelte das Armaturenbrett. »Hortense, das ist Sansborough. Sansborough, das ist Hortense. Also sagen Sie mir, Sansborough, was sind Sie ohne Vergangenheit?«

»Wenn ich das nur wüßte.«

Einen Moment lang ließ sie das Gefühl der schmerzenden Leere in ihrem Herzen zu. Nichts als wahre Erinnerungen würden diese Leere je füllen können. Flores wurde ihr immer sympathischer. Wie auch immer, sie würden so schnell ohnehin nicht voneinander loskommen, und sie hatten jetzt ein gemeinsames Problem – vor Gordon zu fliehen.

»Was werden sie mit Ihnen tun, wenn sie herausfinden, daß Sie mir geholfen haben?«

Er zuckte die Achseln. »Schlimmstenfalls mich

rausschmeißen. In den Knast könnten sie mich wahrscheinlich auch bringen, wenn sie wollten.«

Wieder sah sie ihn prüfend an. »Sie lieben diese Arbeit, nicht wahr?«

»Könnte man sagen.«

»Vielleicht sind Sie es, der verrückt ist.«

Er lachte und nahm einen dicken Ordner aus dem Seitenfach. »Sehen Sie sich das mal an.«

In dem Ordner waren ausgedruckte Dossiers: Zwei über Liz Sansborough, das von der Ranch und das andere von Langley. Dann noch die ihres Decknamens, Sarah Walker, ihres ersten Geliebten, Huseyn Shaheed Noon, ihres Ehemanns, Garrick Richmond, und das des Carnivore selbst.

»Danke. Vielleicht finde ich darin irgendeine Erklärung.« Und wer – und was – sie wirklich war. Sie hatte sich bisher für eine anständige Person gehalten, ja sogar ehrenwert, aber jetzt war sie sich da nicht mehr so sicher.

Der Lastwagen holperte und schlingerte wie ein Schiff. Die Bergsonne schien in die Kabine, und es war angenehm warm. Die Straße wand sich in einschläfernden Kurven dahin, und die Wirkung von Doktor Levines Medikamenten war noch nicht ganz abgeklungen. Sie versuchte zu lesen, aber ihr fielen die Augen zu. Dann wachte sie erschrocken auf, weil sie Angst hatte, wieder mit Medikamenten betäubt worden zu sein. Hin und wieder erinnerte sie etwas an ihre Vergangenheit, Gesichter, Häuser, Ereignisse, aber es war zu verschwommen. Alles purzelte wirr in ihrem Kopf durcheinander. Flores sah sie an, sagte aber nichts. Sie war froh darüber. Was sollte er auch sagen? Mit der Angst mußte jeder allein fertigwerden.

Auf der Ranch hoch oben in den Rockies ging Gordon Taite ungeduldig in der Sicherheitszentrale auf und ab. Die Hände hatte er fest auf dem Rücken verschränkt. Er trug frischgewaschene Wald-Tarnkleidung und sorgfältig polierte Stiefel. Er hielt kurz an, um den Gürtel, der sich wie eine Viper auf dem Tisch wand, wütend anzustarren. Marines überwachten die Reihen der Monitore.

»Ihr Gürtel lag unter Ihrem Explorer, Sir«, sagte einer der Marines. »Sie muß versucht haben, ihn kurzzuschließen.«

Gordon reckte das Kinn. »Miststück. Sie kann sich doch nicht einfach in Luft aufgelöst haben. Wo zum Teufel ist sie?«

»Auf der ganzen Ranch herrscht Sicherheitsstufe eins, Sir.« Der leitende Marine machte einen selbstbewußten Schritt vorwärts. »Wir finden sie!«

»Ihr findet sie, wenn sie hier ist, ja«, sagte Gordon, »aber was, wenn sie das nicht ist?«

»Ich kann mir nicht vorstellen, wie sie rausgekommen sein sollte, ohne daß wir was gemerkt haben.«

»*Yeah,* Arschloch. Aber ihr wißt auch nicht, wo sie ist. Schickt eure Leute auf die Straßen. Autos und Helikopter. Wir müssen sie finden, und zwar *sofort.*«

19

Im August, wenn die Temperaturen stiegen, leerte sich Paris. Es war der traditionelle Urlaubsmonat. Adlige, Industrielle und Modeschöpfer, sie alle fand man in diesem Monat an der Küste im eleganten Cannes und auf den vielen Yachten vor St. Tropez, während die Bäcker, Schreibwarenhändler, Floristen und Verkäuferinnen hofften, daß irgend jemand aus ihrer Verwandtschaft sie in die Industriestadt Marseille oder nach Toulon, dem Heimathafen der französischen Marine, mitnehmen würde – oder jedenfalls irgendwohin aufs Land, wenn sie nur aus den engen, gewundenen Gassen der zweitausend Jahre alten Stadt herauskamen.

Die drückende Hitze schien die momentane Unzufriedenheit Frankreichs noch zu verstärken. Es gab mehr Demonstrationen und Streiks, erst die Pariser Busfahrer, dann alle Verkehrsbetriebe. Schließlich drohten auch noch einige Fabrikarbeiter mit einem Solidaritätsstreik. Alle waren sich einig, daß die grauenhafte *économie* daran schuld war. Die Stimmung war gereizt. *Les citoyens* waren zornig, deprimiert und erregt.

Und so machte der Wanderzirkus, der in Seine-St. Denis sein Zelt aufbaute und ein bißchen Ablenkung von Hitze und Ärger versprach, ein ziemlich gutes Geschäft. Wer konnte den bunt kostümierten Artisten, den exotischen Tieren oder der fröhlichen Akkordeonmusik schon widerstehen? Lachen und Applaus drang durch die Zeltwände nach draußen, und selbst die besonders Skeptischen reihten sich in die Schlange am Kartenschalter ein.

Unter ihnen war eine verhärmte Französin mittleren Alters. Ihr Haar war bereits grau, und sie ging gebeugt. Sie trug einen großen, unförmigen Pullover, als ob ihr immer kalt wäre, und hatte eine billige Einkaufstasche bei sich. Sie kaufte eine Karte und betrat das große Zelt. Aber anstatt die hölzerne Tribüne hinaufzusteigen, von der sie einen guten Blick auf die Manege gehabt hätte, verschwand sie seitlich im Schatten.

Und wartete.

In der Manege beendeten gerade prächtige Pudel in Tutus und großen rosa Schleifen ihre Nummer. Sie verbeugten sich tief und hüpften auf ihren langen Hinterbeinen unter dem donnernden Applaus des Publikums hinaus. Die nächste Darbietung folgte sofort: Ein Dutzend Clowns purzelte und taumelte aus den Seitenausgängen in die Manege. Zufällig stieß einer mit der verhärmten Französin zusammen. Der Clown steckte ihr einen kleinen Umschlag zu, und sie sprachen kurz auf englisch.

»Warum dauert es so lang?« fragte der Clown in heiserem Flüsterton.

»Das haben wir nicht herausbekommen können. Quill sagt, wir sollen sie unter Druck setzen, Langley mit einem Ultimatum konfrontieren.«

»Wir brauchen Zeit für unsere eigenen Arrangements.«

»Drei Tage.« Die Französin beobachtete die Menge. »Sonntag abend. Acht Uhr.«

»Gut. Nimm Kontakt mit den Deutschen auf und sag ihnen, daß sie sich bereithalten sollen. Ihr Angebot war fast genauso gut.« Der Clown sah sich kurz um, machte einen Flickflack rückwärts und landete sicher trotz seiner riesigen Clownslatschen. Dann sagte er laut auf französisch: *»Pardon, Madame!* Ich hoffe, die Aufführung gefällt Ihnen!«

Als der Clown in die große Manege sprang, erklomm die Frau mühsam die Tribüne. Sie sah zu und klatschte immer zur richtigen Zeit. In der Pause verließ sie den Zirkus, ging durch St. Denis und versicherte sich mehrmals, daß ihr niemand folgte. Schließlich stieg sie in die Metro und setzte sich allein weit nach hinten. Als der Zug dahinraste, beugte sie sich über ihre Einkaufstasche.

Mit feuchten Tüchern wischte sie sich die Falten und die fahle Hautfarbe aus dem Gesicht. Sie brauchte ziemlich viele Tücher, aber am Ende war ihr Gesicht sauber. Einen kurzen Augenblick lang war sie ganz allein im Waggon. Schnell zog sie die graue Perücke vom Kopf und schüttelte das rotbraune Haar. Als sich der Waggon wieder füllte, setzte sie eine Sonnenbrille auf und ließ sich das Haar ins Gesicht fallen. Sie sah aus dem Fenster und verhielt sich so unauffällig wie möglich.

Sie hatte keine Angst. Sie liebte ihre Arbeit.

Schließlich stand sie auf, um auszusteigen. Mit einer schnellen Bewegung zog sie den Pullover aus und ließ ihn in die Tasche auf die Perücke gleiten. Als sie oben auf dem Gehsteig war, nahm sie zwei Victor Hugo-Romane heraus und klemmte sie sich so unter den Arm, daß man die Titel lesen konnte.

In ihrem billigen, geblümten Baumwollkleid sah sie aus wie jede andere Studentin.

Sie betrat den hektischen Gare du Nord an der Rue de Dunquerque. Dann gesellte sie sich zu einer riesigen Gruppe von Touristen, die unsicher waren, welches Transportmittel sie in einem Land wählen sollten, in dem jeden Moment die Eisenbahn, Taxis, Busse und die Metro in Streik treten konnten. Die Touristen waren ein idealer Schutz, falls sie doch jemand verfolgt hatte. Sie blieb bei ihnen, bis die große Herde an der Damentoilette vorbeizog.

Sie schlüpfte hinein und schloß sich in einer Kabine ein.

Sie holte tief Luft. Ihr Herz klopfte. Diese letzten zwei Monate waren für sie enorm anstrengend gewesen, aber das war es wert. Und dann gab es da noch dieses *frissonnement*, den Nervenkitzel, der sie weitertrieb.

Sie zog die klobigen Clogs und die dicken, schwarzen Nylonstrümpfe aus. Ihre Beine waren von der Sonne gebräunt. Das billige, geblümte Kleid tauschte sie gegen ein enges, schwarzes Kleid aus Leinen mit T-förmigem Rücken. Die einfachen Linien betonten ihre schlanke Figur und ihre großen Brüste. Dazu zog sie hochhackige schwarze Sandalen an.

Sie legte Make-up auf, bürstete ihr glänzendes, rotbraunes Haar, bis es um ihren Kopf herum flog, und warf die abgelegten Kleidungsstücke in die Einkaufstasche. Dann setzte sie eine übergroße Sonnenbrille auf und zog noch etwas aus ihrer Einkaufstasche – eine schwarze Handtasche mit einem blaßlila Futter. Sie legte Make-up, Geld, einen falschen Ausweis, eine Walther Pistole und den Umschlag des Clowns hinein. Genauso war sie immer angezogen, wenn sie zum Tour Languedoc ging.

Es war eine sehr vielseitige Kleidung.

Sie legte fünf Francs auf die Untertasse der Toilettenfrau.

Zuletzt deponierte sie ihre Einkaufstasche in einem Schließfach. Damit war ihre Verwandlung abgeschlossen.

Eine halbe Stunde später sah man die schöne, junge Frau mit der großen Sonnenbrille in der Nähe des Gare du Montparnasse am linken Seineufer. Die Häuser waren hier hoch und modern, und die Klimaanlagen summten wie riesige Mücken in der drückenden Augusthitze. Mit großen Schritten schlenderte sie durch die langen Nachmittagsschatten und kümmerte sich nicht um die bewundernden Blicke der vorbeigehenden Geschäftsmänner.

Schließlich betrat sie den riesigen Tour Languedoc,

einen vornehmen Wolkenkratzer aus Glas und Stahl, in dem Architekten, Ärzte, Anwälte und Steuerberater ihre Büros hatten. Sie ging an der Reihe gebürsteter Stahltüren der Fahrstühle vorbei und blieb vor dem letzten stehen. Dort gab es keinen Knopf.

Mit einem Schlüssel öffnete sie eine handtellergroße Klappe daneben und tippte ihren Code in die Tastatur. Sie wartete, während die versteckten Kameras prüften, ob sie auch diejenige war, die der Code angekündigt hatte.

Dann endlich öffnete sich die Fahrstuhltür. Sie fuhr bis ins oberste Stockwerk hinauf, das auf keinem Plan des Gebäudes zu finden war. Von außen lag es hinter Spiegelglas verborgen. Nur sehr wenige wußten von der Existenz dieses Stockwerks, aber das war zu erwarten.

Das Gebäude gehörte Langley, und dies war Langleys Stockwerk.

Der Ablauf war immer gleich. Zuerst gab sie ihnen den Umschlag des Carnivore. Dann setzten sie sich in Designersessel um einen sachlich-modernen Couchtisch aus Glasbausteinen. Der Umschlag lag auf dem Tisch, während sie ihr Kaffee oder etwas anderes zu trinken anboten. Sie lehnte jedesmal ab. Der Himmel wußte, was sie ihr da hineintun würden. Auch ihre Tasche behielt sie die ganze Zeit in der Hand. Sie könnten ihr heimlich eine Wanze in Form eines Kugelschreibers, Lippenstifts oder sogar einer Kreditkarte hineinschmuggeln.

Sie war sich sicher, daß der Raum abgehört wurde und daß es auch irgendwo versteckte Kameras gab. Zweifellos wurde das ganze Gespräch in Farbe und Hifi-Tonqualität aufgenommen und per Satellit den hohen Herren von Langley übermittelt.

Sie kannte nicht nur diesen Raum in dem riesigen

Stockwerk. Bevor sie zum Carnivore übergelaufen war, hatte sie manchmal hier gearbeitet. Sie kannte das Labor, wo es nach Formaldehyd stank, das Kommunikationszentrum mit seinen Wänden aus Monitoren und ständig blinkenden Lampen und das Computerzentrum, wo dreidimensionale Skizzen in lebendige Menschen, Waffen und geheime Raketenbasen umgewandelt wurden. Dann gab es noch einen kleinen Konferenzraum mit in die Wand integrierten Bildschirmen und Landkarten, außerdem Zimmer für Personal, das dort übernachten mußte.

Jetzt befand sie sich im offiziellen Empfangsbereich, wo zwei Agenten der Company sich höflich um Konversation bemühten. Sie verhielt sich ebenso höflich. Für diese Männer war sie eine Verräterin. Sie hatte ihr Land und – viel schlimmer noch – Langley verraten, als sie zu dem berüchtigten Killer übergelaufen war. Sie konnte ihren Standpunkt ohne Groll verstehen.

Das irritierte die Agenten. Wenn sie sich schon nicht schuldig fühlte, könnte es ihr doch wenigstens ein wenig peinlich sein.

Sie kam gleich zum Wesentlichen. »Das ist die letzte Information, die Sie vom Carnivore erhalten werden.« Sie zeigte auf den einsamen Umschlag auf dem Tisch. »Er hat seinen Wert lange genug unter Beweis gestellt. Entweder kommen wir um acht Uhr Sonntag abend oder wir gehen woanders hin.«

»Das sind nur noch drei Tage.«

»Das ist nicht genug Zeit.«

Sie zuckte die Achseln. »Wir sind zu keinen weiteren Verhandlungen bereit.«

»Aber es ist nicht unsere Entscheidung«, sagte der erste Agent. »Sie wissen doch, wie lange Langley gebraucht hat, um die anderen hereinzubringen. Arkady Schewtschenko zum Beispiel. Drei Jahre.«

»Bei Ihnen sind es erst ein paar Wochen«, meinte der andere Agent.

Langley hatte den Ruf, sehr vorsichtig zu sein, besonders da sich internationale Flüchtlinge oft als durchaus unkooperativ herausstellten oder keinerlei verwertbare Information liefern konnten. Aber Langley kannte den Wert des Carnivore, und er hatte deutlich gemacht, daß er nichts zurückhalten würde.

Verärgert zuckte sie die Achseln, und beide Männer sahen ihr automatisch auf die Brüste. Das verärgerte sie nur noch mehr.

Sie lächelte kalt und log: »Sagen Sie Hughes Bremner, das Spiel ist aus. Vorbei. Wir haben ein akzteptables Angebot von einem anderen Land. Wir haben Kontakt aufgenommen, und sie sind bereit, uns Sonntag hereinzuholen. Das ist Ihre letzte Chance. Sonntag, oder wir gehen woanders hin.« Es war Donnerstag. Das gab den Amerikanern ein paar Tage, die bürokratischen Verstrickungen zu lösen, die eine beschleunigte Abwicklung erzeugen würde.

»Wir werden Ihre Forderung an Langley weitergeben.«

»Morgen mittag erwarte ich eine Antwort.« Sie stand auf und ging zum Fahrstuhl. »Wenn sie nicht positiv ausfällt, werden Sie nie wieder etwas vom Carnivore hören.«

Beide Agenten sprangen auf und folgten ihr.

Einer fragte: »Wo ist der neue tote Briefkasten?«

Als sich die Fahrstuhltür öffnete, drehte sie sich um und nannte eine Säule für Mitteilungen in St.-Germain-des-Prés. Die Nachricht sollte, verschlüsselt als Liebesbrief an ›Michelle‹, dort aufgehängt werden. Sie hatte bisher bei jedem Treffen eine andere Stelle genannt. Sie mißtraute elektronischen Botschaften; sie konnten zu leicht überwacht werden.

Die Agenten nickten.

Sie sah sie prüfend an, dann trat sie in den Fahrstuhl. *Au revoir, messieurs.«* Der Fahrstuhl brachte sie hinunter, und sie konnte es kaum erwarten, sich in den *boulangers, bouchers, fruitiers* und Blumenständen des sommerlichen Paris zu verlieren.

Hinter dem Bild in dem konsequent modernen Empfangsbereich, das in Wirklichkeit ein Fenster war, sah Hughes Bremner zu, wie die Frau den Fahrstuhl betrat, und überlegte, was zu tun war.

Letzten Monat hatte er nach langen Sitzungen Arlene Debo, die Direktorin des CIA, davon überzeugen können, daß die Vereinigten Staaten den Katalog von schmutzigen Geheimnissen des Carnivore unbedingt haben mußten. Dann war er mit ihr zum Präsidenten gegangen, der sich in der Angelegenheit gefährlich zimperlich verhalten hatte. Zuletzt hatte er dem Unternehmen dann doch seine offizielle Genehmigung erteilt.

Bis vor wenigen Minuten hatte Bremner alles unter Kontrolle gehabt. Alles war nach Plan verlaufen. MASKERADE war nach Plan verlaufen.

Aber jetzt hatte der Carnivore den Spieß umgedreht. Und dieses verräterische Luder hatte ihnen sein Ultimatum präsentiert.

Aber MASKERADE war noch nicht so weit! Nahe dran, aber – Bremner mußte den Carnivore erwischen, als erstes und letztes!

Durch einen versteckten Lautsprecher sagte er den Agenten, daß sie ihm den Umschlag bringen sollten. Es gab zwei Türen im Empfangsbereich. Eine führte zum Fahrstuhl, die andere in den langen Flur des Stockwerks. Mit ihren Schlüsseln und persönlichen

Codes öffneten die Agenten die kugelsichere Tür, übergaben den Umschlag und gingen zurück an ihre Arbeit.

Bremner gab die letzte Meldung des Carnivore zum Decodieren und beeilte sich, in die elektronische Überwachung zu kommen. Von hier aus wurde die Frau observiert. Er hatte seine besten Leute auf sie angesetzt. Diesmal war er entschlossen, sie bis zu dem Killer zu verfolgen. Mit dem Tod des Carnivore würde MASKERADE dann irrelevant werden und sein neues Unternehmen, das größte seiner Karriere – GRANDEUR –, wäre damit sicher.

Bis jetzt hatte er die üblichen drei Mann auf die Frau angesetzt, hin und wieder auch noch einen vierten, aber sie hatte sie jedesmal abgeschüttelt. Diesmal waren es zwei Männer und eine Frau zu Fuß, zwei Frauen in Autos und zwei Männer in einem mit Ausrüstung vollgestopften Lieferwagen, der die Aufschrift einer *pâtisserie* trug.

Es ärgerte ihn, daß sie bei ihnen nie etwas aß oder trank. Aber Langley hatte sie gut ausgebildet. Die Forschungsabteilung hatte gerade eine spezielle metallische Substanz entwickelt, mit der man Nahrung oder Getränke präparieren konnte. Das Signal hatte eine Reichweite von einer halben Meile.

Wenn er ihr das nur einflößen könnte, würde sie ihn zum Carnivore führen und damit seinen Tod besiegeln.

Als die Frau das Gebäude verließ und seine Agenten sich unauffällig und routiniert an ihre Fersen hefteten, ging er zur Tür.

»Ich bin in meinem Büro«, sagte er den Männern, die sich keine Sekunde von den Monitoren abwendeten. »Sagen Sie mir sofort Bescheid, wenn Sie auch nur den leisesten Verdacht haben, daß unser Ziel in Erscheinung getreten ist.«

Als sie den Tour Languedoc verließ, sah sie ihre Verfolger sofort. Sie war erstaunt über die große Anzahl. Sie ging die Straße entlang, als ob sie sie nicht bemerkt hätte. Sie ließ sich auch nicht anmerken, daß sie Quill entdeckt hatte. Seine Anwesenheit in der Entfernung war ihre Versicherung gegen das Unbekannte, denn ganz gleich wie gut, wie vorsichtig man war, es gab immer Dinge, die außerhalb der eigenen Kontrolle lagen.

Später am Abend würde sie ihm eine Nachricht zukommen lassen, in der sie ihm von dem heutigen Treffen berichtete. So oder so, in welchem Land auch immer, sie würden am Sonntag abend Asyl haben.

Sie spazierte über die belebte Rue de Vaugirard, vorbei an Straßenverkäufern und dem Saxophonspieler an der Ecke in den Jardins du Luxembourg. Das Palais du Luxembourg war im siebzehnten Jahrhundert als Residenz für Marie de Medici erbaut worden. Heute war dort der Sitz des französischen Senats und die üppigen Gärten waren ein Paradies für Spaziergänger. Innerhalb der Gartenmauern schlenderte sie an reichverzierten Springbrunnen vorbei, blieb vor kunstvollen Blumenbeeten stehen und kaufte sich ein Würstchen und eine Coca-Cola im Café.

Sie setzte sich auf eine schattige Bank und genoß ihr Essen.

Nach weiteren zwei Stunden war sie sich sicher, daß ihre Verfolger entweder müde oder völlig verzweifelt waren. Auf jeden Fall würden sie nicht mehr so konzentriert sein wie vorher. Sie verließ den Park und ging in die Richtung, aus der sie gekommen war. Aber dann verschwand sie auf dem Boulevard de Vaugirard im Gare du Montparnasse. Dorthin konnten ihr die Verfolger in den Autos nicht folgen, und die anderen würden sich sehr beeilen müssen, um mit ihrem Tempo mithalten zu können.

Selbst Quill konnte ihr nicht mehr folgen.

Sie schoß zwischen einer dicken Säule und einem Zeitungsstand hindurch, und fünf Schritte später war sie auf drei Seiten von weiteren Ständen und der hölzernen Rückwand einer Telefonzelle geschützt. Um sie zu entdecken, hätte jemand angestrengt in den dunklen Gang hineinstarren müssen.

Aber sie wollte sich nicht auf ihr Glück verlassen.

Blitzschnell zog sie die Sandalen aus und brach die Absätze ab, in die sie schmutzigen, schwarzen Puder gefüllt hatte. Sie rieb ihn sich auf Hände, Waden und ins Gesicht und zog die jetzt flachen Sandalen wieder an. Dann zog sie unter dem Kleid schwarze Leggings heraus, trennte das Kleid im Taillenbereich ab und zog den Rock aus.

Zweimal sah sie Bremners Leute vorübergehen. Panisch suchten sie sie in der Menge.

Präzise arbeitete sie weiter, zog ein billiges Cape aus schwarzem Satin und eine herzförmige Sonnenbrille in grellem Pink unter dem Zeitungsstand hervor. Den schwarzen Rock wickelte sie sich wie einen Schal um den Kopf. Mit einer schnellen, sicheren Bewegung trug sie feuerroten Lippenstift auf und stülpte das fleckige, lila Innenfutter ihrer Tasche nach außen. Dann rieb sie sich mit den Fingern noch braune Flecken auf die Zähne.

Sie nahm eine lange, braune Zigarette heraus, schwang die lila Tasche und latschte mit krummem Rücken, hängenden Schultern und zynischem Gesichtsausdruck zurück auf den Bahnsteig.

Der einzige Agent, der in ihrer Nähe war, starrte sie an. Sie sah, daß sie ihm zuwider war, aber sie bemerkte auch eine gewisse Neugier in seinen Augen.

Das gefiel ihr nicht. Professionelle Neugier war schlecht. Sie mußte die Ablehnung in ihm noch verstärken.

Sie steckte sich die noch nicht brennende Zigarette zwischen die Zähne, trat dicht an ihn heran und sprach ihn frech an. Sie war so nah, daß sie den Kaffee in seinem Atem roch, was bedeutete, daß auch er den Knoblauch in ihrem riechen konnte: *»S'il vous plaît, monsieur?«*

Er zögerte und starrte sie an.

Ihr Gesicht verzerrte sich zu einem scheußlichen Grinsen, wobei sie ihre fleckigen Zähne entblößte. Dann packte sie ihm mit festem Griff zwischen die Beine.

Er sprang zurück.

Sie folgte ihm. *»Oooh-la-la, monsieur!«* So hübsch! Warum geben Sie einer Dame kein Feuer? Es lohnt sich für Sie, das verspreche ich Ihnen.« Wieder streckte sie die Hand aus. »Ein bißchen was kostet es Sie natürlich!«

Er drehte sich angeekelt um und ging weg. Er hatte keinerlei Interesse an Geschlechtskrankheiten, Achselhaaren, einem drogenzerfressenen Gehirn und weiß der Himmel was sonst noch alles. Er suchte weiter.

Endlich klingelte das Telefon in Hughes Bremners Büro im Tour Languedoc. Er nahm ab.

»Sir, sie ... wir können sie nicht finden.«

»Was?«

»Wir sind ihr bis zum Gare du Montparnasse gefolgt. Sie wissen ja, Sir, was da los ist. Mit diesen ganzen drohenden Streiks fahren die Leute alle, solange sie noch können. Der Bahnhof war total überfüllt. Da haben wir sie verloren –«

Voll kalter Wut hörte sich Bremner die Entschuldigungen an. Die Frau war verschwunden, und mit ihr seine letzte Chance, den Carnivore auszuschalten, bevor er ins Land kam.

»Ihre Leute werden den Bahnhof die nächsten zwölf Stunden weiter bewachen«, befahl Bremner. »Vielleicht ist sie noch drin und wartet nur, bis sie abziehen.«

Als er seine Anweisungen gegeben hatte, klingelte sein anderes Telefon. Er dachte an Gordon. Das Unternehmen MASKERADE war jetzt wichtiger denn je. Seit Stunden hatte er schon versucht, Gordon zu erreichen.

»Gordon! Wo zum Teufel stecken Sie denn!«

Gordon antwortete nicht sofort.

»Verdammt nochmal, was ist passiert?«

»Sir, ich habe schlechte Neuigkeiten.« Wieder machte er eine Pause. »Die Frau ist weg. Geflohen. Asher Flores auch –«

20

In der kleinen Stadt in den Bergen, wo die Müllkippe war, gab Asher Flores Liz eine Kreditkarte und ließ sie an einer Tankstelle heraus, die auch Gebrauchtwagen verkaufte. Sie wählte einen alten Chevrolet Caprice für dreitausend Dollar aus und gab dem Händler die Karte. Sie hoffte, daß Langley noch nicht daran gedacht hatte, sie sperren zu lassen.

Aber der Mann kam lächelnd zurück. Sie unterschrieb mit *Mrs. Asher Flores* und dachte mit Widerwillen daran, wie vertrauensvoll sie Gordons Geschichte mit den ›Eheringen‹ geschluckt hatte.

Sie überlegte, ohne Flores weiterzufahren, aber sie hatte noch immer weder Geld noch Kreditkarten bis auf diese eine hier. Damit könnte sie es bis nach Santa Barbara schaffen, wo sie ihrer Meinung nach die Suche nach ihrem verlorenen Gedächtnis wieder aufnehmen sollte, aber irgendwann würde Gordon sie mit Hilfe von Flores Kreditkarte finden.

Und es gab noch ein weiteres Problem: Wo sollte sie überhaupt anfangen, dieses Durcheinander mit Gordon, Langley und dem Carnivore zu enträtseln?

Und was war mit Sarah Walker? Wenn es eine echte Sarah Walker gab, dann brauchte sie vielleicht dringend Hilfe.

Flores dagegen hatte Erfahrung mit solcher Art von Durcheinander, das war ein großer Vorteil. Aber was, wenn Gordon und Flores doch irgendwie unter einer Decke steckten? Was war, wenn er gegen sie arbeitete, oder wenn er einfach nur seine eigenen Interessen verfolgte? Wenn sie sich mit Asher Flores einließ und sich in ihm täuschte, dann konnte sie mehr verlieren als nur ihr Gedächtnis.

Sie runzelte die Stirn und startete den Motor. Bis jetzt hatte Flores nichts gegen sie unternommen. Im Gegenteil, er hatte ihr zur Flucht verholfen. Und er hatte ihr die ultrageheimen Dossiers aus Langley gegeben. Er hatte ihr die Marines in den Hubschraubern vom Hals gehalten. Sie hatte mit eigenen Ohren gehört, daß er nach Spitzbergen abkommandiert worden war, und das machte seine Geschichte noch glaubwürdiger.

Er hatte kein einziges Mal versucht, ihr die Beretta abzunehmen.

Sie trommelte mit den Fingern aufs Lenkrad, während sie fuhr. Er war ein Risiko, das sie wohl eingehen mußte … fürs erste. Sie würde die Beretta immer bereit haben und wachsam sein.

Er wartete bei der Müllkippe und trug ein sauberes Hemd und Jeans.

»Wo haben Sie denn duschen können, und woher kommen die Kleider?« fragte sie argwöhnisch. Hatte er das Ganze irgendwie arrangiert?

Er zog die buschigen Augenbrauen in die Höhe, tätschelte Hortense liebevoll zum Abschied, warf seine Sporttasche in den Kofferraum des Chevys und stieg auf der Beifahrerseite ein. »Der Typ, der die Müllkippe hier führt, hat mich seine Dusche benutzen lassen. Und ich habe vorher ein paar Sachen gepackt. Ich hatte ja etwas mehr Zeit als sie und konnte ein bißchen planen. Haben Sie irgendwelche Kleidung dabei?«

Sie fuhr los. »Ich habe nur das, was ich anhabe.«

In der nächsten Stadt hielten sie bei einem Kaufhaus. Statt Rock und Bluse kaufte er für sie Jeans, T-Shirts und Cowboystiefel. Die Tarnkleidung würde sie wohl für eine Weile ablegen, obwohl sie immer noch besser waren als Rock und Bluse. Sie drehte sich vor dem Spiegel um und bewunderte den Sitz der engen Levi's – als ob sie aufgemalt wären. Das war ihre Art, sich zu kleiden. Flores sah ihr amüsiert zu. Sie hatte keine Ahnung, was er gerade dachte, und sie wollte es auch gar nicht wissen.

Er war ein eigenartiger Mann. Er war ungefähr so groß wie sie, und sein drahtiger Körper strahlte eine ungeheure Intensität aus. Sein schwarzes Haar war wild und gelockt, seine schwarzen Augenbrauen wie zwei Scheuerschwämme und seine Nase aristokratisch. Er trug seine Kleidung, als wäre sie eine Belästigung, und wenn er sprach, wirbelten seine Fäuste oft durch die Luft, als dröschen sie auf einen imaginären Punching-Ball ein. Sie fragte sich, was er eigentlich verbrochen hatte, daß sie ihm den Job auf der Ranch gegeben hatten, den er so offensichtlich haßte.

In der nächsten Stadt hielten sie wieder und kauften Sonnenbrillen. Außerdem noch Stetsons. Sie wollte keinen Hut, aber er bestand darauf. »Wir müssen uns anpassen.« Dann gab er ihr schwarze Haarfarbe und eine Schere.

»Ich soll meine Haare abschneiden?«

»Und färben. Ich laß mir einen Bart wachsen.« Er rieb sich über das lange Kinn. Die Stoppeln waren schon recht lang.

Diesmal bezahlte er bar. Sie hielten vor der Stadt an und bearbeiteten ihre Hüte und Stiefel mit Walderde. Dann schlug er die Hüte noch ein paar Mal auf den Boden. Er zeigte ihr, wie sie ihre Stiefel mit einem Kiefernzweig abwetzen konnte, und tat das Gleiche mit seinen eigenen. Als sie fertig waren, sahen sowohl die Stetsons als auch ihre Stiefel getragen aus.

Als sie gerade wieder in den Chevy einsteigen wollten, hörten sie in der Entfernung das Brummen eines Helikopters.

»Gordon?«

»*Yeah,* das könnten seine Leute sein.« Flores sah in die Richtung, aus der das Geräusch kam.

Sie liefen zurück in den Wald und sahen den Helikopter die Straße entlang näher herankommen. Er flog an einer Hügelkette vorbei und dann wieder runter zur Landstraße. Zehn unerträglich lange Minuten lang kam er immer näher und inspizierte jedes Auto genau.

»Gut, daß wir nicht im Auto sind«, murmelte sie.

»Ja.«

»Ich bin froh, daß Sie mir den Stetson eingeredet haben.«

»Das dachte ich mir.«

Der Hubschrauber schwebte jetzt über dem leeren Chevy, dann flog er weiter die Landstraße entlang. Sie atmete auf. »Es geht doch nichts über ein bißchen Aufregung, um das Adrenalin so richtig in Gang zu bekommen.«

In der nächsten Stadt tauschten sie den Chevy gegen einen alten Ford Pick-up ein, den man in diesem Teil der Colorado Rockies besonders häufig sah.

Flores übernahm das Steuer, und sie fuhren in östlicher Richtung auf der Interstate 70. Liz schlug die Dossiers über sich und über Sarah Walker auf. Bei Sarah Walker fand sie nichts Neues, aber die letzten drei Jahre der Sansborough-Akte waren genauso, wie Flores gesagt hatte: Sie hatte sich in den Carnivore verliebt, war zu ihm übergewechselt und vermittelte jetzt zwischen ihm und Langley. Sie erschauerte. Wer log da? Gordon oder Langley? Und warum, um Himmels willen? Oder war die Langley-Akte ein Trick, damit sie wirklich glaubte, verrückt zu sein?

Sie sah Flores von der Seite an und fragte sich wieder, wie weit sie ihm vertrauen konnte. Dann betrachtete sie die Berglandschaft, und plötzlich sah sie silbern glänzende Bäche und schneebedeckte Gipfel vor sich. Picknicks, Wanderungen und lange Fahrten durch die Berge fielen ihr ein. Und sie sollte in England aufgewachsen sein? Aber es könnte wahr sein, Familienurlaube in Europa.

Wieder sah sie Flores mißtrauisch an.

»Ich habe die Langley-Akte nicht geschrieben, Sansborough. Wenn es ein Trick ist, dann benutzen sie mich genauso.« Seine Augen waren ständig in Bewegung, da er sowohl die Straße als auch den Himmel beobachtete.

Er war nicht auf den Kopf gefallen. Sie hoffte nur, daß es ein ehrlicher Kopf war.

Sie schlug das nächste Dossier auf: Huseyn Shaheed Noon, ihr erster Freund und Liebhaber. »Hören

Sie sich das an.« Sie las laut und erinnerte sich an die Fotos, die sie gesehen hatte: ein hübscher junger Mann mit glatter dunkler Haut, ernsten Augen und schwarzem Haar, das ihm immer in die Stirn fiel.

1980 hat in Pakistan ein Volksentscheid die islamische Politik des Präsidenten bestätigt und seine Amtszeit um sechs Jahre verlängert. So abgesichert kündigte Präsident Zia Parlaments-Wahlen an. Huseyn Shaheed Noons Vater, ein beliebter Politiker, stellte sich zur Kandidatur auf, aber noch vor den Wahlen besuchte der Vater Shaheed in Cambridge und kam bei einem Autounfall ums Leben. Es gab keine Zeugen, und der Vater war allein im Auto gewesen. Laut Polizeibericht war er mit seinem Wagen in den Graben geraten und hatte sich das Genick gebrochen, als er herausgeschleudert wurde. Die Gerichtsmedizin stellte einen hohen Alkoholpegel fest. Die Behörden sahen keinen Grund zu weiteren Nachforschungen.

Shaheed hat den Tod seines Vaters nie als einen Unfall akzeptiert. Er behauptete, daß sein Vater ein frommer Moslem gewesen sei, und Moslems rührten keinen Alkohol an. Von Cambridge aus beschuldigte Shaheed Präsident Zia des Mordes an seinem Vater, da sein Vater aus seiner Sympathie für die Pakistan People's Party keinen Hehl gemacht hatte.

Shaheed stellte selbst Nachforschungen an und erzählte später Freunden, daß er glaubte, Präsident Zia habe einen berüchtigten internationalen Killer, den Carnivore, auf seinen Vater angesetzt. Als Shaheed das nächste Mal nach Pakistan kam, um seine Familie zu besuchen, stürzte sein einmotoriges Flugzeug nicht weit vom Stammsitz seiner Familie in West Pakistan ab, und er starb. Er war allein in dem Flugzeug gewesen. Die pakistanische Regierung ordnete eine Untersuchung des Unfalls an, und man fand eine Benzinleitung, die gebrochen war. Shaheed war dadurch in Panik geraten. Für den Absturz war ein Pilotenfehler verantwortlich.

»Diese Sache mit seinem Vater, der angeblich betrunken war –« sagte Flores. »Gläubige Moslems rühren wirklich keinen Alkohol an. Und ich kann mir gut vorstellen, daß der alte Zia sie beide umbringen wollte. Zia war ein brutaler Mensch. Er gefiel sich darin, in einer Uniform mit Unmengen von selbstverliehenen Orden herumzustolzieren.«

»Sehen Sie sich das über den Carnivore an. In der ersten Akte steht nichts über ihn. Man könnte meinen, daß *irgend etwas* über ihn drinstehen müßte, da sich doch alles um ihn zu drehen scheint.«

»Vielleicht wollte Gordon oder sonst jemand nicht, daß Sie von dieser Verbindung zwischen Shaheed und dem Carnivore erfahren.«

»Aber warum?« Es war bereits Nachmittag, und die Schatten wurden immer länger. Sie las Garrick Richmonds Akte. Er war der Prototyp des Amerikaners – Presbyterianer, Pfadfinder, Kapitän des Footballteams auf der High-School und Klassensprecher in der Oberstufe. Er hatte ein Stipendium fürs College bekommen, wo er als Quarterback spielte, sein Wirtschaftsstudium *summa cum laude* abschloß und ein Fulbright-Stipendium für Cambridge bekam. Er war blond, gutaussehend und hatte einen natürlichen, jungenhaften Charme. Kein Wunder, daß sie sich in ihn verliebt hatte.

»O Gott. Hören Sie sich das an.« Sie las:

»Garrick Richmond schrieb seine Abschlußarbeit über den Carnivore, den internationalen Auftragskiller. Richmond sammelte Zeitungsartikel und nahm Kontakt mit Langleys Pressestelle auf. Er interviewte Sprecher von Interpol und den Geheimdiensten der Vereinigten Staaten, Großbritanniens und Westdeutschlands. Auf Grund seiner Initiative bot man ihm nach Abschluß des Studiums eine Stellung beim CIA an. Er nahm an. Nach der Ausbildung ging er zurück nach Cambridge, wo er für den CIA arbeitete. Dort traf und heiratete er Elisabeth Sansborough.«

»Schon wieder der Carnivore.« Flores kratzte sich am Kopf. »Er taucht aber auch überall auf.«

»Das kann nun wirklich kein Zufall sein. Sowohl mein Liebhaber als auch mein Ehemann stellten ›Untersuchungen‹ über den Carnivore an. Das hat etwas zu bedeuten, aber weder Gordon noch meine Akte haben jemals etwas davon erwähnt.«

»Und ausgerechnet Sie sollen diejenige gewesen sein, die den Carnivore gesehen hat und von ihm angeschossen worden ist. Schon wieder ein Zufall, nicht wahr? Jesus, vielleicht hat sogar Gordon selbst mit ihm unter einer Decke gesteckt!«

Sie dachte über alles nach. Dann las sie Garrick Richmonds Akte zu Ende. Angeblich war er wirklich so gestorben, wie man es ihr erzählt hatte – gefoltert und getötet von den Shiiten Jihad. Es war ein tragisches Ende, vor allem, weil er ein so vielversprechender, junger Mann gewesen war, der das ganze Leben noch vor sich gehabt hatte.

Sie tankten ungefähr eine Stunde von Denver entfernt. Als sie auf die Landstraße zurückfuhren, schlug Liz noch einmal Sarah Walkers Akte auf. Da war das

Computerbild eines Gesichts, angeblich Sarah Walkers – nicht weiter ungewöhnlich, kein Muttermal, leicht schiefe Nase. Sie legte ihr eigenes Bild daneben und verglich die beiden Portraits, als ob sie ihr nicht nur die Antworten, sondern auch die Fragen liefern könnten, die sie nicht stellen konnte.

»Sie sieht Ihnen ein bißchen ähnlich«, meinte Flores. »Die Knochenstruktur ist irgendwie ähnlich.«

»Das bin ja ich, Sie Trottel.«

»Nicht Liz Sansborough. Sarah Walker.«

Liz betrachtete Sarah Walkers Bild. »Vielleicht hat jemand in Langley ein Foto von mir genommen und ein bißchen retuschiert, das Muttermal entfernt, und *voilà* – Sarah Walker, ein offizielles Portrait für eine offizielle Akte einer Person, die gar nicht existiert.«

»Wenn Langley jemandem eine neue Identität unter einem Decknamen gibt, dann sieht diese Person ganz genauso aus.« Er zeigte mit dem Finger auf sie. »Mit anderen Worten, da Sarah Walker ihre neue Identität war, sollte ihr Bild Ihnen ganz exakt gleichen.«

»Wollen Sie damit sagen, daß sie wirklich existiert?«

»Das würde jedenfalls die unterschiedlichen Fotos erklären.«

»Ich habe mir das auch schon gedacht. Aber wenn es eine echte Sarah Walker gibt, wo war sie dann, als ich ihre Identität angenommen habe?«

»Vielleicht in Paris mit dem Carnivore?«

»Das würde jedenfalls eine ganze Menge erklären. Aber warum sollte mir Langley die Identität einer echten Person geben?« Liz schüttelte frustriert den Kopf, und sie dachte wieder an den Killer. Wie konnte man sich bloß in einen solchen Menschen verlieben? Sie hatte es vor sich hergeschoben, so lange es ging.

Aber schließlich nahm sie sich doch die Akte des Carnivore und öffnete sie. Plötzlich war sie hellwach. Irgend etwas war nicht in Ordnung.

»Oh, großartig«, flüsterte Flores. »Auf den Boden, schnell!«

Ohne zu fragen, rutschte sie auf den Boden und machte sich so klein wie möglich. »Schon wieder ein Helikopter?«

Er zog sich den Stetson tiefer ins Gesicht. »Nein, ein Oldsmobile Cutlass. So einen habe ich auch auf der Ranch gesehen. Er kommt von hinten.«

21

Der Ford schoß über die Straße, und Liz begann zu schwitzen. So zusammengerollt auf dem Boden fühlte sie sich hilflos. Sie haßte es, sich auf Flores verlassen zu müssen.

»Was macht der Olds denn?« wollte sie wissen.

»Verdammt! Es ist Gordon selbst!«

Ihr Herz schlug schneller. »Wo?«

»Auf der rechten Spur. Meine Güte, der Mann muß ein Gewinde im Hals haben. Ununterbrochen dreht er den Kopf.«

Flores zog den Stetson noch etwas tiefer ins Gesicht und rückte die Sonnenbrille zurecht. Die Krempe des Hutes und die Brille berührten sich beinahe. Und dann sah Liz, wie sich sein Gesicht auf geradezu unheimliche Weise veränderte. Irgendwie war es plötzlich dicker geworden. Seine Gesichtszüge waren jetzt gröber und breiter, und der kurze, schwarze Bart verstärkte den Eindruck noch. Er sah plötzlich stämmig und derb aus, nicht mehr wie der drahtige Asher Flores.

»Wo ist Gordon?« fragte sie.

»Fast auf gleicher Höhe. Wenn er wüßte, daß wir in diesem Wagen sitzen, dann hätte er uns schon längst angehalten. Aber so wie er sich benimmt, glaube ich, daß er – und vielleicht noch eine Truppe aus dem Camp – einfach nur wahllos drauflos sucht und hofft, uns dabei zu finden. Er wird uns gleich rechts überholen. Ich werde ihn ein bißchen inspirieren, sich woanders umzusehen.«

Sie runzelte besorgt die Stirn. »Machen Sie bloß keinen Unsinn.«

»Los gehts!« Er stellte den rechten Blinker an und wechselte abrupt auf die rechte Spur.

»Sind Sie verrückt geworden?« sagte sie. »Sie schneiden ihn ja.«

»Das wollte ich auch.«

»Flores!«

Sie horchte, erwartete Hupen und quietschende Bremsen, aber sie hörte nur die normalen Verkehrsgeräusche.

»Was ist passiert?« fragte sie ungehalten.

Flores sah gespannt in den Rückspiegel. »Er ist sauer. Ich glaube, das war genau richtig. Jawohl, da kommt er schon. Er überholt mich links und wird schneller. Er will es mir zeigen«

»Gordons Ego. Darauf haben Sie gesetzt, wie?«

Flores sah nach vorn. »Da fährt er. Hat mich richtig böse angesehen. Er wird immer noch schneller. Aber Sie bleiben trotzdem besser da unten. Vielleicht sind noch mehr unterwegs. Tut mir leid.«

»Kein Problem.« Sie war erleichtert. »So wie Sie aussehen, möchte ich sowieso nicht mit Ihnen zusammen gesehen werden.«

Er war neugierig. »Wie sehe ich denn aus?« Seine Augen waren dauernd in Bewegung auf der Suche nach einer weiteren Bedrohung von der Ranch.

Sie war ehrlich. »Wie ein Neandertaler.«

»Danke. Es hat eine ganze Weile gedauert, bis ich mich getraut habe, meinen wahren Charakter zu zeigen.« Er grinste, und einen Moment lang fühlte sie sich eigenartig sicher.

Sie blieb auf dem Boden und legte die Akte des Carnivore vor sich auf den Sitz. Sie überflog den Langley-Ausdruck und las noch einmal die Einleitung:

Es wird vermutet, daß der international agierende Attentäter, der sich selbst der Carnivore nennt, Ende der dreißiger Jahre geboren wurde. Vermutlich ist mindestens ein Elternteil Amerikaner, da Informanten wiederholt berichtet haben, daß er Englisch mit amerikanischem Akzent spricht. Er spricht noch mindestens vier weitere Sprachen, die meisten ohne jeden Akzent – Deutsch, Französisch, Italienisch und Spanisch.

Sein richtiger Name ist angeblich Alex Bosa. Bosa könnte Ungar, Italiener, Portugiese, Spanier oder auch Mittel- oder Südamerikaner, etwa Kubaner, sein, aber es wird angenommen, daß er Italiener ist.

Sie erzählte Flores, was sie gerade gelesen hatte. »Da steht auch: ›In den späten fünfziger Jahren begann er offenbar eine feste Beziehung.‹«

»Er hat geheiratet?«

»Das steht hier nicht. Aber man fragt sich natürlich, was wohl aus ihr geworden ist. Und ich frage mich, was mit dieser Frau in Paris ist, die sich Liz Sansbourough nennt. Ob sie eigentlich weiß, worauf sie sich eingelassen hat.«

»Oder wie sie da wieder herauskommt.«

»Ja, genau.«

Sie las laut:

»Der Ruhm des Carnivore begann mit Fidel Castros Sturz des Batista-Regimes in Cuba am 1. Januar 1959.

Ein CIA-Agent schnappte später das Gerücht auf, daß ein bis dahin unbekannter Auftragskiller, der sich der Carnivore nannte, einen von Batistas höchsten Generälen eliminiert und so den Weg für Castros Sieg geebnet habe.

Weiter nimmt man an, daß der Carnivore im Dezember 1975 das Attentat auf die OPEC-Sitzung in Wien verübt hat, bei dem drei hohe Öl-Minister getötet wurden.

Angeblich steckt er auch hinter dem Attentat auf Hanns Martin Schleyer, den Präsidenten des Arbeitgeberverbandes Westdeutschlands, Ende der siebziger Jahre.

1978 präparierte er die Spitze eines Regenschirms mit einer winzigen Metallkapsel und stieß mit dem bekannten emigrierten Schriftsteller Georgi Markow in London auf der Straße zusammen –«

»Daran erinnere ich mich«, sagte Flores nüchtern. »Ich habe den Fall auf der Farm studiert. Ein fast perfekter Mord. Es sah aus wie ein Herzinfarkt, nicht wie Mord. Aber der Pathologe war skeptisch, zum Glück.«

»Wie hat er es denn herausgefunden?«

»Er hat den gesamten Körper untersucht. Dann hat er die Überreste der nur stecknadelkopfgroßen Kapsel in Markows Oberschenkel gefunden, und da hat sich auch jemand erinnert, daß ein Mann mit einem Regenschirm mit Markow auf der Straße zusammengestoßen war. Als der Pathologe die Kapsel gefunden hatte, hatte sich das Gift bereits zersetzt. Es war Rizin, hochgiftig, wird aus Rizinusölsamen gewonnen. Dieser Anschlag hat in allen Geheimdiensten für Aufruhr gesorgt, da er unmißverständlich klargemacht hat, wie verletzlich wir wirklich sind. Am Ende waren die Bulgaren schuld. Wir wußten nur, daß es der Carnivore war, weil er sich dazu bekannt hat, nachdem der Pathologe das mit der Kapsel herausgefunden hatte, aber noch bevor irgend jemand sonst es wußte.«

»Er ist wirklich ein ganz besonderes Früchtchen, der Carnivore. Kein Wunder, daß der Name hängengeblieben ist.« Sie las weiter laut vor:

»1981 legte er eine Bombe in die Büros des Radiosenders Freies Europa in München. Vier Menschen wurden schwer verletzt.

Man nimmt weiter an, daß er sich Ende der achtziger Jahre in Ostberlin versteckt hielt. Ihm wird auch der Anschlag auf das französische Kulturzentrum in Westberlin zugeschrieben, bei dem eine Person ums Leben kam. Laut Stasi-Berichten hat die Regierung der DDR und das MfS (Stasi) den Carnivore beschützt und wie einen offiziellen Besucher behandelt.«

Flores pfiff leise. »Nicht schlecht. Der Carnivore hat in den Achtzigern in Ostberlin gelebt, und die Ostdeutschen haben es gewußt?«

»Hier steht, daß er bis zum Fall der Mauer dort war. ›Er ging seinen Angelegenheiten ohne Einmischung von Ostberlin aus nach, wohnte in der Wohnung eines Diplomaten aus dem Jemen und benutzte einen Chauffeur der Syrier. Von seiner Anwesenheit scheinen nur vier sehr hohe ostdeutsche Funktionäre gewußt zu haben.‹«

Asher dachte nach. »*Yeah.* Offensichtlich ist er sehr wertvoll. Deshalb hat ihn die Stasi nicht nur bleiben lassen, sondern ihn noch verwöhnt. Und das hat es für uns nur noch schwerer gemacht, ihn zu finden, geschweige denn, ihn zu schnappen oder zu eliminieren. Ich frage mich nur, warum er dort überhaupt hin ist. Und warum ist er dann nicht dort geblieben?«

»Und wo ist er danach hingegangen?«

»Gute Frage. Lesen Sie weiter.«

Das tat sie.

»Besonders beachtenswert an seiner Vorgehensweise ist die Tatsache, daß ihm schon häufig nahezu simultane Morde in verschiedenen Erdteilen zugeschrieben wurden. Das hat die Angst der weniger zivilisierten Nationen geschürt, daß er übernatürliche Kräfte hat. Man nimmt allerdings an, daß diese so eng aufeinanderfolgenden Anschläge das Werk von ausgezeichnet ausgebildeten und extrem loyalen Mitarbeitern waren.«

Flores schnaubte verächtlich. »*Yeah,* es macht wirklich Spaß, einem Phantom nachzujagen, das sich gleichzeitig in zwei verschiedenen Erdteilen aufhält.«

»Glauben Sie, daß er Komplizen ausgebildet hat?«

»Könnte sein. Er wird schließlich auch älter. Aber wenn ich es wäre, würde ich lieber den Ruf des Zauberers aufgeben und Solo-Hits landen. In seinem

Geschäft zählt zuerst Sicherheit, dann erst das Geld. Wenn jemand erst einmal mehr über einen weiß als nur den Codenamen, dann ist man angreifbar.«

»Vielleicht weiß wirklich niemand mehr über ihn. Vielleicht ist er wirklich in zwei Erdteilen zugleich, genauso wie ich gleichzeitig hier und in Paris bin.«

»*Yeah,* genau. Sehr witzig.«

Sie gestattete sich ein Lächeln. Dann las sie weiter:

»Vor drei Jahren traf der Carnivore die CIA-Agentin Elisabeth Sansborough, die einen Auftrag in Lissabon ausführte. Sie wechselte zu ihm über, und er hat angeblich seitdem keine weiteren Anschläge mehr verübt. Wir wissen nicht, ob ihre Beziehung dafür verantwortlich ist. Der Grund könnte auch eine Verletzung sein oder seine Unfähigkeit, sich in dem neuen Klima der politischen Instabilität, die auf das Ende des Kalten Krieges folgte, zurechtzufinden. Es ist auch möglich, daß er gestorben ist.«

Sie seufzte angewidert. »Zum Teufel, mir reicht es langsam. Immer wieder muß ich mir anhören, daß ich seine Freundin bin.«

»Na ja, wenigstens scheinen Sie ihn vom Morden abgehalten zu haben. Da muß es Ihnen doch ganz warm ums Herz werden. Immerhin haben Sie doch was erreicht.«

Sie sah Flores böse an. »Sie können einem wirklich ganz schön auf die Nerven gehen, Flores, wissen Sie das?«

Seine schwarzen Augenbrauen tanzten. »Gibt es noch mehr da drin?«

»Eine komplette Liste der Anschläge, die man ihm

zuschreibt. Nach Bestätigungen wird noch gesucht.« Sie las die Liste vor. Sie sprachen noch über einige seiner Greueltaten, und schließlich schloß sie die Akte.

Die nächsten zwei Stunden schlummerte Liz auf dem Boden. Flores sah noch drei weitere Wagen von der Ranch. Aber der Ford war noch nicht verdächtig, und dank Sonnenbrille, Stetson und seinem ›Neandertaler‹-Gesicht erkannten sie ihn auch nicht. Das hätte Flores eigentlich beruhigen sollen, wenn er nicht dieses eigenartige Gefühl in der Magengrube gehabt hätte, das ihm sagte, daß noch ein ganzer Haufen Ärger vor ihnen lag.

Es dämmerte bereits, als Liz fragte: »Glauben Sie, daß ich jetzt wieder auf den Sitz zurück kann?«

»*Yeah*. Können Sie sich noch bewegen?«

»Das würde ich selbst gerne wissen.« Alles tat ihr weh. Sie zog sich hoch und streckte sich. Dankbar massierte sie ihre Beine und dann die Arme. Im Halbschlaf hatte sie über den Carnivore nachgedacht. Sie erzählte Flores, zu welchem Schluß sie gekommen war. »Er ist psychotisch oder amoralisch. Ein Menschenhasser. Symbolisch ein Fleischfresser, ein Raubtier, wie der Name ja auch sagt. Warum sollte jemand wie ich zu einem solchen Schlächter überlaufen, geschweige denn, sich in ihn verlieben? Langley muß irgendeinen Grund haben, das überhaupt für möglich zu halten. Ich weiß, es steht in meiner Akte und in seiner, aber ich will es einfach nicht glauben.«

»Es muß auch in beiden stehen, wenn Langley jemanden damit täuschen will.«

»Aber auf wen haben sie es denn abgesehen? Auf mich? Das erinnert mich an einen Pokerspruch auf der Ranch: Wenn du dir alle am Tisch ansiehst und nicht weißt, wer reingelegt worden ist, dann bist du es.«

Hinter ihnen ging die Sonne unter, und der Himmel erstrahlte in leuchtenden Rottönen. Vor ihnen funkelten bereits die Sterne. Als sie über die nächste Anhöhe fuhren, erstreckte sich die Großstadt Denver vor ihnen wie ein riesiges Lichtermeer. Es war ein wunderschöner Anblick, aber sie waren zu müde und zu besorgt, um es zu genießen.

In der Innenstadt hielt Asher Flores vor einem billigen, halbseidenen Motel zwischen den Schlachthöfen und dem Stadion. In einem Stundenhotel würde Gordon Traite sie nicht so schnell finden, und der Mann hinter der Rezeption stellte keine dummen Fragen und sah sie auch nicht an.

Dieses ärmliche Viertel bestand nur aus Neonlichtern, willigen Prostituierten und Cowboymusik. Es war heiß und feucht, und der Geruch von Tieren, Schweiß und enttäuschten Erwartungen hing in der Luft. Denver zerschmolz in der Hitze der Augustnacht im selbstgeschaffenen Erfolg.

Asher zahlte bar für das Zimmer, und sie nahmen die Sporttasche, den Rucksack und den dicken Ordner mit rein. Es gab keine Klimaanlage. Liz öffnete die Fenster und ging ins Bad, um zu duschen und sich die Haare abzuschneiden und zu färben.

Asher fuhr zu einem chinesischen Restaurant, das er von der Straße aus gesehen hatte. Ein Stück weiter sah er eine Telefonzelle. Er hielt an, suchte in seinen Taschen nach Kleingeld und wählte. Einen Augenblick später meldete sich Langley. Die Vermittlung sagte ihm, daß Hughes Bremner aus Paris zurück war. In Washington war es nach Mitternacht, aber Bremner hatte hinterlassen, daß man Asher zu ihm nach Hause durchstellen sollte.

Asher hörte das Telefon noch einmal klingeln.

Bremner nahm sofort ab. »Wo sind Sie denn, Asher? Ich habe mir schon Sorgen gemacht.« Die Stimme des Älteren klang warm, besorgt und beruhigend.

Asher begann zu erzählen.

22

»Ich glaube, Sie haben da ein ernstes Problem, Chef«, teilte Asher Hughes Bremner mit. »Gordon Taite.«

»Ah, ich habe mir schon so etwas gedacht.« Am anderen Ende der Leitung seufzte der Abteilungsleiter des CIA laut und vernehmlich. »Als ich heute abend zurückkam, rief mich Ernie Pinkerton an. Er sagte, daß Gordon Sie nach Spitzbergen versetzen ließ. Ich habe versucht, Sie auf der Ranch zu erreichen, aber angeblich waren Sie verschwunden. Sagen Sie mir doch, was passiert ist, Asher.«

»Taite hat irgendwelche Pläne mit Liz Sansborough. Ich weiß nicht, wie sie dazugehört, daß der Carnivore ins Land kommt –«

»Davon haben Sie gehört?«

»Sicher.« Ashers Ruf, seine Hausaufgaben gründlich zu machen, war wohlverdient. »Ich habe den CM-5 angezapft und herausgefunden, daß sie vor drei Jahren zu ihm übergewechselt ist. Können Sie mir bitte erklären, wie sie gleichzeitig in Frankreich und hier auf der Ranch sein kann?«

»Ich kann es erklären, aber ich werde es nicht tun. Es ist streng geheim.«

»Vielleicht sollte ich auch eingeweiht werden, Chef. Sie wird Ihnen nicht mehr viel nützen, wenn Gordon sie in einen Zombie verwandelt.«

»Sie braucht ihre Medikamente.«

»*Yeah*, gut, sie sagt, sie weigert sich, sie zu nehmen.«

»Wenn Sie mir das sagen, darf ich annehmen, daß sie bei Ihnen ist?«

Ein Instinkt tief in seinem Inneren riet Asher zu lügen. Aber sein Chef war immer ehrlich gewesen. Daß er ihn zur Strafe auf diese gottverlassene Ranch geschickt hatte, war unvermeidbar gewesen, und sie wußten beide, daß es nicht für immer sein würde.

»*Yeah*, sie ist bei mir.«

»Bringen Sie sie zu uns zurück, Asher. Sie ist ein Risiko für die nationale Sicherheit.«

›Nationale Sicherheit‹, war eins dieser Schlagworte, die einem so leicht von den Lippen gingen. Richard Nixon hatte damit Watergate decken wollen. Ronald Reagan, George Bush und der ehemalige Leiter des CIA Bill Casey hatten es im Zusammenhang mit Irangate benutzt. In den Tagen, als Morde der Company legal waren, hatte es sie wie ein Leichentuch umhüllt. 1992 hatte sogar das Kunstmuseum des Pentagon damit verheimlichen wollen, daß jemand dem würdevollen Ölgemälde des Air Force Chief of Staff Tony McPeak mit Filzstift einen Schnurrbart gemalt hatte.

Das Problem war, daß ein solcher Begriff wie ›nationale Sicherheit‹ auch legitim und wichtig sein konnte. Skepsis war angebracht, wenn jemand es aussprach, fand Asher, aber auch Respekt. Also sagte er: »Eine verrückte Frau ein nationales Sicherheitsrisiko? Es fällt mir schwer, das zu glauben.«

»Haben Sie sich in sie verliebt?« Bremner verlor nie

seine kühle Reserviertheit, aber Asher hörte trotzdem, daß er beunruhigt war.

»Noch nicht. Finden Sie, daß ich es versuchen sollte?«

»Hören Sie schon auf, Asher. Offensichtlich zweifeln Sie daran, daß die Frau geisteskrank ist. Aber glauben Sie mir, sie ist es wirklich. Einen Augenblick benimmt sie sich völlig normal, und dann verliert sie plötzlich jede Kontrolle und jeden Bezug zur Realität. Wenn Sie sie nicht zu uns zurückbringen, dann werden Sie das auf unangenehme Weise herausfinden. Wir brauchen sie. Unsere Medikamente werden ihr helfen. Verstehen Sie doch, wenn sie gesund wäre, dann würde sie sich uns nicht widersetzen. Wir müssen ihr helfen, damit sie uns hilft.«

Wie immer war Bremner überzeugend. Trotzdem sah Asher Liz Sansborough vor sich, wie sie sich voll wütender Empörung gegen die Nadel des Arztes gewehrt hatte; ihre Entschlossenheit zu fliehen; ihre Angst, als die Helikopter sie entdeckt hatten; ihre intelligente Analyse der Dossiers; ihre scharfsinnigen Fragen.

Wenn sie wahnsinnig war, hätten dann nicht all diese Extremsituationen sie ›den Bezug zur Realität‹ verlieren lassen müssen, wie Bremner es genannt hatte? »Ich werde darüber nachdenken, Chef«, sagte Asher. »Aber wenn ich sie zurückbringe, dann zu Ihnen. Nicht zu Gordon Taite.«

»Natürlich.« Bremner verstand ihn. »Aber es muß bald geschehen. Spätestens morgen. Rufen Sie mich an. Dann treffe ich mich mit Ihnen.«

Zum Abschied lobte Hughes Bremner Asher für seine gute Arbeit all die Jahre bei Langley, seine Zuverlässigkeit, seinen Sinn für Gerechtigkeit und seinen Ideenreichtum. Er versprach ihm auch, sich um die Spitzbergen-Angelegenheit zu kümmern und Asher einen neuen Auftrag zu geben, der ihm gefallen würde.

»Bringen Sie sie nur zu mir, Asher.«

Asher hatte seinen reservierten Chef noch nie so überschwenglich gehört.

Er fuhr zwei Straßen weiter zu dem chinesischen Restaurant, holte etwas zu essen und kehrte ins Motel zurück. Liz Sansborough hatte sich geduscht, trug jetzt ein T-Shirt und hatte ein Handtuch um die Hüften geschlungen. Ihr Haar war kurz, glatt und schwarz. Er dachte über sie nach und war unsicher, was er tun sollte. Er glaubte, daß sie genauso gesund war wie er und wahrscheinlich ein ganzes Stück gesünder als Gordon Taite. Und er glaubte, daß Bremner sie brauchte.

»Scheußlich.« Sie verzog ihr Gesicht vor dem staubigen Spiegel, der gegenüber den beiden Betten hing. Sie setzte die Sonnenbrille auf, kämmte sich das nasse Haar mit den Fingern hinter die Ohren und befestigte knallgrüne Plastikohrringe. »Ich habe sie in der Schublade gefunden. Wie finden Sie mich?«

Sie sah aus wie ein billiges Flittchen, das versuchte, schick auszusehen.

Er lachte in sich hinein. »Jetzt brauchen Sie nur noch zehn Zentimeter lange Fingernägel, orangenen Lippenstift und violette Hot pants aus Knautschleder.«

»Also bin ich eine Wucht.«

»Niemand wird Sie erkennen, wenn Sie das meinen.«

Sie war ohnehin dünn, aber in ihrer Verzweiflung sah sie aus wie ein halbverhungertes Kind. Sie bestand nur aus Ellbogen, Knien und schmalen Fesseln. Ihr Hals war lang und dünn. Durch die gebeugten Schultern verschwanden ihre schönen Brüste fast völlig. Ihre Finger waren knochig. Schauspieler wußten, was für Auswirkungen Emotionen auf den Körper haben konnten. Asher, der stolz auf sein Talent war, in die verschiedensten Rollen zu schlüpfen, hatte ein gutes Beispiel dafür vor sich.

Er sagte ihr, was er sah. »Die Phantasie ist eines der wichtigsten Werkzeuge eines Agenten. Haben Sie schon einmal Paul Newman in der Rolle des Landstreichers in ›Hemingways Abenteuer des Künstlers als junger Mann‹ gesehen? Newman war so überzeugend, daß ihn niemand erkannt hat, obwohl er ein so großer Star war.«

Sie lächelte ein wenig. »Es ist Zufall. Ich habe das nicht auf der Ranch gelernt.«

»Sie sollten es in den Lehrplan aufnehmen.« Er lächelte zurück.

Sie aßen Frühlingsrollen, sauer-scharfe Suppe und eine doppelte Portion Rindfleisch in Austernsoße. Chinesisches Bier gab es nicht, nur Coors. Aber schließlich befanden sie sich auch mitten im Adolph Coors-Imperium. Sie trank zwei Flaschen, er trank drei. Es schmeckte gar nicht so schlecht, wenn es draußen heiß war und man nichts anderes hatte.

»Das größte Problem, wenn man sein Gedächtnis verliert, ist«, sagte sie schließlich, »daß man sich nie sicher sein kann, ob das, was man erfahren hat, wahr genug ist, daß man sich danach richten und dementsprechend ändern sollte.«

Da sie kein Nachthemd hatte, ging sie in T-Shirt und Unterhose ins Bett. Sie schob die Beretta unter ihr Kopfkissen.

Asher nahm seine Gunsite Service-Pistol aus der Sporttasche. Es war eine .45er, die ihr Leben im Springfield-Waffenlager als Nummer 1911A1 begonnen hatte. Sie war ganz aus Stahl und für militärische Zwecke gemacht. Dann hatte Gunsite sie für den Kampfeinsatz umgebaut, sie mit einem großen Visier, einem kurzen, trockenen Abzug, einem Griff ohne Horn, der nicht an der Kleidung rieb und weich und glatt in der Hand lag, und einem veränderten Hammer versehen. Asher mochte den kleineren Griff ganz besonders. Er lag besser in seinen schmalen Händen. Er spielte einen Augenblick mit der Pistole seiner Freundin, und schob sie dann unters Kopfkissen.

»Irgendwelche Ideen für morgen?« Ihre Stimme klang wieder normal. Es gefiel ihm, daß sie sich so schnell wieder im Griff hatte. Sie packte alles energisch und unsentimental an.

»Kommt darauf an, was wir wollen.« Er kehrte ihr den Rücken zu, machte das Licht aus und zog sich bis auf die Shorts aus. Dann kroch er ins Bett.

Sie sagte: »Können wir Gordon umgehen und Langley um Hilfe bitten?«

»Das wäre eine Möglichkeit.«

»An wen würden wir uns wenden?«

»Mein Boß ist Hughes Bremner. Er ist der Chef von Mustang. Wir könnten zu ihm gehen.« Sie wußte es nicht, aber sie dachte daran, genau das zu tun, was Bremner wollte. Es würde ihnen allen eine Menge Ärger ersparen. Aber es gab auch einen Teil in Asher, der sie und den Carnivore für sich selbst behalten wollte.

Die schönste Frau. Der gefährlichste Killer.

Von dem anderen Bett herüber sagte sie: »Ich erinnere mich an den Namen. *Hughes Bremner*. Gordon hat gesagt, daß er meine Fortschritte mitverfolgt, daß er ein ganz besonderes Interesse an mir hat. Bremner ist wichtig. Gordon hat ihm dauernd irgendwelche

Berichte gefaxt, über meine Fortschritte in der Ausbildung und so weiter.«

Ja, sagte er sich, sie mußte wirklich entscheidend wichtig für das so streng geheime Carnivore-Unternehmen sein. Aber wenn der Carnivore ohnehin freiwillig ins Land kommen wollte, warum dann das ganze Theater? Er lag ein paar Minuten da und lauschte ihrem gleichmäßigen Atmen. Dann schlief er ein, eine Hand an dem kleinen Griff seiner großen .45er.

FREITAG

Sie träumte von unbekannten Ländern und kargen Landschaften. Einmal war es Wüste, dann wieder schneite es. In ihrem Traum gab es zwei Liz Sansboroughs – eine war mit dem Carnivore verheiratet, die andere mit Gordon. Sie war hilflos und genauso böse wie die beiden. Sie wollte sterben.

Schweißgebadet wachte sie auf. Ihr Herz klopfte heftig vor Angst.

Himmel! Wer war sie? *Was* war sie?

Das Licht des rot-gelben Neonschildes fiel durch das schmutzige Fenster ins Zimmer. Es tauchte den Raum in ein schummeriges, rötliches Licht. Das Rauschen des Verkehrs der nahen Interstate und der schwüle Geruch von Jauche und Schlachthäusern drang herein.

Sie atmete tief durch und akzeptierte ihre Angst. Sie wurde wieder schläfrig, ihre Lider wurden schwer. Es würde bald dämmern.

Sie schloß die Augen. Dann fiel ihr ein, daß das Fenster offen war.

Hatte sich da nicht etwas bewegt?

Ruckartig öffnete sie Augen wieder. Ohne den

Kopf zu drehen, suchte sie das Zimmer aus den Augenwinkeln ab. Dann sah sie es. Eine Unregelmäßigkeit im Schatten neben der Kommode in der Ecke. Es sah aus wie eine Hand mit einer Pistole und einem langen Schalldämpfer, der in den stillen Raum hineinragte.

Sie erstarrte vor Angst. Dann wußte sie wieder, was sie tun mußte.

Was sie gelernt hatte.

Sie seufzte und stöhnte leise, als ob sie träumte. Sie rollte sich auf die Seite. Mit der Hand fuhr sie unters Kissen und griff nach der Beretta. Sie zog sie heraus.

23

Liz feuerte den ersten Schuß ab und rollte sich aus dem Bett. Das Zimmer bebte von der Explosion. Sofort folgte ein Schuß des Eindringlings. Er traf ihre Matratze. Stoffetzen und Schaumstoff rieselten auf sie herab. Wieder fiel ein Schuß.

Diesmal explodierte Flores Bett.

»Flores!«

Sie starrte angestrengt in die Dunkelheit. Ein Schuß verfehlte sie knapp. Jemand hatte in die Richtung ihrer Stimme gezielt. Holzsplitter flogen herum. Sie ließ sich auf den Boden fallen und kroch unters Bett. Der aufgesprungene Linoleumbelag zerkratzte ihr die Schenkel.

Sie richtete sich auf der anderen Seite des Bettes ein kleines Stück auf.

Zwei weitere Schüsse krachten in dem kleinen Motelzimmer.

Flores lebte! Einer der Schüsse mußte von ihm gewesen sein, aber welcher? Einer war von links, der andere von rechts gekommen. In der rötlichen Dunkelheit konnte man nichts erkennen.

Sie glitt unter Flores Bett. Sie hörte, daß sich jemand bewegte. Jemand versuchte, leise zu sein. Wieder erschütterten zwei Schüsse die Stille. Die Schützen hatten ihre Position verändert. Dann sah sie die verschwommenen Umrisse von Schuhen nahe der Tür. Es konnte nicht Flores sein. Er war barfuß. Es mußte der Eindringling sein, der hinter einem Tisch kauerte. Sie zielte dorthin, wo sie die Beine vermutete. Sie wollte den Kerl lebend, damit sie ihm Fragen stellen konnte.

Sie drückte ab. Der Rückschlag fuhr ihr durch den Arm bis in die Zähne. Sie hörte ein Stöhnen und ein dumpfes Geräusch.

»Flores! Wo sind Sie?«

»Ich bin okay.«

Liz hörte ihn zu dem Haufen bei der Tür kriechen. Sie hockte sich hin und wartete. Bald würde die Polizei hiersein. Selbst in diesem verkommenen Viertel, wo ein Leben nicht mehr wert war als ein Drink oder ein Heroin-Schuß, würde jemand irgendwann doch die Polizei rufen. Die Gewohnheiten der Zivilisation waren schwer totzukriegen.

Sie stützte die Beretta auf ihrem nackten Arm ab. Warum hörte sie nichts von dem angeschossenen Mann? Kein Stöhnen, kein Fluchen. Wenn er noch lebte, würde er doch irgendein Geräusch von sich geben.

»Sansborough, am Fenster!«

Sie wirbelte herum und sah gerade noch ein Gesicht und eine Pistole im roten Neonlicht. Sie schoß sofort. Es kam ihr vor, als ob sie wieder im Schießstand wäre, aber statt einer Zielscheibe traf sie die Stirn eines blonden Mannes mit muskulösem Kiefer und erstauntem Gesichtsausdruck.

Die Kugel schlug in seine Stirn ein und riß ihm den oberen Teil des Kopfes weg. Blut, Hirnmasse und Knochen spritzten durch die rote Luft. Diesmal gab es keinen Zweifel: Sie hatte jemanden umgebracht. Ihr wurde übel.

Seine Pistole ging los, und die Kugel flog ziellos durchs Zimmer.

»Passen Sie auf das Fenster auf!« Flores war in Schwierigkeiten. Seine Stimme klang angestrengt. Man hörte dumpfe Schläge.

Der erste Eindringling hatte sich tot gestellt, und Flores befürchtete, daß noch mehr kommen könnten.

Sie war plötzlich schweißgebadet, und ihr war schlecht. So schnell sie konnte, kroch sie zum Fenster. Wieder ertönte ein Schuß hinter ihr. Sie wirbelte herum.

»Alles in Ordnung.« Flores Stimme klang schroff. »Er war doch noch lebendiger, als ich gedacht hatte, verdammt.«

»Haben Sie ihn getötet?«

»Das mußte ich«, sagte er düster. Er durchsuchte die Taschen des Toten und hoffte, etwas über dessen Identität und Auftrag zu finden.

Sie spähte vorsichtig über die Fensterbank nach draußen auf eine unkrautüberwucherte Baulücke, die offenbar als inoffizielle Müllkippe herhalten mußte. Sie sah nichts Verdächtiges. Sie sah hinunter und erkannte die Pistole in der Hand des Toten. Es war eine Ingram M-11 Maschinenpistole. Sie war nur etwa dreißig Zentimeter lang und wog weniger als vier Pfund und war daher leicht zu tragen und zu verbergen. Man konnte mit ihr pro Minute 850 Schüsse Kaliber .38 abfeuern. Das war kein Spielzeug.

Der Mann war ein Profi gewesen. Ohne ihren Wachtposten zu verlassen, erzählte sie Flores von der Ingram.

»Dieser hier hat außer der Pistole nur seine Zigaretten.« Er zog den Eindringling in das Licht unter dem Fenster. »Sonst ist nichts in seinen Taschen. Noch nicht einmal Geld. Aber ich kenne ihn. Er heißt Matt Lister.«

»Ich kenne ihn auch!«

Sie sah sich das Gesicht im roten Schein des Neonlichtes an. Es war der Mann, den sie angeblich in ihrer Wohnung in Santa Barbara getötet hatte: die gleichen ausdruckslosen Gesichtszüge und das mit Gel zurückgekämmte braune Haar. Sie erzählte Flores davon. »Gordon hat mir die Pistole in die Hand gedrückt, und dieser Typ hier ist um das Sofa herumgekrochen und hat auf mich gezielt. Ich habe geschossen. Es ging alles so schnell, und ich war wie betäubt, total schockiert. Das nächste, was ich weiß, ist, daß er zurückfiel und ihm das Blut – sein Blut, wie ich geglaubt habe – aus dem Mund und aus der Brust lief!«

»Platzpatronen und falsches Blut. Der gute alte Trick.«

»Und er hat verdammt gut funktioniert! Danach habe ich alles geglaubt, was sie mir erzählt haben!«

»Natürlich haben Sie das. Sie sind einfach verdammt gut. Ich wäre ihnen in so einer Situation wahrscheinlich auch auf den Leim gegangen. Wichtig ist nur, daß Sie sich nicht vollständig haben einwickeln lassen.« Er lehnte sich aus dem Fenster und starrte den blonden jungen Mann an. »Ihn kenne ich nicht. Sie?«

Sie schüttelte den Kopf, und er hockte sich neben sie. Er trug nur seine Unterhosen, die in der Dunkelheit weiß leuchteten. Er hatte einen guten Körper, sehnig und muskulös. Seine Beine waren lang und sexy wie die eines Läufers, und seine Schultern waren gerade und breit. Schultern, die eine Frau gerne streichelte.

»Sind noch mehr draußen?« fragte er.

»Ich kann jedenfalls keine mehr sehen.« Sie konnte ihn riechen, Schweiß und Intensität.

»Ziehen Sie sich an und packen Sie ihre Sachen. Wir müssen hier weg.«

»Ist das wahr.«

Er lächelte kurz. Sie kämpfte sich in ihre engen Jeans. Er zog sich an und warf seine restlichen Sachen in die Sporttasche. Eigenartigerweise war ihr nicht mehr übel, und sie zitterte auch nicht mehr. Sie war einfach nur verdammt wütend.

Sie war zuerst fertig. »Hat Gordon sie geschickt?«

»Soviel Mut hat er nicht, auf eigene Faust einen solchen Anschlag durchzuführen. Bremner selbst muß sie geschickt haben«, sagte Flores mit finsterer Miene. »Mein Mentor. Ihr Mentor. Es ist nicht nur Gordon Taite, sondern auch Hughes Bremner.«

»Wie können Sie da so sicher sein?«

»Wir haben jetzt keine Zeit für Erklärungen. Kommen Sie.« Er öffnete die Tür, und sie sahen prüfend in die Nacht hinaus. Kein Verkehr. Auf der anderen Seite der Straße war ein Honda Akkord geparkt. Es war der einzige saubere, neue Wagen unter den ganzen alten, verbeulten Rosthaufen, die die Straße verschandelten.

»Mit dem müssen sie gekommen sein«, sagte er.

Sie sprangen in ihren Pick-up. Flores ließ den Motor an.

Liz sah sich den Honda vor ihnen genauer an. »Es

ist ein Mietwagen.« Auf der linken Seite der hinteren Stoßstange klebte ein Gold-Star-Rent-a-car-Sticker. Gold-Star war die neue Nummer eins unter den amerikanischen Autoverleihern. Also kein besonderer Hinweis.

In der Entfernung heulte eine Sirene.

Flores fuhr los. »Zu schade, daß wir keine Zeit mehr haben, den Wagen zu durchsuchen. So wie es aussieht, sollte Matt Lister mich töten und Sie mitnehmen. Er stand direkt neben meinem Bett und wußte nur noch nicht, wer wer war. Wenn er uns beide hätte töten wollen, dann hätte er schon vom Fenster aus geschossen, so daß wir gar nicht erst aufgewacht wären.«

»Wieso wissen Sie, daß Bremner da mit drinsteckt?« Sie hatte auf den CIA-Abteilungsleiter gesetzt und gehofft, daß er ihnen helfen würde. Gordon kam dafür nicht mehr in Frage, aber Hughes Bremner, der Chef von Mustang –

Die Sirenen verstummten. Die Polizei hatte das Motel erreicht. Im Osten dämmerte es über Denvers hoher, zackiger Skyline. Wieder sah sie das erstaunte Gesicht des blonden Jungen vor sich, als ihre Kugel ihm den Schädel zerriß.

Sie hatte ihn getötet. Einen Menschen.

Leise sagte sie: »Erzählen Sie mir von Bremner.«

Seine Kiefernmuskeln traten hervor, als er wütend über den Verrat die Zähne zusammenbiß. »Ich habe ihn letzte Nacht angerufen, als ich das Essen geholt habe. Ich hatte schon vorher noch von der Ranch aus versucht, ihn zu erreichen, aber da war er gerade in Paris. Er ist letzte Nacht zurückgekommen.«

»Das ist ja nichts Schlimmes. Sie wollten, daß er uns hilft.«

»Ich wollte Informationen.« Er schwieg schuldbewußt.

Dann verstand sie: Flores hatte einen Fehler gemacht; und er haßte Fehler. »Bremner hat Ihren Anruf zurückverfolgt, und dann hat er seine Leute hierher geschickt. Es gibt ja nicht so viele Motels in dieser Gegend. Ihr Anruf hat die Killer zu uns gelockt.«

Flores' Kiefermuskeln waren noch immer angespannt. »So wird es gewesen sein.«

In Virginia betrat Hughes Bremner die Villa seiner Frau. Bunny Hartford Bremner, die einstige Schönheit der Fifth Avenue, kam durch die Halle geradewegs auf ihn zu. Es war noch früh, und der frische Morgenduft der idyllischen Landschaft draußen lockte verführerisch. Statt dessen mußte er sich mit einer heruntergekommenen Säuferin abgeben, die noch älter aussah, als sie mit ihren einundsechzig Jahren ohnehin war. Sie war wütend, denn sie mußte um neun Uhr bei Gericht in einer Jury sitzen. Selbst Bunny Bremner blieb von solchen staatsbürgerlichen Pflichten nicht verschont.

Und so begann sie auch gleich gereizt: »Hughes, also wirklich. Mußt du immer ein Gesicht wie Sieben-Tage-Regenwetter machen?«

»Das ist ein albernes Klischee, meine Liebe.«

»Und du bist ein aufgeblasener Schwachkopf.«

Sie kehrte ihm den Rücken zu. Unter ihrem viel zu jugendlichen roten Kleid trug sie einen roten BH. Der Rücken und ein Träger waren verdreht. Sie konnte sich noch nicht mal mehr ordentlich anziehen.

»Mach den Reißverschluß zu«, sagte sie im Befehlston.

Er tat es. Das bösartige Zischen gefiel ihm. Zufrieden sah er, wie der verdrehte BH den Stoff ausbeulte.

Ihre Unbeholfenheit wurde von Tag zu Tag offensichtlicher, auch in der Öffentlichkeit.

»Das hast du einmal sehr gern gemacht – mich angezogen, Hughes«, fuhr sie fort, »und mich ausgezogen. Damals vor einer Ewigkeit, als du arm warst und ich eine verliebte Gans.«

»Willst du mich nicht auch noch daran erinnern, daß dein lieber Papa recht gehabt hat? Daß ich ein Niemand ohne Ziel war mit nichts in den Taschen und im Kopf? Mein Gott, Bunny. Du läßt wirklich nach. Das erste Zeichen eines in Scotch marinierten Gehirns.«

Sie ging in ihr Schlafzimmer und war schon wieder zurück, bevor er noch die oberste Stufe erreicht hatte. Jetzt trug sie Pumps und Hut, und in der Hand hielt sie eine alberne, kleine Tasche. »Wenigstens hattest du einen akzeptablen Stammbaum vorzuweisen.« Sie ging vor ihm die Treppe hinunter.

Obwohl er es nicht gesehen hatte, wußte er, daß sie ihren ersten Drink bereits intus hatte. Sie stank aus allen Poren nach Alkohol. Der Geruch folgte ihr wie eine hungrige Katze. Er hätte sie am liebsten die Treppe hinuntergestoßen. Es würde nicht schwer sein, sie aus dem Gleichgewicht zu bringen. Sie war eine fette, alte Frau, die viel zu hohe Absätze trug. Wie ein Mehlsack würde sie die Treppe hinunterfallen und sich den runzligen Hals brechen. An ihr Geld würde er nicht herankommen, aber das brauchte er ohnehin nicht mehr.

Leider wußte sie das nicht.

»Wie wäre es mit einem kleinen Schubs, Hughes?« sagte sie schnippisch über die Schulter. »Das würdest du doch sicher gern. Das wissen wir beide.«

Da mußte er plötzlich lachen. Es war ein dröhnendes, kehliges Lachen, das ihn heftig durchschüttelte.

Sie blieb überrascht stehen und drehte sich um. Er wischte sich die Tränen aus dem Gesicht und hielt sich am Geländer fest, während sie ihm mit steinerner Miene zusah.

Endlich konnte er wieder sprechen. »Nein, meine Liebe. Dich umzubringen ist wirklich das Letzte, was ich will. Und dabei geht es mir gar nicht um dein Geld. Nein, Bunny. Wer könnte mich schon jemals so gut unterhalten wie du?«

Ihre Augen verengten sich mißtrauisch zu Schlitzen. Machte er sich über sie lächerlich? Sie schien sich nicht entscheiden zu können. Schließlich warf sie den Kopf zurück, um zu zeigen, wie unwichtig ihr das alles war. Ihr kleiner Hut rutschte gefährlich weit zur Seite, aber sie merkte es nicht.

Sie gingen weiter die herrschaftliche Treppe hinunter, zwei Ostküsten-Adlige, und beide wußten, daß sie in ihrer Verzweiflung aneinander gebunden waren.

Bunny sagte: »Komm rechtzeitig zum Abendessen, Hughes. Die Coxes und die Cabots sind da.«

»Ich werde sicher zu spät kommen. Wie immer. Vielleicht komme ich auch überhaupt nicht.«

»Hughes!«

Zumindest hatte er sie auf eine Ein-Wort-Antwort reduziert. Daß sie nichts mehr sagen konnte, war sein Sieg.

Vor der Haustür warteten ihre Wagen in der kreisförmigen Auffahrt. Dahinter erstreckte sich die Landschaft üppig und grün im Morgenlicht. Früher einmal hatte er dieses Land in Baugrund umwandeln und ein Einkaufscenter, Tankstellen und Geschäftsfilialen errichten wollen. Um dieses Zentrum herum sollte ein Meer von Wohnhäusern und Parks, gezähmte und zurechtgestutzte Versionen der wilden Wälder Virginias, entstehen. Dieses Land war zu gut, um es einfach so brachliegen zu lassen, und die Zivilisation sollte ihre Spuren hinterlassen, Mutter Erde unter ihre Kontrolle bringen. Sie sollte sich ihren Lebensunterhalt gefälligst ebenso sauer verdienen müssen wie er.

»Auf Wiedersehen, Bunny, meine Liebe«, sagte er mit übertriebener Liebenswürdigkeit. »Ich hoffe, du hast einen schrecklichen Tag.«

Tommy öffnete die Fahrertür ihres feuerroten Mercedes 450 SL – ein Klassiker, den sie um keinen Preis aufgeben wollte. Sie warf Bremner zum Abschied noch einen bösen Blick zu, lächelte Tommy an und zwängte sich hinein, wobei sie kurz einen wabbeligen Schenkel entblößte. Bremner starrte das schlaffe Fleisch an, und das Bild brannte sich tief in sein Gehirn ein. Wenn Liebe und Haß wirklich zwei Seiten derselben Medaille waren, dann mußte er Bunny sehr, sehr lieben. Und sie ihn.

Schließlich öffnete Tommy die hintere Tür seines langen, schwarzen Dienstwagens, und Bremner sank dankbar in den vertrauten Sitz. Er sah durch die Windschutzscheibe, wie Bunny in ihrem extravaganten Sportwagen in die Morgenstille davonschoß. Die Tür der Limousine schloß sich und hüllte ihn in den schallgedämpften Kokon ein. Das Telefon klingelte. Voller Energie nahm er ab. Es war Sid Williams.

»Matt und Beno sind tot, Sir«, sagte Sid mit steinerner Stimme.

Verdammt! Matt Lister und Beno Durante, die zwei Männer, die er zu Flores und der Frau nach Denver geschickt hatte.

»Was ist passiert?«

»Flores hat sie erschossen. Im Motel.«

Bremner lehnte sich in der gedämpften Atmosphäre der Limousine zurück. »Das tut mir leid. Es waren gute Männer.« Er meinte es ernst. Er war loyal denen gegenüber, die ihm gegenüber loyal waren. »Was ist mit Flores und der Frau?«

»Sie sind weg. Die Polizei hat keine Spur.«

Bremners Gehirn arbeitete schnell. »Nehmen Sie Kontakt mit unserem Freund bei der Polizei in Denver auf. Erklären Sie die Situation – zwei abtrünnige Langley-Agenten haben zwei andere umgebracht, die mit ihnen verhandeln sollten. Geben Sie ihm Fotos und Beschreibungen. Er wird die Polizei des gesamten Landes in Bereitschaft versetzen.«

In Langley lachte Sid grimmig in sich hinein. »Jeder einzelne Cop wird nach ihnen suchen. Sie werden niemals entkommen können.«

»Genau. Und versichern Sie sich, daß unsere angegliederten privaten Unternehmen Bescheid wissen. Wir müssen die Frau zurückbekommen. *Heute.*«

»Und Flores?«

»Er hat sich gegen uns gewandt. Stellen Sie ihn kalt. Gibt es Neuigkeiten von Lucas Maynard?«

»Wir haben ihn noch nicht gefunden, Sir, aber sein Haus, alle Busse, Bahnhöfe und Flughäfen in der Region werden von uns rund um die Uhr überwacht. Und wir hören sämtliche Telefonleitungen im Büro des Außenministers ab.«

»Ausgezeichnet.«

Das war seine Idee gewesen. Er rechnete damit, daß Maynard, der für seine Zähigkeit, aber nicht für seine Phantasie bekannt war, sich entscheiden könnte, den Plan des Staatssekretärs selbst auszuführen.

»Und wir haben der Polizei gesagt, daß Maynard gesucht wird, weil er einen Wagen von Langley gestohlen hat.« Sid Williams lachte über diese Lüge.

»Großartig improvisiert«, lobte Bremner. Wenn sie Maynard irgendwo aus irgendeinem Grund anhielten, dann würden sie die Angaben seines Führerscheins per Computer überprüfen und ihn festhalten, bis Sid kam. »Heute noch, Sid. Heute müssen wir Maynard und die Dokumente haben. Dann neutralisieren. Ein Raubüberfall oder ein Unfall, das überlasse ich ganz Ihnen. Aber sobald Sie die Papiere haben, stellen Sie sicher, daß er stirbt.«

24

In ihrer Wohnung in Arlington bat Leslee Lucas, ihr die Sterling-O'Keefe-Dokumente zu zeigen, die im Safe unter ihrem Bett versteckt waren. Schließlich steckte sie jetzt mit drin, und es wurde langsam Zeit, daß sie erfuhr, was das ganze Theater sollte. Als sie die Aktenstapel durchblätterte, die er alle sorgfältig kopiert hatte, was sicher nicht ungefährlich gewesen war, zog er sich an, um zu gehen.

»Ich muß ins Büro, Schatz«, sagte sie. »Aber es wird nicht lange dauern. Wo gehst du hin?«

»Ein paar Anrufe erledigen. Ich möchte sie lieber nicht von hier aus machen.«

Sie lächelte dankbar, und er ging, um den Außenminister anzurufen. Wieder benutzte er die Telefonzelle zwei Straßen weiter. Er mußte die übliche bürokratische Prozedur über sich ergehen lassen, bis er endlich die persönliche Assistentin des Außenministers am Apparat hatte. Er nannte seinen Namen und erklärte: »Staatssekretär Edwards hatte gestern einen dringenden Termin beim Minister.«

»Und?« Die mächtige persönliche Assistentin des Ministers war sehr beschäftigt und nicht besonders beeindruckt.

»Dabei ging es um mich. Ich habe einige –«

»Einen Augenblick, Mr. Maynard. Ich habe ein anderes Gespräch in der Leitung.«

Maynard fluchte. Er wollte diesen ganzen Wahnsinn am liebsten vergessen und nach Zürich und zu seinem Geld in Liechtenstein fliegen. Aber nicht ohne Leslee. Er dachte über einen Alternativ-Plan nach. Er könnte mit seinen Informationen auch zur Direktorin des CIA gehen, aber Bremner würde so oder so bereits auf ihn warten. Andererseits gab es eine traditionelle Rivalität zwischen dem Außenministerium und Langley, und er hoffte, daß diese problematische Beziehung Bremner in sicherer Distanz zum Ministerium hielt.

Schließlich war die Assistentin wieder in der Leitung. »Bitte fahren Sie fort.«

»Ich habe Informationen, die von äußerster Wichtigkeit sind. Clare wollte den Außenminister davon in Kenntnis setzen. Deshalb ist er umgebracht worden.«

»Wenn Sie etwas über den Mord wissen, sollten Sie zur Polizei gehen.«

Die Frau war wirklich zu dämlich! »Ich habe Details über einen Insider-Skandal von so großer Sprengkraft, daß die ganze Stadt dadurch in die Luft fliegen wird!« sagte er grollend.

»Ich finde es eigenartig, daß Sie damit nicht zu Langley gehen«, sagte sie ernst.

Maynard schwitzte in der engen Kabine, als die Morgensonne höher stieg. Er suchte die Straße nach irgendwelchen Anzeichen von Gefahr ab. Dieses verdammte bürokratische Machtspielchen war wirklich das Letzte, was er jetzt brauchte.

»Sie haben genau fünf Sekunden!« schnappte er. »Entweder machen Sie mir jetzt einen Termin, oder Sie hören auf, meine Zeit zu verschwenden. Dann gehe ich mit den Informationen eben woanders hin. Und Sie können Ihrem Chef dann erklären, wie nahe er dran war, bevor Sie mich abgewimmelt haben!«

Es entstand eine eisige Pause. »Nun gut. Ich kann Sie um 11 Uhr 50 heute morgen noch dazwischen quetschen. Aber Sie haben nur zehn Minuten. Der Minister ist mit drei saudischen Prinzen zum Lunch verabredet.«

»Ich werde dasein.« Blöde Kuh, dachte Maynard und knallte den Hörer auf die Gabel. Als er in die Wohnung zurückkam, war Leslee schon fort. Er setzte sich mit einer Tasse kalten Kaffee in die Küche und starrte auf die Uhr über dem Herd.

Nur noch ein paar Stunden. Er dachte über Clares Ermordung nach und war kurz davor, die *Washington Post* anzurufen. Nein, seine Dokumente waren für eine höhere Stelle bestimmt. Plötzlich kam ihm ein Gedanke. Er war der Inbegriff des zivilisierten Menschen, der das Übel mit dem geschriebenen Wort aufhielt und nicht mit dem Schwert.

Leslee würde das sicher gefallen.

Als er seinen Kaffee ausgetrunken hatte, hörte er den Schlüssel in der Tür. Sie kam herein und gab ihm einen flüchtigen Kuß. Ihre Aktentasche war dick und schwer. Er erzählte ihr von seinem Termin im Außenministerium.

Sie war hocherfreut, aber auch besorgt. »Ich fahre dich. Wenn du keinen Parkplatz suchen mußt, bist du nicht so lange in der Öffentlichkeit. Und wir sind länger zusammen.« Sie sagte nichts davon, wieviel Zeit vergehen würde und was alles passieren konnte, bis sie wieder zusammen waren.

»Hört sich gut an«, Maynard lächelte.

Sie küßte ihn und ging ins Schlafzimmer. In der Küche goß er Kaffee für sie ein. Als sie zurückkam, ließ sie sich auf einen Stuhl fallen, nahm ihre Tasse und sah auf die Uhr.

»Noch genügend Zeit«, meinte er. »Was sagst du zu den Kopien?« Irgendwie fühlte er sich eigenartig, ja fast verletzt, bei dem Gedanken, daß sie die Akten kannte, obwohl er ihr selbst den Safe geöffnet und sich über ihr Interesse gefreut hatte.

Sie lächelte. »Ich weiß es zu schätzen, daß du sie mir gezeigt hast. Die ganzen Geldwäscheaktionen. Die vielen Unternehmen. Die Scheinfirmen, hinter denen sich Sterling-O'Keefe all die Jahre versteckt hat. Und dann dieser Bericht über MASKERADE.« Sie senkte den blonden Kopf. Als sie ihn wieder hob, blickten ihre blauen Augen traurig. »MASKERADE hat mir einen Einblick in die Zerbrechlichkeit der menschlichen Psyche gegeben.«

Er zuckte die Achseln und spürte nur noch die drückende Last der Schuld. Leslee legte ihm die Hand auf die Schulter.

Er sagte: »Es erschien immer alles von größter Notwendigkeit, welchen Auftrag wir auch immer ausführten oder selbst anordneten. Ich denke, wenn man zu lange in dieser Welt aus Lügen und fadenscheinigen Entschuldigungen, die nur dem eigenen Vorteil dienen, lebt, muß der Charakter sich langsam, aber sicher abnutzen. Das ist sicher vielen von uns Oldtimern passiert, und deswegen haben wir fünf Sterling-O'Keefe gegründet. Und jetzt MASKERADE. Ich glaube, in den Fünfzigern hätte keiner von uns so ein Unternehmen wie MASKERADE gestartet.«

»Es tut mir so leid, Lucas. Was du getan hast, war falsch. Aber was du jetzt vorhast, ist wirklich mutig. Es ist einfach, keine Sünden zu begehen, wenn man nie in Versuchung geführt wird. Du bist in Versuchung geführt worden und ihr erlegen. Aber jetzt hast du die Chance der Läuterung. Die Geläuterten stehen in unserer Spezies ganz obenan. Ich bin so stolz und so glücklich, daß du mir gehörst.«

Sie stand auf und küßte ihn.

Er schlang seine Arme um ihre schlanken Hüften und preßte seinen Kopf gegen ihren weichen Bauch. Sie war sein Leben, seine Hoffnung.

Um elf Uhr morgens fuhren sie in Leslees altem, blauen Golf auf der Twenty-first Street in südlicher Richtung. Das Außenministerium, Kronprinz der U. S.-Regierung, würde schon bald zu ihrer Rechten auftauchen. Direkt vor ihnen erstreckte sich auf der anderen Seite der Constitution Avenue der West Potomac-Park mit seinem klassischen Vietnamveteranen-Denkmal aus poliertem schwarzen Granit. Im Westen floß der Potomac durch üppige Parks unter ständig überfüllten Brücken hindurch. Die abwechslungsreiche Stadtlandschaft mit all ihrem Lärm und Chaos war ein unbeabsichtigtes Denkmal der menschlichen Rasse und gleichzeitig auch eine einzige Anklage gegen sie.

Der Verkehr war nicht so dicht wie gewöhnlich, und das erleichterte Maynard die Suche nach Bremners Leuten. Zwischen seinen Beinen stand eine schwere Einkaufstüte mit den Sterling-O'Keefe- und MASKERADE-Dokumenten. Er hatte sich für die Rolle eines Touristen entschieden. Um seinen Hals hingen Fernglas und Kamera. Er trug einen Strohhut und ein leichtes sommerliches Sportsakko. Darunter steckte seine stromlinienförmige Walther TPH im Halfter unter der Achselhöhle. Für einen ›zivilisierten‹ Menschen beruhigte ihn die Pistole fast schon zu sehr.

Leslee plauderte über dieses und jenes, als sie sich dem Ministerium näherten. Er sah auf die Uhr: 11.04. Noch genug Zeit. Er bat sie, um das riesige alte Gebäude herumzufahren, und unterzog jedes Auto, die Türen des Gebäudes, Außenmauern und Fenster, kurz alles und jeden, seinem prüfenden Blick auf der Suche nach Bremners Leuten.

Aber war das überhaupt nötig? Konnte Bremner denn wissen, daß er heute und genau zu dieser Zeit hierher kommen würde?

Das war unmöglich. Und trotzdem hatte Bremner über die Dokumente und den Staatssekretär Bescheid gewußt. Er konnte noch so oft über seine Vorgehensweise und seine Vorsichtsmaßnahmen nachdenken, er wußte einfach nicht, wie Bremner davon erfahren hatte. Aber Bremner hatte tausend und abertausend Möglichkeiten, über jede x-beliebige Person etwas herauszufinden. Das wußte Maynard jetzt besser als irgend jemand sonst.

Er bat Leslee, noch ein zweites Mal um das Gebäude zu fahren. Er sah keine Anzeichen dafür, daß Bremner das Ministerium bewachen ließ. Maynard sah auf die Uhr. Es war immer noch zu früh. Gut. Eine einfache Vorsichtsmaßnahme, falls Bremner in letzter Minute doch noch herausfand, wohin er seine Leute schicken sollte.

Auf der Twenty-first Street ließ er Leslee vor der großen gepflasterten Fläche anhalten, wo ein altes Wandgemälde von einfacheren Zeiten erzählte. Eine Reihe glänzender Glastüren mit Messinggriffen bildete den Eingang des Außenministeriums.

»Ruf mich bitte an, sobald du kannst.« Leslee hatte Angst. Ihre blauen Augen blitzten nicht wie sonst.

Er küßte sie und genoß den süßen Geschmack ihrer Lippen.

»Du schmeckst wunderbar.« Er lächelte sie beruhigend an und öffnete die Tür. »Mach dir keine Sorgen.« Aber er wußte, daß sie sich trotzdem welche machen würde.

Als er den Platz überquert hatte und über die Stufen auf die Türen zuging, erstarrte er.

In zehn Sekunden hatte er die Situation erfaßt: Am oberen Ende der Treppe traten jetzt drei Männer aus dem Schatten des Gebäudes heraus und kamen rasch auf ihn zu. Ihre Gesichter waren hinter dunklen Sonnenbrillen verborgen. In ihren Bewegungen lag eine Präzision, die jedem, der die Ausbildung kannte, das Blut in den Adern gefrieren ließ. Und Maynard kannte sie. Er erkannte zwei von ihnen – Bremners Agenten. Sie waren zwischen ihm und der Tür.

Dieses Schwein Bremner! Maynard handelte sofort.

Er klemmte sich die Einkaufstüte unter den linken Arm, warf Kamera und Fernglas weg, zog seine Pistole und wirbelte herum. Er stieß einen jungen Mann zur Seite und rannte zurück die Stufen hinunter.

25

Gott sei Dank! Sie war da! Genau, wie Maynard gehofft hatte. Leslee hatte gewartet, um zu sehen, ob er sicher ins Gebäude gelangte. Der Motor des Autos lief, und sie sah ihn entsetzt an. Ihr Gesicht war kreidebleich.

»Maynard!« dröhnte eine laute Stimme hinter ihm. »Stehenbleiben! ATF-Department!«

Er lief noch schneller und spürte, wie ihn die

Schwerkraft genauso unweigerlich in die Tiefe zog wie seine Fehler. ATF–Agenten, Mitarbeiter des Finanzministeriums. Das war beinahe komisch. Sogar jetzt noch sicherte sich Bremner ab. Das konnte er auch, denn Tad Gorman, einer der geheimen Vorstandsmitglieder, hatte jetzt eine hohe, mächtige Stellung im Finanzministerium. Die Zwei würden sich gegenseitig decken.

Aber da war Leslee in ihrem Auto und wartete auf ihn. Ihr herzförmiges Gesicht wurde mit jedem Schritt größer. Er schwitzte entsetzlich. Es war seine Diabetes. Sein Herz schlug wie eine Kesselpauke. Mein Gott, würde es explodieren?

Und dann hatte er den Wagen fast erreicht. Leslee lehnte sich herüber und öffnete die Beifahrertür weit. In seinem Kopf drehte sich alles.

»Schnell, Lucas!« rief Leslee verzweifelt.

Es erschreckte ihn, wie blutleer ihre kleinen Finger waren.

»Lucas, sie sind direkt hinter dir!« rief sie.

Schüsse knallten. Sie schlugen im Beton neben ihm ein, und Splitter flogen durch die Luft. Eine Kugel traf ihn im linken Arm. Der Arm wurde sofort taub. Er ließ die Dokumente fallen.

Er drehte sich um, hockte sich hin und schoß. Es kam ihm vor, als wäre er wieder im Einsatz, eine gut geölte Maschine.

Zwei von Bremners Männern fielen blutbespritzt nach hinten.

Der dritte Mann feuerte noch einmal. Die Kugel traf den Kühlergrill von Leslees Auto mit scharfem Knall. Maynard konnte einen Augenblick lang nichts mehr hören. Er schoß sofort, und der dritte Mann flog nach hinten wie in einem Filmstunt. Blut spritzte und färbte die Luft rosa.

Waren alle tot? Maynard wußte es nicht, und es kümmerte ihn auch nicht. Sie lagen bewegungslos in der plötzlichen Stille auf dem Pflaster vor dem Außenministerium. Sie würden ihm keine Probleme mehr machen.

Rasch analysierte er die Situation. Das Außenministerium. Sollte er jetzt versuchen, hineinzukommen? Nein, das wäre nicht klug.

Irgendwo hörte er das Heulen eines Polizeiwagens. Wenn er blieb, war er verloren. Er mußte einen anderen Weg finden, seine Information jemandem zu übergeben, der ihm bis zu seiner Aussage Schutz gewähren konnte.

»Lucas!«

Er ignorierte Leslee. Er drehte den Kopf hin und her, während er rasche Entscheidungen traf. Auf gar keinen Fall durfte er sie da mit hineinziehen. Ein Wagen blieb hinter ihrem stehen. Er mußte sich stellen.

Er bückte sich und machte einen schnellen Schritt. Die Einkaufstüte und seine Pistole hielt er in der rechten Hand. Sein verletzter linker Arm hing kraftlos herab. Da hörte er plötzlich zwei weitere Schüsse und spürte einen furchtbaren Stoß, als ob ein Lastwagen in seinen Rücken gefahren wäre. Eigenartig, es schmerzte überhaupt nicht. Er drehte sich um und sah Sid Williams, der von der anderen Seite der Straße auf ihn zugelaufen kam. Die Pistole hielt er mit beiden Händen schußbereit. Sid mußte gerade erst gekommen sein.

Dieser verdammte Bremner, zur Hölle mit ihm. Er hatte Sid Williams geschickt, und Williams hatte ihn in den Rücken geschossen.

Maynard sank auf die Knie und sah an sich hinunter. Die beiden Kugeln hatten ihn tief im Inneren getroffen. Auf seinem Bauch bildete sich eine dicke Schicht aus Blut und Gewebe, wo die Kugeln wieder ausgetreten waren. Er hob den Kopf und sah Leslee an. Sie lehnte sich zu ihm hin und versuchte, ihn in den Wagen zu ziehen. Tränen strömten ihr über die Wangen.

»Schnell, du mußt fahren!« stöhnte er. »Sie haben deine Autonummer. Ich bin tot!«

Er fiel nach vorn. Seine Augen schlossen sich, und er konnte sie nicht mehr öffnen. Jemand riß ihm die Einkaufstüte aus der Hand. Dann hob ihn jemand auf und schleppte ihn zurück auf den Gehweg.

»Aussteigen, Lady!«

Er hörte Schluchzen. Leslee. Und dann das Geräusch von kreischenden Reifen. Es stank nach Auspuffgasen. Aber es war zu spät. Sie würden ihre Autonummer längst haben. Sie würden sie finden. Was für ein Narr er war. Jetzt hatte er doch alles verloren. Die Welt war eine andere, sein Platz in ihr war ihm irgendwie abhanden gekommen.

Nur wenige Minuten, nachdem Sid Williams ihm die Nachricht von Lucas Maynards Tod überbracht hatte, erhielt Hughes Bremner die Aufforderung, ins Büro der Direktorin des CIA zu kommen, so daß er kaum Zeit hatte, die Sache zu verarbeiten. Er war sich sicher, daß es sich um Maynard drehte; solche Nachrichten verbreiteten sich in Washington wie ein Lauffeuer, besonders wenn ATF-Agenten in aller Öffentlichkeit einen Mann aus den eigenen Reihen wegen eines angeblichen Drogengeschäfts auf den Stufen des Außenministeriums erschossen hatten.

Er war sich sicher, daß die Direktorin keine Ahnung hatte, warum Maynard gestorben war, oder über Langleys Verbindungen zu Sterling-O'Keefe Bescheid wußte oder über MASKERADE oder den anstehenden Erfolg von GRANDEUR am kommenden Montag. Aber Bremner war ein umsichtiger Mann, und es war auch nicht der Anflug eines Lächelns auf seinem vornehmen Gesicht, als er Arlene Debos Büro betrat.

Der erste weibliche Direktor war jetzt ein Jahr im Amt, und allgemein hielt man sie für mutiger und energischer als jeden Mann. Ihr Büro lag im siebten Stockwerk, dem Stockwerk der Elite, auf dem auch Bremner sein Büro hatte, aber in ihrem waren doppelt so viele Fenster, zwei Reihen, die in der Ecke aufeinandertrafen. Die Aussicht von hier war so gewaltig, daß sie bis zum Lincoln Memorial zu reichen schien. Das war natürlich unmöglich, aber Hughes Bremner gefiel die Idee.

Die beiden Räume des Büros waren mit antiken Möbelstücken eingerichtet, die Debo auf ihrem Weg nach oben durch die verschiedensten Büros von der National Security Agency bis zum FBI gesammelt hatte. Sie saß hinter einem großen Mahagonischreibtisch und trug ein teures, strenges Kostüm. Sie war eine eher gedrungene Frau mit grauen Haaren, vollen Wangen und einer respekteinflößenden Oberweite. Sie machte einen ebenso beweglichen wie soliden Eindruck. Eine Karrierefrau, aber auch jemand, auf den man jeden Schritt des Weges zählen konnte.

Sie bot Hughes Bremner einen Lehnstuhl vor ihrem Schreibtisch an. Auf einem Tisch neben ihr standen drei große Telefonanlagen. An den Wänden hingen Fotos von ihr mit dem Präsidenten, Regierungsoberhäuptern aus aller Welt und ihrer Familie. Auf ihrem Schreibtisch standen gestreifte Ordner, deren verschiedenfarbige Beschriftungen die Dringlichkeits-

und Geheimhaltungsstufen der darin enthaltenen Informationen – Berichte der U. S.-Agenten aus aller Welt sowie Einzelheiten zu verschiedenen Einrichtungen und Satellitenanlagen rund um den Erdball – anzeigten.

Arlene Debo runzelte ihre niedrige Stirn: »Können Sie nicht besser auf Ihre Leute aufpassen, Hughes?« sagte sie vorwurfsvoll. »Du lieber Himmel, Lucas Maynard und Drogengeschäfte! Und dann haben wir ihn noch nicht einmal selbst erwischt. Verdammt peinlich das Ganze. Was haben Sie dazu zu sagen?«

»Sie haben ganz recht, Arlene.« Bremner nickte ernst. »Ich habe Lucas seit ein paar Tagen überwachen lassen. Ich wurde das Gefühl nicht los, daß sich irgend etwas bei ihm verändert hatte.« Er unterschätzte sie nie. Sie war zeitweilig nicht nur liberal, sondern sie führte auch eine Reform nach der anderen in Langleys gutgeöltes Getriebe ein. Sie war gefährlich.

Sie erwiderte nichts, sah ihn weiter finster an und trommelte mit den Fingern auf den Mahagonischreibtisch.

Bremner fuhr fort: »Lucas war einsam, und seine Diabetes hat ihn deprimiert. Er stand kurz vor der Pensionierung. Was hatte er schon, worauf er sich freuen konnte? Unsere Pensionen sind zwar großzügig, aber nicht genug für jemanden, der das Geld mit beiden Händen ausgibt. Wir haben gehört, daß er zu Prostituierten gegangen ist. Erstklassige, *sehr* teure, die alles getan haben, was er wollte. Also hat er sich auf Drogengeschäfte eingelassen. Ich habe zwei meiner Männer zusammen mit den ATF-Agenten losgeschickt, um die ordnungsgemäße Durchführung der Verhaftung sicherzustellen, aber Lucas hat seine Waffe gezogen. Er hat immerhin einen der ATF-Agenten getötet. Es war fast so, als ob er selbst getötet werden wollte.«

Die Direktorin schürzte die Lippen. Sie sagte immer noch nichts. Bremner spürte, daß sie überlegte, ob sie ihn für seine Nachlässigkeit in der Beobachtung seiner Leute bestrafen sollte.

Aber sie war noch nicht fertig. Wieder sah sie ihn finster an. »Warum zum Teufel haben Sie sich nicht mit mir wegen dem Carnivore in Verbindung gesetzt?«

»Das habe ich doch. Es gibt nichts Neues. Er und die Frau stellen die Forderung, am Sonntag ins Land gebracht zu werden, und ich habe entsprechende Befehle erteilt.«

Arlene Debo schob ihm einen Computerausdruck hin. Es waren die letzten dechiffrierten Enthüllungen des Carnivore: Er war vor fünf Jahren angeheuert worden, den Präsidenten von Beni-Domo, einem japanischen Unternehmen und einem der größten Computerhersteller der Welt, umzubringen. Der Protegé des Präsidenten war Taru Mukogawa. Er war es, der den Carnivore angeheuert hatte, den Präsidenten umzubringen, und als der Präsident tot war, hatte der junge Mann die Firmenleitung übernommen. Jetzt war Mukogawa Präsident und Vorstandsvorsitzender von Beni-Domo. In Japan, wo Geschäft gleichbedeutend mit Krieg war, galt der gerissene und rücksichtslose Taru Mukogawa als mächtigster Geschäftsmann des Landes. Und jetzt hatte seine Partei ihn auf ihrer letzten Sitzung auch noch zum Spitzenkandidaten für das Amt des Premierministers ernannt.

Bremner hatte die dechiffrierte Nachricht schon gelesen. Für den Geheimdienst war es eine ausgezeichnet verwertbare Information, aber sie stand in keinem direkten Zusammenhang zu ihm, Mustang, MASKERADE oder GRANDEUR.

»Beni-Domo kämpft mit harten Bandagen«,

brummte Arlene Debo. »Seit Jahren schon blockieren die Vorstandsmitglieder des Unternehmens U. S.-Firmen, die nach Japan gehen wollen. Sie nutzen jede Chance, uns auszubooten.« Sie lächelte und wirkte für einen kurzen Augenblick ein wenig weicher. »Da unsere Handelsbilanz mit Japan mehr als mäßig aussieht, ist diese Information von äußerster Wichtigkeit. Damit haben wir einen Hebel, den wir ansetzen können. Zum passenden Zeitpunkt werden wir Taru Mukogawa erzählen, was wir wissen, und Sie können Gift darauf nehmen, daß Beni-Domo – und das japanische Parlament – den Vereinigten Staaten geben werden, was wir verlangen.«

Was die Direktorin ungesagt ließ, Bremner aber trotzdem wußte, war die Tatsache, daß sie diese Information bei der Flut von Akten, die jeden Tag auf ihrem Tisch landeten, leicht hätte übersehen können. Es war Bremners Aufgabe, sie auf solche wichtigen Nachrichten aufmerksam zu machen, aber er war von MASKERADE und Lucas Maynards Verrat zu sehr abgelenkt gewesen. Es war reiner Zufall, daß sie die Wichtigkeit dieser Information selbst erkannt hatte. Jetzt konnte sie damit zum Präsidenten gehen und vor ihm gut dastehen. Die Information verschaffte den Vereinigten Staaten einen Vorteil, besonders wenn Mukogawa tatsächlich Premierminister werden sollte. Man könnte sie vielleicht sogar eines Tages an die Presse geben. Ein solcher Skandal, der eine rivalisierende Nation ins Hintertreffen brachte, war manchmal genau das, was die Vereinigten Staaten brauchten.

Bremner hatte einen Fehler gemacht. Die Direktorin beugte sich jetzt vor und reckte das Kinn: »Warum zum Teufel haben Sie mich nicht darauf aufmerksam gemacht? Werden Sie etwa schlampig?« Ihre Stimme klang eisig, und Bremner sah größere Schwierigkeiten auf sich zukommen. »Ich habe mich wirklich dafür krummgelegt, daß der Präsident dem Carnivore-Unternehmen zustimmt. Er ist noch immer besorgt, daß er die moralische Integrität seiner Regierung aufs Spiel setzt, wenn er einem derart mörderischen Attentäter Asyl gewährt. Er hätte es viel lieber gesehen, wenn der Carnivore das Angebot eines anderen Landes angenommen hätte. Sie vergessen hoffentlich nicht die Abmachung –«

»Absolute Diskretion«, sagte Bremner rasch und souverän. »Das garantiere ich. Die Presse – die Öffentlichkeit – *niemand* wird jemals erfahren, daß wir den Carnivore ins Land holen. Es ist alles unter Kontrolle –«

»Tatsächlich? Wenn Sie es verabsäumen, mich auf eine so wichtige Information wie Beni-Domo hinzuweisen, dann muß ich mir Sorgen machen. Machen Sie mich nicht unglücklich, Hughes. Glauben Sie mir, bevor Sie das Unternehmen Carnivore vermasseln, nehme ich es Ihnen ab, Dienstgrad hin oder her –«

»Ich verstehe das vollkommen, Arlene.«

»Gut. Vergessen Sie es nicht wieder.«

Leslee Pousho sah die ganze Szene noch einmal vor sich, ein Horrorfilm in Zeitlupe: Lucas, der die Stufen hinunterstolperte, die Männer mit den dunklen Sonnenbrillen ihm dicht auf den Fersen, die schockierten Touristen und Fußgänger.

Die schießenden Männer.

Lucas, der ebenfalls schoß und traf.

Und dann der andere Mann, der von der gegenüberliegenden Straßenseite auf ihn feuerte. Ihn tötete.

Heiße Tränen strömten über ihr Gesicht. Sie würde

diese Szene und diese Worte den Rest ihres Lebens vor sich sehen. Nie würde sie dem entkommen können, aber sie konnte die verräterischen Machenschaften, die Lucas korrumpiert und schließlich getötet hatten, entlarven. Machenschaften, die auch sie selbst töten konnten.

Sie sagte seine letzten Worte laut: »Ich bin tot … fahr los … Ich bin tot … fahr los.«

Sie hoffte, daß sie die Worte glauben würde, wenn sie sie laut hörte. Es war nicht viel länger als eine halbe Stunde her, und als sie jetzt in nördlicher Richtung aus Washington hinausfuhr, wollte sie ihn zurückhaben, spürte sie die ganze Wucht des Verlustes. Morgen, wenn sie beginnen würde, seinen Tod zu akzeptieren, würde sie ihn nur noch mehr vermissen. Und nächste Woche noch mehr.

Aber jetzt mußte sie sich um die Gegenwart kümmern und entscheiden, wie ihre nächsten Schritte auszusehen hatten. Lucas hatte ihr gesagt, daß sie fliehen sollte. Fliehen, bevor sie sie auch töteten. Er hatte gesagt, daß sie ihre Autonummer hätten.

Sie fuhr an einer Gold-Star-Rent-a-Car-Filiale vorbei. Sie mußte den Wagen loswerden. Als sie die Autovermietung im Rückspiegel noch einmal betrachtete, sah sie kurz ihr kalkweißes Gesicht und die vor Entsetzen weit aufgerissenen Augen. Sie zündete sich eine Pall Mall an und inhalierte den Rauch tief.

Sie dachte an Lucas. Er war so voller Widersprüche gewesen, und das hatte sie vielleicht sogar besonders anziehend gefunden. Als sie sich kennengelernt hatten, war er ihr wie ein Granitfelsen vorgekommen – schwer und unbeweglich, gefangen in einem übergewichtigen Körper und zu vielen verschwendeten Jahren. Ihre Beziehung hatte mit einem Streit angefangen.

Sie hatte ihm gesagt, daß das Grundübel die Regierung sei. Sie sei auf Korruption aufgebaut. Klüngelei. Bei jedem Geschäft profitierte zuerst, wer das Geschäft abschloß, und zuletzt erst die Wahlkreise, wenn überhaupt. Die Regierung lüge die Öffentlichkeit an, die das in ihrer Leichtgläubigkeit nicht merke.

Lucas schoß zurück, aber er hatte bereits begonnen, sein eigenes Leben in Frage zu stellen. Sie war eine geborene Reformerin, und er wollte bekehrt werden. Sie war klug und scharfsinnig und gewohnt, von Männern abgekanzelt zu werden, aber er hatte ihren Intellekt respektiert und war von ihm angezogen worden. Er wollte sie wirklich verstehen.

Das alles war eine neue Erfahrung für sie gewesen, und sie hatte sich zu ihm hingezogen gefühlt wie eine Frühjahrsblume zum Sonnenlicht. Er hatte sie mit Zärtlichkeit und Respekt überschüttet, und sie hatte sein Alter, seine Gesundheitsprobleme, seinen Beruf vergessen und sich bedingungslos in ihn verliebt.

Am Ende, als er starb, hatte er sich mehr Sorgen um sie gemacht als um sich selbst. Geliebter Lucas.

Wieder strömten ihr Tränen die Wangen hinunter.

Wütend wischte sie sie fort. Dann wußte sie, was sie zu tun hatte.

Sie verließ den George Washington Parkway und nahm die nächste Auffahrt in entgegengesetzter Richtung. Am Washington National Airport ließ sie ihren Wagen in dem Langzeitparkhaus stehen und mietete einen Ford Taurus bei der nächstgelegenen Autovermietung, Avis. Dann fuhr sie zu ihrer Wohnung in Arlington zurück. Mit ein bißchen Glück würden Tage vergehen, bis Langley den Volkswagen in der vollgeparkten Garage finden würde.

Sie suchte die Straße ab, aber sie sah nichts Verdächtiges. Sie war erst vor sechs Monaten in diese

Wohnung gezogen, und sie hoffte, daß das die Suche nach ihr etwas erschweren würde.

Sie parkte direkt hinter dem Haus und benutzte die Hintertreppe. Nervös steckte sie sich eine Zigarette an. Schließlich schloß sie die Tür auf. Die Wohnung war leer und unberührt.

Sie zog einen Koffer unter dem Bett hervor und warf Kleidungsstücke hinein.

Sie wollte laut schreien. Fortlaufen.

Statt dessen machte sie ganz ruhig ihre Zigarette aus und schloß den Koffer. Sie nahm ihn in die eine Hand und ihre Aktentasche in die andere. Sie war noch so voll wie am Morgen. Ein Morgen, der jetzt eine Ewigkeit zurückzuliegen schien. Ein Morgen, an dem Lucas noch lebte. Sie hatte ihn geküßt und geglaubt, daß das Außenministerium ihn beschützen würde. Daß er in Sicherheit sein würde und tat, was er tun mußte. Und dann würden sie für immer zusammensein.

Jetzt war er tot, und sie rannte um ihr Leben. Mit ihrem Geheimnis.

Er hatte seine Geheimnisse vor ihr gehabt, und sie hatte eines vor ihm. Wenn er es doch nur gewußt hätte: Die Einzelheiten über Sterling-O'Keefe und MASKERADE hatten sie so schockiert, daß sie am Morgen, als Lucas telefonieren gegangen war, die Dokumente heimlich mit ins Büro genommen und kopiert hatte – jedes einzelne.

Die Kopien waren in ihrer Aktentasche. Und niemand wußte etwas davon.

Sie schloß die Aktentasche und den Koffer im Kofferraum des Leihwagens ein. Ihre Augen suchten dabei unablässig die Umgebung ab. Dann ging sie noch einmal in ihre Wohnung und holte Laptop, tragbaren Drucker, Papier, Stifte, Rolodex und Lebensmittel. Sie lud alles in den Kofferraum, stieg ein und fuhr aus der Parklücke.

Dann sah sie ihn. Es war der Mann, der Lucas getötet hatte. Er saß mit einem anderen Mann in einem Honda Akkord, und sie fuhren die Straße auf und ab.

Sie rutschte tiefer in den Sitz und war froh, daß sie klug genug gewesen war, den Mietwagen zu nehmen. Sie parkten um die Ecke von ihrem Gebäude und stiegen aus. Einer nahm die Vorder-, der andere die Hintertreppe.

Ein plötzlicher Krampf schüttelte sie.

Schließlich brachte sie es fertig, den Gang einzulegen und loszufahren. Sie fuhr nach Georgetown, wo sie an einer Telefonzelle anhielt. Sie rief ihren Chef bei der *Washington Independent* an und vereinbarte ein Treffen zwanzig Minuten später in einem Café in der Nähe der National Galerie of Art. Sie selbst kannte das Café nur flüchtig, ihr Chef überhaupt nicht. Das war wichtig. So würden sie dort kaum einen Bekannten treffen.

»Warum?« fragte der Herausgeber aus der Sicherheit seines Büros heraus.

Tränen strömten ihr die Wangen hinunter, als sie wieder an Lucas denken mußte. Ihre Stimme bebte. »Ich habe eine Story, die wir unbedingt an die Öffentlichkeit bringen müssen. Sie könnte mich umbringen.«

26

Das Morgenlicht malte sanfte Pastellfarben an den Himmel über Denver. Asher Flores saß am Steuer des Ford und dachte nach. Wem konnte er in Langley vertrauen? Auf jeden Fall keinem aus der Spezialabteilung. Er wollte Liz Sansborough helfen und herausfinden, was es mit dem Carnivore auf sich hatte, und er wollte Langley vor Bremner warnen. Einen Augenblick lang spürte er Bremners Verrat tief in seinem Inneren. Er hatte Bremner immer bewundert und gemocht, und es war nicht einfach, einen so kalten, unnachgiebigen Mann zu mögen. Das machte den Verrat nur noch schlimmer.

»Wer würde uns schon glauben, wenn wir damit zum Justizministerium oder womöglich zum Präsidenten gingen?« Liz Sansborough machte sich auf dem Beifahrersitz ihre eigenen Gedanken. Er war beeindruckt, wie sie die Sache gemeistert hatte. Sie war eine Anfängerin, und Töten war noch ein Schock für sie. Er haßte es selbst. Deswegen hatte er sich von bestimmten Aufträgen immer ferngehalten. Aber dieses Mal hatte er keine Wahl gehabt. Zur Hölle mit Hughes Bremner und Gordon Taite.

Was zum Teufel hatte Bremner vor?

»Ich bezweifle, daß uns irgend jemand in Langley, geschweige denn der Präsident, glauben würde«, sagte Asher und suchte den Verkehr nach möglichen Verfolgern ab. »Bremner gehört schon zu lange zu Langleys innerstem Kreis. Er hat familiäre Verbindungen die gesamte Ostküste hoch und runter. Einer seiner Cousins war Innenminister, und der letzte Vizepräsident ist der Cousin seiner Frau. Außerdem hat er sicher medizinische Beweise, daß Sie nicht ganz richtig im Kopf sind. Und mich hatte er sowieso auf dem Kieker, weil ich bei einem Auftrag einmal zu oft eigenmächtig gehandelt habe.«

»Wann erzählen Sie mir endlich, was Sie angestellt haben, daß Sie auf die Ranch verbannt wurden?«

»Ach, das war gar keine so große Geschichte.« Er sah sie aus dem Augenwinkel an und kehrte zu dem wichtigeren Thema zurück. »Wenn Sie in der Regierung wären, würden Sie uns glauben?«

»Wir sind nicht unbedingt die glaubwürdigsten Ankläger.«

»Genau.«

»Ich habe eine Idee, Flores. Wir sollten uns selbst auf die Suche nach dem Carnivore und dieser zweiten ›Liz Sansborough‹ machen. Dann wissen wir endlich, was wirklich gespielt wird. Irgend etwas an der ganzen Sache ist faul. Sie sagen, Bremner leitet das Unternehmen, den Carnivore und mich ins Land zu bringen, und trotzdem hat Gordon gesagt, er würde mich darauf vorbereiten, daß ich ihm dabei helfe, ihn zu schnappen.«

»Stimmt.«

»Und jetzt bin ich hier in Colorado, aber ich bin *nicht* in Colorado. Ich bin als Vermittlerin in Paris. Das alles ergibt keinen Sinn. Wir müssen wissen, was Bremner vorhat, damit wir der Direktorin des CIA handfeste Beweise liefern können ... oder dem Präsidenten. Was sagen Sie zu Paris?«

Asher gefiel ihre Denkweise. »Ich kenne hier in Denver eine große Künstlerin. Zu ihren vielen Talenten zählt auch das Anfertigen von Pässen, Führerscheinen und ähnlich nützlichen Dingen.«

Es kostete ein Vermögen, fünftausend Dollar pro Person, aber die Künstlerin garantierte absolute Diskretion und Qualität. Sie wollte das Geld im voraus. Flores gab ihr alles Bargeld, das er hatte und sagte ihr, daß sie den Rest bei Lieferung bekäme. Sie machte Paßfotos von ihnen und sagte, daß sie um drei Uhr zurückkommen sollten.

Zurück im Auto sagte Liz: »Nach Ihrem Gesichtsausdruck zu urteilen haben Sie einen Plan, wie wir das finanzieren können.«

»Absolut. Lassen Sie uns die Plätze tauschen.«

Sie fuhr um den Block, während er in einem Geschäft für Arbeitskleidung verschwand. Er kam in einem schmutziggrünen Overall, den er über seine normale Kleidung gezogen hatte, wieder heraus. In der Hand hielt er ein Klemmbrett mit offiziell aussehenden Formularen. So stieg er wieder in den Pick-up und übernahm das Steuer.

»Erinnern Sie sich noch an Taites Code?«

Sie wußte ihn noch. »Was haben Sie denn vor?«

»Das erzähle ich Ihnen später.« Er lächelte geheimnisvoll. »Und Sie?«

Jetzt war sie an der Reihe, geheimnisvoll zu lächeln. »Das erzähle ich Ihnen später.«

Er ließ sie vor der öffentlichen Bibliothek an der Kreuzung Broadway und West Third Avenue raus. Die Bibliothek befand sich im Bürgerzentrum Denvers, wo zwischen drei quadratischen Gartenflächen auch das Kunstmuseum, das griechische Theater und das Pionierdenkmal untergebracht waren. Für Liz waren die Parkanlagen und die neoklassizistischen Gebäude ein erfrischendes Zeichen von menschlicher Schaffenskraft. Nach der Schreckensnacht gestern im Motel hatte sie das besonders nötig.

In der Bibliothek ging sie sofort zu den Zeitschriften. Sie nahm sich mehrere Exemplare von *Talk*, dem Magazin, für das sie als Sarah Walker geschrieben hatte. Sie blätterte die vergangenen achtzehn Monate durch. Der Autorenname Sarah Walker erschien das letzte Mal vor zwei Monaten. Davor tauchte er häufig auf. Dann fand sie endlich, wonach sie gesucht hatte – eine kurze, gut aufgemachte Bekanntmachung, daß Sarah Walker zur Chefredakteurin ernannt worden war.

Liz schloß die Augen und sah dann noch einmal hin.

Ja, es war Sarah Walkers Bild. Nicht ihres. Das kleine Kinn und die leicht schiefe Nase. Kein Muttermal. Also war Sarah Walker nicht ihr Deckname gewesen, denn dann hätte *ihr* Foto hier erscheinen müssen. Nicht Walkers.

In seinem grünen Overall, an dem der Ausweis eines Computerreparaturdienstes befestigt war, warf Asher Flores einen Blick auf das Klemmbrett und sagte der eleganten Empfangsdame der großen Bankfiliale auf der East Colfax, daß er hier sei, um sicherzustellen, daß das Netzwerk richtig arbeitete. Da in diesem Geschäftszweig ständig etwas an den Computern geändert wurde, war das durchaus plausibel. Er erhielt die Erlaubnis, sich an den Computer seiner Wahl zu setzen – der, neben dem eine Maschine für Scheckformulare stand.

Als sich die Empfangsdame neuen Kunden zuwandte, benutzte er den Computer, um ein fiktives Konto zu eröffnen. Mit Hilfe von Gordons Code zapfte er den CIA-Schmiergeldfonds an, den Mustang in Denver unterhielt, und überwies siebenundvierzigtausendfünfhundert Dollar auf das fiktive Konto. Eine

Europarreise war heutzutage nicht billig, besonders wenn man erst zwei verschiedene Spuren verwischen mußte.

Dann bestellte er fünf Barschecks über jeweils neuntausendfünfhundert Dollar, womit das Konto leergeräumt war. Er legte Blankoscheckformulare in die Maschine und bedruckte sie mit den Namen der falschen Ausweise, die er von der Ranch mitgenommen hatte. Er schob die Schecks unter die Formulare seines Klemmbretts und machte auf den obersten beiden ein paar Kreuze und Notizen.

Dann ging er wieder zu der freundlichen Dame am Empfang, meldete, daß alles ordnungsgemäß funktioniere, und verließ die Bank. In einer Toreinfahrt, zwischen zwei Häusern zog er sich den Overall aus und begrub ihn zusammen mit dem Klemmbrett unter dem Müll. In Jeans, Stiefeln und Stetson war er wieder irgendein Cowboy, wie es Tausende in der Stadt gab.

Er ging zu fünf verschiedenen Banken und ließ sich auf die Schecks jeweils viertausend Dollar in bar und den Rest in Reiseschecks auszahlen, die auf die Namen ihrer neuen Pässe und noch anderer Ausweise ausgestellt wurden, für den Fall, daß Langley die Aktion in der ersten Bank zurückverfolgen würde. Keine der Banken machte irgendwelche Schwierigkeiten; Transaktionen unter zehntausend Dollar mußten nicht gemeldet werden.

Als nächstes ging er in ein Reisebüro und kaufte zwei Tickets mit Sitzreservierung und Bordkarten für einen Flug nach Paris am frühen Abend. Auch die Tickets trugen die Namen ihrer neuen Pässe. Er bezahlte bar.

Dann wiederholte er das Ganze in einem anderen Reisebüro für zwei Tickets nach Kopenhagen eine halbe Stunde später.

Er fühlte sich gut. Aber vermutlich würde sich jeder mit einem Haufen Geld in der Tasche gut fühlen. Er hakte die Daumen in die Gürtelschlaufen seiner Jeans und pfiff fröhlich vor sich hin. O ja, eine Menge Geld, und er flog mit dem großartigsten weiblichen Spion, der ihm je begegnet war – Betonung auf *weiblich* – nach Paris. Er gab sich diesem Gedanken gerade genußvoll hin, als er an einem Zeitschriftenstand vorbeikam.

Ein riesiges, dreispaltiges Foto von ihm und Liz Sansborough prangte auf der ersten Seite der *Denver Tribune*. In Farbe. Fast fünfzehn Zentimeter hoch. Die Schlagzeile schien beinahe gleichgroß:

POLIZEIJAGD NACH ZWEI MORDVERDÄCHTIGEN

Er schluckte und zog sich den Stetson tiefer ins Gesicht. Sein Bart war jetzt dicht und struppig, und er hoffte, daß er ihn genügend veränderte, um nicht erkannt zu werden. Flores kaufte ein Exemplar der *Tribune*, Denvers einzige Nachmittags-Tageszeitung, und ging langsam weiter.

»Hey, Mister.«

Sein Herz klopfte ihm im Hals, aber Flores drehte sich um. »*Yeah?*«

Der alte Mann hinter der Kasse sah von der Titelseite der *Tribune* zu Flores. »Sie sehen verdammt so aus wie der Kerl auf dem Bild hier. Wer ist das – Ihr Bruder?«

»Welcher Kerl?« Er stellte sich dumm und ließ den Mann die Geschichte erzählen, daß am frühen Morgen zwei Geschäftsmänner in einem von Denvers berüchtigsten ›Hell-tels‹ umgebracht worden waren. Andere Kunden kamen dazu und sprachen interessiert darüber, wie ähnlich Flores einem der Killer sähe.

Schließlich schaute Flores auf die Uhr. »Meine Frau! Die ist ein echter Killer! Wenn ich nicht in fünfzehn Minuten an unserem Treffpunkt auftauche, bin ich ein toter Mann! Tut mir leid, Leute!«

Als er fortging, lachten sie über ihn. Dieses Mal war er entkommen, aber Bremner hatte sicher keine Zeit verloren und ihnen jeden einzelnen Cop auf den Hals gehetzt. Jetzt suchten nicht nur Bremner, sondern auch die gesamte Polizei nach Liz und ihm.

Es war an der Zeit, den Pick-up loszuwerden. Und das bedeutete, daß er einen weiteren seiner falschen Ausweise brauchte.

Glücklicherweise hatte er einen New Yorker Führerschein und eine Gold-Star-Rent-a-Car-Kreditkarte, die beide auf den gleichen falschen Namen ausgestellt waren. Beide waren von privat und nicht von Langley angefertigt worden. Damit könnten die unmittelbaren Probleme bewältigt werden. Mit einem bißchen Glück würde er keinen weiteren seiner Ausweise brauchen. Flores fuhr zu einer Filiale der riesigen Autovermietung und dachte bitter darüber nach, daß der Flughafen überwacht werden würde und es so gut wie unmöglich war, die Sicherheitsbeamten zu umgehen und einen der Flüge zu erreichen.

Die junge, ehrgeizige stellvertretende Geschäftsführerin der Gold-Star-Rent-a-Car-Filiale in Denver erkannte Asher Flores trotz Don Johnson-Bart und Sonnenbrille sofort. Das lag zum einen daran, daß sie ein beinahe fotografisches Gedächtnis hatte, und zum anderen daran, daß sie sich ihrer Verantwortung ganz besonders bewußt war, da sie in Kürze die Filiale in

Littleton, einem wohlhabenden Vorort Denvers, übernehmen würde.

Natürlich rechnete sie mit einem falschen Ausweis, denn das Zentralbüro hatte sie davor gewarnt. Allerdings stand der Name dieses Ausweises nicht auf ihrer Liste. Sie nahm an, daß jeder Gold Star-Mitarbeiter in den Vereinigten Staaten über ihn Bescheid wußte, wahrscheinlich sogar die Filialen in Europa und im Orient. Die Firma gab es überall.

Auf der Liste war auch ein Foto von ihm und die Warnung, daß er gefährlich sei. Und da man ihn in dieser Gegend vermutete, hatte das FBI jeder Gold Star-Filiale einen Sender geschickt, der unter die Stoßstange des Autos, das Flores mietete, geklebt werden sollte.

Also entschuldigte sie sich kurz, als Flores das Formular ausfüllte, ging nach hinten und gab dem Werkstattleiter den Sender. Dann kehrte sie zu Flores zurück.

Die Aufregung verstärkte nur noch ihren natürlichen Enthusiasmus. Sobald Flores gegangen war, rief sie die 800er Nummer an, die der FBI-Agent ihr gegeben hatte. Eine solche Zusammenarbeit zwischen einem privaten Unternehmen und der Regierung beeindruckte sie außerordentlich. Sie war stolz darauf, daß sie ihrem Land heute hatte dienen können.

Flores benutzte das Telefon weit hinten in einer schummerigen Cocktailbar, um die Zentrale von International A. M.-P. M. Catering, Inc., in New York anzurufen. Er fragte nach Abner Belden.

»Hier spricht Belden.«

Asher sagte: »Die Lastwagen in New York sind um einiges größer als die in Sofia, nicht wahr, Perikles?«

»Asher? Du lieber Himmel, wo bist du?«

»In Denver. Abner, du mußt mir einen Gefallen tun.«

»Okay.«

»Diesmal mußt du mir vertrauen.«

Es entstand eine Pause. »Improvisierst du wieder ein bißchen?«

»Langley hat sich nicht geändert. Genauso stur wie immer.«

Belden lachte leise. »Sag mir, was du willst.«

Asher sagte es ihm.

In der Bibliothek wartete Liz, bis die Toilette leer war. Dann stellte sie sich vor den Spiegel und versuchte, durch das dicke Make-up hindurch ihr Gesicht zu sehen.

Wer war sie? Wer war sie *wirklich?*

Warum hatte in ihrer Akte gestanden, daß Sarah Walker ihr Deckname war?

In ihrem Magen brodelte es, als sie ihr Gesicht hin und herdrehte. Flores hatte gesagt, daß es da eine Ähnlichkeit zwischen ihr und Sarah Walker gäbe, ähnliche Knochenstruktur, aber sie konnte sie nicht erkennen. Dann sah sie etwas, was ihr die Brust zusammenschnürte.

Unter ihrem Kinn war eine winzige, knapp drei Zentimeter lange Narbe.

Sie legte den Kopf in den Nacken, um sie sich besser ansehen zu können. Sie war hellrosa. Weiß hätte bedeutet, daß sie sie schon länger hatte. Rosa hieß, daß sie ziemlich frisch war.

Sie senkte das Kinn wieder und starrte sich im Spiegel an. Es gab etwas, das damit im Zusammenhang stand –

Sie nahm wieder die Zeitschriften und blätterte die Ausgabe von *Talk* durch, in der der letzte Artikel von Sarah Walker erschienen war. Hatte sie es dort gesehen? Ja, eine viertelseitige Anzeige für das Magazin. Sie verkündete:

IN DER NÄCHSTEN AUSGABE!
Blick in die Zukunft: Schneiden oder nicht schneiden?
Unsere Chefredakteurin Sarah Walker erhält ein nagelneues Gesicht mit Hilfe der modernsten Methoden der kosmetischen Chirurgie …

Ein nagelneues Gesicht! Hatte sie diesen Artikel übersehen? Sie suchte alle Hefte bis auf die neueste Ausgabe durch. Nein. Der Artikel war nicht erschienen, zumindest nicht in *Talk*. Sie schlug die erste Seite der neuesten Ausgabe auf, fand die Telefonnummer und merkte sie sich.

Sie legte die Zeitschriften ins Regal zurück. Dann sah sie es: Ihr Foto starrte sie von der Titelseite einer Zeitung an. Ihr Magen krampfte sich vor Angst zusammen. Schweiß brach ihr aus. Neben ihrem war ein Foto von Asher Flores. Sie sah sich um. Die Bibliothekarin, die für die Zeitschriften zuständig war, telefonierte gerade. An der Theke stand eine Frau, die eine Zeitschrift las, während sie auf die Bibliothekarin wartete.

Sie drehte die Zeitung um. Darunter lagen noch zwei weitere Exemplare anderer Tageszeitungen, und auf allen waren die gleichen beiden Fotos abgebildet. In einer stand:

Elisabeth Sansborough, 32, und Asher Flores, 29, beide aus Kalifornien, werden als Hauptverdächtige eines Raubüberfalls und anschließendem brutalen

Mord zweier auswärtiger Geschäftsmänner gesucht, der heute am frühen Morgen in der Innenstadt Denvers begangen wurde.

Die Polizei gibt an, daß Sansborough und Flores bewaffnet und gefährlich sind. Eine groß angelegte Suchaktion wurde gestartet, um die beiden zu finden, bevor noch mehr Menschen getötet werden …

Liz warf einen Blick auf die Bibliothekarin und die Frau, die noch immer an der Theke stand und las. Liz nahm die Zeitungen und drehte sie so, daß sie die Fotos mit ihrem Körper verdeckte. Dann ging sie langsam zur Tür.

In der Halle fand sie ein Münztelefon. Sie wählte die Nummer von *Talk* in Santa Barbara. Die Frau in der Vermittlung hatte eine nette Stimme. Sie stellte Liz zu einer Redakteurin durch.

»Können Sie mir sagen, wann Sarah Walkers Artikel über plastische Chirurgie erscheinen wird?« fragte Liz.

»Oh, der. Tut mir leid. Der ist gestorben.«

»Aber warum?«

Die Redakteurin klang verärgert. »Die Autorin ist krank geworden und konnte ihn nicht schreiben. Eine ziemliche Enttäuschung.«

»Ich verstehe. Hat sich Sarah Walker denn tatsächlich operieren lassen?«

»Aber sicher.«

»Ich würde gern mit ihr sprechen.«

»Tut mir leid. Sie ist wegen irgendeiner Familiengeschichte nicht da. Außerdem dürfen wir die Privatadressen und Telefonnummern unserer Mitarbeiter nicht herausgeben. Firmenvorschrift.«

Sie versuchte, über die Auskunft von Santa Barbara eine neue Telefonnummer von Sarah Walker zu bekommen, aber es gab keine. Sie legte auf, ließ die Hand auf dem Hörer liegen und versuchte, sich die volle Tragweite dieser neuen Information klarzumachen –

Sarah Walker hatte ein neues Gesicht.

Sarah Walker war plötzlich wie vom Erdboden verschwunden.

Liz Sansborough konnte nicht gleichzeitig in Frankreich und in Colorado sein. War die, die als Vermittlerin für den Carnivore agierte, vielleicht echt, und die andere in Colorado – sie selbst nämlich – die Falsche?

Nur widerwillig drang die Wahrheit durch die Mauern der Desinformation, in die sie so lange eingeschlossen gewesen war. Liz Sansborough war nicht an zwei Orten zugleich.

Liz Sansborough war in Paris.

Sie war nicht Liz Sansborough.

Sie war Sarah Walker mit einem neuen Gesicht, dem Gesicht von Liz Sansborough.

Sie war Sarah Walker.

In kalten Schweiß gebadet, hielt sie sich am Telefon fest. Der Damm, der ihre Vergangenheit zurückgehalten hatte, war gebrochen, und sie ertrank fast in der gewaltigen Flutwelle. Zitternd erinnerte sie sich an Familienausflüge in die Sierras ... an das sonnenverbrannte Aqua Camp am Strand von Santa Barbara ... an schweißtreibende Fahrradausflüge mit ihrem Bruder Michael ... an die unangenehmen Nachhilfestunden in Mathematik mit ihrem Vater. Sie erinnerte sich an die köstlichen Gerüche in der Küche – Campbells Tomatensuppe, der frischgebrühte Kaffee morgens, gebratener Speck. Die Hände ihrer Mutter, so sanft, die ihr übers Gesicht strichen –

Sie lehnte sich an die Wand der Telefonzelle, wo sie niemand sehen konnte. Sie weinte, als ihr wiedergefundenes Herz blutete.

Teil 3

Sarah Walker

27

Erleichtert, aufgeregt und wütend lief die hochgewachsene, schlanke Frau mit dem Filmstargesicht durch den Eingang der Bibliothek. Asher Flores wartete im Mietwagen, einem Toyota Camry. Sie stieg ein.

Als er sich in den Verkehr einfädelte, sagte er: »Als nächstes fahren wir unsere Pässe abholen. Weinen Sie nicht um den alten Pick-up, Schätzchen. Es ist an der Zeit, daß wir unseren *Modus operandi automobilius* ändern. Sie wissen ja, wie das geht –« Er sah sie an. »Um Himmels willen, was ist passiert?«

»Ich bin Sarah Walker.«

»Was?«

»Sie haben ganz richtig gehört.«

Er hielt am Straßenrand an, drehte sich zu ihr und starrte sie an. Er nickte einmal und fuhr zurück auf die Fahrbahn. »Okay. Erzählen Sie.«

»Ich bin nicht Liz Sansborough. Sie muß in Paris bei dem Carnivore sein. Ich weiß nicht, warum ich hier bin oder warum Gordon und Bremner mich so dringend brauchen. Aber ich weiß mit absoluter Sicherheit, daß ich Sarah Walker bin und daß diese Mistkerle irgendeine Riesenschweinerei mit mir gemacht haben.«

»Sie sind also Journalistin? Sie haben gar nicht für Langley gearbeitet?«

»Nein, nie. Meine Spezialität sind Prominente. Jimmy Stewart, Madonna, Jonas Salk, Hillary Rodham Clinton, Magic Johnson –«

Aufregende Erinnerungen überfluteten sie jetzt. Sie erzählte Flores, wie sie bei der bilderstürmerischen *Santa Barbara Independent* als Reporterin angefangen hatte. Ihre große Chance war drei Jahre später gekommen – Reportagen für die Illustrierten *Los Angeles* und

California aus der Welt des Showbusiness. Dann war sie von Tina Brown, der Chefredakteurin von *Vanity Fair*, engagiert worden. Als Stimme aus dem wilden, verrückten Westen sollte sie ein wenig für Abwechslung sorgen. Dadurch hatte sie schließlich Aufträge für *Talk* bekommen, einer der beiden größten Personality-Illustrierten des Landes. Sie war zur Chefinterviewerin von *Talk* aufgestiegen und letztes Jahr sogar zur Chefredakteurin, ihrem Traumjob. Bei *Talk* hatte ihr ruheloser Geist endlich ein Zuhause gefunden.

Sie hatte nie geheiratet oder Kinder bekommen. Im Lauf der Jahre hatte sie mehrere Liebhaber gehabt, und mit einem hatte sie auch zusammengelebt, aber irgendwie waren ihre Beziehungen nie von Dauer gewesen. Die Männer hatten sie dafür verantwortlich gemacht, und wahrscheinlich hatten sie recht damit. Der erste, der ihr wirklich wichtig gewesen war, hatte ihr sehr freundlich, aber kurz und bündig gesagt, daß sie viel zu rastlos sei, um sich auf eine ernste Beziehung einzulassen. Jedenfalls hatte sie immer das Gefühl gehabt, daß ihr gepackter Koffer jederzeit bereitstehen müßte.

Sie war als Sarah Walker auf die Welt gekommen, als zweites Kind und Nesthäkchen, was ihr nur hin und wieder auf die Nerven gegangen war. Ihr älterer Bruder Michael interessierte sich so brennend für Echsen, Dinosaurier, Hot Wheels und Football und später für Mädchen, daß er ihr nur wenig Ärger gemacht hatte.

Ihr Vater, Hamilton Walker, war ein warmherziger, liebevoller Mann, wie ihn jedes Kind braucht. Ihre Mutter, Jane Sansborough Walker, hatte sich immer gewünscht, eine wunderbare Frau und Mutter zu sein, die ganz für ihre Familie da ist, sie unterstützt und liebt, und genau das war sie auch geworden.

In der Familie Walker hatte es nur ein Problem gegeben, und das waren die unausgesprochenen Familiengeschichten ihrer Eltern. Wie eine dunkle Wolke schwebten sie über den Kindern, ein finsteres Geheimnis, das Angst und Unsicherheit verbreitete.

Erst als sie erwachsen waren, erfuhren sie, daß Hamilton Walkers Mutter ihn im Alter von vier Jahren zur Adoption freigegeben und er sie nie wieder gesehen hatte. Er kam von einem Heim ins nächste, von denen einige gut, andere schlecht waren. In zweien war er mißbraucht und geschlagen worden und hatte hungern müssen. Aber er hatte diese harten Jahre hinter sich gelassen und ein eigenes Leben begonnen. Als Sarah geboren wurde, war er ein hochangesehener Professor für Englisch am Santa Barbara City College, wo er bis zu seiner Pensionierung blieb. Hamilton Walker liebte seine Familie, seine Studenten und sein Leben als Lehrer.

Jane Walkers Vater – Otto Sansborough – konnte Hamilton nicht ausstehen, da es ihm, wie er meinte, an Ehrgeiz fehlte. Für Otto, der sein ganzes Leben dem Streben nach Macht und Erfolg verschrieben hatte, war das inakzeptabel. Er war einer der führenden Wirtschaftsanwälte der Westküste, ein Hai, wie man ihn oft genannt hatte, ein Bandit, ein Dieb, ein Schwindler.

Jetzt waren Sarahs Großeltern tot. Aber ihre Eltern – Jane und Hamilton Walker – lebten noch, und auch ihr Bruder.

Sie hatte eine Familie. Sie erinnerte sich daran, wie sie es Gordon gesagt hatte –

Das war in ihrer Wohnung in Santa Barbara gewesen. Es war Juni, und Gordon wohnte nicht bei ihr. Genaugenommen hatten sie sich gerade erst kennengelernt.

Er war eine Woche zuvor in die Wohnung unter ihr gezogen.

Jetzt, wo sie darüber nachdachte, wußte sie, daß alles, was er ihr über ihre Beziehung erzählt hatte, gelogen war. Sie hatten keineswegs schon seit zwei Jahren zusammengelebt. Sie hatten überhaupt nicht zusammengelebt. Aber dieses Märchen von ihrer angeblichen Liebesbeziehung hatte sie erst richtig an ihn gebunden.

An diesem Junitag hatte sie ihm Tee angeboten. Er war ihr in die Küche gefolgt und hatte darauf bestanden, ihn selbst zuzubereiten. Während er die frische Dose Twinings öffnete, las sie einen Brief von ihren Eltern. Absender: Cielo Tranquilo, Arizona.

Als der herbe Duft der frischen Teeblätter durch die Küche zog, hatte sie ihm erzählt: »Verrückt, sie haben einen Pensions-Preis von OMNI-International gewonnen. Sie haben ihr Haus in Santa Barbara verkauft und das meiste von dem Geld auf die Bank gebracht. Für den Rest haben sie sich ein schickes Häuschen in einer stinkvornehmen Golfclubanlage in Arizona mit Verpflegung auf Lebenszeit zugelegt. Ihr Preis war nämlich, das Haus für nur zehn Prozent des Normalpreises zu bekommen. Sonst hätten sie es sich niemals leisten können.«

»Gefällt es ihnen?«

»Und wie! Besonders meiner Mutter. Ihr Vater war ein ziemlich einflußreicher Anwalt in Beverly Hills, sie stammt aus reichen Verhältnissen. Aber dann hat sie meinen Vater geheiratet. Er hat in einem City College unterrichtet, da hat sich ihr Lebensstil natürlich dramatisch verändert. Und jetzt, vierzig Jahre später, feiert sie ihr Comeback in einem Altersheim für Millionäre.«

Er lachte. »Rache ist süß.«

»Ja, und es ist der einzige Ort, den ich kenne, wo das durchschnittliche Lebensalter und die durchschnittliche Temperatur* identisch sind.« Sie lächelte.

Er lachte wieder, und sie sah den Rest ihrer Post durch – Rechnungen, Werbung und die üblichen Einladungen zu den ›In‹-Parties in Santa Barbara und Los Angeles, wie sie eine bekannte Redakteurin eines so heißen Klatschblattes eben bekommt, und eine Postkarte ihres Bruders Michael.

»Michael ist Anthropologe. Letzte Woche ist er zu einer großen Grabung im Himalaya aufgebrochen. Er ist begeistert. Alle anderen Teilnehmer sind Italiener. Da muß er die nächsten Monate weder Englisch sprechen noch baden.«

»Igitt. Gut, daß ich es nicht bin. Ich brauche meine tägliche Dusche, und mein Italienisch können allenfalls High-School-Lehrer verstehen.«

Gordons braune Augen fielen ihr auf. Sie paßten zur Farbe seiner Haare, die dicht gewellt und ziemlich unordentlich waren. Er brauchte dringend einen Haarschnitt, und das fand sie süß. »Haben Sie sonst noch Verwandte?« fragte er.

»Nein, das sind alle. Das heißt, ich habe noch eine Cousine in England, aber ich habe sie nie kennengelernt.« Das war Liz Sansborough. Die *echte* Liz Sansborough.

Dann pfiff der Wasserkessel. Gordon ging mit der Kanne zum Kessel, goß etwas heißes Wasser hinein, um sie anzuwärmen, schüttete es aus, füllte die Teeblätter hinein, goß das kochende Wasser auf und schloß den Deckel der Kanne.

»Jetzt bin *ich* aber beeindruckt.« Sie lächelte. »Sie wissen wirklich, wie man Tee macht.« Ja, er hatte sie

* in Fahrenheit

gleich von Anfang an beeindruckt. Er hatte ganz genau gewußt, was er sagen und tun mußte. Aber das war schließlich sein Job als Geheimagent. Jemanden zu beeindrucken, sich einzuschmeicheln in Heimlichkeit und Verlogenheit, wo Offenheit und Ehrlichkeit unmöglich waren.

»Was danach passiert ist, weiß ich nicht mehr«, sagte sie zu Flores, als sie im Sonnenschein zum Haus der Paßfälscherin fuhren. »Ich meine, ich erinnere mich daran, daß ich Gordon getroffen habe, aber das ist alles. Ich glaube, er hat mich zum Abendessen eingeladen, und dann –« Sie kämpfte mit ihrer Erinnerung und mußte schließlich wütend kapitulieren. »Ich weiß es einfach nicht.«

»Wir werden es schon herausfinden«, sagte er. »Was und warum und wer.« Er nahm ihre Hand und drückte sie. »Was war mit der kosmetischen Operation?«

»Das war vor Gordon. Ungefähr sechs Wochen früher, glaube ich –«

Sie hatte ein neues Gesicht, und es sah nicht so aus, wie sie erwartet hatte. Sie hatte vor dem Spiegel im Schlafzimmer gestanden und sich angesehen. Sie war eine Fremde. Schön, aber eine Fremde. Die Schwellung war fast vollständig verschwunden, und sie sollte eigentlich den Zeichnungen ähnlich sehen, auf die sie sich mit dem Chirurgen vorher geeinigt hatte.

Sie drehte den Kopf hin und her. Die Nase war falsch. Anstatt gerade und schmal war sie leicht gebogen und unten zu breit. Die Implantate an Kinn und Wangenknochen waren viel stärker, als sie erwartet hatte. Ihr Mund war allerdings immer noch der gleiche. Er war immer noch zu breit. Da konnte man nicht viel machen. Aber der Chirurg hatte ihr ein Muttermal direkt über dem rechten Mundwinkel verpaßt. Ziemlich auffällig.

Verdammt. Sie hatte sich ein dezent attraktives Gesicht gewünscht, nicht so ein dramatisches. Sie sah aus wie ein gottverdammter Filmstar. Nicht wie der Interviewer, sondern wie der Interviewte. Aber sie war lieber diejenige, die die Fragen stellte. So hatte sie das Gefühl, alles unter Kontrolle zu haben.

Außerdem gewöhnte man sich im Laufe von drei Jahrzehnten daran, mit einem Allerweltsgesicht herumzulaufen. Plötzlich attraktiv zu sein war nicht leicht, und es war gefährlich. Der Himmel wußte, wohin das führen konnte.

Sie drehte sich um und ging aus dem Zimmer, bevor ihr noch mehr Fragen zu ihrem Spiegelbild einfielen. Im Wohnzimmer setzte sie sich an den Schreibtisch und arbeitete an dem Artikel für *Talk* über ihr Vorher-Nachher-Gesicht. Was für ein irres Geschäft. Sie hatten ihr die Operation bezahlt, und nun bezahlten sie sie auch noch für den Artikel darüber. So etwas konnte einem passieren, wenn man die Top-Autorin eines so erfolgreichen Blattes war: Berühmte und Berüchtigte oder solche, die berühmt oder berüchtigt werden wollten, sie alle steckten einem plötzlich Zettel mit ihren geheimen Telefonnummern in die Tasche.

Sie schob alle Fragen von sich. Es war an der Zeit, das ganze gelassen zu sehen, denn sie würde sich ganz sicher nicht noch einmal operieren lassen. Sie wollte ihr neues Gesicht als Chance sehen, nicht als Katastrophe. Was war denn schon so schrecklich daran, schön zu sein?

28

Asher nickte nachdenklich, während sie in östlicher Richtung fuhren. »Hughes Bremner hat verdammt viel auf sich genommen, um Sie vorzubereiten – auf was auch immer. Es scheint jedenfalls verdammt wichtig zu sein.«

»Dieses Schwein. Könnte er auch dafür gesorgt haben, daß ich mein Gedächtnis verloren habe?«

»Vielleicht haben Sie es wirklich verloren. Ich meine, durch einen Unfall. Vielleicht hat Bremner Ihre Amnesie nur zu seinem Vorteil genutzt. Oder vielleicht hat er seine eigentlichen Pläne daraufhin verändern müssen.«

»Dieser Sturz von der Klippe, oder was auch immer es war, ist passiert, nachdem ich Gordon kennengelernt habe. Vielleicht kann ich mich deswegen noch immer nicht an alles erinnern.« Sie dachte nach. »Könnte Bremner meine Gesichtsoperation organisiert haben?«

»Sicher.«

»Offensichtlich wollte er mich, weil ich Liz Sansboroughs Cousine bin, genau wie es in den Langley-Dossiers steht. Ein paar Implantate hier und da, und schon war ich ihre Doppelgängerin. Ich habe einmal einen großen Artikel zum Thema Überlebenstraining für *Talk* geschrieben. Einen ganzen Monat habe ich dafür in einem Camp in Montana gelebt und trainiert. Deswegen wußte ich, wie man mit einer Pistole umgeht, als Gordon sie mir in die Hand gedrückt hat, und deswegen bin ich wahrscheinlich auch mit dem Training auf der Ranch so gut zurechtgekommen. Außerdem bin ich eine Fitneßfanatikerin, daher war ich körperlich so gut in Form«

»Das wird Bremner alles gewußt haben. Sie können sicher sein, daß sie umfassende Nachforschungen angestellt haben.«

»Aber was kann Bremner eine Doppelgängerin der Carnivore-Freundin nützen?«

»Gute Frage. Was wissen Sie über Liz Sansborough? Und ich meine nicht das, was in den Dossiers steht.«

Sie dachte nach. »Gar nichts. Ich meine, ich weiß, daß meine Mutter nur einen Bruder hatte – Harold, ›Hal‹. Und ich weiß, daß er verheiratet war, in London lebte und eine Tochter in meinem Alter hatte. Ich habe keinen von ihnen je getroffen. Und ich kann mich auch nicht an irgendwelche Briefe von ihm erinnern, noch nicht einmal Glückwünsche zum Geburtstag. Aber er und Mom müssen sich geschrieben haben, sonst wüßte ich noch nicht einmal das bißchen, was ich weiß.«

»Weiter.«

»Ihre Mutter, meine Großmutter Sansborough, war nett, aber irgendwie nichtssagend. Sie hat für Michael und mich immer Plätzchen gebacken, wenn wir sie und meinen Großvater in Beverly Hills besucht haben. Aber meine Urgroßmutter Firenze lebte in Santa Barbara, und sie war es, die ich oft besucht und so gern gehabt habe.«

»Und Ihr Großvater, der Beverly Hills-Anwalt?«

»Er war grausam, böse. Ich erinnere mich, daß er einmal sein Schrotgewehr genommen und kurzerhand den Labrador der Nachbarn erschossen hat. Niemand hatte auch nur die leiseste Ahnung gehabt, daß ihn das Bellen störte. Im nachhinein glaube ich sogar, daß er das Schrotgewehr genommen hat, damit der Hund noch möglichst viel leiden mußte, bevor er starb. Er hatte nämlich alle möglichen andern guten Gewehre, mit denen er den Hund leicht mit einem einzigen Schuß hätte töten können. Die Polizei kam, und die

Nachbarn haben ihn verklagt, aber Großvater wußte genau, wo er sie packen konnte. Es ist nie zum Prozeß gekommen.«

»Netter Kerl.«

»Stimmt«, sagte sie trocken. »Mom ist großartig, und ich hatte das Gefühl, daß sie ihn immer noch liebte. Aber sie hat mir und Michael immer klar zu verstehen gegeben, daß er unter den Erwachsenen, die wir kannten, weiß Gott nicht als Vorbild herhalten konnte. Vielleicht hatte sie deshalb keinen Kontakt mehr zu ihrem Bruder. Vielleicht war Hal Sansborough seinem Vater zu ähnlich.«

»Vielleicht. Was ist mit den Sansborough-Großeltern passiert?«

»Sie sind bei einem Yachtunfall ums Leben gekommen. Sie haben weder Onkel Hal noch Mom irgend etwas hinterlassen. Die University of Southern California hat alles bekommen. In der juristischen Fakultät gibt es einen Lehrstuhl, der den Namen meines Großvaters trägt.«

»Ihr Großvater hatte wirklich reichlich Knete.«

»Und keine Freunde. Die hat er alle reingelegt. Aber seine Partner in der Kanzlei waren natürlich begeistert von seinen Kunden und den enormen Summen, die mein Großvater kassierte. Ich habe einmal gehört, wie meine Mutter einem Nachbarn erzählte, daß mein Großvater sie durch sein Testament dafür bestrafte, daß sie nicht standesgemäß geheiratet hatte.«

»Nämlich Ihren Vater?«

»Mom hat eine ganze Menge mehr als Geld bekommen, als sie meinen Vater geheiratet hat.« Sie lächelte. »Jetzt verstehe ich, warum mir im Chiffrierunterricht auf der Ranch das Wort ›Hamilton‹ eingefallen ist und warum ich mich danach so glücklich gefühlt habe. Er ist einfach großartig. Aber Mom und Dad sind nach

Arizona gezogen. Das war ungefähr zur gleichen Zeit, als mein Bruder zu der Grabung in den Himalaya aufgebrochen ist. Er wird noch Monate dort sein.«

Flores sagte: »Das könnte durchaus Bremner veranlaßt haben.«

»Was?«

»Ihnen die Geborgenheit der Familie zu entziehen, Sie zu isolieren. Sie anfällig für neue Freunde zu machen, Freunde wie Gordon.«

Sie verzog das Gesicht. »Na ja, das Ganze hat wenigstens ein Gutes gehabt – Mom und Dad sind in ihrem neuen Haus sehr glücklich. Liebe muß großartig sein. Ich weiß wirklich nicht, wie sie das nach so vielen Jahren immer noch schaffen.«

»Glauben Sie, daß Liebe die bessere Wahl ist? Besser als Geld?«

»Sie nicht?« Plötzlich fühlte sie sich unendlich einsam.

Flores antwortete sanft: »Romantiker werden in unserem Geschäft nicht sehr alt.«

»Ihr Geschäft ist nicht mein Geschäft. Merken Sie sich das! Ich bin keine Agentin. Ich bin nur hier, weil man mich benutzt hat.«

»Ist schon klar. Aber Sie tun besser daran, sich für eine abgebrühte, gut ausgebildete Agentin zu halten, wenn Sie aus diesem Schlamassel je wieder herauskommen wollen.«

Wütend preßte sie die Lippen zusammen. Sie wollte Flores ins Steuer greifen und mit dem Wagen das nächste Haus rammen. Sie wollte mit der Faust das Armaturenbrett zertrümmern und den Motor herausreißen. Sie wollte Gordon eine Kugel in den Kopf jagen – und Bremner eine ins Herz. Sie wollte –

Sie hielt inne. Die kochende Wut hinter der gefaßten Fassade, der ruhigen Stimme und den ordentlich im Schoß gefalteten Händen erschütterten sie.

Zum Teufel mit Hughes Bremner und seinem bösen Herzen. Sie atmete scharf ein. »Zyniker sind einsam, Flores. Ich möchte einmal glücklich sein.« Sie starrte nach vorn und versuchte, ihre innere Wut zu bekämpfen. »Das ist jedenfalls alles, was ich von meiner Familie weiß. Die saubere und die schmutzige Wäsche. Lassen Sie es uns noch einmal von der anderen Seite betrachten. Was kann Hughes Bremner davon haben, wenn ich aussehe wie die Freundin des Carnivore?«

»Vielleicht ist Liz Sansborough plötzlich nervös geworden, oder vielleicht will sie nicht länger die Vermittlerin spielen. Vielleicht ist sie krank und kann es nicht mehr.«

»Vielleicht traut Bremner – oder Langley – ihr nicht mehr.«

»Was immer es auch ist, es muß eine ganze Menge auf dem Spiel stehen, wenn Bremner versucht, uns umbringen zu lassen, und auch noch Langley dazu benutzt.«

Sie dachte einen Augenblick nach. »Wir wissen jedenfalls, daß Gordon mit von der Partie ist. Und Bremner und die beiden, die wir umgebracht haben. Ist vielleicht ganz Langley hinter uns her?«

»Sieht ganz so aus«, sagte er düster. Sie fuhren an Restaurants und hohen Bürohäusern vorüber. »Also, Sansborough –«

Er hielt inne und sah sie an.

»Ist schon in Ordnung, Flores. Ich weiß, es ist nicht leicht, aber Sie müssen sich daran gewöhnen, mich bei meinem richtigen Namen zu nennen.«

Sarah Walker. Mit plötzlicher Klarheit erinnerte sie sich daran, wie sie den Namen auf Klassenarbeiten in der Schule geschrieben hatte. In der Schule, ja! Monte Vista Elementary, La Colina Junior High, Santa Barbara High, USCB. Sie wußte die Namen fast aller ihrer Lehrer und alten Freunde und Freundinnen. Thiel Rivers! Was war aus ihrer besten Freundin Thiel geworden? Da war etwas mit Thiel, an das sie sich eigentlich erinnern sollte ... es war noch gar nicht lange her –

»Also gut«, sagte Flores. »Walker, wir sind in Schwierigkeiten. Bremner ist gründlich. FBI, Polizei – sie alle werden Bescheid wissen.«

»Wir müssen uns beeilen.«

»Das werden wir auch.« Er gab ihr fünftausend Dollar.

»Hey! Haben Sie eine Bank ausgeraubt?«

»So könnte man sagen.« Er erzählte ihr von seinen Transaktionen am Computer der Bank.

»Dafür haben Sie also Gordons Code gebraucht.«

»Meinen eigenen konnte ich ja nicht benutzen.« Er sah sie aus dem Augenwinkel an. Es wirkte gleichzeitig schüchtern und gerissen. »Vor ein paar Monaten habe ich einen ganzen Haufen Bargeld für einen geheimen Einsatz in Monte Carlo angefordert. Die Kohle war als Köder für zwei koreanische Unternehmer gedacht, die Informationen über unseren neuesten Knüller gestohlen haben – eine Antenne von der Größe eines Sandkorns. Das Problem war, daß die Koreaner am Spieltisch Riesengewinne machten. Tatsächlich haben sie vier Millionen Dollar gewonnen, und das alles war Langleys Geld. Ich habe genügend Beweise gesammelt, um sie für immer in den Knast zu bringen, aber sie haben sich nach Korea abgesetzt, und ihren gottverdammten Gewinn haben sie mitgenommen.«

Sie lachte. »Und dafür hat Bremner Sie ins Exil auf die Ranch geschickt.«

»Ja. Und mein Code ist für Geldüberweisungen

gesperrt. Dafür müßte ich erst seine Genehmigung einholen.« Er lachte voller Übermut. Er hatte Hughes Bremner reingelegt.

Sie war erstaunt, wie er so fröhlich sein konnte, wo ihnen Polizei, FBI und CIA gemeinsam dicht auf den Fersen waren – ein Gesetzloser aus dem Wilden Westen! Aber genau das war sie jetzt auch, ob es ihr gefiel oder nicht: gesetzlos!

Er fuhr mehrere Male am Atelier der Künstlerin vorüber. Dann entschieden sie, daß es sicher war.

Er ging hinein, und sie rutschte ans Steuer. Mit laufendem Motor wartete sie und hielt Wache. Kein Fußgänger und kein Auto entging ihren scharfen Sinnen. Warum hatte Bremner ihr Liz Sansboroughs Gesicht gegeben? Warum hatte er sie auf die Ranch zum Training geschickt? Wollte er den Carnivore wirklich schnappen, oder stimmte das, was im Langley-Dossier stand, nämlich daß der Attentäter freiwillig ins Land kam?

Alle Wege in diesem verwirrenden, gewalttätigen Durcheinander schienen zu Hughes Bremner zu führen. Was auch immer er vorhatte, schien so wichtig zu sein, daß er dafür alles riskierte.

Starr saß sie am Steuer des Toyota. Flores hatte recht. Um zu überleben, mußte sie, Sarah Walker, alles, was sie als Liz Sansborough im Training auf der Ranch gelernt hatte, übernehmen. Aber sie wehrte sich dagegen. Irgendwie schien es ganz entscheidend zu sein, die beiden zu trennen. Sie wollte nicht nur aus diesem unvorstellbaren Chaos heraus, sondern sie wollte zurück in ihr altes Leben, die Scherben aufsammeln und entscheiden, was zu tun war, damit sie – Sarah Walker, nicht Liz Sansborough – ein wenig Glück im Leben fand.

Schließlich kam Asher Flores aus dem Atelier. Er sah

sich um und schlenderte über die Straße. Er stieg auf der Beifahrerseite ein, und sie fuhr los.

»Sie hat perfekte Arbeit geleistet«, sagte er. »Damit sollten wir eigentlich gut durchkommen.«

Er zeigte ihr die Pässe, Führerscheine und VISA-Karten. Die Pässe sahen nicht nur echt aus, sie waren echt. Die Künstlerin hatte gestohlene gekauft und mit feiner Hand die nötigen Änderungen angebracht. Sowohl die Führerscheine aus Colorado als auch die Kreditkarten waren Fälschungen. Obwohl sie perfekt aussahen, würden sie der automatischen Bankanfrage bei höheren Beträgen nicht standhalten. Aber sie sahen echt aus und ergaben mit den anderen Dokumenten zusammen ein vollständiges Bild ihrer neuen Identität. Flores war jetzt Eric Hoffman, und Sarahs neuer Name lautete Julia Fasick.

Auf Flores Anweisungen hin fuhr sie zum Flughafen von Denver im Nordosten der Stadt. Bald hatten sie das riesige Gelände erreicht, und ein Jet nach dem anderen schwebte dicht über ihnen im Landeanflug herein.

»Das Sicherheitspersonal am Flughafen wird über uns Bescheid wissen. Wie zum Teufel sollen wir an denen vorbeikommen?«

»Darauf sind wir vorbereitet.« Triumphierend zog er einen Aufkleber, der sie als Mitarbeiter einer Cateringfirma auswies, aus der Tasche und klebte ihn auf die Windschutzscheibe des Autos. Sie fuhren zum Personalparkplatz, stellten das Auto ab und stiegen aus. Er öffnete den Kofferraum und nahm dunkelblaue Arbeitshosen, Kappen und weite, weiße Hemden heraus.

»Ziehen Sie das an«, sagte er. »Und hier ist Ihr Firmenausweis. Unsere Stetsons lassen wir hier. Wenn wir die in Paris tragen, werden uns alle für die dummen Yankees halten, die wir ja auch sind. Aber in Jeans und T-Shirt passen wir perfekt dazu.«

»Uniformen? Wo haben Sie die her?«

»Ich habe auf dem Weg zu Ihnen einen kurzen Abstecher gemacht. Die Uniformen sind echt, und wir sind jetzt offiziell bei International A. M.-P. M. Catering, Inc. angestellt.«

Als sie rasch in die weiten Hosen stiegen, fragte sie: »Wie haben Sie denn das fertiggebracht?«

»Dieser Freund, von dem ich Ihnen erzählt habe, ist der Vizepräsident der Firma. In Langley haben wir ziemlich oft zusammengearbeitet, und ich habe ihm in Sofia einmal seinen Arsch gerettet. Also habe ich ihn in New York angerufen, und er hat den Geschäftsführer hier angerufen und ihm gesagt, daß er alles für mich tun soll. CIA, nationale Sicherheit.«

»Wird Ihr Freund, der Vizepräsident, denn nicht in Langley nachfragen?«

Sie zogen die weiten, weißen Hemden an, befestigten ihre Firmenausweise an der Brusttasche und setzten die blauen Kappen auf.

»Nicht Abner. Er ist nicht gerade ein Fan von Langley, und er kennt mich.«

»Wir gehen also gar nicht durch die Abfertigungshalle?« Sie nahm die Plastikohrringe ab und zog ihre kurzen, schwarzen Haare unter der Kappe hervor, so daß die Fransen Gesicht und Sonnenbrille bedeckten.

»Nein. Das brauchen wir nicht.«

»Mit den Ausweisen kommen wir am Sicherheitspersonal auf dem Flugfeld vorbei?«

»Als ob wir unsichtbar wären. Für Mitarbeiter gelten andere Richtlinien. Sie werden nicht kontrolliert und müssen auch keine Metalldetektoren passieren. Nur die, die durch die Abfertigungshalle zum Flugfeld kommen, werden kontrolliert.«

»Sie sind unglaublich, Flores.« Sie war beeindruckt und erleichtert.

Sie überprüften den Parkplatz. Er nahm seine Sporttasche und sie ihren Rucksack. Ihre Beretta wog schwer darin. Er steckte den dicken Ordner in seine Tasche und zog den Reißverschluß zu.

»Der Wartungsbereich da vorn, können wir da rein?«

»Na klar. Unsere Ausweise haben Magnetstreifen, mit denen wir durch die Scanner am Eingang kommen. Mit den Ausweisen kommen wir in alle Bereiche, zu denen man als Passagier keinen Zutritt hat. Die Flughafenverwaltung stellt sie aus. Kommen Sie.«

Sie gingen rasch über den Parkplatz. Sarah schüttelte den Kopf. »Wenn ich ein Passagier wäre, würde ich mir jetzt Sorgen machen. Wie kann man denn den Flughafen vor irgendwelchen Irren schützen, die sich so wie wir ins Personal eingeschmuggelt haben?«

»Zuerst einmal sind die meisten gar nicht bei der Flughafengesellschaft angestellt, sondern arbeiten wie mein Freund für private Vertragsfirmen. Sie verladen das Gepäck, machen die Kabinen sauber, alles mögliche. Wenn alle, besonders die, die viel herumlaufen müssen, dauernd Kontrollstationen passieren müßten, dann würde hier schon bald alles zusammenbrechen. Aus Sicherheitsgründen werden aber immer wieder Stichproben gemacht. Außerdem ist das Sicherheitspersonal des Flughafens mit tragbaren Computern ausgerüstet, mit denen sie die Ausweise des Personals jederzeit überprüfen können. Aber da wir offiziell als Angestellte von A. M.-P. M. International registriert sind, kann uns gar nichts passieren.«

»Erstaunlich, was Sie so alles wissen.«

»Ja, und ich gebe auch gar nicht damit an.«

Sie lachte leise, als sie auf das unbewachte Eingangstor des Flughafengeländes zugingen. Dann hörten sie plötzlich quietschende Reifen hinter sich. Sie fuhren herum. Es war Gordon. Bewaffnet und mit noch drei weiteren Agenten.

»Los!« bellte Flores. Sie liefen auf das Eingangstor zu. Hinter sich hörten sie Schüsse und laute Schritte.

29

Asher Flores erreichte das Tor zuerst und hockte sich mit der Pistole im Anschlag auf den Boden. Er deckte Sarah, die ihren Ausweis in den Scanner steckte. Gordon, eine Frau und zwei weitere Männer kamen rasch näher. Mit klopfendem Herzen zog Sarah ihre Beretta aus dem Rucksack. Dann sprang das Tor auf, und sie liefen beide hindurch.

Gordon rief: »Liz, warte!«

Es war einer seiner typischen selbstsicheren Befehle.

Sie zielte durch den Maschendrahtzaun auf ihn. Die Nachmittagssonne tauchte alles in ein hartes, staubiges Licht. Gordon und die anderen erstarrten angesichts ihrer Beretta und Ashers Gunsite Service Pistole, die ebenfalls auf sie gerichtet war. Auf dem Parkplatz sammelten sich ein paar Angestellte. Erschrocken und unsicher standen sie einfach da und sahen die Szene mit an.

Gordon kam jetzt lächelnd auf das Tor zu. »Komm mit mir zurück, Liz, dann vergessen wir den ganzen Unsinn. Ihr beide. Wir machen alle Fehler, aber das kriegen wir auf der Ranch schon wieder hin.«

Er blieb stehen, als sie ihre Beretta spannte. Es gefiel ihr, daß Gordon Angst vor ihr hatte.

»Du hast einen wichtigen Termin mit dem Carnivore, Liz«, fuhr er mit ernster Stimme fort. »Wir haben dich noch nicht genügend darauf vorbereitet.«

Flores sprach leise. »Wir müssen hier weg.«

»Ich weiß.«

Hinter ihnen lagen Wartungs- und Lagerhallen. Jenseits davon rollten die großen Jets hin und her. Aber bevor sie zu dem rannten, der sie nach Paris bringen würde, mußte sie noch etwas fragen, was sie nicht verstand.

Leise und zaghaft sagte sie: »Ich weiß nicht, was ich tun soll, Gordon.«

»Komm zurück, Liz. Beende deine Ausbildung. Komm zurück zur Agency.« Er stand da wie das Modell in einer Waffenreklame: lange, kräftige Beine, muskulöse Brust, im Wind flatternde Haare, ein Gesicht, das so viel Ehrlichkeit ausstrahlte wie der Vierte Juli. Die Pistole fest in der Hand stellte er sich mutig dem Feind. Ihr.

Sie fragte: »Was ist mit dem Carnivore?«

»Du wirst bestens auf ihn vorbereitet sein, Liz. Das verspreche ich dir.«

»Aber Gordon, ich bin nicht Liz Sansborough. Sie ist in Paris. Ich bin Sarah Walker.« Sie wartete darauf, daß er widersprach, aber er sagte nichts. Sein Gesichtsausdruck war unverändert: eine undurchdringliche Maske. Sie sagte: »Was will der Carnivore von mir?«

»Er glaubt, daß du ihn gesehen hast. Das habe ich dir doch erzählt.«

»Aber das war Liz Sansborough. Warum will er denn *mich* töten?«

»Du lieber Himmel, Liz! Du hast alles verdreht. Die Geschichte von Sarah Walker ist doch zu deiner eigenen Deckung erfunden worden, um dich vor dem Carnivore zu schützen, und daran erinnerst du dich jetzt. Du bist Liz Sansborough! Komm zurück zu mir, Schatz. Zusammen werden wir den Killer erwischen.« Seine Stimme wurde weich. »Außerdem fehlst du mir.« Kein Wunder, daß er sie so lange zum Narren halten konnte. Er machte das wirklich verdammt gut.

Flores kam näher. »Mir wird übel. Können Sie sich nicht ein bißchen beeilen, sonst muß ich nämlich kotzen!«

»Klappe!« zischte sie. Dann fragte sie Gordon: »Wie sollen wir den Carnivore denn finden?« Sie wollte irgendeinen Hinweis, der ihnen helfen könnte.

»Es gibt da einen Ort –« Einer seiner Leute unterbrach ihn.

»Verdammt!« schimpfte sie leise.

Gordon und der Mann sprachen aufgeregt miteinander. Einer der Angestellten auf dem Parkplatz hatte sich eilig zu einem Bürogebäude in Bewegung gesetzt. Sicher würde er von dort das Sicherheitspersonal des Flughafens oder die Polizei rufen. Auf jeden Fall würde bald jemand hier sein, und natürlich würden sie Gordon glauben und nicht ihr und Flores.

Gordon kam näher. »Mein Kollege hat mich gerade daran erinnert, daß wir nicht viel Zeit haben. Du willst mich doch nicht erschießen, Schatz. Komm mit uns. Das ist deine letzte Chance. Ich habe dich noch nie im Stich gelassen, und das werde ich auch jetzt nicht. Er schwenkte mit seiner Pistole lässig von ihr zu Flores und wieder zurück. Gordon wollte sie lebend, besonders sie, und er setzte sie unter Druck, zwang sie zu einer Entscheidung, die seiner Meinung nach nur zu seinen Gunsten ausfallen konnte.

Er bat sie so ernsthaft, daß sie spürte, wie sie tatsächlich schwach wurde. Plötzlich wurde ihr klar, daß es einen zerbrechlichen Teil in ihr gab, der ihm vertrauen wollte, alles tun wollte, was er verlangte, genau wie vorher. Wie angenehm, wenn sie sich auf jemanden verlassen konnte, der ihr ihre Zukunft garantierte, ihr Leben.

»War ein ganz netter Versuch«, meinte Flores. »Aber es hat keinen Zweck. Sie werden absolut nichts herausfinden.«

Sie nickte. »Wir versuchen, den ersten Schuppen dort drüben zu erreichen. Sie wollen uns nicht umbringen, jedenfalls noch nicht, aber sie werden uns sicher anschießen, wenn es sein muß. Das können wir natürlich nicht zulassen. Fertig?«

»Fertig, Walker.« Flores grinste.

Sie schrie durch den Maschendrahtzaun: »Gordon, du bist ein ganz beschissener Lügner! Eines Tages wird dir jemand dein Maul mit Draht zunähen!«

Sie und Flores rannten im Zickzack los. Kugeln flogen ihnen um die Ohren, und die Asphaltbrocken spritzten durch die heiße, feuchte Luft und trafen sie an Beinen, Händen und Gesicht.

Dann hatten sie den Schuppen erreicht. Sie gingen in Deckung und erwiderten das Feuer. Gordon und seine Leute verschanzten sich hinter dem Zaun. Sarah und Flores rannten weiter zum nächsten Gebäude. Plötzlich merkten sie, daß nur noch drei Pistolen auf sie schossen.

»Flores, wo ist der vierte –?«

Sie drehte sich um. Hinter ihnen sprang die Frau gerade zwischen zwei Tankwagen hervor. Sie spreizte die Beine, um sicher zu stehen, und zielte mit einer Uzi auf Flores Herz.

»Mein Befehl lautet, daß ich Sie töten darf, Flores.« Ihre Stimme war eisig. »Versuchen Sie es nur – machen Sie noch einen Schritt. Bitte.«

In der Umgebung waren eine Reihe Tanklastwagen,

weitere Schuppen in unregelmäßigen Abständen und mehrere Wartungsgebäude. Von fern brummten die Jets. Der Fahrer eines Tanklastwagens sah, was sich abspielte, sprang aus seiner Kabine und lief in Panik davon.

Flores sah aus, als ob er sich auf die Frau werfen wollte. Gordon und die anderen waren bereits durch den Zaun hindurch und kamen auf sie zu. Angst schnürte Sarah die Kehle zu. Sie würde nicht wieder zu Gordon zurückgehen.

»Miststück!« Gordon schlug ihr grob die Beretta aus der Hand und packte sie am Arm. Blitzschnell gab er ihr links und rechts eine Ohrfeige. Ihr Gesicht glühte vor Schmerz, aber sie hielt ihre Hände unten.

»Reizend wie immer, Gordon.«

Seine gespielte Maske verschwand und offenbarte unbändige, irrationale Wut. Er riß ihren Arm nach hinten. »Ich weiß Bescheid, du Nutte. Du vögelst Flores, du verdammte Schlampe. *Ich* habe dich gemacht. Du gehörst *mir*. Ich werde nicht zulassen, daß der ganze Einsatz deinetwegen scheitert. Nutten wie du verderben Männern immer alles!«

Gordon wirbelte herum, außer sich vor Wut, und wollte Flores den Ellbogen in die Magengrube rammen. Aber Flores war schnell. Er packte Gordons Arm und stieß ihn heftig zurück. Die anderen Männer kamen Gordon rasch zur Hilfe, und einen Augenblick war die Frau abgelenkt.

Das war es, worauf Sarah gewartet hatte. Mit voller Wucht schlug sie ihr mit der Faust in den Magen, und als die Frau zusammenklappte wie ein Taschenmesser, setzte sie noch einen wohlgezielten Karatehieb in den Nacken. Die Frau sackte leblos in sich zusammen.

Flores trat einem der Männer ins Gesicht. Er stolperte nach hinten und fiel hin.

»Bring sie hier raus!« befahl Gordon dem letzten noch stehenden Mann.

Jetzt griff Gordon Flores an, und der vierte Mann packte Sarahs Arm, um sie zum Tor zurückzuschleppen. Sie trat ihm mit dem Fuß in die Kniekehle und nutzte seinen eigenen Schwung aus, um ihn seitwärts umzustoßen. Mit erstauntem Gesicht prallte er auf den harten Asphalt, und ächzend entwich die Luft aus seinen Lungen.

Sarah machte einen Satz nach ihrer Beretta, die nicht weit von ihr auf dem Boden lag. Damit hielt sie die Frau und die zwei zu Boden gegangenen Männer in Schach, während Flores und Gordon sich weiter in erbittertem Kampf über den schwarzen Asphalt wälzten. Dann bekam Flores einen Arm frei und schlug mit der Faust wieder und wieder zu. Gordon bewegte sich nicht mehr.

Sarah zielte weiter auf die beiden Männer und die Frau, während Flores die Waffen einsammelte.

»Ihr verdammten Verräter«, stieß einer der Männer hervor.

»Die einzigen Verräter sind Gordon und Bremner«, erwiderte Sarah.

»Erzählen Sie das Beno und Matt«, zischte die Frau verächtlich. »Gordon und Bremner haben die beiden in dem schmierigen Hotel jedenfalls nicht umgebracht. Das waren *Sie*.«

Kopfschüttelnd sah Flores Sarah an. »Stramm auf Parteilinie.« Er wies die zwei Männer an, Gordon in einen heißen, finsteren Schuppen zu schleppen. Dann befahl Flores ihnen, Hemden und Gürtel auszuziehen. Sarahs Beretta zielte weiter auf sie, als Flores ihnen die Hände mit ihren Gürteln auf den Rücken fesselte. Mit einem Hemdsärmel fesselte er auch die Frau, während Sarah die anderen Hemden in Streifen riß. Damit fesselte Flores schließlich auch Gordon an Händen und Füßen. Die restlichen Streifen reichten noch für die Füße der anderen und für Knebel. Sarah leerte die Taschen der Gefesselten und schüttete alles in ihren Rucksack. Sie wollte auf gar keinen Fall irgend etwas zurücklassen, was ihnen vielleicht weiterhelfen könnte, die Situation in Washington und in Paris zu verstehen.

Schließlich stand Flores auf und kratzte sich mit dem Lauf seiner Pistole das struppige Kinn. Er studierte Gordon. »Wir sollten ihn loswerden, Walker. Er ist ein Killer, eine gefährliche Bombe, die jeden Augenblick hochgehen kann. Sein Wutanfall vorhin hat das bewiesen. Er ist total auf Sie fixiert, und er wird nicht eher Ruhe geben, bis er Sie schnappt ... oder umgebracht hat.«

»Vielleicht.«

»Wenn Sie es nicht können, ich mache es.«

Gordons Augenlider flatterten. Er kam langsam zu sich. Sie betrachtete sein kantiges Gesicht unter den zerzausten braunen Haaren. Jetzt, wo er bewußtlos war, kam sein eigentliches Wesen in seinen Gesichtszügen etwas deutlicher zum Vorschein. Die Veränderung war kaum merklich, nicht mehr als ein schmaler Riß in der Oberfläche, aber darunter sah sie Brutalität und Tücke.

Sie könnte es zulassen, daß Flores ihn tötete. Gordon hatte ihr Schreckliches angetan, vielleicht mehr als sie je wissen würde, denn sie konnte sich nicht an ihre Verwandlung in Liz Sansborough erinnern. Und was war mit der kaum zu beherrschenden Wut, die da in ihr kochte? Sie galt ihm und Bremner und dem, was sie ihr angetan hatten. Gordon umzubringen wäre wohlverdiente Rache, befriedigend –

Sie merkte, daß Flores wartete. Die Hitze in dem

Schuppen war unerträglich. Der Schweiß tropfte ihr von der Stirn. Sie sah die beiden anderen Männer und die Frau an, die wie verschnürte Schaufensterpuppen dalagen. Ihre Augen über den Knebeln funkelten sie wütend an. Sie hätten Flores erschossen und sie vielleicht auch, aber das war etwas anderes, denn sie waren sich sicher, daß sie recht hatten. Gewißheit macht Entscheidungen einfach … unvermeidlich.

In der Entfernung heulte eine Sirene.

»Nein«, entschied sie. »Ich habe keine Kristallkugel, mit der ich in die Zukunft sehen kann. Ich kann nicht jemanden umbringen, weil er mich vielleicht umbringen wird.«

»Sie machen einen großen Fehler, Walker.«

»Vielleicht. Aber es ist ein Fehler, den ich machen muß, weil ich mit der Alternative noch viel weniger leben kann. Liz Sansborough würde ihn wahrscheinlich umbringen. Sarah Walker kann es nicht. Lassen Sie uns hier verschwinden.«

Endlich öffneten sich Gordons Augen. Er hatte alles gehört und verstanden. Sein Blick war voller Haß. Das erinnerte sie an ein altes chinesisches Sprichwort: Tu jemandem einen Gefallen, und er wird es dir nie verzeihen.

Sie und Flores schleiften die Gefesselten in eine Ecke des Schuppens, prüften noch einmal ihre Fesseln und bauten eine Wand aus schweren Kisten vor ihnen auf, damit sie nicht so schnell gefunden werden würden.

Flores verriegelte die Tür von außen. Das Heulen der Sirene verwandelte sich jetzt in ein schrilles Kreischen. Sie blieben stehen, lauschten, wo das Geräusch herkam, und liefen dann auf die langen Reihen der riesigen Jets zu.

30

Sarah und Asher duckten sich hinter eine Garage. Die Sirene heulte ganz in der Nähe, aber wenn sie jetzt rannten, verrieten sie sich. Sie preßte sich dicht an die Wand. Die Beretta hielt sie noch immer fest in der Hand. Ihr Gesicht schmerzte von Gordons brutalen Schlägen.

Das ohrenbetäubende Kreischen wurde plötzlich leiser.

»Sie fahren sicher zum äußeren Zaun«, entschied sie.

»*Yeah.*« Flores wischte sich mit dem Ärmel den Schweiß von der Stirn.

Sie liefen geduckt zu einer Lagerhalle. Dort stand in großen Buchstaben im gleichen Blau ihrer Hosen, Jacken und Mützen: International A. M.-P. M., Inc. Sie hielten in der Tür des riesigen Gebäudes. Angestellte in den gleichen Uniformen, wie sie sie trugen, schoben Wagen mit Konserven und Backwaren in eine ganz in Edelstahl eingerichtete Küche, die man durch zwei offene Türen im hinteren Teil des Gebäudes sehen konnte.

Ein kleiner, dicker Mann kam fluchend auf sie zu. »Himmelherrgott, wo zum Teufel waren Sie denn? Ich dachte, ich hätte Schüsse gehört –«

Es war der Manager, der von Abner Belden Anweisung erhalten hatte, keine Fragen zu stellen, sie an Bord des Jets nach Paris zu bringen und den Mund zu halten. Nationale Sicherheit.

»Zerbrechen Sie sich darüber nicht den Kopf«, sagte Flores ruhig. »Bringen Sie uns an Bord.«

»Ich mußte den Wagen schon losschicken, sonst werden die verdammten Jets ja nicht beladen. Der nächste –«

»Schon gut. Wir nehmen den nächsten. Machen Sie schon.«

Der Mann kratzte sich am Kopf und brachte sie zu einem Transportfahrzeug, dessen Laderaum mit Hilfe eines Scherenlifts auf die Höhe der Flugzeugkabine gefahren werden konnte. Sarah und Flores kletterten hinein, und der Wagen fuhr los. Als das Donnern der Jets lauter wurde, gab ihnen der Manager Ohrenschützer. Sie fuhren an Reihen von 747 und DC-10 vorbei.

»Das hier ist die 747 nach Paris«, brüllte der Manager.

»Noch eine Änderung im Plan«, rief Flores. »Wir nehmen die Maschine nach Kopenhagen.«

»Flores –« begann Sarah.

Er schüttelte den Kopf.

Der Manager sah sie neugierig an. Dann zuckte er die Achseln. »Sie sind der Boß.« Er hielt bei einer weiteren 747. »Kopenhagen.« Die drei fuhren mit dem Scherenlift bis zur Kabine hinauf. Der Manager streckte die Hand aus. »Das war's dann also. Ich werde die Flugbegleiter informieren. Viel Glück, was immer Sie auch vorhaben.«

Flores sagte: »Es gibt noch eine dritte Änderung – Sie kommen mit uns.«

Der Manager hob erstaunt die schweren Augenlider.

Flores trat näher an ihn heran. »Es ist zu Ihrer eigenen Sicherheit. Diese Schüsse, die Sie gehört haben – das waren so ein paar Arschlöcher, die einfach nicht aufgeben, und sie werden Sie finden. Das wird dann gar nicht nett. Sagen Sie den Flugbegleitern, daß es einen Notfall in Kopenhagen gibt, und daß sie *deadhead* rüberfliegen. Das haben Sie doch sicher schon öfter gemacht, nicht wahr?«

Der Manager schluckte. Er schien plötzlich Angst zu

haben. Er ging in den Jet und erklärte, daß er mit zwei neuen Mitarbeitern nach Kopenhagen fliegen würde, um ihnen zu zeigen, wie A. M.-P. M. drüben arbeitete.

»Was zum Teufel ist los?« flüsterte Sarah Flores ins Ohr.

»Früher oder später werden Gordon und seine Kumpane frei sein und den ganzen Flughafen auf den Kopf stellen«, flüsterte er. »Gordon hat unsere Uniformen gesehen. Er wird wissen, was wir vorhaben, und uns über A. M.-P M. finden. Und in Paris würden uns Bremners Leute gleich in Empfang nehmen. Dies ist unsere einzige Chance, sie abzuschütteln.«

Sie lächelte. »Es gibt noch viel mehr Möglichkeiten, nach Paris zu kommen, als zu fliegen.«

»Genau.« Er grinste. »Das ist der neue Plan.«

Während der Manager die Flugbegleiter davon überzeugte, daß er mit nach Kopenhagen fliegen mußte, sagte sie: »Ich gehe und parke den Wagen. Es gibt noch eine Treppe für Personal, die direkt ins Terminal führt.« Sie versteckte die Beretta unter ihrem Hemd und fuhr den Scherenlift herunter. Dann stellte sie das Fahrzeug neben einen anderen Jet und sah sich unauffällig überall um, als sie die Treppe hinaufging, die direkt in den Einstiegsbereich führte.

Auf der anderen Seite des Warteraums inspizierten zwei Polizisten aufmerksam jeden Passagier. Vielleicht suchten sie nach den beiden abtrünnigen CIA-Agenten, die zwei Männer in einem Hotel in der Innenstadt getötet hatten. Sie ging weiter und ließ sich nichts anmerken. Aber als sie auf die Tür zum Einstieg zuging, hatte sie plötzlich eine schreckliche Vision: Sie könnte die beiden Polizisten in einen der leeren Gänge im Personalbereich oder in einen der Vorratsschränke locken und ihnen eine Kugel durch den Kopf jagen.

Es wäre ganz einfach. Ein Anschlag. Zwei tote Polizisten. Sie wußte genau, wie sie es anstellen mußte.

Hinter ihrer Stirn pochte es, und ihr wurde schlecht. Mord war undenkbar, und trotzdem hatte sie daran gedacht, hatte ihn bereits in allen Einzelheiten geplant. Wie konnte das sein? Was war los mit ihr?

Keiner der beiden Polizisten schenkte ihr besondere Beachtung, als sie am Flugbegleiter vorbei den langen Gang zur Maschine nach Kopenhagen betrat. In der Galley zog sie die Uniform aus. Dann suchte sie Flores und ließ sich in den leeren Sitz neben ihm fallen. Auch er hatte seine Uniform ausgezogen. Der Manager saß direkt vor ihnen, wo sie ihn jederzeit im Blick hatten.

Endlich hatten sie ihre Startposition erreicht. Die Schubkraft preßte sie in die Sitze, und als der große Jet abhob, nahm Flores Sarahs Hand und drückte sie.

»Warum?« Er sah ihr direkt in die Augen.

Sie wußte, was die Frage bedeutete. Warum hatte sie sich geweigert, Gordon Taite zu töten?

Sie sah aus dem kleinen Fenster, während der Jet immer höher stieg. »Haben Sie je Abraham Maslow gelesen?«

»Ich glaube nicht.«

»Das war ein sehr revolutionärer Psychologe und Pädagoge«, sagte sie. »Ich habe ihn im College studiert. Sein Buch *Toward a Psychology of Being* hat mir viele Einsichten in das Wesen des Menschen vermittelt, und das hat mir dabei geholfen, mich selbst besser zu definieren, zu verstehen, wie ich gerne sein würde.«

»Und was hat Maslow genau gesagt?«

»Daß sich die Wissenschaft der Psychologie normalerweise ausschließlich mit neurotischen und psychotischen Menschen befaßt. Mit Kranken, in anderen Worten. Also ist er mit ein paar Kollegen hingegangen und hat gesunde, glückliche Menschen studiert. Was sie dabei herausgefunden haben, ist faszinierend und unterscheidet sich stark von der Denkweise der modernen Psychologie.«

»In welcher Hinsicht?«

»Die Suche nach Werten ist ein entscheidender Teil unseres Wesens. Wenn wir unsere Grundbedürfnisse nach Nahrung, Wasser und Unterkunft gestillt haben, möchten wir Stärke, Gerechtigkeit, Schönheit, Wahrheit, Mitleid, eine sinnvolle, erfüllende Arbeit und ähnliches mehr.«

»Die Typen, mit denen ich zu tun habe, denken sicher nicht über so etwas wie Wahrheit und Mitleid nach. Eine sinnvolle, erfüllende Arbeit? Können Sie vergessen. Denen geht es doch nur darum, ihre Taschen zu füllen.«

»Ich weiß. Maslow sagt, das passiert, wenn Menschen ihr wahres Wesen verleugnen oder dazu gezwungen sind, es zu verleugnen. Karen Horney, auch eine Psychologin, sagt, daß wir im Inneren jedesmal registrieren, wann immer wir uns im Leben falsch verhalten, uns wegen etwas schuldig fühlen, und ebenso, wenn wir etwas Gutes, Ehrliches tun. Auf die Weise entsteht eine Art Liste, die schließlich entweder auf der einen oder auf der anderen Seite überwiegt, auf der guten oder auf der schlechten, und das führt letztendlich dazu, daß wir uns entweder mögen und bewundern oder uns verachten und hassen und wertlos fühlen. Danach richtet sich dann auch unser weiteres Verhalten. Die typische sich selbst erfüllende Prophezeiung also.«

»Na sowas, Kriminelle fühlen sich also ungeliebt. Ist ja toll.«

»Machen Sie sich nur darüber lustig, Flores. Sie erkennen zwar die Krankheit, aber Sie haben wahrscheinlich nicht die geringste Ahnung, wie die Welt aussehen könnte, wenn wir alle ein erfülltes Leben führen würden.«

»Das kann Homo sapiens nie passieren. Wir sind Krieger.«

»Falsch. Das ist längst vorbei, so war es einmal in unserer primitiven Vergangenheit. Das Streben nach Höherem und Altruismus, *daraus* besteht heute unser Wesen, und wenn wir lange genug überleben, wird es unsere Zukunft bestimmen.«

»Erzählen Sie das Langley und den Leuten von der Ranch. Erzählen Sie es sich selbst. Bei allem, was mit Ihnen passiert ist.«

Sie runzelte die Stirn. »Wir sind immer noch in der psychologischen Entwicklung begriffen, daher ist es schwer für uns, sich die großartige Welt, die wir einmal erschaffen könnten, vorzustellen. Aber auch wenn wir sie noch nicht vor uns sehen, müssen wir trotzdem darauf vertrauen, daß sie möglich ist. Wir müssen es immer weiter versuchen. Für mich heißt das, daß ich mich schützen muß, weil ich aussehe wie Liz Sansborough. Das ist nichts weiter als ein Urinstinkt, Sie Idiot. Selbsterhaltung nennt man das.«

Aber ihre Gedanken vor wenigen Minuten hatten nichts mit Selbsterhaltung zu tun gehabt. Es war, als ob ein Blitz sie getroffen und ihr schlagartig klargemacht hätte, wie leicht sie ihre neu erworbenen Fähigkeiten einsetzen könnte: Locken. Töten. Flüchten. Und daß es ihr auch noch Spaß machen würde.

Sie hatte immer in Sicherheit gelebt. Trotz ihrer vielen Reisen zu Interviews in die Großstädte der Welt war ihr in ihrem ganzen Leben noch nicht einmal die Handtasche gestohlen worden. Während sie all diese klugen Reden schwang, schreckte sie innerlich entsetzt vor ihrem eigenen Potential zurück.

Flores lächelte. »Freut mich zu hören. Ich glaube

trotzdem, daß Sie, Maslow und Horney ein bißchen spinnen. Wie auch immer, ich möchte eine kleine Beobachtung anfügen. Sie haben sich Sorgen darüber gemacht, wer Sie eigentlich sind. In gewisser Weise hat Gordon Sie ja erzogen. Sie sollten ihm also ähnlich sein, aber Sie sind es nicht. Wenn die Situation umgekehrt gewesen wäre, hätte er uns sofort erschossen. Sagt Ihnen das nicht eine ganze Menge darüber, wer Sie wirklich sind?«

»Vielleicht bin ich Gordon ähnlicher als Sie glauben.«

Er lachte. »Ziemlich unwahrscheinlich.«

Gestern noch hätten sie seine Worte getröstet. Aber heute morgen hatte sie einen jungen Mann getötet, seinen Schädel mit einem perfekt gezielten Schuß zertrümmert, und am Nachmittag hatte sie die beiden Polizisten gesehen und gewußt, daß sie die Fähigkeit und vielleicht auch den Willen hatte, die beiden ebenfalls umzubringen.

Sie schloß die Augen. Nein. Das war sie nicht. Das würde sie einfach nicht zulassen!

Sie blickte in Flores' warme, dunkle Augen. In ihnen sah sie plötzlich etwas Seltenes – echte Güte. Der verrückte Flores war ein gütiger Mensch. Und trotzdem war er ein absoluter Profi: hart und gnadenlos, wenn es sein mußte. Und er hatte wahrscheinlich recht. Sie hätten Gordon töten sollen. Aber das wäre für sie so gewesen, als ob sie von einer Felsklippe in ein furchtbares, bodenloses Nichts stürzen würde. Sie war stolz darauf, sich geweigert zu haben. Am Ende war es schließlich weniger wichtig, was man empfand, sondern ob man auch danach handelte. Sie hoffte, daß der Unterschied zwischen ihr und Gordon darin lag, daß sie zu denen gehörte, die an die Zukunft glaubten, wohingegen er und ihm Gleichgesinnte diesen Glauben zerstören wollten. Jetzt mußte sie sich nur vorsehen, daß sie nicht in Gordons vergiftete Fußstapfen trat.

»Flores, sind Sie eigentlich ein typischer Langley-Agent?«

Er grinste, aber dann wurde er ernst. »Einer dieser Tests, die ich absolvieren mußte, bestand aus den üblichen viereckigen Klötzen und den runden Löchern. Sie glaubten, mich damit erledigen zu können. Die meisten Klötze waren nämlich zu groß.«

»Und was haben Sie da gemacht?«

Er zog sein Taschenmesser hervor. »Sie waren aus Holz. Ich habe die blöden Dinger so lange zurechtgeschnitzt, bis sie paßten.«

Sie lachte. Seine schwarzen Augen tanzten.

Das Anschnallzeichen über ihren Sitzen erlöschte, und die Passagiere öffneten ihre Gurte. Einige standen auf und gingen in der Kabine umher.

»Endlich.« Sie angelte nach ihrem Rucksack, den sie unter den Vordersitz geschoben hatte.

»Gut. Sehen wir nach, ob wir irgend etwas finden, das uns weiterhilft.«

Die Habseligkeiten der vier Agenten hatte sie jeweils in getrennte Fächer gesteckt. Viel hatten sie leider nicht dabeigehabt, das gehörte zu ihrem Beruf. Sie nahm Gordons Sachen und Flores die der Frau.

Da war Gordons Geldbörse, die fünfhunderteinundzwanzig Dollar und neunundsiebzig Cent enthielt, einen Führerschein, ausgestellt in Virginia, eine VISA-Kreditkarte und eine Tüte Erdnüsse. Außerdem hatte er die Autoschlüssel des Buick, mit dem sie zum Flughafen gefahren waren, bei sich gehabt und seinen geliebten Cross-Kugelschreiber, den er immer benutzt hatte, so lange sie ihn kannte.

»Das ist leider nicht sehr viel.« Sie war enttäuscht.

Sie legte die Sachen in einem kleinen Haufen neben ihre Füße, wo sie nicht so direkt im Blick waren, und befaßte sich mit dem Tascheninhalt eines der beiden anderen Männer.

»Ich habe auch nichts Besonderes.« Flores klang gleichermaßen enttäuscht. Er nahm sich die Habseligkeiten des letzten Mannes vor.

Als sie fertig waren, hatten sie vier kleine Häufchen vor sich, die die üblichen gefälschten Führerscheine und Kreditkarten enthielten, eine Rolle Pfefferminz, einen Taschenbuchroman von Brian Garfield, eine angebrochene Packung Winston Zigaretten sowie Puderdose und Lippenstift der Frau.

Flores seufzte. »Tja, also dann wollen wir ins Detail gehen.«

Er nahm einen der Papierbeutel aus dem Netz vor seinem Sitz und zerbröselte die erste Zigarette. Als der lose Tabak in die Tüte fiel, befaßte sich Sarah näher mit Lippenstift und Puderdose. Plötzlich hielt sie inne.

Dann nahm sie Gordons Autoschlüssel. »Vielleicht ist es nur ein Zufall, aber sehen Sie mal, wo er seinen Buick gemietet hat.« Sie hielt ihm die Schlüssel mit dem Gold-Star-Rent-a-Car-Anhänger hin. »Erinnern Sie sich noch an den Wagen von Matt Lister und Beno Durante? Der war auch von Gold Star. Und –« sie versuchte, sich an etwas zu erinnern. »Ich weiß, daß da irgendwie noch ein anderer Gold-Star-Wagen bei Gordon und mir in Santa Barbara eine Rolle gespielt hat, bevor ich mein Gedächtnis verloren habe.« Sie strengte sich noch mehr an, aber es wollte ihr nicht einfallen. Frustriert sah sie Flores an.

Er runzelte die Stirn. »Du lieber Himmel. Vielleicht hat er uns dadurch gefunden.«

»Was?«

»Er könnte der Gold-Star-Filiale in Denver Fotos

und Sender geschickt haben, weil er damit gerechnet hat, daß wir früher oder später den Wagen wechseln würden und daß wir aus Sicherheitsgründen eher einen mieten würden als stehlen.«

»Und Gold Star gibt es überall. Er war ganz einfach cleverer als wir, und dann hat er auch noch Glück gehabt.«

»Nicht cleverer als wir, als *ich*.« Er war wütend. »Warum war ich bloß nicht vorsichtiger?«

»Die Entscheidung war richtig, es war nur einfach die falsche Autovermietung. Vergessen Sie nicht, daß sie zu der Zeit sicher über unseren Pick-up Bescheid wußten.«

Er sah sie immer noch finster und beunruhigt an, aber sie lächelte.

»*Yeah*«, sagte er. »In Paris werde ich als erstes Gold Star überprüfen und sehen, ob es da irgendwelche Verbindungen zu Bremner gibt.«

»Gut.« Sie nahm Gordons silbernen Cross-Kugelschreiber. In Santa Barbara und auf der Ranch hatte er alles damit geschrieben. Sie sah ihn vor sich, wie er konzentriert über sein Spiralheft gebeugt saß und schrieb – an einem weiteren Bericht für Hughes Bremner. Sie erschauerte innerlich.

Was war nur so besonderes an diesem Stift? Sie sah ihn genauer an. Auf einer Seite war in winzigen Buchstaben etwas eingraviert.

»Was steht da?« fragte Asher.

»*Je Suis Chez Moi*.«

»Ihre Aussprache ist fürchterlich. Lassen Sie mich mal.« Er las es rasch. »Es bedeutet: ›Ich bin zu Hause.‹«

Sie wiederholte es. »Was ist das, ein Code vielleicht?«

»Könnte sein.« Er untersuchte den Kugelschreiber, nahm ihn auseinander, setzte ihn wieder zusammen und gab ihn ihr zurück. »Es ist ein wertvolles Stück. Vielleicht hat es ihm eine seiner Geliebten geschenkt. Sie wissen schon, Chérie –« Er rollte die Augen und ließ die buschigen Augenbrauen tanzen. »›Isch bin zuause.‹ Komm doch mal vorbei!‹«

Sie lächelte, ließ sich aber nicht ablenken. »Der Stift ist sehr wertvoll und die Gravur sehr dezent, und sie ist natürlich dauerhaft. Und dann ist noch auffällig, daß jedes Wort mit einem Großbuchstaben beginnt.«

»Was glauben *Sie* also, was es damit auf sich hat?«

»Tja, da muß ich im Augenblick wohl auch passen. Aber französisch, geheimnisvoll, vielleicht sogar skandalös ... da weiß ich genau, wen ich dazu fragen kann.«

»In Paris?«

»Ja, einen Kollegen.«

Sie flogen jetzt über Kanada, und heftige Turbulenzen schüttelten die Maschine. Sie fragten sich, ob Gordon wohl schon wieder frei war. Sie wußten, daß das nur eine Frage der Zeit war. Und obwohl Flores sich so angestrengt hatte, alle Spuren zu verwischen, würden Gordon und Bremner letzten Endes doch herausfinden, daß sie in Paris waren. Wie ein Fluch aus der Vergangenheit würde Gordon ihr folgen. Genaugenommen *war* er ihre Vergangenheit, und voller Verzweiflung wünschte sie, daß sie sie nie gelebt hätte.

Sie sah noch einmal auf ihren Rucksack unter dem Vordersitz. Darin war ihre Beretta, ihre tödliche Freundin. Jetzt gab es schon drei Killer, vor denen sie Angst haben mußte: Der Carnivore, Gordon und sie selbst. Sie war sich nicht sicher, ob der Carnivore sie – ›Liz Sansborough‹ – überhaupt umbringen wollte, aber die Möglichkeit bestand immerhin. Und sie wußte, daß Gordon sie kriegen wollte – so oder so. Wer würde sie zuerst finden?

Und was würde sie tun, wenn es so weit war?

Sie hielt Gordons Kugelschreiber fest umklammert. Sie mußte ihn und Bremner aufhalten, ihre Pläne, für die so viele ihr Leben lassen mußten, vereiteln. Sie weigerte sich, dem grimmigen, wütenden Teil in ihr, der nur auf Rache aus war, nachzugeben. Nein, sie glaubte an die Erlösung, auch wenn sie wußte, daß manche nie bekehrt werden konnten, daß sie sich nie ändern würden, daß sie auf immer und ewig in ihrer grausamen Welt und ihren kranken Träumen gefangen waren.

Um diese Leere so dicht an ihrem Herzen auszufüllen, mußte sie weitermachen. Sie mußte wissen, was geschehen war und warum. Und dann mußte sie Gordon und Bremner aufhalten.

31

Chantelle Joyeaux massierte exotisches Eukalyptusöl in Schultern und Brust des Premierministers Vincent Vauban und fuhr bewundernd über die kräftigen Muskeln. Der arme Mann war ganz erschöpft von *les troubles,* die Frankreich fast seit seinem Amtsbeginn im letzten März fest im Griff hatten. Sie hatte großes Mitleid mit ihm. Und außerdem erheblichen Respekt vor seinem gutgebauten Körper.

Der Premierminister war fünfundfünfzig Jahre alt und mußte sich mit stetig steigenden Arbeitslosenzahlen und einer immer ernsteren Rezession herumschlagen, aber physisch und psychisch wirkte er immer noch wie ein Dreißigjähriger. Nur sein Haar war dem Streß nicht entkommen; es war schneeweiß, was ihn in Chantelles Augen nur noch dinstinguierter erscheinen ließ. Madame Vauban mußte viel Freude an ihm haben.

»Chantelle.« Ein leises Raunen von Maurice.

»*Oui*. Ich bin fast fertig.«

Der Arzt stand in seinem langen, weißen Kittel in der Tür, und der winzige Maurice in weißen Hosen und T-Shirt – der Uniform aller Angestellten des privaten Fitneßclubs mit angeschlossener Kurklinik mitten in Paris – stand gleich hinter ihm. Der hochgewachsene, dürre Arzt und Maurice kamen ins Zimmer, der Arzt gefolgt von der Maus. Chantelle unterdrückte ein Kichern.

Der Arzt überprüfte die Infusion, über die dem bewußtlosen Politiker Nährstoffe in die Beinvene zugeführt wurden. »Noch fünf Minuten, Maurice. Dann entfernen Sie die Infusion. Benachrichtigen Sie mich, sobald er aufwacht«

Als der Arzt gegangen war, setzte sich Maurice auf einen Stuhl und sah ihr zu, wie sie die Bauchmuskeln des Premierministers durchknetete. Gleich darunter bewegte sich plötzlich das Handtuch, das über seine nackten Hüften gebreitet war.

»Ah, Chantelle, du verführerisches Miststück. Jetzt hat unser großer Staatsmann doch tatsächlich einen Steifen.«

»Psst, Maurice. Sonst hört dich noch jemand.«

»Er hat wirklich Glück. Wie lange flehe ich dich jetzt schon an, daß du das auch mal für mich tust?«

So neckten sie sich immer, und obwohl sie es bei weitem nicht so amüsant fand wie er, ließ sie ihn trotzdem gewähren. Sie mochte die Maus. Er war so sanft. Kein böses Wort kam aus seinem Mund, und er zeigte großes Verständnis für die Patienten der Kurklinik. Seine Scherze halfen ihm zu vergessen, wer und was er war, sie halfen ihm ein wenig zu träumen.

»Die Bank von Frankreich kriegt gerade eine Massage nebenan und schnarcht wie tausend Heuschrecken«, sagte er. Das mußte Henri le Petit sein, der Gouverneur der Bank. Die Maus liebte Klatsch und wußte immer über alles Bescheid. »Die Bank hatte mittags einen Termin, aber da war irgendein wichtiges Meeting, und deshalb hat sie sich verspätet.«

Chantelle nahm ein mit weichem Gelee gefülltes Kühlelement aus dem Eisschrank und legte es auf das dicke Handtuch, das die Hüften des Premierministers bedeckte. Sie rieb sich die Hände, um sie zu wärmen. Der Premierminister erschauerte, und dann bewegte sich das Kühlelement nicht mehr.

»Du bist wirklich grausam, Chantelle.«

Sie nahm die Eispackung fort und lachte. »Nein. Aber die Realität ist der Vorstellung schließlich bei weitem überlegen.«

»Grausam! Du brichst mir das Herz!«

Wieder lachte sie und rieb jetzt Eukalyptusöl auf die langen, muskulösen Beine des Premierministers.

Die Maus sah auf die Uhr, stellte die Infusion ab und zog die Nadel heraus. Er sollte schon wieder zu seinem Stuhl zurückkehren, dann überlegte er es sich anders. Er schloß die Tür. Dann setzte er sich wieder hin und himmelte sie an.

»Chantelle, können wir einen Augenblick ernsthaft reden?«

Sie sah auf. »Natürlich. Was ist denn?«

»Du bist Medizinstudentin. Sag mir, sollte ich mir Sorgen machen?«

Sie verstand ihn nicht. »Worüber denn?«

»Unsere Kunden scheinen sich nicht nur äußerlich zu verändern, wenn sie eine Weile hier gewesen sind. Ist dir das nicht aufgefallen? Sie verändern sich auch psychisch.«

»Natürlich«, sagte sie. »Der Arzt hat uns erklärt, daß sich die gesamte Lebenseinstellung unserer Kunden mit fortschreitender körperlicher Fitneß ebenfalls ändert. Das ist der Vorteil dieses Clubs. Deswegen kommen sie alle auch Tag für Tag wieder. Was soll denn damit nicht in Ordnung sein?«

Er nickte nachdenklich. »Ich frage mich, ob du mir vielleicht einen Gefallen tun würdest. Ich habe ein paar Berichte im Büro des Arztes kopiert, die du wahrscheinlich besser verstehst als ich.«

»Maurice!«

»Psst. Ich weiß, ich weiß.« Er hob beschwichtigend die Arme und zuckte die Achseln. »Es ist nicht für mich. Wenn ich unrecht habe, dann werde ich das erste Mal in dreiundzwanzig Jahren zur Beichte gehen.«

Sie lächelte. »Worum geht es denn darin?«

»Um irgendwelche Forschungen an unseren Kunden. Die Akten sind in einer Schublade im höchst eleganten Büro unseres Herrn Doktors, auf der MK-ULTRA steht. Ich könnte dich nach der Arbeit im Café Justine treffen und sie dir geben. Das wirst du doch tun, *s'il vous plaît,* Chantelle *chérie*?«

Einen Augenblick lang fragte sie sich, ob das Ganze vielleicht ein Trick war, sie zu verführen. Aber die Augen der kleinen Maus sahen besorgt aus, nicht lüstern.

»Natürlich«, sagte sie. »Ich werde dort sein, *mon ami.*«

Es war Mitternacht in Henri le Petits Villa aus dem neunzehnten Jahrhundert in der Rue de Grenelle. Das *cuisine classique*-Abendessen war zu Ende, und seine Frau, Madame le Petit, Premierminister Vincent Vauban, Madame Vauban und zwei weitere Gäste folgten

Henri in die Bibliothek, wo Brandy und Kaffee serviert wurde. Henri war der mächtige Gouverneur der Nationalbank Frankreichs, der Banque de France. Er war reich, konservativ und zeichnete sich durch eine unverwüstliche Vitalität aus.

»*Non, non!*« argumentierte er jetzt gutmütig. »Der menschliche Körper ist wie eine Regierung, ein System aus Check und Balance, oder sollte ich sagen *Schecks* und *Bilanzen*?« Er lachte zufrieden über seinen eigenen Witz und freute sich, als die anderen mit einstimmten. Er war heute in besonders guter Stimmung. Sein Selbstvertrauen kannte keine Grenzen, und die Last seines Berufes wog längst nicht mehr so schwer wie früher.

»Ist dieser neue Fitneßclub vielleicht für deinen jugendlichen Kraftanfall verantwortlich?« fragte Gigi Devant, die Inhaberin des schickesten Modesalons in Paris. »Da du seit einem Jahr jeden Tag dorthin gehst, wirst du ja wohl wissen, wovon du sprichst. Wie wird man denn da Mitglied?«

Henri und Premierminister Vauban tauschten einen kurzen Blick aus. Der Club war an neuen Mitgliedern nicht besonders interessiert, so hatte man ihnen gesagt.

»Ah, meine liebe Gigi.« Der Premierminister nahm jetzt seinen Cognacschwenker und ging zu dem riesigen, reich verzierten Kamin. »Dafür braucht man leider eine spezielle Einladung, aber ich finde auch, daß du Mitglied werden solltest. Wenn du es wirklich möchtest, dann werden wir dem leitenden Arzt deinen Namen geben und darauf bestehen, daß er dich aufnimmt. Was sagst du dazu?«

Gigi trug ihr platinblondes Haar extrem kurzgeschnitten. Ihre Haut schimmerte zartrosa, und ihre lebhaften Augen glänzten. Sie war erst fünfunddreißig, und Henri le Petit hatte nicht das Gefühl, daß ihre

Gesundheit irgendeiner Verbesserung bedurfte oder daß ihr der Streß ihres Berufes zuviel werden könnte.

»Ich nehme an, daß du auch gern Mitglied werden würdest, Charles?« fragte Henri höflich.

Charles la Marie hielt die Aktienmehrheit eines riesigen Bauunternehmens, das Staudämme, Brücken und Kraftwerke auf der ganzen Welt baute. Er schüttelte den Kopf und hob sein Glas. »Für mich enthält dieses Glas hier genug Energie, *merci*. Aber Gigi ist sicher kurz vor dem Zusammenbruch und kann sich kaum noch auf den Beinen halten, so schön die auch sind. Sicher kann sie jede Form von professioneller Hilfe brauchen.«

Gigi gab ihm einen Klaps auf den Arm, und wieder lachte die ganze Gruppe. Sie alle genossen die heitere Stimmung nach dem herrlichen Essen und die gute Gesellschaft.

»Was für ein Pech, daß Phillipe Paquin eurem tollen Club nicht beigetreten ist«, sagte Gigi verschmitzt. »Sonst wäre er heute bestimmt noch am Leben.«

»Und Premierminister«, fügte Charles mit spöttischem Grinsen hinzu.

»Ah, aber das wäre nicht gut für Frankreich!« sagte Madame Celeste Vauban rasch.

Der Premierminister starrte in sein leeres Glas und ging dann zu der Flasche Napoleon III auf dem Tisch, um es wieder zu füllen. Henri le Petit wußte, daß der Premierminister sich wegen des Todes seines jungen Rivalen schuldig fühlte, und daher funkelte er jetzt Gigi und Charles an und sagte: »Gott sei Dank achtet Vincent mehr auf seine Gesundheit. Er ist schon vor Phillipes Herzanfall regelmäßig in den Club gegangen und hat dadurch auch weniger vorausschauende Männer in leitenden Positionen, wie zum Beispiel mich, dazu gebracht, mehr auf ihre Gesundheit zu achten.

Seht ihr denn nicht, was für ein Glück wir haben? Unser neuer Premierminister wartet nicht, bis die Probleme offen zutage treten. Er packt sie schon an, bevor sie sich überhaupt zu echten Problemen entwickeln!«

»Da wir gerade von Problemen reden, Vincent, ich habe lange genug gewartet.« Gigi war unbeeindruckt und heftete ihren forschenden Blick auf den Premierminister, der wieder zu seinem Platz vor dem Kamin zurückgekehrt war. »In meinem Salon geht alles drunter und drüber. Die höheren Steuern, die Rezession und die generelle *malaise* haben mein Geschäft in die Krise gestürzt.«

»*Alors!* Kein Wunder, daß du beunruhigt bist!« Madame le Petit hob ihre perfekt nachgemalten Augenbrauen in gespieltem Entsetzen. »Ein jährlicher Profit von einer Million Franc ist natürlich nicht genug!«

Gigi sah sich um, ob jemand sie bemitleidete, aber sie fand niemanden. »Es könnte so viel mehr sein, wenn meine Kundschaft sich nur sicher genug fühlte!«

Henri schüttelte den Kopf und warf Vincent noch einmal einen Blick zu. Sie hatten einen gewagten Plan, der Frankreich finanziell wieder auf die Beine bringen und es zum Wirtschaftsgiganten Europas machen sollte. Natürlich würden nicht alle gleichermaßen davon profitieren, aber bei solch riskanten Aktionen gab es immer Opfer. Auf lange Sicht gesehen würde ihnen die Nation – und Europa – dafür danken.

»Am Montag, meine liebe Gigi, in nur drei Tagen«, sagte jetzt der Premierminister ruhig mit wissendem Lächeln, »werden viele dieser wirtschaftlichen Probleme angepackt werden. Ihre Tage sind jetzt schon gezählt. Henri und ich können dir versichern, daß wir *La Grandeur* Frankreichs wieder herstellen werden!«

Auf der Straße gegenüber der Villa des Bankiers saß ein Mann in einem geparkten Lieferwagen. In seinen knotigen Händen hielt er ein langes Richtmikrofon. Neben ihm stand ein Stativ mit einer Videokamera, die auf die Bibliothek gerichtet war. Sein grauhaariger Partner beugte sich über ein Schaltpult und drehte immer wieder an den Knöpfen, um den Ton so gut wie möglich auszusteuern. Sie waren aufgeregt. Drei Stunden lang hatten sie überhaupt nichts aufnehmen können, da das Eßzimmer im hinteren Teil des Gebäudes lag und nicht einzusehen war, aber seit die Gruppe in die Bibliothek umgezogen war, konnten sie alles mithören. Jetzt waren sie endlich im Geschäft, und das Leben war wieder lebenswert.

Auf der anderen Seite der Seine saß Chantelle Joyeaux in ihrem Zimmer und ignorierte die lärmenden Studenten, die durch die Straßen des linken Seineufers zogen. Sie las Maurice Arls gestohlene Berichte. Sie schwitzte und fühlte sich plötzlich ganz schwach. Um ein Uhr zwang sie sich dazu, die klinischen Studien wegzulegen und ins Bett zu gehen. Sie nahm ein Beruhigungsmittel, denn mit den vielen Fragen und Befürchtungen, die ihr jetzt unablässig durch den Kopf gingen, würde sie niemals schlafen können.

Im Bett versuchte sie, sich zu beruhigen und plante den nächsten Tag. Am Morgen hatte sie vier Stunden Anatomie, und danach würde sie sich umziehen und wie jeden Samstag in weißen Hosen und T-Shirt zur Arbeit in der Klinik aufbrechen. Aber diesmal freute sie sich nicht darauf, den attraktiven Premierminister zu massieren, der jeden Tag zu seiner Verjüngungskur erschien. Statt dessen überlegte sie, wie sie sich in das

Büro des leitenden Arztes schleichen konnte. Sie mußte unbedingt mehr über dieses MK-ULTRA herausfinden.

Ohne von den Studenten auf der Straße vor Chantelle Joyeaux' Wohnung in der Rue de la Harpe bemerkt zu werden, verbarg sich ein Mann von mittlerer Größe und Gewicht in einem dunklen Türeingang und starrte zu ihrem Fenster hinauf. Als das Licht erlöschte, ging er fort, um einen Telefonanruf zu erledigen. Sein Gang war eigenartig steif, und er verbarg das Gesicht immer im Schatten.

»Gute Arbeit, *compadre*«, sagte sein Chef. »Kannst du vielleicht an eine Kopie der Berichte kommen?«

Er ging zurück und nahm seine Wache für zwei weitere Stunden wieder auf. Als sich die Straßen schließlich leerten, humpelte er steif die Treppe zu Chantelles Haus hinauf und horchte an der Tür. Er bewegte sich ruhig und besonnen, jeder Schritt war geplant. Er benutzte seinen Dietrich, um hereinzukommen, lauschte auf das gleichmäßige Atmen aus ihrem Schlafzimmer und fand die Papiere auf ihrem Schreibtisch. Mit der Infrarotlampe prüfte er noch einmal rasch, ob es auch tatsächlich das war, wonach er suchte. Dann fotografierte er jedes Blatt und verschwand so lautlos, wie er gekommen war. Mit routinierter Leichtigkeit verlor er sich in den Straßen der altehrwürdigen Stadt.

32

Ungefähr um zehn Uhr abends saßen Hughes und Bunny Bremner in ihrem Fernsehzimmer, dessen Wände mit Leder verkleidet waren, und sahen sich einen Film an, den Bunnys Neffe produziert hatte. Bunny war bereits bei ihrem sechsten Scotch mit Eis angelangt, aber Hughes hatte andere Sorgen als eine betrunkene Ehefrau oder irgendeinen dummen Film.

Er streckte sich in seinem Hausmantel aus chinesischer Seide, um die Spannung in seinen Armen loszuwerden, und las weiter in Sid Williams Bericht über Lucas Maynard und Leslee Pousho. Maynard war tot und seine Dokumente vernichtet. So weit, so gut. Aber die Freundin war eine andere Sache. Als Sid und seine Männer ihre Adresse in Arlington endlich anhand ihres Nummernschildes herausgefunden hatten, hatten sie nur noch einen leeren Safe unter ihrem Bett gefunden.

Aber sie war offensichtlich erst kurz vorher dort gewesen, denn die Zigarettenkippe im Aschenbecher brannte noch halb. Warum war sie ein so großes Risiko eingegangen, nach Maynards Tod noch einmal zurückzukehren?

Sid hatte die Antwort bald gefunden – eine einzelne kopierte Seite des geheimen Sterling-O'Keefe-Berichts. Die Kopie trug einen Datumsstempel des gleichen Tages. Das taten Journalisten ganz automatisch; Quellenmaterial mußte immer datiert sein. Das Luder hatte Maynards Dokumente kopiert.

Einer von Sids Männern stand noch immer vor ihrem Haus, und eine weibliche Agentin war in die Redaktion ihrer Zeitung, *The Washington Independent* geschickt worden. Sid selbst leitete das Team, das

Washington, Virginia und Maryland durchkämmte. Sie hatten Leslee Poushos Namen und die Daten ihres Führerscheins in den Langley-Computer eingegeben, außerdem in die aus jedem Staat abrufbare Datenbank der Polizei und in das geheime Netzwerk von Sterling-O'Keefe. Mit ein bißchen Glück würde sie ihnen den Gefallen tun, einen Wagen von ihrer Firma, Gold Star, zu mieten. Auf die Weise hätten sie sie sowohl als Kundin als auch als Leiche. Aber so oder so würden sie sie und die Dokumente eliminieren.

Bremner warf einen kurzen Blick auf Bunny und dachte darüber nach, daß sie nach all den fürchterlichen Jahren immerhin noch in ihrem Fernsehzimmer sitzen konnten wie ein harmonisches Ehepaar. Es war ein beruhigender Gedanke.

Früher einmal hatte er ihr Geld gewollt. Der Reichtum der Bremners war bereits zum Zeitpunkt seiner Geburt nur noch eine Erinnerung gewesen. Allein der Gedanke, daß man ihn aus seiner prächtigen Villa mit ihren fünfzig Zimmern hinauswerfen könnte, hatte für ihn das Ende der Welt bedeutet. Das Haus hatte seiner Familie schon ein Jahrhundert gehört, bevor ihre einen vergleichbaren Status erlangt hatte. Früher hatte er noch geglaubt, daß er sie mit der Zeit doch noch dazu bringen könnte, den Ehevertrag zu zerreißen, der ihn nach ihrem Tod zu relativer Armut verdammte.

Sie hatten keine Kinder, und so hatte Bunny alles ihren Neffen und Nichten vermacht. Nichts hatte sie umstimmen können. In puncto Geld behielt sie das Ruder fest in der Hand, ganz die Tochter ihres Vaters.

Als er sich darüber beklagt und sie ihn noch geliebt hatte, besänftigte sie ihn immer wieder mit verheißungsvollen Versprechungen. »Nächstes Jahr, Schatz. Wenn Großvaters Besitz geklärt ist.« Aber das nächste Jahr kam und ging, und es geschah nichts. »Ich rede mit meinen Vermögensberatern. Das verspreche ich dir.« Aber sie hatte es nie getan.

Später, als sie ihn bereits haßte, wedelte sie ihm mit seinen Rechnungen vor der Nase herum. »Verschwender! Ich habe dir wirklich genug gegeben. Warum soll ich dich weiter aushalten, wo du mir die Hölle auf Erden bereitest?«

»Weil du die Hölle genauso brauchst wie ich, meine liebe Bunny.«

Diese Klarheit zwischen ihnen hatte ihn irgendwie ruhiger werden lassen. Die halbe Milliarde, die er in Luxemburg und den Cayman Inseln versteckt hatte, halfen natürlich ebenfalls. Und jetzt würde er mit GRANDEUR alles erreichen.

Er rieb sich die Augen und spürte die scharfkantigen Wangenknochen unter seinen Händen. Er war müde. Wenn er müde war, sah er seinem Vorfahren, dem Sklavenhändler, immer besonders ähnlich: die hohlen Wangen, die dünne, hervorstechende Nase, der eisige Blick. Er lehnte sich zurück und schloß die Augen.

Dann spürte er plötzlich, daß Bunny ihn beobachtete. Abrupt öffnete er die Augen wieder. Die großen, geröteten Augen starrten ihn aus ihrem fetten Gesicht mit unverhohlenem Haß an, aber ihre Verletzlichkeit schien hindurch.

»Mach den Mund zu, Bunny. Sonst sabberst du noch.«

»Du Schwein. Was hast du für ein Geheimnis?«

Er lachte leise in sich hinein. »Es ist erstaunlich, daß dein Gehirn überhaupt funktioniert. Ich enttäusche dich zwar ungern, aber ich habe leider gar kein Geheimnis. Doch ich werde es mir zu Herzen nehmen und versuchen, deine Erwartungen in dieser Hinsicht zu erfüllen. Das wird mich motivieren.«

»Arschloch.« Sie nahm einen großen Schluck.

Das Telefon klingelte. Es war sicher für ihn. Bunnys wenige Freunde riefen sie wohlweislich nie abends an. Er nahm ab.

»Bitte entschuldigen Sie die Störung, Sir.« Es war Gordon Taite aus Denver, ruhig und professionell wie immer. »Flores und Walker sind wieder entkommen.«

Bremner stöhnte innerlich. »Was ist passiert?«

Gordons Bericht war kurz und bündig. Dann sagte er. »Das Team hat uns fünf Stunden später gefunden. Wir haben die Spuren der beiden bis zu einer Catering-Firma verfolgen können. Ein Angestellter sagte uns, daß der Manager mit ihnen weggefahren ist. Sie müssen eine der Maschinen genommen haben, aber wir wissen nicht welche. Solange wir in dem Schuppen gefangen waren, sind sechsunddreißig Jets abgeflogen. Den Manager können wir nicht fragen, weil er verschwunden ist.«

»Weiter.« Wo zum Teufel waren die Frau und Flores hingeflogen?

»Der Sender, den wir in Flores' Mietwagen eingebaut haben, hat uns zu einer Künstlerin geführt, die ihnen falsche Pässe angefertigt hat. Sie haben also wohl einen internationalen Flug genommen. Wir haben die Frau. Sie hat uns die Namen in den gefälschten Ausweisen verraten.«

»Das muß eine Menge Geld gekostet haben. Wo hatten sie das her?«

»Flores hat sich Zugang zu einem unserer Konten für Notfälle verschafft.«

»Unmöglich. Ich habe seinen Code gesperrt. Welchen hat er denn benutzt?«

Es entstand eine kurze Pause. »Meinen, Sir.«

Bremner fluchte innerlich, aber seine Stimme klang

ruhig wie immer, als er die nächste Frage stellte. »Hat die Frau ihn gestohlen?«

»Das nehme ich an, Sir.«

Er seufzte und dachte darüber nach, was Flores wohl aus den Akten des Langley-Computers erfahren hatte. Und dann wußte er es. Er wollte es nicht wahrhaben, aber es ließ sich nicht ändern. Die beiden wollten die Wahrheit über den Carnivore und Liz Sansborough herausfinden.

»Also gut, es kann nur Paris sein«, sagte er Gordon. »Ich werde unsere Leute in Paris benachrichtigen, daß sie den Flughafen überwachen, aber ich bezweifle, daß das reichen wird. Sie werden einen Jet brauchen, um hinzufliegen. Organisieren Sie das.«

»Jawohl, Sir.« Gordon zögerte. Die Pause wurde immer länger. »Sie weiß, daß sie Sarah Walker ist.«

»Verdammt!« Diesmal konnte Bremner den Fluch nicht unterdrücken. Für den reibungslosen Ablauf von MASKERADE ... um den Carnivore zu eliminieren ... und Sterling-O'Keefe zu retten ... und – ganz besonders – den Erfolg von GRANDEUR zu garantieren, *mußte* sie glauben, daß sie Liz Sansborough war!

Bunny starrte ihn aus leeren Augen an. Er fluchte selten in ihrer Gegenwart, und er wußte, daß sein Gesicht vor Wut rotgefleckt war. Er riß sich zusammen, während er innerlich mit der aufkommenden Panik kämpfte.

Leise fragte er: »Wie?«

»Hughes, sie muß mich zum Narren gehalten haben. Vielleicht hat sie aufgehört, ihre Tabletten zu nehmen. Sie hatte es jedenfalls vor.«

Bremner sagte: »Deswegen hat sie immer wieder im Personalbüro herumgeschnüffelt. Okay, ich werde mit dem Arzt sprechen. Vielleicht hat er noch etwas in seinem Labor, was uns helfen könnte. Jetzt haben Sie eine wirklich wichtige Aufgabe: Bringen Sie sie zurück – lebend –, und zwar schnell!«

Gordon sprach leise und bemühte sich angestrengt um Kontrolle. »Jawohl, Hughes. Das werde ich, darauf können Sie sich verlassen.«

»Ich werde veranlassen, daß Sie einen neuen Code zugeteilt bekommen. Rufen Sie die Sicherheitsabteilung in fünfzehn Minuten an.« Bremner legte auf und wählte die Nummer des Computerzentrums. Er erklärte die Situation. »Aber sperren Sie den alten Code nicht. Ich möchte sofort benachrichtigt werden, wenn er benutzt wird. Stellen Sie sicher, daß er ungehinderten Zugang hat. So können wir sie vielleicht finden. Geben Sie außerdem Flores' Kreditkarten ein.«

»Jawohl, Sir. Sonst noch etwas?« Die Stimme klang fast mechanisch, geübt darin, keine Gefühle zu zeigen. Aber der Mann arbeitete schon seit zwanzig Jahren für Bremner, und Bremner wußte, daß er ihm vertrauen konnte.

»Sarah Walker und Asher Flores sind wahrscheinlich auf dem Weg nach Paris. Informieren Sie alle Spezialeinheiten. Sie werden bald eintreffen.« Bremner legte auf, lehnte sich zurück und dachte nach.

Bunny starrte ihn immer noch an. Sie sah beinahe ängstlich aus. An ihre Wut und ihren Haß war er gewöhnt, aber Angst war etwas Neues. Was hatte sie so erschreckt? Bei all dem Alkohol, der ständig durch ihre Adern floß, konnte ihr Gehirn eigentlich nicht mehr vernünftig funktionieren. Trotzdem schien sie plötzlich Angst zu haben ... Wovor?

»Hughes!« Bunny funkelte ihn an. »Wer ist Sarah Walker?«

Er erschrak. Sie mußte den Namen aus dem Telefongespräch aufgeschnappt haben, aber warum störte sie sich daran? Dann wußte er warum: Sie war eifersüchtig. Sie dachte, daß er wegen einer Frau nach Paris flog. Soviel Überlegung hatte er ihr gar nicht zugetraut. Es war so lächerlich, daß es ihm gefiel.

»Niemand, mein Schatz«, sagte er ernst. »Niemand, den du kennen mußt.«

33

SAMSTAG

Es war noch früh am Morgen, und die mit Tau überzogene Landschaft von Virginia strahlte Kraft und Frische aus. Die bewaldeten Hänge der Blue Ridge Mountains zeichneten sich scharf gegen den wolkenlosen Himmel ab. Leslee Pousho starrte aus dem Fenster eines kleinen Geschäfts, während sie darauf wartete, daß der erste Teil ihrer Geschichte über Sarah Walker nach Washington gefaxt wurde.

Sie hatte die ganze Nacht daran geschrieben, und jetzt war sie müde. Aber sie war trotzdem in Hochstimmung, da sie glaubte, einen guten Anfang für ihre Serie über das wechselhafte Schicksal der Sarah Walker und ihre Verwandlung in Liz Sansborough, die sie mit ihrer Redakteurin konzipiert hatte, geschrieben zu haben. Heute nacht würde sie den nächsten Teil schreiben und ihn morgen durchfaxen. Aber jetzt mußte sie schlafen, und das konnte sie in der abgelegenen Hütte in den Bergen fünfzehn Kilometer von hier, die sie gemietet hatte. In dieser verschlafenen Gegend mit ihren Weingütern, Gestüten und Jagdclubs fühlte sie sich einigermaßen sicher.

Aber sie hatte die Gegend nicht nur aus Sicherheitsgründen ausgesucht, sondern auch, weil Hughes

Bremner und seine Frau in einer dieser kostspieligen Besitzungen lebten. Lucas hatte ihr erzählt, daß sie hier einen historischen Landsitz inmitten von zehn Hektar unberührten Waldes besaßen.

Für Lucas würde sie eine Serie über Hughes Bremner schreiben, einem Mann ohne Schatten. Ein professioneller Agent, der ein geheimes, weltweites Unternehmen von der Sicherheit seines Schreibtisches in Langley aus leitete – mit der Gerissenheit eines Lee Iacocca und der Rücksichtslosigkeit eines Idi Amin.

Es war ein gefährlicher Plan. Wenn sie herausfanden, wer sie war oder was sie tat, würden sie sie umbringen. Aber das würden sie ohnehin, wenn sie sie jetzt fanden. Und sie wollte sie, wenigstens im metaphorischen Sinne, zuerst töten. Sie entlarven. Sie vernichten.

Sicher, es war gefährlich, aber die einzige Methode zu überleben, die sie kannte, bestand darin, sich zu wehren. Und wo war ein Verbrecher sicherer als in nächster Nähe einer Polizeiwache? Direkt vor seiner Nase würde Hughes Bremner sicher zu allerletzt nach ihr suchen.

»Alles fertig.« Der junge Mann lächelte sie nervös an. »Tut mir leid, daß es so lange gedauert hat, aber ich habe es zum ersten Mal gemacht«

Als sie ihr Manuskript zurück in die Mappe steckte, sah sie einen klassischen roten Mercedes 450 SL vor dem Geschäft vorfahren. Eine Frau, sicher schon über sechzig, mit platinblond gebleichtem Haar und zu stark geschminktem Gesicht stieg aus. Sie trug ein Seidenkostüm, dessen Rock beim Aussteigen über die Schenkel hinaufrutschte, und gefährlich hohe Absätze, auf denen sie jetzt unsicher die Treppe hinaufbalancierte. In dem Geschäft hingen die unterschiedlichsten Düfte, aber sie konnte den Alkohol der letzten Nacht im Atem der Frau trotzdem riechen.

»Eine Tasse Kaffee, Buddy. Schwarz.« Die Stimme der Frau klang dünn und brüchig wie eine alte, verkratzte Schellackplatte.

»Ist der Prozeß immer noch nicht zu Ende, Mrs. Bremner?« fragte der Junge.

Leslee Pousho drehte sich um.

Der perfekt frisierte platinblonde Kopf nickte. »Heute ist eine Sondersitzung.« Sie bezahlte und ging zur Tür.

Leslee hielt sie für sie auf.

»Danke, Schätzchen.« Bunny Hartford Bremner lächelte in Leslees Richtung und zeigte dabei ihre perfekt überkronten Zähne. Sie hielt den Styroporbecher in beiden Händen und ging hinaus. Über den Marktplatz ging sie auf das im Südstaatenstil erbaute Bezirksgericht zu.

Leslee folgte ihr. »Mrs. Bremner?«

Die Frau sah sie freundlich an, aber sie verlangsamte ihren Schritt nicht. »Nicht jetzt, Schätzchen. Ich muß zurück zur Jury.«

»Darf ich Sie dann in der Pause zum Mittagessen einladen?«

Bunny Bremner sah sie überrascht an, wie eine Katze, die man aus dem Mittagsschlaf aufgeschreckt hatte. Wahrscheinlich passierte es dieser Alkoholikerin und abgetakelten Dame der feinen Gesellschaft nicht sehr oft, daß man mit ihr essen und dann auch noch dafür zahlen wollte, dachte Leslee.

»Nun ja, aber ich kenne Sie ja gar nicht –«

»Ich bin Reporterin bei einer Tageszeitung und schreibe an einem Artikel über diese Gegend. Ich hatte gehofft, daß Sie mir ein Interview geben würden. Man hat mir gesagt, daß sie zu den angesehensten Bürgerinnen dieser Gemeinde gehören.«

Angesehen zu sein gefiel Bunny Bremner natürlich

außerordentlich. Also verabredete sie sich mit Leslee und trippelte zum Gerichtsgebäude hinüber, ohne einen Tropfen Kaffee zu verschütten.

Leslee lächelte das erste Mal, seit Lucas ermordet worden war. Auf die eine oder andere Art würde sie Hughes Bremner schon entlarven, ganz gleich, wie groß der Aufwand sein würde – nicht um Lucas' Tod zu rächen, sondern um ihn zu rehabilitieren. Nur wenige fanden den Weg aus der Dunkelheit zurück ans Licht. Lucas hatte es beinahe geschafft.

»Ich weiß nicht, Schätzchen. Ich nehme an, Hughes ist wie die meisten Ehemänner. Er wollte mein Geld. Das schreiben Sie aber nicht in Ihrem Artikel, nicht wahr?« Bunny Bremner fingerte nervös an ihrem Sandwich mit Eiersalat herum und sah sich im Café um. Viele der Gäste trugen noch immer ihre Reitkleidung.

Wie Leslee Pousho erwartet hatte, war das Café klein und modern eingerichtet. Auf den blaugewürfelten Tischtüchern standen kleine Vasen mit frischen Nelken, und in Regalen lagen Weinflaschen der in der Nähe gelegenen Weingüter Meredyth und Piedmont.

»Nein, natürlich nicht«, sagte Leslee. »Das ist reine Hintergrundinformation. Aber was ich nicht ganz verstehe: Wieso arbeitet Mr. Bremner denn überhaupt?«

Sie bestellte Bunny Bremner noch ein Glas Wasser.

Die ältere Frau lächelte schwach und nahm einen Schluck.

»Vielleicht lag es zum Teil daran, daß er seine Arbeit liebte. Ich kann hier natürlich nicht verraten, für welche Agentur er arbeitet, aber das brauchen Sie ja auch sicher nicht als ›Hintergrund‹. Jedenfalls hat er es nie ganz bis an die Spitze geschafft. Er ist gut in seinem

Beruf. Also habe ich vor drei Jahren meine Beziehungen ein bißchen genutzt. Das hatte ich noch nie vorher getan, aber ich dachte mir, wenn er Chef der Agentur wird, dann ist das besser, als mein Geld zu erben. Aber ich konnte nichts für ihn tun. Entweder mochten sie ihn nicht, oder er hat seine Arbeit so gut gemacht, daß sie nicht wollten, daß ein anderer sie tut.«

Sie nahm ihr Sandwich in die Hand und legte es wieder hin. Sie hatte den schlechten Appetit eines Alkoholikers. Leslee war überrascht, daß sie die Bar in der Ecke total zu ignorieren schien, obwohl dort jetzt schon reger Betrieb herrschte. Offensichtlich hatte sie noch Kontrolle über ihre Trinkerei.

»Es muß schwer sein zu sehen, daß er unglücklich ist.« Leslee aß ihr Sandwich, Schweizerkäse auf Roggentoast, obwohl die Mischung aus Angst und Aufregung auch ihr den Appetit genommen hatte. Diese Frau konnte eine wahre Goldmine an Information für sie sein.

Bunny runzelte die Stirn, und ihr von der Sonne ausgetrocknetes Gesicht legte sich in Falten. »Das macht mir eigentlich die größten Sorgen. Er scheint überhaupt nicht unglücklich zu sein. Tatsächlich macht er die meiste Zeit einen ausgesprochen glücklichen und zufriedenen Eindruck. Aber er hat überhaupt keinen Grund dazu. Unsere Ehe ist ... nicht gerade perfekt. Manchmal frage ich mich, ob er plant, mich zu verlassen. Ich sollte Ihnen das alles nicht erzählen, nicht wahr?«

»Aber sicher sollten Sie das. Sie müssen sich doch auch einmal Luft machen, und ich mache mir im Augenblick überhaupt keine Notizen. Frauen verstehen so etwas.« Es war sexistisch und stark vereinfachend, und eigentlich war ihr eine solch billige Taktik zuwider, aber sie hatte das Gefühl, daß sie Bunny

Bremner, die in einer Welt von verschlossenen, gefühllosen, unsensiblen Männern lebte, so am besten erreichen konnte.

»Ja, das stimmt.« Bunnys rotgeränderte, blaue Augen wurden feucht. »Gestern abend hat er telefoniert. Die meiste Zeit habe ich nicht zugehört – nun ja, ich habe ein bißchen was getrunken, aber dann habe ich aufgeschnappt, daß einige Freunde nach Paris fliegen. Eine Sarah Walker und ein Asher ... den Nachnamen weiß ich nicht mehr. Was für ein eigenartiger Vorname, Asher, finden Sie nicht auch? Jedenfalls habe ich gemerkt, daß Hughes am liebsten mit ihnen geflogen wäre. Ich glaube, er wird sich dort mit ihnen treffen. Er ist in letzter Zeit unglaublich oft nach Paris geflogen. Er wollte mir nicht sagen, wer Sarah Walker ist. Kennen Sie sie vielleicht? Sarah Walker und diesen Asher? Sind sie reich? Berühmt? Ist sie vielleicht jung und schön?«

Leslee zwang sich dazu, normal weiterzukauen. »Wenn er im Augenblick wirklich so glücklich ist, wie Sie sagen, dann kann ich mir nicht vorstellen, daß er davonläuft. Eine Sarah Walker kenne ich leider nicht. Asher ist übrigens ein biblischer Name.«

In ihrem Kopf verarbeitete sie gleichzeitig die neue Information. Sarah Walker flog nach Paris! Aber wer war dieser Asher? Der Name war in Lucas' Akten nirgends aufgetaucht. ›Liz Sansborough‹ würde sicher von dem ihr persönlich zugeteilten Agenten, Gordon Taite, nach Paris gebracht werden. Irgend etwas mußte auf der Ranch geschehen sein, was den Ablauf von MASKERADE geändert hatte.

Bunny Bremner fuhr fort: »Sie müssen verstehen, die Bremners waren einmal genauso reich und mächtig wie meine Familie. Es geht das alberne Gerücht, daß sie ihr Geld mit Sklavenhandel gemacht haben –

Hughes Vorfahre im frühen 18. Jahrhundert war Kapitän.«

Leslee hörte Bunnys detaillierten Schilderungen der Familienstammbäume der Hartfords und Bremners nur halb zu. Schließlich rasselte sie auch noch die Stammbäume der restlichen prominenten Familien der Gemeinde herunter. Als es so weit war, ins Gericht zurückzukehren, waren Bunnys vorher blasse Wangen vor Aufregung gerötet, und sie hatte den größten Teil ihres Sandwiches gegessen. Irgendwie war sie wirklich eine traurige Figur, fand Leslee. Sie wirkte wie ein edles Stück Porzellan, das man nur gekauft hatte, um andere damit zu beeindrucken, aber nicht, um sich selbst daran zu erfreuen.

Als Leslee die Rechnung bezahlte, sagte Bunny Bremner: »Jetzt habe ich auch ein kleines Geheimnis, nicht wahr? Sie nämlich. Wie heißen Sie eigentlich?«

»Marilyn Michaels.«

Das war das Pseudonym, das sie für ihren Artikel über Sarah Walker benutzt hatte. Aber als sie den Namen aussprach, kam ihr plötzlich eine Idee. Konnte es sein, daß Sarah Walker alias Liz Sansborough entkommen war? War sie deshalb auf dem Weg nach Paris?

Als sie hinausgingen, sagte Bunny Bremner: »Heute ist Samstag, da lassen sie uns früher gehen. Vielleicht kommen wir heute sogar zu einer Entscheidung. Hätten Sie nicht Lust, mich um drei Uhr auf einen Drink zu treffen? Es ist so nett, mit Ihnen zu plaudern.«

Leslee sagte begeistert zu. Die ältere Frau lächelte zum Abschied und stöckelte auf ihren hohen Absätzen zum Gerichtsgebäude. Leslee ging zurück in das Geschäft und faxte der Redakteurin noch rasch ein paar Änderungen durch, die Sarahs eventuelle Flucht betrafen. Außerdem bat sie sie, das Manuskript auch noch einem Freund bei der *International Herald Tribune* zu schicken, deren Redaktionen zum größten Teil in Paris waren.

Mittags saß Hughes Bremner an seinem Schreibtisch in Langley und aß gerade Brie, Gala-Äpfel und Cracker, als sein Telefon klingelte. Es war ein Mann aus dem Computerzentrum des geheimen Hauptquartiers des Sterling-O'Keefe-Unternehmens in der Innenstadt von Washington.

»Sir, wir haben etwas Neues über diese Frau. Leslee Pousho?«

»Ja. Was ist es denn?« Gut. Wenigstens ging irgend etwas weiter!

»Sie hat mit ihrer Gold-Star-Kreditkarte gestern abend eine Ferienhütte in Virginia für einen Monat gemietet.«

Bremner lächelte. »Und wo genau in Virginia?«

»Damit haben wir ein bißchen Probleme, Sir. Wir haben den Vermieter nicht erreichen können, aber er soll angeblich bald zurück sein.«

»Wie heißt er denn?«

Bremner kannte den Namen: James Carr. Wie eigenartig. Innerlich zuckte er die Achseln. Der Ort war nicht wichtig. Leslee Poushos Freiheit – und ihr Leben – waren so gut wie vorbei.

34

Sarah Walker trat aus dem kühlen Schatten der Bäume, die den Boulevard St. Germain säumten, in die heiße Nachmittagshitze und überquerte die Straße. Sie zwängte sich durch eine Gruppe lärmender Studenten, die gegen die Ankündigung der Banque de France vom Vortag protestierten, den Zinssatz anzuheben. Sie trugen Spruchbänder und riefen jeden auf, sich ihnen anzuschließen.

Über ihren Köpfen ragten die feinen Häuser des achtzehnten Jahrhunderts, in denen damals die vornehmen Familien Europas gewohnt hatten. Nur in Frankreich trafen diese zwei Extreme mit solcher Regelmäßigkeit aufeinander: Das Erbe des Adels und die Begeisterung für die Revolution.

Sarah blieb an einem Zeitungsstand stehen und kaufte die *International Herald Tribune*. Sie blätterte sie rasch durch auf der Suche nach einem Foto von ihr und Flores. Aber da war keines, auch keine Schlagzeile, daß zwei Killer aus Denver in Paris vermutet wurden. Erleichtert ging sie weiter, eine x-beliebige Pariserin in Jeans und Westernhemd und Rucksack. Es amüsierte sie, daß in der Stadt, die sich so außerordentlich versnobt in Sachen *Couture* gab, amerikanische Cowboykleidung Jahr für Jahr wieder weit oben auf der modischen Hitliste landete.

Weder sie noch Flores hatten sich seit ihrer Ankunft vor einer Stunde umgezogen. Den fehlenden Schlaf der vergangenen zwei Nächte hatten sie auf dem Flug nach Kopenhagen endlich nachholen können. Als sie dann per Schnellzug und Mietwagen in Paris ankamen, war es bereits fünf Uhr nachmittags. Es war riskant, ihre falschen Pässe für die Hotelanmeldung zu benutzen, da der Sender in dem Gold-Star-Wagen, den Flores in Denver gemietet hatte, ihre Verfolger höchstwahrscheinlich auch auf die Spur der Fälscherin gebracht hatte. Gordon würde dann ihre Decknamen kennen.

Asher hatte noch einen anderen Paß, aber Sarah nicht, also nahm nur er ein Zimmer in einem Hotel, in dem er früher schon einmal gewesen war, das Langley aber nicht kannte. Er würde sie hineinschmuggeln müssen. In der Zwischenzeit wollte er sich Gold Star vornehmen.

Sarah hatte eigene Pläne. Sie betrat eine Telefonzelle und rief ihren alten Freund Blount McCaw an, der als freier Mitarbeiter Beiträge für amerikanische und europäische Zeitschriften schrieb. Gesellschaftsklatsch war seine Spezialität, er hatte auf diesem Gebiet schon einige außerordentlich publikumsträchtige Knüller verfaßt; von Prinzessin Gracia Patricia und ihren klatschgeplagten Kindern bis zum lasterhaften Grafen von Paris, der sich für den rechtmäßigen Thronfolger hielt. Aufgrund dieser Erfolge nannte man Blount den europäischen Sultan des Skandals.

»*Allo? Allo? Allo?*« meldete er sich.

»Deine süße Stimme würde ich überall wiedererkennen, Blount.«

»Sarah? Du lieber Himmel, bist du es wirklich? Von wo rufst du an?«

»Aus Los Angeles.« Eine nützliche Lüge, damit sie ihn nicht treffen mußte.

»Sieh zu, daß du aus diesem Höllenloch herauskommst. Wie hältst du nur all diese langweiligen Palmen aus?«

Vor der Telefonzelle zogen die Studenten ihre Kleider aus. Das war eine Demonstration ganz im Pariser Stil. Einen Augenblick lang lächelte Sarah und dachte, was für eine gute Story das für *Talk* wäre. Dann ballte sie die freie Hand zu einer Faust und preßte sie gegen das Telefon. Aber sie ließ sich die Frustration nicht anmerken, als sie weitersprach:

»Blount, ich rufe an, weil ich eine etwas exotische Frage habe, die nur du beantworten kannst.«

»Exotisch oder erotisch, frag mich nur.«

»Ah, aber vielleicht weiß du die Antwort nicht.«

»Das gibt es nicht.«

»Nie?«

»Wenn ich es nicht gleich weiß, dann kann ich es auf jeden Fall herausfinden.«

»Gut, das wollte ich hören. Also hier ist sie: Was heißt *Je Suis Chez Moi*?«

»Ich bin zu Hause.«

»Das ist die Übersetzung. Ich will aber wissen, was es *bedeutet*. Der Satz ist auf einem sehr teuren Cross-Kugelschreiber eingraviert, und jedes Wort ist großgeschrieben. Die Inschrift ist sehr klein, sehr dezent. Vielleicht gilt sie einem geheimen Liebhaber, aber ich glaube eher, daß es sich um eine Art Andenken handelt. Als Erinnerung an eine besondere Veranstaltung oder an irgendeine Organisation, ein Unternehmen.«

»Du erwartest, daß ich etwas so Obskures und wahrscheinlich vollkommen Privates herausfinden kann?« meinte er zweifelnd.

»Ich glaube immer alles, was du mir sagst, Blount, und gerade hast du noch gesagt, daß du es herausfinden kannst, auch wenn du es nicht gleich weißt.«

Er schimpfte leise vor sich hin, und sie sagte ihm, daß sie ihn später nochmals anrufen würde.

Zur gleichen Zeit stand Asher Flores auf der Rue St.-Honoré und blätterte die *Herald Tribune* durch. Er suchte ebenfalls nach irgendwelchen Schlagzeilen oder Fotos von ihnen, und als er keine finden konnte, widmete er sich erleichtert den Baseballergebnissen. Jawohl! Die Dodgers hatten am Vortag gewonnen. Sie hatten die Padres 5:2 und 13:11 geschlagen, dabei war es ein Heimspiel der Padres in San Diego gewesen. Seine Jungs kamen langsam auf Touren!

Gutgelaunt klemmte er sich die Zeitung unter den Arm und schlenderte die Straße hinunter. Er dachte über Sarah Walker nach. Sie konnte einen ganz schön durcheinanderbringen. Er spürte, daß sie im Augenblick alles in Frage stellte, daß sie sich nicht sicher war, was sie erwartete und ob sie damit fertig werden würde. Er hoffte sehr, daß sie es schaffte. Es gefiel ihm, daß sie darüber nachdachte, was sie tun sollte – und ob es wert war, es zu tun.

Als er in ein Computergeschäft ging, konnte er sie vor sich sehen. Da stand sie in dem Schuppen auf dem Flughafen, schwitzend und stinkwütend auf Gordon, aber trotzdem weigerte sie sich, ihn umzubringen. Sie hatte wirklich moralische Prinzipien. Und außerdem wunderbare Beine und ein umwerfendes Gesicht. Er dachte noch ein bißchen darüber nach und kam dann zu dem Schluß, daß er sie mochte. *Yup.* Er hatte sich von ihrer aufregenden Schönheit ablenken lassen, aber jetzt, wo er weiter in sie hineinsehen konnte, war er noch viel tiefer beeindruckt.

Die Inhaberin des Computergeschäfts begrüßte ihn freundlich: »*Bonsoir! Comment ça va?* Es ist ja schon so viele Monate her, Asher!« Die grauhaarige Frau mit dem wie aus Stein gemeißelten Gesicht, Christine Robitaille, musterte ihn von oben bis unten, als ob er ein köstliches Charolais Steak wäre.

Wegen seiner Jugendfreunde sprach Asher die Sprache akzentfrei und antwortete so in bestem Französisch: »Monate, Christine? Das kann nicht sein. So lange war ich nicht fort. Ich müßte ja verrückt sein.«

Sie lachte herzlich, und die Zigarette mit Goldspitze schwankte gefährlich zwischen ihren sorgfältig geschminkten Lippen. »Du bist mein Lieblingslügner, *petit* Asher. Oh, ich liebe dich! Wir müssen unbedingt heute abend zusammen essen. *Poisson cru marine au citron vert!*«

»Klingt wirklich köstlich, aber ich kann nicht, Christine. Ich arbeite.«

Sie runzelte die Stirn und sah sich in dem ruhigen Geschäft um. *»Zut! Zut! Alors, qu'est-ce vous voulez?«* Sie wollte nicht, daß irgend jemand sie hören konnte.

Leise sagte er: »Darf ich einen deiner Computer benutzen?«

Sie arbeitete für Interpol in Paris, und sie hatte ihm einmal das Leben gerettet. Daher war ihr Interesse an ihm ein wenig von Besitzerstolz durchsetzt. Wenn sie ihm helfen konnte, dann würde sie es tun, das wußte er.

»Was ist denn mit den Languedoc-Computern?« fragte sie.

»Was ich suche, ist viel zu geheim für die Languedoc-Computer.«

»Ah so?« Nachdenklich nahm sie einen Zug aus ihrer Zigarette. »Nun gut.« Sie führte ihn zu einem ihrer Geräte. An der Wand dahinter, so, daß es vom gesamten Raum aus zu sehen war, hing ein Schild mit handgemalten Buchstaben: *De par le roi, defense a Dieu, de faire miracle en ce lieu.* Auf Befehl des Königs darf nicht einmal Gott hier irgendwelche Wunder vollbringen.

Asher benutzte Gordons Code und verschaffte sich so Zugang zu Langleys CM-5-Ungeheuer. Er hoffte, irgendeine Verbindung zwischen Gold Star und Hughes Bremner, Gordon Taite und/oder Langley zu finden.

Auf dem Boulevard St. Germain erledigte Sarah noch drei weitere Telefonanrufe. Zwischendurch rief sie mehrere Male bei Blount an, aber seine Leitung war dauernd besetzt. Die Begeisterung der Studenten auf der Straße wuchs, sie sangen jetzt und tanzten und hielten Reden. Einige verkauften *delire*, ›Delirium‹, eine illegale Droge, die je zur Hälfte aus LSD und Ecstasy bestand.

Endlich kam sie bei McCaw durch. Er nahm sofort ab. »Du lieber Himmel, Schätzchen!« Er schien beeindruckt. »Wie hast du das über diesen hochexklusiven, kleinen Fitneßclub herausgefunden? Wußtest du, daß der Premierminister dorthin geht? Und der Gouverneur der Banque de France und der Erzbischof von Paris, gar nicht zu reden von der *crème de la crème* der Pariser Geschäftswelt und Regierung? Man kommt nur auf persönliche Empfehlung rein. Wenn man nicht eingeladen wird, ist man nicht gut genug!«

»Ich komme nicht ganz mit, Blount. ›Je Suis Chez Moi‹ ist ein Club?«

»Ja, und zwar ein unverschämt exklusiver, furchtbar teurer und sehr, *sehr* geheimer Fitneßclub.«

»Warum ist er so geheim? Was genau passiert da?«

Blount räusperte sich. »Du hast ja keine Ahnung, wie schwierig es war, an diese Information heranzukommen. Ich glaube, du solltest dem alten Onkel Blount lieber erzählen, was *du* darüber weißt.«

»Der Satz war wie gesagt auf einem Kugelschreiber eingraviert, dessen Besitzer ich mal gekannt habe. Aber für dich ist er vollkommen uninteressant, ein

Niemand. Weder du noch ich würden über ihn irgend etwas schreiben wollen.« Wie war Gordon an den Stift eines so exklusiven Clubs gekommen?

»Du recherchierst doch etwas, Sarah. Ich kenne dich. Warum erzählst du mir nicht, was es ist?«

Sie zögerte und sagte dann: »Das kann ich nicht. Mein Leben ist in Gefahr. Mehr kann ich wirklich nicht dazu sagen.«

»Dein *Leben*? Jetzt mach aber mal einen Punkt.«

»Erinnerst du dich noch an diesen italienischen Paten – wie war sein Name, die Bestie? – der einen Killer auf dich angesetzt hat, weil du eine Story über diese ehrwürdige *katholische* Schauspielerin schreiben wolltest, die die Mutter seiner sechs unehelichen Kinder war?«

»*Fünf* unehelichen Kinder.« Blount seufzte. »Was für ein herrlich saftiger Skandal das gewesen wäre, und niemand hat je davon erfahren. Eine meiner großartigsten Enthüllungen! Die Story wäre es fast wert gewesen, dafür zu … sterben.« Er hatte den Artikel zurückgezogen und sämtliche Unterlagen dem Anwalt der Bestie nach Rom geschickt. Er würde nie veröffentlicht werden, aber wenigstens hatte die Bestie daraufhin den Killer abberufen. »Also gut, Sarah. Ich werde mich also aus lauter Mitleid mit dem begnügen müssen, was ich herausgefunden habe, aber du mußt mir versprechen, mich auf dem laufenden zu halten. Wenn du die Sache fallen läßt, möchte ich selbst über diesen Club schreiben.«

Blount McCaw gab ihr Adresse und Telefonnummer des Clubs. Er wies sie auch darauf hin, daß man dem Gebäude von außen absolut nicht ansah, was sich darin befand. Man konnte es nur anhand der Hausnummer identifizieren. Der Club war sieben Tage die Woche von fünf Uhr morgens bis Mitternacht geöffnet, um seiner schwerbeschäftigten Klientel entgegenzukommen. Es war ein Fitneßclub mit angeschlossener privater Kurklinik, der das gesamte Programm an Gymnastik, Aerobic und Krafttraining in Kombination mit den üblichen Massagen, Vitamin- und Ernährungstherapie und Kosmologie anbot. Gleichzeitig behandelte ein Arzt leichte psychische Störungen, besonders Depressionen und Angstzustände, wie sie der anstrengende Lebensstil der streßgeplagten Mitglieder oft mit sich brachte.

»Die Kunden sind jedenfalls ganz verrückt nach dem Club«, sagte Blount abschließend. »Selbst Leute, die früher jede Art von Körpertraining gehaßt haben oder in Depression versunken waren, lassen nie auch nur einen Tag aus. Es ist so ähnlich wie mit diesen Designerdrogen, etwa Prozac. Dieser Club scheint genau die Wirkung zu haben, die man sonst Prozac zuschreibt – er hilft den Leuten, ihre Idealvorstellung von sich sowohl in geistiger als auch in körperlicher Hinsicht zu verwirklichen. Sie schleppen sich als erbärmliche Häufchen Elend dorthin, und ein paar Monate später sind sie fit, energiegeladen und fühlen sich ganz außerordentlich wohl. Kein Wunder, daß sie immer weiter dorthin gehen. Wer möchte solche Errungenschaften schon wieder verlieren?« Er machte eine Pause. »Ich steigere mich da richtig rein. Vielleicht sollte ich ein paar Beziehungen spielen lassen und Mitglied werden.«

Die Demonstranten vor Sarahs Telefonzelle malten sich jetzt Slogans auf die nackten Körper. Das Fernsehen war auch schon gekommen. Sie drückte sich in die Ecke der Telefonzelle, wo die Luft besonders stickig war, damit die Kameras ihr Gesicht nicht aufnehmen konnten. Sie hatte eine Idee –

»Sarah, Schätzchen, träumst du?« Blounts Stimme klang streng.

»Ich muß Schluß machen. Ich danke dir, Blount. Wenn sich alles beruhigt hat, melde ich mich wieder bei dir. Das verspreche ich.«

»Sarah! Warte. Was hast du vor?«

»Ich kann nicht darüber reden. Tut mir leid. Drück mir die Daumen.«

Sie legte auf und verließ möglichst unauffällig die Telefonzelle. Am Rand der Menge blieb sie stehen und sah zu, wie die Drogen jetzt ganz offen verkauft wurden. Sie ging auf einen der Händler zu, der Delirium verkaufte. Sie achtete wieder darauf, nicht ins Bild der Kameras zu geraten, und kaufte für fünfhundert Dollar ein winziges Röhrchen, das in ein Papiertaschentuch eingewickelt war. Vorsichtig verstaute sie es in ihrem Rucksack.

Der Club ›Je Suis Chez Moi‹ war auf der Rue Vivienne in der Nähe der Bourse, der Pariser Börse. Blount hatte recht gehabt: Das graue Gebäude im klassizistischen Stil, das aus der Zeit Napoleons stammte, sah genau so aus wie alle anderen in der Straße. Nur anhand der kleinen goldenen Hausnummer auf der schweren, schwarzgestrichenen Flügeltür konnte man es identifizieren.

Sarah ging daran vorüber. Ihr fiel auf, wie tief das Gebäude in den Block hineinragte. Auf der rechten Seite war eine kopfsteingepflasterte Einfahrt. Es war ein herrschaftliches, riesiges Anwesen. Früher war es sicher einmal ein Privathaus gewesen, ein *hôtel particulier*. Sie sah zum Himmel hinauf. Es war halb acht, und die Sonne stand schon tief, aber es würde erst in ungefähr einer Stunde dunkel werden. Sie sah ein Café – Café Justine –, ging hinein und bestellte einen *café glace*, um sich in der drückenden Augusthitze zu erfrischen.

Dann setzte sie sich nach draußen an einen kleinen Tisch. Von hier aus hatte sie den Club gut im Blick.

Was für ein eigenartiger Name – ›Ich Bin Zu Hause.‹ Aber er erfüllte einen interessanten Zweck: er lenkte ab. Wer würde dahinter schon einen Elite-Fitneßclub erwarten?

Sie trank ihren Eiskaffee und sah sich um. Draußen saß nur noch ein älterer Mann, der einen Panamastrohhut mit rotem Band trug, *Le Monde* las und Pfeife rauchte. Genau in dem Moment, als sie ihn ansah, hob auch er den Kopf, und ihre Blicke trafen sich. Darauf waren sie beide nicht vorbereitet, und sie sahen gleich verlegen wieder weg.

In der nächsten Stunde kamen zwei Limousinen, die in die enge Einfahrt des Clubs einbogen, direkt vor dem Seiteneingang anhielten und ihre Insassen aussteigen ließen. Ungefähr ein halbes Dutzend Mitglieder verließen in der gleichen Zeit das Gebäude durch diese Seitentür und stiegen sofort in schon bereitstehende Taxis oder Limousinen ein. Niemand benutzte die großen Flügeltüren an der Vorderseite des Hauses.

Sarah bestellte sich einen Salat mit Meeresfrüchten. Ein junges Paar betrat das Café. Sie trugen beide leichte Sommerkleidung, hielten sich bei den Händen und waren offensichtlich sehr verliebt. Sie bestellten *vin ordinaire*. Der ältere Mann las seine Zeitung zu Ende, stand auf und ging. Sarah lehnte sich zurück und beobachtete weiter den Club.

Als sich die Dämmerung langsam auf Paris herabsenkte, verließ ein großer, schlanker Mann mit glatter, sonnengebräunter Haut und auffallend schneeweißem Haar, der aussah wie Mitte dreißig, den Club und ging zu einer wartenden Limousine. Sarah erschrak. Sie kannte ihn. Sie starrte ihn an, als er ihr den Rücken zukehrte und mit jemandem, der im Wagen saß, plauderte. Woher kannte sie ihn? Von der Ranch? Ja, sie hatte auf der Ranch etwas über ihn gelesen. In einer Tageszeitung oder einer Illustrierten. Er sah elegant aus und trug einen teuren, konservativen, aber geschmackvollen dunklen Anzug, und dann fiel es ihr plötzlich ein –

Es war Vincent Vauban, Frankreichs Premierminister.

Sie sah, wie er in die lange, schwarze Limousine stieg. Es war unglaublich: Er bewegte sich wie ein durchtrainierter Athlet in den Dreißigern, aber sie wußte, daß er Mitte Fünfzig war!

Als der Wagen davonrollte, dachte sie nach. Welche Verbindung konnte es zwischen Frankreichs Premierminister und Gordon Taite geben? Oder Hughes Bremner?

Sie mußte unbedingt in den Club hineinkommen.

35

Nach dem Mittagessen mit Bunny Bremner fuhr Leslee Pousho in ihrem gemieteten Ford Taurus zurück zu der abgelegenen Hütte in den Virginia Blue Ridge Mountains. Sie würde gar nicht erst versuchen zu schlafen. Statt dessen würde sie an ihrem nächsten Artikel arbeiten, bevor sie wieder zurückfuhr, um sich um drei Uhr wie verabredet mit Mrs. Bremner zu treffen.

Als sie unter den Kiefern und Platanen hindurchfuhr, überfiel sie die Erinnerung des letzten Tages, und sie fröstelte. Gestern erst hatte sie Lucas zum Außenministerium gefahren. Gestern war er ermordet worden.

Die Trauer schnürte ihr die Kehle zu. Wenn sie nicht schrieb, fühlte sie sich erbärmlich. Sie fragte sich, wie lange es dauern würde, bis sie sich daran gewöhnt hatte, daß er nicht zurückkam.

Sie bog in eine schmale, asphaltierte Bergstraße ein, die durch einen Birkenwald führte. Die kalkweißen Stämme reckten sich dem strahlenden Sonnenlicht entgegen. Die glänzenden Blätter zitterten ganz leicht in der sanften, reinen Brise. Sie hörte den heiseren Ruf eines Eichelhähers und die Antwort eines zweiten.

Vor ein paar Tagen hätte sie diese herrliche Idylle der grünen Berglandschaft aus vollstem Herzen genossen. Jetzt dachte sie nur an die Aufgaben, die vor ihr lagen. Sie sah sich sorgfältig immer wieder um auf der Suche nach Hughes Bremners Männern. Sie fühlte sich relativ sicher, aber sie war kein Narr.

Während sie weiter die Gegend absuchte, dachte sie über die nächste Folge der Sarah Walker-Serie nach. In dieser würde sie die letzten vier Tage vor Sarahs endgültigem Zusammenbruch beschreiben. Als sie darüber nachdachte, fiel ihr ein großer, grüner Volvo auf, der plötzlich hinter ihr auftauchte.

Sie war sofort hellwach. Das konnten doch nicht –

Der Volvo kam näher. Durch den Rückspiegel starrte sie die beiden Männer hinter der Windschutzscheibe an. Ihre Kleidung paßte in die Gegend. Sie konnte die bequemen Pendleton-Hemden erkennen. Aber sie trugen beide Sonnenbrillen, wie die Männer, die Lucas angegriffen hatten.

Sie trat aufs Gas, und der Wagen machte einen Satz vorwärts.

Der große Volvo blieb ihr dicht auf den Fersen.

Sie raste über die Bergstraße. Der Volvo scherte nach links aus, um sie zu überholen. Sie wollten sie nach rechts in den tiefen Abgrund drängen. Sie lenkte ihren Wagen ebenfalls nach links und blockierte so den Volvo. Er fiel zurück. Der Schweiß lief ihr in Strömen die Stirn hinunter, und ihr Sommerkleid war völlig durchnäßt. Beide Wagen rasten mit fast hundert Stundenkilometern dahin, obwohl die Straße nicht mehr als fünfzig zuließ.

Wieder brach der Volvo nach links aus. Die Bäume flogen vorüber – eine verschwommene, grüne Masse. Wieder blockierte sie den Volvo, aber diesmal schob er sich rechts an ihr vorbei, bevor sie reagieren konnte. Jetzt mußte sie auf der Gegenspur weiterfahren.

Sie trat auf die Bremse. Der Volvo wurde ebenfalls langsamer. Sie rammte ihn und versuchte, ihn abzudrängen, aber er war zu groß. Unter lautem Krachen traf er ihren rechten Kotflügel. Funken flogen. Metall kreischte. Sie spürte den Aufprall bis in ihre Zähne. Angst umklammerte ihr Herz mit eisernem Griff.

Das Seitenfenster des Volvos wurde heruntergekurbelt. »Fahren Sie rechts ran!« Der Fahrer stützte seine Pistole auf dem Fensterrahmen ab. »Sofort!«

Sie gab Gas und fuhr immer noch auf der falschen Straßenseite. Der Volvo blieb neben ihr. Der Kugelhagel durchsiebte ihrer hintere Tür.

Als sie das Gaspedal bis zum Boden durchtrat, sah sie etwas vor sich, das sie hoffen ließ: eine Ausweichspur für Lastwagen, damit sie auf der Bergabstrecke anhalten konnten, falls ihre Bremsen versagten.

Sie schoß hinein und machte eine Vollbremsung. Die Reifen quietschten.

Der Volvo bremste auch, aber er war zu schnell und zu schwer. Das gab ihr einen Vorteil von wenigen Sekunden.

Sie riß den Wagen in der Ausweichspur herum und fuhr in entgegengesetzter Richtung davon. Sie grinste finster und sammelte sich, dann ertönten wieder Schüsse.

Sie wurde hin- und hergeworfen, und das Steuerrad fühlte sich in ihrer Hand plötzlich an, als ob es eingefettet wäre. Der Wagen schleuderte außer Kontrolle über die Straße. Zur Hölle mit ihnen allen! Sie hatten ihr die Reifen zerschossen!

Leslee Poushos Gesicht pochte vor Schmerz. Ihre Augen waren geschwollen. Sie lag an Händen und Füßen gefesselt auf dem Eisenbett in dem einzigen Raum der Hütte, während die beiden Männer auf der Suche nach Lucas' Dokumenten alles wild durcheinanderwarfen. Sie war so nahe dran gewesen, ihn zu rächen …

Eine Träne lief ihr die Wange hinunter. Sie dachte an ihren kaputten Wagen und den Birkenwald, in dem sie sich hatte verstecken wollen. Aber hinter den dünnen Stämmen der Bäume konnte man sich nicht verstecken, und so war sie immer weiter gelaufen. Fünfzehn Jahre Rauchen hatten sie letzten Endes besiegt. Ihre Lungen waren zu schwach, um diesen beiden grausamen Männern zu entkommen.

Jetzt kam der Große auf sie zu. Er stand über ihr. An seiner Hand war Blut. Ihr Blut.

»Wo sind sie?«

»Das … verrate ich nicht.« Ihre Lippen waren aufgeplatzt. Sie konnte kaum sprechen.

Mit voller Wucht schlug er zu und traf ihre rechte Gesichtshälfte. Sie hörte sich stöhnen. Rote Blitze zuckten hinter ihren Augen.

Der zweite Mann schloß gerade ihren Laptop, um

ihn in den Volvo zu bringen. In der anderen Hand hielt er die Schachtel mit ihren Back-up-Disketten. Damit zeigte er auf die Tür.

»Such draußen.«

Der große Mann sah sie enttäuscht an. Er hätte sie gern weiter geschlagen. Aber er ging hinaus.

Denk nach, sagte sie sich. Denk nach!

Der Große kam mit ihrer Aktentasche zurück, die sie unter der Hütte in einem niedrigen Keller versteckt hatte. Er schüttete die Kopien auf den Küchentisch.

»Dann bringen wir sie jetzt ins Auto –«

»Es muß wie ein Unfall aussehen.«

»Ein Stück weiter den Berg rauf ist eine enge Kurve ...«

Der Kleinere nickte. »Ja, das müßte gehen.«

Sie kamen auf sie zu. Ihre Augen waren eisig.

Unter größten Mühen stammelte sie: »Das ... nicht ... die einzige ... Kopie. Mich umzubringen wird es nicht aufhalten. Die Welt wird erfahren, was ... Hughes Bremner mit Sarah Walker gemacht hat.«

Um halb vier bestellte sich Bunny Bremner einen doppelten Cappuccino. Sie saß am gleichen Tisch, an dem sie mit Marilyn Michaels zu Mittag gegessen hatte. Sie beobachtete die Tür und hoffte, daß die hübsche, blonde Journalistin dort erschien.

Der Wirt sagte ihr, daß niemand eine Nachricht für sie hinterlassen habe, und Bunny dachte, daß die junge Frau das bestimmt gemacht hätte. Sie war eine Karrierefrau. Vielleicht war irgendein Notfall dazwischengekommen.

Bunny mochte Marilyn Michaels, und freute sich darauf, sie wiederzusehen. Sie hatte sich schon lange nicht mehr auf irgend etwas gefreut.

In der abgelegenen Hütte in den Bergen schütteten die Männer Leslee Pousho Eiswasser über den Kopf. Durch den dichten Nebel von Schmerz kam sie hustend und würgend wieder zu sich.

Sie lag mit dem Gesicht nach unten in einer warmen, klebrigen Pfütze. Sie und die Matratze waren vollkommen durchnäßt. Es stank fürchterlich. Es brannte in ihren Augen und in der Nase. Es war ein scharfer, säuerlicher Geruch, und ihr wurde übel davon. Dann wußte sie, was es war. Sie hatte sich erbrochen. Sie lag in einer Pfütze von klebrigem Erbrochenen.

»Sie kommt wieder zu sich.«

Sie hielt die Augen geschlossen und betete, daß sie darauf reinfielen. Irgendwie konnte sie immer noch denken, obwohl ihr Körper ein einziger Aufschrei des Schmerzes war. Lucas wäre stolz auf sie.

»Wo hast du die Kopien versteckt?«

»Sag es uns, dann kannst du schlafen.«

Sie dachte an Lucas. Nachdem sie ihn hatte sterben sehen, sagte sie sich, konnte sie alles ertragen.

»Wo sind die Kopien!«

Eine Faust sank in ihre Nieren. Etwas in ihrem Inneren schien zu zerreißen.

»Sag es uns!«

Der nächste Schlag war höher angesetzt. Wie ein scharfes Messer fuhr ihr der Schmerz in die Brust. Ihr Kopf schien zu explodieren. Dann wurde es schwarz um sie, und sie spürte Gott sei Dank nichts mehr.

Hughes Bremner war wieder in seinem Büro in Langley, als der Anruf von Sid Williams kam. Wenige Stunden zuvor hatte Williams den Besitzer des Ferienhauses erreicht, und er hatte ihm den Weg zu Leslee Poushos Hütte erklärt.

»Wo sind Sie jetzt?« fragte Bremner. »Ist sie tot?«

»Ich stehe auf der Terrasse von Leslee Poushos Hütte in der totalen Einöde. Ich telefoniere vom Handy aus. Sieht so aus, als ob wir Lucas' Sachen gefunden hätten. Kopien, wie Sie gesagt haben.«

»Ist sie tot?« wiederholte Bremner.

Sid Williams räusperte sich. »Noch nicht, Sir.«

»Warum nicht? Sie haben doch die Dokumente. Ich habe gesagt –«

»Chef?« Williams sprach jetzt hastig. »Sie behauptet, daß sie noch mehr Kopien gemacht und jemandem geschickt hat. Sie wissen schon, noch mehr Kopien von Maynards Sachen.«

Zur Hölle mit Lucas Maynard und Leslee Pousho. Zur Hölle mit ihnen allen! Es war der älteste Trick der Welt, aber Bremner durfte kein Risiko eingehen.

»Kriegt es raus. Und zwar schnell!«

»Jawohl, Sir, aber sie ist bewußtlos. Und sie sieht auch nicht mehr so gut aus.«

Bremner wußte Bescheid. Sid Williams versuchte, ihm schonend mitzuteilen, daß sie vielleicht sterben würde, und dann würden sie überhaupt nichts mehr aus ihr herausbekommen.

»Gebt ihr ein paar Stunden, dann weckt sie auf und überzeugt sie«, sagte Bremner. »Sid? Ich meine, wirklich überzeugen. Setzen Sie alles ein, was Sie im Programm haben und Schlimmeres.«

Fast im gleichen Moment, in dem Hughes Bremner auflegte, meldete sich seine Sekretärin durch die Sprechanlage. Mit nervöser Stimme sagte sie: »Das Weiße Haus hat gerade angerufen, Sir. Der Präsident möchte sofort mit Ihnen sprechen. Die Direktorin wird sie dort treffen.«

»Wissen Sie, worum es geht?«

»Nein, Sir. Ich habe gefragt, aber niemand scheint

etwas zu wissen. Oder sie wollen es mir nicht sagen.«

Hughes Bremner hatte in seinem Job schon verdammt viel erlebt. Er hatte sich beigebracht, Probleme beim Schopf zu packen und sie hinter sich zu bringen. Er hatte sich selten wirklich Sorgen gemacht. Aber noch nie war er so völlig ohne Umschweife ins Weiße Haus zitiert worden. Er dachte an die vielen Millionen Dollar, die er und seine Vorstandskollegen von den BCCI-Konten abgezogen hatten, und dann dachte er an Sterling-O'Keefe ... MASKERADE ... Sarah Walker ... Lucas Maynard ... Leslee Pousho ... und schließlich GRANDEUR. Er war so nahe dran, alle seine Pläne in die Tat umzusetzen, sein Leben so zu gestalten, wie er es sich immer erträumt hatte. Er war fest entschlossen, jede Krise zu bewältigen. Es durfte jetzt einfach nichts mehr schiefgehen.

Er hielt inne. Wenn der Präsident – oder Arlene Debo – Beweise gegen ihn in der Hand hätten, dann würden sie ihn gleich verhaften lassen. Dann würden sie ihn kaum ins Weiße Haus bestellen.

Der Präsident der Vereinigten Staaten und die Direktorin des U. S. Geheimdienstes warteten im Treaty Room, dem privaten Büro des Präsidenten, auf Hughes Bremner. Der Präsident saß an dem Tisch aus dem neunzehnten Jahrhundert, den er als Schreibtisch benutzte, während Arlene Debo sich die Bücher in den gediegenen Regalen ansah. Als Bremner eintrat, drehte sie sich um.

Sie lächelte nicht. Auch der Präsident nicht.

»Nehmen Sie Platz, Mr. Bremner.«

»Danke, Mr. President.«

Die Wände waren mit dunkelrotem Leder-Imitat

tapeziert. Die Einrichtung bestand aus antiken Möbelstücken aus dem Fundus des Weißen Hauses. Der ganze Raum wirkte sehr maskulin, und Bremner hätte sich dort unter normalen Umständen durchaus wohl gefühlt.

Es wurden keinerlei Höflichkeiten ausgetauscht, ein schlechtes Zeichen. Der Präsident kam ohne Umschweife zur Sache: »Mein Pressereferent hat vor einer Stunde einen Anruf von Judith Zimmer erhalten. Kennen Sie sie?«

»Ich weiß, wer sie ist. Die Chefredakteurin der *Washington Independent*.« Bremners Körper fühlte sich auf einmal schwer an, als ob sich sein Rumpf in Stein verwandelt hätte. Das war die Zeitung, für die Leslee Pousho schrieb.

»Sie weiß, daß der Carnivore ins Land kommt.« Die Stimme des Präsidenten klang scharf vor Wut. »Sie möchte eine Stellungnahme von mir, warum wir einem derart blutrünstigen Ungeheuer Asyl gewähren, denn morgen wird sie eine Story darüber veröffentlichen, die diese Tatsache enthält. Es wird die erste Folge einer Serie über grobe Amtsvergehen in einer unserer Geheimdienstabteilungen sein.«

»Welche Abteilung?« Bremners Herzschlag schien auszusetzen.

»Sie hat sie leider nicht genannt. Es hat keinen Sinn, jetzt jede Abteilung bis ins kleinste durchzugehen, bis wir wissen, welche es ist.« Er funkelte Bremner wütend an und sprach die nächsten Worte mit schneidender Deutlichkeit: »Ich habe ausdrücklich verlangt, daß niemand etwas über den Carnivore erfährt. *Niemand*. Ich habe Sie herbestellt, um Ihnen mitzuteilen, daß Sie das Angebot, dem Carnivore Asyl zu gewähren, widerrufen werden. Er wird seine blutigen Schauergeschichten irgendwoanders verkaufen müssen. In meiner Stellungnahme an Ms. Zimmer werde ich dementieren, daß er in die USA kommt, und Sie sorgen besser dafür, daß das auch wirklich so sein wird.«

»Sir –« begann Bremner.

»Geben Sie sich keine Mühe, Bremner.« Der Präsident hob die Hand. »Diese Regierung wird in jeder Hinsicht den moralisch korrekten Weg bestreiten. Nur so geht es mit diesem Land weiter. Und außerdem, wenn dieser Artikel, der morgen in der *Independent* erscheint, den Tatsachen entspricht, dann haben wir ohnehin noch eine ganz schöne Schweinerei vor uns, mit der wir fertig werden müssen.«

»Wissen Sie denn, was diese Story enthält, Mr. President?« Arlene Debos breites Gesicht war blaß.

»Ms. Zimmer hat ihre eigenen Moralvorstellungen. Sie weigert sich, uns den Artikel vorher zu zeigen. Wir müssen bis morgen warten wie alle ihre anderen Leser.«

»Mr. President, ich muß Sie warnen.« Hughes Bremner verschränkte die Arme und lehnte sich zurück. »Der Carnivore hat für die USA in den sechziger und siebziger Jahren gearbeitet und ein paar Leute ausgeschaltet, als das noch legal war. Das macht sich gar nicht gut, besonders dann nicht, wenn ein anderes Land diese Information im eigenen Interesse an die Medien gibt. Es wäre sehr … wertvoll …, wenn wir diese Information für uns behalten könnten und außerdem wüßten, was andere Länder – und auch Einzelpersonen – mit Hilfe des Carnivore erreichen wollten oder erreicht haben.«

»Und dann ist da noch Beni-Domo, Sir«, fügte Arlene Debo hinzu. »Durch den Carnivore wissen wir, daß der mit hoher Wahrscheinlichkeit zukünftige Premierminister Japans ein Mörder ist. Ich bin sicher, Sie erinnern sich, daß er dem Carnivore den Auftrag erteilt hat, den Gründer von Beni-Domo auszuschalten. Und das ist nicht die einzige Information, die wir von dem Carnivore bekommen haben. Jede einzelne, die er uns gegeben hat, war außerordentlich nützlich.«

Der Präsident runzelte die Stirn und dachte nach. Aber dann schüttelte er den Kopf. »Nein, ich hätte mich von Ihnen nie dazu überreden lassen dürfen, ihn bei uns aufzunehmen. Es ist an der Zeit, daß wir uns von der Vergangenheit lösen. Unser Land hat einige verwerfliche Taten auf dem Gewissen. Aber wenn wir eine bessere Welt schaffen wollen, dann muß jetzt Schluß damit sein. Ich möchte in dieser Angelegenheit kein weiteres Wort mehr hören. Sie werden den Carnivore davon in Kenntnis setzen, daß er in den USA nicht mehr willkommen ist, Mr. Bremner. Arlene, Sie werden Mr. Bremner dabei hin und wieder über die Schulter schauen und sich vergewissern, daß der Carnivore seine schmutzigen Geschäfte mit anderen macht. Ich danke Ihnen beiden, daß Sie gekommen sind.«

36

In seinem nüchternen Büro in Langley fand Hughes Bremner eine Flasche Jack Daniels ganz hinten in der untersten Schublade seines Schreibtisches. Er trank selten, und schon gar nicht in seinem Büro.

Aber dieser Nachmittag war eine Ausnahme. Er goß sich drei Finger breit Whisky in ein Wasserglas und trank die Hälfte auf einen Schluck. Dann nahm er den Hörer seines sicheren Telefons, um die wichtigsten Anrufe zu erledigen. Zuerst sprach er mit seinen Vorstandsmitgliedern, Tad Gorman, Ernie Pinkerton und

Adam Risley beim FBI, Nationalen Sicherheitsrat und ATF-Department. Er teilte jedem die schlechte Neuigkeit von der Entscheidung des Präsidenten mit. Jetzt mußten sie enger zusammenrücken, ihre Deckung perfektionieren und gute Miene zum bösen Spiel machen. Sie mußten Arlene Debo bis zum nächsten Abend, an dem die Ankunft des Carnivore geplant war, hinhalten. Danach würde der Carnivore tot sein, und sie hatten dem allmächtigen Präsidenten gehorcht – wenn auch anders, als der es sich vorgestellt hatte: Es würde überhaupt kein Asyl für den berüchtigten Carnivore geben, weder in den Vereinigten Staaten noch sonst irgendwo.

Im Fernsehzimmer ihrer Villa in Virginia goß sich Bunny Bremner den ersten Scotch mit Wasser des Tages ein. Der Prozeß war vorbei, und so hatte sie etwas zu feiern. Aber sie mußte zugeben, daß sie auch ein bißchen traurig war. Sie hätte gern noch etwas mehr mit Marilyn Michaels geplaudert. Bedauerlicherweise wußte sie nicht sehr viel über diese Frau – noch nicht einmal, für welche Zeitung sie arbeitete. Sie konnte natürlich Hughes fragen. Er hatte Leute, die so etwas Einfaches im Handumdrehen herausfinden konnten.

Bunny wählte die Nummer von Hughes Büro, aber er war eben gegangen. Die Sekretärin sagte, er sei auf dem Weg nach Hause, wo er sein Gepäck für einen weiteren Flug nach Europa holen wollte. Sie warf einen Blick auf ihr Glas und beschloß, lieber nichts zu trinken, bis sie mit ihm gesprochen hatte.

Wie erwartet standen Hughes Bremners Taschen direkt hinter der Haustür. Er hatte vorher angerufen, und der Butler hatte seine Sachen gepackt. Bremner flog nach Paris. Arlene Debo hatte er gesagt, daß er hinflog, damit nicht das Geringste schief ging, um zu kontrollieren, daß das ganze Unternehmen ordnungsgemäß abgeblasen wurde und die Presse nichts davon erfuhr.

Gott sei Dank hatte Lucas nie etwas über GRANDEUR oder Je Suis Chez Moi heraus gefunden.

Jetzt stand er in der Tür des Fernsehzimmers. Bunny beugte sich über ihr Glas, als ob sie am liebsten hineinfallen und darin ertrinken würde. Sie war eine häßliche, alte Säuferin. Ihre Schönheit war schon lange verblüht, und geblieben waren nur noch Anmaßung und der klägliche Versuch, den verlorengegangenen Glanz zu erhalten. Unter anderen Umständen hätte er sie durchaus ein oder zwei Stunden lang einfach nur betrachtet, wie man sein Lieblingsstück in einem Museum betrachtete.

»Ich gehe jetzt«, sagte er. »Aber, aber. Keine Tränen. Ich weiß ja, du wirst mich furchtbar vermissen.«

Sie sah ihn an. Ihre Augen waren trocken. »Wohin gehst du?«

»Nach Paris. Der Stadt der Lichter und der Liebe. An Liebe erinnerst du dich doch sicher noch. Das ist das, was du für dein Geld empfindest.«

Früher einmal hatte sie wunderschöne veilchenblaue Augen gehabt, aber je mehr Alkohol sie trank, desto heller wurden sie, und jetzt waren sie zu einem vollkommen charakterlosen, wäßrigen Blau verblaßt. Sie blinzelte. Ihre Hände zitterten.

Er kam ins Zimmer, nahm das Glas und stellte es auf den Tisch.

»Du wirst nicht zurückkommen.« Ihre Stimme war

nicht mehr als ein gequältes Flüstern. »Ich weiß es. Du wirst dich dort drüben mit Freunden treffen. Mit einer Frau! Du verläßt mich!«

Zur Hälfte hatte sie recht. Es gab keine andere Frau, aber er würde nicht zurückkommen. Aber er log mit geübter Leichtigkeit, ein ausdrucksloses Lächeln auf den Lippen:

»Soviel Glück hast du leider nicht, Bunny.«

»Ich habe versucht, dir den Direktorenposten zu verschaffen«, sagte sie verloren in ihrem Elend. »Vor drei Jahren, als noch die vorige Regierung im Amt war. Ich habe alles versucht, wirklich, Hughes. Ich bin zu meinem Cousin, dem Vizepräsidenten, gegangen, und der hat mit dem Präsidenten gesprochen.« Sie sank in ihrem Stuhl zusammen. Ihre Worte wurden langsamer. »Sieh mich doch nicht so böse an, Hughes. Du bist gut. Du solltest Direktor des CIA sein –«

»Du Dummkopf! Du intrigantes Luder! Da sieht man mal wieder, wie wenig du mich eigentlich kennst. Ich habe abgelehnt. Mir *gefällt* mein jetziger Posten nämlich!«

Er ging steif zur Haustür, wo die Limousine auf ihn wartete. Er brauchte keine Beförderung, keinen Stern in Langleys Foyer, keine weiteren Besuche beim Präsidenten.

Alles was er jetzt brauchte, war die Leiche des Carnivore. Danach konnte GRANDEUR nichts mehr im Wege stehen!

Ohne einen Blick zurück verließ er das ehrwürdige Haus, an dem er fast vierzig Jahre lang so verbissen gehangen hatte.

Bunny Bremner dachte daran, ihm nachzulaufen. Sie könnte sich entschuldigen, aber wenn sie sich entschuldigte, wurde er nur noch scheußlicher. Sie starrte ihren Scotch an. Sie hatte das Gefühl, daß er enttäuscht gewesen wäre, wenn er gewußt hätte, daß sie noch keinen Schluck davon getrunken hatte. Sie fragte sich, warum es ihm solche Freude bereitete, wenn sie schwach und dumm war.

Unruhig stand sie auf. Sie zitterte, aber es war mehr die Angst, ihn zu verlieren, als der Alkohol vom Vortag. Sie klingelte nach dem Butler. Sie hatte Marilyn Michaels gemocht. Marilyn war nett zu ihr gewesen. Marilyn hatte sie zum Mittagessen eingeladen und ihr voller Interesse zugehört. Ja, sogar voller Respekt. Sie befahl dem Butler, den Mercedes vorfahren zu lassen.

Sie erinnerte sich daran, wo sie Marilyn das erste Mal gesehen hatte. Das war in dem kleinen Lädchen am Marktplatz gewesen. Marilyn hatte ihr später erzählt, daß sie von dort ein Fax weggeschickt hatte. Buddy war ein umsichtiger junger Mann, und sie nahm an, daß er über solche Dinge Buch führte. Jedenfalls war es einen Versuch wert. Hughes würde ihr nicht helfen, also mußte sie Marilyn allein finden.

Zwei Stunden später kam Bunny Bremner aus Carr's Immobilienvermittlung heraus. Es war alles sehr merkwürdig. Von Buddy hatte sie erfahren, daß die Frau, die sie als Marilyn Michaels kannte, zwei Faxe an die *Washington Independent* geschickt hatte. Aber unterschrieben hatte sie mit Leslee Pousho.

Dann war Bunny um den Platz herum gegangen und hatte bei einigen Vermietungsbüros nachgefragt und war schließlich bei Carr's gelandet. Dort traf sie Jimmy Carr, der gerne James genannt werden wollte, aber dafür kannte sie seine Familie schon viel zu lange. Sie hatte ein bißchen bohren müssen, aber schließlich erzählte er ihr, daß er einer Ms. Pousho eine Hütte vermietet hatte. Dann bekam sie auch noch die Adresse und eine Wegbeschreibung aus ihm heraus.

Bunny freute sich. Sie hielt vor dem Café, in dem sie mit Marilyn Mittag gegessen hatte, und zwang sich dazu, ein getoastetes Croissant mit gedünsteten Pilzen und geschmolzenem Gruyère-Käse zu essen. Sehnsüchtig sah sie zur Bar hinüber, aber etwas sagte ihr, daß sie damit besser wartete.

In den sanften Bergen Virginias mußte Leslee Pousho eine Welt aus Schmerzen ertragen. Farben zerschmolzen zu einem riesigen Meer der Schwärze. Geräusche und Licht waren Akte schrecklicher Grausamkeit. Sie versuchte, sich auf ihre Erinnerung an Lucas zu konzentrieren. Sie zwang sein Bild vor ihr geistiges Auge und klammerte sich daran fest, als ob es ihr Leben retten könnte.

Manchmal hörte sie sich weinen. Manchmal schrie sie.

Sie hatten sie schon lange nicht mehr geschlagen. Sie wußte nicht genau, wie lange. Aber als sie mühsam die zugeschwollenen Augen öffnete, sah sie die langen Schatten des Abends. Draußen sangen die Vögel. Sie konnte beinahe riechen, wie sich ein weiterer herrlicher Tag in dieser bukolischen Landschaft, in den sanft im Wind rauschenden Bäumen und dem saftigen Gras jenseits ihrer persönlichen Hölle seinem Ende zuneigte.

Bremners Männer saßen an dem kleinen Holztisch vor dem Küchenfenster und tranken Kaffee. Das Aroma zog durch den Raum, und mit jeder Faser ihres

Körpers sehnte sie sich nach einer Tasse. Nach Unschuld. Vor wenigen Tagen erst war sie nichts weiter als irgendeine Reporterin gewesen, deren einziges Problem ein verheiratetet, dem CIA blind ergebener Geliebter war.

Sie schloß die Augen und fand Trost im Schlaf.

Mit enormer Wucht traf sie mit dem Gesicht nach unten auf dem Boden auf. Der Schmerz breitete sich schlagartig in ihrem ganzen Körper aus und steigerte sich bis zur Unerträglichkeit an den Hunderten von Stellen, wo er ohnehin schon zu einem Teil von ihr geworden war.

Jemand packte ihre Füße und schleifte sie zur Tür. Nadelfeine Splitter des Holzbodens drangen ihr in Brust und Bauch. Dann war sie endlich auf der Terrasse. Gierig sog sie die frische Luft ein. Sie drehten sie um und schütteten einen Eimer Eiswasser über ihr aus. Sie hustete und würgte.

Noch mehr Eiswasser. Es brannte in ihrer Nase und im Hals. Sie bekam keine Luft mehr! Sie spuckte und rang nach Atem. Wieder drehten sie sie um. Einer riß ihr die Kleider vom Leib.

Und dann hörten sie plötzlich auf. Sie hob die geschwollenen Augenlider. Ein Wagen war gekommen. Sie konnte den starken Motor hören. Es war ein kleiner, roter Sportwagen. Einer der Männer schleifte sie zurück zur Tür, während der andere lässig die Stufen hinunter auf die Person zuging, die aus dem Auto stieg.

Vom Ende der langen Einfahrt aus sah Bunny Bremner, wie etwas Helles und Schweres von der Terrasse in die einfache Holzhütte gezogen wurde. In der Dämmerung konnte sie nicht genau erkennen, was es war, aber als sie aus ihrem Mercedes ausstieg, sah sie Marilyn Michaels' – Leslee Poushos – Ford Taurus, der oberhalb von ihr in der Einfahrt geparkt war. Daneben stand ein dunkelgrüner Volvo.

Sie machte sich auf den Weg die Einfahrt hinauf. Mit ihren hochhackigen Schuhen war das ein riskantes Unternehmen. Sie hielt ihre Handtasche mit beiden Händen fest vor die Brust gepreßt, damit sie ihre Füße sehen konnte. Sie hätte ihre Nikes anziehen sollen, aber dann hätte sie nicht das schicke neue lavendelfarbene Kleid mit dem weiten Gürtel und dem raffinierten Peter Pan-Kragen tragen können. Peter Pan-Kragen waren sehr zu ihrer Freude wieder in Mode.

Ein mittelgroßer Mann mit teilweise ergrautem Haar und Durchschnittsgesicht kam ihr entgegen. Er hatte sich offensichtlich schon länger nicht rasiert, und seine Augen blickten sie eigenartig ausdruckslos an.

»Ich bin hier, weil ich Marilyn besuchen möchte«, sagte sie.

»Wen?« Er sah sie verwirrt an. Er blieb etwa einen Meter vor ihr stehen und blockierte so den Zugang zur Hütte.

»Marilyn Michaels.« Sie drängte sich an ihm vorbei und ging weiter die Einfahrt hinauf. »Vielleicht kennen Sie sie unter dem Namen Leslee Pousho.«

»Hallo! Moment mal, Lady!« Er hielt ihren Arm fest. »Hier gibt es niemanden, der so heißt. Dies hier ist Privateigentum. Sie steigen besser wieder in ihren schicken Wagen und verschwinden, bevor ich die Polizei rufe.«

Sie sah ihn von oben bis unten an. Er roch zwar nicht sehr stark, aber unangenehm. Körpergeruch, glaubte sie. Und seine Hosen und sein Hemd waren völlig verknittert, als ob er darin geschlafen hätte.

»Junger Mann«, sagte sie streng. »Ich kenne Leslee

Poushos Wagen. Außerdem ist dies die Hütte, die Jimmy Carr ihr vermietet hat. Sie und ich hatten heute nachmittag eine Verabredung zum Kaffee, zu der sie nicht kommen konnte. Ich möchte ein neues Treffen mit ihr vereinbaren.«

Sie versuchte, ihren Arm zu befreien.

»Sie möchten mit ihr Kaffee trinken?« Der Mann starrte sie erstaunt an.

Vielleicht war er schwerhörig. Sie wiederholte ihre Absicht. Als er lachte, verstand sie plötzlich. Er fand die Idee lächerlich. Nun, er war selbst lächerlich genug in seinen verknitterten Kleidern, mit seinen ungepflegten Bartstoppeln und diesem unangenehmen Körpergeruch.

»Lassen Sie mich los!« zischte sie und versuchte ihren Arm wegzureißen.

Er zog sie hinter sich her zurück zu ihrem Mercedes. »Fahren Sie nach Hause, Lady. Sie sind hier falsch. Hier gibt es niemanden, den Sie besuchen wollen.«

»Unsinn.« Sie schlug ihm die Tasche ins Gesicht und stakste auf ihren hohen Absätzen wieder die Einfahrt hinauf.

»Marilyn!« rief sie. »Marilyn! Ich bin's, Bunny. Ich komme Sie besuchen!«

Plötzlich spürte sie etwas Hartes, Rundes in ihrem Rücken. Ihr Gehirn verarbeitete die Information – es war eine Pistole! Dieser unangenehme Mann bedrohte sie mit einer Pistole! Bevor sie noch protestieren konnte, riß er ihr den linken Arm in der Höhe der Taille auf den Rücken. Sie stolperte nach vorn. Mit der freien Hand konnte sie gerade noch ihre Handtasche auffangen, bevor sie zu Boden fiel. Er riß sie am Arm zurück. Ein brennender Schmerz schoß in ihr Gehirn.

»Wie können Sie es wagen!« Sie war schockiert. »Wissen Sie eigentlich, wer ich bin?«

»Schätzchen, und wenn Sie die gute Fee sind, es interessiert mich nicht.«

Sein Lachen ließ ihr das Blut in den Adern gefrieren. Sie hatte ihn und die Situation falsch eingeschätzt. Marilyn mußte in ernsten Schwierigkeiten sein. Und dann dämmerte Bunny das Unglaubliche: Ihr eigenes Leben könnte in Gefahr sein.

37

Der Himmel war jetzt dunkel und die heiße Sommerluft feucht und sanft. Sarah stand tief im Schatten des mächtigen Gebäudes, in dem der Club ›Je Suis Chez Moi‹ untergebracht war, gleich gegenüber dem hellerleuchteten Café Justine. Die samtene Schwärze der Pariser Nacht hüllte sie ein. Eine plötzliche Unsicherheit überkam sie, und ihr brach der Schweiß aus.

Sie zog an den Trägern ihres Rucksacks und fühlte das Gewicht der Beretta darin. Sie dachte an den blonden Jungen, den sie in Denver getötet hatte. War sie verrückt geworden? Sie brachte sich gerade in eine Situation, in der sie vielleicht wieder töten mußte oder selbst sterben könnte. Sie wollte vor ihrer Vergangenheit und vor der Zukunft davonlaufen. Paris sofort verlassen, mit der Hilfe ihrer Freunde in Europa ihr Gesicht operieren lassen und verschwinden, bis diese ganze Carnivore-Geschichte vorbei war. Blount McCaw würde ihr helfen. Sie hatte viele alte Freunde, die ihr helfen würden.

Ein Schweißtropfen lief ihr die Wange hinunter. Der Carnivore bedeutete ihr nichts. Um Hughes Bremner,

Gordon Taite und den Carnivore sollten sich Profis kümmern.

Sie war, verdammt, nur eine Gesellschaftsreporterin, die zufällig ein bißchen Agentenausbildung genossen hatte. Sie hatte weder den Mut noch das Engagement eines Asher Flores oder eines Gordon Taite.

Gott bewahre, daß ihr diese Art Arbeit jemals Spaß gemacht hatte.

Sie sollte Asher anrufen, ihm vom Je Suis Chez Moi erzählen und die Entscheidung, was jetzt zu tun war, seiner Erfahrung überlassen.

Sie starrte in die lange, schattige Einfahrt des ehrwürdigen klassizistischen Gebäudes. Es war eine mächtige steinerne Festung. Sie war verrückt, auch nur daran zu denken, daß sie jemals in diese Bastion einbrechen könnte.

Und trotzdem. Sie holte tief Luft. Rückzug – war es nicht genau das, was sie – Sarah Walker, nicht Liz Sansborough – immer tat?

Vor zwei Jahren hatte sie ihren letzten Geliebten verlassen. Sie hatten nur ein paar Monate zusammengelebt, aber sie hatte sich sofort eingesperrt gefühlt. Ihre Beziehungen mit Männern waren eine lange Kette von Flitterwochen. Keine Beziehung hatte diese Phase je überdauert, und daher hatte sie sich damit abgefunden, daß es für sie jenseits dieser Grenze nichts als Langeweile und das Gefühl, eingesperrt zu sein, gab. Die Ehe ihrer Eltern erstaunte sie immer mehr. Wie konnte man bloß so lange ineinander verliebt sein? Mit all der Spannung und Aufregung, die das mit sich brachte?

Sie hatte den letzten Mann genauso verlassen wie die anderen. Manchmal hatte sie sie auch so weit gebracht, daß sie gingen. Und als sie die Wohnung verließ, hatte dieser Mann, der einmal ihr bester Freund und Geliebter gewesen war, sie verflucht und beschimpft: »Die einzige wirkliche Freiheit besteht darin, sich auf jemanden oder auf eine Sache wirklich einzulassen. Auf irgend etwas! Was dir fehlt, hat nur mit dir zu tun. Nicht mit mir. Solange du dich nicht wirklich auf jemanden einlassen kannst, bist du nichts als eine leere Hülle!«

Der Stachel saß tief und mit ihm die Zweifel, ob seine Vorwürfe wohl stimmen könnten. Sie spürte es so, als ob es gerade erst passiert wäre. Manchmal hatte es auch Vorteile, sich an nichts mehr erinnern zu können –

Und dann sah sie den großen, schwarzen Cadillac, der in die schmale Einfahrt des Clubs einbog. Sie wich noch weiter in die Dunkelheit zurück. Der Cadillac hielt nicht an der Seitentür, und er kam auch nicht zurück, um auf einen Kunden zu warten. Es war das erste Mal, daß ein Wagen an die hintere Seite des Gebäudes fuhr und nicht zurückkam. Ein Wagen im Schutz der Dunkelheit.

Plötzlich fühlte sie sich machtlos. Alles um sie herum, ja ihr ganzes Leben, war auf den Kopf gestellt. Auf eine gewisse Art war sie bereits tot. Sie hatte ihre Seele vergewaltigt, ihre Identität gestohlen. Es gab kein größeres Verbrechen als die Zerstörung der menschlichen Identität. Und ohne zu wissen, wer man war, war man tot. Sie würde nie wieder die Sarah von früher sein können. Und schlagartig wurde ihr klar, daß sie das auch nicht wollte. Sie wollte nicht länger die alte Sarah sein, die alle Beziehungen abbrach, bevor sie sich überhaupt entwickeln konnten. Die die Rolle des Interviewers vorzog, weil sie glaubte, dann alles unter Kontrolle zu haben. Eine Gesellschaftsreporterin, deren größte Leistung es war, Klatsch als Nachrichten aufzubereiten. Die sich immer auf die Rolle der Beobachterin zurückgezogen hatte, da sie sich für machtlos hielt, den Lauf der Ereignisse zu verändern –

Mit neuer Entschlossenheit nahm sie die Beretta aus ihrem Rucksack und steckte sich das immer noch in das Papiertaschentuch gewickelte Röhrchen mit Delirium in die Hosentasche. Eng an die Mauer des Gebäudes gepreßt, damit sie niemand vom Fenster aus sehen konnte, huschte sie die Einfahrt entlang. Sie machte einen Bogen nach links, und schon sah sie den Cadillac wieder. Er war ihr zugekehrt neben der großen Flügeltür an der Rückseite des Hauses geparkt. Die Scheinwerfer waren ausgeschaltet, aber der Motor lief und der Kofferraum stand weit offen.

Die Flügeltüren waren ebenfalls geöffnet, und ein Rechteck aus gelbem Licht neben dem Cadillac lieferte genug Licht, daß sie Blumenbeete, Büsche, Bäume und weitere Autos am Rand eines großen Wendekreises erkennen konnte.

Es war niemand zu sehen. Sarah lief zu dem Cadillac und hockte sich so weit weg wie möglich von der offenen Türe daneben. Sie lauschte, aber sie hörte nichts als das leise Brummen des Motors. Sie schaute vorsichtig über die Motorhaube, aber sie sah noch immer niemanden. Dann kroch sie um den Wagen herum, um in den Kofferraum zu sehen.

Ihr wurde übel. Sie schluckte und zwang sich dazu, die Leiche direkt anzusehen ... *Den Kopf des blonden Jungen in der blutigen Nacht in Denver explodieren zu sehen ... Den Rückstoß der Beretta in ihrem Arm bis in die Schulter zu fühlen ... Den Schmerz ... die furchtbare Macht ... ein Leben zu nehmen –*

Sie kämpfte mit der Übelkeit und schüttelte den Kopf, um diese ungewollten, erschreckenden Erinnerungen loszuwerden. Liz Sansborough würde nie so empfinden, sie würde nie riskieren, dadurch in einem derart gefährlichen Moment wertvolle Zeit zu verlieren.

Aber Sarah Walker quälte sich und bereute.

Sie atmete tief ein und zwang sich, sich auf die Leiche im Kofferraum zu konzentrieren. Es war eine junge Frau mit langen, braunen Haaren und einem flehenden Ausdruck im Gesicht. Sie lag auf einer schwarzen Plastikplane. Dunkelrotes Blut und Gewebe bildeten in der Mitte ihres T-Shirts eine dicke Masse. Sie mußte eine Angestellte gewesen sein, denn sie trug weiße Kleidung und ein blutverschmiertes Namensschild.

Sicher war sie tot, aber Sarah legte in blinder Hoffnung die Finger auf ihre Halsschlagader. Den Tod würde sie nie so ohne weiteres akzeptieren können. Aber da war kein Puls mehr, kein Leben.

Plötzlich überfiel sie eine ohnmächtige Wut. Was war nur los mit der Welt? Wie konnte so eine grausame Tat geschehen? Sie zweifelte nicht daran, daß der Tod der Frau mit Bremner, Gordon, und wer sonst noch von Langley an ihrem Vorhaben beteiligt war, zusammenhing. Und jetzt konnte es sein, daß sogar der Premierminister Frankreichs etwas damit zu tun hatte! Das Blut pochte in ihren Adern, und sie keuchte –

Sie hörte Stimmen. Sie drangen aus dem Gebäude und kamen näher. Rasch nahm sie das Namensschild der Frau ab und wich zurück in den Schatten zwischen zwei parkende Autos.

Wenige Sekunden später erschienen zwei muskulöse Männer in weißen T-Shirts und Hosen, die einen kleinen, schlaffen Mann heraustrugen. Er war genauso blutig wie die tote Frau. Sie legten ihn sorgfältig auf eine schwarze Plastikplane neben ihr in den Kofferraum. Dann schlossen sie den Kofferraum.

Sobald die Männer wieder im Haus verschwunden waren, wischte Sarah das Namensschild der Frau ab und hielt es so, daß etwas Licht darauf fiel. Der Name der Toten lautete Chantelle Joyeaux, und sie war Masseuse gewesen. Sarah kannte den Namen nicht. Sie schüttelte traurig den Kopf, steckte das Schild zurück in ihre Tasche und prägt sich ihr Gesicht ein.

Die beiden Muskelmänner kamen zurück. Sie trugen jetzt Tarnkleidung, und ein Mann in einer Chauffeursuniform begleitete sie. Sie stiegen alle drei in den großen Cadillac, die Scheinwerfer leuchteten auf, und der Wagen rollte über das Kopfsteinpflaster davon.

Die Tür des Gebäudes war immer noch offen, und Motten tanzten im gelben Licht. Sarahs Kopf war glasklar. Sie wußte, daß die Antwort auf all ihre Fragen in diesem Gebäude zu finden waren.

Der Wendekreis war leer, kein Wagen lieferte noch Deckung. Also schlängelte sie sich leise durch die Büsche und Bäume am Rand, bis ihr der Eingang direkt gegenüber lag. Plötzlich gingen überall große Flutlichtscheinwerfer an. Sie erstarrte vor Schreck und kauerte sich hin. Der Wendekreis war jetzt taghell erleuchtet, und ein Lieferwagen kam über die Einfahrt und fuhr um den Kreis herum. Seine Türen waren bereits halb geöffnet. Bevor sic noch ihre Beretta heben konnte, sprangen sechs schwarz gekleidete Männer heraus und liefen auf sie zu. Zwei weitere stürzten aus dem Gebäude heraus. In wenigen Sekunden war sie von Gewehrläufen umringt, die direkt auf ihren Kopf und ihr Herz zielten.

Jemand riß ihr die Beretta aus der Hand und zog sie ins Haus. In einem sanft erleuchteten Flur wurde sie vier muskulösen, weißgekleideten Männern übergeben. Die Männer mit den Gewehren verschwanden, und das Flutlicht draußen erlosch. Dort war alles dunkel und still, als ob nichts geschehen wäre. Die

Türen des Gebäudes wurden geschlossen. Schlösser klickten.

Sie hörte Schritte und drehte sich um. Ein hochgewachsener, bleicher Mann trat in den Flur. Entsetzt und gleichzeitig eigenartig erregt blickte sie in das hagere Gesicht ihres Arztes, Doktor Allan Levine.

»Nun, Liz, willkommen im Je Suis Chez Moi.«

Ihr gesamter Körper war taub. Sogar ihre Lippen schienen gelähmt, als sie mühsam herausbrachte: »Sarah. Ich bin Sarah Walker.«

»Ah so?« Doktor Levine nickte langsam. »Dann wissen Sie es also. Nun ja, dagegen werden wir wohl etwas tun müssen, nicht wahr?«

Noch nie in ihrem Leben hatte sie soviel Angst gehabt.

38

Der Himmel über Paris füllte sich mit glitzernden Sternen. Henri le Petit, der dynamische Gouverneur der Banque de France, stand im Garten des prächtigen Hotel Matignon in der Rue de Varenne 57 und bewunderte die Fassade des historischen Gebäudes, die der Mond in ein sanftes, schimmerndes Licht tauchte. Dies war die offizielle Residenz und der Arbeitsplatz des Premierministers von Frankreich. Mit einem selbstzufriedenen Nicken blickte Henri stolz in die Runde der zwanzig wichtigsten Männer des Landes, mächtige Beamte, Industrielle und politische Führer, die sich heute abend mit ihren Ehefrauen hier zu einer ganz besonderen, sehr privaten Feier versammelt hatten.

»Wo ist er denn?« fragte jemand neben Henri. Es

war René Christian Martin, der Finanzminister. »Wir sind hier und unser Gastgeber nicht. Gibt es Probleme?«

»Vincent war den ganzen Tag beschäftigt, *mon ami*. Er hat sich, wie wir alle, mit seinen Vorbereitungen für Montag verspätet. Das weißt du doch aus erster Hand.« Henri lachte leise. »Sein Terminkalender war so voll, daß er erst spät zum Je Suis Chez Moi gehen konnte, und danach hatte er noch einen Termin. Aber in diesem Augenblick ist er oben in seinem Ankleidezimmer und zieht sich um. Unsere Geduld wird belohnt werden.« Er lächelte und sah, wie die winzige Sorgenfalte zwischen den Augenbrauen des Finanzministers verschwand. René sah großartig aus – muskulös und trotzdem schlank und geschmeidig. Diese nervöse Energie, die ihm seinen kometenhaften Aufstieg im Finanzministerium ermöglicht hatte, war verschwunden, statt dessen war er heute in einer neu entdeckten Gelassenheit leistungsfähiger und konzentrierter denn je.

»Louise Dupuy ist auch nicht da«, sagte René.

»*Oui*. Vincent hat gesagt, daß sie erst kurz bevor er ging, im Club angekommen ist. Sie ist wahrscheinlich immer noch dort.« Louise Dupuy war die beliebteste Fernsehjournalistin Frankreichs. Sie würde den ganzen Montag lang Sondersendungen über die mutige, frische Linie der Regierung moderieren.

»Ah, da ist Martine!« René ging weiter, und Henri sah, wie er sich über Martine Tisas elegante, juwelengeschmückte Hand beugte. Martine mußte jetzt achtzig Jahre alt sein, dachte Henri, aber in den letzten achtzehn Monaten hatten sich dreißig davon förmlich in Luft aufgelöst. Sie sah keinen Tag älter aus als fünfzig. Sie hatte einen kräftigen Händedruck und strahlte energischen, gesunden Menschenverstand aus. Ihr platinblondes Haar kringelte sich kokett um ihre Ohren. Martine war die Besitzerin eines riesigen Verlagshauses, das vierzig Prozent aller französischen Tageszeitungen und sechzig Prozent aller Illustrierten kontrollierte, und sie regierte ihr Imperium mit eiserner Hand.

In der Nähe stand der Ölmagnat Jacques Mieux. In seinem perfekt geschnittenen Smoking sah er aus wie ein geschmeidiger, schwarzer Panther. Er sprach mit Roger Cluny, der noch keine dreißig Jahre alt war und den sein unfehlbares Gespür dafür, was die Jugend in diesem Land bewegte, ihre Ängste, ihr Lebensstil, zum höchstbezahlten und meistbeschäftigten Berater Frankreichs in Sachen Teens gemacht hatte – einer der lukrativsten Märkte für die großen Firmen des Landes. Die dritte Person in ihrer kleinen Runde war Claudette Cochiti, die berühmte Filmdiva, die sich in den letzten Jahren als Wohltäterin für Kinder und Tiere hervorgetan hatte. Unter Katholiken war man der Meinung, daß sie einmal heilig gesprochen werden könnte.

Henri erfüllte die Anwesenheit solcher Prominenz in dem lieblichen, alten Garten unter dem glitzernden Sternenhimmel mit stolzer Ehrfurcht. Ja, das war jetzt ihre und Frankreichs Bestimmung – die Sterne!

Er entfernte sich von den einzelnen Grüppchen, die angeregt miteinander plauderten, lachten, sich freundlich einander zuneigten und in Erinnerungen schwelgten. Es war eine Nacht der Auserwählten, und jeder der Anwesenden war sich ihrer Bedeutsamkeit bewußt.

Als der Premierminister endlich durch die Tür des Matignon schritt und sie begrüßte, herrschte plötzlich Stille. Alle drehten sich um, um ihn zu bewundern. In seinem maßgeschneiderten Smoking sah er ungemein elegant aus, und sein dichtes, weißes Haar bildete einen dramatischen Kontrast zu der vor Frische und Gesundheit strahlenden sonnengebräunten Haut. Frankreich stand an der Schwelle zu seiner Bestimmung, seiner rechtmäßigen Größe, und sein Staatsoberhaupt – Premierminister Vincent Vauban – würde es siegessicher vorwärts führen.

Der Premierminister lächelte. »Meine Freunde.« Überschwenglich breitete er die Arme aus. »Wir sind ein langes Stück des Weges zusammen gegangen, *non*? Früher einmal waren einige von uns Sozialisten, andere waren Konservative. Wir erinnern uns noch an 1968, als die rebellierenden Studenten und die streikenden Arbeiter Frankreichs in die Anarchie stürzten. Heute ist unsere glorreiche Nation wieder krank und verwundet, und sie sinkt so tief, daß der Ernst der Lage unseren Mitbürgern nicht verborgen geblieben sein kann und sie erkennen können, wie die Zukunft ohne unsere energischen, neuen Pläne aussehen wird. Frankreich wird seine Souveränität nicht den europäischen Technokraten opfern; wir werden den industriellen und landwirtschaftlichen Ruin nicht zulassen.« Er hob das aristokratische Kinn, und seine wohlklingende Stimme schallte durch den Garten, als wäre er das gesamte Europa. »Statt dessen treten wir mit vereinten Kräften für unser gemeinsames Ziel ein: *La Grandeur!*«

Als Sarah durch die stillen Gänge des Je Suis Chez Moi geführt wurde, war sie vor Angst und Wut wie betäubt. Angst davor, wieder in die Hände dieses Satans Doktor Levine zu fallen, und Wut, weil sie sich so leicht hatte fangen lassen. Liz Sansborough wäre sicher nicht so dumm gewesen, so unvorbereitet. Sarah hätte sich mit Flores in Verbindung setzen sollen. Einen

Moment lang wurde ihr klar, wie sehr sie sich nach ihm sehnte, und sie wärmte sich an der Erinnerung an seine komische, verrückte Art, seine Freundlichkeit und seine Intensität.

Verdammt, sie war noch immer mehr Sarah als Liz, weich und leicht ablenkbar! Sie würde Liz zu einem Teil ihrer Persönlichkeit machen müssen, wenn sie herausfinden wollte, was sie mit ihr gemacht hatten und warum. Und um hier lebend wieder herauszukommen, wenn es dazu nicht schon zu spät war.

Die Männer öffneten eine Tür und stießen sie hinein. Mit einem schnellen Blick studierte sie ihre Umgebung: eine große, luxuriöse Suite, die mit modernen orientalischen und französischen Möbeln und Kunstgegenständen aus dem achtzehnten Jahrhundert eingerichtet war. Bis auf den reich verzierten Schreibtisch vor dem Fenster und den Bücherregalen aus feinstem, polierten Holz an einer Wand schien dies ein elegantes Wohnzimmer zu sein. Durch eine große, offene Flügeltür zu ihrer Rechten sah sie ein Eßzimmer. In diesen Räumen konnte man sowohl wohnen als auch arbeiten.

Doktor Levine sah zu, wie einer der Männer, der ihre Pistole hielt, ihr auch noch den Rucksack wegnahm, während eine Frau ihr Hemd und ihre Jeans abtastete. Sarah erschrak und wollte ihre Hand schützend über das Röhrchen mit Delirium in ihrer Hosentasche legen, aber das würde die Frau nur darauf aufmerksam machen. Ihr Herz pochte heftig gegen die Rippen.

Die Frau spürte etwas in Sarahs Hosentasche. »Raus damit.«

Sarah zog Chantelle Joyeauxs Namensschild heraus. Das Gesicht der Frau erstarrte. Sie gab es Doktor Levine.

»Wo haben Sie das her, Sarah?«

Durch den Nebel von Angst versuchte sie sich darüber klar zu werden, ob es ihr nützen konnte zu lügen. Aber der ganze Überfall auf sie mußte sorgfältig geplant gewesen sein, und dazu brauchte man Zeit. Zweifellos waren es Bremners Männer aus dem Languedoc gewesen, und sie mußten gewußt haben, daß sie sich dort versteckt hatte.

»Ich habe ihre Leiche im Kofferraum des Cadillac gesehen.«

»Sehr gut.« Levine gab der Frau das Namensschild zurück, die es in ihre Tasche steckte. »Sie haben mir gezeigt, daß es überhaupt Sinn hat, mit Ihnen zu reden. Wenn Sie gelogen hätten –« Er zuckte die Achseln, aber die Schlußfolgerung, die sie daraus ziehen sollte, war klar: Welches Schicksal auch immer für sie geplant war, es hätte sie schneller und grausamer ereilt.

»Was hat Chantelle Joyeaux getan, daß Sie sie umbringen mußten?« fragte sie und versuchte so, die Frau von ihrer weiteren Suche abzulenken.

Aber die Frau hatte die Beule in ihrer Tasche schon ertastet. Das Blut pochte in Sarahs Schläfen. Sie wußte zwar nicht warum, aber sie hatte das Gefühl, daß das Delirium ihre einzige Chance zur Flucht war.

»Das wollen wir auch sehen«, befahl die Frau.

»Ich hatte auf dem Flug Schwierigkeiten mit meinen Nebenhöhlen«, log sie, als sie das verknitterte Taschentuch, in das das winzige Röhrchen gewickelt war, herausnahm. Sie schnüffelte und putzte sich damit die Nase, dann hielt sie es der Frau hin.

Mit steinernem Gesicht ignorierte die Frau das aufgeweichte Taschentuch und sah Doktor Levine an. »Das ist alles, was sie bei sich hat, Sir.«

Sarah zog noch einmal die Nase hoch und sah sich um. Neben dem Schreibtisch stand ein Papierkorb. Sie kehrte Doktor Levine und der Frau den Rücken zu und ging auf den Papierkorb zu. Sie versuchte, ruhig zu wirken, und tat so, als ob sie sich noch einmal schneuzte, nahm das Röhrchen heraus und warf das Taschentuch fort. Im gleichen Augenblick ließ sie das Röhrchen mit der anderen Hand wieder in ihre Hosentasche gleiten. Als sie sich wieder umdrehte, sah sie etwas Silbernes auf Doktor Levines Schreibtisch aufblinken. Es war ein Cross-Kugelschreiber genau wie Gordons.

Mit unschuldiger Miene kehrte sie wieder zurück zu ihrem Stuhl.

Doktor Levine nickte einem der Männer zu. »Sie können beide gehen und Ihre sonstigen Aufgaben erledigen.«

Die beiden Männer zögerten, und die Frau sagte: »Ich glaube, wir sollten bei Ihnen bleiben, Doktor.«

»Es ist mir gleich, was Sie glauben. Gehen Sie.«

Der Mann sagte: »Sie ist eine ausgebildete Agentin. Bremner würde nicht –«

»Sie ist keine echte Agentin – ich habe sie erschaffen. Und Bremner ist nicht hier, aber ich bin es. Ich werde ihre Pistole nehmen. Und ich versichere Ihnen, daß ich weiß, wie man damit umgeht.« Zögernd gab der Mann Doktor Levine Sarahs Beretta. »Gut. Jetzt raus.«

Die drei gingen, und Levine ließ die Pistole in die Seitentasche seines langen, weißen Kittels gleiten. Er lächelte Sarah an und sagte beinahe zu freundlich: »Bitte setzen Sie sich, wo immer Sie möchten. Sie müssen ja furchtbar hungrig sein nach der langen Wache und der Anstrengung jetzt zum Schluß. Wir werden gemeinsam zu Abend essen und uns ein wenig unterhalten.«

Sie hatten sie die ganze Zeit über beobachtet. Innerlich stöhnte sie. Liz Sansborough hätte damit gerechnet. Nur weil in der *Herald Tribune* noch nichts über sie und Flores gestanden hatte, hieß das schließlich nicht, daß Bremner seine Leute nicht alarmiert hatte. Vielleicht war jemand in dem Café einer von Bremners Leuten gewesen.

»Wer war es?« fragte sie bitter. »Der Mann mit dem Panamahut? Das junge Paar, das die ganze Zeit Händchen gehalten hat und so verliebt war?«

Er schüttelte beinahe traurig den Kopf. »Nicht enttäuscht sein, Sarah. Hughes und seine Leute sind viel zu erfahren für Sie. Schließlich sind Sie ja eigentlich nur eine Reporterin.« Er setzte sich auf einen mit Damast bezogenen Stuhl, der in der Mitte des Zimmers stand, und lächelte sie entspannt an. Irgendwie mußte sie ihm das Delirium einflößen, und zwar bald. Sie konnte es in sein Essen mischen, aber das würde noch lange dauern. Sie wollte, daß die Droge jetzt zu wirken begann, denn es würde mindestens vierzig Minuten dauern, bis der volle Effekt eintrat. Sie mußte einen Weg finden, es ihm sofort zu verabreichen und ihre Beretta zurückzubekommen.

Wie beiläufig sah sie sich in den beiden Räumen um. Am anderen Ende des Wohnzimmers war eine voll eingerichtete Bar mit Gläsern, die an einem Gestell darüber hingen. Sie entdeckte die bleistiftdünnen, eingelassenen Videokameras hoch oben an den Wänden.

Doktor Levine sah ihr dabei zu, und wieder klang seine Stimme sanft. »Verschwenden Sie Ihre Zeit nicht mit Fluchtgedanken, Sarah. Das hier ist nicht die Ranch. Alle Türen haben automatische Schließmechanismen, die von der Sicherheitszentrale aus gesteuert werden, und die Fenster sind aus Spezialglas, da müßten Sie schon wirklich schweres Geschütz auffahren, um etwas ausrichten zu können. Außerdem ist die le Vorteile auf seiner Seite: Ein perfektes ystem, einen verschlossenen Raum, hölli-kamente. Alle Vorteile bis auf einen – er zelheiten wissen, die nur sie ihm liefern vissenschaftliche Informationen die er nie-wingen konnte, da er sich auf ihre Gültigkeit cht mehr verlassen konnte.

ahm einen großen Schluck. »Wie lange, nach-e das Gedächtnissuppressionsmittel abgesetzt ?«

h habe Tabletten bekommen, die mein Gedächt-nterdrückt haben?«

ja. Die letzten Tabletten.«

›Sie haben behauptet, es wäre ein Antidepressi-m.« Sie funkelte ihn empört an. »Dann haben Sie eine Amnesie *verursacht*!«

»Ja.« Er lächelte, und sein Gesicht sah aus wie ein Totenschädel. »Ich kann Ihnen einiges darüber erzählen und über noch vieles andere. Sind Sie daran interessiert?«

»Offensichtlich bin ich ausgewählt worden, weil man mich zu Liz Sansboroughs Doppelgängerin machen konnte. Waren es nur ihre Medikamente, die mich glauben ließen, daß ich Liz sei?«

Levine nickte stolz, und Sarah sah, daß er ebenso gerne mit seiner Forschungsarbeit prahlen wollte, wie er die Details ihrer Geschichte herausfinden wollte.

Sie machte einen Vorschlag. »Ich erzähle Ihnen alles, wenn Sie mir dafür erzählen, was ich wissen will.«

»In Ordnung.« Er hob sein Glas, um darauf zu trinken.

Sie nahmen beide einen Schluck als es plötzlich an der Tür klopfte. Hatte das Sicherheitspersonal sie doch beobachten können?

gesamte Wachmannschaft in Kampfsportarten bestens ausgebildet.«

Er lächelte sie wieder freundlich an. Und plötzlich sagte ihr eine innere Stimme: *Er will etwas von dir*. Nicht für Bremner, sondern für sich selbst. Das war der Grund für den freundlichen Tonfall und dafür, daß er die Männer weggeschickt hatte. Aber Gordon hatte sie gut ausgebildet.

Nie wieder würde sie auf entwaffnende Freundlichkeit hereinfallen. Mit plötzlicher Gewißheit war ihr klar: Wenn jemand etwas will, dann ist er verletzlich.

Sie mußte ihn ablenken. »Sie haben mir immer noch nicht erzählt, warum Sie Chantelle Joyeaux und diesen Mann umgebracht haben. Wer waren sie?«

Levine saß kerzengerade, ein Kaiser im Arztkittel auf seinem Damastthron. Er runzelte die Stirn. »Zwei Menschen, die einen Fehler gemacht haben, den sie nicht noch einmal machen werden.« Dann lächelte er wieder. »Sie stellen immer noch Fragen. Das ist sehr gut.« Er beugte sich vor, und plötzlich klang seine Stimme wieder erwartungsvoll, ja, sie zitterte beinahe vor Erregung. »Sarah, ist Ihre Erinnerung langsam oder ganz plötzlich zurückgekommen?«

Die Frage überraschte sie. Er schien es nicht zu merken. Er lehnte sich noch immer zu ihr hin und war offensichtlich aufgeregt. »Waren es Ereignisse, die die Erinnerung ausgelöst haben, oder kam sie spontan? War Ihnen klar, was mit Ihnen geschah? Haben Sie –«

Und dann wußte sie mit einem Mal, was er wollte: Wissenschaftliche Daten! Für Hughes Bremner und Gordon Taite war sie Teil eines großen Unternehmens gegen den Carnivore, aber für Doktor Levine war sie ein wissenschaftliches Forschungsprojekt, und er wollte das, was nur sie ihm sagen konnte – ihre Erfahrungen. Das war besser, als sie zu hoffen gewagt hatte.

Nichts konnte einen Wissenschaftler mehr ablenken als das Sammeln von wissenschaftlichen Daten!

Sie sagte: »Warum sollte ich Ihnen irgend etwas erzählen? Werden Sie mich dann gehen lassen?«

»Natürlich! Sobald MASKERADE vorbei ist, werde ich einfach –«

»Was hat Hughes Bremner mit mir vor?«

Levine schüttelte den Kopf. »Sie wissen, daß ich Ihnen das nicht sagen darf.«

»Warum sollte ich Ihnen dann auch nur die kleinste verdammte Kleinigkeit verraten?«

Er beugte sich noch weiter vor. »Für die Wissenschaft, Sarah. Für Erkenntnis. Für die Menschheit und die Zukunft. Halten Sie sich nicht mit den banalen Dingen auf. Ich verspreche Ihnen, daß Hughes Bremner Sie freilassen wird, sobald das Unternehmen beendet ist.« Wieder dieses schleimige Lächeln. »Ist Ihre Erinnerung langsam zurückgekommen oder plötzlich? Sagen Sie es mir, und Sie werden bald frei sein.«

Sie mußte ihm etwas geben, damit er nicht das Interesse verlor. »Von beiden ein bißchen. Der erste Hinweis, daß meine Erinnerung zurückkehren würde, war ein einziges Wort. Ein Name – Hamilton. Das –« Sie warf einen Blick auf die kleine Bar. »Ich fühle mich etwas zittrig. Könnte ich wohl etwas zu trinken haben?«

»Wie?« Levine war total fasziniert von ihrer Geschichte. Er sah kurz zur Bar hinüber. »Oh, ja, natürlich.«

Ein Mann mit einer so gut ausgerüsteten Bar trank für gewöhnlich gern. Mit ein wenig Glück ... Sie sah, daß er zögerte. Wahrscheinlich überlegte er, ob er einen Bediensteten rufen sollte.

»Hamilton«, fuhr sie fort. »Der Name fiel mir eines Tages im Chiffrierunterricht ein. Dann –«

Sie hielt inne und sah zur
stand auf und ging rüber. Sie s
folgte ihm.

»Sie werden mich hoffentlich
lassen.«

Levine sah sie über die Schulter a
der höfliche Gastgeber: »Aber natü
nahm zwei Gläser aus dem Gestell übe
lehnte sich so an die Bar, daß die Kamera
konnten, und steckte eine Hand in die
Fieberhaft tastete sie nach dem Röhrchen.
ihr auf die Stirn. Endlich hielt sie es in der

Er stellte die beiden Gläser vor sich auf
und nahm eine Flasche Scotch. Als er das ers
füllte, fragte Sarah so ruhig sie konnte: »Hätte
wohl auch Bourbon?«

»Bourbon?« Er drehte sich um und suchte die
schen im Regal ab. Er trank offensichtlich nur Scot
und es dauerte eine Weile, bis er den Bourbon gefunden hatte.

In der Zwischenzeit versuchte sie panisch mit dem Rücken zur Videokamera, die die Bar überwachte, möglichst ohne die Hand zu bewegen, den Stöpsel aus dem Röhrchen zu ziehen. Sie konnte den Seufzer der Erleichterung kaum unterdrücken, als der Pfropfen endlich nachgab. Rasch schüttete sie die goldene Flüssigkeit in seinen Scotch. Als Levine sich mit dem Bourbon in der Hand umdrehte, war das leere Röhrchen schon wieder in ihrer Hosentasche, und sie war plötzlich naß vor Schweiß. Als sie zurück zu ihren Stühlen gingen, wischte sie sich mit dem Ärmel den Schweiß von der Stirn.

Er legte nervös ein Bein über das andere. »Hamilton, ja. Der Name Ihres Vaters. Was haben Sie empfunden, als Sie über den Namen nachgedacht haben?«

»Herein!« rief Levine, ungehalten über diese Unterbrechung.

Ein Kellner in goldbetreßter, weißer Jacke und schwarzen Hosen trat ein und schob einen Servierwagen ins Eßzimmer.

»Ah, das Abendessen.« Levine stand auf. »Die üblichen tausend Kalorien für mich. Auf der Ranch betrug das Verhältnis von Fett und Muskelmasse bei Ihnen einundzwanzig Prozent, daher bekommen Sie nur siebenhundert Kalorien. Aber ich garantiere Ihnen, daß das Essen hier ausgezeichnet ist. Unsere Kundschaft legt darauf großen Wert. Kommen Sie.«

Ihr war ganz schwindlig vor Erleichterung, als sie sah, wie er den Rest seines Scotch in einem einzigen Schluck herunterkippte. Dann ging er ins Eßzimmer. Sie folgte ihm und nahm an dem kleinen Rokokotisch Platz. Der Kellner servierte das Essen. Es sah aus wie geschmortes Huhn mit buntem Gemüse. Levines Portion war um die Hälfte größer als ihre. Er trommelte ungeduldig mit den Fingern auf dem Tisch, bis der Kellner fertig war. Dann winkte er ihn abrupt hinaus und beugte sich wieder zu ihr hinüber, ohne sein Essen anzurühren.

»Sagen Sie mir zuerst, wann Sie aufgehört haben, Ihre Tabletten zu nehmen. Warum haben Sie damit aufgehört? Ist ihre Erinnerung vielleicht vorher schon zurückgekehrt?«

Sie aß. Er wartete ungeduldig und würdigte seinen Teller keines Blickes. Schließlich begann sie, ihm ein paar Daten und Details zu nennen. Sie verschwieg ihm allerdings, daß sie sich noch immer kaum an die Zeit erinnern konnte, nachdem sie Gordon getroffen hatte – und bevor sie als Liz Sansborough aufgewacht war. Das mußte sie aus ihm herausbekommen, bevor das Delirium zu wirken begann.

Sie mußte ihn bei Laune halten, mit ihm sprechen – alles tun, um die nächsten dreißig Minuten zu überbrücken. Jedesmal, wenn sie darauf bestand, daß sie jetzt genug preisgegeben hatte, erzählte er ihr wieder etwas von dem, was sie wissen wollte. Und während die Zeit langsam verging, erfuhr sie endlich, was sie mit ihr gemacht hatten.

39

Es hatte alles im Frühjahr mit dem Angebot des Carnivore angefangen, in die Vereinigten Staaten zu kommen. Aber weder Arlene Debo noch der Präsident oder der Carnivore selbst wußten, daß das Wissen des Killers für Hughes Bremner und seine Vorstandsmitglieder eine so ernste Bedrohung darstellte, daß sie ihn niemals lebend ins Land kommen lassen durften. Das mußte um jeden Preis verhindert werden.

Bremner mußte den Carnivore zum Schweigen bringen. Aber das Weiße Haus und halb Europa würden Zeuge seiner Ankunft sein, also brauchte er einen Plan, der minimales Risiko und maximale Sicherheit garantierte. Er hatte sich an Doktor Allan Levine gewandt, einen der bedeutendsten Gehirnforscher der Welt, der schon lange auf der Gehaltsliste des CIA stand. Und ebenso auf Bremners geheimer Gehaltsliste.

In seiner Jugend war Levine der Schützling des ›Papstes‹ der kanadischen Psychiatrie gewesen – Doktor Ewen Cameron, der in den fünfziger und sechziger Jahren vom CIA finanzierte Forschungsprojekte über Methoden der Gehirnwäsche durchgeführt hatte. Der

Codename für dieses unter absoluter Geheimhaltung stehende Projekt war MK-ULTRA. Zur Deckung war eine Gesellschaft für Humanökologie gegründet worden, und auf diese Weise hatte MK-ULTRA circa fünfundzwanzig Millionen Dollar durch die Cornell University an fünfzig Universitäten in einundzwanzig Ländern verteilt.

Ziel von MK-ULTRA war es herauszufinden, wie man das Bewußtsein kontrollieren konnte, denn die Sowjets und Chinesen setzten bereits raffiniertere Methoden der Gehirnwäsche und des Verhörs ein. Außerdem wollte Langley wirkungsvollere Wege finden, die psychische Gesundheit wiederherzustellen, als sie die moderne Psychiatrie bisher bot.

Natürlich hatte auch Montreals McGill-Universität, an der der berühmte Doktor Cameron arbeitete, von den MK-ULTRA-Geldern profitiert. Während die Wissenschaftler in den Vereinigten Staaten ihre Experimente an Häftlingen und Prostituierten durchführten, benutzte Cameron kanadische Durchschnittsbürger, die ihn wegen Angstzuständen oder Depressionen aufsuchten. Weder die Prostituierten oder Häftlinge in den Vereinigten Staaten noch die Patienten in Kanada wurden davon in Kenntnis gesetzt, daß sie an bewußtseinsverändernden Experimenten teilnahmen.

Doktor Camerons Behandlung war sehr intensiv, genauso extrem wie die Politik in jenen Tagen. Er setzte Medikamente in hohen Dosierungen ein, einschließlich des damals vollkommen neuen Halluzinogens LSD. Er führte an die hundert massivste Elektroschockbehandlungen an seinen Patienten durch, versetzte sie medikamentös bis zu achtzig Tage lang in Schlafzustand und ließ rund um die Uhr Botschaften vom Band abspielen.

Seine Behandlungsmethoden zielten direkt auf das

zentrale Nervensystem, und eines seiner Untersuchungsergebnisse war, daß man damit auch zu weit gehen konnte. Eine Patientin, die wegen leichter Angstzustände zu ihm gekommen war, konnte sich nach sechsmonatiger Behandlung weder an ihren Mann noch an ihre Kinder erinnern, sie konnte weder lesen noch schreiben, weder kochen noch Auto fahren und hatte die Kontrolle über ihre Blase verloren. Das war natürlich bedauerlich, aber für Doktor Cameron und seinen Assistenten Doktor Levine ein akzeptabler Preis für wissenschaftlichen Fortschritt.

Mit der Zeit wurden Einzelheiten der Experimente bekannt. Es folgten Untersuchungen und Gerichtsprozesse.

Um alle Beteiligten zu schützen, verbrannte Langley 1973 seine MK-ULTRA-Akten. Cameron war bereits 1967 beim Bergsteigen umgekommen, und seine Familie hatte in weiser Voraussicht auch seine gesamten Dokumente vernichtet. Das Projekt MK-ULTRA war vernichtet und zerstört.

Aber auf Hughes Bremners Drängen hin hielt Langley heimlich die Verbindung zu MK-ULTRA, nämlich zu Camerons brillantem Assistenten Doktor Allan Levine, aufrecht.

Sie richteten Doktor Levine sein eigenes, geheimes Labor in Neu Mexiko ein, wo er weiter nach einer Möglichkeit, auf biochemischem Weg Psychosen zu behandeln, suchen konnte. In Fortführung von Doktor Camerons Traum, die menschliche Psyche zu perfektionieren, entwickelte Levine eine einfache Theorie: Ein gebrochenes Wasserrohr in einem Haus muß repariert werden. Da gleiche gilt für eine gebrochene Persönlichkeit. Die zukünftige psychische Gesundheit der ganzen Welt hing seiner Meinung nach davon ab, wie gut man kranke Persönlichkeiten umformen konnte.

Und so setzte er unter strengster Geheimhaltung MK-ULTRA mit Hughes Bremners privater finanzieller Unterstützung fort.

Jedes Jahr hatten seine Experimente mit Versuchstieren und gelegentlichen ›Freiwilligen‹ beeindruckende Ergebnisse geliefert. Vor zwei Jahren hatte Bremner ihn dann mit seiner gesamten Forschungsarbeit, auch den geheimen MK-ULTRA-Experimenten, nach Paris umgesiedelt. Dort sollte er einen ganz besonderen ›Fitneßclub‹ eröffnen und die verheißungsvollen Ergebnisse seiner Forschung in die Tat umsetzen. Doktor Levine war seiner neuen Aufgabe voller Begeisterung nachgekommen.

Und so lief das Projekt MK-ULTRA weiter. Und da Langley geradezu davon besessen war, sich zu schützen und alles abzustreiten – es war grundsätzlich niemand von ihnen an irgend etwas beteiligt –, hatten Hughes Bremner und Allan Levine die Wiedergeburt von MK-ULTRA und die Einrichtung des ungewöhnlichen Fitneßclubs, der gleichzeitig eine Art Kurklinik war, geheimhalten können. Die Mitglieder des Clubs bestanden ohnehin auf absoluter Geheimhaltung. Niemand wollte sich dem Gerede der Öffentlichkeit oder Gerüchten von Regierungskreisen aussetzen, und alle wollten diese bemerkenswerte Verjüngung für sich behalten. Es gab nur dreißig Mitglieder, und jedem einzelnen wurde sein eigenes Personal und eine eigene Masseuse zugeteilt.

Wie sein kanadischer Mentor konzentrierte sich auch Levine auf das Gehirn, eine drei Pfund schwere Galaxie mit mehr Nervenzellen als die Milchstraße Sterne hat: an die einhundert Milliarden. Diese Nervenzellen kontrollierten alle Gehirnfunktionen: sinnliche Wahrnehmungen, Emotionen, Erinnerungen und Bewegungen. Am Anfang von MK-ULTRA hatte

Cameron diese Nervenzellen mit sehr groben Mitteln, gleichsam einem medizinischen Vorschlaghammer, angegriffen. Seinem Schützling standen mittlerweile sehr viel raffiniertere Methoden zur Verfügung. Er konnte sich ganz exakt auf die Region des Gehirns konzentrieren, die modifiziert werden sollte.

Und dann gefährdete der Carnivore mit seinem Angebot das ganze Projekt. Der Killer konnte alles entlarven und vernichten. Er mußte ausgeschaltet werden, und es durfte dabei nicht der leiseste Verdacht aufkommen, daß Hughes Bremner, Mustang oder der CIA etwas damit zu tun hatten. Kein Verdacht, keine Nachforschungen. Also hatte Bremner MASKERADE konzipiert und Sarah Walker zu Doktor Levine gebracht.

Doktor Levine behauptete, daß er jede Person umprogrammieren konnte, sei es durch die Veränderung eines bestimmten Charakterzugs oder aber durch die Veränderung der gesamten Persönlichkeit. Sarah Walker begeisterte ihn außerordentlich, da sie eine ganz besondere Herausforderung darstellte: ihr Persönlichkeitstypus war besonders schwer umzuprogrammieren – sie war jung, widerstandsfähig, optimistisch, selbstsicher, hatte feste Ansichten, ein ausgeprägtes Selbstbewußtsein und stabile Bindungen an Familie und Freunde.

Er hatte damit begonnen, sie von ihrer Familie und ihren Freunden zu isolieren. Dann hatte er ihr einen einzigen ›Ersatzfreund‹ geschickt, auf den sie sich verlassen konnte, einen ›Freund‹, der sie davon überzeugen konnte, daß sie psychiatrische Hilfe brauchte, denn wenn jemand aus eigenem Antrieb kam, war er viel empfänglicher für die medikamentöse Behandlung und nahm die neue Persönlichkeit schneller und problemloser an.

Sarah versuchte auch, aus Doktor Levine herauszubekommen, wie er und Bremner sie dazu gebracht hatten, mit ihnen zusammenzuarbeiten, aber er war so besessen von seinen eigenen Theorien, daß sie ihn nicht weiter ausfragen konnte, ohne daß er Verdacht schöpfte.

Nachdem sie sie schließlich davon überzeugt hatten, daß sie die Behandlung nicht nur brauchte, sondern daß sie sie *wollte*, gab ihr Dr. Levine seine neuesten Medikamente. Die Wirkung der chemischen Substanzen zielte auf zwei Bereiche des Gehirns. Der erste war der Sitz des Langzeitgedächtnisses. Der zweite war die Region, in der alle Erinnerung dauerhaft gespeichert wird. Die Medikamente blockierten die Synapsen ihres Fact-memory in beiden Bereichen.

Sie verlor ihr Gedächtnis, aber sie konnte schon bald wieder normal funktionieren und alltägliche Aufgaben verrichten. Mit neuen Medikamenten nahm sie ohne weiteres eine andere Identität an.

Aber es gab da ein Problem. Das menschliche Gehirn war so kraftvoll und konnte eine so immense Menge an Daten jederzeit abrufbar speichern, daß selbst die größten Supercomputer der Welt nicht mithalten konnten. Es war so widerstandsfähig und unverwüstlich, daß immer die Gefahr bestand, daß es sich von selbst wieder ausbalancierte.

Mit anderen Worten, sie konnte ihr Gedächtnis jederzeit wiedererlangen.

Dem hatte Dr. Levine vorgebeugt, indem er ihr mit Gordon Taites Hilfe täglich eine Pille verabreichte, die ihr Fact-memory weiterhin massiv unterdrückte. Das war das angebliche Antidepressivum. Solange sie es einnahm, würde sie sich nie daran erinnern, daß sie Sarah Walker war. Sie blieb Liz Sansborough, die erfolgreiche CIA-Agentin, die sich kürzlich erst zur Ruhe gesetzt hatte.

Bremner würde den Carnivore persönlich für ein erstes Gespräch in ein sicheres Haus in Frankreich bringen. Dort wartete eine ganze Reihe von Langley-Experten, die es kaum erwarten konnten, den berüchtigten Killer auszuquetschen. Aber bevor noch irgend jemand mit ihm sprechen konnte, würde der Carnivore sterben, ohne daß irgendein Verdacht auf Bremner, Mustang oder den CIA selbst fiel. Ein unvorhergesehener Mord. Tragisch aber unvermeidbar. MASKERADE hätte sein Ziel erreicht.

Doktor Allan Levine fuhr mit den Fingern über den antiken Eßtisch. Seine Stimme klang triumphierend. »Was ich und andere Wissenschaftler an unseren Versuchsobjekten herausgefunden haben, wird der gesamten Menschheit zugute kommen. Es ist unser Verdienst, daß die gesamte Spezies einige Schritte in der Evolution überspringen kann. Schon jetzt habe ich Schwächen bei meinen Patienten ausmerzen und Stärken deutlicher ausprägen können. Ich kann ihre Gedächtnisleistung, ihren Intellekt und ihre Konzentrationsfähigkeit verbessern und ihre Stimmungen verändern. Ich habe mein Leben der Aufgabe gewidmet, den Homo Sapiens zu perfektionieren, und schon bald werde ich die Mittel haben, die meiner Forschung die unglaublichsten Möglichkeiten eröffnen.«

Er wurde mit jedem Satz großspuriger, und Sarah lief es kalt den Rücken herunter. Immer wieder nannte er die Menschen, an denen er seine Experimente durchgeführt hatte, ›Versuchsobjekte‹ und ›Patienten‹ und ›die Spezies‹. Sie hatte über die MK-ULTRA-Gerichtsprozesse in Kanada gelesen, in denen bewiesen worden war, daß diese Experimente den Menschen unwiederbringlich Teile ihres Lebens genommen hatten. Seine sogenannten Patienten waren nichts anderes als *Opfer*. Er, der Arzt, der einen Eid geleistet hatte, die Menschen zu heilen, fügte Unschuldigen im Namen der Wissenschaft dauerhafte Schäden zu! Sie erschauerte. Auch ihr konnte er so etwas antun.

Sie sagte: »Ich habe mein Gedächtnis wiedererlangt. Was haben Sie jetzt mit mir vor? Werden Sie mich wieder glauben lassen, daß ich Liz Sansborough bin?«

Er schien angestrengt nachzudenken. Dann lächelte er plötzlich breit. »Nein. Ich habe etwas ganz anderes vor.«

»Keine weiteren Medikamente?«

»Chemische Substanzen gehören schon dazu, aber –« Er hielt inne. Er schien verwirrt, als ob er nicht mehr wüßte, was er sagen wollte. Dann klärte sich sein hageres Gesicht. »Henrik Ibsen hat einmal über den Wunsch und den Willen geschrieben, daß unser größter Fehler darin besteht, daß wir die beiden immer miteinander verwechseln. Der Wille ist unsere mächtigste Eigenschaft – unsere geistige und emotionale Waffe. Für eine vollständige Kooperation braucht man den Willen, und der Wille ist – was die elektrochemische Ladung der Neurotransmitter angeht, unentbehrlich für maximales Funktionieren. Ihren *Willen* werde ich dieses Mal benutzen, ihre Kooperation! Ihr Wille … mein Genie … dann wird Hughes alles haben, was er braucht, um den Carnivore auszuschalten und mir die Millionen für meine Arbeit zu geben!«

»Wenn Sie glauben, daß ich kooperieren werde, dann sollten Sie besser ein paar von Ihren eigenen, verdammten Pillen nehmen, denn Sie sind verrückt, Levine.«

Doktor Levine lehnte sich zurück, breitete die Arme

aus und strahlte sie euphorisch an. »Ah, das ist keine Erwartung von mir, es ist eine Notwendigkeit. Und ich verspreche Ihnen, Sarah, Sie werden ganz genau das tun, was wir von Ihnen wollen.«

40

Asher Flores lehnte sich in Christine Robitailles Laden im Stuhl zurück und streckte die Arme aus. Er reckte sich und starrte seufzend auf den Bildschirm vor sich. Was für ein verdammtes Pech. Er hatte alles versucht und in zehn verschiedenen Datenbanken nach einer Verbindung zwischen Gold-Star-Rent-a-Car und Langley, Hughes Bremner oder Gordon Taite gesucht. Das einzige Ergebnis waren Rückenschmerzen und die schwarzen Punkte, die jetzt vor seinen Augen tanzten.

Er schimpfte leise vor sich hin. Und hatte plötzlich noch eine Idee – die Akte des Carnivore. Vielleicht gab es eine Verbindung zwischen dem Bastard selbst und Gold Star, die er übersehen hatte.

Er holte sich die Akte des Killers auf den Bildschirm, aber er konnte nichts Neues finden ... bis ganz zum Schluß: Der Präsident der Vereinigten Staaten hatte die Aktion abgeblasen! Er hatte dem Carnivore mitteilen lassen, daß die Vereinigten Staaten sich an ihm nicht die Hände schmutzig machen würden!

Asher dachte über alle Aspekte dieser neuen Entwicklung nach und kam zu dem Schluß, daß sie seine und Sarah Walkers Situation nicht verbessern würde. Tatsächlich waren sie eindeutig schlechter dran, wenn Hughes Bremner sie nicht mehr brauchte. ›Eliminieren‹ würde jetzt sein Befehl lauten.

Er erschrak bei dem Gedanken, Sarah zu verlieren. Seit sie sich früh am Abend getrennt hatten, hatte er dauernd an sie denken müssen. Er mußte sich wohl oder übel eingestehen, daß er sie vermißte. Er seufzte. Sie würden schon bald beide nicht mehr leben und jemanden vermissen können, wenn sie nicht herausfanden, was Bremner vorhatte.

Er stieg aus dem Langley-Computer aus und suchte in einer Datenbank der internationalen Geschäftswelt nach Gold Star. Es schien eine riesige, renommierte internationale Firma zu sein, die größte Autovermietung in den Vereinigten Staaten mit Filialen in ganz Europa und Asien. Sie gehörte Sterling-O'Keefe Enterprises, einem gigantischen Unternehmen, von dem sogar Asher schon einmal gehört hatte. Er studierte den Bildschirm und die lange Liste von Firmen, die Sterling-O'Keefe gehörten. Als er die Liste ausdruckte, rieb er sich die Augen. Der Name Sterling-O'Keefe ließ ihn einfach nicht los, und er fragte sich warum.

Hughes Bremner lehnte sich schläfrig in seinem First-Class-Sessel zurück. Die *Washington Post* lag aufgeschlagen auf seiner Brust. Die sanfte Vibration des großen Jets hatte eine angenehm einschläfernde Wirkung. Aber dann riß ihn das Telefon aus dem Schlaf.

Es war sein Mitarbeiter in der Computerzentrale in Langley. »Sir, Gordon Taites alter Code ist benutzt worden. In Paris, linkes Seineufer –«

Bremner rieb sich innerlich die Hände. Asher Flores!

Ohne sich seine Freude anmerken zu lassen, sagte er: »Gute Arbeit, Ryan. Schicken sie die Adresse sofort nach Languedoc.« Seine Leute in Paris hatten bereits ihre Anweisungen erhalten. »Und Ryan, passen Sie auf, ob noch mehr von dort kommt.«

Er hatte kaum aufgelegt und wollte sich gerade wieder seiner Zeitung widmen, als das Telefon erneut klingelte. Diesmal kam der Anruf aus Paris. Es war einer von Allan Levines Assistenten. Die Verbindung war sehr schlecht, aber er konnte ihn trotzdem verstehen: »Sir! Doktor Levine läßt Ihnen mitteilen, daß wir Sarah Walker haben. Er rechnet mit ihrer Kooperation und beginnt sofort mit dem neuen Programm!«

Bremner grinste wölfisch. Er hatte sie. Den Schlüssel zu MASKERADE. Damit war der Erfolg beider Unternehmungen, MASKERADE und GRANDEUR, gesichert. Seine Stimme war trotzdem leise und kühl: »Sagen Sie Doktor Levine, er soll sie besonders gut bewachen lassen. Wir können nicht vorsichtig genug sein.«

»Jawohl, Sir«, sagte der Assistent, »aber, äh, es gibt ein kleines Problem.«

Bremner runzelte die Stirn. Doktor Levine hatte in ihren gemeinsamen Jahren einiges gelernt. Zweifellos hatte er den Assistenten angewiesen, ihm die guten Neuigkeiten zuerst mitzuteilen, damit er über die schlechten nicht mehr so wütend sein würde.

»Was ist passiert?«

»Wir haben einen Masseur und eine Masseuse dabei ertappt, wie sie in den MK-ULTRA-Akten herumgeschnüffelt haben. Wir haben keine andere Lösung gesehen, als sie zu eliminieren.«

Bremner war wütend. Er hatte Levine ausdrücklich gesagt, nur Personal anzustellen, dessen Neugier mit Geld zu stillen war. Satt dessen war dieser dämliche Idealist hingegangen und hatte sich von der fachlichen Qualität der Bewerber blenden lassen. Sobald er in Paris war, würde er in Levines Stall aufräumen und alle Amateure loswerden.

Er legte auf und grübelte eine Weile wütend vor sich

hin. Er haßte Inkompetenz. Dann zwang er sich dazu, sich zu entspannen. Er sah aus dem Fenster in das violettschwarze Zwielicht über dem dunklen Ozean. Der Erfolg war seiner. Der Triumph des Sieges wärmte ihn. Er hatte Sarah Walker, und bald würde er auch noch Asher Flores haben. Er lächelte breit und griff noch einmal zum Telefon. Er wählte die Nummer von Kit Crowther, GRANDEURS finanziellem Koordinator.

Asher taten sämtliche Glieder weh. Er stand auf und reckte sich. Dann nahm er die *Herald Tribune* und schlenderte durch das Computergeschäft. Christine Robitaille war nirgends zu sehen. Ihr Angestellter war mit einer Gruppe jugendlicher Kunden beschäftigt.

Draußen auf der dunklen Straße blickte Asher nach rechts und nach links. Dann lehnte er sich an das Schaufenster des Ladens, über dem eine Leuchtreklame angebracht war, und schlug die Zeitung auf. Am Ende der Lokalnachrichten fand er einen kurzen Beitrag:

> Der ehemalige U. S.-Geheimdienstbeamte Lucas Maynard ist gestern vor dem Außenministerium von zwei FBI-Agenten getötet worden. Laut Mitteilung der Behörden hatte Maynard mit einem Kilogramm Heroin in einer Einkaufstasche versucht zu fliehen ...

Asher konnte es nicht glauben. Maynard und Drogen? Er zählte innerhalb der Agency zum echten Adel, einer der alten Garde, die zu Zeiten des Kalten Krieges für die Freiheit gestritten hatte. Er war einer von Hughes Bremners engsten Vertrauten gewesen. Maynard gehörte zu den Menschen, die arbeiteten, bis sie umfielen, die man in den Ruhestand zwingen mußte. Drogen? Unmöglich.

Falls er nicht in irgendeinem Einsatz gewesen war und die ›FBI-Agenten‹ einen furchtbaren Fehler begangen hatten.

Aber das glaubte Asher auch nicht. Wenn Lucas Maynard tot war, wer hatte ihn dann *wirklich* getötet und warum?

Asher ging zurück in das Geschäft und klopfte an die Tür mit der Aufschrift Büro.

Christine Robitaille rief: »*Entrez!*«

Er trat ein. »Erinnerst du dich an Lucas Maynard?«

Sie machte ihre Zigarette in dem überquellenden Aschenbecher aus. »Ich habe es gelesen. Tot. Kein guter Mann, wenn er mit Drogen gehandelt hat.« Sie sah ihn an. »Du glaubst es nicht, wie? Hör mir zu, Asher, *mon cher*. Die ›Guten‹ tun Schlechtes aus allen möglichen Gründen. Meistens, damit sie immer noch glauben können, daß sie gut sind.« Sie zuckte die Achseln und zündete sich eine neue Zigarette an.

Er wollte sie fragen, was sie über Hughes Bremner wußte. Es wäre eine solche Erleichterung, mit ihr über alles reden zu können, warum er Sarah Walker geholfen hatte, warum Bremner jetzt hinter ihnen her war. Aber er tat es nicht. Es war unnötig. Er verabschiedete sich. Auf ihrem steinernen Gesicht lag ein abgeklärter Ausdruck, als sie über ihre Papiere gebeugt wie ein Dieselmotor qualmte und ihm *bon voyage* wünschte.

In der abgelegenen Hütte in den Bergen Virginias zwang sich Bunny Bremner dazu, noch einmal zu dem alten Eisenbett hinüberzusehen, auf dem die arme

Marilyn lag. Weil Marilyn bewußtlos war und sich nicht bewegen konnte, hatten die beiden Männer sie nicht mehr festgebunden, obwohl an jedem Pfosten noch ein blutiges Stück Wäscheleine hing. Die Journalistin war halbnackt und zitterte in der kühlen Nachtluft. Ihr Körper war übersät mit blutigen Wunden. Bunny nahm an, daß Marilyn in ihrem eigenen Erbrochenen und Exkrementen gelegen haben mußte. Wenn sie jetzt noch kein Fieber hatte, dann konnte es jedenfalls nicht mehr lange dauern. Wenn sie keinen Arzt für sie riefen, würde sie sterben.

Bunny sah noch immer Marilyns hübsches, herzförmiges Gesicht vor sich. Jetzt war es so geschwollen, daß sie es kaum wiedererkannte. Für eine schöne Frau gab es keine schlimmere Strafe. Außer vielleicht mit einem Mann alt zu werden, der einen verachtete.

Sie hatten Bunny auf einem Küchenstuhl festgebunden. Die engen Fesseln schnitten ihr in Handgelenk und Knöchel. Sie biß die Zähne zusammen und zwang sich – ein Sproß John Howlands, der mit der *Mayflower* gekommen war – dazu, ihn und all die anderen illustren Ahnen nicht zu beschämen. Sie erinnerte sich an das letzte Mal, daß sie physischen Schmerz empfunden hatte. Damals war sie noch geritten. Ein temperamentvoller Araber aus edelster Zucht hatte sie abgeworfen, und sie hatte sich den Arm gebrochen. Sie war ins Krankenhaus im Dorf gefahren, hatte sich den Arm schienen lassen, war nach Hause zurückgekehrt, wieder auf den Hengst gestiegen und hatte ihren Ritt beendet.

Sie versuchte zu verstehen, was geschehen war. Ihr ganzes Leben lang hatte sie in der Sicherheit ihrer Familie und ihres Namens gelebt. Nur perverse Ungeheuer konnten so etwas Schreckliches tun wie das, was sie hier sah. Sie wußte nicht, wie man mit solcher Verderbtheit umging, darauf hatte man sie nicht vorbereitet.

Der Mann, der Sid hieß, öffnete ihre Brieftasche. »Du lieber Himmel. Mrs. Bremner, wie heißt Ihr Mann?«

Sie konnte seine Angst spüren wie die Hitze eines offenen Feuers und sagte mit strenger Stimme: »Hughes Bremner. Er wird sie dafür ins Gefängnis werfen lassen, daß Sie Ms. Michaels und mich so behandelt haben. Sie würden gut daran tun, uns freizulassen. Ms. Michaels braucht dringend einen Arzt. Wenn sie stirbt, wird man Sie wegen Mordes verurteilen.«

Sid und sein Partner gingen hinaus, und sie konnte sie durch das Küchenfenster beobachten. Sie konnte hören, daß sie sich stritten, ob sie Hughes anrufen sollten oder nicht. Sie kannten Hughes?

Das alles ergab für sie keinen Sinn. Eine Verbindung zwischen diesen abscheulichen Kreaturen, Hughes und dem CIA war undenkbar. Sie sehnte sich nach einem Drink. Scotch pur. Einen doppelten. Aber sie kämpfte dagegen an. Sie mußte einen Weg finden, wie sie Marilyn helfen konnte … und sich selbst.

Als Hughes Bremner in der luxuriösen Kabine der ersten Klasse zu Abend aß, rief Sid Williams an, um ihm die Neuigkeit mitzuteilen, daß sie nicht nur Leslee Pousho, sondern auch seine Frau, Bunny Bremner, gefangen hielten.

Er war tatsächlich sprachlos. Was zum Teufel war bloß mit Bunny los? Diese dämliche, versoffene Schlampe! Er hatte keine Wahl, er mußte sie loswerden, das wußte er sofort, aber trotzdem war da noch dieses alte, unsichtbare Band zwischen ihnen. Sie war immerhin einmal die Erfüllung seiner jugendlichen Zukunftsträume gewesen. Damals war er ein anderer gewesen, ein Idealist, der seine Frau angehimmelt hatte. Aber die Realität hatte sich eingemischt, als zuerst Bunny und schließlich seine Regierung ihn betrogen hatten. Einen Augenblick lang hatte er das eigenartige Gefühl, daß er immer schon gewußt hatte, daß beides passieren würde.

Er hatte nicht damit gerechnet, sie wiederzusehen. Wenn sich am Montag seine faustischen Pläne erfüllt hatten, würde er verschwinden. Er hatte die Vorstellung, daß Bunny verlassen in der großen Villa in Virginia saß, die ihr so viel wichtiger war, als er es jemals gewesen war, genossen. Er hatte sich gewünscht, daß sie in dem Wissen, daß man sie noch nicht einmal wegen ihres Geldes wollte, einsam alt und gebrechlich werden würde.

Aber das ging nun nicht mehr. Jetzt mußte sie sterben.

Er fragte Sid: »Gibt es Scotch im Haus?«

»Nein, Boß, hier ist keiner.«

»Kaufen Sie ein paar Flaschen. Geben Sie Bunny, soviel sie will. Dann zünden sie das Haus mit den beiden Frauen darin an. Es muß wie ein Unfall aussehen. Alte Elektroleitungen, was immer sich anbietet. Warten Sie damit bis morgen früh. Wenn die Kopien von Lucas' Dokumenten bis dahin noch nicht aufgetaucht sind, dann hat Pousho keine gemacht.«

»Es ist die Jahreszeit für Waldbrände, Boß. Die Berge sind wirklich trocken.«

»Ich weiß.« Sie würden der versoffenen alten Schachtel ein richtiges Freudenfeuer zum Abschied bereiten. Sie war ein nutzloses Überbleibsel aus einem toten Traum.

In der Hütte in den Blue Ridges Mountains saß Bunny gefesselt und jetzt auch geknebelt auf dem Küchenstuhl. Sie hatte den Männern eine Million Dollar angeboten, wenn sie sie und Marilyn freiließen. Der Große, er hieß Fess, war der Versuchung beinahe erlegen, und daraufhin hatte Sid sie geknebelt.

Die Männer gingen hinaus, und sie hörte einen sprechen. Sie nahm an, daß sie ein Handy hatten. Dann fuhr der Volvo weg. Der Boß, Sid, kam zurück, und Bunny sah zu, wie er Solitär spielte, Kaffee trank und am Radio herumfummelte. Marilyn lag noch immer auf dem Bett. Sie stöhnte. Er hatte eine Decke über sie geworfen, aber sie hatte mittlerweile Fieber. Ihr zerschlagenes Gesicht war purpurrot und schmerzverzerrt.

Der Volvo kam zurück, und Fess brachte drei Flaschen Johnny Walker Black Label in die Hütte.

Bunny konnte sich nicht zurückhalten und starrte die Flaschen an. Sie bemerkten es und lächelten sich gegenseitig kalt an.

»Nimm ihr den Knebel ab.« Sid stand am Küchentisch und öffnete eine Flasche. »Bring ihren Stuhl herüber und mach ihr die Fesseln an den Händen ab.«

Der süße Geruch des Whiskys war betörend. Automatisch griff sie nach der Flasche. Dann hielt sie inne. Sie sah die beiden Männer an. »Woher wußten Sie das?«

»Ein kleiner Vogel hat uns was gezwitschert. Kommen Sie, trinken Sie schon.«

Das Telefongespräch fiel ihr wieder ein. »Sie haben mit Hughes gesprochen. Sie arbeiten für Hughes.«

Sid dachte über die Frage nach. »*Yeah,* er ist mein Boß.«

»Sie werden uns umbringen, nicht wahr?«

Fess sagte: »Scheint so, als ob er Sie nicht mehr mag.«

»Er hat mich nie gemocht«, sagte sie scharf. »Er mag mein Geld. Aber warum bringt er mich jetzt um? Und Marilyn?«

Sid saß am Küchentisch und schob ihr die offene Flasche hin. »Ich weiß es nicht, Mrs. Bremner. Wir führen nur unsere Befehle aus, das ist alles. Er ist schon lange mein Boß, und er hat sich immer sehr gut um mich gekümmert.«

Bunny betrachtete ihre ausdruckslosen Gesichter. Zwei Beamte, die sie auf Befehl ihres Mannes umbringen würden. Ihr Mann, mit dem sie geschlafen hatte, um den sie all die Jahre geweint hatte, hatte diesen beiden degenerierten Kreaturen befohlen, sie zu ermorden.

Sie sah die Flasche an, als Sid sie in die Hand nahm. Sie versuchte, sich den Mund zuzuhalten, aber es half nichts. Fess zog ihr die Hand weg und zwang sie dazu, den Mund zu öffnen. Sid schüttete den Whisky hinein. Sie verschluckte sich und hustete. Dann spürte sie die Wirkung des Alkohols. Eine wohlige Wärme breitete sich in ihrem Körper aus. Schluchzend griff sie nach der Flasche.

41

Doktor Levine gestikulierte aufgeregt über den Eßtisch hinweg. Seine Augen glänzten. »Vor gar nicht allzu langer Zeit hätte man meine wissenschaftlichen Errungenschaften für reine Zauberei gehalten. Heute gehören sie einfach in den Bereich der Biotechnologie.« Er warf den Kopf zurück, der einem Totenschädel immer ähnlicher wurde, und lachte übermütig angesichts seiner Erfolge. Wenn Sarah nicht so angespannt gewesen wäre, hätte sie die Ironie der Situation sicherlich genossen – er hatte seinen arglosen Opfern LSD gegeben, und jetzt war er selbst ein argloses LSD-Opfer.

»Heute kann man mit Hilfe der DNA die Geheimnisse des Universums entschlüsseln, Babys werden in der Retorte gezeugt, und es gibt synthetische menschliche Wachstumshormone, mit denen man Zwergwuchs verhindern kann«, fuhr er fort. »Vor kurzem erst ist eine wissenschaftliche Arbeit erschienen, in der behauptet wird, daß man die chemische Zusammensetzung des Menschen heute bereits in einem solchen Maße beeinflussen und ganze Teile davon ersetzen kann, daß man den Alterungsprozeß aufhalten und seine Wirkung sogar nachträglich noch teilweise umkehren kann.« Er lachte laut. »Das hätte ich eigentlich selbst veröffentlichen können, denn mit diesen Methoden arbeite ich hier im Je Suis Chez Moi bereits seit Jahren!«

Sarah wurde allein vom Zuhören übel. Aber sie mußte herausbekommen, wann und wie sie nach Hughes Bremners Plänen den Carnivore umbringen sollte. »Was für eine Rolle habe ich bei MASKERADE?«

Er blinzelte sie an und lächelte dann listig. »Ah, das werden Sie noch früh genug erfahren.« Er lachte laut und selbstgefällig. Ein Teil seiner Erregung hing sicherlich damit zusammen, daß sie ihm mit ihrer Geschichte wichtige Daten lieferte, aber auch das Delirium schien langsam seine Wirkung zu zeigen. Bald würden die Halluzinationen, die so typisch für LSD waren, einsetzen. Es konnte zusätzlich zu Krämpfen, Erstickungsanfällen und massiven psychedelischen Phantastereien kommen. Er würde schließlich die Kontrolle verlieren, ohne sich im geringsten dagegen zu wehren. Dann würde sie ihm die Beretta aus der Tasche seines Kittels stehlen und fliehen, bevor die Überwacher der Videokameras Alarm auslösten.

Sie sagte: »Je Suis Chez Moi muß Bremner sehr wichtig sein, wenn man bedenkt, wieviel Geld das alles gekostet hat. Die Einrichtung dieser Räume zum Beispiel muß ein Vermögen verschlungen haben.«

Levine winkte verträumt ab. »Alle unsere Räume sind so luxuriös. Nur die Elite von Paris kommt hierher.«

»Wie der Premierminister?«

»O ja, besonders Premierminister Vauban.« Er kicherte beinahe. »Wegen dieses großen Politikers und seiner einflußreichen Freunde wird uns Hughes bald die finanziellen Mittel für ein voll ausgerüstetes Labor zur Verfügung stellen, in dem ich die Grenzen der modernen Wissenschaft auch in Zukunft erweitern kann. Das verdanke ich alles MK-ULTRA und Ihnen – meinem ersten vollständigen Identitätstransfer. Ihre Umgestaltung war ein Triumph, bis Gordon bei Ihrer Medikation versagt hat. Aber am Montag ist der Carnivore tot, und ich werde nie wieder um Geld betteln müssen!« Er strahlte Sarah an. Die euphorisierende Wirkung des LSD war jetzt auf ihrem Höhepunkt. Vielleicht konnte sie seine Abwehr jetzt durchbrechen.

»Montag? Ist das der Tag, an dem der Carnivore ankommt?«

»Nein. Um acht Uhr am Sonntag abend. Dann sind *alle* unsere Sorgen –«

»Das ist ja schon morgen!«

»Mehr als genug Zeit – jetzt, wo Sie hier sind.« Er stand auf und schwankte ein wenig, ohne es zu merken. »Kommen Sie. Da gibt es etwas, das Sie sehen sollten.«

Sie wollte ihn gegen die Wand schleudern, ihm

jeden einzelnen Knochen brechen. Aber sie folgte ihm in den Flur. Sie sah sich nach Personal um, aber es war niemand zu sehen. Die massive doppelflügelige Eingangstür war gar nicht weit weg. Mehr konnte sie nicht sehen, bevor sie in einen Seitengang bogen.

Levine öffnete die erste einer Reihe von geschlossenen Türen, und sie kamen in einen Massageraum, in dem es intensiv nach Eukalyptusöl roch. Ein junger Mann massierte gerade eine attraktive Frau, die etwa dreißig Jahre alt sein mochte. Sie lag unter einem Handtuch und war über den Oberschenkel an einen Tropf angeschlossen. Ihre Augen waren geschlossen, aber ein sonniges Lächeln spielte auf ihrem Gesicht.

Sarah sagte: »Ich kenne sie –«

Levine winkte selbstgefällig. »Louise Dupuy, Frankreichs populärste Nachrichtensprecherin.«

Der junge Masseur starrte den Arzt an.

»Und die mächtigste«, sagte Sarah rasch und trat zwischen den jungen Mann und Levine. »Aber sie müßte jetzt schon fünfzig Jahre alt sein, nicht erst dreißig. Und sie hatte immer große Gewichtsprobleme.«

Doktor Levine verschränkte seine kleinen Hände. »Sie ist außerdem Alkoholikerin und hat immer wieder Drogen genommen. Aber sie kommt jetzt seit einem Jahr zu mir. Zuerst war sie jeden Tag vier Stunden lang hier, weil sie so große Probleme hatte. Jetzt ist es nur noch eine Stunde. Ein paar kosmetische Operationen, keine Drogen und kein Alkohol mehr, gesundes Essen und ausreichend Schlaf. Dazu kommen noch unsere Übungen, allgemeine Stärkung der körperlichen Widerstandsfähigkeit und ein auf sie abgestimmtes Meditationsprogramm, und das ist das Ergebnis.« Mit weit ausholender Geste ließ er die Hand über die schlanke, bewegungslose Gestalt gleiten. »Jetzt fürchtet sie sich nicht mehr vor der jüngeren und schöneren

Konkurrenz, denn sie ist selbst jung und schön und ausgesprochen ehrgeizig.«

»Erstaunlich«, sagte Sarah und nahm Doktor Levine beim Arm, während der Masseur sie weiterhin anstarrte. »Aber mehr ist sicherlich auch nicht möglich, oder?«

»Mehr?« Der Arzt schwankte und lachte dann laut. »Kommen Sie nur mit. Kommen Sie.«

Sie kehrten in die leere Eingangshalle zurück. Er streckte den Arm aus, um sich an der Wand abzustützen. Er schien verwirrt.

»Haben Sie Louise Dupuys Persönlichkeit verändert?«

Er richtete sich auf und nickte heftig. »Keine umfassende Änderung, nur Korrekturen einzelner Einstellungen zu bestimmten Dingen, könnte man sagen. Ich habe chemische Substanzen entdeckt, die ganz bestimmte Persönlichkeitsveränderungen hervorrufen, und daraus habe ich ein Medikament für die psychische Umgestaltung entwickelt. Jeder Patient bekommt zuerst einmal die Standardfassung der nervlichen Modellierung. Dazu gehören bestimmte Prägungen: daß sie jeden Tag wieder hierherkommen, sich gesund und selbstsicher fühlen, und noch andere individuelle Veränderungen, die entweder sie oder wir wollen. Das ist heute gar nicht so schwierig.«

Er öffnete die nächste Tür, und sie kamen in einen schwach beleuchteten Raum voller Schläuche und blinkender Lichter. Maschinen brummten und klickten leise. Es roch nach Desinfektionsmittel und Seife. In der Mitte des Zimmers stand ein Bett, und darin lag unter einer weißen Decke ein Mann, der an Stirn, Brust, Händen und Füßen an die verschiedensten Schläuche und Maschinen angeschlossen war.

Sonst war niemand da. Doktor Levines Hand zitterte, als er dem Mann die Hand auf die Stirn legte, aber es war eine zärtliche, fast liebevolle Geste. Die Augen des Mannes starrten an die Decke, als würden sie dort ein fernes Land sehen.

»Gerard«, fragte der Arzt auf französisch, »wie fühlen Sie sich?«

»*Joyeux. Robust. Intelligent. Constant. Vive la Grandeur!*«

»Sehen Sie, Sarah, unser Gerard hier ist ein echter Tycoon, dem eine ganze Reihe von Unternehmen gehören. Seine Arbeiter drohen mit Streik wegen der niedrigen Löhne, langen Arbeitszeiten und schlechten Arbeitsbedingungen. Und dann sind da natürlich auch noch die neuen, hohen Steuern.« Er übersetzte es für Gerard. »Richtig?«

»*Absolument!*«

Der Arzt zögerte und versuchte, seinen neuen Gedanken zu formulieren. Dann fuhr er fort: »Aber Gerard ist sich natürlich der größeren Zusammenhänge bewußt, und daher bleibt er fest – *constant* – und weigert sich, ihnen nachzugeben. Und so werden die meisten am Montag sicherlich streiken, *non*?«

Wieder übersetzte er, und Gerard nickte.

»Aber warum gibt er ihren Forderungen nicht wenigstens in einigen Punkten nach?«

»Manche unserer Kunden sind für Hughes besonders wichtig. Die alle müssen bestimmte ›Einstellungen‹ lernen. Die speziellen Gehirnbereiche, die für die Ideen und Einstellungen verantwortlich sind, arbeiten von vornherein ausgesprochen träge und langsam, aber wenn man eine Idee erst einmal richtig eingeübt hat – ganz so, wie Sie die Identität von Liz Sansborough angenommen haben –, dann formt sich das Gehirn entsprechend um. Wenn man das noch medikamentös unterstützt, ist das Verfahren unfehlbar, und die Belohnung dafür ist natürlich *La Grandeur* –«

Er erstarrte. Sarah beobachtete ihn gespannt. Levine klappte zusammen wie ein Taschenmesser. Sein Kopf berührte beinahe seine Knie. Er röchelte, es klang dumpf und angestrengt. Dann richtete er sich unerwartet rasch wieder auf. Er taumelte vor und zurück wie bei einem Erdbeben und wankte dann durch den dunklen Raum. In seinem verzweifelten Bemühen, nicht umzufallen, griff er nach allem, was sich ihm bot. Alle möglichen Gegenstände fielen zu Boden, Glas zerplatzte klirrend, und ganze Maschinen kippten um. Er drehte sich um und starrte Sarah an. Er schien langsam zu begreifen, daß etwas nicht stimmte. Er warf die Infusion um und fiel auf das Bett. Gerard stürzte nackt auf den Boden.

Sarah rief in eine der Kameras: »Medizinischer Notfall! Schnell! Medizinischer Notfall!« Sie riß einen langen, weißen Kittel vom Haken an der Wand und zog ihn über, eine improvisierte Verkleidung.

Levine versuchte, sie zu packen und starrte sie an. »Was ist los mit mir?« Sein hageres Gesicht verzerrte sich zu einer Grimasse der Verwirrung. Dann änderte sich der Ausdruck plötzlich: Er grinste glücklich, euphorisch, und brach ganz plötzlich zusammen. Sarah packte ihn, drehte ihn mit dem Rücken zur Kamera und sucht nach ihrer Beretta. Sie zog sie aus seiner Kitteltasche, ließ ihn zu Boden fallen und sprang hinter die Tür.

Draußen auf dem Flur hörte sie Schritte. Sie bereitete sich vor – diesmal mußte sie härter sein.

Sechs Personen stürmten herein. Zwei, die Stethoskope in ihren Kitteltaschen hatten, liefen zu Gerard und Levine. Zwei weitere, die aussahen wie Pfleger, kamen dazu. Die fünfte Person, eine Frau mit einer

Pistole, blieb mit den anderen stehen. Der sechste hielt eine Maschinenpistole in beiden Händen und schwenkte sie von links nach rechts. Er sah Sarah und ihre Beretta. Sie spürte, wie sie zögerte.

»Wer sind Sie?« Sein Finger auf dem Abzug bewegte sich.

Sie hatte keine Wahl. Sie schoß. Der Mann flog zurück und prallte mit der Frau zusammen. Sarah lief auf den Flur hinaus. Mühsam riß sie sich zusammen und wartete. Die Frau kam herausgerannt. Sie hielt die Pistole hoch, aber nicht im Anschlag. Sarah schlug ihr den Kolben der Beretta ins Gesicht. Die Frau stürzte bewußtlos zu Boden, und Sarah rannte so schnell sie konnte auf den Eingang zu.

Eine Tür stand offen, und sie hörte, wie draußen jemand mit einer der Schwestern sprach: »Aber Schätzchen! Niemand weigert sich, mit *mir* zu sprechen. Sagen Sie Ihrem Guru-Doktor, daß er *unbedingt* mit mir reden will!«

O Gott! Das war eindeutig die Stimme ihres alten Freundes und Informanten Blount McCaw. Er schob sich an der Schwester vorbei in die Eingangshalle. Er trug weite Baumwollhosen und eine Fotografenweste, kein Hemd, und winkte mit einem Kassettenrecorder. Zwei weitere Pfleger liefen an Sarah vorbei auf ihn zu. Es war das junge Paar aus dem Café Justine! Bremners Leute! Beide hielten ihre Pistolen schußbereit, aber in ihrer Eile hatten sie Sarah in dem weißen Kittel nicht erkannt.

Blount sah die Waffen und erstarrte vor Schreck.

Sarah rief: »Blount! Raus hier!«

»Sarah? Mein Gott, Sarah, bist du das? Was hast du denn mit dir angestellt? Du sahst immer so außergewöhnlich aus, und jetzt ... dein Gesicht. Es ist so *normal*! Du siehst aus wie ein verdammter *Filmstar*!«

Eine klagende Sirene ertönte plötzlich. Es war der Sicherheitsalarm, der mit der hypnotischen Intensität des ›Bolero‹ an und abschwoll. Für den Bruchteil einer Sekunde waren Bremners Leute verwirrt. Die Frau schoß auf Blount, der sich umgedreht hatte, um zu fliehen.

Blounts Kopf explodierte. Die Kugel traf ihn im Hinterkopf und trat durch die Nase wieder aus. Die obere Hälfte seines Gesichts wurde weggerissen, und nur seine vor Schreck aufgerissenen Lippen blieben übrig.

»Blount!« schrie sie. Aber sie wußte, daß er tot war, und sie wußte, daß sie sich selbst retten mußte.

Der Mann hatte ihr Gesicht gesehen und erkannt. Der Lauf seiner Pistole war auf ihr Herz gerichtet. Diesmal zögerte sie nicht. Sie schoß dreimal. Blut spritzte aus seiner Brust, und er stürzte zu Boden. Als sie auf die Tür zulief, schoß sie der Frau ins Bein. Die Schwester an der Tür ging in Deckung.

Sarah rannte an der unbewaffneten Schwester und Blounts Leiche vorbei in die warme Nachtluft. Der ›Bolero‹-Alarm heulte noch immer unermüdlich und manisch hinter ihr. Der lange Kittel flatterte ihr gegen die Beine, als sie schneller wurde.

Dann spürte sie einen plötzlichen, scharfen Schmerz, der ihr wie eine Nadel ins Gehirn drang. Eine Kugel hatte sie an der linken Schulter getroffen. Blut strömte unter dem weißen Kittel hervor. Tränen stiegen ihr in die Augen, aber sie galten mehr Blount als ihr selbst. Sie hatte keine Zeit für Tränen. Sie schoß über den Gehsteig, als ob alle Hunde der Hölle hinter ihr her wären.

Nur Sekunden später stürzte ein halbes Dutzend Pfleger aus dem Je Suis Chez Moi. Sie hatte die Rue Vivienne erreicht. Die Beretta hielt sie noch immer in der Hand. Sie hatte kein Geld, keinen Paß, keinen

Wagen, und ein Haufen bestens ausgebildeter Killer war ihr dicht auf den Fersen. Sie bahnte sich einen Weg durch den Verkehr auf die andere Straßenseite. Hupen ertönten. Fahrer fluchten. Sie verbot sich jedes Gefühl von Panik.

Sie sah den älteren Herrn mit dem Panamahut und dem roten Band. Er saß wieder an seinem Tisch vor dem Café Justine. Er hatte den Hut tief ins Gesicht gezogen, und der Pfeifenstil ragte aus seiner Hemdtasche. Einen Augenblick lang schien es ihr, als ob er aufstand und ihr zuwinkte.

Aber bevor sie sich darüber klar werden konnte, warf eine gewaltige Kraft sie gegen die Wand eines Geschäfts.

Gleichzeitig gab es einen ohrenbetäubenden Knall. Sie duckte sich und legte die Arme schützend über den Kopf, als Ziegel und Putzbrocken auf sie herabregneten.

Als es endlich sicher schien, stand sie auf und sah sich um. Die gesamte Front des klassizistischen Gebäudes, in dem sich das Je Suis Chez Moi befand, war hinter einer dichten Rauchwolke verschwunden. Nur eine steinerne Säule stand noch und ragte aus dem Rauch heraus. Dicke, graue Wolken quollen auf die Straße.

Es muß eine Bombe gewesen sein. Hatte etwa jemand einen Rachefeldzug gegen das Je Suis Chez Moi geplant? Oder … ein weiterer Gedanke … hatte die Bombe sie töten sollen?

42

Durch die Explosion waren auf der ganzen Länge der Rue Vivienne Autos ineinandergefahren. Es herrschte Chaos. Menschen schrien durcheinander. Rauch breitete sich aus. Anwohner kamen aus ihren Wohnungen und aus den Cafés auf die Straße gelaufen, um nachzusehen, was passiert war. Sarah bemerkte, daß der Mann mit dem Panamahut ganz gelassen davonging, als wäre nichts geschehen, unter dem Arm eine zusammengerollte Zeitung, die Hände tief in den Taschen vergraben. Er ging schwungvoll, und es schien ihr, als ob er fröhlich vor sich hin pfiff.

Plötzlich flogen ihr drei Kugeln so nah um die Ohren, daß sie den heißen Luftzug spürte. Ein Mann in der weißen Uniform des Clubs tauchte aus dem dichten Rauch auf und humpelte auf sie zu. Sie lief los und rannte minutenlang im Zickzack durch dunkle Straßen und engen Gassen, bis sie es wagte, über die Schulter einen Blick nach hinten zu werfen. Er war immer noch da, und außerdem noch ein zweiter! Ein großer Mann, der verletzt zu sein schien, und eine kräftige bewaffnete Frau.

Sarah lief noch schneller. Wer hatte die Bombe gelegt? Und warum? Der Mann mit dem Panamahut hatte vielleicht etwas damit zu tun. Sonst wäre er sicher stehengeblieben, wie die anderen Gaffer, oder hätte sich an den Rettungsarbeiten beteiligt. Hatte er ihr zugewinkt? Hatte er sie vielleicht warnen wollen? Oder hatte er gewollt, daß sie näher heranging, damit sie starb?

Sie lief über eine von Blumenbeeten gesäumte Straße. Ihre Schulter pochte fürchterlich. Ihr war schwindlig. Sie mußte sich verstecken. Zu ihrer Rechten stand eine Reihe Wohnhäuser mit schmiedeeisernen Gittern vor den Souterrainwohnungen. Sie sprang über einen Zaun und landete lautlos neben einer Reihe von Mülltonnen. Staub wallte auf und überzog ihren weißen Kittel mit einem schmutziggrauen Film. Sie unterdrückte ein Niesen. Der Müll erinnerte sie an Flores und ihre panische Flucht von der Ranch im Müllwagen. Es schien, als wären seitdem Monate vergangen, aber heute war Samstag, und es mußte am Donnerstag gewesen sein – vor nur zwei Tagen.

So vieles war in der Zwischenzeit passiert ... so viel ... alles! ... hatte sich seitdem verändert. Und es schien ihr, als ob sie immer öfter an Asher dachte und daß ihr seine verrückte, süße, großspurige Art immer besser gefiel. Was war bloß mit ihr los?

Himmel, ihre Schulter tat weh.

Dann hörte sie Schritte auf dem Gehsteig. Sie mußte weg!

Lautlos wich sie in den Schatten des Hauses zurück und tastete sich an der Mauer entlang. Dann sah sie die Rettung: Eine Treppe führte direkt zu einem Tor in einer hohen Steinmauer. Leise huschte sie hinauf und öffnete das Tor. Dahinter bot sich ihr ein unheimlicher Anblick – ein riesiger, alter Friedhof. Ein Meer aus Kreuzen und Grabsteinen in bleichem Kalkstein und Granit erstreckte sich vor ihr im gleichen geisterhaften Weiß wie ihr staubiger Kittel.

Sie dankte dem Himmel für soviel Glück und lief durch das Tor. Die Schmerzen in ihrer Schulter waren mittlerweile unerträglich, und auch alle anderen Schnitte und Prellungen taten ihr jetzt weh. So huschte sie, ein erschöpftes, blutverschmiertes Gespenst, zwischen den bleichen Statuen hindurch und kauerte sich immer wieder an den kalkweißen Stein, der die gleiche Farbe hatte wie sie selbst.

Christine Robitailles Computergeschäft würde gleich schließen. Asher Flores nickte dem Verkäufer zum Abschied zu und trat auf die Straße in den fröhlichen *cité*-Abend hinaus. Ohne Vorwarnung traten drei Männer aus dem Schatten und bohrten ihm ihre Pistolenläufe ins Fleisch. Sie trugen Shorts und weite Hemden wie Touristen, blödelten ausgelassen herum und taten so, als ob sie ganz unerwartet einen alten Freund getroffen hätten.

»Na so ein Zufall, daß wir dich hier treffen, Asher, altes Haus!« Der Mann zog Ashers Gunsite-Pistole unter seinem Arm hervor, und die drei Männer schoben ihn, dicht um ihn gedrängt, vor sich her. Bremners Männer. Wie zum Teufel hatten sie ihn so schnell gefunden?

»Flores, diesmal hast du ganz schön Mist gebaut«, raunte der zweite Mann jetzt. »Es gibt nur eins, womit du deinen Lügenarsch jetzt noch retten kannst. Wo ist Sarah Walker?«

»Hey, wenn ihr sie findet, sagt mir Bescheid«, sagte Asher unschuldig. »Ich suche sie nämlich auch schon die ganze Zeit. Ich habe wirklich alles versucht. Hughes hat mich gebeten, ihm zu helfen.«

»Du gibst auch nie auf, Flores, was?«

»Aufgeben? Ich versuche zu helfen, und zum Dank bohrt ihr mir die Pistolen zwischen die Rippen. Was für eine Art Dank ist das denn eigentlich?« Asher brach der Schweiß aus. Hatte Interpol Christine Robitaille alarmiert? Als sie in ihr Büro gegangen war, hatte sie ihn da gemeldet? Oder hatte jemand letzten Endes doch daran gedacht, ihn mit Hilfe von Gordons Code aufzuspüren?

»Hier rein, Arschloch.« Einer der Männer schob Asher in eine enge Seitenstraße. Ein dunkelblauer Renault stand vor einer bröckeligen Ziegelwand ungefähr zehn Meter weiter. Als einer der Männer die Fahrertür aufschloß, hustete Asher.

»Versuch es gar nicht erst, Flores!«

»Du meine Güte, ihr seid aber nervös. Also, wenn ihr mir sagt, wo ihr gewesen seid, sage ich euch, wo ich gewesen bin. So verschwenden wir keine weitere Zeit.«

»Genau.« Der erste Mann öffnete jetzt die hintere Tür. »Spiel nur den Dummen. Du hast natürlich keine Ahnung, wer Matt Lister und den neuen Jungen, Beno Durante, in Denver umgelegt hat, stimmt's?«

»Denver?« Asher wartete darauf, daß ihn jemand in den Wagen stieß. Er brauchte diesen Schwung, um –

»Rein mit dir, du Scheißkerl.« Das war der dritte Mann. Seine Lippen kräuselten sich verächtlich. Für sie war ein Verräter schlimmer als ein Polizistenmörder. Und in ihren Augen war Asher ein Verräter.

Asher hielt sie hin. »Nicht, wenn ihr mir nicht sagt, was gespielt wird.«

Es stieß ihn noch immer keiner hinein. Dafür waren sie zu schlau.

»Hey, nun kommt schon –« versuchte er es noch einmal, aber ein Schlag traf ihn von hinten auf die weiche Stelle zwischen Schulter und Hals. Eine Welle von Schmerz schwappte über ihm zusammen. Er spürte, wie er nach vorne kippte. Bevor er sich davon erholen konnte, schob ihn jemand in den Wagen. Er sank mit dem Oberkörper auf den Sitz. Seine Beine ragten noch aus dem Wagen. Sie würden ihm keine Gelegenheit geben –

»Keine Bewegung!« Es war die Stimme einer Frau. »Das gilt für alle!«

Asher hob den Kopf. Einen Augenblick lang erkannte er sie nicht. »Sarah! Was zum Teufel ist denn mit Ihnen passiert? Passen Sie auf diese drei Clowns hier auf!« Aber dann sah er, daß sie seinen Rat nicht brauchte. Sie ließ die drei Männer nicht eine Sekunde aus den Augen, als sie wachsam wie ein Raubtier aus der dunklen Gasse auf sie zuschlich. Sie hielt ihre Beretta ruhig und ohne zu zittern in beiden Händen, jederzeit bereit zu schießen. Um Gottes willen, sie war verletzt: Sie trug einen langen, schmutzigen, weißen Kittel, den er nicht kannte, und auf ihrer linken Schulter und Brusthälfte klebte eine Menge frisches Blut. Ihr Gesicht war aschfahl und schmutzig. Das kurze, schwarze Haar stand ihr wild und struppig vom Kopf ab. Sie sah aus, als ob sie mit dem Tod persönlich gekämpft … und gewonnen hätte!

»Das ist Sarah Walker?« fragte einer der drei fassungslos.

Die Männer warfen sich jetzt erstaunte Blicke zu und waren plötzlich vorsichtig. Einer zielte weiterhin auf Asher, die anderen beiden drehten sich um und gingen mit gezogenen Pistolen auf Sarah zu.

»Zurück! Waffen fallen lassen!« Sie schoß ihnen vor die Füße. Die Kugeln trafen pfeifend das Kopfsteinpflaster.

»Unser Befehl lautet, Sie –«

Bevor er weitersprechen konnte, trat Asher dem Mann, der ihn bewachte, so fest in die Knie, daß man es knacken hörte. Er fiel nach hinten.

»Keine Bewegung, Flores!« sagte einer der beiden anderen, die sich auf Sarah konzentriert hatten. »*Dich* müssen wir nicht lebend zurückbringen!«

Aber Asher war blitzschnell. Sein Bewacher hatte im Sturz Ashers Pistole fallen lassen. Asher machte einen Satz und tauchte ab. Der Mann rappelte sich hoch, während die anderen beiden sich wie zwei Vipern umdrehten und sich auf Sarah werfen wollten.

»Halt!« rief Sarah im selben Moment, als Asher sich

wegrollte, und schoß. Aus der Stirn des gestürzten Mannes schossen Blut und Knochensplitter, als er mitten im Sprung auf Asher zuckend auf die Seite fiel. Asher kam jetzt auf die Knie und sah die anderen beiden kurz vor Sarah. Da war plötzlich ein neuer Ausdruck in ihren Augen, bei dem es ihm kalt den Rücken herunterlief. Als ob jemand einen riesigen Scheinwerfer in ihrem Gehirn angeschaltet hätte.

»Oh, verdammt!« Sie schoß zweimal.

Sofort wurde ihr klar, daß all ihre Fragen, wer oder was sie war, sich in der Exaktheit und Leidenschaftslosigkeit dieser zwei Schüsse verloren. Auf diese kurze Distanz warf es die beiden Männer nach hinten wie schlaffe Strohpuppen. Blut spritzte auf das dunkle Kopfsteinpflaster. Die Kugeln trafen sie direkt ins Herz. Sie konnte sich den Luxus nicht erlauben, sie in die Beine oder in die Schulter zu schießen. Es waren zwei; sie war allein. Entweder sie starben, oder sie hatte eine neue Verabredung mit Bremners satanischem Doktor.

Die Angst vor ihrer Unfähigkeit verließ sie so plötzlich wie die Luft einen platzenden, prall gefüllten Ballon. Ihre Wut löste sich auf. Was blieb, waren Entschlossenheit und Unausweichlichkeit. Bremner hatte einen fatalen Fehler gemacht. Sie war jetzt Sarah Walker *und* Liz Sansborough. Beide in einer Person vereint und fest in ihrem Gehirn verankert.

In der Gasse war es plötzlich still. Der Verkehr auf der Hauptstraße floß ganz normal. Asher nahm ihren Arm. »Sarah? Alles in Ordnung?«

Sie nickte. »Mir geht es gut, Flores. Lassen Sie uns hier verschwinden.«

In diesem Augenblick schwor sie sich, daß sie dieses Schwein Bremner niemals davonkommen lassen würde.

43

Sarah und Asher rührten sich nicht. Sie standen in dem schwachen Licht der engen Pariser Gasse und starrten sich über die Leichen hinweg an.

»Himmel«, flüsterte Asher. Er hatte plötzlich das Gefühl, daß er schon sein ganzes Leben lang auf sie gewartet hatte, und nur auf sie.

»Asher?« Sie sehnte sich plötzlich danach, zu heiraten, und es schockierte sie, daß sie ausgerechnet in diesem Augenblick auf so eine Idee kam. Beständigkeit? Sich auf eine Beziehung einlassen? Sie? Jetzt?

»Was?« sagte er.

In der Entfernung erklang eine Polizeisirene, und sie vergaß, was sie sagen wollte. Sie sah den Wagen der toten Männer an. »Sie fahren besser«, sagte sie. Sie sank auf den Beifahrersitz des dunkelblauen Renault, legte die Beretta in ihren Schoß und hielt sich die verletzte Schulter.

Er fand die Autoschlüssel bei einer der Leichen, setzte sich ans Steuer und fuhr aus der Gasse.

»Wie schlimm ist Ihre Wunde?« fragte Flores besorgt. »Brauchen Sie einen Arzt?«

»Es war nur ein Streifschuß. Etwas zum Desinfizieren, eine antibakterielle Creme und Aspirin gegen die Schmerzen müßten genügen. Meine letzte Tetanusimpfung habe ich auf der Ranch bekommen.« Ihr Kopf sank nach hinten, und sie erlaubte sich endlich, die Tiefe ihrer Erschöpfung zuzulassen.

»Wo ist Ihr Rucksack?«

»In Doktor Levines Büro im Je Suis Chez Moi.«

»Doktor Levines –!« Er sah ihr erschöpftes Gesicht. »Nein. Das können Sie mir später erzählen. Zuerst brauchen Sie ärztliche Behandlung, und dann müssen

Sie sich ausruhen. Ich habe ein Hotel gefunden, in dem wir sicher sind. Ich werde Sie ins Zimmer bringen und später noch einmal gehen und neue Kleider für Sie besorgen. Okay?«

»Klingt gut.« Plötzlich nahm sie ihre Beretta und zog das Magazin heraus. Es war leer. Sie starrte es an und dann Asher. Wenn sie diese letzte Kugel nicht gehabt hätte –? Aber sie hatte sie gehabt. Sie lächelte ihn an.

Asher dachte, daß er noch nie etwas so Schönes, Aufregendes gesehen hatte wie dieses erschöpfte Lächeln in dem dreckverschmierten Gesicht.

Ihr Lächeln wurde breiter. »Ich habe Levine unter Drogen gesetzt. Es war eine ganz ordentliche Dosis. Den Augenblick werde ich nie vergessen.«

Nachts zeigte Paris seinen wahren Charme. Das Licht der Laternen vermischte sich mit der Musik auf den Boulevards. Überall roch es nach Parfüm, kräftigem Rotwein und exotischen Tabaksorten. Unter dem klaren Sternenhimmel landete der Helikopter mit Gordon Taite an Bord auf dem Dach des Tour Languedoc. Er fuhr mit dem Fahrstuhl ein Stockwerk tiefer ins Herz des U. S.-Geheimdienstes in Frankreich. Dort stellte man ihm ein Büro zur Verfügung, und er rief das MASKERADE-Team zusammen.

»Berichten Sie.«

Sie erzählten, daß man Sarah Walker bei dem Versuch, ins Je Suis Chez Moi einzubrechen, gefaßt hatte.

Gordons Gesicht rötete sich. »Wo ist sie? Bremner wird –«

»Er ist auf dem Weg. Er weiß Bescheid«, sagte der Leiter des Pariser Teams. »Aber … sie ist wieder entkommen. Sie –»

»Was?« Gordon starrte den Mann fassungslos an. »Wie?«

»Doktor Levine wollte mit ihr allein sprechen, also hat er die Wachen weggeschickt. Sie muß ihm heimlich irgendeine Droge in den Drink getan haben. Dann hat sie ihm ihre Pistole wieder abgenommen und hat ein paar von unseren Leuten getötet. Sie ist angeschossen worden, konnte aber trotzdem entkommen. Levine ist frühestens morgen ansprechbar.«

»Wann morgen? Wenn wir den Schaden, den er angerichtet hat, bereinigt und Walker wieder geschnappt haben, gibt es einiges zu tun für ihn.«

»Das wissen wir nicht, Sir. Seine Assistentin ist bei ihm. Sie hat uns versichert, daß er rechtzeitig wieder zu sich kommen wird. Wenn nicht, kann sie die Sache übernehmen.«

Gordon verschränkte die Arme über der muskulösen Brust und runzelte die Stirn. Er mochte Allan Levine, diesen aufgeblasenen Dilettanten, nicht besonders, aber Hughes Bremner – und MASKERADE – brauchten ihn.

»Was ist mit Asher Flores?« fragte er.

Die zwölf Männer und Frauen warfen sich nervöse Blicke zu.

»Raus damit!« bellte Gordon.

»Er ist ebenfalls entkommen, Sir.« Der Teamleiter berichtete, was vorgefallen war. Als sich das Drei-Mann-Team nicht wie vereinbart zurückgemeldet hatte, war eine Reservecrew losgeschickt worden. »Die ganze Gasse war voll von Pariser Polizei. Wir sind einfach nicht herangekommen. Wir wissen nur, daß unser Wagen weg ist und drei unserer Männer tot sind, und die Franzmänner wollen wissen, warum wir in ihrem Land herumballern wie die Verrückten, ohne erst mit ihnen darüber zu sprechen. Sie werden einen Anruf erhalten.«

»Da bin ich sicher. Wen haben wir verloren?« Er hörte die Namen der drei Männer und schüttelte den Kopf. »Das waren verdammt gute Männer. Also, wo stehen wir jetzt?«

Abwechselnd berichteten die Teammitglieder, wie das Suchnetz, das Gordon vorher angeordnet hatte, im einzelnen organisiert war: zwei Dutzend Agenten fragten per Telefon oder persönlich in den Hotels der Stadt und der Vororte nach Asher Flores oder seinen Decknamen. Wenn sie damit nicht erfolgreich waren, hatten sie Beschreibungen und Fotos von Flores und Walker. Außerdem suchten sie nach dem verschwundenen Languedoc-Wagen und erkundigten sich in Apotheken und bei Ärzten, ob sie eine Frau mit einer Schußwunde in der linken Schulter gesehen oder behandelt hätten.

»Wir haben ihren Rucksack mit all ihren Pässen und ihrem Geld«, sagte der Teamchef. »Wenn man sie aus irgendeinem Grund anhält, ist sie ohne Paß in Schwierigkeiten. Sie hat einen ganzen Haufen Bargeld und Reiseschecks dabei gehabt. Wir nehmen an, daß sie sich wieder mit Flores treffen wird und daß er noch genug Geld für beide bei sich hat. Aber wie sie überhaupt an soviel Geld kommen konnte, ist mir ein Rätsel. Wo hat sie das her, Boß?«

»Von Flores natürlich. Das Schwein hat einen unserer Notfonds geplündert.« Gordon funkelte sie wütend an, als ob sie daran schuld wären, daß Sarah ihm den Code gestohlen und ihn an Flores weitergegeben hatte. Er hob das Kinn und sah sie kühl an, so wie Bremner es immer machte. Sie waren die besten Agenten aus ganz Europa. »Ich bin autorisiert, eine private Belohnung von fünfzigtausend Dollar auszusetzen für denjenigen, der Walker findet. Wir haben nur noch zwanzig Stunden.« Seine Stimme wurde ernst. Sie trugen eine heilige Verantwortung: »Hughes Bremner – und Langley – verlassen sich auf Sie!«

Jedes Mitglied des Teams nickte ernst. Sie waren die besten, und sie wußten es. Ihnen standen im Einsatz Mittel und Wege zur Verfügung, von denen andere keine Ahnung hatten. Sie würden Sarah Walker finden.

Das Hotel Aphrodite war ein klassisches Backsteingebäude aus dem neunzehnten Jahrhundert mit hölzernen Fensterläden an den Doppelfenstern. Die Zimmer waren mit altmodischen Blümchentapeten ausgestattet, und in den mit Blattgold verzierten Aufenthaltsräumen gab es einen Schreibservice und Faxgeräte. Elegante Verkaufswagen boten alles von handbemalten Blumentöpfen bis zu in Armagnac eingelegten Pfirsichen an.

Als Asher sie über die Hintertreppe ins Zimmer schmuggelte, versuchte Sarah trotz ihrer schmerzenden Schulter und allgemeinen Erschöpfung, wenigstens einen kurzen Blick auf all den Luxus zu erhaschen. Im Zimmer ging sie sofort ins Bad. Dort gab es ein Bidet, einen Föhn und verschiedene Cremes, aber sie bemerkte das alles kaum, nahm eine doppelte Dosis Aspirin, zog sich mühsam aus und glitt in einen der weichen, dicken Hotelbademäntel.

Sie kam heraus und setzte sich an den Tisch. Asher öffnete eine Flasche Antiseptikum. Sie zog den Bademantel über ihrer Schulter herunter und erzählte ihm vom Je Suis Chez Moi. Die Kugel hatte einen häßlichen Tunnel durch ihren Trapezmuskel geschlagen. Asher preßte die Lippen zusammen und tupfte die offene Wunde vorsichtig mit der antiseptischen Lösung ab.

Als er fertig war, sagte er: »Also haben Sie keine

Idee, wie Bremner an die Milliarden kommen will, von denen Levine gesprochen hat?«

»Noch nicht.« Sie klammerte sich am Tisch fest. Das Antiseptikum brannte, und die Wunde pochte jetzt noch mehr als vorher. »Levine ist so auf seine eigene Arbeit fixiert, daß er sich um nichts anderes kümmert. Vielleicht hat Bremner ihm sogar alles erzählt, und er hat es einfach wieder vergessen.«

»Was ist mit diesem Industriellen – der gerade die Medikamente bekommen hatte? Warum gibt er den Forderungen seiner Arbeiter nicht nach, wenn er doch anscheinend der Meinung ist, daß sie recht haben?«

»Wegen *La Grandeur*«, sagte sie und biß die Zähne zusammen. »Das ist ein Ausdruck von Charles de Gaulle. In den fünfziger Jahren hat er damit an die patriotischen Gefühle des Volkes appelliert. Er wollte sein Land zu seiner einstigen Größe zurückführen, als es sich selbst in der Vormachtstellung der zivilisierten Welt sah. Jedenfalls muß Bremners Unternehmen gewaltig sein, und Levine plant ein privates Labor mit dauerhafter finanzieller Unterstützung. Es klang so, als ob dieser Tycoon, den ich dort gesehen habe, irgendwie ein Teil des Plans ist. Wie wir beide nur zu gut wissen, tut Bremner nichts ohne Grund. Es muß sich also auszahlen, wenn er sich die Mühe macht, einen so hochgeheimen Club für Frankreichs Elite auf die Beine zu stellen.«

Asher stellte die Flasche mit dem Antiseptikum weg und nahm statt dessen eine Tube mit antibiotischer Creme. Er preßte einen Strang passend für die Länge der Wunde heraus.

Die kühle Creme war angenehm. »Ich denke mir das so«, sagte Sarah. »Erstens – wir kennen Levines Experimente, ihre Wirkungen auf Gehirn und Körper, und sie scheinen beunruhigend erfolgreich zu sein. Und –

zweitens – irgend etwas Großes geschieht am Montag, das Milliarden für Bremner und seine Leute abwerfen wird. Und – drittens – gibt es da noch einen internationalen Auftragskiller, der in die Vereinigten Staaten kommen will, den Bremner aber umbringen möchte, bevor er sein Wissen an den Mann bringen kann.«

»Ich habe noch eine Ergänzung.« Asher erzählte, was er bei seiner Computerrecherche in Christine Robitailles Geschäft gefunden hatte. »Am Ende der Carnivore-Akte hieß es, daß der Präsident seine Meinung geändert habe: Der Carnivore soll seine Spielsachen wieder einpacken und woanders hingehen.«

Sie runzelte die Stirn. »Das ergibt keinen Sinn. Warum sollte mir Levine dann erzählen, daß die Ankunft des Carnivore für acht Uhr morgen abend geplant ist? Da war er sehr bestimmt.«

»So bald schon?«

Sie nickte.

Er schüttelte den Kopf. »Entweder ist jemand falsch informiert, oder jemand lügt, oder –«

»Oder Bremner zieht das Ganze auf eigene Faust durch. Meine Güte, was immer er für Montag geplant hat, es muß wirklich gigantisch sein!«

»Und da ist noch mehr«, sagte Asher. Er erzählte ihr von Lucas Maynards Tod. »Das ergibt auch keinen Sinn. Falls Maynard nicht irgend etwas wußte und Bremner ihn hat umbringen lassen.«

Während sie über die Ungeheuerlichkeit nachdachte, den Präsidenten zu hintergehen, legte Asher ein dickes Stück Verbandsmull auf ihre Wunde und klebte es fest.

Sie lächelte. »Sie sind ein behutsamer Arzt, Asher.«

Sie sahen sich lange in die Augen.

Sie sah zuerst weg. »Wie hat Languedoc Sie gefunden?«

»Vielleicht über Gordons Code. Es war nur eine Frage der Zeit.« Er machte eine Pause. »Wie auch immer, die Sache mit Gold-Star-Rent-a-Car scheint eine Sackgasse zu sein. Alles klingt vollkommen normal. Nichts Verdächtiges. Ich habe eine Liste von Sterling-O'Keefes Firmen ausgedruckt. Ich zeige sie Ihnen später. Vielleicht fällt Ihnen ja etwas dazu ein.«

Sie schob den Bademantel über den Verband. Es war an der Zeit, daß Asher ihre blutigen Kleider aus dem Hotel herausschmuggelte und ihr neue kaufte. Es gab immer Geschäfte, die auch spät am Abend noch geöffnet hatten.

Sie wollte, daß er blieb. Und er wollte bleiben.

Sie sagte: »Sie haben Blount umgebracht.« Sie schloß die Augen. »Ich kann es immer noch nicht glauben. Er war so lieb und ehrlich und lustig. Er war überzeugt davon, daß die Prominenten der Abschaum der Menschheit seien, und er hat es als seine persönliche Aufgabe betrachtet, sie alle bloßzustellen. Er fand mein neues Gesicht schrecklich.« Zwei Tränen liefen ihr die Wangen hinunter.

»Sie haben ihn wohl wirklich gern gehabt.«

»Ja.« Sie konnte Blounts Stimme hören, die so unglaublich fröhlich geklungen hatte: *Mein Gott, Sarah … Du siehst aus wie ein verdammter FILMSTAR!* »Der Tod ist so verflucht endgültig.«

Asher sagte: »Lucas Maynard gehörte zu Bremners engsten Vertrauten. Sie haben über dreißig Jahre zusammengearbeitet.« Er ließ sie einen Augenblick darüber nachdenken, bevor er fortfuhr. »Das war verdammt gute Arbeit im Je Suis Chez Moi. Es war nicht nur Glück, daß Sie da lebend rausgekommen sind. Wieso haben Sie eigentlich das Delirium gekauft?«

»Ich weiß es nicht. Es war so eine Art Vorahnung. Oder vielleicht war es auch nur deswegen, weil ich mir der Wirkung von Drogen plötzlich so viel bewußter bin – schließlich habe ich sie in letzter Zeit besser kennengelernt, als mir lieb ist.«

»In unserem Beruf ist diese Art von Instinkt besonders wertvoll. Sie haben ihn, Sarah, und das kann einem niemand auf der ganzen Welt beibringen.« Er wartete darauf, daß sie ihm widersprach und ihm sagte, daß sie keine Agentin sei und auch niemals eine werden würde.

Sie sagte: »Ich habe mich verändert.«

»Ich weiß.«

»Ich bin froh darüber.«

»Ich auch.« Er wollte sie in den Arm nehmen und ihr sagen, daß er wußte, wie schwer es für sie gewesen sein muß, und daß sie ihren gefährlichsten Feind besiegt hatte – sich selbst. Aber sie durften es nicht noch länger hinauszögern. Sie brauchte eine Tarnung. Morgen war das Treffen mit dem Carnivore. Sie mußte herausfinden, wo es stattfinden sollte, wie Bremner ihn umbringen wollte und wie das alles mit dem Milliarden-Dollar-Unternehmen am Montag zusammenhing.

Sarah schloß die Tür ab, als Asher gegangen war. Das Aspirin begann zu wirken, und ihre Schulter fühlte sich schon besser an. Aber jetzt wurde ihr erst richtig bewußt, wie schmutzig sie war. Außerdem taten ihr alle Knochen weh. Ein langes, heißes Bad war jetzt genau das Richtige. Sie nahm ihre neugeladene Beretta, ließ Wasser in die Badewanne laufen und stieg vorsichtig hinein, so daß der Verband trocken blieb. Das heiße Wasser war herrlich.

Sie schloß die Augen und versuchte, an nichts zu denken. Weder an die Vergangenheit noch an die Gegenwart. Sie versuchte es, aber das Je Suis Chez Moi und ihr persönlicher Doktor Frankenstein – Allan Levine – gingen ihr nicht aus dem Kopf. Die entsetzliche Angst in Blount McCaws Augen, als er starb. Immer wieder sah sie den ganzen Ablauf dieser grauenhaften Nacht vor sich. Und dann endlich verschwanden die Bilder, und sie dachte an Asher.

Sie sah ihn vor sich und ertappte sich dabei, daß sie ihn in Gedanken auszog. Sie lächelte genießerisch.

Dann riß sie die Augen auf. Sie hörte das Geräusch eines Schlüssels im Türschloß. Außer der Badezimmertür gab es noch zwei andere Türen – eine führte hinaus auf den Flur, die andere ins Nebenzimmer. Sie war verschlossen. Das Geräusch kam von der Tür zum Flur. Die Badezimmertür stand weit offen, damit sie die andere Tür im Blick hatte.

Mit klopfendem Herzen nahm sie ihre Pistole, die neben der Wanne auf dem Boden lag. Sie zielte auf die Tür, als sie sich langsam öffnete.

Eine Frauenstimme rief: »*Bonsoir! Bonsoir! Pardonnez-moi!*«

Sarah fixierte die Tür weiterhin mit grimmiger Miene. Es konnte jemand von Bremners Leuten sein. Oder auch nur das Zimmermädchen.

Unfreundlich rief sie: »Gehen Sie. Das Zimmer ist besetzt!«

Die Tür öffnete sich weiter. »*Bonsoir. Bonsoir!*«

Sarah spannte den Hahn der Beretta. Sie zwang sich dazu, langsam auszuatmen. Himmel, sie hoffte, daß es nur das Zimmermädchen war.

Plötzlich erschien Ashers dunkles Gesicht. Auf dem Kopf trug er eine nagelneue, schwarze Baskenmütze. »*Bonsoir, madame!*« Es klang perfekt wie eine Frauenstimme. Stolz kam er hereinspaziert, warf die Tür mit dem Fuß zu, stellte die Einkaufstaschen aufs nächstgelegene Bett und schloß die Tür ab.

»Asher! Sind Sie total verrückt? Ich hätte Sie umbringen können!«

Er wollte grinsen, aber dann sah er sie an. Er starrte sie über die Betten hinweg an. Wie angewurzelt stand er da und starrte sie an.

Sie sah ihre Nacktheit in seinen Augen. Sie ließ die Beretta sinken.

Lange erwiderte sie seinen Blick und spürte die plötzliche Hitze in ihrem Unterkörper. Heißes Begehren wallte in ihr auf und ließ sich nicht mehr unterdrücken. Wieder dachte sie an ihn, zog ihn in Gedanken aus, und –

Schweratmend kam er auf sie zu. Sie stand auf, und das Wasser lief an ihrem Körper hinunter. Sie stieg aus der Wanne in seine Arme. Sein Mund sank auf ihren herab, leidenschaftlich und verschlingend. Seine salzige Zunge kitzelte ihren Gaumen. Sie spürte den rauhen Stoff seiner Jeans und die Knöpfe seines Hemds auf ihrer nackten Haut. Lockend. Fordernd. Er erschauerte und stöhnte. Sie öffnete seinen Gürtel, riß und zog an seiner Hose und stellte sich auf die Zehenspitzen.

»Oh, Gott«, stöhnte sie, als er heiß und hart in sie hineinglitt. »Oh, Gott.«

44

Das Hotelzimmer war schwach erleuchtet, nur eine Nachttischlampe brannte. Es roch nach Sex und nach Badeöl. Sarah und Asher lagen ineinander verschlungen auf einem der zwei Betten. Sie mußte sich erst darüber klar werden, welches ihre Beine und welches seine waren. Sie spürte den dumpfen Schmerz ihrer Wunde und der anderen Verletzungen, aber sie kümmerte sich nicht darum.

»Schnurrst du?« flüsterte er ihr ins Ohr.

»Vielleicht. Es fühlt sich jedenfalls so an, als ob etwas in mir summt. Ein glückliches Summen.«

»Nun ja, es ist noch gar nicht lange her, da war ich das. In dir, meine ich.«

»Ja, aber du hast weder geschnurrt noch gesummt. Brüllen würde wohl eher passen.«

»Ich mache viel Lärm dabei, nicht wahr?«

Sie lachte und drehte sich um, damit sie ihn ansehen konnte. Ihre Nasenspitze berührte seine. »Atme«, sagte sie. »Ich möchte dich einatmen.«

»Ich atme doch. Merkst du das nicht?«

»Doch. Ich möchte nur das Versprechen, daß du es auch weiterhin tust.« Sie sog seinen Atem ein. »Köstlich.« Sie seufzte. »Mein Gott, ich bin froh, daß wir beide leben.«

»*Yeah.* Man lernt, auch die einfachen Dinge des Lebens zu schätzen, nicht wahr?« Er zeichnete mit dem Finger die Linie ihres Ohrs nach. »Ich glaube, wir sollten langsam etwas essen.«

»Unbedingt. Damit wir bei Kräften bleiben.«

Sie würden im Zimmer bleiben müssen. Je weniger man sie sah, desto besser. Er hatte sich im Hotel auf einen Namen angemeldet, den niemand vom Languedoc kannte, aber trotzdem durften sie kein Risiko eingehen.

Er stützte sich auf den Ellbogen und sah auf sie hinunter. Mit seinem gelockten schwarzen Haar und dem Bart sah er aus wie ein Pirat. »Das Restaurant hier ist *superbe.*« Nackt stand er auf, und sie beobachtete das Spiel seiner langen, sehnigen Muskeln. Sie liebte es, wie sein Körper von der Brust bis zu den Hüften immer schmaler wurde. Es war so männlich.

Wie eine Katze, die sich träge in der Sonne räkelte, sah sie ihm beim Telefonieren zu. Er bestellte souverän in perfektem, fließendem Französisch. Sie betrachtete das schwarze Dreieck aus Haaren zwischen seinen Beinen. Sein Penis hob und senkte sich, als ob er ihr zuwinken wollte.

Sie stand auf und kniete sich neben seinen Stuhl. Ihre Fingerspitzen glitten durch die weichen, gelockten Haare auf seiner Brust über seinen Bauch und weiter hinunter.

»Du bist so unglaublich sexy«, hauchte sie und ließ ihre Hand immer tiefer runter gleiten.

Er sprang auf, grinste und schob sie weg. *»Merci beaucoup«*, sagte er in den Hörer. Er sah auf sie hinunter. »Du kannst einen vielleicht durcheinanderbringen!«

»Merci beaucoup.«

Noch immer nackt standen sie Schulter an Schulter an dem hohen Fenster und sahen durch einen Spalt im Vorhang auf die schmale Rue Bonaparte hinunter. Sie schlangen die Arme umeinander.

Spannung knisterte zwischen ihnen.

Auf der Rue Bonaparte gab es eine ganze Reihe schicker Kunstgalerien und Antiquitätengeschäfte. »Das ist wirklich eine alte Straße«, sagte er. »Stell dir vor, schon um 1250 sind hier Straßenhändler und Prinzen geritten.« Er beobachtete den Verkehr, und sie wußte, daß er nach mehr als nach Geistern des dreizehnten Jahrhunderts suchte.

Niemand stand auf dem Gehweg gegenüber und beobachtete das Hotel. Auch ohne zu sprechen, verstanden sie beide, wie wichtig das war. Sie wandten sich vom Fenster ab und setzten sich einander gegenüber an den runden Tisch.

»Wir sollten die Bademäntel anziehen«, sagte er.

»Ja.«

Aber sie taten es nicht. Sie stellten ihre Stühle nebeneinander und betrachteten sich gegenseitig. Sie genossen die aufregende Erkundung. Das Risiko der Nähe.

Sie sagte: »Ich habe heute noch ein paar andere Leute angerufen, das sollte ich dir erzählen. Der eine war ein Kollege in London. Er hat sich die alten Ausgaben der *London Times* auf Mikrofilm vorgenommen aus der Zeit, als Liz Sansboroughs Eltern gestorben sind. Er hat auch eine kurze Notiz gefunden. Aber eines war eigenartig. Erinnerst du dich noch daran, daß Gordon gesagt hat, sie wären bei einem Raubüberfall in New York umgekommen?«

»Ja, das weiß ich noch.«

»Na ja, sie sind zwar in New York gestorben. Und die Polizei hat auch von Raubüberfall gesprochen. Aber ihre Leichen, die man in der Nähe des Times Square gefunden hat, waren teilweise verbrannt. Sie hatten ihre Brieftaschen noch bei sich, aber kein Geld und keinen Schmuck mehr.«

»Und?«

»Meiner Erfahrung nach nimmt ein Dieb alles mit. Er macht sich nicht die Mühe, Geld und Kreditkarten aus der Brieftasche zu nehmen. Er nimmt alles, denn er will schließlich so schnell wie möglich verschwinden.«

»Stimmt. Aber was sagt dir das?«

»Ich weiß es nicht. Vielleicht gar nichts. Aber es ist ein Detail mehr, das irgendwie Sinn macht, wenn auch vielleicht noch nicht jetzt.«

»Doch, das tut es durchaus. Was du über Liz Sansborough weißt, stammt alles aus den Langley-Akten oder von Gordon. Warum sollten sie dir Details über den Tod deiner ›Eltern‹ mitteilen? Vergiß nicht, Gordon war nur eines wichtig – dich umzuformen. Da waren Einzelheiten nicht wichtig.«

Das Essen war da, und sie liefen los, um sich die Bademäntel anzuziehen. Er berührte ihre Brust, als sie an ihm vorüberflog, und dachte, daß er noch nie eine so perfekte, wunderschöne Rundung gesehen hatte.

Als sie sich die Bademäntel angezogen hatten, ließen sie den Kellner herein. Feierlich nahm er die silbernen Hauben herunter und servierte. Für *monsieur* gab es *ravioli de langoustine au chou,* Ravioli mit Hummer auf Kohl, und für *madame Challans canard aux cerises,* Challans-Ente mit Kirschen. *Monsieur* hatte außerdem noch einen roten Burgunder bestellt, einen Morey-St. Denis Clos de Tart 1983, ein sehr guter Jahrgang von einem ausgezeichneten Weingut der Familie Mommessin.

Nachdem sich der Kellner in seiner weißen Schürze verbeugt hatte und gegangen war, berührte Asher ihr Glas mit seinem. »Auf einen besonders guten Jahrgang. Deinen.«

»Unseren.« Sie sagte es, ohne nachzudenken, ohne zu zögern. War das ein Omen?

»Auf unseren.« Er grinste zustimmend, und seine weißen Zähne blitzten zwischen dem immer dichter werdenden Bart.

Sie nahmen ihre Gabeln und aßen.

Sie sagte: »Deine Mutter war eine polnische Jüdin und dein Vater ein katholischer Mexikaner. Warum sprichst du dann so perfekt Französisch und schwärmst dauernd von Paris? Über die Geschichte der Juden und Polen oder Mexiko, Spanien und den Papst habe ich dich noch nie ein Wort verlieren hören.«

»Darüber habe ich mir eigentlich nie besonders viele Gedanken gemacht.«

»Warum nicht?«

»Weiß ich auch nicht.« Er kaute. »Ist das wichtig?«

»Sicher ist das wichtig. Es ist dein Leben, deine Identität, das ist wichtig. Frag mich nur, ich kann es dir sagen.«

»Für dich mag es ja toll sein, ein Leben zu haben, bei meinem steht das Urteil noch aus.«

Das war eine neue Seite an Asher, und sie hatte das Gefühl, daß er das, was er jetzt laut sagte, sonst für sich behielt. Sie fragte: »Warst du wütend darüber, daß du sowohl in die Synagoge als auch in die Kirche gehen mußtest?«

»Nein, eigentlich habe ich beide Religionen geliebt. Die feierlichen Zeremonien, das Singen. Die Pater und Nonnen und den Rabbi und die *minyun*. Die Geschichten über edle Taten. Samstag, am Sabbat, sind meine Mutter und ich in die Synagoge gegangen und haben nicht gearbeitet. Am Sonntag gingen mein Vater und ich dann zur Messe. Beides erschien mir ganz natürlich. Dann hörte ich sie eines Nachts streiten. Sie stritten sich über Gott. Wer hatte den richtigen Gott? Die Katholiken oder die Juden? Ich war nur ein Kind, und für mich war es wichtig, welchen Gott ich wählte, denn das wäre dann der richtige. Und was war dann der andere? Gehackte Leber? Chimichanga?«

Er drehte sich zum Fenster, als ob er durch die Vorhänge auf die historische Straße zu ihren Füßen blicken könnte. Als ob er sich in die Vergangenheit zurückversetzen und die Logik des elterlichen Streits, ihres Religionskrieges, sehen könnte. Er schüttelte den Kopf. Er konnte keines von beidem sehen.

»Ich kann mir vorstellen, daß dich das ganz schön verrückt gemacht hat.« Sie betrachtete sein Profil, die edle Nase. Sie erinnerte sie an Hieroglyphen der Mayas oder an die Kritzelei auf einer Ghettowand in Warschau. Im Lampenlicht sah es aus, als ob er ganz leicht zitterte.

»Ein bißchen schon, vielleicht.« Er drehte sich wieder um und sah sie verwirrt und überrascht an, daß er soviel von sich offenbart hatte.

»Willkommen im Klub. Mir fehlt noch immer ein ganzer Teil meines Gedächtnisses. Wer weiß, wie verrückt ich bin, wenn ich mich erst mal wieder an alles erinnern kann.«

»Aber vielleicht gefällt es dir auch.«

Einen Moment lang sah sie sich ihren Kopf an seiner Brust vergraben. Sah sich nackt in seiner elektrisierenden Intensität baden, die sie so unglaublich anziehend fand. Sie nahm ihr Glas in die Hand. Es war ein edler, voller Wein. Sie wollte, daß sie beide wieder nackt waren, sich an seine Kurven schmiegen. Sie konnte ihn über den Tisch hinweg riechen. Es war noch der Geruch der Reise, den sie schon abgewaschen hatte, den er aber noch trug.

Er legte seine Gabel hin, streckte einen Arm aus und berührte sanft ihre Wange. Sie schmiegte sich an seine Hand und küßte sie. Sie sah den Hunger in seinen Augen, so offen und verletzlich.

Nach dem Abendessen zeigte er ihr die Kleider, die er für sie gekauft hatte – ein weißes Männerhemd, schwarze Krawatte, einen nüchternen schwarzen Anzug, schwarze Socken und Schuhe, ein Käppchen, einen Filzhut mit breiter Krempe, der über das Käppchen paßte, einen Gebetsschal und falsche Schläfenlöckchen, die zu ihrem schwarzgefärbten Haar paßten.

Sie berührte die seidigen Löckchen. »Du lieber Himmel, ich gehe zu einem jüdischen Begräbnis.«

»Ich hoffe nicht. Das ist die Standardkleidung eines jungen, männlichen chassidischen Juden. Du wirst noch eine Brille brauchen –« er gab ihr eine Brille mit Metallrand »– und *tefillin*.« Er hielt ihr eine lederne Schachtel mit einem langen Riemen hin. »*Tefillin*«, wiederholte er, und sie nahm sie. »Ich zeige dir, wie man den Riemen um den Arm wickelt. Die Schachtel enthält die Heilige Schrift. Du mußt wissen, Chassidim heißt ›die Frommen‹, und das nehmen sie sehr ernst. Sie vertrauen auf Gott, predigen freudige Verehrung und beten sehr viel. Sie beten ausgesprochen viel.«

»Ich werde wie ein Student aussehen, nicht wahr?«

»Genau. Ein junger, männlicher Jeshiva-Student, ganz ohne Bart. Niemand wird dich erkennen.«

Sie lachte leise. »Genial.«

Dann zeigte er ihr seine neuen Stücke – Freizeitkleidung eines Geschäftsmannes – und die lange Liste der Sterling-O'Keefe-Unternehmen. Sie las einige der Namen laut vor: OMNI-American Savings & Loan, zum größten Teil in den westlichen oder südwestlichen Regionen der Vereinigten Staaten angesiedelt. Die Hotel-Casinos des President's Palace in Las Vegas und Atlantic City. Gold Star Credit Resources, Amerikas größtes Kreditkarten-Unternehmen. Gold-Star-Rent-a-Car, ein riesiges internationales Unternehmen. Sie studierte die Liste. »Ich verstehe das nicht. Gibt es eine Verbindung zwischen Sterling-O'Keefe und Gordon und Bremer oder sogar Langley?«

Flores war die ganze Zeit über im Zimmer auf und ab gegangen, und sein langer Bademantel schlug ihm mit jedem Schritt gegen die nackten Waden.

»Langley!« er schnippte mit den Fingern.

»Was?«

»Warum ist mir das nicht gleich eingefallen. Wer war einer der ›Gründer‹ Langleys? Einer der visionären Führer, der den damaligen OSS in den heutigen CIA umgewandelt hat?«

Sie starrte ihn an. »John O'Keefe. ›Red Jack‹ O'Keefe.«

»Sterling-*O'Keefe*.«

»O'Keefe ist ein ziemlich häufiger Name, Asher.«

»Vielleicht, aber Jack O'Keefe war Bremners Mentor. Wenn Bremner zu Sterling-O'Keefe gehört, dann könnte auch Jack O'Keefe dazugehören.«

»Aber lebt O'Keefe überhaupt noch?«

»Wenn er gestorben wäre, hätte ich das gehört. Dann hätte es überall Ehrenbekundungen gegeben. Er war der König der U.S.-Spionage. Wenn wir ihn finden könnten –«

»Wir werden ihn finden.«

»Christine Robitaille.« Er ging weiter im Zimmer umher. »Er und Christine waren vor vielen Jahren einmal ein Paar. Das hat sie mir früher mal erzählt. Vielleicht weiß sie, wo wir ihn finden können.«

»Languedoc wird ihr Geschäft sicher beobachten lassen.«

»Stimmt. Sie wissen zwar, daß es sehr unwahrscheinlich ist, daß ich dort noch einmal auftauche, aber sie werden es trotzdem nicht darauf ankommen lassen. Morgen werde ich versuchen, ihr eine Nachricht zukommen zu lassen und sie davon überzeugen, daß sie mich treffen muß. Sie hat mir schon einmal vor Jahren das Leben gerettet. Ich brauche jemanden, dem ich vertrauen kann, wenn ich O'Keefe finden will. Ich kann ja schließlich nicht in den Languedoc hereinspazieren und nach ihm fragen. Sie ist die beste Möglichkeit. Ich werde erst mit ihr sprechen, wenn ich weiß, daß sie sauber ist.«

»Gut. Aber wenn sie dich nicht verraten hat, wie haben diese drei Schlägertypen dich dann in ihrem Geschäft gefunden?«

»Ich vermute, es war Bremner. Sie müssen herausgefunden haben, daß ich das Notfallkonto in Denver leergeräumt habe, um unseren Trip hierher zu finanzieren, und daß ich dafür Gordons Code benutzt habe. Bremner wird darauf gewartet haben, daß ich ihn noch einmal benutze. Ich habe schon viel zu lange Glück gehabt.« Er zuckte die Achseln.

Sie erzählte ihm, was sie vorhatte. »Morgen gehe ich nochmal ins Café Justine. Es ist zwar unsicher, aber vielleicht kann mir jemand etwas über den Mann mit dem Panamahut sagen und wo ich ihn finden kann.«

»In Ordnung.« Er stand hinter ihr, legte die Hände auf ihre Schultern und verzog gequält das Gesicht. Er konnte sie nicht davon abhalten hinauszugehen, nur weil er sie nicht verlieren wollte. »Aber wenn das Treffen mit dem Carnivore morgen stattfinden soll, dann werden sie jetzt bereits Blut und Wasser schwitzen und alles daransetzen, dich wieder in ihre Gewalt zu bekommen, damit dieses Ungeheuer Levine sich wieder an dir zu schaffen machen kann.«

Sie legte den Kopf in den Nacken. »Küß mich.«

Er beugte sich über sie und küßte sie.

»*Merci beaucoup.* Küß mich noch einmal.« Sie stand auf und machte ihren Bademantel auf.

Er schob seine Hände hinein und ließ sie über ihre langen Hüften und die gertenschlanke Taille bis hinauf zu den vollen Brüsten gleiten.

»Ummm«, summte sie. »Ummm. Ummm.«

Er bog sie nach hinten, sein Bademantel öffnete sich, und sie spürte die ganze Größe und Hitze seines männlichen Körpers wie einen intensiven, süßen Schmerz. Er küßte sie lange und leidenschaftlich, und ihr Begehren wurde unerträglich.

»Das hatte ich eigentlich nicht geplant«, flüsterte er heiser. Er war gefangen, in der Falle seiner eigenen, neuen Zukunft. Es gab kein Zurück mehr.

»Ich weiß, was du meinst.« Sie stöhnte, und ihre Körper verschmolzen miteinander.

Er richtete sie wieder auf, und sein Mund stürzte sich auf ihren Hals.

Sie atmete ein, sog seinen Geruch ein, bis sich sein Aroma tief in ihre Seele eingegraben hatte.

»Bett«, sagte sie.

Morgen konnten sie sich über morgen Sorgen machen.

45

SONNTAG

Etwas stimmte nicht in dem stockfinsteren Hotelzimmer. Sarah warf einen Blick auf den erleuchteten Wecker. Es war fünf Uhr morgens. Asher lag auf der Seite neben ihr, sein Arm auf ihrem Oberkörper. Ihre Brüste waren nackt. Sie fühlte sich entblößt wie ein gejagtes Beutetier.

Wo war ihre Beretta?

Dann hörte sie das Geräusch wieder. Es war der Türknauf. Es war sehr leise, aber sie kannte das Geräusch. So hatte es geklungen, als Asher hereingekommen war und sie in der Badewanne gelegen hatte. Sie drehte den Kopf und flüsterte in sein Ohr.

Sofort war er auf den Beinen.

Sie stand dicht neben ihm, so daß sie sich in der Finsternis beinahe sehen konnten. »Laß uns versuchen, einen lebend zu erwischen.«

Er legte ihr die Beretta in die Hand und zeigte auf die geschlossene Tür zum Nebenzimmer, die sie übernehmen sollte.

Nackt ging er zur Flurtür.

Nur ein einziges Mal sah Asher zu Sarah hinüber. Es war so dunkel im Zimmer, daß er sie nicht sehen konnte. Aber er konnte sich vorstellen, wie sie mit leicht gespreizten Beinen sicher ausbalanciert, die Beretta im Anschlag, dort stand. Eine kompetente Frau war einfach ungeheuer sexy. Besonders wenn sie splitternackt war.

Er tastete sich an der Wand entlang, bis er wußte, daß er direkt hinter der Tür stand, wo ihn das Licht aus dem Flur nicht treffen würde, wenn die Tür geöffnet wurde.

Alle seine Sinne waren auf das Äußerste geschärft. Der kurze Augenblick der Panik war vorüber, und jetzt wartete er ruhig. Aber eine gewisse Erregung war auch noch im Spiel. Nur ein Narr oder ein Masochist würde diese Arbeit tun, ohne diese Erregung zu mögen.

Schließlich öffnete sich die Tür einen Spalt. Die Art des Überfalls würde klar machen, ob das Treffen mit dem Carnivore weiterhin stattfinden sollte oder nicht, ob Bremner Sarah immer noch lebend brauchte oder nicht.

Er hörte es auch an Sarahs Tür klicken. Bremners Leute waren immer gut organisiert.

Und dann glitt eine vollständig schwarzgekleidete Gestalt durch den Spalt von Ashers Tür ins Zimmer. Asher konnte leise Geräusche aus Sarahs Richtung hören.

Im Flurlicht hatte Asher ganz kurz die Silhouette des Eindringlings gesehen, und er prägte sie sich jetzt genau ein. Die Tür wurde geschlossen. Asher stieß die Gestalt gegen die Wand und jagte ihr die Faust in die Magengrube. Er schlug so fest zu, daß er beinahe das Rückgrat des Mannes spüren konnte. Der Eindringling brach zusammen und übergab sich. Asher packte ihn mit einer Hand im Nacken, tastete nach der richtigen

Stelle und schlug mit dem Kolben seiner Pistole zu. Der Mann stürzte zu Boden und rührte sich nicht mehr. Als nächstes rief sich Asher die Anordnung der Zimmereinrichtung ins Gedächtnis. Dann lief er durch die völlige Finsternis zu Sarahs Tür hinüber. Das war ein Fehler. Er stieß heftig mit jemandem zusammen.

»Einer ist entwischt!« Sarahs Stimme war deutlich, aber leise. Sie hatte es mit zwei Männern zu tun gehabt. Den einen hatte sie überwältigt, aber den anderen nicht.

Asher rang mit dem, den sie nicht erwischt hatte. Der Kerl war stark wie ein Bulle. Asher konnte nicht viel ausrichten.

Plötzlich ging das Deckenlicht an.

Sarah stand nackt und hochaufgerichtet neben dem Schalter. Asher nutzte den Augenblick für einen *tai otoshi*-Wurf. Als der Mann fiel, lief Sarah zu ihm und zielte mit der Beretta auf seine Nase.

»Wo sind die anderen von euch? Raus damit!« zischte sie.

Der Mann trug eine schwarze Skimaske und einen hautengen, schwarzen Trikotanzug. Trotz der Skimaske konnte Asher sehen, wie er die schöne, nackte Frau entsetzt anstarrte. Für einige Männer mochte das die Erfüllung ihrer sexuellen Träume sein, für diesen aber bedeutete es nichts als Ärger.

Sarah stieß ihm die Beretta zwischen die Beine. »Raus damit, habe ich gesagt. *Sofort*!« Der Mann sprach so schnell, daß er sich verhaspelte. Er machte genaue Angaben, wo sich die vier weiteren Männer befanden: einer wartete draußen auf dem Flur, einer in der Empfangshalle und zwei auf der Straße. Als Asher ihn fesselte, knurrte der Mann wütend: »Bremner wird bald aus Washington hier eintreffen, Flores, und dann ist es vorbei mit dir.«

»Sprich weiter, Howells«, sagte Asher. »Wie habt ihr uns gefunden?«

Der Mann hob den Kopf und sah sich um. Sarah zog gerade die anderen beiden aus, und der Gestank des Erbrochenen zog durchs Zimmer. Als Asher und Sarah die schwarzen Trikotanzüge seiner Kollegen anzogen, sagte ihnen Howells, daß Languedoc sämtliche Hotels der Stadt überprüft, die Anmeldungen durchgesehen und Fotos gezeigt hatte. Um drei Uhr morgens hatte jemand in der Rezeption des Hotels Aphrodite Asher erkannt.

»Altmodische Polizeimethoden«, sagte Sarah, als sie die Männer fesselte.

»Flores, du Schwein.« Der Mann am Boden funkelte ihn wütend an. »Du beschissener Mörder. Wie konntest du nur deine eigenen Leute umlegen?«

»Bremner ist der ›beschissene Mörder‹.« Asher warf ein paar Sachen in seine alte Sporttasche. »Was steigt am Montag, Howells?«

»Ich werde dir gar nichts mehr erzählen.« Aber seine Augen blickten verwirrt.

Sarah ging zum Schrank und griff nach den Tüten mit ihren neuen Kleidungsstücken.

Asher sagte: »Du weißt nichts über Montag, nicht wahr? Bremners großes Unternehmen? Ich bin sicher, daß Langley auch nichts weiß.«

»Blödsinn.« Howells lag zusammengeschnürt wie ein Paket auf dem Boden, aber er weigerte sich zu glauben, daß Bremner irgend etwas Schlechtes tun könnte. »Der Carnivore kommt heute abend. Am Montag passiert gar nichts. Ihr seid verdammte Mörder.«

Asher zog den Reißverschluß seiner Sporttasche zu. »Hughes und Gordon haben mich reingelegt. Erzähl das meinen alten Freunden in der Company. Wenn du für unser Land was Gutes tun möchtest, dann halte Hughes Bremner auf.«

Sarah ging zur Tür. »Bremner hat irgend etwas Großes, Schreckliches geplant, und dafür opfert er ohne weiteres auch seine eigenen Leute. Wir versuchen herauszufinden, was zum Teufel er vorhat.«

Bevor Howells darauf antworten konnte, knebelte Asher ihn. Sie sahen sich ein letztes Mal im Zimmer um. Sarah schaltete das Licht aus und öffnete die Tür einen Spalt. Der Flur war leer.

In den schwarzen Trikotanzügen schlichen sie sich mit ihren Sachen hinaus wie zwei lautlos dahingleitende Schatten.

Sie fanden einen der Wachtposten bewußtlos im Treppenhaus. Sie sahen sich an, aber sie hatten keine Zeit für Fragen und liefen eilig die Treppe hinunter.

Der ältere Herr spazierte im Bademantel durch den Flur des Hotel Aphrodite und rieb sich die Augen. Er konnte nicht schlafen. Er hatte es in dem Zimmer des jungen Paars poltern hören, so wie er vorher mehrere Runden leidenschaftlichen Sex gehört hatte. Der Sex hatte ihm auch indirekt viel Spaß gemacht.

Wenn er sich jetzt nicht irrte –

Ja. Die Feuertür fiel zu. Er zählte bis zwanzig und öffnete sie leise. Über den bewußtlosen Agenten hinweg spähte er vorsichtig die Treppe hinunter. Das junge Paar in den schwarzen Trikotanzügen rannte die Treppe hinunter. Beide waren bewaffnet, und einer trug eine alte Sporttasche.

Er lächelte. Leise pfeifend, die Hände tief in den Taschen vergraben, schlenderte er zurück in sein Zimmer. Am Abend zuvor hatte er versucht, Sarah aus dem Je Suis Chez Moi herauszubekommen, bevor die

Bombe explodierte, aber sie war zu argwöhnisch gewesen. Glücklicherweise war sie schnell genug gewesen, so daß sie die Explosion nicht ernsthaft verletzt hatte. Seine *compadres* hatten sie durch den alten Friedhof, wo sie Levines Männer abgeschüttelt hatte, bis zu Christine Robitailles Computergeschäft und schließlich hierher verfolgt. Christine. Er dachte an sie mit großer Zärtlichkeit. Sie war einmal eine ganz besonders hinreißende Frau gewesen, aber die Zeit und ihr Beruf hatten es nicht gut mit ihr gemeint.

In seinem Zimmer nahm er das Telefon ab. Es war vier Uhr morgens in Paris, also zehn Uhr abends in Washington D.C., sechs Stunden früher. Er wählte Langleys Nummer. Wenn er ihnen seinen Namen nannte, würden sie ihn sofort zu Arlene Debo durchstellen, aber das wollte er nicht. Statt dessen hinterließ er bei der Vermittlung eine anonyme Nachricht. »Schreiben Sie es genau auf«, warnte er streng. »Sie dürfen kein Wort vergessen: Hughes Bremner bringt den Carnivore am Sonntagabend um acht Uhr herein. Arlene, du bewegst deinen Hintern besser pronto hierher, wenn du das verhindern willst.«

Schließlich gab er der Vermittlung noch einen Code für höchste Priorität, der sicherstellte, daß die Nachricht Arlene Debo sofort überbracht werden würde, auf welcher hochgestochenen Party sie sich auch immer langweilte.

Als er auflegte, lächelte er so charmant und selbstgefällig wie immer. Er war fünfundsiebzig Jahre alt, und er hatte sich nie gesünder und schlauer gefühlt. Er hatte alles unter Kontrolle. Er zog sich an, packte seine Sachen und verließ das Hotel.

Als er in seinem ärmlichen gemieteten Zimmer auf der anderen Seite der Stadt ankam – seiner vorübergehenden, aber notwendigen Unterkunft –, erwartete ihn bereits eine Nachricht auf dem Anrufbeantworter von einem der Männer, die er in die Rue Vivienne geschickt hatte, um dieses sonderbare Gebäude zu bewachen. Die Feuerwehr und die Bombenspezialisten waren fort, und in die Straße war wieder Ruhe eingekehrt.

Er ging noch einmal hinaus, um Quill eine Nachricht an der vereinbarten Stelle zu hinterlassen. Dann kam er zurück und legte sich ins Bett, um sich etwas auszuruhen. Er würde es brauchen. Morgen war ein wichtiger Tag. Wie immer nickte er bereits in dem Augenblick ein, als sein Kopf das Kissen berührte. Er schlief wie ein Baby.

Ein einziger, gedämpfter Schuß fiel in Sarah und Ashers ehemaligem Zimmer im Hotel Aphrodite. Gordon Taite öffnete die Tür und trat auf den Flur hinaus, wo vier seiner Männer warteten. In der Hand hielt er eine Beretta mit Schalldämpfer.

»Bill Howells hat gerade versucht, mich umzulegen, der arme Irre«, sagte er ihnen. »Flores muß ihn umgedreht haben.« Er ließ seine Männer diese Neuigkeit eine Weile verarbeiten, auf daß sich noch mehr zusammenrissen, damit ihnen so etwas nicht passierte. »Okay, laßt uns das Zimmer durchsuchen.«

»Was ist mit Bill?« fragte einer der Männer.

Gordon sah ihn traurig an und sagte: »Tot.« Flores hatte dem armen Kerl zu viel erzählt, deshalb hatte er ihn umbringen müssen. Seine Leute hätten das nicht verstanden, also hatte er den Angriff erfunden.

Sie fluchten.

»Diese verdammten Schweine. Sarah Walker, Asher Flores, wir werden euch schon finden.«

Als der Nachtportier in sein Büro zurückgegangen war, überwältigten Sarah und Asher den Wachtposten im Foyer des Hotels und schlossen ihn bewußtlos in einem Besenschrank ein. Im Hinterhof des Hotels fanden sie einen Verschlag aus Pappkartons, den irgendein Obdachloser errichtet hatte. Sie zogen sich darin um und überlegten, wann und wo sie sich später wiedertreffen würden.

Als der Morgen über Paris graute, erklang aus den offenen Fenstern eine Mischung aus religiöser Musik und Radionachrichten. Kirchenglocken läuteten. Aus den Cafés duftete es verführerisch nach Kaffee und frischgebackenen Croissants. Die Sonne stieg immer höher in den pastellfarbenen Augusthimmel, und die altehrwürdige Stadt rieb sich den Schlaf aus den Augen.

Weniger als eine Stunde später saßen Sarah und Asher wie geplant beim Frühstück in einem Café weit weg vom Hotel Aphrodite. Sie teilten sich eine *International Herald Tribune* und lächelten sich über den Tisch hinweg an. Sie trug ihre neue Kleidung, die Schläfenlöckchen, die Brille, den schwarzen Anzug und den chassidischen Filzhut mit der breiten Krempe.

Er trug graue Sommerhosen, leichte Schuhe ohne Socken und ein cremeweißes Leinenhemd. Das Hemd war weit geschnitten, so daß es seine Gunsite im Halfter unter der Achselhöhle verbarg. Mit seinen dunklen Locken und dem dichten Bart sah er geradezu unverschämt gut aus. Er hatte sich nur ein ausgefallenes Detail erlaubt: die schwarze Baskenmütze, die zu seiner Aufmachung eigentlich nicht paßte, aber dennoch irgendwie stimmte. Ein Ausdruck seiner Individualität. Sarah fand Asher einfach hinreißend.

Sie sagte: »Du hast meine Kleidergröße perfekt getroffen.«

»Ich bin eben gut, auch wenn ich es selbst sage.«

»*Yeah*«, sagte sie trocken. »Du hast ein exzellentes Gedächtnis für den weiblichen Körper.«

Er lachte. »Nur für deinen.«

Die Kellnerin sah den jungen, chassidischen Juden neugierig an, als sie die Bestellung aufnahm.

Asher schimpfte wegen der Dodgers. Offensichtlich hatten sie heute kein Spiel. Sarah überflog die Schlagzeilen auf der ersten Seite und blätterte dann um. Auf der dritten Seite fiel ihr eine Überschrift ins Auge:

KOMM NICHT NACH HAUSE, SARAH

Etwas in ihrer Brust zog sich zusammen.

Der Name in der Schlagzeile, so groß und schwarz, *Sarah,* enthielt alle Vertrautheit ihrer einzigen ›alten‹ Erinnerungen. Ihre Mutter, die sie zum Abendessen rief. Der Gutenachtkuß, den sie ihr abends im Bett mit samtweichen Lippen auf die Wange gab.

»Ich hab' dich lieb, Sarah.«

Ihr Vater, der mit rotem, sorgenvollen Gesicht unten stand und rief: »Sarah! Komm vom Dach herunter!«

Sie war sich sicher, daß es sich bei dem Artikel um einen Zufall handelte, aber trotzdem las sie weiter –

46

KOMM NICHT NACH HAUSE, SARAH

Von MARILYN MICHAELS

Exclusiv für die Herald Tribune

Washington, D.C. – Für die meisten von uns besteht das Leben aus Routine und Verantwortung. Arbeit, Familie, Freunde. Gerade in der Normalität finden wir Geborgenheit. Von dieser sicheren Basis aus können wir ausziehen und das tägliche Leben mit all seinen Triumphen und Niederlagen bewältigen.

Aber was geschieht, wenn wir beginnen, an unserer geistigen Gesundheit zu zweifeln?

Dies ist die Geschichte von Sarah, einer 32jährigen intelligenten, attraktiven und ehrgeizigen jungen Frau. In nur sechs Tagen wurde ihre Welt auf den Kopf gestellt.

Was mit ihr geschehen ist, lehrt uns etwas über Vertrauen. Wenn wir der Regierung unseres Landes nicht vertrauen können, wem dann? Und sie lehrt uns etwas über Phantasie. Was die meisten von uns sich nicht vorstellen können, treibt die Genies dieser Welt an ... und die Ungeheuer.

Ich darf Sarahs Nachnamen oder die wahren Namen derjenigen, die in dieser Serie vorkommen werden, nicht nennen, aber ich versichere Ihnen, daß es sie alle wirklich gibt. Ich bin im Besitz sämtlicher Unterlagen und Dokumente, die das beweisen können.

Da ich in großer Gefahr schwebe, schreibe ich unter einem Pseudonym. Da Sie in großer Gefahr schweben, weil Ihre Mentalität es möglich macht, daß sich Eigennutz über die Köpfe aller, auch der Regierenden selbst, hinwegsetzen kann, schreibe ich diese Serie ...

In dem Café in Paris gab Sarah Walker Asher die Zeitung. »Hier, sieh dir das mal an.«

Asher runzelte die Stirn, als er die Schlagzeile sah. Er begann zu lesen.

Sie saß da und sah aus dem Fenster in den blaßblauen Himmel, an dem ein paar schleierförmige Wolken schwebten. Nur ihre Augenlider bewegten sich.

Der Zeitungsartikel beschrieb ihre kosmetische Operation bei einem plastischen Chirurgen in Beverly Hills, der jetzt verschwunden war. Dann berichtete er weiter, daß sie einen bestimmten Mann, bei dem es sich offensichtlich um Gordon handelte, getroffen hatte. Der sorgfältig geschriebene und detaillierte Artikel kündigte die zweite Folge für den nächsten Tag an, aber Sarahs Gedächtnis lieferte die Fortsetzung von selbst. Zuerst waren es nur Bruchstücke, dann längere, bildhafte Szenen, bis endlich alles einen Sinn ergab.

Sie dachte an die neuen Levi's Jeans, die sie sich gekauft und in ihrer Wohnung in Santa Barbara ausgepackt hatte. Sie waren völlig zerfetzt gewesen. Sie erinnerte sich daran, wie groß ihre Angst gewesen war. Wer? ... Wie? ... Dann erinnerte sie sich wieder ... Thiel – ihre beste Freundin – war zu ihr gekommen, um ihr etwas Wichtiges zu erzählen –

»Du zuerst«, hatte Thiel gesagt. »Zur Abwechslung einmal Männer vor der Karriere. Wer ist denn dieser neue Kerl?«

Thiel hatte goldblonde Locken, große grüne Augen und viel zuviel Energie. Sie war Reporterin für die *Santa Barbara News-Press*, eine Botticelli-Schönheit, die mit ihrem Kassettenrecorder überall hinkam, von der Welt der Politik über das Ghetto bis hin zu Santa Barbaras großartigem University Club, in den noch wenige Jahre zuvor Frauen ungeachtet ihrer akademischen Würden nur durch eine Nebentür hereingelassen wurden.

Als sie es sich vor dem Kamin gemütlich machten, erzählte Sarah, wie sie Gordon Taite getroffen hatte.

»Wie sicher können wir bei ihm sein?« Thiel zog die hellen Augenbrauen in gespieltem Ernst in die Höhe. »Kann er eine Sicherheitsnadel so anbringen, daß sie keiner sieht? Ist er sensibel, großzügig, liebevoll? Mit anderen Worten, ist er weiblich?«

»Thiel!«

»Ich weiß ja, wie das ist. Ich möchte doch auch jemanden finden. Jemanden, auf den ich mich verlassen kann.«

Sarah lachte. »Warum tun wir das eigentlich? Sie können sich weder Geburtstage noch Hochzeitstage merken, aber zwanzig Jahre alte Basketball-Ergebnisse, die können sie dir lückenlos aufzählen.«

»Das einzig Gute am Football montags abends sind die engen Hosen. Da steckt ganz schön was drin!«

»Steck zwei Männer, die sich nicht kennen, mit einem Kasten Bier und zwei Tüten Kartoffelchips in ein Zimmer und schalte den Sportkanal ein, das schweißt sie so eng zusammen, als hätte man sie mit Superkleber zusammengeklebt. Wenn dann auch noch Football-Saison ist, bekommen wir sie nie wieder zu sehen!«

Sie lachten und schlugen die Hände gegeneinander.

»Mein Gott, wenn es doch nur nicht so wahr wäre!« Thiel wischte sich die Tränen aus den Augen.

»Glaubst du, daß wir jemals einen Mann finden werden, mit dem wir wirklich zusammenbleiben?«

Thiel war schockiert. »Meinst du etwa *heiraten*? Hast du dir in letzter Zeit mal die Scheidungsstatistik angesehen?«

»Ja, habe ich. Aber denk doch nur an den Genpool.

Hast du kein schlechtes Gewissen, daß du da keinen Beitrag leistest?«

»Kinder? Sarah, ich glaube, ich muß dir den Mund mit Seife auswaschen!« Thiel biß in eine Möhre.

»Nun gut, Thiel, wann erzählst du mir endlich, warum du mich so dringend treffen wolltest?«

Thiel schwieg. Was es auch war, es schien ihr schwerzufallen, es auszusprechen. »Ja also, ich habe den Job bei der *Chicago Tribune* bekommen.«

»Thiel! Herzlichen Glückwunsch!«

»Aber sie brauchen mich sofort. Und das bedeutet, daß ich mich noch nicht einmal richtig verabschieden kann. Ich werde deinen Gordon erst treffen können, wenn ich wegen der Möbel zurückkomme. Ich muß morgen schon fliegen. Übermorgen fange ich an. Irgend jemand dort ist gestorben.«

Sarah schwieg kurz. Dann: »Habe ich Herpes, AIDS, die Pest? Ist es mein neues Gesicht? Warum verlaßt ihr mich nur alle?«

Thiel nahm sie in den Arm. »Es tut mir so leid.«

»O bitte, nun sei nicht albern. Das ist doch großartig für dich.«

Sie lächelten sich an. Sarah strich ihrer Freundin über den Arm. »Das ist schon in Ordnung, Thiel, wirklich. Aber komm mal bitte mit in mein Schlafzimmer. Ich möchte dir etwas zeigen.« Sie gingen rüber, und Sarah zog die Tüte mit der zerfetzten Jeans unter dem Bett hervor. Sie gab Thiel die Tüte.

»Sag mir, was du davon hältst.«

Thiel nahm sie heraus. »Hey, die sind großartig. Genau meine Größe –« sie sah hoch, stockte und packte Sarahs Arm. »Wie siehst du denn plötzlich aus? Sarah? Komm, setz dich hin. Bist du krank? Sarah! Was ist denn los!«

Die Jeans waren völlig intakt.

Ja, Sarah erinnerte sich an alles, von der zerschnittenen und plötzlich wieder unzerschnittenen Jeans bis zu dem jungen Hund, ein Geschenk von Gordon, den sie angeblich aus Versehen vergiftet hatte. Aber … jetzt war ihr klar, daß Gordon es selbst gewesen war. Er hatte den Hund getötet, um ihr Vertrauen in ihren Geisteszustand zu erschüttern.

Alles für diesen Montag. Sie töteten einen Hund, einen Freund, einen Killer oder einen unbeteiligten Zuschauer, alles nur für das, was Bremner am Montag erreichen wollte.

Mit Gordon hatte der Alptraum angefangen. Sie hatte zwei kleinere Aufträge für *Talk* nicht abgeliefert, und sie hatten sie daraufhin gefeuert. Angeblich hatte sie eine heiße Nacht mit einem Hotelboy in Las Vegas verbracht. Sie erinnerte sich noch daran, daß sie die Treppe zu ihrem Hotelzimmer hinaufgegangen war, weil sie das Interview, das sie gerade auf Kassette aufgenommen hatte, abschreiben wollte. Während des Interviews hatte sie einen Drink genommen. Wahrscheinlich hatten sie ihr da etwas hineingetan, denn sie konnte sich an nichts mehr erinnern, weder an die sogenannte Nacht der Wollust … noch daran, daß sie sich dabei angeblich den kleinen Finger gebrochen hatte … noch wie sie es fertiggebracht hatte, das komplette Interview zu löschen.

Sie schüttelte den Kopf. Kein Wunder, daß sie geglaubt hatte, verrückt zu werden. Kein Wunder, daß sie eingewilligt hatte, zu Gordons Freund zu gehen, dem Psychiater Allan Levine. Kein Wunder, daß sie alle Tabletten geschluckt hatte, die er ihr verordnete.

Sie erinnerte sich an noch etwas. Nachdem sie mit Doktor Levines Behandlung angefangen hatte, waren ihre Möbel – die alten Möbel vom Flohmarkt – verschwunden. Eines Morgens war sie inmitten lauter moderner Möbel im dänischen Stil aufgewacht.

Aber Gordon hatte gesagt: »Das gehört alles dir. Erinnerst du dich nicht mehr?«

Sie hatte sich nicht erinnert, aber es war zu anstrengend gewesen, es auszusprechen. Etwas später wußte sie nicht mehr, wo sie war. Dann hatte sie ihren Namen vergessen.

»Wie heiße ich?« hatte sie gefragt.

»Weißt du das nicht mehr?«

»Nein.«

»Du wirst es bald wieder wissen. Das verspreche ich dir. Ruh dich nur aus, mein schöner Schatz.«

Und schließlich war sie als Liz Sansborough wieder aufgetaucht. Liz Sansborough, deren dänische Einrichtung aus London Sarah Walkers Wohnung in Santa Barbara erobert hatte.

Die Autorin des Artikels schrieb, daß es noch fünf Fortsetzungen geben würde. Sie deutete an, daß ein geheimes Unternehmen, dessen Wurzeln in Regierungskreisen lag, hinter Sarahs Umwandlung steckte. Sie nannte weder Namen noch Institutionen. Diese, so schrieb sie, würde sie im letzten Teil ihrer Serie veröffentlichen.

Sarah saß da wie betäubt und bemerkte die Menschen auf der Straße vor dem Fenster nicht mehr. Ihr Croissant wurde kalt. Als Asher den Artikel zu Ende gelesen hatte, wollte sie noch einmal die Liste mit den Sterling-O'Keefe-Firmen sehen.

Sie las sie aufmerksam und befragte ihr wachsendes Gedächtnis. »Ich bin gefeuert worden, weil ein Filmstar, den ich interviewen sollte, sich in letzter Minute noch zugesoffen hat. Er war Mitglied der *Nonpareil Insurance*. Der Preis – das Haus, das meine Eltern gewonnen haben, ist von *OMNI Savings & Loan* gestiftet worden. Im *President's Palace* war ich wegen eines anderen Interviews, und am nächsten Morgen hat mir der Hotelboy erzählt, ich hätte ihn verführt und mir den kleinen Finger gebrochen, als ich mit ihm geschlafen habe. Der Mistkerl.« Sie hielt den schief zusammengewachsenen kleinen Finger hoch. »Das war alles gelogen, bis auf den kleinen Finger. Der ist tatsächlich gebrochen, denn auch Liz Sansborough hat einen gebrochenen kleinen Finger. Also mußten sie mir meinen brechen und eine Geschichte dazu erfinden, die ich ihnen abnehmen würde.«

Er nickte. »Gold Star, Nonpareil Insurance, OMNI Savings & Loan und der President's Palace gehören alle Sterling-O'Keefe. Das kann kein Zufall sein.« Ashers kohlschwarze Augen leuchteten. »So oder so, ich wette, daß Sterling-O'Keefe einer der Schlüssel zu der ganzen Sache ist. Ich werde mich also am besten mit Jack O'Keefe befassen und sehen, was ich herausfinden kann.«

Er ließ die Zeitung auf den Tisch fallen, und sie öffnete sich von selbst auf einer anderen Seite. Sie starrten sich gegenseitig an und dann ihre Fotos unter der großen Schlagzeile, die vor zwei extrem gefährlichen Killern, die sich in Paris aufhielten, warnte. Sie hatten damit gerechnet, und trotzdem war es ein Schock. Wieder ein Trumpf mehr aus Bremners tödlichem Kartenspiel.

47

In dem fensterlosen, klimatisierten Raum seines sicheren Hauses in der Nähe vom Montmartre dechiffrierte Quill die Warnung, die er gerade abgeholt hatte. Er las die Nachricht zweimal und sank dann in den Sessel zurück. Verwirrung lag auf seinen chirurgisch korrigierten Gesichtszügen. Der Präsident der Vereinigten Staaten hatte seine Meinung geändert und Hughes Bremner befohlen, den Carnivore abzuweisen, und trotzdem hatten weder er noch Liz irgend etwas davon gehört. Statt dessen hatten Bremners Leute das Treffen für acht Uhr am Sonntagabend noch einmal bestätigt, für den heutigen Abend also.

Bremner gehörte zu den Menschen, denen man besser nie den Rücken zukehrte. Was hatte er vor?

Unruhig ging Quill im Zimmer auf und ab, schaltete das überdimensionale Fernsehgerät ein und gleich wieder aus. Er blieb stehen und starrte die Hanteln, den Langlauftrainer und die Flasche mit Steroiden an, ohne sie wirklich zu sehen. Dann dachte er wieder an die Nachricht: Languedoc war in Alarmbereitschaft und suchte überall in Paris nach Liz' Cousine Sarah Walker. Was zum Teufel machte Sarah in Paris? Arbeitete sie an einem Auftrag für *Talk*? Sollte sie irgendeine Berühmtheit interviewen? Oder benutzte Bremner sie auf irgendeine Weise?

Dann gab es da noch dieses Haus in der Rue Vivienne. Dort schienen irgendwelche geheimen Aktivitäten stattzufinden, an denen offenbar einige von Frankreichs bedeutendsten Persönlichkeiten aus Politik, Wirtschaft und Medien beteiligt waren. Und Quills Informanten hatten vor kurzem Hinweise aufgeschnappt, daß es eine Verbindung zwischen diesem

Haus und einem sehr hohen Tier beim CIA gäbe. War das vielleicht Hughes Bremner? Hatte er heimlich seine eigenen Pläne? Und wenn dem so war, spielte der Carnivore darin eine Rolle?

Quill ging weiter auf und ab. Er knetete seine Hände und starrte seine Fingerspitzen an, deren Abdrücke mit einer Spezialsäure weggeätzt worden waren. Er streckte die Arme aus und führte sie über der muskulösen Brust zusammen. Wer ihn nicht kannte, auf den mußte er ruhelos wie ein eingesperrtes Raubtier wirken, aber er empfand nur das übliche, intensive Gefühl des Wartens. Jeden Tag spürte er es, seit der Carnivore sich bereit erklärt hatte, in die Vereinigten Staaten zu kommen. Diese Entscheidung war ein radikaler Einschnitt in Quills Leben.

Er haßte sie. Der Carnivore mußte frei sein.

Aber die Entscheidung war gefallen, und jetzt war Liz sein einziger Antrieb. Sie wollte ein normales Leben leben.

Er begann, sich umzuziehen.

Im goldenen Augustlicht landete der Helikopter mit Hughes Bremner auf dem Dach des Tour Languedoc. Der Pilot stellte den Motor ab, und Bremner sprang geduckt hinaus. Gordon Taite wartete mit ernstem Gesicht auf ihn. Himmelherrgott! Was war denn nun schon wieder schiefgelaufen? Hatte er einen Fehler gemacht, als er Gordon das Oberkommando über MASKERADE anvertraut hatte?

Als Bremner mit Gordon zu der niedrigen Mauer am Rand des Dachs ging, wo sie allein reden konnten, dachte er darüber nach, wie sich die zwanzig Jahre andauernde Beziehung zu Gordon verändert hatte. Sie hatte damit begonnen, daß er in Gordon den pathologischen Lügner erkannt hatte. Diese Eigenschaft in Verbindung mit einigen anderen machte den jungen Mann durchaus interessant. Er könnte ihm einmal sehr nützlich sein.

Gordon hatte damals behauptet, er wäre ein ausgezeichneter Collegestudent, den sein Geschichtsprofessor für den CIA angeworben hätte. Das war eine Lüge gewesen. Gordon war Mitglied des Ku-Klux-Klan gewesen und trug eine illegale Waffe. Auf dem College war er ein Einzelgänger, dessen akademische Leistungen in der Regel sehr zu wünschen übrigließen. In jenen Tagen konnte Langley noch ganz legal Mordanschläge anordnen, und bei einer Rekrutierungskampagne im College hatte man Gordon nach einigen Interviews und Recherchen durchaus richtig eingeschätzt – als Killer geeignet. Wie die Serienmörder Ted Bundy und Jeffrey Dahmer war Gordon nicht nur ein pathologischer Lügner, sondern er war zusätzlich auch hochintelligent und, wenn es die Situation erforderte, durchaus freundlich und charmant. Eltern vertrauten ihm. Aber ihre Töchter entdeckten schnell, daß er Blut sehen mußte, um in Fahrt zu kommen.

Bremner hatte den jungen Gordon genau analysiert: Er hatte ein aufgeblasenes Selbstbewußtsein, aber wenig Selbstachtung. Außerdem war er, als Bremner ihn das erste Mal traf, so schwer erregbar, daß er nach immer extremeren Situationen suchte, um die ersehnte Hochstimmung zu erleben. Er war damals bereits gefährlich nahe an einem Mord gewesen. Gordon war skrupellos geworden.

Bremner schätzte Skrupellosigkeit und Intelligenz. Er brauchte einen Mann, der charmant und kaltblütig war. Und er brauchte einen Mann, der seine verzweifelten Sehnsüchte nicht mehr innerhalb der Legalität erfüllen konnte.

Gordon versuchte nicht einmal, Bremner zu verstehen, denn für ihn war nur wichtig, daß Bremner ihn verstand und ihn, obwohl er ihn von seiner schlechtesten Seite kannte, weiterhin respektierte, ihm verantwortungsvolle Aufgaben übertrug und ihm einen Platz in der Welt gab. Gordon tötete für Bremner und dankte ihm dafür. In seinem Leben gab es nur einen unerfüllten Traum: eines Tages so etwas wie Hughes Bremners Sohn zu sein. Das wußten sie beide. Und nach zwanzig Jahren hatte Gordon das Gefühl, daß Bremner ihn tatsächlich manchmal so sah.

Und so standen sie nebeneinander auf dem Dach des Hochhauses, zwei große, elegante Männer, muskulös unter ihren maßgeschneiderten Anzügen, jeder auf seine Weise mächtig. Furchtlos und arrogant sahen sie über die niedrige Mauer an der Fassade des Tour Languedoc in den gähnenden Abgrund hinunter – siebzig Stockwerke waren es bis zur Straße – und über die riesige Stadt, die sich vor ihnen erstreckte. In den Boulevards und Avenues war es still. Dann läuteten plötzlich überall die Kirchenglocken. Es war acht Uhr morgens.

Bremner sagte: »Erzählen Sie.«

Gordon gab ihm die *Herald Tribune*. »Ich komme in diesem Artikel hier vor. Die Autorin, Marilyn Michaels, hat zwar nicht meinen wirklichen Namen genannt, aber es ist klar, daß sie mich meint. Jeder, der auch nur ein bißchen Ahnung hat, wird mich sofort erkennen.«

»So schlimm kann es nicht sein.« Hughes Bremner las den Artikel. Es war so schlimm. Er unterdrückte Wut und Panik.

Gordon fragte: »Wer ist Marilyn Michaels?«

Bremner sagte: »Es ist ein Pseudonym für Leslee Pousho. Lucas' Freundin, dieses verdammte Luder. Sie hat seine ganzen Dokumente kopiert. Aber wir haben sie und die Kopien. Es wird keine zweite Folge mehr geben.«

Er erzählte Gordon nicht, daß die Frau noch lebte und vielleicht noch eine zweite Kopie gemacht hatte. Das war unwichtig. Sie würde bald tot sein, und Bunny ebenfalls. Und in zwei Tagen, nachdem GRANDEUR Europa so richtig durchgeschüttelt und ihn unermeßlich reich gemacht hatte, würde er sich in seine Festung – Indigo Reef, ein üppiges Atoll südlich von Pago Pago in der Südsee – zurückziehen, wo ihm niemand etwas anhaben konnte. Weit weg von Arlene Debo und diesem feigen Schwächling, dem Präsidenten der Vereinigten Staaten.

»Was, wenn es jemand herausfindet?« fragte Gordon.

Bremner gab ihm einen Klaps auf den Rücken und drückte seine Schulter. »Das werden sie nicht. Also, was ist jetzt mit Sarah Walker.« Hinter ihnen war der Pilot bereits ins Büro des Hubschrauberlandeplatzes gegangen. Dort würden auch Bremners Koffer auf ihn warten.

Gordon beschrieb Sarah Walkers Flucht aus dem Je Suis Chez Moi, Asher Flores' Flucht aus der Gasse in der Nähe des Computergeschäfts und schließlich den mißglückten Überfall im Hotel Aphrodite. »Jemand hat eine Bombe im Je Suis Chez Moi gezündet und damit ihre Flucht unterstützt. Außerdem war jemand in der Gasse bei Flores. Wir wissen nicht, wer es war, aber es sieht fast so aus, als wäre es Walker gewesen. Wenn sie es war, dann hat sie unsere Männer erledigt, vielleicht sogar alle drei.«

»Da haben Sie sie wohl etwas zu gut ausgebildet«, sagte Bremner trocken. Dann etwas sanfter: »Aber vielleicht hilft uns das heute abend.«

»Ja, das wäre möglich«, pflichtete Gordon ihm bei.

»Unsere Leute überwachen die Stadt. Sie sind alle im Einsatz. Wir haben sie zweimal gefunden, also werden wir sie auch ein drittes Mal finden. Und dann wird sie uns nicht wieder entwischen.«

»Es muß vor sechs Uhr sein. Levine braucht zwei Stunden, um sie vorzubereiten.«

»Alle wissen über das Zeitproblem Bescheid, Sir. Sie sind dadurch nur noch entschlossener, und sie nehmen Bill Howells Tod im Hotel sehr persönlich. Es war Pech, daß ich ihn eliminieren mußte.«

Bremner nickte kurz. »Das ließ sich nicht vermeiden.«

»Ja. Und nachdem Flores und Walker Ed, Steve und Jasper gestern nacht in der Gasse umgebracht haben, läuft die ganze Mannschaft wirklich auf Hochtouren. Nichts kann sie davon abhalten, die Frau zu finden.«

»Gut.« Emotionales Engagement war die stärkste Motivation überhaupt. Aber Bremner runzelte die Stirn. »Sie haben nicht herausgefunden, wer die Bombe im Je Suis Chez Moi gelegt hat?«

»Wir untersuchen das noch immer.«

»Was ist mit der Polizei?«

Gordon grinste. »Das ist erledigt. Ich habe eine unserer Agentinnen anonym anrufen lassen – als baskische Freiheitskämpferin. Sie hat behauptet, eine rivalisierende Gruppe wäre für den Anschlag verantwortlich.«

Bremner lächelte sein eisiges Lächeln, und Gordon war stolz. »Gehen wir ein Stück.«

Bremner setzte sich in Bewegung, und einen Schritt später war Gordon wieder an seiner Seite. So schlenderten sie eine Weile schweigend über das Dach, jeder seinen eigenen Gedanken nachhängend. Gordon fühlte sich ungewöhnlich ruhig und friedlich, ohne diese nagende Sehnsucht nach der nächsten Aufregung. In Bremners Gegenwart ging es ihm immer so.

Als sie eine halbe Runde gedreht hatten, prüfte Bremner die Windrichtung. Sie war günstig. Sie blieben stehen. Hughes Bremner stieg auf die niedrige Mauer, den sicheren Tod vor Augen. Gordon zögerte, dann stieg er ebenfalls hinauf. Da standen sie und verachteten jede Angst. Bremner kam es vor, als ob er auf dem höchsten Gipfel der Welt stände. Der blaue Himmel erstreckte sich bis ins Unendliche. Unter ihm eilten die Menschen in die Kirche. Sie hatten die Größe von Ameisen. Er sah hinunter, hob den Kopf wieder und sah sich um. Das alles gehörte ihm. Kein Preis war ihm zu hoch, keine Tat zu grausam, um sein Ziel zu erreichen, das spürte er bis ins Mark. Er würde immer tun, was notwendig war.

»Sehen Sie sich die Menschen dort unten an, Gordon. So glücklich gehen sie ihren Weg von der Geburt bis ins Grab. Sie sind nichts weiter als Ameisen. Nichtssagende Insekten, die ihr elendes, überflüssiges Leben leben.«

Plötzlich zog er den Reißverschluß seiner Hose herunter und urinierte mit dem Wind im Rücken in einem gelben weiten Bogen. Bremner lachte in den Wind hoch oben auf seinem eigenen Berg. Gordon stand ehrfürchtig neben ihm, dann folgte er dem Beispiel seines Herrn. Sie sahen zu, wie ihr Urin in kleine Tröpfchen zerfiel und auf die Welt der Insekten tief unter ihnen herabsank.

»Wie Sie wissen«, sagte Bremner, als er seine Hose wieder schloß, »werde ich mich für immer nach Indigo Reef absetzen, sobald GRANDEUR vorbei ist. Sie werden auch ein reicher Mann sein. Möchten Sie nicht mitkommen, Gordon? Möchten Sie nicht meine Nummer eins sein?«

Gordons Herz schien stehenzubleiben. Eine ekstatische Freude, wie er sie noch nie im Leben empfunden hatte, erfüllte ihn. Er würde Bremners Sohn sein, sein Erbe von allem, bis auf den Namen. Und eines Tages war es vielleicht auch dafür so weit.

»Das würde ich sehr gerne, Sir.« In seiner Stimme lag echte Zuneigung.

Hughes Bremner musterte ihn voller Berechnung. »Dann brauche ich Sarah Walker vor sechs Uhr heute nachmittag.«

48

Sarah vermißte Asher schon jetzt. Wenn sie es zuließ, konnte sie seinen Körper dicht an ihrem spüren, seinen warmen Atem an ihrem Ohr. Als sie in ihren chassidischen Kleidern und der Nickelbrille auf der Nase über die Straße ging, fühlte sie sich weiblicher als je zuvor. Es war Ironie des Schicksals, daß nicht nur aus ihr selbst eine Agentin geworden war, sondern sie sich zu allem Überfluß auch noch in einen Agenten verliebt hatte. Ein alter, chinesischer Fluch fiel ihr ein: »Mögest du in interessanten Zeiten leben.« Sie fühlte sich tatsächlich so, als ob ein Fluch auf ihr lastete, aber mit Asher war sie gleichzeitig gesegnet.

Als sie in die Rue Vivienne einbog, wurde sie langsamer und verbannte die Gedanken an diese neue Erfahrung, diese Liebe, aus ihrem Kopf. Sie schob das Kinn etwas vor, bemühte sich um einen nüchternen Gesichtsausdruck und bewegte beim Gehen eher die Schultern als die Hüften. Sie hatte das Gefühl, schwerer, maskuliner zu werden.

Sie sah nach vorn und atmete plötzlich scharf ein. Sie war fassungslos.

Das ehrwürdige klassizistische Gebäude, das einmal das Je Suis Chez Moi gewesen war, war verschwunden. Nur ein paar rauchende Trümmer waren noch übrig. Berge von rußgeschwärzten Ziegelsteinen und Asche türmten sich auf dem Grundstück. Das Feuer mußte unglaublich gewütet haben.

Auf der Straße standen immer noch zwei Löschzüge, Feuerwehrmänner zogen Leitern ein und wickelten Schläuche auf. Auf der anderen Seite hatten neugierige Zuschauer die Tische vor dem Café Justine besetzt. Mindestens hundert weitere Gaffer standen in der Rue Vivienne.

Sarah tat so, als wüßte sie von nichts. Sie fragte einen jungen Mann mit einer Löwenmähne, was denn passiert sei. Er war von seinem Fahrrad gestiegen und beobachtete das Geschehen. Er wußte nur, daß man keine Todesopfer gefunden hatte. Zwei ältere Männer saßen auf einer Bank an einer Bushaltestelle. Gauloises im Mundwinkel, unterhielten sie sich lautstark darüber, wer für eine solche Katastrophe verantwortlich sein könnte.

Ein Kindermädchen schaukelte einen Kinderwagen vor dem Café Justine. Sie betrachtete nicht nur die rauchenden Ruinen, sondern auch die Menschenmenge, die sich dort versammelt hatte. Sie war kräftig und trug ein kleines, weißes Käppchen auf ihren schon leicht ergrauten Locken, ein praktisches Kleid, dicke Baumwollstrümpfe und feste Schuhe. Das klassische vernünftige Kindermädchen, wie man es aus europäischen Fotoalben kannte. Als Sarah sie fragte, wußte sie auch nicht mehr als der Junge mit dem Fahrrad.

Sarah drehte sich um und bahnte sich einen Weg in das Café. Sie wurde das Gefühl nicht los, daß sie das

Kindermädchen schon einmal gesehen hatte. Im Café drehten sich ein paar Leute kurz um, aber niemand starrte sie verdächtig lange an. Der Mann mit dem Panamahut war nirgends zu sehen und auch sonst niemand aus dem Je Suis Chez Moi vom Abend zuvor.

Sie setzte sich an die Kaffeebar und bestellte mit tiefer Stimme in ihrem gebrochenen Französisch einen heißen Tee.»*Americain*?« fragte die Frau hinter der Theke neugierig.

Sarah nickte. »*Oui. Etudiant* aus Kalifornien.« Sie zupfte nervös an ihrem Gebetsschal, als die Frau ein Gespräch anfing. In den Pausen, in denen sie auf den nächsten Kunden wartete, erzählte die Frau Sarah, daß das Feuer kurz vor Tagesanbruch ausgebrochen sei, aber da die Bewohner – wer auch immer das gewesen sein mochte – wegen des Bombenanschlags ohnehin schon das Gebäude verlassen hatten, hatte es keine Opfer gegeben. Und natürlich waren an allem die Basken schuld. Diese Abgeschiedenheit und die dünne Bergluft, da mußte man ja verrückt werden. Mit dem Zeigefinger beschrieb die Frau einen Kreis in der Gegend über ihrem Ohr, um zu zeigen, was sie von den Basken hielt.

Sarah war überrascht. Also war hier zweierlei geschehen – der Bombenanschlag der letzten Nacht und das Feuer am Morgen. Sie dachte über beides nach, während sie ihren Tee trank, und beantwortete, so gut es ging, die Fragen der Frau über Israel und Kalifornien. Dann konnte sie es endlich wagen, nach dem Mann mit dem Panamahut zu fragen, aber die Frau entgegnete darauf, daß viele Männer im Sommer solche Strohhüte trugen. An diesen einen konnte sie sich jedenfalls nicht erinnern, aber sie wollte damit nicht ausschließen, daß er hin und wieder kam. Sie zuckte auf klassisch gallische Weise die Achseln.

Sarah nahm ihren Tee mit hinaus und trank ihn im Stehen. Der Junge mit dem Fahrrad war weg, aber die beiden Männer rauchten weiter ihre Gauloises, und auch das altmodische Kindermädchen saß noch immer in seinem Stuhl und schaukelte sanft den Kinderwagen. Sarah suchte weiter nach bekannten Gesichtern der letzten Nacht – Schwestern, Pfleger, Masseure, Cafégäste – aber sie erkannte niemanden. Doktor Levine fiel ihr kurz ein, und sie hoffte, daß er noch immer unter der Wirkung des Deliriums stand oder doch wenigstens einen schweren Kater hatte.

Sie hatte noch drei Stunden, bis sie sich mittags mit Asher treffen würde. In einer nahen Telefonzelle fand sie ein Telefonbuch und suchte nach der Nummer von Chantelle Joyeaux. Sie lächelte, als sie die Adresse las. Sie war am Morgen an dem Häuserblock vorbeigekommen. Sie verließ die Telefonzelle und ging die Straße hinunter.

Als sie um die Ecke bog und den Lärm und die Unruhe der Rue Vivienne hinter sich ließ, meldete sich plötzlich ihr Instinkt – Liz Sansboroughs Instinkt. Sie spürte, daß zwei Männer sie verfolgten. Zu ihrer Linken sah sie eine offene Tür. Ohne darüber nachzudenken, schoß sie hinein und lief durch einen düsteren Korridor. An seinem Ende sah sie Licht.

Sie stürzte auf eine winzige, mit Geranien bepflanzte Terrasse, sprang über eine Steinmauer und ließ sich in den Kellerdurchgang fallen. Als sie unten landete, spürte sie, daß sich ihr Verband löste. Heißes Blut breitete sich unter der schwarzen Jacke aus.

Sie ignorierte ihre Schulter, die jetzt wieder zu pochen begann, als sie fluchende Stimmen und schwere Schritte hörte. Sie kamen näher. Schnell sprang sie zehn Steinstufen hinauf und raus auf eine andere schmale Straße, die zwischen hohen Mauern hindurchführte. Irgendwo im Haus konnte sie die Schritte immer noch hören. Mit der Beretta in der Hand lief sie zu der Ecke, wo die Straße, die sie eben verlassen hatte, mit dieser zusammentraf.

Als sie die Ecke fast erreicht hatte, spürte sie, daß jemand auf sie wartete. Wahrscheinlich stand er dort, falls sie dieselbe Strecke wieder zurücklaufen wollte.

Mit der Beretta in beiden Händen schwang sie sich um die Ecke. Er hockte am Boden und wollte aufspringen, als er ihre Pistole sah. Sie schlug ihm den Kolben ins schwitzende Gesicht. Blut lief ihm aus der Nase. Er stolperte zurück, aber er konnte noch gerade den Zipfel ihrer Jacke packen und riß sie mit sich. In seiner freien Hand sah sie ein Messer aufblitzen. Ihre Beretta war zwischen ihnen eingeklemmt. Sie drückte ab. Er ächzte, hustete und rollte auf den Rücken. Sein Mund stand offen, und seine Augen starrten ins Leere.

Sie zwang sich, nicht die Nerven zu verlieren, und preßte ihre schmerzende Schulter. Zügig ging sie auf die Ecke und die Menschenmenge der Rue Vivienne zu.

Sie hatte die belebte Kreuzung fast erreicht, als ein beigefarbener Renault neben sie fuhr. Sie sah den Mann, der darin saß. *Gordon!*

Der Haß in seinen Augen ließ keinen Zweifel daran, was er vorhatte. Er kurbelte die Scheibe herunter und rief. »Los, jetzt. Bringt sie mir!«

Sie wirbelte herum. Vier Männer waren hinter ihr. Zwischen ihr und der relativen Sicherheit der Rue Vivienne war der Renault mit Gordon. Sie würden sie nicht umbringen, aber sie würden sie verwunden und überwältigen. Es waren genug, und die Verstärkung war wahrscheinlich schon auf dem Weg, aber sie würde diese Schweine dafür bezahlen lassen. Vor allem ein Schwein.

Sie schoß direkt auf den Renault. Gordon duckte sich, warf die Fahrertür auf und tauchte auf der anderen Seite unverletzt hinaus. Sie drehte sich um und traf das Bein des Mannes, der ihr am nächsten war. Während er fiel, schoß sie auf den zweiten, aber er war zu schnell. Blitzschnell trat er ihr mit dem Fuß die Pistole aus der Hand.

Von irgendwoher ertönte plötzlich die knatternde Salve einer Maschinenpistole. Der Mann, der sie getreten hatte, brach neben ihr zusammen. Eine Kugel streifte ihren Kopf. Die zwei übriggebliebenen Männer flogen blutüberströmt nach hinten.

Sarah sah sich verwirrt um. Dort stand das Kindermädchen! Der Kinderwagen war umgekippt und lag auf der Seite, und die grauhaarige Frau hielt eine Uzi in den Händen. Sarah wurde schwindelig. Während das Bild vor ihren Augen immer verschwommener wurde, dachte Sarah noch, daß das ›Baby‹ im Kinderwagen die Uzi gewesen sein mußte.

Eine Polizeisirene heulte in der Entfernung. Sarah kämpfte gegen die Ohnmacht mit aller Kraft an, aber dann versank sie doch in einem schwarzen, kalten Abgrund.

TEIL 4

Der Carnivore

49

Wie durch dichten Nebel hörte Sarah das leise Summen einer Klimaanlage. Sie öffnete die Augen. Sie lag auf einem Sofa in einem kleinen, schäbigen Wohnzimmer. Die Jalousien vor den Fenstern waren heruntergezogen, um die Welt oder die Morgenhitze oder beides draußen zu halten. In einer Ecke standen Fitneßgeräte. Ein alter Sessel stand vor einem neuen Fernsehgerät mit breitem Bildschirm, neben dem Sessel war ein altes, verkratztes Tischchen. Auf dem Kaminsims leuchteten die einzigen fröhlichen Flecken in diesem tristen Zimmer – eine bunte Narrenkappe, Porzellanpudel in rosa Tutus und ein Foto eines herumalbernden Clowns.

»Wie fühlst du dich, Liz?«

Ein muskulöser Mann mittlerer Größe mit grauem Bürstenhaarschnitt stand in der Küchentür und betrachtete sie mit besorgtem Gesicht. Er schien ungefähr fünfzig Jahre alt zu sein. Er trocknete gerade eine Tasse mit einem Küchentuch ab. Die Schminke hatte er bereits abgewischt, aber er trug noch immer das Kleid, die Baumwollstrümpfe und die festen Schuhe des Kindermädchens.

»Ich weiß nicht.« Sie hatte Schmerzen. »Mein Kopf und mein Kiefer tun weh.« Sie erinnerte sich daran, wie sie mit dem Mann gekämpft hatte, der sie erstechen wollte, und wie im Kampf neben Gordons Renault eine Kugel ihren Kopf gestreift hatte. Sie berührte ihren Kopf und ertastete einen Verband.

»Ich habe auch den an deiner Schulter gewechselt. Du hast mir nichts davon erzählt, daß man auf dich geschossen hat.« Seine Stimme klang fragend. Er kannte Liz Sansborough; sie mußte vorsichtig sein.

»Es war nicht der Rede wert.«

Sie setzte sich auf. Der Mann in dem Kindermädchenkleid machte keine Anstalten, ihr zu helfen. Als sie sich aufgerichtet hatte, verschwand er wieder in der Küche. Sie sah sich um, um sich klarzumachen, wo sie war und wo er war. Er hielt sie für Liz Sansborough. Sie bezweifelte, daß sie in Languedoc war, also mußte dies einer von den Leuten des Carnivore sein. Wenn an diesem Spiel nicht noch andere beteiligt waren, von denen sie nichts wußte.

Er kehrte mit einem Tablett zurück und setzte sich in den Sessel. Er goß Tee ein und gab dann Milch und Zucker dazu. So mochte ihn Liz Sansborough offensichtlich am liebsten. Er gab ihr die Tasse.

Sie trank. Der Tee war für ihren Geschmack zu süß, aber er tat trotzdem gut.

»Nimm die.« Er sprach Englisch wie ein Amerikaner.

Er gab ihr zwei weiße Tabletten. Seine Hände waren riesig und sahen sehr kräftig aus. Er war nicht sehr groß, aber breit und muskulös. Vielleicht war er ein ehemaliger Footballspieler oder ein Ringer, der in Form geblieben war. Automatisch roch sie an den Tabletten und leckte vorsichtig daran. Aspirin. Sie sah, wie er sie anstarrte, und wußte daß sie einen Fehler gemacht hatte.

Sie hatte ihm gezeigt, daß sie ihm nicht traute.

Sie lachte. »Ich muß wohl noch unter Schock stehen. Ich habe ganz vergessen, wo ich bin.«

Er schüttelte den Kopf. »Du hast mir einen Riesenschrecken eingejagt. Was sollte denn das?« Er hatte Mühe, seinen Zorn unter Kontrolle zu halten, aber er wollte erst wissen, ob sie in Ordnung war. Er machte sich offensichtlich Sorgen um Liz.

»Ich habe dich überrascht«, sagte sie. »Tut mir leid.«

Er lächelte, und plötzlich tauchte ein Bild vor ihr auf. Es war ein Schwarzweiß-Foto von einem Mann mit einem identisch lächelnden Mund. Der Rest des Gesichts war anders, und der Mann auf dem Bild war viel jünger gewesen. Wer war er?

Seine Stimmung schlug um. »Du hättest alles ruinieren können. Sie suchen überall nach uns. Besonders nach dir, weil sie wissen, wie du aussiehst. Deine Verkleidung ist gut, aber offensichtlich nicht gut genug.«

Wenn er Einzelheiten hören wollte, würde sie in Schwierigkeiten kommen. Sie mußte das Thema wechseln. »Wie hast du mich dort herausbekommen? Ich erinnere mich nur noch daran, daß du auf diese Männer geschossen hast. Und was ist mit Gordon Taite? Hast du ihn auch umgebracht?«

Er hustete in seine Serviette, und sie verschwand. Dann zog er sie aus dem Halsausschnitt seines Kleides. Er war offenbar eine Art Zauberer. »Arrogante Arschlöcher. Ein paar von ihnen haben dich beobachtet, als du im Café Justine warst, dann kamen noch mehr. Ich konnte keinen Kontakt mit dir aufnehmen. Also habe ich gewartet, bis sie zuschlugen. Taite hat sich für den Rückzug entschieden, und er hatte verdammt recht damit. Ich hätte ihn wegblasen können.«

Ihre Stimme klang gelassen: »Gibt es was Neues über das Treffen heute abend?«

»Alles ist arrangiert, aber ist das wirklich das Leben, daß du dir wünschst? Möglicherweise machst du einen Riesenfehler.«

»Es ist kein Fehler. Es ist Zeit.«

Volltreffer. Der Mann gehörte zum Team des Carnivore. Wie konnte sie herausfinden, wie er hieß und wo Liz Sansborough und der Carnivore waren?

Er trank seinen Tee. »Du hast mir noch nicht

erzählt, Liz, was du da eigentlich wolltest.« Er richtete seinen Blick auf sie, und plötzlich konnte sie sich vorstellen, wie sich eine Amöbe unter dem Mikroskop fühlen mußte.

Sie mußte etwas sagen. »Warum warst du da?«

Sein breites Gesicht erstarrte. Der Ausdruck seiner Augen wurde hart und distanziert. Plötzlich hielt er eine Walther in seiner großen Hand. »Meine Liz antwortet immer direkt auf meine Fragen. Und sie hat schon seit Jahren keine Beretta mehr getragen. Wer sind Sie?«

Sie war in der Falle. Sie nahm einen Schluck Tee, hob den Kopf und sah ihm direkt in die Augen. »Liz bedeutet Ihnen etwas. Ich bin ihre Cousine, Sarah Walker. Ich suche sie. Ich muß mit ihr sprechen.«

Er sah sie erstaunt an. Dann näherte sich die Walther ihrem Kopf. »Lügen Sie nicht. Sarah Walker und Liz sind keine Zwillinge. Und Sie benehmen sich auch nicht wie Sarah Walker. Eine Gesellschaftsreporterin?« Er schnaubte verächtlich. »Die würde Hughes Bremner bei lebendigem Leib verspeisen, mit Haut und Haar, und danach wäre er immer noch hungrig.«

Sie war sprachlos. Woher wußte er, wie Sarah Walker aussah und was sie von Beruf war? Aber sie hatte jetzt keine Zeit, darüber nachzudenken. Seine Finger auf der Walther waren weiß.

»Sagen Sie mir, wer Sie sind und warum Sie wie meine Liz aussehen!«

Sie blickte weiter unbeirrt in sein kaltes Gesicht. »Ich bin Sarah Walker, und ich weiß nicht, warum ich wie Liz aussehe. Nur, daß es etwas mit dem Carnivore und dem Treffen heute abend zu tun hat.«

»Warum sollte Sarah Walker darüber etwas wissen?«

»Weil es Hughes Bremner war, der mein Gesicht

verändert und mich in Liz Sansborough umgeformt hat.«

Er studierte sie. »Beweisen Sie, daß Sie Sarah Walker sind.«

»Meine Mutter ist Jane Sansborough Walker. Liz' Vater war Harold Sansborough, der Bruder meiner Mutter. Mein Vater, Hamilton Walker, ist College-Professor. Ich –«

»Das kann man Ihnen alles erzählt haben.«

»Also gut, es scheint, daß Sie Liz sehr gut kennen. Wenn das stimmt, dann wissen Sie auch, daß sie eine Großmutter hatte, die oft ein besonderes italienisches Brot mit Rosmarin gebacken hat. Sie hieß Firenze.«

»Großmutter Firenze?« Seine Augen blickten sie prüfend an. »Aber sie war gar nicht Ihre oder Liz' Großmutter, stimmt's?«

Sarah runzelte die Stirn. »Nein. Sie war unsere *Ur*großmutter.«

Er saß einen Augenblick lang still da, dann ließ er die Walther sinken und lächelte wieder so wie vorher. Irgendwoher –

Er fragte: »Was wollen Sie von Liz?«

»Ich habe Grund anzunehmen, daß Hughes Bremner sich irgendeinen Trick ausgedacht hat, um den Carnivore umzubringen.«

Er beugte sich vor. Seine massigen Schultern und der breite, gewölbte Brustkasten standen in krassem Widerspruch zu seiner Verkleidung. »Erzählen Sie mir alles, was Sie wissen.«

»Diese Information kann ich nicht so ohne weiteres preisgeben. Ich muß wissen, wer Sie sind.«

Er rutschte in dem Sessel herum, als ob seinem muskulösen Körper jede Form von Bequemlichkeit fremd wäre. »Ich arbeite für den Carnivore. Man nennt mich Quill.« Er fuhr sich mit der Hand über das kurzgeschnittene, graue Haar. »Meine Vergangenheit ist unwichtig.«

»Dann erzählen Sie mir von dem Carnivore und Liz. Irgend etwas, das mir beweist, daß ich Ihnen vertrauen kann.«

»Ich könnte Sie dazu bringen, mir alles zu erzählen.«

»Aber dann können Sie nicht wissen, ob es die Wahrheit ist. Ich möchte nicht, daß Bremner den Carnivore umbringt. Und Sie?«

Er lachte hohl. »Sauber argumentiert.« Er dachte darüber nach. »Ich bin schon sehr lange bei dem Carnivore. Er wird es verstehen, wenn ich jetzt ein bißchen enthülle. Demnächst wird ohnehin sehr viel mehr über ihn bekannt werden.« Er trank einen Schluck Tee. »Es wird Sie interessieren zu hören, daß er Amerikaner ist. Ja, er ist sogar in Beverly Hills aufgewachsen, ein Kind reicher Eltern, aber er war wild und widerspenstig. Anfang der fünfziger Jahre rauchte er Haschisch und stahl Autos. Immer wieder kam er ins Gefängnis. Sein Vater war ein einflußreicher Anwalt der feinen Gesellschaft, und er hatte eines Tages genug von den Problemen seines Sohnes. Er warf ihn aus dem Haus. Daraufhin ist der Junge zu einem Verwandten seiner Mutter in Las Vegas gezogen, einem italienischen Onkel namens Bosa.«

Bosa! Sie erinnerte sich an das Langley-Dossier über den Carnivore: man nahm an, daß er Alex Bosa hieß!

Quill stand auf und ging im Zimmer auf und ab. »In Vegas hat mein Freund dann im Casino seines Onkels arbeiten können. Er hat geheiratet und versucht, ein normales Leben zu führen. Aber irgend etwas trieb ihn immer weiter. Also hat er seine Frau mit einer Reihe von Freundinnen betrogen. Sie hat es herausgefunden und sich aus Rache selbst einen Geliebten genommen.« Quill stockte. Offenbar fiel es ihm nicht leicht, weiterzusprechen. »Seine Frau ist von ihrem Geliebten totgeschlagen worden. Die Polizei hat nichts unternommen. Sie haben behauptet, keine Beweise zu haben. Nach der Beerdigung hat sich der Geliebte eine neue Freundin gesucht. Aber er war wahnsinnig und hat auch das Mädchen geschlagen. Mein Freund, der sich ein paar Jahre später der Carnivore nennen sollte ... konnte das nicht mit ansehen. Der Kerl war ein Schwein, und niemand unternahm etwas gegen ihn. Ganz sicher würde er auch seine jetzige Freundin umbringen. Also hat der Carnivore ihn getötet.«

Quill zuckte die Achseln. »Natürlich mußte mein Freund daraufhin aus der Stadt verschwinden. Sein Vater wollte ihn nicht mehr sehen. Sein italienischer Onkel – La Cosa Nostra, verstehen Sie – hat meinen Freund bei einem Zweig der Familie in New York untergebracht, wo er ins Geschäft kam. Dort hat er dann den Namen Alex Bosa angenommen, den Namen seines Onkels.« Quill lächelte, als er über das Nächste nachdachte. »Wenn er einen Auftrag bekam, hat er wochenlang jedes kleinste Detail ausgearbeitet. Er wurde so gut, daß seine Familie ihn an andere Familien ausgeliehen hat, die einen Auftrag außerhalb der Stadt hatten. Sie müssen verstehen, er hatte die analytische Denkweise seines Vaters geerbt. Daß er gerade dieses Talent seines selbstgerechten, aufgeblasenen alten Herrn für eine solche Arbeit ausnutzte, gefiel ihm ganz besonders.

Nach ein paar Jahren bekam Alex dann einen wirklich schwierigen Auftrag: Er sollte einen kubanischen General umlegen, der sich weigerte, seine Spielschulden zu bezahlen. Aber der Mann war Präsident Batistas bester General, und sein Tod kam Fidel Castro, der damals gerade versuchte, Havanna zu erobern, mehr als gelegen.« Quill lächelte bitter. »In internationalen Kreisen hat dieser Auftrag Alex Bosa zu einem angesehenen Mann werden lassen.«

Also waren Langleys Informationen richtig: Ein Mordanschlag der Mafia hatte Castro dabei geholfen, die Macht im Land zu erringen, der Carnivore war Ende der dreißiger Jahre geboren, mindestens ein Elternteil war amerikanischer Herkunft, und er war heterosexuell.

»Warum der Name *Carnivore*?« fragte sie.

»Der Pate fand, daß Alex einen Namen brauchte, der seinem Talent gerecht wurde, also nannte er ihn Il Carnivoro. Der Fleischfresser.« Quill streichelte seine Walther und hob den Kopf. »Nach Cuba bat Alex darum, sich selbständig machen zu dürfen. Er versprach dem Paten, weiterhin ›Spezialaufträge‹ für die Familie zu übernehmen, wenn sie ihn brauchten. Es war ein durchaus angemessener Wunsch, und der Pate willigte ein. So war der Carnivore im Geschäft.«

Quill legte die Walther auf das Tischchen neben sich und goß sich noch eine Tasse Tee ein.

»Ich hätte gern auch noch eine Tasse.«

Er nahm ihre Tasse. Kurz spürte sie seine Bewunderung aufflackern. Vielleicht war es ihre Kaltblütigkeit, die ihn beeindruckte. Dafür konnte sie sich bei der Ranch bedanken, die sie so gut ausgebildet hatte. Was sie dort sowohl auf physischem als auch auf psychischem Gebiet gelernt hatte, war zu einem unlösbaren Teil von ihr geworden.

Er beobachtete sie, als sie ihre bis zum Rand gefüllte Tasse nahm. Ihre Hand zitterte nicht im geringsten. Sie fragte: »Wieso waren Sie heute morgen im Café Justine?«

»Ich habe eine Nachricht erhalten, daß merkwürdige Dinge in einem Fitneßclub in der Rue Vivienne geschehen, die mit Bremner zusammenhängen«, sagte Quill. »Ich würde sagen, Sie haben verdammtes Glück gehabt. Jetzt erzählen Sie mir von Bremner.«

»Aber ich muß mit Liz sprechen! Das ist keine alberne Neugier. Wie soll ich verhindern, daß er –« Sein raubtierhaftes Grinsen brachte sie ins Stocken.

Er strahlte plötzlich Bedrohung und Gewalt aus. »*Ich* werde mich um Hughes Bremner kümmern. Sie werden mir sagen, was er getan hat. Alles! Fangen Sie mit Ihrem Gesicht an. Als –«

Ein durchdringender Alarmton erfüllte plötzlich den Raum. Quill drückte auf einen kleinen Knopf an seiner Uhr, und das riesige Fernsehgerät ging an. Der Bildschirm zeigte einen langen Flur voller bewaffneter Männer, die langsam auf die Kamera zuschlichen. Sarah erkannte Gordons Gesicht, der die anderen drängte, weiterzugehen.

Sie drehte sich zu ihm. Quills Walther zielte direkt auf ihr Herz. Mit der anderen Hand hob er die Uzi vom Boden auf.

»Sie haben sie hier hergeführt!« sagte er drohend.

Sie wußte sofort, daß er recht hatte. »Nicht absichtlich.«

Denk nach! sagte sie sich. Sie griff nach ihrer Anzugjacke und durchsuchte panisch alle Taschen.

Sie sprach schnell. »Der mit dem Messer. Er muß mir einen Sender in irgendeine Tasche gesteckt haben!«

»Ich habe keine Zeit mehr.« Quill stand auf und zielte auf ihre Schläfe.

»Hier ist er! Eine Münze in der Jackentasche!« Ihr Herz pochte wild. So eine ›Münze‹ kannte sie von der Ranch. Darin war ein winziger Sender eingebaut. Sie warf sie fort.

»Ich hätte Sie durchsuchen müssen, verdammt. Ich werde alt.« Er warf ihr die Walther zu. »Hier entlang. Schnell!«

Sie folgte ihm in einen dunklen Flur. Natürlich würde Quill noch einen anderen Fluchtweg kennen. Plötzlich gab es eine heftige Explosion hinter ihnen. Der Boden bebte. Quill wußte, daß sie die schwere Stahltür am Eingang aufgebrochen haben mußten. In wenigen Sekunden würden ihnen Gordon und seine Männer auf den Fersen sein.

Quill sprang aus einem Fenster auf ein geteertes Dach. Sarah folgte ihm. Tief gebückt jagten sie am Rand des Dachs entlang. Er hielt vor einem hohen Dachfenster. Die Fensterläden waren geschlossen und mit einem Vorhängeschloß gesichert. Er öffnete das Schloß, und sie sprangen durch das Fenster in einen staubigen Lagerraum. Ein schaler Geruch nach Zwiebeln und Knoblauch hing in der Luft. Er schloß eine Tür am anderen Ende auf, hinter der wieder ein dunkler Korridor lag.

Sie bogen nach rechts und liefen eine wackelige Treppe hinunter. Eine weitere Tür führte in eine Garage. Quill schloß die Tür und sicherte sie mit einem Vorhängeschloß. Das Schloß würde ihre Verfolger nicht aufhalten. Aber sie konnten so etwas Zeit gewinnen – vielleicht gerade genug.

Sie stiegen in einen schnittigen MG. Der Motor sprang sofort an. Quill drückte auf einen Knopf, und das Garagentor ging auf. Er fuhr auf die stille Straße hinaus.

Schüsse krachten in die Fahrerseite des Wagens. Ein Mann und eine Frau mit M-16 Maschinenpistolen rannten auf sie zu. Gordons Leute. Natürlich hatte er den ganzen Häuserblock umstellen lassen. Quill stützte die Uzi auf dem geöffneten Seitenfenster ab und feuerte eine Salve nach der anderen auf das Paar ab. Vor ihren Augen zerbarsten sie zu einer Masse von blutigem Gewebe und pfirsichfarbenen Knochensplittern.

»Quill! Sie sind tot!« Sie schüttelte ihn. »Hören Sie auf!«

Er knurrte und ließ die Uzi in seinen Schoß sinken. Er lenkte den Wagen in rasantem Tempo auf die Straße. Als sie um eine Kurve schlitterten, bot sich ihr ein merkwürdiger Anblick – ein Clown mit einem Bund Luftballons in der Hand schien auf sie zuzulaufen. Quill trat aufs Gas.

Sie saß wie erstarrt, den Gestank des Todes in der Nase. Aber es roch nicht wirklich, merkte sie. Dafür waren sie zu weit weg von den Leichen. Es war ihre Vergangenheit. Der blonde Junge in Denver. Das Paar im Kofferraum des Cadillac. Die Wachtposten im Je Suis Chez Moi. Blount McCaw. Die drei Männer in der Gasse. Und jetzt dieses Paar. So viele Tote.

Der MG wurde langsamer und schlingerte. Sie waren jetzt ein paar Straßen von der Wohnung entfernt, und Quill starrte unbeweglich auf die leere Straße vor sich. Der Wagen wurde noch langsamer und geriet ins Schleudern.

»Sorry, Sarah. Ich wollte –« Er konnte kaum sprechen.

Mühsam lenkte er den MG an den Straßenrand. Wie in Zeitlupe faßte er sich an die Brust, beugte sich über das Lenkrad, seufzte tief und brach zusammen.

Sie zog ihn zurück und sah den Blutfleck auf seiner Brust, der sich immer weiter ausbreitete. Das Paar hatte ihn getroffen. Vielleicht hatte er deshalb immer weiter auf sie geschossen.

Er lächelte, und es war ein eigenartig warmes Lächeln, wie aus einer lange vergessenen Vergangenheit. »Jetzt ist es mit meinem Glück wohl vorbei.«

Woher kannte sie dieses Lächeln? Verzweifelt versuchte sie, sich zu erinnern. Es war noch nicht lange her – Und dann wußte sie es.

Es war Hal Sansboroughs Lächeln!

Liz' Vater aus den Fotoalben der Familie Sansborough. Ihre Familie und ihr Vater, wie sie geglaubt hatte. Aber Hal Sansborough war tot. Er war mit seiner Frau bei einem Raubüberfall in New York ums Leben gekommen –

Wie konnte da Quill Harold Sansborough sein?

»Quill!« Sie packte ihn am Kinn und zwang ihn, sie anzusehen. Er lächelte noch immer. »Quill! Sind Sie Hal Sansborough? Sind Sie mein Onkel?«

Das Lächeln schien noch breiter zu werden. »Janies Tochter. Sag ihr, daß ich stolz auf dich bin.«

Er verzog das Gesicht und röchelte. Die Luft entwich aus seinen Lungen.

»Und sag Liz ... daß ich sie liebe.«

Sie berührte seinen Mund mit ihrer Wange. Er atmete nicht mehr, es war kein Leben mehr in ihm. Ohne Vorwarnung strömten ihr die Tränen über die Wangen.

50

Das Touristenboot mit dem kuppelförmigen Glasdach war eines von vielen *bateaux-mouches,* die auf der Seine zwischen der Pont de l'Alma und der Pont de Sully unterwegs waren. Sonntag morgens wurden an Deck ofenwarme *brioche,* perfekt gereifter *fromage* und sonnengereifte *fruits* serviert.

Hughes Bremner hielt einen Teller in der Hand und

sah zum Ufer hinüber. Er tat so, als ob er sich an der Aussicht erfreute, aber in Wirklichkeit dachte er an den siegreichen Abschluß seines Multimilliarden-Dollar-Unternehmens am Montag: GRANDEUR. Es war die Krönung seiner Karriere und würde ihn zur Legende machen. Aber niemand würde es je erfahren.

Bevor noch irgend jemand begreifen könnte, was wirklich geschehen war, würde er schon in seinem Südseeparadies auf Indigo Reef sein. Zwei Jahre lang hatte er dafür Gemälde, Keramik und Plastiken gesammelt. Sein Büro dort hatte nichts mit dem spartanischen Raum im siebten Stock von Langley gemeinsam. Es war luxuriös eingerichtet mit Gemälden von Braque, Kandinsky und Soulages. Für die Fassade der Villa hatte er die besten Steinmetze aus Italien kommen lassen. Im Weinkeller lagen schon jetzt die erlesensten Tropfen aus Frankreich und Kalifornien. Seine Sicherheit garantierte eine der modernsten Überwachungsanlagen, und über ein aufwendiges Kommunikationsnetz war er jederzeit auf jede nur erdenkliche Weise mit der Welt verbunden, wenn er es wollte –

»Ein Sonntagmorgen in Paris«, sagte eine Stimme neben ihm. »Es gibt nichts, was dem gleichkommt.«

Bremner drehte sich nicht um. Er betrachtete weiter das Ufer. Eine Mutter mit zwei Kindern kaufte Ballons. Als nächstes würden sie am Quai entlangspazieren. Er konnte sich nichts Langweiligeres vorstellen.

Bremner sagte: »Berichten Sie.«

Kit Crowther sprach mit leiser, fester Stimme. Er leitete den finanziellen Teil von GRANDEUR, und er würde dabei ein Vermögen verdienen. Aber er würde keine Gelegenheit haben, es auszugeben. Sobald die Transaktion abgeschlossen war, würde Gordon ihn eliminieren.

»Es wird so vor sich gehen«, sagte Crowther. »Nach der Ankündigung werden sich die europäischen Währungen ganz neu ausrichten. Die Zinsen werden fallen und ebenso die Börsenkurse. Ich habe mit dem *franc* spekuliert und bin sicher, daß Zinsen und Wertpapiere von der Neuausrichtung der Währung betroffen sein werden. Ich habe ohne Deckung *francs* im Wert von ungefähr zehn Milliarden Dollar verkauft und den U.S.-Dollar, der im Augenblick sehr stark ist, für acht Milliarden gekauft. Außerdem habe ich noch eine Milliarde in französischen Aktien angelegt, da sie normalerweise steigen, wenn eine Währung entwertet wird. Mit Hilfe von Sterling-O'Keefes Kredit konnte ich diese Position mit nur einer Milliarde an Sicherheiten halten. Sie stecken bis zum Hals drin. Ich hoffe nur, daß Sie wissen, was Sie tun, sonst könnte Sterling-O'Keefe vernichtet werden.«

Bremner lächelte nur und sah hinaus aufs Wasser.

Crowther hatte Geld in *francs* geliehen und es zu den üblichen Wechselkursen in U.S.-Dollars umgewechselt. Sobald der *franc* in den Keller fiel, würde Crowther den dann viel billigeren *franc* zurückkaufen und damit die Schulden bezahlen, und Hughes Bremner würde den Rest in die eigene Tasche stecken, ebenso wie die zusätzlichen Profite – nachdem er Grodon Taite, Allan Levine und ein paar andere ausgezahlt hatte. Die Gewinne würden ihn endlich zu dem Multimilliardär machen, der er schon immer werden wollte, seit er seinem unmoralischen und undankbaren Land den Rücken zugekehrt und Sterling-O'Keefe gegründet hatte.

Crowther aß von seinem Teller und blickte hinaus. »Ich wüßte gern, auf welche Informationsquelle Sie sich stützen.«

»O nein, ich glaube nicht, daß Sie das wissen möchten. Sie möchten einfach nur glatte fünf Millionen verdienen.«

Aus dem Augenwinkel sah Bremner Crowther lächeln und leise nicken. Für fünf Millionen Dollar konnte er auch in Unwissenheit leben. Nur würde er nicht mehr lange leben.

»Daddy! Daddy!«

Der internationale Finanzexperte drehte sich um und ging, ohne ein weiteres Wort mit Bremner zu wechseln. »Ich komme schon, Schatz. Hast du Mommy verloren?«

Bremner warf noch einen letzten Blick auf das gegenüberliegende Ufer, und für einen kurzen, glücklichen Moment sah er Indigo Reef vor sich. Ein palmengesäumtes Juwel im aquamarinblauen Meer. Schon bald würde er der ganzen Welt sagen können, daß sie ihn am Arsch lecken könnte. Er würde den CIA sitzenlassen, einfach verschwinden und das Leben leben, das er sich schon immer erträumt hatte. Sanfter Wind. Warme Nächte. Und Reichtümer, von denen Könige nur träumen konnten.

Als Bremner zurück in sein Büro im Languedoc kam, verwandelte sich seine Shangri-la-Vision in einen Alptraum.

Auf seinem Schreibtisch lag eine Nachricht von Arlene Debo:

Ich fliege nach Paris, Hughes. Ich komme ungefähr um fünf Uhr an. Ich habe einen Bericht erhalten, daß der Carnivore sich heute abend mit Ihnen trifft.

Bremner schnürte es die Brust zusammen. Zur Hölle mit dieser Frau! Was war denn plötzlich in sie gefahren? Hatte sie jemand gewarnt –? Nein. Unmöglich. Niemand, der von dem Treffen wußte, würde ihr davon erzählen. Das waren *seine* Leute. Ihre Loyalität galt ausschließlich ihm!

Mit eiserner Disziplin zwang er sich dazu, sich zu beruhigen. Dann dachte er über das Problem nach. Hatte ihn jemand hintergangen? Er hatte nur wenige Stunden, um das herauszufinden und einen Plan zu entwickeln, wie er mit Arlene umgehen sollte. Und er mußte auch immer noch die Einzelheiten für das Treffen mit dem Carnivore am Abend arrangieren.

Er brauchte Sarah Walker, und er brauchte sie *sofort*.

Bremner griff nach seinem privaten Telefon.

Sarah Walker schloß die Augen ihres Onkels und wischte sich die Tränen aus dem Gesicht. Er lächelte immer noch. Blut lief aus seiner Brust an der Seite herunter auf den Sitz. Sie erinnerte sich an die Fotoalben, als ob sie offen vor ihr lägen. Sie hatte sie angeschaut und eingeatmet, bis sie zu ihrer verlorenen Vergangenheit geworden waren. Seine Nase war flacher und das Kinn kleiner, aber wenn man fünfundzwanzig Jahre und dreißig Pfund abzog, dann war er Liz' Vater von dem Foto vor ihrem Haus in Chelsea, auf dem er seine Tochter bei der Hand hielt.

Seine letzten Worte waren gewesen: »Sag Liz, daß ich sie liebe.«

Sie sprang aus dem MG heraus und sah sich vorsichtig um. Auf der Straße war niemand zu sehen, und auch aus den Häusern schien sie niemand zu beobachten. Sie nahm Quills Walther an sich und prüfte das Magazin. Dann ging sie zur nächsten Metro-Station. Sie war traurig, verwirrt und besorgt.

Ein Mann, den sie nie gekannt, aber eine Zeitlang für ihren Vater gehalten hatte, war tot. Sie wußte, daß sie eigentlich wütend und voller Rachegefühle sein sollte. Aber sie sehnte sich nur danach, daß das furchtbare Morden endlich ein Ende hatte, das so endgültig war wie der Tod selbst.

Und dann gab es da noch eine Tatsache, der sie sich nicht entziehen konnte: Sie war eine Blutsverwandte, die Nichte eines professionellen, erbarmungslosen Killers.

Der gesagt hatte, daß er stolz auf sie sei.

Bei dem Gedanken wurde ihr eiskalt. Sie wollte nicht, daß ein Killer auf sie stolz war. Unwillkürlich ging sie schneller, als ob allein physische Kraft sie einer Lösung näherbringen könnte.

Als Sarah das Bistro erreichte, in dem sie sich mit Asher verabredet hatte, wartete er bereits am Straßenrand. Er lehnte an einem BMW-Motorrad. »Du lieber Himmel, dein Kopf!« Er berührte den Verband über ihrer Schläfe. »Was ist passiert?«

»Das erzähle ich dir später. Du siehst aus, als ob du so schnell wie möglich hier verschwinden wolltest.«

»Stimmt.« Er blickte um sich. »Die Fotos und die Geschichte in der Zeitung haben ziemlich eingeschlagen. Ich bin schon zweimal angehalten worden. Beim dritten Mal hab' ich wahrscheinlich nicht mehr so ein Glück.« Er gab ihr eine schwarze Lederjacke und einen Helm mit getöntem Visier, der genauso aussah wie seiner. »Paßt der über deinen Verband?«

»Sicher.« Sie verzog das Gesicht vor Schmerz, als sie ihn aufsetzte. »Wo fahren wir hin?«

»Das ist die gute Nachricht. Zu Jack O'Keefe. Christine Robitaille hat mir verraten, wo er wohnt.«

»Na endlich! Vielleicht finden wir jetzt heraus, was Bremner vorhat!«

Als sie die Lederjacke anzog, rutschte ihr weißes Hemd hoch, und Asher sah die Walther in ihrem Hosenbund. »Was ist passiert? Wo ist deine Beretta?«

»Das ist eine lange Geschichte, Asher. Laß uns losfahren.«

Christine saß auf ihrem Balkon in Les Halles und blickte durch das filigrane Gitter über das in der Mittagshitze brütende Paris. Durch das Zentrum der riesigen Stadt schlängelte sich die Seine wie ein breites, silbernes Band. Sie war zu jeder Stunde schön. Christine rauchte eine ihrer Zigaretten mit Goldmundstück und dachte über den Fluß nach, über die Vergangenheit, über Geschichte. Und über sich selbst.

Sie wußte sehr wohl, wo sie herkam, und jetzt fragte sie sich, ob sie dazu verdammt war, alte Fehler zu wiederholen. Sie hatte einen guten Start gehabt. Sie war unter den Floristen von Paris aufgewachsen. In dieser romantischen Stadt, die von Brot, Wein und Blumen lebte, liebte und verstand sie die Bedeutung dieser Arbeit schon sehr früh. Wie konnte man *amour* besser ausdrücken als durch sechzig rubinrote Rosen? Gab es denn ein schöneres Geschenk als eine chinesische Vase mit schneeweißen Lilien, seidig weißen Hortensien, grünen Artischocken und smaragdgrünen Farnen und Moosen?

In Paris hatten selbst die ärmsten Viertel ihren eigenen Floristen, aber das Geschäft der Robitailles lag in einem Eliteviertel. Der Blumenladen mit den elfenbeinfarbigen Säulen lag gegenüber dem Parlament am Place du Palais Bourbon, und in den nahegelegenen Botschaften und Ministerien gab es immer großen

Bedarf an Sträußen und Blumengestecken. Die Robitailles waren für ihre eleganten, ungewöhnlichen und frischen Arrangements bekannt.

Christine hatte zwei Brüder und zwei Schwestern. Als Jüngste wurde sie verhätschelt, und weil sie die Hübscheste war, verwöhnte man sie mit den feinsten Netzstrümpfen und Rüschenkleidchen, und man zeigte sie her wie eine von Robitailles vielbewunderten Kreationen. Sie besuchte die Schule und arbeitete im Geschäft. Sie war sehr talentiert und schöpferisch, aber ihr eigentliches Interesse galt der Verkaufstheke. Dort konnte sie mit den jungen Büroangestellten aus dem Regierungsviertel und den distinguierten Herren aus dem Außenministerium flirten, die oft in ihr Geschäft kamen, um eine besonders makellose Blüte für ihre neueste Geliebte auszusuchen.

Mit vierzehn wurde sie schwanger. Ihr Geliebter war ein Blumenarrangeur aus einem gut gehenden Geschäft für Kunstblumen. Nicht nur ihre Jugend, sondern auch die Arbeit des jungen Mannes sorgten in ihrer Familie für höchste Empörung. Er war das größere Problem. Künstliche Blumen! Unmöglich konnte er da die Schönheit, Zerbrechlichkeit und die Vergänglichkeit Gottes eigener Blüten begreifen und ihnen mit angemessener Verehrung begegnen. Immerhin machte er ihr einen Heiratsantrag. Er war wirklich ein anständiger junger Mann, aber sie beide wußten, daß es nicht die himmlische *amour* gewesen war, die sie zu dem Akt verleitet hatte, sondern irdische Lust.

Ihr katholischer Vater sah keine andere Lösung. Sie mußte heiraten.

Sie lief fort, ließ das Kind abtreiben und arbeitete in den Clubs in Montmartre. Schon bald stand sie auf der Bühne, sang und tanzte und trug immer weniger

Kleider. Als ihr Vater sie schließlich dort wiederfand, ging er in Tränen fort. Ihrer Mutter würde er sagen, daß sie gestorben sei. Sie versprach ihm, nie wieder nach Hause zurückzukommen.

Sie hatte viele Männer und viele *amours*, aber als sie dreißig wurde, wußte sie, daß ihre Zeit als Nackttänzerin sich dem Ende zuneigte. Da machte ihr damaliger Liebhaber, ein dunkler Charmeur aus Marseille, den Vorschlag, doch einmal mit seinem Freund Jean zu sprechen.

Jean war der einzige Name gewesen, unter dem sie ihren neuen Chef in den zwanzig Jahren, die sie für ihn gearbeitet hatte, kannte.

So also begann ihre Arbeit für Interpol, und *amour* wurde ihre Karriere. Es war eine gute Karriere. Sie arbeitete für die Regierung und verkaufte etwas, von dem ihr die Vorräte nie knapp werden würden. Aber jetzt war sie über fünfzig. Sie hatte graue Haare, die sie seit sechs Monaten nicht mehr färbte. Mit den Jahren war ihr weiches, sanftes Gesicht hart geworden. Jetzt rauchte sie zuviel und trank zuviel und war der *amour* überdrüssig. Sie hatte gelernt, daß Sex für Männer gleich Macht war. Für Frauen aber war Sex ein kläglicher Ersatz für Macht.

Sie mochte Asher Flores, nicht nur, weil er so ein Schatz war und sie immer anständig behandelt hatte, sondern auch, weil sein Nachname das spanische Wort für Blumen war. Es war Bestimmung gewesen, daß sie sich getroffen hatten, Freunde wurden, und daß sie ihm später Informationen geben konnte, die ihm das Leben retteten. Danach hatte sie mit ihm geschlafen. Nicht aus Liebe, sondern damit er die Chance hatte, sich richtig bei ihr zu bedanken.

Heute morgen hatte er im Computergeschäft angerufen, aber sie hatte sich verleugnen lassen. Sie brauchte Zeit zum Nachdenken, denn sie hatte eine Nachricht von ihrem neuen Chef ›Guy‹ bekommen, der Jean abgelöst hatte. Guy hatte ihr mitgeteilt, daß Asher Flores von Interpol gesucht wurde und daß drei Languedoc-Männer bei einem Versuch, ihn ganz in der Nähe ihres Geschäfts festzunehmen, getötet worden waren. Natürlich hatte sie von den Morden gehört, aber sie wußte nicht, daß Asher dafür verantwortlich gewesen war. Außerdem hatte sie noch gelesen, daß Asher und irgendeine Frau wegen zwei Morden in Denver gesucht wurden, die angeblich auf ihr Konto gingen.

Das beunruhigte sie. Sie vertraute Asher. Sie wußte, daß er niemanden tötete, wenn es einen anderen Weg gab. Er war kein Verräter. Aber Guy sagte, daß Langley genau das behauptete.

Asher Flores war übergelaufen. Er war ein Verbrecher.

Sie sollte helfen, ihn zu eliminieren.

Sarah Walker aber wollte Languedoc lebend.

Sie hatte Asher trotzdem vor etwa zwei Stunden getroffen. Jeder Angeklagte hatte schließlich das Recht, angehört zu werden, obwohl sie ihm nicht gesagt hatte, daß sie ihn nur deswegen traf. Er hatte ihr von Sarah Walker erzählt und was Hughes Bremner angeblich mit ihr gemacht hatte. Außerdem erzählte er ihr noch, daß der Carnivore sich nach all den vielen Jahren entschieden hatte, in die USA zu gehen.

Sie hatte Asher geglaubt. Was für ein Kindskopf er doch war. Und außerdem ein großartiger Liebhaber. Er hatte wissen wollen, wo Jack O'Keefe lebte. Nach ein paar Anrufen hatte sie seine Adresse in Burgund herausgefunden. Jack O'Keefe war auch einmal ihr Liebhaber gewesen. Aber das war schon viele Jahre her, als sie noch attraktiv war und Jack, eine Legende mit silbernem Haar, kurz vor der Pensionierung stand. Zu schade. Sie hätte ihn gerne früher getroffen, als er noch rote Haare gehabt hatte. Am ganzen Körper. Daher der Name Red Jack O'Keefe.

Sie wußte, daß es auch für sie an der Zeit war, sich zur Ruhe zu setzen. Überall sah sie die Schatten der Männer aus lange vergangenen Zeiten, an deren Namen sie sich nicht mehr erinnern konnte. *Merde!* Sie konnte sich nicht einmal mehr an den Namen ihres ersten Liebhabers erinnern, der sie vor so vielen Jahren geheiratet hätte. Sie bereute die Abtreibung nicht. Insgeheim hatte sie immer gewußt, daß sie das einzig wichtige Kind war.

Vor etwa fünf Jahren, nachdem ihre Eltern gestorben waren, hatte sie sich wieder mit ihrer Familie in Verbindung gesetzt. Sie hatte sich mit einem Neffen angefreundet, der vor kurzem nach Seattle gezogen war, wo er seine eigene Robitaille-Blumenboutique aufgemacht hatte. Rund um Seattle, so hatte er ihr geschrieben, wüchsen die Bäume unvorstellbar üppig, die ganze Gegend sei ein riesiger nordischer Dschungel. Das würde sie sich gerne ansehen. Mehr noch, sie würde gern in Seattle leben, wo niemand sie kannte, wo sie sich nicht mit den Geistern der Vergangenheit auseinandersetzen mußte. Sie brauchte jemanden in der U.S.-Regierung, der ihr den Weg durch die Bürokratie abkürzte, ihr Daueraufenthaltsgenehmigung und Pensionsanspruch verschaffte.

Guy und Asher Flores hatten diese Tür für sie nun geöffnet. Ein Telefonanruf, und sie hatte das Flugticket nach Seattle in der Tasche. War es das, was sie wirklich wollte?

Und was war mit Asher? Würde sie damit leben können, daß sie an seinem Tod schuld war?

Sie machte die Zigarette aus, ging in ihre Wohnung und zog sich aus. In ihrem bravsten Nachthemd putzte sie sich die Zähne und legte sich ins Bett. Es war schon viele Monate her, daß sie einen Mann im Bett gehabt hatte, aber sie war froh, daß sie allein lebte. Aber da war diese Sehnsucht zwischen ihren Beinen. Der Körper hatte eben seine eigenen Erinnerungen.

Sie rollte sich im Bett hin und her und klopfte ihr Kissen zurecht. Was sollte sie tun?

Unter dem Strich stand ... Ashers Leben gegen ihres.

Christine Robitaille schlief nicht. Nach einer Stunde stand sie schon wieder auf. Sie telefonierte. Dreißig Minuten später marschierte sie die Rue de Rivoli hinunter.

Sie kam an Parfümerien, Boutiquen und Buchhandlungen vorbei, und ihr fiel auf, daß das Geschäft nicht gut lief. Diese elende Rezession. Dann ging sie unter den Arkaden des Café Madeleine hindurch. Sie setzte sich an einen Tisch auf der Terrasse, um alles im Blick zu haben.

Sie bestellte einen *cafe*. Ein großer, gutaussehender Mann mit asketischen Gesichtszügen fiel ihr auf. Er sah aus, als könnte er ein Mittagessen vertragen. Er stand im Eingang und ließ seinen Blick über die Tische gleiten. Vielleicht war er es.

Sie nahm eine ihrer Zigaretten mit Goldmundstück heraus, an denen sie jeder erkannte.

Er sah es ... und sie.

»Erlauben Sie, *mademoiselle*.«

Sein Feuerzeug klickte unter ihrer Zigarette. Sie inhalierte und sah in seine eisigen Augen. Er hatte das Gesicht eines Raubvogels. Und wie sie gehört hatte, sah er nicht nur so aus. Er war ein Raubtier. Sie war froh, daß sie sich abgesichert hatte.

»Hughes Bremner?« fragte sie leise.

»*Oui*.«

»Nehmen Sie Platz, *monsieur*, wir haben eine Menge zu besprechen.«

51

Die getönten Visiere ihrer Helme verbargen ihre Gesichter vollständig, aber Sarahs Augen waren trotzdem überall auf der Suche nach Bremners Leuten. Ihr war klar, daß die Jagd die nächste Stufe erreicht hatte. Hughes Bremner würde niemals aufgeben.

Über den brüllenden Motor der BMW hinweg rief Asher: »Deine Beretta?«

Sie sprach mit dem Mund dicht an seinem Helm. »Wahrscheinlich im Languedoc. Gordon hätte mich beinahe wieder erwischt.« Sie erzählt von dem Überfall in der Nähe des Je Suis Chez Moi und wie das ›Kindermädchen‹ – Quill – sie gerettet hatte. Dann beschrieb sie den zweiten CIA-Überfall, Quills Tod und seine wahre Identität.

»Er ist dein Onkel? Du meinst, Liz' Vater?« rief Asher nach hinten. »Aber sind er und deine Tante denn nicht in New York ums Leben gekommen?«

»Ihr Tod muß vorgetäuscht worden sein, oder zumindest seiner. Vergiß nicht, daß sie Ausweise dabei hatten. Niemand würde daraufhin noch große Nachforschungen anstellen. Schließlich handelte es sich ja nur um einen ›Vertreter‹ und seine Frau. Niemand besonderes.«

Sie hatten Paris jetzt verlassen. Asher fuhr an den Straßenrand, schaltete in den Leerlauf und drehte sich auf seinem Sitz um.

»Aber warum der ganze Aufwand?«

Sie holte tief Luft. »Ich könnte mir vorstellen, warum. Ich glaube, Onkel Hal hatte einen sehr guten Grund dafür. Zuerst einmal war er angeblich ein Vertreter, aber der Mann, den ich getroffen habe, war ein professioneller, rücksichtsloser Killer. Seine Verkleidungen waren perfekt, und er hatte eine ganze Reihe Taschenspielertricks auf Lager. Und er wußte soviel über den geheimnisvollsten, rätselhaftesten Killer der Welt, daß er seine Familie, seine Verbindungen zur Mafia und seinen ersten Mordanschlag beschreiben konnte.«

»Das könnte ihm alles Liz erzählt haben.«

»Okay, aber es gibt da noch ein paar eigenartige Zufälle: Der Vater des Carnivore war angeblich ein widerlicher Beverly Hills-Anwalt, der den Carnivore rausgeschmissen hat, als er noch ein Teenager war. Der Vater meines Onkels – mein Großvater – war auch ein widerlicher Beverly Hills-Anwalt.«

»Die beiden Väter klingen tatsächlich verdächtig ähnlich.«

»Der Carnivore und Onkel Hal sind ungefähr im gleichen Alter. Meine Großmutter Firenze, eigentlich Onkel Hals Großmutter, war Italienerin. Der Onkel, der den Carnivore als verkorksten Teenager unter seine Fittiche genommen hat, war ebenfalls Italiener. Und dann gab es da noch den Paten in New York. Großmutter Firenze hatte viele Verwandte in Sizilien –«

Sie schwiegen. Die Zeit schien still zu stehen.

Dann fuhr sie fort: »Als reisender Vertreter hatte Onkel Hal natürlich die beste Deckung für seine

Anschläge. Außerdem hatte er Frau und Tochter: Wer würde schon einen so hart arbeitenden, braven Familienvater mit einer so süßen, kleinen Tochter für einen professionellen Killer halten?«

Asher nickte: »Der Mafia in New York wird der Carnivore einmal im Jahr seine Aufwartung gemacht haben. Das erklärt die jährlichen ›Tagungen‹ in New York.«

»Als meine Mutter Onkel Harold geschrieben hat, hat sie wahrscheinlich auch Fotos von Michael und mir dazugelegt. Daher wußte er, wie ich vor der Operation ausgesehen habe. Nach seinem ›Tod‹ hat er unseren Lebensweg vermutlich weiterhin verfolgt, damit wir ihn nicht aus Versehen in Schwierigkeiten bringen würden. Deshalb wußte er über meine Arbeit Bescheid. Ich fand es immer eigenartig, daß meine Mutter so wenig über ihn und seine Familie erzählt hat. Er hat sie offensichtlich auf Distanz gehalten. Er hat wahrscheinlich nicht sehr oft geschrieben oder Fotos geschickt, die meine Mutter uns hätte zeigen können. Und dann ist er ›gestorben‹.« Sie schüttelte ungläubig den Kopf. »Großer Gott, ich kann einfach nicht glauben, daß ich wahrscheinlich die Nichte des Carnivore bin!«

Asher dämpfte ihren Schock. »Ich frage mich, ob er Liz als seinen Spitzel nach Langley geschickt hat.«

Schweigend saßen sie da und dachten über den Carnivore, Liz Sansborough und Hughes Bremner nach.

Schließlich sagte Asher: »Es ist vorbei. Die ganze Geschichte. Wenn der Carnivore tot ist, hat Bremner nichts mehr zu befürchten.«

»Für uns ist es noch lange nicht vorbei. Bremner kann uns nicht am Leben lassen. Wir wissen zuviel.«

»Wir müssen mehr über Sterling-O'Keefe herausfinden und über dieses mysteriöse Unternehmen, das Bremner für Montag geplant hat. Irgendwie scheint der Carnivore, ob nun tot oder lebendig, dafür eine Bedrohung zu sein.«

»Vergiß Liz nicht. Sie ist offensichtlich verdammt clever und knallhart, und sie weiß vermutlich eine Menge über die Anschläge des Carnivore. Bremner wird auch sie eliminieren müssen.«

»Das stimmt.«

»Vielleicht versucht sie trotzdem, ins Land zu kommen.«

Er sah weg und ließ den Blick über die friedliche Landschaft schweifen. Eine Herde Kühe graste im Schatten einer Gruppe von Platanen. »Wenn sie sagt, was sie weiß, wird sie wenigstens nicht mehr gejagt werden. Sie könnte ein normales Leben führen – heiraten, eine Familie gründen, eine neue Karriere, was immer sie sich wünscht.« Er nickte nachdenklich. »*Yeah*, sie hat weiterhin allen Grund, sich zu stellen. Es sieht ganz so aus, als hätte sich für Bremner nichts geändert. Er kann es nicht riskieren, sie am Leben zu lassen, ohne zu wissen, was der Carnivore ihr erzählt hat.«

»Die Situation hat sich verändert und ist trotzdem immer noch dieselbe. Selbst wenn der Carnivore tot ist, muß Bremner uns noch immer eliminieren. Vielleicht erfährt er vor acht Uhr heute abend gar nichts vom Tod des Carnivore.«

»Es ist verdammt schwer, einen Mann zu identifizieren, dessen Gesicht man noch nie gesehen hat, selbst für Bremner.« Er machte eine Pause. »Vielleicht sind wir die einzigen, die es wissen. Wir könnten das zu unserem Vorteil ausnutzen.«

»Und ich könnte mich irren.« Sie berührte sein Kinn. »Quill war mein Onkel, aber vielleicht war er tatsächlich nur ein Gehilfe, der ausgebildet war, um seinen Boß zu spielen. Der Rest könnte wirklich Zufall sein – oder eine Lüge, die Quill erfunden hat. Quill könnte die ganze Geschichte erfunden haben. Es wäre nicht das erste Mal, daß der Carnivore die Welt zum Narren hält. Mein Onkel ist tot, aber der Carnivore kann trotzdem noch sehr lebendig sein!«

Im Café Madeleine auf der Rue de Rivoli rührte Christine Robitaille ihren Kaffee nicht an, aber sie genoß Hughes Bremners Gesellschaft. Obwohl sie ihm nicht traute, wußte sie ihn doch durchaus zu schätzen. *Un homme galant.* Charmant genug, um Franzose zu sein.

Außerdem bewunderte sie seine Fähigkeit, Komplimente zu machen und das richtige Klima für Verhandlungen zu schaffen. Er bot ihr Champagner an. Leider mußte sie auch den ablehnen. Er mochte charmant sein, aber sie behielt trotzdem einen kühlen Kopf.

»Sie haben Informationen über Sarah Walker und Asher Flores für mich?« Er lächelte hohl.

Sie mochte dieses Raubtierhafte an ihm, das wache Falkengesicht, die tiefliegenden Augen, die aristokratischen Gesten. Er war ein Mann von Welt.

Sie sagte: »Ich kann Ihnen genau sagen, wo sie jetzt im Augenblick hinfahren. Wo sie heute nachmittag sein werden.«

Er legte den Kopf schief und nickte beeindruckt. »Bitte fahren Sie fort.«

»Zuerst brauche ich bestimmte Zusagen.«

Er hörte aufmerksam zu, als sie ihm ihren Wunsch, nach Seattle zu ziehen und dort etwas Geld auf der Bank zu haben, erklärte. »Hmmm. Ich glaube nicht, daß das ein Problem sein könnte. Es ist eine sehr bescheidene Forderung.«

»Ich kann Ihnen nichts über Asher und die Frau sagen, bevor ich nicht die Dokumente gesehen habe. Das müssen Sie verstehen.«

»Selbstverständlich. Aber dummerweise bin ich in der Angelegenheit etwas in Eile, *mademoiselle.*«

Sie lächelte. Sie war flexibel. Sie lehnte sich zurück, nahm eine Zigarette und wartete darauf, daß er ihr Feuer gab. »Wie lange werden Sie brauchen?«

Bremner dachte nach. »Eine Stunde. Nicht länger.«

»Ich werde in einer Stunde wieder hier sein.«

Bremner ging.

Christine war hungrig, aber sie würde nicht hier essen. Sie machte ihre Zigarette aus und ging ein ganzes Stück zu Fuß, um sicher zu sein, daß keiner von Bremners Leuten sie verfolgte. Dann wählte sie ein *bistro,* in dem sie noch nie zuvor gewesen war. Sie aß gut zu Mittag und war genau eine Stunde später wieder im Café Madeleine.

Bremner wartete schon. Er zeigte ihr einen U.S.-Paß mit ihrem Namen und ihren persönlichen Angaben. Es fehlte nur noch das Foto. Dann steckte er den Paß wieder zurück in seine Tasche. Er zog einen dicken Umschlag mit Einhundert-Dollar-Scheinen heraus. Dann steckte er auch den Umschlag wieder ein.

»Und die Pension?« fragte sie.

»Die wird gerade eingerichtet.« Er zuckte die Achseln. »In der Hinsicht werden Sie mir wohl vertrauen müssen. Ich werde die entsprechenden Dokumente erst morgen haben.«

»Hmmm.« Ihr Blick schweifte über die Straße. »Dann werde ich Ihnen die Information erst morgen geben.«

»Das wird mir nichts nutzen, da Sie wissen, wo Sarah Walker und Asher Flores *heute* sind.«

»Das stimmt. *Quel dommage.* So ein Pech.« Wenn er bluffte, würde sie es jetzt merken. Wenn er die Wahrheit sagte, dann würde sie einen anderen Weg finden müssen, an die Dokumente heranzukommen, denn sie war sich sicher, daß man einem Raubtier wie Bremner niemals vertrauen konnte.

Resolut stand sie auf.

Er zog beeindruckt die Augenbrauen in die Höhe. »Bitte entschuldigen Sie, *mademoiselle.* Ich glaube, ich habe Sie falsch eingeschätzt.« Aus der anderen Tasche zog er ein Dokument heraus und gab es ihr. Sie setzte sich wieder und las es aufmerksam durch. Sie würde ab nächsten Monat eine großzügige Pension von der U.S.-Regierung beziehen.

Sie lächelte ihr charmantestes Lächeln. »*Excellent.* Wenn Sie mir jetzt noch den Paß und das Bargeld geben, dann werde ich Ihnen sagen, was ich weiß.« Sie hielt die Hand auf.

Bremner gab ihr beides. Wieder stand sie auf.

Sein Gesicht verfinsterte sich. Er stand auf und überragte sie drohend. »Ihre Information, *mademoiselle!*«

Sie genoß die Spannung. »Hier, *monsieur,* viel Spaß damit.« Sie nahm einen kleinen Zettel aus ihrer Handtasche, legte ihn auf den Tisch und ging forsch davon.

52

Christine Robitaille verließ die Buchhandlung durch die Hintertür. Über eine schmale Gasse kam sie auf die belebte Straße, in der sie ihr Auto geparkt hatte. Sie sah es am Straßenrand und bekam plötzlich Angst. Sie hatte einen neuen amerikanischen Paß und einen Umschlag mit einem Haufen Bargeld in der Tasche, eine Pension ... und das Gefühl, daß etwas nicht stimmte.

Sie ging in entgegengesetzter Richtung die Straße entlang. Was sollte sie tun? Sie versuchte, ein Taxi anzuhalten, aber ohne Erfolg. Um die Zeit fuhren die Leute von der Kirche nach Hause zum Sonntagsessen. Sie haßte die Metro. Sie wollte ihren Wagen haben. Morgen würde sie einen Freund hinschicken. Er würde ihn sich genau ansehen, ob er sicher war. Bis dahin könnte sie sich einfach einen Leihwagen nehmen. Ein paar Häuser weiter gab es eine Gold-Star-Rent-a-Car-Filiale. Sie ging darauf zu und überlegte es sich dann doch wieder anders.

Jemand verfolgte sie.

Sie ging eilig zurück zur Rue de Rivoli, um zum Louvre zu kommen, in dessen Labyrinth man sich leicht verlieren konnte. Zum ersten Mal spürte sie eine schreckliche Bedrohung. Sie war sich sicher, daß ihr mindestens ein Mann folgte. Er trug leichte Sommerhosen, ein weites Hemd und eine Sonnenbrille. Eine Weile war er auf ihrer Seite der Straße gewesen, aber jetzt hatte er die Seite gewechselt.

Er tat so, als ob er sich die Schaufensterauslagen ansah, aber ihr in den Jahren für Interpol geschultes Auge sagte ihr, daß er sie beobachtete.

Und sie verfolgte.

Sie wollte unbedingt den Louvre erreichen. Dort konnte sie sich verstecken. *Mon dieu!* Im Louvre konnten sich sämtliche Agenten Frankreichs, Englands und Deutschlands gemeinsam verstecken!

Wenn sie es nur bis zum Louvre schaffte, und –

Jetzt entdeckte sie auch die Frau hinter ihr. Auf ihrer Seite der Straße. Eine attraktive Frau in Shorts und engem Oberteil mit einer großen Schultertasche.

Groß genug für eine Pistole.

Christine begann zu schwitzen. Sie wurde schneller. Als sie eine kleine Straße kreuzte, kam ein Mann raschen Schrittes heraus.

Sie stießen zusammen.

»*Pardonnez-moi!*« rief er und hielt sie fest, damit sie ihr Gleichgewicht nicht verlor.

Sie brauchte keine Hilfe! Sie versuchte, sich loszureißen. »*Ça m'est égal!*«

»Christine, *mon cher!*« Die Frau hinter ihr winkte.

Als sie ihren Namen hörte, versuchte sie sich mit der ganzen Kraft ihrer kleinen, harten Muskeln zu befreien. Sie mußte weg!

Und beinahe im selben Moment wußte sie, daß es zu spät war.

Sie fühlte einen Stich im Rücken. Einen scharfen Stich wie von einer Nadel. Schwäche strömte in ihren Körper. Ihre Knie gaben nach.

Christine wollte schreien. Sie wollte kämpfen. Sie wollte wegrennen. Aber ihre Muskeln versagten. Jemand nahm ihr die Handtasche ab. Sie fühlte eine plötzliche Wut. In der Tasche waren die Papiere und das Geld, das ihre neue Zukunft garantierte. Zu spät. *De par le roi, défense à Dieu, de faire miracle en ce lieu.* Sie brach zusammen und versank in der Kälte und Stille des Todes.

Am gleichen Morgen in Virginia wurde Bunny Bremner durch ein irritierendes Geräusch geweckt. Ihr Mund war trocken, und ihre Augen brannten, und sie wollte sich die Zähne putzen. Wieder hörte sie das Geräusch. Es war ein Kratzen, und es schien von unterhalb der Hütte zu kommen. Ein stetiges Kratzen und Männerstimmen. Sie erkannte die gedämpften Stimmen ihrer Peiniger, aber sie konnte nicht verstehen, was sie sagten.

Das Geräusch zerrte an ihren vom Alkohol gereizten Nerven. Sie sah auf die Uhr über dem Herd. Neun Uhr morgens. Sie war irgendwann nach Mitternacht eingeschlafen, nachdem sie beide Männer dazu überredet hatte, mit ihr zu trinken. Aber zu dem Zeitpunkt war sie bereits zu betrunken gewesen, um zu fliehen, auch wenn ihre Bewacher unvorsichtig geworden waren. Sie war viel zu abhängig von dem verdammten Scotch, und plötzlich hörte sie Hughes spöttische Stimme:

Trink noch einen, Bunny, Schätzchen! Du kannst nicht aufhören, stimmt's? Du widerliche alte Säuferin. Niemals hat der Herrgott dort oben etwas so Ekelhaftes wie dich geschaffen, und genau deshalb liebe ich dich so, Bunny, Schätzchen!

Eine seltene Einsicht ließ sie plötzlich erkennen, daß ihr Alkoholismus ihm geholfen hatte, sich selbst besser zu fühlen. Ganz gleich, wie schlecht er war, er konnte sich immer sagen, daß er nicht so schlecht war, wie diese ›widerliche alte Säuferin, die er geheiratet hatte‹. Und jetzt –

Sie sah zu dem Eisenbett hinüber. Marilyn bewegte sich nicht. Sie beobachtete die zusammengekrümmte Gestalt, bis sie erkennen konnte, daß sich die Wolldecke, unter der sie lag, hob und senkte. Marilyn lebte noch. Was auch immer ihnen das Gutes brachte.

Plötzlich hörte sie die Stimme ihres aristokratischen Vaters:

So lange wir leben, können wir gewinnen, Bunny. Die Hartfords geben nie auf. Niemals.

Sie schüttelte ihren Kopf, um den restlichen Alkohol loszuwerden, und lauschte angestrengt. Es klang, als ob jemand an etwas Metallischem kratzte. Es hallte leise in der Küche. Die Wasserrohre? Die zwei Männer kratzten an den Wasserrohren? Warum sollten sie sich um die Wasserrohre kümmern?

Bunny sah sich aufmerksam in der Hütte um. Alles, was die Männer mitgebracht hatten, war fort, bis auf ihre Jacken. Die hingen neben der Tür. Durch das Fenster konnte sie ihren Mercedes und Marilyns Wagen sehen, die dicht vor der Terrasse standen. Der grüne Volvo stand jetzt mit offenem Kofferraum in der Einfahrt, als ob noch ein letzter Gegenstand eingeladen werden sollte, bevor er wegfuhr.

Wieder hörte sie die beiden Männer unter den Bodendielen herumkriechen und dann die Stimme von Sid: »Das sollte reichen. Noch eine kleine Kerbe, dann zünden wir den Ofen an und *peng*. Da wird sie nichts mehr schreiben.«

Bunny sah den Gasofen in der kleinen Küche an. Sie machten ein Loch in die Gasleitung unter dem Haus! Dann würden sie den Ofen anzünden, das Loch in der Gasleitung richtig öffnen, zu ihrem Auto laufen, und –

Sie schloß langsam die Augen und ließ den Schock über das, was dann geschehen würde, auf sich wirken: das Gas würde in die Hütte ziehen, und, sobald es die Flamme des Ofens erreicht hatte, explodieren. Es gäbe ein Inferno. Marilyn und sie würden entweder ersticken oder verbrennen.

Sid sagte in der Nähe der Tür: »Bring das Werkzeug wieder in den Wagen. Direkt nach dem Anruf geht es los.«

Er kam in die Hütte und setzte sich gegenüber von Bunny an den Tisch. Er lächelte wie ein Leichenbestatter, der schon einmal Maß nahm.

Sie fühlte sich eigenartig ruhig. *Die Hartfords geben nie auf,* sagte sie sich.

»Wollen sie einen Drink?« Er öffnete die letzte Flasche Scotch und schob sie ihr hin.

Sie starrte die Flasche an. Sie hatte eine Idee.

»Also was?« fragte er.

Sie nickte.

Er lachte, band ihr die Hände los und setzte sich wieder hin.

Wenn sie jetzt alles ganz genau richtig machte, dachte Bunny, dann würden sie und Marilyn vielleicht überleben. Einen Moment lang hatte sie fürchterliche Angst. Dies war wahrscheinlich ihre einzige Gelegenheit. Und sie mußte es tun, bevor die Angst sie völlig lähmte –

»Was ist denn los mit Ihnen, Mrs. Bremner? Haben Sie es sich doch noch anders überlegt?«

»Nein.« Mit klopfendem Herzen schnappte sie die Flasche am Hals, beugte sich vor und schlug sie dem Mann auf die Stirn.

Blut lief ihm über das Gesicht und in seinen vor Überraschung offenen Mund.

»Fotze!« Er machte einen Satz auf sie zu.

Aber er war zu langsam. Wieder schlug sie zu. Die Flasche zerbrach. Blut spritzte. Seine Augen schlossen sich, und er fiel langsam vornüber. Sie streckte den Arm aus und zog an seinen Schultern, bis sein Oberkörper bewegungslos vor ihr auf dem Tisch lag.

Sie keuchte. Jetzt mußte sie überlegen, was sie mit dem anderen machte. Sie versuchte nicht, die Knoten ihrer Beinfesseln zu lösen. Sie wußte bereits, daß sie fest waren. Sie hob den Stuhl an und manövrierte ihn um den Tisch herum, bis sie ihm sein Messer aus der Tasche ziehen konnte.

Sie schnitt die Fesseln durch, bewegte ihre Füße und Zehen und stand auf. Sie sah aus dem Fenster.

Der große Mann stand neben dem Volvo und sprach in sein Handy. Dann drückte er auf einen Knopf und beendete das Gespräch. Er ging zur Hütte. Er war in Hemdsärmeln, und seine Pistole im Halfter war gut zu sehen.

Sie brauchte eine Waffe. Sie sah den Mann am Tisch an. Er trug seine Pistole nicht!

In Panik rannte sie zur Tür und durchwühlte die Jacken, die direkt daneben hingen. Die Pistole steckte im Halfter unter der Jacke. Rasch zog sie sie heraus. Ihr Vater hatte ihr den Umgang mit Jagdgewehren und auch mit Handfeuerwaffen beigebracht. Sie war eine gute Schützin. Selbst Hughes mußte das zugeben. Sie holte tief Luft und versuchte, ruhig zu bleiben.

Die Pistole hatte einen Schalldämpfer. Sie prüfte das Magazin, entsicherte sie und schlich zur Tür. Sie schluckte ihre Angst hinunter und spähte vorsichtig durch das Fenster neben der Tür. Der große Mann kam gerade die Treppe zur Terrasse herauf.

Sie bereitete sich innerlich vor. Der Mann war ein Sadist und ein Killer. Sie öffnete die Tür und schoß. Sofort wurde ihr klar, daß sie einen furchtbaren Fehler gemacht hatte, weil sie Sid nicht aus dem direkten Sichtfeld gezogen hatte. Fess rannte bereits über die Terrasse auf die Tür zu, den Blick auf Sids zusammengesunkene Gestalt gerichtet.

Die Kugel verfehlte ihr Ziel und traf die Dielenbretter hinter ihm. Urplötzlich war sie schweißgebadet.

Er zog seine Pistole aus dem Halfter.

Sie war wie gelähmt. Bekam keine Luft mehr. Konnte nicht mehr denken.

Die wenigen Sekunden erschienen wie Stunden, als sie sich dazu zwang, einen alten, rostigen Schalter in ihrem Kopf umzulegen. Aber sie stand zu sehr unter Schock, um richtig zielen zu können. Sie schoß so schnell sie konnte eine ganze Salve ab. Einen schrecklichen Augenblick lang glaubte sie, daß ihr seine Pistole aus dem Halfter heraus direkt ins Herz schießen könnte.

Statt dessen schrie er auf, taumelte rückwärts und fiel um. Seine rechte Schulter und Brust explodierten förmlich, und Blut spritzte heraus. Seine Hände krampften sich zusammen, und er ließ die Pistole und das Handy fallen.

Zitternd trat sie seine Waffe fort und stand mit der Pistole in beiden Händen über ihm. Speichel lief aus seinem schlaffen Mundwinkel. Seine Augen waren geschlossen. Sie stieß ihn mit der Schuhspitze an.

»Aufstehen!« befahl sie. Sein Körper rollte hin und her, als sie ihn fester anstieß.

Schwer atmend blickte sie sich um und sah die Wäscheleine im Hof hinter dem Haus. Sie rannte in die Hütte, holte Sids Taschenmesser und lief auf den Hof. Mit der Wäscheleine band sie Sid an den Stuhl, auf dem er saß. Dann schleifte sie Fess in die Hütte und fesselte ihn an den Fuß des Bettes, auf dem Marilyn lag.

»Marilyn?«

Sie berührte den Arm der verletzten Frau. Marilyn – Leslee Pousho – reagierte nicht. Ihre Augen blieben geschlossen. Ihre Haut war grau. Die Blässe des Todes lag bereits auf ihrem Gesicht. Sie brauchte dringend einen Arzt.

Irgendwie schaffte Bunny es, Marilyn auf die Füße zu stellen und sie zu ihrem roten Mercedes vor der Hütte zu schleppen.

Dann schoß Bunny in die Reifen von Leslees Mietwagen und in die des grünen Volvo. Sie ging zurück in die Hütte, nahm ihre Handtasche mit den Autoschlüsseln und Marilyns Tasche und lief wieder hinaus. Obwohl sie gerettet zu sein schienen, war sie noch immer schweißgebadet, und die Angst hatte einen bitteren Geschmack in ihrem Mund hinterlassen.

Sie stieg in ihren Luxussportwagen, der alles repräsentierte, was sie liebte und woran sie glaubte, und klammerte sich am Lenkrad fest. Sie atmete tief durch. Dann drehte sie den Zündschlüssel herum, trat aufs Gas und schoß mit quietschenden Reifen die steile Einfahrt hinunter. Der Kies spritzte nach allen Seiten.

Plötzlich lächelte sie.

Marilyn stöhnte in dem Sportsitz neben ihr.

»Schon gut, Schätzchen.« Sie streichelte Marilyns Arm. »Bald geht es Ihnen wieder gut.«

Marilyn öffnete die Augen. Bunny fragte sich, wo sie die Kraft dazu hernahm. »Wohin?« Marilyns geschwollene Lippen bewegten sich kaum.

»Ich bringe Sie ins Krankenhaus, Schätzchen. Ich bin sicher, daß Sie wissen möchten, wie wir diesen Sadisten entkommen sind, aber Sie sind viel zu krank, um sich das jetzt anzuhören. Wenn es Ihnen besser geht, werden wir uns wieder zum Mittagessen treffen, aber diesmal lade ich Sie ein, und dann werde ich Ihnen alles erklären –«

»Muß … erzählen …« Marilyn schluckte.

»Natürlich, Schätzchen. Erzählen Sie es mir.«

»Ich habe … Dokumente …« Aber die Anstrengung war zu groß. Marilyn sank wieder bewußtlos in sich zusammen.

Bunny fuhr in rasantem Tempo die Blue Ridge Mountains hinunter bis in die vorgelagerte Hügelkette und dann durch die idyllischen Weingüter und Arabergestüte des Flachlands hindurch. Dann lag endlich das Gemeinde-Krankenhaus vor ihr. Glücklicherweise hatte Charlie Smithdeal Dienst in der Unfallstation. Er schickte Marilyn sofort auf die Intensivstation und behandelte Bunnys kleinere Verletzungen selbst. Sie lächelte und dachte an seinen Großvater, der sie auf die Welt gebracht hatte – in einer Zeit, als Ärzte noch kamen, wenn man sie rief.

Nach ihrer Behandlung fuhr Bunny mit dem Fahrstuhl hoch, um nach Marilyn zu sehen. Die junge Journalistin sah schon etwas besser aus, auch wenn überall irgendwelche Schläuche in ihr steckten. Wenigstens war sie jetzt sauber und ihre Wunden verbunden.

»Sie müssen sich ausruhen, Schätzchen.«

Marilyn umklammerte Bunnys Arm. » … Dokumente … Kopien … an mich … selbst … geschickt … Postfach … müssen … Bremner … aufhalten.«

Bunny erstarrte. »Darauf können Sie sich verlassen. Ich *selbst* werde Hughes auffliegen lassen und mich höchstpersönlich um ihn kümmern.«

»Nein … jetzt … jetzt …« Die Hand fiel herunter.

Bunny rief die Schwester. Sie kam sofort, beugte sich über Marilyn und nickte dann Bunny zu. »Sie wird wieder gesund, Mrs. Bremner. Aber sie braucht jetzt wirklich Ruhe.«

»Natürlich. Sagen Sie ihr, daß ich morgen wiederkomme. Hier ist meine Karte, falls sie nach mir fragt.«

Bunny fuhr in die Eingangshalle hinunter, die am Sonntag voller Besucher war. Sie fragte sich, was Marilyn ihr wohl erzählen wollte. Sie durfte nicht vergessen, sie morgen danach zu fragen. Nachdem sie mit Senator Joe Allen und Philip Shelton vom Weißen Haus gesprochen hatte, um Hughes sofort verhaften zu lassen.

Sie dachte darüber nach, sich gleich mit ihnen in Verbindung zu setzen, aber es war Sonntag, und sie würde niemanden erreichen können. Plötzlich war sie furchtbar erschöpft. Was sollte sie tun? Aber bevor sie die Frage in ihrem Kopf noch zu Ende formuliert hatte, wußte sie es. Wenn sie sich je ein paar friedliche Drinks verdient hatte, dann jetzt.

53

SONNTAG, 15 Uhr 45

Asher Flores verließ die Autobahn und fuhr auf eine gepflasterte Straße, die in ständigem Auf und Ab durch die sanfte Hügellandschaft führte. Die Augustsonne war heiß, und der warme Wind streichelte seine Haut. Hinter ihm rutschte Sarah auf ihrem Sitz hin und her. Einen Moment lang preßte sie ihre Beine fest an ihn. Die letzte Nacht fiel ihm wieder ein, die heiße Leidenschaft, die Erleichterung. Die Liebe.

War es Liebe, daß er sie ganz für sich allein wollte? Daß er sie zur Tür hereinkommen sah, wenn sie gar nicht da war? Wenn er sich nicht vorstellen konnte, daß sie ihn je langweilen würde?

Sie drückte ihn zärtlich. Er legte ihre Hand auf sein Herz, spürte ihre weiche Haut und ihr Vertrauen, ihren Glauben an ihn, während er sich über Hughes Bremner Sorgen machte und darüber, was sie bei Jack O'Keefe erwartete.

Nach weiteren zehn Meilen sahen sie, genau wie Christine Robitaille gesagt hatte, einen schloßartigen Turm, der aus dem Wald herausragte. Als sie um die nächste Kurve fuhren, lag das stattliche Chateau de la Vere vor ihnen: eine Festung aus gelben Ziegeln mit einem runden Turm und einem konischen Dach inmitten eines gepflegten Parks.

Er fuhr die lange Kiesauffahrt hinauf und hielt vor einer gewaltigen Tür mit riesigen schmiedeeisernen Beschlägen.

Noch bevor sie absteigen konnten, öffnete sich die Tür, und ein fleischiger Mann sprang heraus. Er trug eine weißgepuderte Perücke und schwang eine Muskete über dem Kopf. Mit dem gepuderten Gesicht, den weißen Seidenstrümpfen und den glänzenden schwarzen Schuhen hätte er geradewegs aus dem achtzehnten Jahrhundert entsprungen sein können. Aber er trug eine Sonnenbrille, seine Perücke saß schief, der Puder in seinem Gesicht war ganz fleckig, und die schwarzen Schuhe hatte er vertauscht.

»*Liberté! Egalité! Fraternité!* Zu den Waffen. Zu den Waffen!« Der Mann zeigte mit seiner Muskete auf Asher und Sarah. »Die Gefängnisse sind voll mit Verschwörern. Seid Ihr entflohen, *citoyens? Zut! Zut!* Ich werde Euch ins Grab schicken!«

Er richtete das Gewehr auf sie.

Sarah zog ihre Walther aus dem Hosenbund.

Asher sagte: »Hallo, Jack. Wir kommen Sie besuchen.«

Sarah sah von Asher zu dem alten Mann, dann steckte sie ihre Pistole wieder weg. Verdammt, dieser arme Kerl mit der schiefen Perücke und den vertauschten Schuhen war der legendäre Meisterspion selbst, Red Jack O'Keefe. Aber etwas stimmte nicht mit ihm. Vielleicht hatte er sich deshalb so zurückgezogen.

Asher stellte sich und Sarah vor. Dann sagte er: »Christine Robitaille läßt Sie grüßen.«

Red Jack O'Keefe erkannte den Namen. »Christine?«

Eine Stimme ertönte aus dem Schloß. *»Monsieur Jack! Monsieur Jack! S'il vous plaît!«*

Jack O'Keefe hob den Kopf. Sein gepudertes Gesicht sah plötzlich verwirrt aus, und er ließ das Gewehr sinken, während die Männerstimme immer weiter nach ihm rief.

»*Me voici!*« rief er in das marmorne Foyer. Nervös fuhr er mit der Hand über sein Rüschenhemd.

Ein Mann mit Glatze erschien jetzt in der Tür. Er war von mittlerer Größe und Statur, aber seine Schultern waren breit und muskulös. Er trug eine Brille mit dicken Gläsern und hatte einen sorgfältig getrimmten Schnurrbart. Sein Gesichtsausdruck war hochnäsig, und er trug die Kleidung eines Butlers. Mit einem Blick hatte er die Situation erfaßt. Er stemmte die Arme in die Hüften, schüttelte den Kopf und sah sie mißbilligend an. Dann führte er Jack O'Keefe die Treppe des Schlosses hinauf.

Sarah und Asher zogen rasch ihre Motorradhelme aus. Während Asher sich um die BMW kümmerte, sah sich Sarah ihre Wunden an. Ihre Schulter tat zwar noch weh, aber längst nicht mehr so wie vorher. Sie nahm den Verband von ihrem Kopf ab. Die Kugel hatte die Kopfhaut direkt über ihrem Ohr verletzt. Auch diese Wunde tat noch weh, aber es war nicht der Rede wert. Sie verbarg sie unter ihrem Haar.

Asher und sie tauschten Blicke aus, dann folgten sie Jack O'Keefe in sein Schloß.

Der Butler setzte den alten Agenten an einen Tisch in dem weitläufigen, mit Gras bepflanzten Hof auf der Rückseite des Gebäudes. Asher blieb und plauderte mit Jack O'Keefe, der ihn mit ausdruckslosem Gesicht ansah. Sarah ging mit dem Butler zurück ins Haus.

»Schizophrenie?« fragte sie.

»*Monsieur* leidet an Alzheimer, *hélas*.«

Sarah hatte einmal einen Artikel über Alzheimer geschrieben, und sie wußte, daß es bei weitem die häufigste Ursache für Demenz war. Die Betroffenen litten oft unter Halluzinationen und paranoiden Wahnvorstellungen. Wenn die Krankheit schon weit fortgeschritten war, würden sie von Jack O'Keefe nichts erfahren.

Sie fragte: »Wie lange ist er schon krank?«

Der Butler musterte sie durch seine dicken Brillengläser. »Das weiß niemand. Die Ärzte können nicht sagen, wann genau es angefangen hat. Aber die letzten zwei Jahre waren schlimm, sehr schlimm.« In der modernen, blitzsauberen Küche bereitete er ein Tablett mit kleinen belegten Broten ohne Kruste, rohem Gemüse und Oreo-Plätzchen vor. »Nach einer *épisode* ist er immer hungrig. Möchten Sie etwas mitessen? Es kommen nur sehr wenige *visiteurs*. Sie finden ihn, ähm –«

»Ja, natürlich.« Sie zwang sich zu einem fröhlichen Lächeln. »Weiß Jack, wer er ist? Wo er ist?«

»Manchmal.«

Manchmal war eine miserable Prognose, aber sie hatten keine große Wahl. Und es gab einen Hoffnungsschimmer: O'Keefe hatte sich an Christine Robitaille erinnert.

Der Butler nahm das Tablett, und Sarah folgte ihm in den grünen Hof. Jenseits des Rasens schimmerte ein großer Teich, auf dem schneeweiße Schwäne stolz ihre Bahnen zogen. Sie ließ den Blick über die Landschaft schweifen, und schließlich trafen sich ihre und Ashers Augen. Er nickte leicht, um ihr zu zeigen, daß auch er alles abgesucht hatte.

Der Butler stellte das Tablett auf die Glasplatte des Tisches, während Sarah sich gegenüber O'Keefe setzte. Asher bemühte sich um Konversation, sprach mit ihm über das Wetter, das Schloß, Frankreichs Rezession – über alles, was vielleicht das Interesse des alten Agenten wecken könnte.

Sarah wußte, daß Menschen, die an Alzheimer litten, ihre Vergangenheit oft ganz klar vor sich sahen, auch wenn sie sich nicht mehr an das Bad am Morgen erinnern konnten. Vielleicht enthielt also Jack O'Keefes Erinnerung doch noch das, wonach sie suchten. Aber selbst wenn das der Fall war, würden sie es aus ihm herausbekommen können?

Sarah wollte sein Interesse weiter schüren. »Ich habe gehört, daß Sie damals in den alten OSS-Tagen für Wild Bill Donovan gearbeitet haben.«

O'Keefe hob den Kopf und sah sie an. Ein Lächeln breitete sich auf dem gepuderten Gesicht aus. Das war ein Thema, das ihn interessierte. »Ah, Bill! Der Beste ... wußten Sie, daß er im ersten Weltkrieg mehr Auszeichnungen erhalten hat als sonst irgendein U.S.-Soldat? ... Ike hat ihn den ›Letzten Helden‹ genannt. Während des Zweiten Weltkriegs hat Bill dann den Geheimdienst geleitet. Verdammt, er war gut. Er hat einen Privatclub aus dem OSS gemacht.« Er rieb sich die Hände vor Aufregung. »Bill war knallhart, aber wir haben ihn alle geliebt. Ja, wirklich. Wenn er sagte, wir hätten gute Arbeit geleistet, dann hatten wir das auch. Mit unnötigen Schmeicheleien hatte er nichts am Hut.«

Asher spielte mit. »Hughes Bremner war einer von Ihren Jungs, nicht wahr?«

»Ich habe ihm alles beigebracht, was ich wußte.« Wieder strahlte O'Keefe.

»Er ist mein Boß.« Asher schob sich ein Brot in den Mund. »Hat mir ein paar wirklich spannende Einsätze verschafft.«

O'Keefe lachte leise in sich hinein. »Und Sie haben die Narben, die das beweisen können.«

Asher lachte und nickte.

Sarah schöpfte Hoffnung, und sie nutzte den Augenblick, um das Gespräch in eine andere Richtung zu lenken. »Asher, ich glaube, wir können es Jack ruhig erzählen. Ich bin sicher, daß er noch immer für Top Secret-Information zugelassen ist.«

Asher nickte. »*Yeah.* Ich glaube, das würde Jack gefallen.«

»Was denn?« O'Keefes gepudertes Gesicht sah sie neugierig an. Für ihn war die Untätigkeit eine schlimmere Krankheit als Alzheimer.

Sie sagte: »Der Carnivore hat in den Vereinigten Staaten um Asyl angesucht.«

O'Keefe sah Sarah durch seine dunkle Sonnenbrille unverwandt an. »Nach all der langen Zeit. Du lieber Himmel, was der Killer alles weiß –«

»Bremner holt ihn herein«, sagte Asher. »Aber es gibt etwas, das wir nicht verstehen. Vielleicht können Sie es uns erklären.«

»Ich werde sehen, was ich tun kann.« O'Keefe tupfte sich die Lippen mit der Serviette ab. Es machte ihm Freude, wieder in der Rolle des Mentors zu sein.

»Könnte es einen Grund dafür geben, daß Hughes sich den Carnivore selbst holt?« Sarah beobachtete das Gesicht des alten Kalten Kriegers. Mit gerunzelter Stirn sah er erst sie und dann Asher an. Sein fleckiges, fleischiges Gesicht schien sich hinter den dunklen Gläsern in sich selbst zurückzuziehen. Er wußte etwas, und er würde es nicht verraten … oder verschwand sein Geist wieder in der Versenkung?

54

16 Uhr 14

Sarah hatte eine Idee, aber sie war riskant. O'Keefes Zustand war nicht sehr stabil, und sie könnte eine weitere Alzheimer-Attacke auslösen. Aber sie wußte, daß sie keine Wahl hatten. Die Zeit zerrann zu schnell. Mit ruhiger Stimme sagte sie: »Sie haben ein phantastisches Schloß hier, Jack. Sehr teuer. Ihre Sterling-O'Keefe-Aktien scheinen gute Gewinne abzuwerfen.«

Er sah sie erst schockiert und dann verwirrt an.

Sie hatte einen Treffer gelandet. Von seinem Langley-Gehalt hätte er sich das Chateau de la Vere sicher nicht kaufen können, und seine Pension würde niemals reichen, es zu erhalten. O'Keefe mußte eine andere Geldquelle haben.

»Ich wußte gar nicht, daß Sie Geschäftsmann sind, Jack.« Asher hatte verstanden. »Ganz schön clever, hm?«

Aber sie waren zu weit gegangen.

Jack O'Keefe sprang auf. »Zum Teufel mit euch allen! Ich habe nichts mit Sterling-O'Keefe zu tun! Ich lasse mir meinen Ruf nicht kaputtmachen. Er ist alles, was mir noch geblieben ist!« Mit einer wütenden Armbewegung fegte er das volle Tablett vom Tisch. Es war der Anfang einer neuen Attacke, und es konnte Tage dauern, bis er wieder ansprechbar war.

Sarah sagte so ruhig sie nur konnte: »Wir werden Ihren Ruf schützen, Jack. Das ist für uns alle in Langley wichtig.«

»Deshalb sind wir ja hier«, sagte Asher sanft.

O'Keefes verschmiertes, schneeweiß gepudertes Gesicht, das einen scharfen Kontrast zu den dunklen Gläsern bildete, bot einen traurigen Anblick. Seine Stimme brach. »Alles, was ich noch habe, ist mein Ruf. Mein Gehirn läßt mich immer mehr im Stich. Diese teuflische Krankheit –«

Asher brachte ihn wieder zu seinem Stuhl. »Wir sind hier, um zu helfen.«

»Es ist eine riskante Situation, und wir brauchen Sie.« Sarah log: »Wir haben erfahren, daß Hughes kurz davor steht, in eine Falle zu tappen. Jemand will ihn und den Carnivore umbringen. Wenn wir nicht herausfinden, warum Hughes sich wegen des Carnivore Sorgen macht, dann können wir es nicht verhindern.«

»Wir werden uns um alles kümmern«, versprach Asher, »aber wir müssen mehr wissen, um Hughes retten zu können!«

Sie warteten nervös. Würde O'Keefe ihnen erzählen, was er wußte? Konnte er es? Der alte Spion nahm mit zitternder Hand ein Oreo-Plätzchen, das wundersamerweise auf dem Tisch geblieben war. Er schien tief in sich zu dringen, sich zu konzentrieren.

Seine Hand war plötzlich ruhig. Sein Gesicht klärte sich. Sein Mundwinkel hörte auf zu zucken. Nur wenige Jahre zuvor hätte er sie zuerst ganz genau ausgefragt, bevor er ihnen geglaubt hätte. Jetzt war die Kraft seiner Vernunft bereits eingeschränkt. Aber galt das auch für sein Gedächtnis?

Er sprach zuerst langsam, dann wurde er immer sicherer –

KUBA, WEIHNACHTEN 1958

Musik, Gelächter und vereinzeltes Gewehrfeuer hallte durch die Innenstadt Havannas. Panzer rollten neben Maultierkarren und Cadillacs die Straßen entlang. Vor den Hotels patroullierten Wachtposten mit Maschinengewehren, während schöne Frauen mit Nerzmänteln über ihren Badeanzügen durch Foyers zu saphirblauen Pools schritten.

Die Stadt schlief nie. Sie war umstellt von der zerlumpten Guerilla-Armee Fidel Castros, der in nur wenigen Tagen Präsident Fulgencio Batista y Zaldivar stürzen sollte.

La Cosa Nostra – die Mafia – bewachte ihre Casinos, Bordelle und Bars. Sie blieb, da sie in ihrer sizilianischen Weisheit glaubte, daß sich im Frieden wie im Krieg jemand um die Geschäfte kümmern mußte – und die Profite kassieren. Agenten aller Geheimdienste, Veränderung witternd, durchstreiften die tropischen Nächte, um sich Informationen und die Gunst der eventuellen neuen Machthaber zu erkaufen, damit ihr Land auch in Zukunft auf dieser strategisch so wichtigen Insel etwas zu sagen hatte.

Auch der Undercover-Agent Hughes Bremner verfolgte die Entwicklung des politischen Wirbelsturms, der sich dort anbahnte. Bremner war mit dem berühmten ›Instinkt‹ gesegnet, diesem sechsten Sinn, mit dem die besten Agenten geboren wurden. Aus diesem Grund hatte Red Jack O'Keefe den jungen Mann unter seine Fittiche genommen. Aber Jack O'Keefe war dringend nach Nürnberg gerufen worden, und Bremner hatte plötzlich allein die Verantwortung.

Eines Nachts lernte er einen jungen, amerikanischen Vertreter, Alex Bosa, kennen und verbrachte den Abend mit ihm in Bars und Bordellen. Danach trafen sie sich öfter. Sein Instinkt sagte Bremner, Bosa im Auge zu behalten.

Am Silvesterabend trafen sie sich in einer Bar. Bosa wurde mehrmals angerufen, und nach Mitternacht verschwand er mit einer Mambotänzerin. Bremner folgte ihm. Um ein Uhr morgens verließ Bosa die Wohnung der Tänzerin. Bremner verfolgte seine Spur bis zur Plantage von General Geraldo Ocho. Dort versteckte Bosa seinen nagelneuen Cadillac in der dichten Vegetation und zog sich Hemd und Hose aus. Darunter trug er schwarze Kleidung. Er nahm ein Gewehr mit Zielfernrohr, ein Messer und ein Seil aus dem Kofferraum und verschwand damit in einem Zuckerrohrfeld.

Batistas Armee war überall. Hier war es für niemanden sicher, also kehrte Bremner nach Havanna zurück. In derselben Nacht eroberte Fidel Castro die Hauptstadt. Die Nachricht verbreitete sich wie ein Lauffeuer – Fidel Castro hatte gesiegt, weil ein Guerrilla Batistas besten Kommandeur, General Geraldo Ocho, umgebracht hatte. Es hieß, daß Castros Guerillas den General in einem waghalsigen Manöver gestellt und erschossen hätten. Aber Bremner wußte es besser.

Bremner wußte, daß General Ocho gewaltige Spielschulden hatte und sich weigerte, sie zu bezahlen. Ein Heckenschütze der Mafia – Alex Bosa – hatte ihn getötet. Nicht aus politischen Motiven, sondern weil die Mafia keine Mißachtung duldete, auch nicht, wenn es sich um einen großen General handelte und mitten im Krieg war.

Der Killer, Alex Bosa, mietete sich eine private Jacht, mit der er zurück nach Miami fuhr. Bremner fand ihn auf dieser Jacht, wo ihn zwei von Batistas Männern überfallen hatten und ihm gerade die Kehle durchschneiden wollten. Alex Bosa hatte ihnen alles genommen, den Sieg, ihr Land, ihr kleines Vermögen und, falls sie nicht von der Insel wegkamen, ihr Leben.

Bremner wußte, daß Alex Bosa für die Vereinigten Staaten wichtig werden könnte; die beiden Kubaner würden es nicht. Obwohl er noch so jung war, bewies der CIA-Agent damals schon Weitsicht. Er überraschte die beiden Kubaner und erschoß sie. Zusammen mit Bosa warf er die beiden über Bord.

Jetzt hatte Bremner einem Mafia-Killer, der ihm einen Gefallen schuldete. Aber auch Bosa war clever. Bremner war ein CIA-Mann. Für einen professionellen Killer wie ihn war es ausgesprochen vorteilhaft, einen ›Freund‹ beim CIA zu haben. Das Leben bestand aus einer langen Reihe von geschäftlichen Transaktionen. Die beiden verstanden das. Sie verstanden einander.

Drei Wochen später teilte Alex Bosa seinem neuen Freund beim CIA mit, daß er sich den Namen *Carnivore* zugelegt hatte und geschäftlich zur Verfügung stehe. Bremner sagte Langley daraufhin, daß er Gerüchte über einen neuen erstklassigen Killer gehört habe. Nur Red Jack O'Keefe wußte von seiner persönlichen Beziehung zu ihm.

Um seine Identität weiterhin geheimzuhalten, nahm der Carnivore wieder seinen Geburtsnamen an, Hal Sansborough. Auch das wußten lediglich Bremner, O'Keefe und seine Mafia-Familie. Um sich zusätzlich zu tarnen, entschied sich Sansborough, ein Mädchen aus London zu heiraten. Er wählte es sehr sorgfältig aus.

Die junge Frau hieß Melanie Childs und war die Tochter eines britischen Obersten. Während ihre Mutter sich um die vielen gesellschaftlichen Verpflichtungen kümmerte, zog Melanie ihre drei jüngeren Brüder groß. Wie ihr Vater war sie ein Beispiel an Pflichtbewußtsein. Strenge Disziplin, hohe Erwartungen und keine Entschuldigungen. Aber Melanie besaß eine sanfte Liebenswürdigkeit, die ihre Härte überdeckte wie ein Samthandschuh eine eiserne Faust. Das war genau die Kombination von Charaktereigenschaften, nach der Harold Sansborough suchte.

Als ihr Vater nach Whitehall in die britische Regierung versetzt wurde, war Melanie hocherfreut. Nach Jahren in der Fremde waren sie endlich wieder zurück in England. Und dort traf sie Harold Sansborough. Sie war siebzehn. Der Oberst war beeindruckt von Hals offensichtlichem Erfolg als Vertreter von amerikanischen Produkten. Harold Sansborough fuhr einen Daimler, war klassisch-dezent gekleidet und hatte gute Manieren. Außerdem war er zehn Jahre älter als Melanie, reif genug also, sich der Verantwortung eines Ehemannes bewußt zu sein. Seine ausgedehnten Geschäftsreisen gaben allerdings Grund zur Besorgnis, aber Melanie war es gewohnt, daß das Familienoberhaupt längere Zeit fort war. Und sie war verliebt.

Hal und Melanie heirateten, er kaufte ihr ein Haus in Chelsea, und Elisabeth wurde geboren. Wie die meisten Kinder von Offizieren, hatte Melanie immer getan, was von ihr erwartet wurde. Regeln waren nicht zu ändern, persönliche Wünsche wurden hintangestellt, und die Bedürfnisse der anderen kamen immer zuerst. Hal war der Wichtigste, dann kam Elisabeth, ihre Eltern an dritter Stelle und schließlich sie ganz zuletzt. Sie war nur eine Hausfrau und daher unwichtig, ein Niemand.

Das Geschäft des Carnivore florierte. Seine Beziehung zu Hughes Bremner verschaffte ihm hin und wieder Aufträge für Langley und für die Geheimdienste befreundeter Nationen. Das erhöhte Bremners Ansehen noch zusätzlich, von dem man sagte, daß er in allen Welten zu Hause war. Der Carnivore arbeitete auch für die Länder des Ostblocks. Das gehörte zum Leben dazu, und alle Seiten akzeptierten es, auch wenn sie gleichzeitig versuchten, ihn zu fassen.

Nach zwanzig Jahren veränderte sich das Verhältnis zwischen Hughes Bremner, Jack O'Keefe und dem Carnivore radikal. Der Grund dafür war seine Tochter Liz. Sie hatte keine Ahnung, daß ihr Vater und der Carnivore identisch waren. Die Familie war sein sicherer Hafen, aber der wurde jetzt bedroht, als Liz nach Cambridge ging.

Als der Carnivore den Auftrag erhielt, einen pakistanischen Dissidenten zu töten, traf er den Sohn des Dissidenten, der in Cambridge studierte. Er war ein Freund seiner Tochter. Als der Carnivore seinen Vater umbrachte, entdeckte der Junge eine Verbindung zwischen dem ›Unfall‹ seines Vaters und Hal Sansborough. Er erzählte es daraufhin überall herum – Liz, dem KGB, dem britischen Geheimdienst und Langley.

Liz glaubte ihm nicht. Sie sprach mit ihrem Vater.

Hal Sansborough reagierte schockiert. Er stritt alles ab.

Liz vertraute ihm, aber der Sohn hatte soviel Lärm gemacht, daß Hal Sansboroughs Deckung in Gefahr war. Und außerdem auch noch seine Beziehung zu seiner Tochter, denn sie hatte sich in den Jungen verliebt.

Der Carnivore bat daher seinen Freund Hughes Bremner, den Jungen auszuschalten. Er selbst wollte nichts damit zu tun haben.

Nach diesem Vorfall machte sich der Carnivore daran, alle Spuren seiner brüchig gewordenen Tarnung zu beseitigen. Er bat seine New Yorker Mafia-

Familie, den ›Tod‹ von Harold und Melanie Sansborough zu arrangieren. Beide fanden es schrecklich, daß ihre Tochter sie für tot halten sollte, besonders Melanie. Aber sie war eine gute Ehefrau. Nur so konnten sie Hal Sansboroughs anderes Leben weiterhin geheimhalten.

Und so ›starben‹ sie, und der Carnivore nahm seine Arbeit wieder auf.

Liz schien sich davon schnell zu erholen, und es sah aus, als ob es ihr gutginge. Sie traf Garrick Richmond und heiratete ihn. Aber der Carnivore mußte feststellen, daß er Ähnlichkeit mit dem Geliebten seiner ersten Frau hatte. Richmond schlug Liz.

Die ganze Zeit hatte der Carnivore seine Tochter beschützen können, und jetzt mußte er das mitansehen. Als er es nicht mehr aushielt, rief er wieder Bremner an, aber diesmal mußte dieser einen seiner eigenen Leute eliminieren. Richmond mußte sterben, und wieder durfte es keine Verbindung zu dem Carnivore geben.

Bremner schickte den gewalttätigen Ehemann in den Libanon und gab der shiitischen Jihad einen Tip. Die verhielt sich wie erwartet, und der Carnivore hatte sein Ziel erreicht.

Nach dem Tod ihres Ehemanns ging Liz nach Langley und wurde Agentin. Bremner und O'Keefe beobachteten sie genau. Sie schien sich nicht mehr darüber den Kopf zu zerbrechen, ob ihr Vater der Carnivore war oder nicht. Vor drei Jahren schließlich wurde sie nach Lissabon geschickt, um eine Nachricht zu übernehmen. Aber ihr Vater hatte den Auftrag, den Nachrichtenübermittler auszuschalten. Als Liz am vereinbarten Übergabepunkt erschien, hatte er den Mann bereits getötet. Er war so schnell gewesen, daß Liz nichts mehr tun konnte.

Aber sie hatte ihn erkannt. Er war ihr ›toter‹ Vater.

In dieser Nacht lief sie zu ihm über.

In Panik erfand Bremner, um sich selbst zu decken, die Geschichte mit der Freundin für Liz' Akte in Langley und erklärte sie zur abtrünnigen Verräterin. Seitdem hatte es keine weiteren Anschläge gegeben, die man dem Carnivore zuschreiben konnte. Lag das an der neuen Welt-Ordnung? Am Alter des Carnivore? Oder war es auf Liz' Einfluß zurückzuführen?

55

16 Uhr 28

Der Geruch von Sägemehl hing in der drückend heißen Luft des Zirkuszeltes im Pariser Norden. In der Manege tanzten Pudel zu fröhlicher Akkordeonmusik. Eine Französin mittleren Alters mit einer schäbigen Einkaufstasche kam in das Zelt und blieb unter der Tribüne stehen.

Bald purzelte ein Dutzend Clowns aus einem der Seiteneingänge. Einer kniete sich neben die Frau und band sich den Schuh zu.

»Und?« flüsterte der Clown auf englisch.

»Morgen um acht Uhr bin ich wie verabredet im Languedoc. Ich habe meine Dinge alle arrangiert. Und du?«

»Natürlich. Alle Eventualitäten sind berücksichtigt.«

»Machst du dir Sorgen?« fragte die Frau.

»Das ist ein Wort, daß ich nicht kenne.«

Die verhärmte Französin zögerte. »Quill ist tot. Eine deiner zuverlässigsten Kontaktpersonen hat die

Nachricht überbracht. Vielleicht sollten wir uns Sorgen machen.«

»Ich habe es auch gehört.« Der Clown sah sich in dem farbenfrohen Zelt um. »Wir waren sehr lange zusammen, aber das ändert trotzdem nichts.«

»Nein«, sagte die Französin, »aber ich werde ihn sehr vermissen.«

»Ich auch, Liz.« Der Clown stand auf, zupfte seine Handschuhe zurecht und wedelte hoch über dem Kopf mit den Händen, als ob das alles Teil seiner Nummer wäre. Dann rief er mit lauter, kehliger Stimme auf französisch: »*Pardon, madame!* Viel Spaß bei der Vorstellung!«

Er machte eine Rolle rückwärts, landete sicher trotz seiner unförmigen Clownslatschen und hüpfte zu den anderen Clowns in der Manege. Müde stieg die Frau auf die Tribüne. Sie sah zu und klatschte an den richtigen Stellen. Keine Sekunde lang ließ sie sich anmerken, wie abgelenkt sie war. In der Pause ging sie.

16 Uhr 36

Im Hof des Chateau de la Vere war Sarah Walker Zeugin einer Metamorphose gewesen, und sie hatte einen Onkel verloren, den sie nie wirklich gefunden hatte.

Als Jack O'Keefe die Geschichte von Hughes Bremner und dem Carnivore erzählte, hatte sich der gebrechliche, alte Mann in den legendären Meisterspion zurückverwandelt. Mit fester Stimme hatte er ihnen präzise und anschaulich die Zusammenhänge erläutert, und jetzt lehnte er sich zurück, orderte für alle Apéritifs und sah sie durch seine dunkle Brille prüfend an.

Sarah hatte jetzt noch mehr Beweise, daß der Carnivore tot war. Es sei denn, Quill war nicht Hal Sansborough. Der Mann auf dem Foto hatte genauso gelächelt, aber das Gesicht war anders gewesen. Er hatte behauptet, ihr Onkel zu sein, aber ein Lächeln konnte man imitieren, und Menschen konnten lügen. Besonders loyale Gehilfen. Sie erinnerte sich, einmal gelesen zu haben, daß im Mittelalter oft ein Knappe in der Rüstung seines Königs in den Kampf gezogen war.

Vielleicht war Quill nicht ihr Onkel gewesen, aber das änderte nichts, denn sie mußten noch immer Bremner aufhalten. Sie brauchten Antworten und mußten zurück nach Paris.

»Wir machen uns wirklich Sorgen um Hughes Bremner und das Treffen«, sagte sie zu O'Keefe. »Warum würde Hughes den Carnivore umbringen wollen?«

O'Keefe grinste. Das war sein Lieblingsspiel. »Weil Hughes zusammen mit einer kleinen Gruppe innerhalb von Langley der Besitzer von Sterling-O'Keefe ist und der Carnivore Informationen hat, die sie und das Unternehmen zerstören könnten. Das würde die Milliarden-Dollar-Gans *und* ihre goldenen Eier erledigen.«

Sterling-O'Keefe gehörte Hughes und anderen Regierungsmitgliedern und war vermutlich mit gestohlenen Regierungsgeldern finanziert worden. Jetzt verstand Sarah, und ein kurzer Blick auf Asher genügte, um zu sehen, daß auch er verstanden hatte. Kein Wunder, daß Bremners Name nirgendwo in Sterling-O'Keefes öffentlich zugänglichen Unterlagen erschien. Auf die gleiche Weise hatte die intrigante und verbrecherische BCCI Strohmänner benutzt, um sich heimlich Unternehmen auf der ganzen Welt anzueignen und sie zu kontrollieren.

Sarah ließ sich nichts anmerken. »Soweit haben

wir uns das auch schon gedacht, Jack. Aber wie sieht das im einzelnen aus? Was weiß der Carnivore darüber?«

O'Keefe machte eine Pause und genoß das Spiel und seinen Wissensvorsprung. »Am Anfang, als Sterling-O'Keefe noch um seine Existenz kämpfen mußte, gab es zwei Hindernisse. Eines war der Direktor einer konkurrierenden S&L-Bank. OMNI-American Savings & Loan ist nämlich eines von Sterling-O'Keefes größten Unternehmen, und OMNI-American mußte diese Konkurrenz-S&L kaufen. Aber der Direktor hat doch tatsächlich die Unverschämtheit besessen, den Kauf zu blockieren.« O'Keefe lehnte sich zurück. »Das zweite Hindernis war ein Abgeordneter im französischen Finanzministerium. Gute Familie, die richtigen Schulen. Man hatte ihm angeboten, Leiter der Finanzabteilung bei einem erfolgreichen Versicherungsunternehmen zu werden. Also hat er verhindert, daß Sterling-O'Keefes Versicherungsunternehmen nach Frankreich kam.«

Sarah konnte sich den Rest selbst zusammenreimen. »Hughes wollte den Bankdirektor und den Finanzchef beseitigen lassen. Und es mußte jeweils wie ein Unfall aussehen. Er konnte sich keine Fehler leisten.«

»Also hat der Carnivore die Aufträge übernommen«, sagte Asher. »Aber der Carnivore ist schlau, Jack. Er würde Hughes nicht verpfeifen.«

Diebische Freude erhellte O'Keefes Gesicht. Glitt er wieder in die Finsternis seiner Krankheit ab, oder forderte er sie heraus, aus dieser komplizierten Geschichte die richtigen Schlüsse zu ziehen?

Es war Sarah, die die Wahrheit zuerst erkannte. »Der Carnivore weiß nicht, daß Hughes – Sterling-O'Keefe – ihm die Aufträge erteilt hat!«

Jack O'Keefe nickte, und seine Perücke verrutschte noch ein Stück mehr. »Hughes ist direkt zu ihm gegangen und hat behauptet, daß die Aufträge von Langley stammen. Wenn der Carnivore also in die Vereinigten Staaten kommt, wird er eine Liste seiner Arbeit für Langley abliefern, und wenn Langley feststellt, daß er diese beiden Aufträge nie erteilt hat, dann werden sie so lange graben, bis sie auf Sterling-O'Keefe stoßen. Bum! Hughes und sein geheimer Vorstand sind entlarvt!«

»Aber Bremner könnte ihn warnen, ihm mitteilen, daß er nichts darüber sagen soll –« Aber dann begriff Sarah, was das bedeuten würde. »Nein, Bremner würde niemandem trauen, der für alle Seiten gearbeitet hat. Der Carnivore hätte ihn in der Hand.«

Langley konnte kleine Sünden und Vergehen bis zu einer Größenordnung von etwa Bill Caseys groben Verstößen in Zentralamerika schlucken, aber massiven Diebstahl, Betrug und persönlich angeordnete Exekutionen konnten nicht toleriert werden.

Wenn Hughes Bremners Unternehmungen herauskamen, würde der gesamte Geheimdienst der Vereinigten Staaten in einen Skandal verwickelt werden, der alles bisher Dagewesene, von Watergate über die Iran-Contra-Affäre bis Irakgate, übertreffen würde. Aber warum war es entscheidend, daß der Carnivore heute abend schon ausgeschaltet wurde, womit Hughes Bremner sich immerhin den ausdrücklichen Anordnungen des Präsidenten widersetzte? Warum wartete er nicht und versuchte Zeit zu gewinnen, um noch einmal mit dem Präsidenten zu reden?

Sarah hatte Doktor Levines triumphierende Stimme im Je Suis Chez Moi, schon ganz euphorisch vom Delirium, noch gut in Erinnerung: *Am Montag wird der Carnivore tot sein, und ich werde nie wieder um*

Geld betteln müssen ... er wird mir Millionen für meine Arbeit geben ...

Sie musterte O'Keefes Gesicht hinter der Sonnenbrille. »Da ist noch etwas, Jack. Etwas Dringenderes, vielleicht größer als alles, was Sterling-O'Keefe und Hughes Bremner je angepackt haben. Etwas, wobei Milliarden herauskommen. Und es findet morgen statt.«

Jack O'Keefes Schultern finden plötzlich an zu zittern. Er schüttelte den Kopf, sein Blick umnebelte sich. »Was? Was haben Sie gesagt?«

Sarah und Asher sahen sich an.

Sarah versuchte es noch einmal. »Es ist etwas hier in Paris geplant, und Hughes wird dabei unglaublich reich werden.«

Aber Jack O'Keefe sagte nichts. Er sah in die Ferne und lächelte. Dann begann er, die Marseillaise zu singen. Er schwang die Arme im Takt dazu. Seine weiße Perücke verrutschte noch mehr und hing jetzt seitlich über seinem Ohr.

Asher runzelte die Stirn. »Sieht ganz so aus, als wäre das alles, was wir von ihm erfahren.«

Es war Zeit zu gehen. Sie standen auf. Die restlichen Antworten mußten sie irgendwie in Paris finden.

Jack stand ebenfalls abrupt auf und trottete zum Schloß. Sie folgten ihm bis zu einer Tür. Es war nicht die, durch die Sarah vorher mit dem Butler gegangen war. Dahinter hing eine Garderobe aus dem siebzehnten Jahrhundert, und auf der Ablage lag zwischen anderen Hüten ein Panamastrohhut mit rotem Band.

In einer einzigen geschmeidigen Bewegung zog Sarah die Walther aus ihrem Gürtel, warf Jack O'Keefe gegen die Wand und bohrte ihm den Lauf in den Hals.

»Sarah!« Asher starrte sie fassungslos an.

»Nimm ihm die Sonnenbrille ab!«

Asher zögerte nur kurz, dann nahm er O'Keefe die Brille ab. Der alte Spion stand vollkommen still da, die Hände an die Wand gepreßt. Sie sah ihm in die Augen. Er war es tatsächlich, der Mann aus dem Café Justine, der ebenfalls das Je Suis Chez Moi beobachtet hatte.

»Mistkerl!« schnaubte sie und bohrte ihm den Lauf ihrer Pistole noch tiefer in den Hals. »Wenn Sie mir nicht sofort sagen, was hier gespielt wird, drücke ich ab.«

56

16 Uhr 50

Jack O'Keefe stand wie erstarrt an die Wand gepreßt. Seine Stimme klang plötzlich klar und kräftig. »Wie unaufmerksam von mir, meinen Hut an der Tür liegen zu lassen.«

Der Lauf der Walther bewegte sich keinen Millimeter. Er lehnte den Kopf mit dem silbernen Haar nach hinten an die Steinwand und sah sie aus wasserblauen Augen an.

»Reden Sie, Jack.«

»Das ist gar nicht so einfach mit zugedrückter Kehle.« Er röchelte einmal kurz zur Verdeutlichung. »Seien Sie ein Schatz und gehen Sie etwas sanfter mit einem alten Mann um.«

Sarah lächelte beinahe. Offensichtlich versuchte er, sie hereinzulegen. Aber er hatte einmal zu den Besten gehört, und es sah ganz so aus, als ob man auch heute noch mit ihm rechnen mußte. »So sanft wie Sie mit den Leuten im Je Suis Chez Moi umgegangen sind. Sie können von Glück sagen, daß kein Unbeteiligter durch ihre Bombe gestorben ist.«

»Nein, mein Schatz. *Sie* haben Glück gehabt. Nicht wie diese armen Teufel, die Sie und Asher in der Gasse auf so scheußliche Weise umgelegt haben.«

Er wartete gespannt, aber sie ignorierte seinen Köder. »Ich habe gesehen, wie Sie sich ins Je Suis Chez Moi geschlichen haben, und mich entschieden, Ihnen den Ausbruch etwas zu erleichtern, was immer mir das jetzt auch bringt. Ein bißchen Plastiksprengstoff, der die Fassade des Gebäudes ein wenig durchgeschüttelt hat. So habe ich die Armee, die hinter Ihnen her war, auf zwei schon ziemlich angeschlagene Krieger reduziert, und Sie konnten entkommen.«

Asher fluchte. »Sie hinterlistiger, alter Gauner. Sie leiden überhaupt nicht an Alzheimer!«

»So alt bin ich noch nicht.« Er grinste. »Aber Sie sind drauf reingefallen, nicht wahr?«

»Warum?« fragte Sarah. »Wenn Sie für Hughes arbeiten würden, hätten Sie uns doch nicht erzählt –«

Sie hielt inne und lauschte. Mit der Pistole in der Hand und forschendem Blick drehte Asher sich um. Sie hörten Schritte.

Vier Männer und eine Frau erschienen wie Schatten in den hinteren Türen der großzügigen Eingangshalle. Sie sahen alle aus, als ob sie schon über sechzig Jahre alt wären, und alle trugen ihre Waffen so, als ob sie ganz genau wüßten, wie man damit umging – der Butler, drei Männer in Sommerkleidung und eine Frau in einem Kleid mit Handtasche am Arm.

»*Compadres*«, begrüßte O'Keefe sie. Ihre Waffen waren auf Asher und Sarah gerichtet. »Sieht ganz so aus, als hätte sich das Blatt gewendet.« Er hob die Hand, um Sarah die Pistole abzunehmen.

Aber Sarah bohrte ihm den Lauf weiterhin in den Hals. »Versuchen Sie das nicht, Jack. Zurück.«

Er bekam kaum noch Luft. Langsam ließ er die Hand herabsinken.

»Lassen Sie die Waffen fallen«, befahl Asher den fünf Neuankömmlingen.

Aber sie zielten weiter auf Asher und Sarah. Sie sahen O'Keefe an.

»Ich glaube nicht, daß sie das tun«, sagte der legendäre Meisterspion.

Es stand unentschieden.

»Vielleicht können wir uns gegenseitig helfen«, schlug Sarah vor.

»Ah, ein Kompromiß! Wir sind durchaus friedliebende Leute, nicht wahr, *compadres?*«

»Dann verraten Sie uns, was morgen passiert, das so unglaublich wichtig für Bremner und Sterling-O'Keefe ist.«

Jacks Lippen zuckten. »Hughes privates Unternehmen? Nun, vielleicht könnte ich da helfen. Was bieten Sie mir denn dafür?«

»Wie wäre es mit einer Verbesserung meiner Laune?« sagte Sarah. »Geben Sie sich Mühe, denn im Augenblick ist sie so mies, daß ich jemanden umbringen könnte.«

Aus dem Augenwinkel sah sie sich die Verteilung der acht Personen im Raum an. Sie und Red Jack O'Keefe standen dicht an der Wand. Asher hatte ihnen den Rücken zugekehrt und schwenkte seine Pistole hin und her, um die anderen fünf daran zu hindern, näher zu kommen. Und alles das geschah in einem liebevoll restaurierten mittelalterlichen Schloß, das mit erlesenen Antiquitäten und unersetzbaren Kunstgegenständen eingerichtet war. Die Situation entbehrte nicht einer gewissen Ironie.

Auch in Red Jack O'Keefes traurigem Seufzer lag Ironie. »Tatsächlich weiß ich herzlich wenig, Sarah. Ich habe genau wie Sie herumgefischt und versucht, etwas herauszufinden. Ich hatte gehofft, daß Sie mich zu ein paar Antworten führen, wodurch ich – glücklicherweise für Sie – in der Lage war, Ihnen hin und wieder aus der Patsche zu helfen.«

Er machte eine Pause und wartete auf ihre Anerkennung.

»Wir danken Ihnen beide dafür, Jack. Jetzt erzählen Sie uns, was sie herausbekommen haben.«

»Leider habe ich nur eine recht vage Idee ohne jegliche Details.«

»Wir möchten es trotzdem hören.«

»Nun gut, aber Sie wissen, daß ein Kompromiß zwei Seiten hat. Ich muß darauf bestehen, daß Sie meinen Stimmbändern etwas mehr Bewegungsfreiheit zugestehen.«

Sarah sah sich kurz nach Asher um. Er hatte ihr immer noch den Rücken zugekehrt und beobachtete O'Keefes fünf *compadres*. Er nickte kurz.

Sie ließ die Walther sinken und zielte jetzt auf Jacks Herz.

»Viel besser.« Er schluckte übertrieben schwer. »Leider haben wir über Hughes Pläne nur herausfinden können, daß es sich um eine großangelegte Währungstransaktion handeln muß, die er mit Hilfe irgendeines Erbsenzählers von Finanzexperten durchführen will, und daß er Sterling-O'Keefe für die Finanzierung dieses Projekts benutzt, ohne seine Freunde darüber zu informieren.«

Sarahs Augen weiteten sich vor Aufregung. »Natürlich! Eine Währungstransaktion. Daher wird auch Levines Geldsegen kommen!«

»Über Levine weiß ich nichts, aber der Deal ist

hochgeheim und offensichtlich sehr riskant. Kit Crowther – das ist der Erbsenzähler – hat im Wert von zehn Milliarden U.S. Dollar ohne Deckung *francs* verkauft und U.S. Dollar gekauft, der im Augenblick sehr stark ist. Außerdem hat er auch noch für eine Milliarde französische Wertpapiere und andere sichere Investitionen gekauft. Sterling-O'Keefes Kredit hat das möglich gemacht, aber die Spannen sind so gering, daß Sterling-O'Keefe nicht nur in Schwierigkeiten gerät, wenn der *franc* sich in die falsche Richtung bewegt, sondern daran zugrunde gehen kann.«

»Welches ist denn die falsche Richtung?« fragte Asher über die Schulter.

»Rauf«, sagte Jack.

Sarah erinnerte sich an einen ausführlichen Artikel eines internationalen Finanzgenies. »Wenn der *franc* steigt, wird es für Bremner teurer, seine Schulden zu decken. Wenn er gleich bleibt, passiert gar nichts. Aber wenn der *franc* fällt, dann zahlt er seine Schulden mit weniger Dollar zurück und macht Gewinn.« Ihre Augen blitzten. »Levine erwartet mehrere Millionen für sein Labor. Das könnte eine Milliarde oder mehr für Bremner bedeuten, das heißt, daß der *franc* verdammt weit runter gehen muß. Und damit rechnet er morgen.«

O'Keefe nickte. »So stellen wir uns das auch vor. Aber es sieht nach einer unglaublich riskanten Aktion aus, und –«

»Und Hughes Bremner würde ein solches Risiko nicht eingehen«, sagte Sarah. »Er überläßt absolut nichts dem Zufall.« Verzweifelt suchte sie nach einer Erklärung. »Wieviel müßte der *franc* fallen, damit er eine Milliarde oder zwei daran verdient?«

»Ein ganzes Stück, fürchte ich.« O'Keefe machte eine effektvolle Pause. Dann sagte er: »Zwanzig Prozent.«

»Zwanzig Prozent!« Schockiert starrte sie O'Keefe an. »Mein Gott, das würde die Finanzmärkte der ganzen Welt erschüttern! Allein der Schaden in Frankreich und Europa wäre vernichtend!«

Asher drehte sich halb um. »Vernichtend, Sarah? Warum?«

»Frankreich ist Europas zweitstärkste Wirtschaftsmacht«, erklärte sie. »Eine so gewaltige Entwertung des *franc* würde bedeuten, daß Frankreich damit den europäischen Wechselkursmechanismus stürzen und die Kurse der anderen Länder völlig aus dem Gleichgewicht bringen würde. Die Kostenkalkulationen für Export- und Importgeschäfte wären völlig verzerrt, und die europäische Wirtschaft könnte im finanziellen Chaos enden!«

Jack nickte mit finsterer Miene. »Um wettbewerbsfähig zu bleiben, müßten andere europäische Länder sich vom Wechselkursmechanismus unabhängig machen und ebenfalls abwerten. Davon wären wiederum die USA und Japan betroffen. Um die Vorteile des freien Marktes voll ausschöpfen zu können, braucht Europa die Stabilität des Wechselkurses. Ohne sie würde Europa wieder in Protektionismus zurückfallen und den einheitlichen Markt, an dem es so lange und schwer gearbeitet hat, verlieren –«

»Ist das alles Bremner denn nicht klar?« fragte Asher.

»Das kümmert Hughes überhaupt nicht.« Jacks Gesicht verhärtete sich. »1992 hat George Soros einen der größten Finanzcoups gelandet, als er darauf gewettet hat, daß Großbritannien das englische Pfund abwerten würde. Hughes hat ein riesiges Ego. Er muß in allem der Beste sein. Er will Soros' Gewinne verdoppeln.«

»Wer ist George Soros?« fragte Asher.

»Der Mann, der die Bank of England gesprengt hat«, erinnerte sich Sarah, »und mit einer Milliarde Dollar davonspaziert ist.«

»Einer Milliarde?« Ashers Rücken war plötzlich ganz gerade. »Wollen Sie damit sagen, daß Hughes Bremner mit mindestens *zwei Milliarden* rechnet und dabei vielleicht ganz Europa in den Abgrund zieht?«

O'Keefe nickte. »Genau das ist es, was wir sagen, mein Junge. Wenn Hughes seine Transaktionen nicht so außerordentlich geheim hielte, würde er in die Geschichte eingehen als ›der Mann, der die Bank von Frankreich gesprengt *und* den Währungskönig George Soros übertrumpft hat‹ ... wenn die Sache klappt.«

»Aber wie«, sagte Sarah frustriert, »will er das schaffen? So etwas ist doch nicht so exakt vorausbestimmbar. Bremner muß etwas *wissen*! Was haben Sie uns noch nicht gesagt, Jack? Irgend etwas muß es da doch noch geben!«

O'Keefe schüttelte den Kopf. »Ich fürchte, da ist nichts mehr, Sarah. Außer daß er dem ganzen Unternehmen den grandiosen Namen GRANDEUR gegeben hat. Du lieber Himmel. Theatralischer geht's ja wohl nicht mehr –«

»Levine!« rief Sarah. »Das ist es!«

Plötzlich ergab alles einen Sinn: Die Elite-Kundschaft im Je Suis Chez Moi. Die täglichen ›Behandlungen‹. Der Tycoon, dessen Verhalten die Unzufriedenheit seiner Arbeiter noch geschürt hatte, und das alles für die ›Größe‹ Frankreichs: *La Grandeur*. Die Ankündigung der Banque de France, daß die Zinsen wieder erhöht werden würden. Die Demonstrationen und Streiks, die steigenden Arbeitslosenzahlen und Steuern, das wachsende Defizit, Massenentlassungen ...

alles unter der Führung des neuen Premierministers, der ›Kunde‹ des Je Suis Chez Moi war.

Aufgeregt drehte sich Sarah zu Asher um. »Bremner wird den Fall des *franc* selbst *auslösen*. Das ist es, was am Montag geschehen wird. Und es ist brillant!«

»Wie?« Asher drehte sich ebenfalls um und starrte sie an.

O'Keefe sagte: »Ja, bitte erzählen Sie uns das alles. Aber Sie müssen einen Augenblick warten. *Compadres!*«

Sarah erstarrte. In ihrer Aufregung hatten sie das empfindliche Kräftespiel im Raum vergessen. Jetzt, wo Sarahs Pistole nicht länger auf O'Keefes Herz zielte, hatten seine Kollegen Sarah und Asher umstellt. Sie saßen in der Falle!

»Legen Sie Ihre Waffen auf den Boden«, befahl Red Jack O'Keefe. »Aber bitte vorsichtig.«

57

16 Uhr 58

Jack O'Keefe nickte. »George.«

Der muskulöse Butler mit den breiten Schultern hob Sarahs und Ashers Pistolen auf. Er nahm sie beide in eine mächtige Hand, während er mit der anderen unverwandt seine Smith & Wesson auf sie richtete.

Sarahs Augen verengten sich zu schmalen Schlitzen. »Sie haben uns hingehalten, Jack – uns hier festgehalten für Bremner.«

O'Keefe seufzte. »Hughes hat angerufen und um einen Gefallen gebeten. Er wußte, daß Sie hierherkommen würden, und er wollte, daß ich Sie so lange beschäftige, bis seine Leute da sind. Das konnte ich ihm nicht abschlagen. Wir werden seine Leute nicht aufhalten können, also schlage ich vor, daß wir einander vertrauen und uns schnell alles erzählen.« Er nickte wieder seinem Butler zu. »Gib ihnen die Pistolen zurück, George, und jetzt stecken wir alle gemeinsam unsere Waffen weg.« Er lächelte sein charmantestes Lächeln. »Tut mir leid, aber ich wollte nicht erwähnen, daß Hughes Leute auf dem Weg hierher sind, solange Sie diese tödliche Waffe auf mich gerichtet hatten, verstehen Sie?«

»Wer kommt hierher, und was ist ihr Plan?« fragte Asher.

»Gordon Taite und noch ein paar andere. Ich weiß nicht wie viele oder was sie genau vorhaben. Wußten Sie, daß Gordon Sie haßt, Sarah?«

»Ich hatte den Eindruck.«

»Er ist ein gefährlicher Mann. Ich möchte wirklich nicht mit Ihnen tauschen.«

»Das ist sehr tröstlich, Jack.«

Der Butler sagte: »Ich glaube, wir haben vom Turm aus die beste Sicht, Chef.«

»Ja, das stimmt. Und wir können alle einen Drink gebrauchen, das ist gut für den Kreislauf, na, Sie wissen schon.«

O'Keefe führte sie durch das Schloß zur Steintreppe des Turms. Während sie hinaufstiegen, erklärte er ihnen, daß Bremner den gesamten Club Je Suis Chez Moi nach dem Bombenanschlag in ein Reservequartier im achtzehnten Arrondissement umgesiedelt hatte.

»Das Feuer brach nur wenige Augenblicke, nachdem das Haus leergeräumt war, aus. Ich habe keine Ahnung, wie das passierte.«

»Aber wir wissen, warum es passierte«, sagte

Sarah. »Sie wollten nichts zurücklassen, was die Polizei vielleicht finden würde.«

»Ja, und um sechs Uhr morgens war der Club in seinem neuen Quartier schon wieder geöffnet.« O'Keefe führte sie durch eine schwere Tür. Dahinter lag ein luxuriös ausgestattetes Wohnzimmer. »Bitte kommen Sie doch herein.«

Auf dem Schreibtisch stand ein Chiffriertelefon der modernsten Sorte. Zehn Schwarzweißfotos des berühmten Meisterspions mit verschiedenen Präsidenten der Vereinigten Staaten hingen an einer Wand. Erinnerungsstücke schmückten den Raum – eine goldene Parfümflasche aus Mazedonien, eine gerahmte Perlenstickerei aus Lappland, ein Bierkrug aus Ostdeutschland und eine portugiesische Schiffsuhr.

Während sich O'Keefe die weiße Schminke aus dem Gesicht wischte, stellte er ihnen rasch seine Kollegen vor. Sie waren alle schon lange nicht mehr im Geschäft, aber die Arbeit als Agenten war ihnen immer noch in Fleisch und Blut. Als er sie zu sich gerufen hatte, um Hughes Bremner auszuspionieren, hatten sie sofort begeistert mitgemacht.

George ging an die Bar, um die Drinks zu bereiten, und die anderen nahmen ihre Positionen an den hohen Fenstern des Turms ein. Asher ging von Fenster zu Fenster, sah hinaus und lauschte. O'Keefe und Sarah setzten sich hin. George servierte eiskaltes, gutes Chimay Ale.

Jack nahm einen großen Schluck. »Also gut, Sarah, was ist nun mit Allan Levine und morgen?«

Sie trank einen Schluck und beugte sich vor. »Er hat eine neue Form der Bewußtseinskontrolle entwickelt, die auf ganz spezifische Regionen des Gehirns einwirkt. Er hat mir erzählt, daß er chemische Substanzen gefunden hat, die ganz bestimmte Persönlichkeitsveränderungen hervorrufen, und daraus hat er Medikamente entwickelt, die eine mehr oder weniger umfassende psychische Umformung ermöglichen. Er nennt das Neurale Gestaltung. Er behauptet, daß er jede Form von Veränderung bewirken kann, die er will. Oder die Bremner will. Fügsamkeit, Suggestibilität, einfach alles.«

Jack schürzte die Lippen. »Das klingt wie ein altes, streng geheimes Langley-Projekt – MK-ULTRA. Die Öffentlichkeit hat davon Wind bekommen, und sie sind hinter uns hergewesen wie der Teufel hinter der armen Seele. Wir mußten es für alle Zeiten einstellen.«

»Es *ist* MK-ULTRA. In neuer, verbesserter Form. Es wurde nie eingestellt, sondern ist insgeheim weitergeführt worden. Bremner hat es Levine ermöglicht, ein wesentlich fortgeschritteneres und gefährlicheres MK-ULTRA zu entwickeln, und dann hat er die Ergebnisse im Je Suis Chez Moi zur Anwendung gebracht. Der einzige Unterschied ist, daß das neue MK-ULTRA-Programm hundertprozentig erfolgreich ist. Levine kann tatsächlich Individuen umprogrammieren, wie es ihm beliebt.«

»Oder wie es Bremner beliebt«, erinnerte Asher vom Fenster aus.

»Besonders Bremner«, pflichtete Sarah ihm bei. »Ich bin sicher, daß er Levine nur für GRANDEUR hergebracht hat. Was bedeutet, daß er die Bombe, die morgen platzen soll, bereits seit mindestens zwei Jahren plant.«

»Aber warum sind sie sich so sicher, daß Levine und MK-ULTRA dazu gehören?«

»Sie haben mich darauf gebracht, Jack«, sagte Sarah. »Als ich in dem Club war, hat einer seiner Kunden einen bestimmten Ausdruck benutzt und Levine später ebenfalls. *La Grandeur*. Das bezieht sich auf die guten alten Zeiten des damals noch mächtigen Frankreich.«

»Und es ist ein Lieblingsausdruck der Rechten«, sagte O'Keefe. »Aber kein Politiker, der halbwegs bei Sinnen ist, würde –«

»Nein, aber wie ist es mit einem Politiker, der nicht bei Sinnen ist? Oder der zumindest nicht mehr seine eigenen Sinne hat?« Sarah sah sie alle an. »Als ich den Club beobachtet habe, habe ich einen Mann erkannt, der gerade herauskam – es war Vincent Vauban, der Premierminister. Als ich seinen Namen erwähnt habe, sagte Levine: ›Hughes und der gute Premierminister werden uns bald schon die finanziellen Mittel für ein perfekt ausgerüstetes Labor zur Verfügung stellen, in dem ich die Grenzen der modernen Wissenschaft erweitern kann‹.«

Sie rutschte in ihrem Sessel nach hinten. »Bremner muß den Club und MK-ULTRA benutzt haben, um die führenden Köpfe in Politik und Wirtschaft umzuprogrammieren. Und der erste Schritt bestand darin, daß sie das Land in die Krise brachten, um die Abwertung des *franc* rechtfertigen zu können.«

O'Keefe stand auf. »Der Gouverneur der Banque de France und der Finanzminister sind ebenfalls Mitglieder des Clubs.«

Sie sahen sie jetzt alle an.

»Ja«, sagte sie, »das ist klar. Der Premierminister, der Gouverneur der Banque de France und der französische Finanzminister sind umprogrammiert worden, um morgen gemeinsam anzukündigen, daß Frankreich den *franc* um zwanzig Prozent abwerten wird!«

»Großer Gott! Und sie haben die Macht dazu!«

»Himmel«, George drehte sich an seinem Fenster um. »Diese Schweine!«

»Keine gute Zeit, um in Frankreich oder Europa zu sein, würde ich sagen«, meinte seine Frau Elaine ruhig.

Sarah fuhr fort: »Ich sehe Louise Dupuy förmlich vor mir. Sie ist auch Mitglied im Je Suis Chez Moi, und ich wette, daß sie morgen den ganzen Tag lang auf dem Bildschirm zu sehen sein und Bremner-programmierte Industrielle und Wirtschaftsexperten befragen wird, die die Abwertung unterstützen. Dann werden sich auch noch führende Politiker aus dem Club zu Wort melden, und damit ist Frankreich auf dem Weg in die wirtschaftliche Katastrophe –«

»Und während die Grundfesten Europas wackeln, verschwindet Hughes mit seinen Milliarden«, sagte O'Keefe mit grollender Stimme. »Er hat seine Kündigung sicher schon geschrieben und in den Umschlag gesteckt, damit er sie am Montag in den Briefkasten werfen kann. Und Sie können sicher sein, daß er bereits ein großartiges Versteck hat, das nur auf ihn wartet –«

»Wenn wir ihn nicht aufhalten«, sagte Sarah.

»Es ist schon nach fünf«, sagte Asher ungeduldig. »Der Carnivore, Liz oder sonst jemand wird jedenfalls heute abend um acht Uhr kommen –«

»Augenblick mal.« Jack O'Keefe runzelte die Stirn. »Was reden Sie denn da?«

Sarah erzählte ihm, wie sie Quill getroffen hatte, den Angriff von Bremners Leuten und Quills Tod.

Der alte Meisterspion lachte leise. »Sie glauben also wirklich, daß der Carnivore tot ist? Hat irgend jemand die Leiche gefunden? Nein, er hat so lange überlebt, weil er mehr Tricks kennt als irgend jemand sonst!« Er lächelte listig. »Bis auf mich natürlich.«

»Dann haben wir ja Glück, daß wir im gleichen Team sind, Jack«, sagte Sarah. »Aber im Moment ist es unwichtig, ob der Carnivore noch lebt oder nicht. Jemand wird zu dem Treffen kommen, und wenn es nur Liz ist.«

»Wir haben nur noch knapp drei Stunden«, erinnerte sie Asher. »Das ist verdammt wenig Zeit. Wenn wir Bremner aufhalten wollen, dann sollten wir besser überlegen, wie wir das anstellen könnten.«

»Niemand in Langley oder den Vereinigten Staaten würde uns glauben«, meinte Sarah.

O'Keefe ging zu seinem Schreibtisch. »Ich glaube, daß ich den französischen Präsidenten erreichen könnte. Er ist der einzige, der das Ganze noch stoppen kann. Ein alter Freund von mir arbeitet für ihn.« Er schlug sein dickes, schwarzes Adreßbuch auf und nahm den Telefonhörer ab.

»Es ist Sonntag, Jack«, erinnerte ihn Elaine. »Und August.«

»Oh, verdammt, das stimmt. Vermutlich ist niemand in der Stadt.« Er suchte eine andere Nummer heraus und wählte. »André? Jack O'Keefe. Hör zu, ich muß dringend mit dem Präsidenten sprechen. Es geht um Leben und –! Es muß doch eine Möglichkeit geben. Verdammt, es ist wirklich dringend! Was?« Er hörte zu und klopfte ungeduldig mit dem Fuß auf den Boden. »Nein. Okay, natürlich. Vergiß es.«

Er legte auf. »Der Präsident ist nicht erreichbar. Er ist mit irgendeinem Industriellen irgendwo in den Pyrenäen angeln. Zweifellos auch einer von Levines Kunden. Und laut André sind noch andere Mitglieder der Regierung dort. Nicht erreichbar. Er glaubt, daß das ein eigenartiger Zufall ist.«

Das Telefon klingelte. Alle erschraken. Die Stimmung in dem Turmzimmer wurde immer angespannter.

Jack nahm den Hörer ab. »Gute Arbeit, *compadre.*

Gracias.« Er legte auf. »Ich habe Arlene Debo letzte Nacht eine Nachricht zukommen lassen und vorgeschlagen, daß sie noch einmal überprüft, ob sich Bremner wirklich an die Anweisung des Präsidenten hält und den Carnivore fallen gelassen hat. Sie ist gerade auf dem Languedoc gelandet und stinksauer. Sie wird Hughes die Hölle heiß machen. Vielleicht bekommt er dann einen Herzinfarkt, und alles geht gut aus.«

»Arlene ist jedenfalls eine gute Ablenkung«, sagte Asher.

Sarah stand still am Fenster und starrte über den Wald hinweg in die Ferne. Jetzt sagte sie ruhig: »Warum ist der Carnivore so gefährlich für GRANDEUR? Wir wissen, was er bei Sterling-O'Keefe anrichten könnte, aber wie kann er Hughes' Transaktion morgen sabotieren?«

O'Keefes kühle Augen sahen sie bewundernd an. »Das habe ich mich auch schon gefragt. Es gibt nur eine Möglichkeit. Erinnern Sie sich noch daran, wie Vincent Vauban an seine Nominierung zum Premierminister gekommen ist?«

Asher sagte: »War da nicht etwas mit seinem Hauptrivalen?«

»Er ist gestorben«, erinnerte sich Sarah. »Wenige Wochen vor der Wahl im letzten Frühjahr ist der Kandidat für das Amt des Premierministers plötzlich gestorben, und Vincent Vauban wurde daraufhin von der Partei als Nachfolger nominiert. Ich erinnere mich noch an Vaubans Wahlslogan: ›Der Antipolitiker, der nur ein Ziel hat: die Dinge anzupacken.‹ Viele Franzosen hatten damals die Nase voll von Rezession und Korruption und waren genervt von den großartigen Versprechungen der Europäischen Union, und so haben sie ihn mit leichtem Vorsprung gewählt.«

»Genau.« Jack trank sein Glas Chimay aus. »Der Rivale war Phillipe Paquin, der einen unerwarteten Herzanfall beim Volleyballspielen am Strand von Cannes erlitten hat. Aber es war kein Herzanfall. Er ist einem Mordanschlag zum Opfer gefallen, bei dem ein neues Gas eingesetzt worden ist, ein Derivat von Rauwolfia serpentina.«

Sarah runzelte die Stirn, und Asher erklärte ihr: »Rauwolfia serpentina ist mit den bekannten Beruhigungsmitteln verwandt und so gut wie nicht nachweisbar. Inhaliert oder auf die Haut gesprüht, lähmt es das zentrale Nervensystem und kann innerhalb von Sekunden zum Tod führen.«

Sarah verarbeitete diese Information, aber entscheidend war: »Der Carnivore hat ihn umgebracht? Für Hughes Bremner?«

Jack nickte. »Ich war der Mittelsmann. Damals wußte ich nicht, warum Hughes Bremner den Auftrag erteilt hat, aber heute ergibt das alles einen Sinn: Vincent Vauban hat Doktor Levines Einladung ins Je Suis Chez Moi angenommen, aber Phillipe Paquin höchstwahrscheinlich nicht. Wegen Paquins ›Herzanfall‹ muß Hughes Bremner den Carnivore unbedingt ausschalten. Niemand weiß, daß Paquin das Opfer eines Mordanschlags war. Es steht in keiner Langley-Akte. Aber es ist der letzte Anschlag des Carnivore, und es wird der erste sein, den er enthüllt. Das ist der normale Vorgang bei solchen Verfahren. Man beginnt mit dem letzten Punkt und geht dann in chronologischer Reihenfolge zurück.«

»So können wir Bremner aufhalten«, erkannte Sarah. »Wir retten den Carnivore selbst. Wenn er noch lebt.«

Alle im Raum schwiegen. Nervosität lag in der Luft. Sich mit Hughes Bremner und seiner Armee von

CIA-Agenten und MK-ULTRA anzulegen – danach rissen sich O'Keefes *compadres* nicht gerade. Sie wußten sehr wohl, wozu Bremner fähig war. Sarah und Asher ging es nicht anders.

»Sie kommen meinetwegen, nicht wahr?« fragte Sarah.

O'Keefe nickte. »Ich habe nicht herausfinden können, warum gerade Sie ihnen so wichtig sind, aber Gordon hat vor, Sie hier zu überwältigen und in den Languedoc zu bringen. Levine wird Ihnen dort ein Medikament geben – es heißt LP48. Ich wußte nicht, was es mit LP48 auf sich hat, bis Sie uns von Levine und MK-ULTRA erzählt haben.« Er sah zu einem seiner *compadres*.

»Dirk, mein Junge?«

Der Mann mit dem Namen Dirk war kein Junge mehr. Er war an die achtzig, mittelgroß und sah auf entwaffnende Weise durchschnittlich aus. Er hinkte herbei und zog eine Pillendose aus seiner Tasche, öffnete sie und stellte sie auf O'Keefes antiken Schreibtisch.

Darin lagen drei graue Tabletten. »Ich habe mich mit diesem kleinen Kerl im Je Suis Chez Moi angefreundet. Er hieß Maurice Arl, die Maus. Ich habe ihm erzählt, daß ich von Interpol käme und daß Levines Club illegal sei. Ich habe ihn gebeten, etwas über MASKERADE herauszufinden. Er hat nicht mehr viel herausfinden können, außer daß Levine in aller Eile ein neues Medikament für einen ›Kunden‹ entwickelte, der schon bald ankommen sollte. Ich wollte mehr darüber wissen, aber Maurice und die junge Frau, auf die er scharf war, sind gestern ermordet worden, bevor sie sich mit mir noch einmal in Verbindung setzen konnten.«

»Chantelle Joyeaux«, sagte Sarah. Plötzlich sah sie

die Frau im Kofferraum des Cadillac wieder vor sich, die schreckliche, tödliche Wunde in ihrer Brust. Und dann sah sie auch den Körper des kleinen Mannes mit einer ähnlichen Wunde, der neben die Leiche der Frau gelegt wurde.

»So hieß sie?« Dirk schien den Namen irgendwo in seinem Gedächtnis abzuspeichern. »Ich habe nichts weiter rausfinden können als den Namen des Medikaments – LP48 –, und diese Tabletten hier sollen laut Maurice die Wirkung blockieren. Es scheint, als ob Levine immer auch ein Gegenmittel herstellt, falls irgend etwas mit seinen Kunden schief geht.«

»Der Tod eines Prominenten wäre natürlich gar nicht gut für den Ruf des Clubs«, sagte O'Keefe angewidert. »Das würde das ganze Unternehmen zurückwerfen.«

Sarah nahm die Dose mit den Tabletten. »Es blockiert die Wirkung des Medikaments, das Levine mir geben will?«

»Ja, Sarah«, sagte O'Keefe ruhig.

»Nein!« Asher lief von seinem Fenster zu ihr rüber und nahm sie bei den Armen. Er sah sie entschlossen an. »Das ist viel zu gefährlich! Wenn du einmal im Languedoc bist, können wir dir nicht mehr helfen. Was passiert, wenn das Gegenmittel nicht wirkt? Wenn du glaubst, daß sie dich danach am Leben lassen, bist du verrückt!«

Sarah nahm seine Hände und lächelte. »Wir haben keine andere Wahl, Liebling. Wir wissen nicht, wo das Treffen stattfindet. Und wir wissen nicht genau, wie Bremner mich einsetzen will. Wir wissen nur, daß er mich dringend braucht. Das ist unsere einzige Möglichkeit, an Bremner ranzukommen, die Informationen des Carnivore zu sichern und zu verhindern, daß GRANDEUR ganz Europa erschüttert.«

»Nein!« Er hielt ihre Hände so fest, daß es ihr weh tat. »Das werde ich nicht –«

Ihr Blick wurde plötzlich hart. »Bremner und seine Bande von Verbrechern haben mein Gedächtnis, meine Identität und mein Leben gestohlen. Sie haben *mich* gestohlen. Für Geld! Sie haben mir alles geraubt, was mich als Mensch ausmacht, nur um eine Bedrohung auszuschalten, die sie daran hindern könnte, ihre Millionen zu genießen, und ich werde sie damit nicht davonkommen lassen!«

»Aber –«

»Chef!« George starrte aus dem Fenster, sein Glas auf halber Höhe zum Mund. »Sie sind hier. Im Wald!«

Asher lief zu ihm. »Ich sehe überhaupt nichts.«

»Sie sind hier. Glauben Sie mir.«

Jack O'Keefe saß auf der Kante seines antiken Schreibtisches und schlug die Beine übereinander. »Haben Sie einen besseren Plan, Asher?«

Sarah sagte: »Europa hat genug Probleme, auch ohne ökonomische Anarchie, Liebling. Und es gibt niemanden, der Bremner noch rechtzeitig aufhalten könnte, außer uns.«

»Außer dir, meinst du wohl«, sagte Asher bitter. Er sah Jack O'Keefe an. »Wie bekommen wir sie da lebend wieder raus?«

»Wir werden unser Bestes tun«, antwortete O'Keefe mit fester Stimme.

58

Als Arlenes Hubschrauber auf dem Dach des Tour Languedoc aufsetzte, duckte sich Hughes Bremner und lief darauf zu. Er hatte Gordon und seine Leute nur Minuten vorher auf die Jagd nach Sarah Walker geschickt, und er erwartete sie gegen sechs Uhr zurück. Allan Levine war bereits angekommen und hatte die entsprechenden Vorbereitungen getroffen. Um acht Uhr würde das Treffen mit dem Erscheinen der echten Liz Sansborough beginnen.

Alles schien gleichzeitig zu passieren, und Bremner spürte, wie ihm die Zeit davonraste. Aber er hatte alles unter Kontrolle – alles bis auf das unberechenbarste Element: Die Direktorin des CIA persönlich, Arlene Debo.

Bremner öffnete die Tür des Helikopters. Die Rotorblätter peitschten über seinem Kopf durch die Luft, und sein Haar flatterte. Arlene trug ein teures Kostüm und war gepflegt wie immer. Sie stieg aus und lief gebückt zum Lift. Der Pilot gab Bremner ihre schwere Aktentasche.

Bremner ging hinter ihr her. Sein vornehmes Gesicht war angemessen ernst.

»Hughes!« Arlenes stattliche Brust hob und senkte sich heftig, als sie auf den Lift warteten. »Der Präsident wird sich Ihren Arsch auf einem Silbertablett servieren lassen! Sie lassen sich besser eine verdammt gute Erklärung einfallen –«

»Die Situation hat sich verändert, Arlene.« Er drückte auf den Knopf des Lifts. »Es ist gut, daß Sie gekommen sind. Der Carnivore behauptet, daß Phillipe Paquin ermordet worden ist. Sie erinnern sich sicher noch an ihn, er war der Spitzenkandidat für das

Amt des Premierministers. Vauban war der Gegenkandidat. Der Carnivore behauptet, daß er uns sagen kann, welche Gruppe den Auftrag dazu gegeben hat. Das muß ein ganz besonders gefährlicher Haufen sein, so extrem, daß sie auch Vauban beseitigen wollen. Ich glaube, es ist besser, wenn wir den Carnivore hereinbringen, um herauszufinden, was er weiß, bevor der Premierminister einem Mordanschlag zum Opfer fällt!«

Als sich die Türen des Lifts öffneten, machte der Schock auf Arlenes rundem Gesicht der Sorge Platz. Bremner dachte über seine Möglichkeiten nach. Im schlimmsten Fall könnte er sie immer noch umbringen. Aber das würde die Aufmerksamkeit zu sehr auf den Languedoc lenken und dadurch GRANDEUR gefährden. Aber ab morgen würden Frankreich, Europa und die Vereinigten Staaten zu viele andere Sorgen haben, um das plötzliche Ausscheiden eines einzelnen CIA-Mannes überhaupt zu bemerken.

»Hughes! Ich kann nur hoffen, daß Sie verdammt stichfeste Beweise für diese Behauptungen liefern können!«

17 Uhr 22

In der Auffahrt vor dem Schloß verabschiedeten sich Sarah und Asher rasch von Red Jack O'Keefe. Der alte Meisterspion trug wieder sein Kostüm und spielte seine Rolle. Er zitterte, als stünde er kurz vor einer neuen Alzheimer-Attacke. Er winkte ihnen noch einmal zu, als sie sich auf das Motorrad schwangen.

Sarahs Blick suchte die ausgedehnte Parkanlage und den dahinter beginnenden Wald ab, aber sie konnte nichts entdecken. Asher trat auf den Starter.

Gerade als sie anfuhren, zerfetzte ein Kugelhagel die Reifen. Schwarze Gummistückchen flogen durch die Luft. Das Motorrad wackelte und kippte um.

Sie rollten sich über die Schulter ab und zogen ihre Waffen. Während ihnen die Kugeln um die Ohren pfiffen, krochen sie hinter dem umgestürzten Motorrad in Deckung. Auf den Stufen des Schlosses brachte der kahlköpfige ›Butler‹ einen verwirrten Jack O'Keefe ins Haus. Die massive Tür mit den riesigen eisernen Angeln schlug hinter ihnen zu.

»Wo sind sie?« Ashers schwarze Augen waren vor Wut zu kleinen Punkten verengt.

»Weiß ich auch nicht. Wir sollten alles so echt wie möglich aussehen lassen.«

Sie warteten auf eine Unterbrechung des Kugelhagels. Dann liefen sie um das Schloß herum in die Garage. Dort standen mehrere Autos. Gordon rechnete sicher damit, daß sie versuchten, auf diese Weise zu entkommen.

Als sie losrannten, schlugen die Kugeln um sie herum in den Boden ein, und der Kies spritzte hoch. Niemand kam in ihre Nähe.

»Oh, mein Gott«, hauchte Sarah.

Unter den Pappeln und Buchen, die den Park des Schlosses umgaben, kam jetzt ungefähr ein Dutzend bewaffneter Männer und Frauen hervor. Sie liefen schnell auf Sarah und Asher zu. In der Entfernung sahen sie einen Hubschrauber, der aus Richtung Paris kam. Auch er war nicht mehr weit.

Asher und Sarah legten einen Sprint ein und hatten den Schutz der Garage fast erreicht. Der Helikopter flog direkt über das Schloß und schwebte über ihnen. Aus einem Megafon dröhnte es: »Walker! Flores! Stehenbleiben! Hände hoch. Es wird Ihnen nichts geschehen!«

»Diesmal werden sie uns nicht wieder entwischen lassen.« Asher riß die Seitentür der Garage auf.

Sarah sprang zuerst in den finsteren Raum hinein. Die Walther hielt sie schußbereit in beiden Händen.

»Ah, Sarah. Wie nett, dich wiederzusehen. Sie auch, Asher.« Gordon lächelte finster und voller Haß.

Er und die Frau, die am Flughafen in Denver auch bei ihm gewesen war, standen kaum zwei Meter von der Tür entfernt. Ihre Berettas waren auf Sarah und Asher gerichtet. Sie waren mindestens drei Meter voneinander entfernt. Es gab keine Chance, daß Sarah sie beide erwischen konnte, bevor einer von ihnen Asher erschoß. Aber sie wollte Gordon auch nicht ohne ein kleines Souvenir gehen lassen.

Sie sagte. »Okay, du hast uns, Gordon. Sehr clever von dir, uns von deinen Leuten in die Garage treiben zu lassen.«

»Unter Druck ist jeder berechenbar.« Das Triumphgefühl ließ sein Gesicht noch massiger und kantiger erscheinen. Gewißheit war eine Droge. »Die Menschen suchen nach einem Ausweg aus der Falle. Nachdem wir euch die Reifen zerschossen haben, war euer einziger Ausweg diese Garage.«

»Woher wußten Sie, daß wir bei Jack O'Keefe waren?« Asher spielte das Spiel bis zum Schluß.

»Nicht ablenken, Flores. Laßt eure Pistolen fallen und legt euch mit dem Gesicht nach unten auf den Boden.«

Asher flüsterte: »Tür.«

»Ich habe gesagt, laßt die Pistolen fallen! Janet, nimm –«

Asher trat gegen die Garagentür hinter sich. Sie fiel krachend ins Schloß. Gordon und die Frau wurden nervös. Sarah tat so, als ob sie ihre Pistole fallen lassen wollte und warf sich statt dessen auf den Boden und rollte über ihre unverletzte Schulter ab, bis sie zwischen Gordon und der Frau lag.

Kugeln schlugen in den Boden um sie herum ein, aber keine traf. Sie würden es ihr nicht leicht machen, Widerstand vorzutäuschen. Dann blickte Sarah in Gordons steinernes Gesicht. Er fletschte die Zähne wie ein wildes Tier kurz vor dem Sprung. Seine Pistole war direkt auf sie gerichtet. Würde der Haß ihn blenden und ihn vergessen lassen, daß er sie lebend brauchte?

Sein Arm mit der Pistole schwenkte hinüber zu Asher.

Sie drückte ab.

Aus Gordons rechter Seite schoß Blut. Er taumelte zurück und fiel hin.

Asher schoß auf die Frau. Sie bäumte sich auf und brach dann in einer Blutlache zusammen.

Hinter ihnen wurde die Seitentür der Garage aufgerissen, aber es kam niemand hinein. Die Angreifer waren vorsichtig.

»Wir können nicht jetzt schon aufgeben«, flüsterte Sarah.

»Laß uns versuchen, zu den Autos zu kommen«, raunte Asher. Sie inspizierten alle vier Fahrzeuge. »Im Peugeot stecken die Schlüssel.«

»Wie unvorsichtig von Jack«, sagte Sarah. »Eine Falle von Gordon.«

»Laß uns drauf reinfallen.«

Sie sprangen in den Peugeot. Asher ließ den Motor an. Das Garagentor war geschlossen, aber der schwere Sportwagen würde es durchbrechen können. Plötzlich schwärmten die Angreifer durch die Seitentür hinein. Gordon hatte sich wieder aufgerichtet. Mit wutverzerrtem Gesicht brüllte er Befehle durch den Raum und hielt sich die verwundete rechte Seite.

Asher legte den Gang ein – und nichts geschah! Der Peugeot bewegte sich keinen Zentimeter.

»Na so eine Überraschung«, sagte Sarah leise.

Dann hatten sie keine Zeit mehr zu reden.

Sie sprangen mit gezogenen Pistolen wieder hinaus, aber es war, als sprängen sie mitten in einen Tornado.

Zehn Männer standen im Kreis um sie herum und zielten auf Sarah und Asher. Sie erstarrten. Sarah sah Asher an und versuchte zu lächeln. Er nahm ihre Hand und drückte sie. Sie prägte sich sein eckiges Gesicht, seinen schwarzen Bart, seine schwarzen Locken und die glühenden schwarzen Augen, die so zärtlich schauen konnten, tief ein. Sie strich ihm über die Wange. Es war vorbei.

Gordon bellte einen Befehl, und die Languedoc-Leute nahmen ihnen die Waffen ab.

»Hände auf den Wagen. Beugt euch vor und spreizt die Beine.«

»Hughes Bremner ist ein Verbrecher –« begann Asher mit gespreizten Beinen, die Hände auf der Motorhaube des Peugeot.

»Ich bin die Sarah aus dem *Herald Tribune*-Artikel«, versuchte es Sarah. Sie drehte sich um und sah die große Frau an, die sie abtastete. »Bremner benutzt euch alle. Er hat nur seine eigenen Interessen im Sinn –«

»Ich kenne diese Tricks, hören Sie schon auf.«

Gordon stellte sich vor Sarah, die Hand auf seine verwundete rechte Seite gepreßt. Sie sah in seine schmalen, wütenden Augen, und sie erkannte, daß sie nur deswegen noch lebte, weil Bremner sie so dringend brauchte. Ohne Bremner würde er sie sofort töten.

Er sagte: »Ich habe ein Angebot zu machen.«

»Seit wann verhandelt Bremner mit Worten?« Ashers Stimme klang sarkastisch.

Gordon ignorierte ihn. »Ich habe Anweisung, Flores gehen zu lassen.«

»Nein! Nicht ohne Sarah!« Asher war wütend.

Sarah sagte: »Was sind die Bedingungen?«

»Du kommst mit uns und kooperierst freiwillig.« Sein rauhes, zorniges Gesicht wurde weicher, und er lächelte so, wie Sarah es noch aus Santa Barbara und den ersten Tagen auf der Ranch kannte. »Das ist alles ein einziges Mißverständnis gewesen, Lieb … Sarah.« Er stockte, und sein Lächeln wurde traurig. »Ich wollte dich Liebling nennen, nicht wahr? Aber ich weiß, daß ich mir dieses Recht erst wieder verdienen muß. Aber es ist wirklich alles ein Irrtum, ein totales Mißverständnis auf deiner Seite, Sarah. Komm mit uns, dann beweise ich es dir.«

Asher war außer sich. »Tu es nicht, Sarah. Wir gehen zusammen. Es muß doch jemanden im Languedoc geben, der uns zuhören wird –«

Gordon nickte. Zwei Männer packten Asher, und eine Frau versetzte ihm blitzschnell einen Karatehieb in den Nacken. Bewußtlos brach er zusammen. Die Männer warfen Sarah den bewußtlosen Asher vor die Füße, und die Frau zielte mit der Pistole auf seine Schläfe.

Gordon sagte zu Sarah: »Wenn du nicht freiwillig mitkommst, wird sie ihn erschießen. Für sie macht das keinen Unterschied. Asher ist ein Verräter, und sie sieht keinen Grund, warum sie ihn am Leben lassen sollte.«

Sarah holte tief Luft. »Woher weiß ich, daß ihr ihn nicht später umbringt?«

»Wir werden ihn hier lassen. Du siehst ja, daß er lebt. Was willst du denn noch mehr?«

Draußen landete der Helikopter neben der Garage. Er sollte sie nach Paris bringen, wo Doktor Levine ihr das LP48 geben würde. Sie hatte das Gegenmittel schon eingenommen, aber sie erschauerte trotzdem, als sie das Donnern der Rotorblätter hörte. Die Wände der Garage schienen von dem ohrenbetäubenden Lärm zu vibrieren. Sie dachte an den winzigen Sender, den Dirk ihr unter die Kopfhaut gepflanzt hatte. Die frischen Stiche waren unter ihrem Haar verborgen.

»Ich komme mit, Gordon.«

Sie weigerte sich zu gehen, bevor nicht alle anderen die Garage verlassen hatten. Dann ging sie zwischen der bewaffneten Frau und Gordon hinaus. Sie sah zu, wie sie die Garage abschlossen, damit Asher nicht sofort fliehen konnte. Zwei Männer luden die Frau, die Asher erschossen hatte, in einen Lieferwagen mit schwarzgetönten Scheiben und fuhren davon.

Das war alles. Asher lebte. Sie stieg in den Hubschrauber.

In der Garage erwachte Asher mit fürchterlichen Kopfschmerzen. Lichtblitze zuckten durch sein Gehirn. Er lag zusammengekrümmt auf dem kalten Steinboden und versuchte, eine Erklärung für den Lärm draußen zu finden.

Ein Hubschrauber. Er startete. Sarah war darin!

Vom hinteren Teil der Garage drangen gedämpfte Geräusche an sein Ohr. Er öffnete die Augen.

Wieder hörte er das Geräusch. Er rollte unter den Peugeot und spähte unter dem nächsten Wagen hindurch in den finsteren, hinteren Winkel der Garage. Er sah zwei Paar Füße. Männliche. Die Füße kamen auf ihn zu.

Er lächelte bitter. Hughes Bremner und Gordon Taite hatten zwei Männer zurückgelassen – Lügner bis zum Schluß. Sie würden den Rest der Angelegenheit erledigen: Ihn töten.

Asher sah sich in dem düsteren Raum um, entdeckte eine Werkbank und kroch leise darauf zu.

Die Füße kamen immer näher, als plötzlich die Tür aufflog. Jack O'Keefe und vier seiner *compadres* stürzten mit gezogenen Waffen hinein. Die Explosion ihres Gewehrfeuers klang für Asher wie eine Atombombe.

Dann war es still. Staub wirbelte durch die Luft, und der beißende Geruch des Pulvers stieg ihm in die Nase. Asher ging zu Jack O'Keefe hinüber. Er starrte die durchlöcherten Leichen auf dem Boden vor ihm an.

»Sie mußten warten, bis der Hubschrauber außer Sichtweite war, was, Jack?«

O'Keefe nickte. Seine silberne Mähne leuchtete trotz des schwachen Lichts. »Ich dachte mir, daß Sie es bis dahin wohl allein schaffen würden.« Er lächelte Asher spitzbübisch an. »Bremner hat Sie gut ausgebildet, mein Junge.«

Jack O'Keefe drehte sich um und verließ die Garage leichtfüßig durch die Seitentür. Seine Truppe folgte ihm. George wartete auf sie in einem Sportflugzeug auf einem Feld auf der anderen Seite des Waldes. Das Flugzeug würde sie nach Paris bringen. Zu Sarah.

59

17 Uhr 34

Arlene Debo saß an Hughes Bremners Schreibtisch im Languedoc und telefonierte auf seiner privaten Leitung. Ihre runden Wangen bebten vor Empörung und Sorge, als sie dem Präsidenten berichtete: »Jawohl, Sir. Das Problem ist, daß der Carnivore behauptet, daß morgen ein Mordanschlag auf den französischen Premierminister verübt werden soll, und unsere Nachforschungen haben die Existenz eines solchen Plans bestätigt. Die ökonomische Situation verschlechtert sich immer mehr, und es gibt da wohl so eine Gruppe von Hauruck-Reaktionären, die glauben, daß das Land nur gerettet werden kann, indem man den Premierminister beseitigt.«

Sie hörte eine Weile zu und sagte dann: »Die Berichte unserer Kontaktleute sind ganz eindeutig. Es wird morgen stattfinden. Gott sei Dank hat Hughes schnell reagiert. Er hat das Angebot an den Carnivore weiter aufrecht erhalten, und der hat angenommen. Die Show beginnt um acht Uhr heute abend. Wir können den Carnivore der französischen Regierung übergeben, sobald wir ihn haben –«

Den Carnivore sofort an die Franzosen auszuliefern, war Bremners Idee gewesen, aber Arlene präsentierte sie jetzt als ihre eigene. Innerlich lächelte Bremner höhnisch über ihre Eitelkeit. Und über ihre Blindheit: Die angeblichen Nachforschungen und Berichte waren gefälscht. Der Carnivore würde tot sein, bevor irgend jemand ihm Fragen zu Bremners Geschichte über den angeblichen Anschlag auf Vincent Vauban stellen konnte.

Arlene legte auf. »Dem Präsidenten gefällt das alles

gar nicht, aber er hat zugestimmt. Frankreich bekommt den Carnivore.« Sie lehnte sich zurück, verschränkte die Arme über der voluminösen Brust und sagte nachdenklich: »Von all meinen Vorgängern war Bill Casey sicher der Herausragendste. Er hat die Sachen angepackt wie kein zweiter – eine echte Legende. Keiner seiner Leute hat einen Weg gesehen, den sowjetischen Botschafter in seiner Privatwohnung abzuhören, also hat sich Casey kurzerhand bei ihm zum Abendessen eingeladen. Und als er auf dem Sofa saß und gerade niemand hinsah, hat er eine übergroße ›Nadel‹ in eines der Kissen gesteckt – das war natürlich ein Miniaturmikrofon mit Übertragungseinheit.« Arlene Debo lachte leise in sich hinein über soviel Verwegenheit.

Bremner lachte mit ihr. Dann sagte er aalglatt: »Ja, Bill Casey war wirklich einer der Besten. Aber Sie können es durchaus mit ihm aufnehmen, Arlene, wenn Sie nicht sogar besser sind.«

Arlene richtete ihre durchdringenden Augen auf Hughes Bremner. Ihre Stimme war scharf: »Der Präsident will nicht, daß die Öffentlichkeit uns später in dieser Angelegenheit irgend etwas vorwerfen kann, und ich möchte mit eigenen Augen sehen, daß der Carnivore den Franzosen sofort ausgeliefert wird. Daher werde ich Sie heute abend zu dem Treffen begleiten. Das ist ja sicher kein Problem, Hughes, nicht wahr?«

18 Uhr 01

»Natürlich lebt der Carnivore noch.« Hughes Bremner sah Sarah Walker kurz an, die gefesselt auf einem Operationstisch im Languedoc lag. Er ging voller nervöser Energie im Raum auf und ab und versuchte damit fertig zu werden, daß Arlene Debo ihn heute abend begleiten würde.

In der grellweißen Krankenstation gab es weder Farbe noch Mitleid. Bei Sarah waren Hughes Bremner und ein wütender, bleicher Allan Levine, der die Infusion für sie vorbereitete. Sie dachte an das Gegenmittel, das sie eingenommen hatte, und war froh, daß Dirk so gründlich gewesen war.

Sie versuchte es noch einmal. »Der Carnivore war mein Onkel.«

»Ja«, sagte Bremner ungeduldig.

»Ich habe ihn sterben sehen.«

Er winkte ab. »Wen auch immer Sie heute morgen sterben haben sehen, es war nicht der Carnivore. Meine Leute haben heute nachmittag eine Nachricht von Liz abgeholt. Sie und der Carnivore kommen heute abend um acht Uhr, wie verabredet.« Er funkelte den Arzt wütend an. »Sind Sie immer noch nicht fertig, Allan? Ich habe Ihnen die zwei Stunden gegeben, die sie wollten, und jetzt fummeln Sie da rum und verschwenden kostbare Zeit.«

»Niemand hat mir gesagt, daß sie verletzt ist!« sagte Levine scharf. »Ein Trauma könnte Probleme bereiten. Das muß ich mit einberechnen.«

»Verdammt. Hören Sie schon auf mit Ihren ewigen Entschuldigungen und beeilen Sie sich!«

»Was passiert denn in zwei Stunden?« fragte Sarah.

Bremner stellte sich ans Fußende des Tisches. »Das müssen Sie nicht wissen. Vergessen Sie nicht unsere Abmachung: Ihre Zusammenarbeit im Tausch gegen Ashers Leben. Wir haben unseren Teil erfüllt. Sie sind eine ehrliche Frau. Ich weiß, daß ich mich darauf verlassen kann, daß auch Sie Ihr Wort halten.«

Sie vertraute nicht eine Sekunde darauf, daß Bremner sein Wort hielt, aber wenn sie ihn aufhalten wollte, hatte sie keine Wahl als zu kooperieren.

In seinem Büro im Languedoc hatte Hughes Bremner den Agenten, die ihn begleiten würden, letzte Instruktionen erteilt. Jetzt sah er ihnen nach, wie sie sein Büro verließen. Es waren seine Leute, loyal und ehrgeizig. Sie würden seine Anweisungen ganz genau befolgen.

Zwei Türen weiter war Arlene Debo mit Einzelberichten einer ganzen Reihe von Mustang-Agenten beschäftigt, die in ganz Europa eingesetzt waren. Bremner hatte arrangiert, daß sie alle hier waren.

Jetzt lehnte er sich mit unbeweglichem Gesicht in seinem Sessel zurück und dachte über den Ärger nach, den Arlene ihm machte. Zur Hölle mit ihr und ihrem verdammten Ehrgeiz! Sie wollte in die Geschichte eingehen und Wild Bill Donovan möglichst noch übertreffen. Er schloß die Augen und preßte sie fest zusammen, um die Müdigkeit zu vertreiben. Mit der ihm eigenen Selbstdisziplin konzentrierte er sich auf das Problem mit Arlene. Er drehte und wendete es und betrachtete es von allen Seiten.

Plötzlich zog ein seltenes Lächeln über sein strenges, vornehmes Gesicht. Natürlich. Warum hatte er das nicht vorher schon gesehen: Dieses dämliche Weib hatte ihm einen Gefallen getan. Sie – Arlene Debo –, die mächtige Direktorin des CIA – war die beste Deckung, die er sich, Sterling-O'Keefe und letzten Endes GRANDEUR nur wünschen konnte.

Sie war eine unanfechtbare Augenzeugin.

Niemand würde irgendwelche Fragen stellen, wenn sie berichtete, daß ›Liz Sansborough‹, die ›Freundin‹ des Carnivore, offenbar plötzlich verrückt geworden war und ihn erschossen hatte, und daß er,

Bremner, gezwungen war, sie zu eliminieren, bevor sie noch andere umbrachte.

Ja. Wenn das Treffen ganz genau nach Plan verlief, ... wenn Arlene davon überzeugt war, daß Liz Sansborough den Tod des Carnivore verursacht hatte, ... dann würde es keine Untersuchung geben.

Und GRANDEUR könnte morgen ungehindert seinen Lauf nehmen.

Und wie auch immer Arlene Debo in die Geschichte eingehen würde, im Gegensatz zu ihm, Hughes Bremner, würde sie auf mikroskopische Größe schrumpfen.

Doktor Allan Levine war ein arroganter Mann, und er war es gern. Denn schließlich war es der Intellekt, der die Elite von den Dummen unterschied, die Besitzenden von den Besitzlosen, die Menschheit von den Affen. Und er, mit einem I.Q. von knapp 200 und einem fotografischen Gedächtnis, war außergewöhnlich begabt. Als er sich über Sarah Walker beugte, genoß er die Angst in ihrem so ausgesprochen hübschen Gesicht. Das dunkle Muttermal über ihrem rechten Mundwinkel wirkte noch dunkler und verlockender im Kontrast zu der plötzlichen Blässe ihrer Haut.

»Es hat Ihnen wohl Spaß gemacht, mir gestern abend die Drogen in den Drink zu schmuggeln, nicht wahr?« sagte er mit eisiger Stimme. »Ich frage mich, ob Ihnen das, was jetzt mit Ihnen passiert, genauso viel Spaß machen wird.«

Sie gab ihm nicht die Genugtuung einer Antwort. Sie mußte nur lange genug am Leben bleiben, um Asher, Jack O'Keefe und seine Kollegen zu dem vereinbarten Treffpunkt zu führen.

Levine nahm ihre Hand und stach ihr die Nadel sehr viel härter als nötig in die Vene. Dabei forschte er in ihrem Gesicht nach einer Reaktion.

»Sie haben eine behutsame Hand«, sagte sie ironisch.

Sein Totenkopfgesicht verzerrte sich zu einem Grinsen. Die papierenen Lippen wichen zurück und entblößten Zähne, die an Grabsteine erinnerten.

Er stellte die Infusion ein. »Diese Infusion enthält eine Substanz, die ich entwickelt habe – ein synthetisches Gehirnhormon in Kombination mit bestimmten Proteinen. Sie wissen sicher, was Neurotransmitter sind? Das sind chemische Substanzen im Gehirn, die für die Signalübertragung zwischen den Neuronen verantwortlich sind. Meine Zusammensetzung greift die Neurotransmitter in den Stirn- und Schläfenlappen Ihres Gehirns an. Diese Teile des Gehirns kontrollieren Urteilsfähigkeit und Emotionen. Dort werden Ihre Neurotransmitter einer radikalen Umformung unterzogen – Ihre Urteilsfähigkeit wird vollkommen verloren gehen, und Ihre Emotionen werden so sensitiviert, daß Sie besonders leicht beeinflußbar sind. Sie werden Ihre Vergangenheit vergessen und sich an die erste Person binden, die Sie sehen, wenn Sie die Augen öffnen. Sie werden in einen Zustand der dissoziativen Katatonie verfallen und Befehle strikt befolgen.«

Fassungslos rang sie nach Luft. Er würde ihre Persönlichkeit zerstören. Gott sei Dank hatte sie das Gegenmittel genommen!

»Klingt spannend, nicht wahr?« Doktor Levine lachte spöttisch. »Der Vorteil dieser Zusammensetzung ist ihre Geschwindigkeit und Sicherheit. Der Nachteil ist, daß sie blind irgendwelche Befehle ausführen und keinerlei Individualität zurückbehalten.«

»Sie sind wirklich ein Ausbund an –«

Er schlug sie. Und dann fühlte sie es plötzlich warm und scheußlich süß durch ihren Körper strömen. Was auch immer in der Infusion enthalten war – sie spürte die Wirkung. Sie wartete darauf, daß die Abwehrfunktion des Gegenmittels einsetzte –

Allan Levines Aufmerksamkeit wandte sich bereits dem nächsten Schritt zu. Seine letzte wichtige Aufgabe bestand darin, sicherzustellen, daß Sarah Walker sich an Hughes band. Auf diese Weise konnte ihr Hughes selbst die Befehle geben, und er würde niemanden sonst dafür verantwortlich machen können, wenn die ganze Sache schiefging.

Sarah fragte plötzlich: »Was haben Sie mir gegeben?«

Er sah auf sie herab, eine hagere Säule. »Q101.«

Sie konnte die Panik in ihrer Stimme nicht unterdrücken. »Nicht LP48?«

Er runzelte die Stirn. »Letzten Abend wollte ich Ihnen LP48 geben, als ich noch volle vierundzwanzig Stunden hatte, um Sie vorzubereiten. Aber durch Ihre Flucht ist nicht mehr genug Zeit geblieben, da mußte ich auf Q101 umstellen. Der große Nachteil an Q101 ist natürlich die fehlende Subtilität, was Hughes dazu gezwungen hat, seine Pläne noch einmal zu ändern –« Er musterte sie forschend, als ob er in ihr Gehirn eindringen wollte. »Woher wußten Sie von LP48?«

Sie stöhnte. Das Gift breitete sich aus, und sie konnte es nicht aufhalten. Sie wehrte sich gegen die Fesseln. Sie konnte sich nicht bewegen, sich nicht retten. Und Doktor Levines Q101 würde sie in einen Roboter verwandeln – in eine gefühllose, nicht denkende, mechanische Frau, die aussah wie Liz Sansborough und Befehle ausführte, ohne zu fragen. Sie wollte ihre Erinnerungen nicht verlieren, ihre Identität, ihr Leben!

Und dieses Mal würde es schlimmer sein. Dieses Mal konnten die Medikamente ihr Gehirn dauerhaft zerstören!

Sie starrte den Schlauch an, durch den das Q101 in sie hineintropfte, und sagte sich, daß sie keine Zeit hatte, wütend zu sein … oder sich leid zu tun.

Aber was konnte sie tun? Sie war gefesselt, hilflos –

Denk nach!

Sie sammelte all ihre neuerworbenen Fähigkeiten. Sie konzentrierte sich. Bremner brauchte sie als Liz Sansboroughs Double. Er würde Liz Sansborough durch sie ersetzen. Irgendwie, irgendwo. Aber sie war Sarah Walker. Sie war nicht Liz Sansborough.

Sie konzentrierte sich auf diesen einen Gedanken. Was immer sie auch mit ihr anstellten, sie mußte sich daran erinnern, daß sie Sarah Walker war.

Ich bin Sarah Walker. Ich bin Sarah Walker.

Schweigend wiederholte sie das wieder und wieder. *Ich bin Sarah Walker. Ich bin Sarah Walker …*

Das Medikament strömte mit erschreckender Geschwindigkeit durch ihren Körper. Sie hielt die Augen geöffnet und bemühte sich, die Worte dem Rhythmus ihres Herzschlags anzupassen.

Mit jedem Atemzug sollte der Satz in ihr erklingen.

Sich auf immer und ewig in ihr Gehirn einbrennen: *Ich bin Sarah Walker.*

Allan Levine ging wieder an die Arbeit. Er konnte sehen, daß sie der übermächtigen Wirkung seines Mittels unterlag. Durch sie hoffte er, mehr über Q101 zu erfahren. Es würde natürlich Nebenwirkungen geben, die es zu untersuchen galt. Q101 erzeugte eine Zelldegeneration. Er würde alles lückenlos aufzeichnen und eine Autopsie vornehmen, sobald ihre Leiche in den Languedoc zurückkam. Hughes hatte vor, sie unmittelbar nachdem sie den Carnivore umgebracht hatte, zu eliminieren. Wenn alles gut ging, würde er sie durch einen Schuß ins Herz töten. Auf diese Weise bliebe ihr Kopf – und besonders ihr Gehirn – unversehrt.

18 Uhr 18

»Ich habe durchaus Vertrauen zu Ihnen, Allan«, sagte Hughes Bremner mit seiner ernstesten Stimme. »Sie müssen mir glauben, daß es nichts mit Ihnen zu tun hat. Es sind die Umstände. Wenn irgend etwas schief geht –«

»Natürlich«, sagte der Arzt.

Bremner war in die Krankenstation zurückgekommen und stand jetzt am Fußende des Operationstisches. Doktor Levine überprüfte noch einmal die Nadel und die Infusion.

Ihre Augen waren unnatürlich weit offen. Sie schien sie zu beobachten.

»Ist alles in Ordnung?« fragte Bremner.

»Perfekt.« Zufrieden winkte der Arzt einen Pfleger herbei, der einen Wagen mit glänzenden, sterilen Instrumenten hereinschob. Doktor Levine tupfte ihre Haut in der Gegend der Halsschlagader ab. Sie bewegte sich ein wenig, und er hörte auf. Sie murmelte immer wieder denselben unverständlichen Satz vor sich hin. Ihre Augen waren glasig, und es war unmöglich, sich gegen das Mittel zu wehren, aber trotzdem –

Doktor Levine wartete und zwang sich zur Ruhe. Was redete sie denn da? Dann beschloß er, nicht weiter darauf zu achten. Es war nichts.

Schon bald lag sie wieder still da. Er ließ noch ein paar Sekunden verstreichen, dann machte er einen winzigen Schnitt an ihrem Hals. Er schob den mikroskopisch kleinen Sprengkörper unter die Haut, schloß den Schnitt und fixierte ihn sorgfältig mit hautfarbenem Pflaster. Um acht Uhr würde von dem Schnitt nichts mehr zu sehen sein.

»Und ich muß nichts weiter tun, als diesen Knopf zu drücken«, sagte Bremner zufrieden. In der Hand hielt er etwas, das wie ein goldenes Feuerzeug aussah. Er öffnete es und inspizierte den Knopf aus braunem Kunststoff.

Doktor Levine sagte: »Der Knopf löst die Explosion aus und –«

»Ich weiß, wie es funktioniert!« sagte Bremner scharf. »Es wird ihr die Halsschlagader zerfetzen. Sie wird sofort sterben. Das ist genau die Art von Absicherung, die ich brauche, falls etwas schief geht.«

Der Arzt nickte und sah die Frau an. Sie brabbelte schon wieder. Ihre Augen waren offen und starrten ihn an. Entnervt schloß er ihre Augenlider.

60

Der gigantische Tour Languedoc füllte einen ganzen Pariser Straßenblock und ragte so hoch hinauf, daß er sich im Sommerhimmel zu verlieren schien. Asher Flores und Red Jack O'Keefe standen besorgt in einem Hauseingang auf der anderen Straßenseite. Die Büros in dem Wolkenkratzer waren geschlossen, aber selbst am Sonntagabend war die Straße voller Autos und Fußgänger auf dem Weg in die Cafés, Cabarets und Kinos.

In der Nähe warteten O'Keefes Kameraden in einem Lieferwagen. Es war ein speziell ausgerüsteter

Überwachungswagen, mit dem sie Sarah folgen wollten. Wie in Frankreich allgemein üblich, war er mit zwei Rädern auf dem Gehsteig geparkt. Von dort aus konnte er sich leicht in den Verkehr einfädeln und jeden Wagen verfolgen, der aus dem Parkhaus des Tour Languedoc herauskam.

Asher und Jack hatten das Gebäude eine Stunde lang eingehend studiert. Eine Marmortreppe führte in das Foyer, das durch die Glaswände gut einsehbar war. Nur wenige Meter unter der Straßenoberfläche war eine beleuchtete Tiefgarage. Am Eingang standen zwei aufmerksame Parkwächter, die darauf warteten, Autos zu parken oder herauszuholen. Die Company war so gut gesichert, daß sie es nicht nötig hatte, sichtbar Muskeln zu zeigen.

Es gab nur drei Eingänge zum geheimen Stockwerk der Company. Einer führte vom Hubschrauberlandeplatz auf dem Dach hinunter. Dann gab es einen eigenen Lift vom Foyer aus, und der dritte war im Parkhaus, ebenfalls mit dem Lift zu erreichen. Er lag direkt neben einer Reihe von regulären Lifts und war von Ashers und Jack O'Keefes Beobachtungsposten aus klar zu sehen. Alle drei Eingänge wurden von Kameras überwacht, und der Lift ließ sich nur mit Hilfe eines Nummerncodes, Fingerabdrücken oder einer computergesteuerten Gesichtskontrolle öffnen.

Asher und Jack O'Keefe gingen um den ganzen Block herum und prägten sich die räumliche Anordnung ein, aber sie fanden nichts Neues heraus. Die Architekten der Company hatten eine uneinnehmbare Festung gebaut. Sie sahen keinerlei Personal. Bremners Leute waren sicher alle dort oben im obersten Stockwerk, und niemand kam oder ging.

Es gab keine Möglichkeit für Asher, sich in den Lift zu schmuggeln oder mit einem Hubschrauber auf dem Dach zu landen. Die Sicherheitsmannschaft der Company würde ihn sofort fassen. Wenn er versuchte einzubrechen, würden sie ihn viel zu schnell entdecken. Selbst wenn er das überlebte, könnte er Sarah keine große Hilfe mehr sein.

Sie konnten nichts Besseres tun als warten, auch wenn ihnen das jeden Nerv einzeln zerfetzte. Sie konnten nur beten, daß das Gegenmittel wirkte und Sarah überlebte. Da Bremner Sarah für die Ermordung des Carnivore brauchte, würde er sie zumindest bis dahin am Leben lassen. Asher bemühte sich, nicht darüber nachzudenken, wie es ihr jetzt wohl ging oder was später mit ihr geschehen würde.

Statt dessen konzentrierte er sich auf das Treffen.

Offensichtlich glaubte Bremner daran, daß irgend jemand kommen würde. Aber es war natürlich ausgeschlossen, daß der Carnivore die Company den Treffpunkt aussuchen lassen würde. Nein, Liz würde so lange wie möglich warten und Bremner und seine Leute dann an einen Ort ihrer Wahl führen.

Wenn Asher recht hatte, müßte sie bald kommen. Wenn Bremner vorhatte, Sarah an diesem Treffpunkt einzusetzen, würde sie mit ihnen dorthin gehen. Und wenn Bremner sie dort nicht einsetzte, würden Asher und einige von O'Keefes Kameraden versuchen, sich mit der zurückkehrenden Gruppe in den Tour Languedoc hereinzuschmuggeln.

Jedenfalls gab es nur diese drei Eingänge, durch die sie herein oder heraus kommen würden – das Parkhaus, das Foyer und den Hubschrauberlandeplatz. Das Dach war natürlich am ungünstigsten, da sie nicht sicher waren, ob der Lieferwagen das Signal des Senders dann noch empfangen würde. Beim Foyer und dem Parkhaus hatten sie bessere Chancen – oder zumindest überhaupt eine Chance.

Wenn Asher daran dachte, daß er Sarah verlieren könnte, krampften sich seine sämtlichen Eingeweide zusammen, und in seinem Kopf begann es zu pochen. War das Liebe? Dieser übermächtige Drang, sie zu beschützen? Die Angst, daß sie noch mehr Schmerzen erleiden mußte? Das grauenhafte Gefühl des Verlusts, wenn er sich den Gedanken, daß sie sterben könnte, überhaupt erlaubte?

Er wollte den Rest seines Lebens mit Sarah verbringen.

Er mußte sie retten. Er würde alles tun!

Wenn er an all die erbärmlichen Beziehungen dachte, die er schon gesehen hatte, und wie erfolgreich er es immer vermieden hatte, das gleiche Schicksal zu erleiden, indem er allem, was irgendwie hätte ernst werden können, aus dem Weg gegangen war, dann konnte er nur zu dem Schluß kommen, daß dies Liebe sein mußte.

Er weigerte sich, daran zu denken, daß er sie verlieren könnte, und trotzdem hatte sich die Sorge in seinem Gehirn eingenistet wie ein böser Dämon.

Er schob die Angst fort und kehrte zu der Aufgabe zurück, die vor ihnen lag. Lebte der Carnivore überhaupt noch? Vielleicht kam Liz allein und ließ es Bremner nicht wissen, damit er sich nicht noch irgendeinen Trick einfallen ließ. Oder … wollte sie Bremner die ganze Nacht in seinem Turm warten lassen? Ihre Art von Humor, um Bremner klarzumachen, daß der Carnivore sich niemals ausliefern würde? Eine kleine Racheaktion?

Er hoffte inständigst, daß es nicht so war. Für Sarah wäre das die schlimmste Möglichkeit. Ihr Leben wäre für Hughes Bremner dann nicht mehr von Bedeutung.

19 Uhr 40

Doktor Allan Levine zog die Infusionsnadel aus Sarah Walkers rechtem Arm. Danach entfernte er die Sonden von ihrer Stirn. Wie er erwartet hatte, war der winzige Schnitt an ihrem Hals nicht mehr zu sehen. Er musterte ihr wächsernes, bewußtloses Gesicht. Auch ihre Unruhe war verschwunden, ein gutes Zeichen.

»Nun, Allan?« Hughes Bremner kam in den kahlen, weißen Raum.

»Es geht ihr sehr gut. Vergessen Sie nicht, was Sie erwartet: kein Urteilsvermögen und bis an die Grenze gesteigerte emotionale Spannung.« Doktor Levine zeigte auf eine Stelle. »Stellen Sie sich dort hin. Sie bindet sich an die erste Person, die sie sieht.«

»Sie wird tun, was ich ihr sage?« Bremner stellte sich neben den Operationstisch.

»Bedingungslos.« Levine drehte Sarahs Kopf, so daß Hughes Bremner unmittelbar in ihrem Blickfeld stand, wenn sie die Augen aufschlug.

Bremner fragte: »Wie lange wird die Wirkung anhalten?«

Der Arzt zögerte. Er hatte Q101 bisher nur an Primaten testen können. Probleme hatte es nur mit denen gegeben, die das Mittel nicht lange genug bekommen hatten, nämlich weniger als zwei Stunden. Ein Drittel von ihnen hatte, nachdem das Q101 abgesetzt worden war, geliebte Gegenstände wie einen Ball oder ein ausgestopftes Tier wiedererkannt, wenn auch nur ganz vage. Bei der Autopsie hatte er festgestellt, daß die Degeneration der Gehirnzellen weniger weit fortgeschritten war als bei denen, die dem Q101 länger ausgesetzt gewesen waren. Da er für Sarah Walker weniger als zwei Stunden gehabt hatte, hatte er die Dosis erhöht. Vages Wiedererkennen sollte ihren Trancezustand jedenfalls nicht beeinträchtigen.

»Allan?« Bremner starrte ihn an.

»Beruhigen Sie sich, Hughes. Die Wirkung wird so lange anhalten, wie es nötig ist. Ich dachte gerade an etwas anderes. An mein privates Labor und dessen Finanzierung.«

Bremner lachte. Dafür hatte er Verständnis. »Morgen abend werden Sie genug Geld für ein Dutzend Labors haben.«

»Ich nehme Sie beim Wort.«

Sarah Walkers Augenlider flatterten.

»Sie wacht auf.« Levine fühlte Sarahs Puls, hörte ihre Lungen ab und untersuchte ihre Augen.

Schließlich öffnete sie die Lider.

Ihr Blick richtete sich sofort auf Hughes Bremner. Ihr Lidschlagreflex war deutlich verlangsamt. Speichel lief ihr aus dem Mundwinkel. Sie starrte Bremner hingebungsvoll an, eine Puppe mit Glasaugen und aschfahler Haut.

Bremner sagte: »Mach den Mund zu.«

Sie zwinkerte mit den Augen und schloß den Mund.

Bremner lächelte: »Sehr gut. Steh auf.«

Doktor Levine half ihr. Ohne die Augen von Bremner zu lassen, setzte sie sich auf die Bettkante und rutschte herunter, bis ihre Füße den Boden berührten. Levine stützte sie, bis sie ihr Gleichgewicht fand.

Sie blickte Bremner weiterhin unverwandt an. Er befahl ihr, zur Tür zu gehen. Sie tat es. Er befahl ihr, sich zu setzen, sie tat es. Er fragte sie, wer er war.

»Der Mann«, sagte sie.

»Weißt du, wer du bist?«

»Nein.« Es schien sie nicht zu interessieren.

Er lächelte. »Komm her.«

Sie kam.

»Ich werde dir weh tun, aber das macht dir nichts

aus.« Er schlug ihr mit der geballten Faust in die Nieren.

Sie stöhnte und krümmte sich zusammen. Urin tropfte auf den Boden. Dann richtete sie sich wieder auf.

»Das hast du sehr gut gemacht«, sagte Bremner zu ihr.

Ihre Mundwinkel hoben sich ein wenig. Stärker konnte sie mit ihren steifen Lippen nicht lächeln. Ihre Augen glühten vor Eifer und Ergebenheit und Dankbarkeit für das Lob des Mannes.

Doktor Levine rieb sich begeistert mit den knochigen Fingern seiner kleinen Hände über die eingesunkene Brust. »Nun, Hughes. Nun, nun.« Was würde er dafür geben, wenn sein alter Mentor – seine Vaterfigur Doktor Cameron – sehen könnte, was er aus MK-ULTRA gemacht hatte.

Bremner nickte. »Sehr gut.«

Er rief zwei weibliche Schwestern, die Sarah ein sexy schwarzes Leinenkleid mit einem T-förmigen Rückenausschnitt und schwarze, hochhackige Sandalen anzogen. Dann stülpten sie ihr eine lange, rotbraune Perücke über den Kopf und trugen sorgfältig Make-up auf. Er hatte sich große Mühe gegeben, Liz Sansboroughs Kleidung und Aufmachung, die sie bei den Languedoc-Treffen immer trug, genau zu kopieren.

Bremner schickte die Schwestern fort. »Sie sieht genau aus wie Liz Sansborough, nicht wahr?« meinte er und setzte ihr eine Sonnenbrille mit riesengroßen Gläsern auf.

»Die Ähnlichkeit ist wirklich erstaunlich«, pflichtete Doktor Levine ihm bei, obwohl sie für seinen persönlichen Geschmack zu steif und blutleer war. Und einen Augenblick lang hätte er schwören können, daß er sie wieder murmeln hörte. Aber er war nicht so dumm, das zu erwähnen.

Bremner befahl Sarah, sich zu setzen. Dann gab er ihr eine schwarze Stoffhandtasche. »Öffne sie. Nimm heraus, was drin ist.«

Sie tat es. Sie hielt die Pistole in der Hand und streckte den Arm aus. Ihre Muskeln zeichneten sich deutlich ab, so schwer war die Pistole. Sie hielt sie automatisch richtig. Eine Hand hielt Kolben und Abzug, die andere stützte den Arm. Es war ein alter, schwerer Colt, .45er Kaliber. Man würde seine Herkunft unmöglich zurückverfolgen können.

»Leg ihn zurück in die Tasche«, sagte Bremner. Sie tat es, und er beschrieb ihr genau, was sie zu tun hatte.

61

Asher Flores, Jack O'Keefe und die kleine Gruppe der *compadres* schwitzten in dem Lieferwagen, als sie die Frau sahen.

Asher saß auf dem Fahrersitz. »Das ist sie. Die echte Liz Sansborough!«

Sie hatte dieselbe langgliedrige, elegante Figur wie Sarah. Die schmalen Hüften und großen Brüste, das lange, kräftige rotbraune Haar, das in der Abendsonne golden glänzte. Sie trug eine dunkle Sonnenbrille mit riesigen Gläsern und ein schwarzes Leinenkleid mit tiefem Rückenausschnitt. Ihre Füße steckten in hochhackigen schwarzen Sandalen. Außerdem trug sie eine schwarze Stoffhandtasche. Als sie die Straße entlang ging, drehte sich ein Mann nach dem anderen nach ihr um und starrte sie an.

Die Tochter des Killers.

Als sie im Foyer des Tour Languedoc verschwand, sagte Asher: »Das bedeutet entweder, daß der Carnivore immer noch lebt oder daß Liz einen Plan hat, den wir nicht kennen.«

»Das ist nicht gerade eine große Überraschung«, sagte O'Keefe. »Die nächste Frage ist: ›Wo werden Hughes und seine Leute herauskommen? Wir beten besser, daß es nicht der Hubschrauberlandeplatz ist.«

»Der ist es bestimmt nicht«, wurde Asher plötzlich klar. »Der Carnivore würde es nicht zulassen. Man könnte sie zu einfach per Radar verfolgen. Und wenn er eine Falle vermutet und die ganze Aktion abblasen will, dann ist er in der Luft viel zu leicht ausfindig zu machen. Nein, er wird ausdrücklich gesagt haben, keine Helikopter.«

»Mein Gott, ich glaube, Sie haben recht.«

»Ich *hoffe,* daß ich recht habe«, sagte Asher.

Er wollte den Motor des Lieferwagens anlassen, als ob die laufende Maschine Bremners und Liz Sansboroughs letztes Gefecht beschleunigen könnte. Er wollte, daß sie herauskamen.

Statt dessen kurbelte er das Fenster herunter, um an diesem schwülen Sommerabend etwas frische Luft zu schnappen. Die schrägen Strahlen der Augustsonne heizten noch immer das Pflaster der Straße auf, und der Geruch nach heißem Asphalt und Auspuffgasen hing in der Luft.

Die Minuten vergingen langsam.

20 Uhr 00

Asher sah auf seine Uhr. »Acht Uhr! Wir sind –«

»Da sind sie!«

Ein automatisches Rollgitter aus Stahl wurde aus

verborgenen Einlassungen am Eingang der Garage hochgefahren. Die beiden Parkwächter verschwanden, und sechs Männer in leichten Sommeranzügen und Sonnenbrillen kamen aus dem Company-Lift. Zwei bezogen Posten neben dem Tor. Sie schlossen es ab und beobachteten die Straße. Drei verschwanden in der Garage. Der letzte stand neben dem Lift und hielt Wache.

Dann tauchten zwei Limousinen wie schwarze Geister aus den Tiefen der Garage auf. Das waren sicher Languedoc-Fahrzeuge, ausgestattet mit der neuesten Sicherheitsausrüstung. Die langen Limousinen hielten an und warteten mit laufendem Motor. Eine stand fast an der Ausfahrt der Garage, die andere direkt vor dem Lift. Beide hatten schwarzgetönte Scheiben.

Asher holte tief Luft. »Es geht los.«

Er startete den Motor des Lieferwagens. Dann öffnete sich die Tür des Fahrstuhls. Es sah so aus, als ob er recht hatte, denn heraus kamen Liz Sansborough, Hughes Bremner und –

»Arlene Debo!« Jack O'Keefes Augenbrauen schossen in die Höhe. »Also muß Hughes sie und den Präsidenten dazu gebracht haben, ihre Meinung noch einmal zu ändern. Ich wüßte nur zu gern, was für eine haarsträubende Geschichte er ihnen diesmal erzählt hat.«

Asher war beunruhigt. »Hughes muß sich ja verdammt sicher sein, daß sein Plan aufgeht, wenn er es der Direktorin des CIA erlaubt, bei dem Treffen dabei zu sein.«

»Sie hat sich wahrscheinlich selbst dazu eingeladen«, meinte O'Keefe. »Sie ist nicht zimperlich, die gute Arlene.«

Der Lift fuhr wieder hinauf, während Bremner, Liz Sansborough und Arlene Debo schnell auf die vordere

Limousine zu gingen. Bremner setzte Liz Sansborough auf den Rücksitz. Arlene stieg vorn ein, und Bremner selbst übernahm das Steuer.

Zwei Minuten später öffnete sich die Tür des Lifts noch einmal. Durch das Stahlgitter sah Asher eine zweite Liz Sansborough. Eine exakte Kopie, von den Haaren bis zu den Sandalen.

»*Lordy, lordy*«, hauchte Jack O'Keefe.

Rasch kroch sie auf den Rücksitz der zweiten Limousine.

»Die Ähnlichkeit ist unheimlich«, sagte Asher besorgt. »Wer ist Liz und wer ist Sarah?« Er dachte darüber nach, wie die zweite Liz gegangen war. »Nein, die zweite ist falsch. Sie ist so steif. Trotz des Make-ups und der großen Sonnenbrille konnte man sehen, daß ihr Gesicht ganz teigig und blaß war. Sie sah beinahe krank aus. Sarah ist die ›zweite‹ Liz, und sie steht unter der Wirkung von Levines Medikamenten.«

O'Keefe sagte ruhig: »Aber das Gegenmittel sollte die Wirkung blockiert haben. Sie dürfte nicht so steif, so blaß, so krank –«

»Ich weiß genau, daß es das Gegenmittel war!« sagte Dirk eindringlich.

»Wahrscheinlich täusche ich mich ja«, sagte O'Keefe. »Sicher spielt sie ihnen was vor, damit sie ihr glauben.«

Sie hatten keine Zeit mehr, weiter darüber zu sprechen.

Zehn Männer in hellbraunen Sommeranzügen, einer davon Gordon, waren Sarah in die zweite Limousine gefolgt. Auch Allan Levine war dabei. Er trug eine Arzttasche. Drei setzten sich nach vorn und sieben nach hinten. Gordon übernahm das Steuer. Das war eine Menge Leute, selbst für diese lange Stretch-

Limousine. Zwei würden hinten auf dem Boden sitzen müssen. Bremner hatte sich gut vorbereitet.

Außerdem war er clever. So wie die zwei Limousinen dort standen – die eine direkt vor dem Lift und die andere in leichtem Winkel dazu schon halb in der Ausfahrt – hätten sich Arlene Debo und die echte Liz Sansborough genau in dem Augenblick umdrehen müssen, als Sarah in die Limousine hinter ihnen gehuscht war. Selbst dann hätten sie sie wahrscheinlich nicht deutlich genug gesehen, und außerdem versuchte Bremner sie sicherlich auf Prince-Charming-Art abzulenken. Trotzdem mußte Bremner in diesem Augenblick Blut schwitzen.

Wenn Arlene Debo oder die echte Liz die zweite Liz Sansborough nur einen Augenblick lang richtig gesehen hätten, wäre der ganze Plan geplatzt.

Aber anscheinend war alles gut gegangen, denn das Stahlgitter vor der Einfahrt senkte sich wieder. Die beiden Limousinen rollten die Rampe hinauf. Sie hielten oben noch einmal an, während zwei Languedoc-Männer die Straße überprüften. Einer von ihnen winkte, und die Fahrzeuge fuhren auf den Boulevard hinaus.

Asher ließ drei Wagen vorbei und fädelte sich dann ebenfalls in den Verkehr ein. Er widerstand der Versuchung, das Gaspedal bis zum Boden durchzutreten und seine Gunsite Pistole zu ziehen. Aber er wußte, daß er sie alle umbringen würde, auch Arlene Debo, wenn er auf diese Weise Sarah zurückbekommen könnte.

Dann brach ihm plötzlich der kalte Angstschweiß aus, und Übelkeit strömte in seinen Magen. »Jack?« Er war in einer Art Schockzustand. »Vielleicht war es doch das falsche Gegenmittel. Vielleicht hat Levine ihr etwas anderes gegeben!«

Im Lieferwagen schwiegen alle, als sie den schwarzen Limousinen durch die abendlichen Straßen folgten. Wenn Levine ihr ein anderes Medikament gegeben hatte, dann war Sarahs Lage aussichtslos, das wußten sie alle.

62

»Funktioniert der Sender?« fragte Asher nervös und warf einen Blick auf die beiden Männer, die im hinteren Teil des Wagens über den Computerbildschirm gebeugt saßen.

»Der Empfang ist ausgezeichnet.«

Dicht hintereinander bewegten sich die beiden Limousinen kreuz und quer durch Paris. Sie fuhren im Kreis, durch schmale Gassen und machten dramatische Kehrtwendungen. Hughes Bremners Wagen war immer vorne. Er war ein ausgezeichneter Fahrer, raffiniert und verwegen.

Asher Flores hätte ein Buch über die Kunst der Beschattung schreiben können. Er blieb zurück und übte sich in Geduld. Schließlich bogen die Limousinen in westlicher Richtung ab und verließen die Innenstadt auf der Avenue de la Reine. Asher wartete, bis sie außer Sichtweite waren, und folgte dann dem Signal des Senders. Ein paar Kilometer später kamen sie an eine Villa, die hinter hohen, massiven Mauern und Gittern lag. Die Mauern waren zusätzlich noch mit rasierklingenscharfem Stacheldraht ausgerüstet. Das Anwesen war abgesichert wie die Bastille.

Bremners Limousine hielt am bewachten Tor. Sein Fenster öffnete sich. Der Wachtposten stellte ein paar

Fragen, hörte sich die Antworten an und winkte beide Fahrzeuge nach einem Anruf schließlich durch.

Asher fuhr zum Lieferanteneingang, wo der Lieferwagen weniger auffallen würde. Der Wachtposten am Tor sah den teuren Wagen respektvoll an.

»Gefällt Ihnen mein Baby, *mon ami*?« Asher stieg aus und schloß die Tür.

Er und der Wachtposten sprachen angeregt über den Wagen. Dann kratzte sich Asher am Kopf und tat so, als ob ihm wieder eingefallen wäre, daß er hier etwas zu erledigen hatte. Er erklärte, daß er seine Karte vorzeigen wollte und suchte sorgfältig in seiner Jacke danach.

Statt dessen zog er die Beretta heraus. Er entschuldigte sich bei dem Wachtposten für die unhöfliche Behandlung und fesselte und knebelte ihn, während Jack O'Keefe und George heraussprangen, die Telefonleitung kappten und das Tor hinter dem Wagen verschlossen. Auf dem Grundstück folgten sie weiter den Signalen von Sarahs Sender.

Das Anwesen war dicht bewaldet, und nach einem knappen Kilometer hielt Asher hinter einer Gruppe von Bäumen. Er machte den Motor aus und beobachtete die beiden Languedoc-Limousinen. Sie waren schräg zum Haus, einer prächtigen Villa mit dorischen Säulen, in der Auffahrt geparkt. Vor dem Haus fand gerade eine Kinderparty statt.

Gordon und sechs von Bremners Männern standen um die Limousinen herum. Durch ihre Sonnenbrillen beobachteten sie die Bäume, den gepflegten Rasen und das Haus selbst. Sie waren wachsam, da sie sich auf dem Grund des Carnivore befanden.

Liz Sansborough – die echte – stand zwischen Hughes Bremner und Arlene Debo neben der vorderen Limousine. Levine und einer von Bremners Männern in hellbraunem Anzug standen neben dem zweiten Wagen.

Sarah war nirgendwo zu sehen.

Die fünf standen mit Bremner in einer lockeren Reihe mit dem Rücken zu den Fahrzeugen und betrachteten die Kinderparty. Es gab eine provisorische Manege, in der lachende Kinder auf trabenden Ponys ritten. Ein winziger Mann in einem rosa Frack führte einen Elefanten, auf dem in einer ebenfalls rosa Satinkiste noch mehr lachende Kinder saßen. Ein Karussell drehte sich zu fröhlicher Akkordeonmusik. Clowns alberten auf dem dicken, grünen Rasen herum und jonglierten mit bunten Bällen und Kegeln.

Wenn dies der Treffpunkt war, dann hätte sich der Carnivore keinen besseren aussuchen können. Beobachtung von außen und Einmischung war auf diesem abgeschlossenen Grundstück nur schwer möglich. Und selbst der abgebrühteste Langley-Scharfschütze würde nicht so ohne weiteres in eine Gruppe Kinder hineinschießen.

Dann hatte Asher auch den letzten von Bremners Männern entdeckt. Er hatte sich unter die Gäste gemischt und aß Plätzchen, als ob er dazugehörte.

Asher ließ den Wagen etwas zurückrollen und zog die Handbremse. Er, O'Keefe und seine Kameraden stiegen aus und gingen zurück, versteckten sich hinter den Kastanienbäumen und beobachteten weiter das Geschehen.

Liz Sansborough sagte Hughes Bremner etwas ins Ohr.

Bremner nickte, und die schöne ehemalige Agentin blickte über den saftigen Rasen hinweg und winkte. Asher spähte angestrengt in die gleiche Richtung, aber er konnte niemanden entdecken.

Dann näherte sich ein Clown den drei Männern

und zwei Frauen. Er schlug Rad und jonglierte mit drei bunten Bällen. Er war dick geschminkt und gekleidet wie ein fetter, französischer Matrose aus der Zeit Napoleons. Jetzt warf er den Männern die Bälle zu.

Sie reagierten irritiert. Doktor Levine fing seinen Ball, aber Bremner und sein Mann griffen unter ihre Jacken nach ihren Pistolen.

Der Clown krümmte sich übertrieben vor Lachen.

Liz Sansborough ging auf ihn zu. Der Clown winkte, und die zwei flüsterten eilig etwas miteinander.

Plötzlich ging alles sehr schnell. Bremner sagte etwas und öffnete die hintere Tür der ersten Limousine. Der Clown stieg ein. Sofort setzte sich Arlene Debo auf den Beifahrersitz. Bremner warf die beiden Türen zu.

»Himmel«, flüsterte Jack O'Keefe.

»*Yeah*. Der Clown muß der Carnivore sein!« Sich hinter einer Clownmaske zu verbergen war ein uralter Trick, aber er funktionierte offensichtlich noch immer verdammt gut.

Der Carnivore lebte. Wieder einmal hatte er alle zum Narren gehalten.

Dann sah Asher, wie Gordon Liz Sansborough in ihrem engen schwarzen Kleid und den schwarzen Sandalen um das Heck des Wagens herum auf die andere Seite begleitete, wo sie neben dem Carnivore einsteigen sollte. Sie sah müde und erleichtert aus.

In dem Augenblick brachen vier Ponys aus der Manege aus und galoppierten über den Rasen. Kinder kreischten, und Erwachsene riefen wild durcheinander. Bremners Mann, der sich unter die Gäste der Party gemischt hatte, schien sie einfangen zu wollen. Aber Asher war klar, daß er diese Ablenkung inszeniert hatte – Eltern liefen kreuz und quer über den Rasen ihren Kindern hinterher.

In der Panik achtete niemand mehr auf die Limousinen.

Jetzt war der Moment gekommen. Die Tür der zweiten Limousine öffnete sich, und Sarah Walker stieg aus!

Ashers Schläfen pochten. Sarah!

Hinter der ersten Limousine blieb die echte Liz Sansborough abrupt stehen und starrte Sarah erstaunt an, die jetzt auf sie zukam.

Sarah zögerte.

Die beiden Frauen mit den großen Sonnenbrillen und den identischen schwarzen Leinenkleidern standen höchstens einen halben Meter voneinander entfernt und starrten sich an. Sie waren wie ihre eigenen Spiegelbilder. Nur wenn man sie ganz genau ansah, konnte man erkennen, daß die eine etwas kleiner, schwächer und dünner war als die andere.

Sarahs Bewußtsein war nichts als grauer Nebel. Ohne Farbe, ohne Form. Sie fühlte nichts, wußte nichts. Da war nur der Mann. Er stand ganz in der Nähe und beobachtete sie, als sie um die Limousine herumging. Das hatte er ihr gesagt. Geh um die Limousine herum. Sie würde seine Anweisungen ganz genau befolgen. Nur das allein war ihr wichtig.

Und dann sah sie das Gesicht der Frau.

Und plötzlich durchfuhr sie ein reißender Schmerz. Ihre Hand bewegte sich wie von selbst auf das Gesicht der Frau zu, um das Muttermal über ihrem Mund zu berühren. *Ein Schönheitsfleck,* sagte eine weit entfernte, undeutliche Stimme in ihrem Gehirn. Ein Schönheitsfleck?

Und dann sagte die innere Stimme: »*Ich bin Sarah Walker.*«

Wer war Sarah Walker?

Ihre Hand berührte ihren eigenen Mund, ihren eigenen ... Schönheitsfleck.

Bevor Sarah Liz Sansboroughs Gesicht berühren konnte, hielt Gordon Liz den Mund zu, und Doktor Levine gab ihr eine Spritze in den Arm. Liz wehrte sich kurz und brach dann bewußtlos zusammen. Gordon trug sie zur zweiten Limousine und schob sie auf den Rücksitz. Der Arzt setzte sich neben sie.

Bremner nickte Sarah rasch zu, und wie ein Roboter ging sie weiter um die Limousine herum. Sie stieg ein und setzte sich neben den Clown, den Carnivore. Bremner warf die Tür zu und setzte sich ans Steuer. Er saß direkt vor Sarah.

Die Austauschaktion hatte nicht mehr als fünfzehn Sekunden gedauert. Niemand hatte etwas bemerkt.

Niemand außer Asher und seiner kleinen Gruppe.

Fluchend stürmte Asher aus dem Wald heraus. Die anderen folgten. Der erste von Bremners Männern wirbelte herum, aber Asher war schon bei ihm. Er schlug ihm den Kolben seiner Pistole ins erstaunte Gesicht und lief weiter.

»Sarah! Sarah!« rief er immer wieder.

In der Limousine berührte sie wieder ihren Schönheitsfleck. *Ich bin Sarah Walker.*

Dann ließ sie die Hand sinken. Andere Worte drangen in ihr Bewußtsein – die Befehle des Mannes: *»Denk daran, er wird neben dir sitzen. Du mußt ihn erschießen, aber nur ihn. Hast du das verstanden?«* Der Mann hatte ihr nicht gesagt, daß sie einen Clown erschießen sollte, deshalb war sie überrascht, daß jetzt ein Clown neben ihr saß. Der Clown mußte der Mann sein, den sie umbringen sollte.

Die Handtasche lag in ihrem Schoß. Das Anfahren des Wagens, das war ihr Signal. Nicht wenn der Mann den Motor anließ, sondern wenn der Wagen losrollte. Dann sollte sie sofort schießen. Alle Kugeln in der Pistole sollte sie benutzen, um den Mann neben sich zu töten. Wirklich zu töten. Den Clown.

Es gefiel ihr, wie sich die Pistole in ihrer Hand anfühlte.

Wie der Schönheitsfleck im Gesicht der anderen Frau ausgesehen hatte.

Warum gab es eine andere Frau mit dem gleichen Schönheitsfleck? Sie versuchte, es zu verstehen. *Ich bin Sarah Walker.*

Der Mann setzte sich ans Steuer. Er sprach mit der Frau, die neben ihm saß, und dann sprach er mit dem Clown auf dem Rücksitz neben ihr. Als die drei sprachen, sah sie durch die dunkel getönte Scheibe der Limousine nach draußen. Sie starrte, sah ... *Ich bin Sarah Walker.*

Ein Mann war dort draußen – kurzer, schwarzer Bart, schwarze Locken, Ein Mann mit einer Pistole lief auf die Limousine zu und rief ... rief ... leise ... »Sarah! ... Sarah! ...« Andere Männer und eine Frau – alle schon älter – liefen hinter ihm her.

Die grauhaarige Frau auf dem Vordersitz sagte mit dröhnender Stimme: »Hughes, was zum Teufel ist hier los!«

Der Clown sagte: »Dafür sollten Sie besser eine Erklärung haben, Bremner, und zwar schnell!«

Ich bin Sarah Walker! Der Nebel in ihrem Kopf kämpfte, wollte Gestalt annehmen, Farben, Erinnerungen.

Der Mann am Steuer sprach zu der Frau und dem

Clown und dann in ein Telefon. Sein Mund war wutverzerrt.

»Es sind Asher Flores und Jack O'Keefe ... haltet sie auf ...«

Asher rannte auf den vorderen Wagen zu, in dem Sarah neben dem Carnivore auf dem Rücksitz saß. Bremner würde die Türen natürlich von innen verriegelt haben. Wie zum Teufel sollte er da hineinkommen? Verdammt, alle Languedoc-Limousinen waren gepanzert und mit allem ausgerüstet, was die moderne Technik an Kugelsicherheit zu bieten hatte. Da bräuchte er schon einen atomaren Sprengsatz –

Einer von Bremners Männern lief jetzt schießend auf ihn zu.

Asher drückte zweimal ab.

Der Langley-Agent taumelte zurück und fiel ins Gras. Zwei weitere Männer kamen aus der Deckung der Limousinen heraus auf Asher zu. Asher schoß.

Hinter ihm schwärmten O'Keefes Leute aus und feuerten.

Eine Kugel schoß knapp an Ashers Wange vorbei.

Er ließ sich auf den Bauch fallen, um ein kleineres Ziel abzugeben. Drei von Bremners Männern kamen jetzt auf ihn zu. Ihre Schüsse pflügten den Rasen. Aber diese arroganten Schwachköpfe liefen direkt auf ihn zu. Sie glaubten, ihn durch ihre Überzahl überwältigen zu können.

Er erledigte zwei, und dann kam die Überraschungskugel. Mit enormer Wucht traf sie seinen linken Arm. Er war benommen, lange genug, daß ihn noch eine zweite an der rechten Hand streifte.

Verdammt! Er schoß eine ganze Salve ab, und der letzte der drei stürzte tot zu Boden.

Hinter ihm ließ Bremner den Motor seiner Limousine an.

Sie würden jeden Augenblick losfahren!

Aber es waren immer noch welche von Bremners Männern übrig. Wenn er sich um die nicht zuerst kümmerte, wäre er tot, bevor er Sarah erreichen könnte. Wo zum Teufel waren sie?

In der Limousine erklärte der Mann mit erbitterter, verkrampfter Stimme rasch: »Es gibt ein geheimes Komplott, Sie zu ermorden, Carnivore. Unsere Männer werden sich darum kümmern. In diesem Wagen sind wir sicher. Wir werden gleich losfahren –«

Der Clown starrte sie an. *Ich bin Sarah Walker*

»Liz, was ist los mit dir?« fragte der Clown.

Liz? Liz ... *Sansborough?* Gleißende Blitze zuckten durch ihr Bewußtsein. Sie schloß die Augen vor Schmerz. Trotzdem zwang sie sich, die Worte zu denken:

Ich bin Sarah Walker. Ich bin Sarah Walker! ICH BIN SARAH WALKER!

Ihr wurde schwindelig. Wie nach einem wütenden Sturm klärte sich ihr Bewußtsein plötzlich. Voller Angst und dann Freude erinnerte sie sich –

Das Schwein Gordon Taite.

Das geheime Trainingslager hoch in den Bergen Colorados.

Hughes Bremners Verrat. Sterling-O'Keefe. GRANDEUR!

Asher –

Asher ignorierte den Schmerz und das Blut, das aus seiner Hand und von seinem Oberarm herablief. Auch die letzten der Partygäste und Bediensteten waren hinter den Bäumen auf der anderen Seite der Villa verschwunden. Sogar die Ponys und der Elefant waren fort.

Es war merkwürdig still. Jack O'Keefe und seine Leute durchstreiften das Anwesen und suchten Bremners Männer.

Asher rappelte sich auf, um besser sehen zu können. Da waren sie – hinter der zweiten Limousine. Gordon und noch ein anderer. Sie kauerten am Boden und bewachten Doktor Levine und Liz Sansborough. Ganz egal, was passierte, sie erfüllten weiterhin ihre Pflicht. Diese Idioten!

»Da sind sie!« rief Asher und sprang auf. O'Keefes Gruppe rannte auf die restlichen Männer zu, während Asher sich nur auf ein einziges Ziel konzentrierte: Sarah herauszuholen!

Die vordere Limousine rollte los.

Sarah sagte zu dem Clown: »Ich bin Sarah Walker.« Schockiert starrte sie auf ihre Hand, die sich wie von selbst aus der Handtasche erhob, den Revolver fest im Griff.

»Sie sind Sarah Walker?« Auch der Clown hatte plötzlich eine Pistole in der Hand. »Bremner, Sie Schwein! Wo ist Liz? Wo ist meine Tochter!«

Sarah versuchte, den unkontrollierbaren Wunsch zu unterdrücken, den Clown zu töten, ihre Finger vom Abzug zu nehmen, die Hand sinken zu lassen, aber sie hielt den Colt noch immer fest in der Hand, bereit zu schießen –

Irgendwo in den Tiefen ihres Bewußtseins dämmerte ihr etwas: Wenn sie den Clown umbrachte, würde GRANDEUR gelingen!

»Es ist alles in Ordnung«, sagte der Mann mit scharfer Stimme und drehte sich zu dem Clown um, sein aristokratisches Gesicht ernst und entschlossen. »In wenigen Minuten sind wir im Languedoc in Sicherheit. Sie *und* Liz.«

Sarah sah jetzt auf die Pistole des Clowns hinunter. Sie runzelte die Stirn.

Seine Hände in den engen, weißen Handschuhen waren klein und schmal.

Zarte Hände.

Sarah riß dem Clown die Perücke herunter.

Langes, hellbraunes Haar fiel dem Clown bis über die Schultern. Der Clown war eine Frau! Wütend stieß sie Sarah zurück in den Sitz.

Aber Sarah sollte einen Mann töten, *keine Frau!* Mit dieser Erkenntnis löste sich die Programmierung in ihrem Gehirn auf. Der Colt in ihrer Handtasche bewegte sich nicht mehr.

Sie atmete tief ein. Sie hatte nicht mehr das Bedürfnis, jemanden umzubringen.

Aber dann sah sie Hughes Bremners Hand auf dem Lenkrad. Sie bewegte sich, und etwas Goldenes blitzte auf. Ein goldenes Feuerzeug. Sie hatte es in der Krankenstation gesehen –

Nein!

Was?

Es war kein Feuerzeug. Ihr *Hals!*

Sie tastete ihren Hals ab. Da war etwas Hartes. Etwas … das der Arzt … implantiert hatte!

Im Bruchteil einer Sekunde schoß Sarah durch die Handtasche hindurch.

Wieder und wieder schoß sie.

Der Hinterkopf des Mustang-Chefs explodierte,

Haut, Knochen und Haare spritzten. Ein Stück seines Schädelknochens zerbarst an der Windschutzscheibe, und die Splitter fielen auf das Armaturenbrett. Sein Körper wurde nach vorn geworfen und sank grotesk verdreht über dem Lenkrad in sich zusammen.

In der Limousine herrschte völlige Stille, ein Vakuum der Stille, nur gefüllt mit beißendem Pulvergeruch, als Arlene Debo und der Carnivore abwechselnd Sarah und die blutige Leiche Hughes Bremners anstarrten.

63

Asher zerschoß das Türschloß der Limousine und riß die Tür auf.

Auf dem Beifahrersitz saß Arlene Debo und starrte versteinert auf Hughes Bremners Leiche. Ihr Gesicht und ihr elegantes Kostüm waren blutüberströmt.

Hinten saß Sarah. Der schwere Colt lag noch in ihrem Schoß, neben ihr die verschmorten Überreste der Handtasche.

Asher sah sie an. Er hatte Angst. War ihr Gehirn –?

»Sarah?«

»Endlich habe ich ihn getötet. Dieses Arschloch Bremner.« Sie hob den Kopf. »Mein Gehirn hat mir immer wieder gesagt, daß ich Sarah Walker bin, aber ich wußte, daß das mich nicht davon abhalten könnte, den Clown zu erschießen. Den Carnivore. Aber dann habe ich ihre Hände gesehen. Der Carnivore ist eine Frau.« Sie sah sich plötzlich um.

Der Sitz neben ihr war leer.

»Asher! Sie muß Liz' Mutter sein. Melanie Sansborough! Wir haben sie ganz vergessen. Wo ist sie? Wir müssen –«

Eine Stimme hinter Asher sagte: »Ich bin hier, Sarah.«

Melanie Sansborough zielte mit ihrer Walther direkt auf Doktor Allan Levines Schläfe, der die bewußtlose Liz Sansborough trug und vor Angst schlotterte. Melanies hellbraunes Haar umrahmte locker ihr Gesicht, die rote Clownsnase war verschwunden, und auch die weiße Schminke hatte sie teilweise abgewischt. Sie hatte die schönen, zarten Gesichtszüge, an die sich Sarah aus dem Familienalbum der Sansborough-Familie noch gut erinnern konnte, auch wenn sie durch die lange Zeit und die Erfahrungen heute härter waren.

Sarah verstand plötzlich: »Ihr wart es beide – der Carnivore, meine ich«, sagte sie. »Onkel Hal *und* du!«

»Natürlich. Partner. Es war ein gutes Geschäft.«

»Aber wie kommt das hier alles zustande? Die Leute vom Zirkus? Die ›Partygäste‹?«

»Alles Leute, mit denen wir schon lange Zeit zusammenarbeiten. Sie haben das ganz gut gemacht, nicht wahr? Die Polizei wird sie niemals finden, und auch nicht Languedoc.«

Die Party war also nur inszeniert. »Aber warum –?«

»Hal und ich hatten beschlossen, uns bis zum Treffen heute abend zu trennen. Wenn man die Entscheidung einmal getroffen hat, um Asyl zu bitten, dann geht man kein Risiko ein. Das hier ist schon seit vielen Monaten meine Deckung und war es auch über die Jahre hinweg schon sehr oft.« Melanies Augen verengten sich zu schmalen Schlitzen, als sie Allan Levine ansah, der noch immer Liz trug und langsam zur zweiten Limousine schlich. »Vergessen Sie's, Doktor! Noch ein Schritt weiter, und es wird mir eine Freude sein, Sie zu töten!«

Allan Levines Totenkopfgesicht schien förmlich in sich zusammenzufallen. Sein kläglicher Fluchtversuch war abrupt beendet. Seine großen Füße blieben wie gelähmt stehen.

Sarah mußte es fragen: »Ist Onkel Hal wirklich gestorben?«

Melanie nickte. »Irgendwelche kleinen Ganoven haben den MG gestohlen und seine Leiche verscharrt. Die Polizei hat ihn noch nicht gefunden, aber da war soviel Blut auf dem Fahrersitz, daß er unmöglich überlebt haben kann –«

Melanie hielt inne und sah sie an. Arlene Debo war aus ihrer Trance aufgewacht und sprang entsetzt aus dem großen Auto. Weiter hinten im Wald ertönte plötzlich Motorenlärm.

Sarah sah Asher an.

»Jack O'Keefe und seine *compadres*«, sagte er leise und zuckte die Achseln. Sarah sah sich um und konnte keinen von ihnen entdecken. Sie hatten ihre Arbeit beendet und verschwanden. Sie fragte sich, warum sie nicht gekommen waren, um sich die Anerkennung, die ihnen zustand, abzuholen.

»Gottverdammte Scheiße.« Arlene Debo starrte sie alle an und dann wieder Hughes Bremners zusammengesunkene Leiche. »Was ist hier eigentlich los? Ist die ganze Welt verrückt geworden? Wer sind Sie? Was ist –?«

Melanies Stimme veränderte sich, sie wurde hart und ausdruckslos. Die Stimme des Carnivore. »Sie wollten mitansehen wie sich der Carnivore den amerikanischen Behörden ausliefert, ganz die energische Direktorin des CIA. Das haben Sie nun gesehen. Außerdem haben Sie noch gesehen, wie der Mann, dem Sie den Carnivore anvertraut haben, versucht hat, ihn zu töten. Warum, weiß ich nicht. Aber ich nehme an, daß meine Nichte und der junge Mann mit dem Bart und dem Blut überall uns das erklären können.«

Arlene Debo funkelte jetzt Sarah und Asher an. »Wer *sind* Sie zwei denn? Was zum Teufel hatte Hughes vor? Und *warum,* in Gottes Namen?« Ihr Gesicht verfinsterte sich. »Soll der französische Premierminister nun morgen ermordet werden oder nicht? Reden Sie schon!«

Sarah sprach schnell und erklärte, wer sie war und was es mit MASKERADE auf sich hatte – die kosmetische Operation, die vertauschten Identitäten und der geheime Vorstand von Sterling-O'Keefe. Asher erzählte von Bremners Morden und seinem Verrat an Langley.

»Sie müssen sich sofort mit der französischen Regierung in Verbindung setzen«, sagte Sarah eindringlich. »Sagen Sie unserem Präsidenten, daß er dringend mit dem französischen Präsidenten sprechen muß, weil –« Sie erklärte den finsteren Plan von GRANDEUR so knapp sie konnte. »Jetzt, wo MK-ULTRA und Je Suis Chez Moi entlarvt sind, bezweifele ich, daß der Premierminister und die anderen die Abwertung des Franc morgen tatsächlich vornehmen werden, aber wir dürfen kein Risiko eingehen. Bitte glauben Sie mir: Sie *müssen* den französischen Präsidenten und das Parlament alarmieren, und zwar sofort!«

Melanie Sansborough sagte: »Ich garantiere Ihnen, daß ich absolut nichts von einem Anschlag auf Vincent Vauban weiß. Eine weitere Lüge von Bremner, nehme ich an.«

»Wenn ich einen Vorschlag machen darf, Chef,

dann sollten Sie alle über Funk benachrichtigen«, meinte Asher. »Es ist nur eine Frage der Zeit, bis die französische Polizei hier aufkreuzt. Es ist zwar ein großes, abgeschlossenes Grundstück, aber irgend jemand wird die Schüsse sicher gehört haben.«

Arlene Debo schüttelte zweifelnd den Kopf. »Woher weiß ich, daß irgend etwas davon wahr ist, was Sie mir hier erzählen?«

»Weil ich hier bin«, sagte Melanie Sansborough, »und Sie noch immer leben. Wollen Sie mich nun oder nicht?«

Die Direktorin preßte die Lippen zusammen. »Ich werde mit dem Präsidenten sprechen.« Dann versuchte sie, sich das Blut von ihrem teuren Kostüm zu wischen und funkelte Asher an. »Sie! Agent Flores, nicht wahr? Also gut, Flores. Hängen Sie sich an die Strippe und nehmen Sie Kontakt mit Languedoc auf. Blauer Code. Dringend. Sagen Sie ihnen, daß sie eine direkte Verbindung nach Washington vorbereiten sollen. Los, machen Sie schon!«

»Du mußt zum anderen Wagen gehen«, sagte Sarah. »In diesem habe ich das Telefon zerschossen.«

Asher verschwand im schwachen Licht der Dämmerung.

Und dann sah sie, daß sich hinter der zweiten Limousine etwas bewegte.

»Asher!« schrie sie in Panik. Angst schnürte ihr die Kehle zu. Sie sah die Bewegung, noch bevor Asher nach hinten fiel und bevor sie den scharfen Knall eines Schusses hörte. Sofort war sie bei ihm und kniete neben ihm. Sein hübsches, dunkles Gesicht war schmerzverzerrt. Blut lief aus einer frischen Wunde in seinem Bein.

»Ich –« versuchte er. Und dann schlossen sich seine Augen. Er war bewußtlos.

»Nein!« schrie sie und sah sich wild um.

»Ah, die beschissene Nutte.« Die heisere Stimme kam von der anderen Seite der Limousine. Gordons verzerrtes Gesicht erschien über der Haube, und er stand auf und kam schwankend auf sie zu.

Er hielt seine Beretta in beiden blutigen Händen, stolperte immer wieder und suchte nach einem Ziel. Nach ihr. Nach der ›beschissenen Nutte.‹ Er taumelte, als ob er eine Woche lang getrunken hätte. Aber es war sein Gesicht, daß Sarah so schockierte. Die harmlose Maske war verschwunden, und übrig blieb ein Ausdruck absoluter Bösartigkeit, und ein Geist, der ein Leben lang von Schlechtigkeit bestimmt gewesen war. Noch nie hatte Sarah soviel Haß gesehen.

»Du Schlampe! Du hast ihn umgebracht. Meinen … *Vater*!«

Sie zog Ashers Gunsite Service Pistole vorsichtig aus dem Halfter. Dabei spürte sie seinen beruhigend gleichmäßigen Herzschlag. Er lebte, und das würde sich für sie beide auch gefälligst nicht so schnell ändern –

Gordons Beretta war direkt auf sie gerichtet. »Du dämliche, dreckige Nutte!«

Sie riß die Gunsite Pistole hoch und erschoß ihn. Und erschoß ihn noch einmal. Dieses Mal wußte sie ganz genau, was sie tat.

64

Als die französische Polizei zwanzig Minuten später kam, waren die Languedoc-Helikopter längst gelandet und schon wieder gestartet. Arlene Debo und der französische Verbindungsmann würden kein Wort verlauten lassen und verlangen, daß die Polizei ihre Sicherheits- und Geheimdienste informierte. Dann würden die Amerikaner und die Franzosen direkt miteinander verhandeln und versuchen, für ihre jeweilige Seite Vorteile herauszuschlagen, und die ganze Angelegenheit dann friedlich begraben.

Ganz besonders würden sie GRANDEUR begraben, das Europa um ein Haar an den Rand des Abgrunds gebracht hätte. In diesem Augenblick erfuhr der französische Präsident gerade die ungeschminkten Tatsachen über eine Direktleitung aus dem Weißen Haus. Er würde sofort die Geheimdienste und die Polizei alarmieren. Die würden ausschwärmen und das Je Suis Chez Moi schließen und Vincent Vauban und den Gouverneur der Banque de France isolieren.

Aus der Dämmerung war Nacht geworden, und der Helikopter mit Melanie Sansborough und der noch immer bewußtlosen Liz näherte sich dem Tour Languedoc. Ebenfalls im Helikopter kümmerte sich ein Arzt um Ashers Wunden. Sarah saß neben ihm. Sie strich ihm übers Haar und über den Bart, der jetzt voller Blut war. Frisches Blut tropfte noch immer aus seinem Arm und dem Bein, wo Gordons Kugel ihn gestreift hatte. Auch seine Hand war voller Blut. Aber er drückte sie an sich und lächelte.

»Es ist vorbei, Sarah. Es ist alles vorbei!«

Sie küßte ihn und lächelte ebenfalls. »Noch nicht ganz.«

MONTAG

Der runde, goldene Turm des Chateau de la Vere ragte über den Baumwipfeln. Dann kam das ganze Gebäude in Sicht, mächtig und mittelalterlich im Licht des späten Morgens. Gänse watschelten durch den Park. Das einzige, was sich sonst noch bewegte, waren die Baumwipfel der Platanen und Eichen, die sich sanft im Wind wiegten. Sarah und Asher waren sauber, verbunden und entgiftet. Sie parkten außer Sichtweite des Schlosses und gingen leise unter den schattigen Bäumen hindurch, bis sie Red Jack O'Keefe sahen. Er trug eine beige Leinenhose und ein weites, gelbes Seidenhemd. Sein ehemals rotes Haar, immer noch dicht und kräftig, leuchtete wie Elfenbein. Von George, Elaine oder den anderen *compadres* war nichts zu sehen. Aber unter O'Keefes Achselhöhle beulte sich das Hemd verdächtig aus.

»Siehst du die Pistole?« sagte Asher.

»Die ist wirklich nicht zu übersehen.«

Der pensionierte Meisterspion trug zwei Lederkoffer zu dem alten, verbeulten Peugeot, der vor der Hintertür des Südflügels geparkt war. Er lud sie in den Kofferraum und starrte in den Wald, in dem sich Sarah und Asher versteckten, aber er ließ sich nicht anmerken, ob er sie gesehen hatte.

Er kehrte zur Tür zurück und nahm die letzten zwei Koffer und eine schmale Aktentasche. Er lud die Koffer in den Kofferraum, die Aktentasche aber warf er auf den Beifahrersitz. Dann ging er zurück und verschwand im Schloß.

»Sieht aus, als hättest du recht gehabt«, sagte Asher.

Sie huschten zwischen den Bäumen hindurch, bis sie so dicht wie möglich bei dem Peugeot waren. Dann rannten sie zur Garage und schoben sich eng an die Karosserie gepreßt um das Auto herum. Die Aktentasche lag auf dem Sitz. Sarah zog sie rasch an sich und öffnete sie. Darin war ein großer, weißer Umschlag mit Unterlagen dreier Nummernkonten bei drei verschiedenen Schweizer Banken.

Sarah überflog die Nummern und nickte Asher zu.

»Meine Papiere bitte.« Die Stimme war direkt hinter Sarah. Jack O'Keefe war auf der anderen Seite um das ganze Gebäude herumgegangen. Er lächelte freundlich, aber die Pistole in seiner Hand zielte direkt auf ihren Rücken.

Asher wollte seine eigene Pistole ziehen –

»Das würde ich nicht tun, Asher.« O'Keefes Augenbrauen hoben sich. »Mein Finger ist auf dem Abzug dieses kleinen Spielzeugs, und selbst wenn Sie es fertigbringen, mich sofort zu töten – mit einer Ihrer so ausgezeichnet plazierten Kugeln – dann würde ich wohl aus reinem Reflex noch schießen. Und wir wissen beide, was das bedeutet.«

»Ich glaube nicht, daß Sie das tun würden, Jack«, sagte Sarah ruhig.

O'Keefe dachte nach. »Vielleicht nicht, aber Asher wird das Risiko nicht eingehen. Sie ist die große Liebe Ihres Lebens, nicht wahr, Asher? Und ich will nichts weiter, als mit einem bißchen Geld auf der Bank in Ruhe gelassen zu werden. Ich habe vor, lange und bequem zu leben und meine *compadres* zu verwöhnen.« Er winkte mit der Pistole. »Kommen Sie hier herüber, wo ich Sie sehen kann, Asher. Stellen Sie sich dicht neben Sarah. Nicht so dicht. Ja, so ist es richtig. Drehen Sie sich um, dann nehme ich die Papiere, Sarah.«

Sarah wedelte O'Keefe damit vor der Nase herum. »Gestohlenes Geld, Jack? Sie waren schon immer an Sterling-O'Keefe beteiligt, und jetzt wollen Sie sich mit der Beute absetzen?«

Er lächelte und legte den Kopf schief. »Schnöder Mammon. Aber ich habe ihn mir tausendfach verdient.«

»Genau wie Hughes Bremner«, sagte Asher.

»In unserem Geschäft kann man nie wissen, nicht wahr?«

Sarah schüttelte den Kopf. »Das wird Ihnen niemand abnehmen, Jack. Sie haben nichts mit Sterling-O'Keefe zu tun gehabt. Bunny Bremner hat es bestätigt.«

Er sah sie erstaunt an. »Ich kann mir nicht vorstellen, daß Hughes Bunny irgend etwas über Sterling-O'Keefe erzählt hat.«

»Nein, aber eine Journalistin namens Leslee Pousho hat es getan.« Sarah erzählte die Geschichte von Lucas Maynard, Leslee Pousho und Bunny Bremner. »Sobald Leslee Pousho sprechen konnte, hat sie Bunny Bremner angerufen und ihr alles erzählt. Das war gestern am späten Abend. Bunny Bremner hat sofort im Weißen Haus angerufen. Der Stabschef ist persönlich gekommen und hat Leslees Duplikate der Kopien aus dem Postfach geholt, an das Leslee diese vorsichtshalber geschickt hatte.«

O'Keefe war überrascht. »Meine Güte. Hughes war wirklich ein Schwein. Seine eigene Frau! Aber sie hat den Spieß umgedreht, was? Schade, daß der Hurensohn das nicht mehr miterlebt hat.«

Sarah winkte wieder mit den Papieren. »Kommen Sie, Jack. Das hier sind Hughes Konten. Arlene Debo hat seine Inventarliste, und diese drei sind darin verzeichnet.«

»Tatsächlich?« Er zielte weiterhin auf sie, ohne sich beirren zu lassen. »Nun, dann können Sie wohl Diebstahl auch noch auf die Liste meiner kriminellen Taten setzen. Jetzt geben Sie mir –«

»Gleich.« Sarah steckte die Papiere zurück in den Umschlag. »Wenn Sie mir nur eine Kleinigkeit noch erklären könnten. Sie haben sich Bremner gegenüber wie ein Verräter verhalten und uns die Wahrheit über ihn erzählt und warum er den Carnivore umbringen wollte. Das hätten Sie uns eigentlich nicht erzählen müssen, oder? Also, warum haben Sie es trotzdem getan?« Sie sah in seine verblaßten Augen und stach ihm das Messer ins Herz: »Sie hatten keine Lust mehr, sich von Hughes weiterhin ›aushalten‹ zu lassen, nicht wahr?«

Die Pistole in Red Jack O'Keefes Hand bewegte sich keinen Millimeter – sie zielte weiterhin auf ihr Herz. So standen sie da und musterten einander im strahlenden Sonnenschein.

Schließlich sagte er: »Als sie mich dazu gezwungen haben, in den Ruhestand zu treten, hatte ich nichts außer einem Leben für den Beruf und ein Zimmer voller Auszeichnungen, auf die ich zurückblicken konnte. Mit meiner Pension konnte ich mir noch nicht einmal ein Drittel von dem leisten, was ich vorher gewohnt war, schon gar nicht so ein Anwesen wie dieses hier. Ich habe dieses Schloß immer gewollt. Hughes wußte das. Er hat es für mich gekauft und mir einen monatlichen Zuschuß gegeben. Zuerst dachte ich, es wäre reine Dankbarkeit für all das, was ich für ihn getan hatte, pure Großzügigkeit.« Er schwieg. »Aber schon bald wurde ich eines Besseren belehrt.«

»Er hat Sie Dreck fressen lassen«, vermutete Asher. »Sie an die Leine genommen. Sie waren sein Mentor gewesen, jetzt gab er die Befehle.«

»Und er hat Ihren Namen für sein illegales Imperium mißbraucht«, fügte Sarah hinzu. »Sterling-O'Keefe. Der Gipfel der Beleidigung. Er –«

Jack O'Keefe stieg die Zornesröte ins Gesicht. Er explodierte: »Wie konnte er es verdammt nochmal wagen, *meinen* Namen für seine schmutzigen, gierigen Geschäfte zu benutzen! Wie ein Hund, der an einen Baum pinkelt, mußte er unbedingt meinen Namen benutzen, um zu zeigen, daß ich ihm gehörte. Alles, was ich habe, ist mein Ruf!« Er hielt inne und kniff wütend die Augen zusammen. »Als er anrief und sagte, daß ich sie beide hinhalten soll, sah ich meine Chance gekommen. Ich konnte nicht riskieren, ihn direkt anzugreifen, aber möglicherweise konnte ich das Schwein vernichten und trotzdem behalten, was ich hatte, indem ich Sie einweihte und Ihnen weiterhalf. Wenn er Sie und den Carnivore umgebracht hätte, wäre ich trotzdem sicher gewesen. Aber wenn Sie ihn töten würden, dann würde es vorbei sein mit Sterling-O'Keefe, ich wäre von Hughes Bremner befreit, *und* ich hätte trotzdem noch, was ich immer wollte!«

Asher nickte. »Also haben Sie uns für ihn hier behalten, aber Sie haben ihn auch an uns ausgeliefert. Sie haben den Hut absichtlich an die Tür gehängt, weil Sie wußten, daß Sarah ihn wiedererkennen würde. Sie vergessen wohl nie, wie man für alle Seiten gleichzeitig spielt, was?«

»Und das heißt«, sagte Sarah, »daß Sie die Nummern von Bremners Bankkonten in der Schweiz bereits hatten. Sie konnten nichts damit anfangen, als er noch lebte, aber jetzt, da er tot ist, haben Sie alles: Ihre Rache, Ihre Freiheit von seiner ›Großzügigkeit‹ und sein Geld.«

O'Keefe sah sie durchtrieben an. »Es gibt immer jemanden, der einem etwas ›schuldet‹, Sarah. Ich habe Beziehungen zu Schweizer Banken. Einige von ihnen ›schulden‹ mir eine ganze Menge. Es war kinderleicht, an Hughes' sogenannte geheime Nummern heranzukommen.«

»Aber es war nicht Hughes Geld, Jack, und jetzt ist es nicht Ihres«, ermahnte ihn Asher.

Sarah nickte. »Ich nehme an, Hughes hat Ihre Regel vergessen.«

»Und wie lautet die, Sarah?«

»›Die Geschwindigkeit des Führers bestimmt die Geschwindigkeit des Rudels.‹ Letzten Endes sind Sie schneller und klüger gewesen als Hughes. Leider sind Sie aber nicht schnell genug gewesen, um damit davonzukommen.«

Der Meisterspion sah von einem zum anderen. Langsam breitete sich ein Lächeln auf seinem gegerbten Gesicht aus. »Zu schade, daß ihr beide zu jung seid, um Wild Bill Donovan zu kennen. Selbst er wäre beeindruckt.«

»Sparen Sie sich die Schmeicheleien, Jack.« Sarah streckte die Hand aus. »Geben Sie mir die Pistole. Arlene Debo möchte mit Ihnen sprechen. Als die französische Polizei nämlich gestern zum Je Suis Chez Moi gekommen ist, war der Club bereits gesprengt. Wir haben gehört, wie eilig Sie nach dem Treffen mit dem Carnivore mit dem Lieferwagen weggefahren sind. Haben Sie es vielleicht deshalb so eilig gehabt, weil Sie sich noch um eine etwas größere Sache kümmern mußten?«

»Nun, ich glaube, daß einige meiner *compadres* dafür verantwortlich sein könnten. Es schien doch irgendwie klüger, so etwas wie Levines Biotechnologie in einer so verantwortungslosen Welt wie unserer zu stoppen, finden Sie nicht?«

»Das werden wir wohl nie wissen können. Levines Aufzeichnungen sind vollständig zerstört.«

»Das war der Sinn.« O'Keefe zögerte. Wieder zielte

er mit der Pistole auf ihr Herz. »Niemand wird diese drei kleinen Konten vermissen, Sarah. Es liegen kaum fünf Millionen Dollar darauf. Die großartige U.S.-Regierung kann den ganzen Rest gerne haben.«

»Nein.«

»Vielleicht, wenn wir teilen?« bot er an.

»Die Pistole, Jack«, sagte Asher.

»Und wir behalten die Dokumente«, fügte Sarah hinzu.

»Vielleicht *ein* Konto?« fragte Jack hoffnungsvoll.

»*Alle* Dokumente«, sagte Sarah.

Der alte Meisterspion seufzte, ließ die Pistole sinken und gab sie Asher. »Ich habe meine eigenen Interessen nie besonders gut durchsetzen können.«

»Vielleicht kann Arlene Debo etwas arrangieren«, schlug Asher vor. »Immerhin haben Sie mitgeholfen, Hughes, Sterling-O'Keefe und GRANDEUR zu entlarven«, sagte Sarah. »Ihr Ruf ist wiederhergestellt.«

Ein kurzes Flackern in O'Keefes Augen sagte ihnen, daß er das auch so sah.

Wenn er schon nicht reich sein und das Schloß behalten konnte, blieb er doch wenigstens eine makellose, lebende Legende.

»Das ist wohl wichtiger«, sagte er. »Und ich bin sicher, daß sich schon irgend etwas ergeben wird, womit sich ein alter Mann ein paar *francs* verdienen kann, was? Ich glaube, ich möchte mit Arlene nicht jetzt gleich sprechen. George und Elaine warten an der Cote d'Or auf mich. Ich kann sie doch nicht enttäuschen, nicht wahr? Ihre Pensionen sind noch kleiner als meine. Ich kann noch nicht genau sagen, wo wir uns niederlassen werden, aber für Arlenes eventuelle Belohnung stehe ich jederzeit zur Verfügung.«

»Jack –« sagte Sarah.

Er ging zu dem Peugeot. »Es gibt sonst wirklich

nichts mehr, was ich Langley erzählen könnte, Sarah. Was ich weiß, ist schon uralte Geschichte, Asher. Ihr werdet gut ohne mich zurechtkommen. Ich gebe die Fackel an euch weiter.«

Er lächelte sie entwaffnend fröhlich an.

Sarah und Asher lachten.

»Also gut, fahren Sie schon. Treffen Sie sich mit Ihren Freunden. Aber melden Sie sich so bald wie möglich in Langley. Ich meine es ernst mit der Belohnung. Sie haben uns das letzte Detail gegeben, das wir brauchten, um Bremner zu stoppen.«

»Selbst wenn Sie dabei ein anderes Motiv hatten«, fügte Sarah hinzu.

O'Keefe nickte, stieg in den schnittigen Peugeot und fuhr über die lange, imposante Auffahrt davon. Sie hörten ihn pfeifen. Es war ›God Bless America‹.

Sarah und Asher lachten und wollten sich auf den Weg zu ihrem Wagen machen. Plötzlich blieb Sarah stehen und starrte Asher an. »Wir haben den Peugeot nicht durchsucht. Das Handschuhfach. Unter dem Teppich. Die Seitenfächer.«

»Und die Koffer im Kofferraum.« Asher starrte dem Wagen verblüfft nach. »Wir haben noch nicht einmal einen Blick daraufgeworfen!«

»Nein. Glaubst du, daß er schon etwas von Bremners Geld abgehoben haben könnte? Die eine oder andere Million?«

»Die Unterlagen waren verdammt leicht zu kriegen«, sagte Asher. »Wie er die Aktentasche einfach so in den Wagen geworfen hat und dann lange genug weggegangen ist, bis wir die Dokumente gefunden hatten. Wie unvorsichtig von Jack. So wie mit dem Panamahut an der Tür gestern.«

Sie starrten dem Wagen nach. Ohne sich umzudrehen, winkte Red Jack O'Keefe noch einmal fröhlich und bog dann auf die Hauptstraße ab. Sie sahen sich wieder an. Sie zuckten die Achseln, und dann fingen sie an zu lachen.

65

JANUAR

Es war Winter in Santa Barbara, und ein kalter Sturm fegte über das Meer und den Strand und trommelte auf das Dach. Die beiden Cousinen – Sarah Walker und Liz Sansborough – standen Schulter an Schulter in Sarahs Bungalow und starrten in den Flurspiegel.

Sie sahen einander an.

Das Paar im Spiegel.

»Es ist unheimlich«, sagte Sarah. »Wir sind unheimlich.«

»Beinahe so, als ob ich zwei Menschen wäre«, meinte Liz.

Sie kehrten zu ihrem Oolong-Tee an den Couchtisch zurück. Sarah goß ein. »Als dein Vater mich für dich gehalten hat, hat er Milch und Zucker hineingetan. Ist das richtig so?«

Liz nickte und lehnte sich entspannt zurück. Sie trug graue Wollhosen und einen blauen Rollkragenpullover. Ihr dickes, rotbraunes Haar fiel ihr über die Schultern und leuchtete golden im Lampenlicht. Sarahs Haar hatte wieder die gleiche Farbe und umgab ihr Gesicht mit den hohen Backenknochen wie ein glänzender Helm.

»Vermißt du dein altes Gesicht?« fragte Liz.

»Manchmal. Aber meine Bereitschaft für eine solche Veränderung muß wohl dagewesen sein, sonst hätte ich dieser Operation nie zugestimmt.« Sarah gab Liz ihre Tasse. »Ich habe daran gedacht, vielleicht ein paar Korrekturen vornehmen zu lassen, damit ich nicht mehr ganz so aussehe wie du. Aber wenn ich ehrlich bin ... gefällt es mir so, wie es ist. Ich weiß noch nicht genau, warum und wieso.«

Liz lächelte. »Ich dachte, du hättest die Nase voll davon, so auszusehen wie ich, nach all dem Ärger, den dir das gebracht hat.« Sie nahm einen Schluck von ihrem Tee und sah Sarah aufmerksam an. »Vermißt du den Abstecher in unser Geschäft?«

Sarah schüttelte den Kopf. Auch sie war bequem gekleidet und trug Sweatshirt, Hose und Hausschuhe. Im Kamin brannte ein Feuer aus aromatischem Eichenholz. Es gab immer noch einen Teil in ihr, der mißtrauisch war, der das Gefühl nicht loswerden wollte, daß die ganze Sache noch nicht vorbei war, aber sie hatte versucht, sich davon zu lösen und ihr Leben wieder in die Hand zu nehmen. »Ich habe mich jetzt dem Enthüllungsjournalismus verschrieben. Im Augenblick arbeite ich an einem Artikel über das Diablo Cañon-Atomkraftwerk nördlich von hier. Man hat es mitten in ein erdbebengefährdetes Gebiet gebaut. Die geologische Verwerfungslinie liegt genau unter dem Kraftwerk. Ist das nicht unglaublich?« Sie nahm einen Schluck Tee. »Und was ist mit dir?«

»Die Bürohengste sind fertig mit mir. Ich habe ihnen alles gesagt, was ich weiß. Jetzt arbeite ich wieder für Langley. Aber wegen meiner Eltern werde ich als riskant eingestuft, deswegen kriege ich nur kleine Aufträge. Ich glaube, ich werde trotzdem zufrieden sein. Eine Weile lang habe ich daran gedacht, auszusteigen. Auf ein paar Berge zu klettern. Tiefseetauchen anzufangen oder Segelfliegen. Vielleicht doch noch einen Universitätsabschluß zu machen.« Sie zuckte die Achseln.

Während ein frischer Regenschauer gegen die Scheiben trommelte, beobachtete Sarah den Konflikt im Gesicht ihrer Cousine. Liz wollte nicht mehr länger die sein, die sie war.

Sarah sagte: »Ich kann verstehen, warum du es vermißt. Es macht irgendwie süchtig. Aber du kommst schnell darauf, daß du Kompromisse eingehen mußt, wenn du einigermaßen intakt wieder herauskommen willst. Ich werde nie aufhören, mir Gedanken darüber zu machen, ob es nicht einen anderen Weg gegeben hätte, als all die Menschen zu töten, die ich getötet habe. Aber ich glaube, daß ich das Richtige getan habe, und ich werde lernen müssen, damit zu leben.«

»Das liegt daran, weil du in der Parade mitmarschierst. Mutter sagt: ›Einige marschieren in der Parade des Lebens mit, andere stehen am Rand und sehen zu, und einige wissen noch nicht einmal, daß sie überhaupt stattfindet.‹« Liz sah auf ihre Tasse. Ihre Stimme war leise und traurig, als sie gestand: »Papa hat sich umbringen lassen, Sarah.« Sie hob den Kopf und sah sie aus ihren dunkelbraunen Augen an. »Er hätte einen solchen Fehler niemals begangen, so lange vor der Garage zu bleiben, bis dieses Paar auf euch schießen konnte. Er hätte so schnell wie möglich da verschwinden sollen. Er hat sehr selten Fehler gemacht, und niemals so grundlegende und dumme wie diesen. Ich bin sicher, es war deswegen, weil er sich nie stellen wollte. Für ihn war der Tod besser als der Ruhestand.«

Sarah nickte. Sie hatte nie darüber nachgedacht, warum er vor der Garage angehalten hatte, aber Liz hatte recht. Es war ein Fehler gewesen. Aber es war noch etwas kurz danach gewesen … Und dann fiel es ihr wieder ein. Sie erinnerte sich an den Clown – oder war das eine Täuschung gewesen? Hatte sie in der Aufregung die Realität und die Bilder auf Quills Kaminsims durcheinandergeworfen?

Liz lächelte schwach und fuhr fort: »Mutter dagegen ist ganz in ihrem Element. Jetzt, wo der Präsident eingelenkt hat, werden sie sie mindestens noch ein Jahr verhören und ausfragen. Sie hat das Gefühl, etwas wiedergutmachen zu können, einen Beitrag zu leisten, und das hat letzten Endes auch den Präsidenten überzeugt. Ich wünschte, ich könnte sie mit Arlene Debo zusammen sehen.« Sie lachte trocken. »Sie mögen sich nicht, aber sie verstehen sich trotzdem. Das ist sicher eine explosive Mischung.«

Sarah und Liz sprachen über die geheimen Hearings, die die Sicherheitskomitees des Weißen Hauses und des Senats abgehalten hatten. Darin war es um MASKERADE, MK-ULTRA, Sterling-O'Keefe und GRANDEUR gegangen. Sie hatten beide ausgesagt.

»Ich würde gern ein Buch über den Carnivore schreiben«, sagte Sarah, »vielleicht mit Leslee Pousho zusammen. Wir haben darüber gesprochen, als ich sie im Krankenhaus besucht habe. Ihr Gesicht ist fast wiederhergestellt. Wo wir gerade über Mut reden –« Sie schwieg und dachte über Leslee nach und wie sie gelitten haben mußte. »Das Problem ist, daß die Regierung die Dokumente erst in zwanzig Jahren freigibt. Ich müßte mir die Informationen also aus anderen Quellen besorgen.«

»Ich würde dir gerne helfen, aber ich weiß nur das, was ich Languedoc überbracht habe. Papa hat mir nichts erzählt. Mutter auch nicht, und jetzt wird sie nichts sagen, weil sie ein Abkommen mit der U.S.-Regierung hat, daß sie alles exklusiv kriegen.«

Sarah goß Tee nach. »Es war schon ein Schock, als mir klar wurde, daß ich die Nichte des Carnivore bin.« Sie gab Liz die Tasse und sah ihr in die dunklen Augen, die ihr so vertraut schienen. »Wie war es, ihre Tochter zu sein?«

Liz hielt die Tasse genauso ruhig in der Hand wie ihr Vater damals in dem armseligen Versteck in Paris. »Als ich klein war, war Papa immer viel auf Geschäftsreisen. Mehr wußte ich nicht. Später begleitete Mutter ihn, und schließlich fuhr sie auch allein. Später habe ich erfahren, daß er sie in der Zeit ausgebildet hat. Ich bin dann bei meinen Großeltern gewesen.«

Liz nickte mit dem Kopf. »Es schien alles ganz normal. Sie waren gute Eltern, und wir haben schöne Zeiten miteinander verlebt. Aber ich kannte eben nur einen Teil von ihnen. Ich hatte immer das Gefühl, daß es da ein riesiges Geheimnis gab, aber ich wußte nicht, was es sein könnte. Vielleicht hatte ich deswegen die vielen Alpträume, als ich klein war. Ich habe so laut geschrien, daß ich wach geworden bin. Ich hatte diese Alpträume bis vor drei Jahren, als ich Vater in Lissabon gesehen habe. Plötzlich ergab alles einen Sinn. Das war das große Geheimnis: Meine Eltern waren Auftragskiller. Ich war wie betäubt. Entsetzt.«

»Hast du ihnen zugeredet, daß sie aufhören sollten?«

»Ich habe sie überredet, eine Pause zu machen. Und dann haben wir viel gestritten. Streiten ist verdammt viel besser als Schweigen. Von Anfang an hat Mutter klar gemacht, daß sie die Arbeit weder gemocht noch gebraucht hat. Tatsächlich hatte Papa sie mit einem Trick dazu gebracht: Es sei für England. Da sie aus einer Offiziersfamilie stammte, kannte sie ihre

Pflicht. Als sie endlich herausgefunden hatte, daß er weder beim MI5 noch beim MI6 war, steckte sie bereits zu tief mit drin, um auszusteigen.« Liz sah auf den Boden. »Ich glaube, am Ende hat sie die Arbeit dann doch auch gemocht. Die Gefahr, die intellektuelle Herausforderung, die Spannung.«

»Außerdem bin ich mir sicher, daß sie dich auch beschützt hat, Liz.«

»Ja. Keiner von beiden wollte, daß ich es erfahre. Aber als ich mich ihnen angeschlossen habe, war Mutter klar, was das für uns alle für Folgen haben würde, und da wollte sie unbedingt aufhören. Papa wollte weiterarbeiten. Er war angeschlagen, Sarah. Irgend etwas in ihm war zerbrochen. Ich glaube, er hat letzten Endes nur eingewilligt, weil er uns nicht verlieren wollte. Er hat immer gesagt, ich sei sein schwacher Punkt. Und ich habe ihn geliebt, bis ich ihn in der Nacht in Lissabon gesehen habe, als er den Boten getötet hat. Seine Augen waren so kalt, so krank. Der Bote war noch ein halber Junge –« Sie senkte den Kopf. »Danach habe ich Papa gehaßt.«

Sie sprachen noch fast bis Mitternacht. Schließlich meinte Liz, daß sie gehen müsse. Sie würde nach Süden zum Los Angeles International Airport fahren und dort den Nachtflug nach Washington nehmen. Sie ging mit den Bewegungen einer geschmeidigen Raubkatze durchs Zimmer.

Sie zog einen Trenchcoat an, band den Gürtel zu und ging nervös zur Tür. Sie küßten sich zum Abschied auf die Wange.

»Wann werde ich dich wiedersehen?«

»Wer weiß?« Liz neigte den Kopf und verzog den Mund. »Du weißt ja, daß in Langley überlegt wird, dich einzustellen. Bist du interessiert?«

Sarah fühlte plötzliche Panik hochsteigen, dann

Neugier. Was würde das bedeuten? Sie schüttelte entschieden den Kopf. »Meine Mutter hat auch ein Sprichwort: ›Kämpfe nie mit einem Schwein. Ihr werdet beide schmutzig dabei, aber das Schwein findet es herrlich.‹« Sie lächelte. »Jetzt kämpfe ich für Ziele, die ich mir selbst aussuche. Da macht mir der Schmutz nur halb so viel aus. Halt die Augen offen, falls dir etwas begegnet, worüber ich schreiben könnte.«

»Wird gemacht. Oh, und noch was. Wenn du Asher siehst, erinnere ihn daran: Er soll vergessen, daß er mich kennt.« Sie winkte noch einmal fröhlich und lief dann leichtfüßig durch den Regen zu ihrem Auto.

Sarah und Asher lebten zusammen in dem Bungalow am Strand, seit sie aus Langleys Krankenhaus entlassen waren. Jetzt, da er im Einsatz war, traf sie sich mit Redakteuren, recherchierte, führte Interviews und schrieb. Ihre enthüllenden Artikel erschienen in auflagenstarken Zeitschriften im ganzen Land.

Sie ging jeden Tag unter dem bleiernen Winterhimmel am Strand spazieren. Die Wellen wälzten sich krachend herein und wirbelten den Sand auf. Möwen versammelten sich in großen Schwärmen und richteten die Schnäbel in den Wind. So hatte die Natur ihnen beigebracht, sich auf einen Sturm vorzubereiten.

Eines Tages kam sie von ihrem Spaziergang zurück und sah Licht im Schlafzimmer. Asher war zurück! Sie stürmte die Treppe hinauf, riß die Tür auf und warf sich in seine Arme.

»Brr, was bist du kalt.« Er küßte ihre Wangen, ihren Hals, ihren Mund. »Mein Gott, ist das gut, dich zu sehen –«

»Hast du eine Adresse von Jack O'Keefe?«

»Natürlich, aber was willst du denn damit?«

»Das erzähle ich dir später.« Sie lächelte geheimnisvoll und küßte ihn leidenschaftlich. »Wie lange kannst du bleiben?«

»Einen Monat. Und diesmal wirst du mich verdammt noch mal heiraten.«

Sie dachte an Liz und wie groß die Distanz zwischen zwei identisch aussehenden Frauen, die durch Verwandtschaft und Schicksal miteinander verbunden waren, sein konnte.

»Ich möchte vielleicht Kinder haben«, warnte sie.

»Das ist gut, das möchte ich nämlich vielleicht auch.«

Sie rissen sich gegenseitig die Kleider vom Leib, keuchten, lachten und flüsterten sich geheime, zärtliche Worte ins Ohr. Sie konnte nicht genug bekommen von seinem wilden, schwarzen Haar, seinen schneeweißen Zähnen und seinen glühenden Augen. Als sie beide nackt waren, drehte er sie herum, so daß sie ihm den Rücken zukehrte, und drückte sie fest an sich. Ihr Verlangen war jetzt wieder so stark, daß es weh tat. Er vergrub sein Gesicht in ihrem Haar, und sie spürte seinen warmen Atem auf ihrem Hals. Sie atmete tief ein, lehnte sich gegen ihn und nahm die heilende Kraft der Liebe in sich auf.

Ende Januar schrieb sie den Brief und wartete.

Er ging zuerst an ein Postfach in London, wurde von dort aus nach Amsterdam weitergeschickt und gelangte schließlich zu Jack O'Keefe auf Mallorca. Der schickte ihn weiter nach Madrid, von dort fand er seinen Weg nach Algier und wurde dann noch ein letztes Mal auf die Reise geschickt: nach Palermo, Sizilien. Alles in allem war er sechs Wochen unterwegs.

Don Alessandro Firenze erhielt den Brief in seiner Villa, die in der Nähe des wunderschönen Badeortes Cefalu auf halber Strecke zwischen Palermo und Messina lag. Cefalu war ein kleiner Ort mit ungefähr zwölftausend Einwohnern und seit etwa vierzig Jahren sein gelegentlicher Wohnsitz. Es war der Familiensitz der Firenzes und Bosas. Da er längst nicht mehr der junge Unruhestifter war, der als Teenager das Erbe seiner Vorväter angenommen und die Nächte in Bordellen und die Tage in Bars verbracht hatte, widmete sich Don Alessandro der Bildung, die er in seiner Jugend vernachlässigt hatte. Er hatte sich über die Jahre eine kostbare Bibliothek zugelegt, die er jetzt systematisch durcharbeitete. Hin und wieder nahm er noch einmal einen Auftrag an, um das Feuer zu löschen, das ihn sonst außer Kontrolle geraten lassen und ihn gefährlich ruhelos machen würde.

Neben seinen Büchern genoß der Don Cefalus herrliche, weiße Sandstrände, die felsigen kleinen Buchten und den Anblick der steilen Berge, die hinter dem kleinen Fischerdorf in den Himmel ragten. Er liebte die frischen Trauben und Oliven und den einfachen Lebensstil. Die Sizilianer waren zum größten Teil auch heute noch einfache Bauern. In den zweitausend Jahren, die sie dem rauhen, trockenen Klima unbeirrbar ihre Ernte abtrotzten, hatten sie gelernt, sich nicht in die Angelegenheiten anderer einzumischen. Daher war Cefalu – und Sizilien – für ihn in jeder Hinsicht ausgezeichnet geeignet.

Der Don sah sich zuerst die Unterschrift des Briefes an. Plötzlich schnürte es ihm die Kehle zu. Es war ihre Handschrift: ›Liz.‹ Er sah sich um. Nur der Winterwind rauschte sanft durch die Olivenbäume, die auf den Hängen seines riesigen, am Berg gelegenen Grundstücks wuchsen.

Io leggo subito. Er setzte sich mit dem Brief in seinen Sessel unter einer Korkeiche in seinem großen Garten und begann zu lesen –

Lieber Papa,

ich dachte, du würdest vielleicht wissen wollen, daß Langley mir kleinere Aufträge gibt. Ich nehme an, daß ich mich über kurz oder lang dabei langweilen werde und mir wohl überlegen muß, was ich mit meinem Leben anfange. Ich erzähle dir das, weil du wahrscheinlich nichts von Mutter gehört hast, und das wirst du wohl auch ein weiteres Jahr nicht. So lange wollen sie sie in Langley behalten und sie verhören …

Er winkte sein Dienstmädchen herbei. »*Signorina, per favore.*« Es war kühl an diesem Wintertag, und er wollte seinen heißen Tee mit Milch. Außerdem bat er sie, ihm sein Radio zu bringen. Er schob den einfachen Holzsessel und den kleinen Tisch etwas weiter in die Sonne und hielt den Umschlag hoch, um ihn im hellen Licht genauer anzusehen. Er hielt auch den Brief ins Licht und prüfte ihn eingehend.

In der Ferne bemerkte er plötzlich drei Geier, die tiefer und tiefer kreisten. Da mußte irgendwo Aas liegen. Auch das gefiel ihm an Sizilien: Es gab wenig wilde Tiere bis auf unterschiedliche Arten von Geiern. Geier waren elegante Vögel, groß, geduldig, und sie erwiesen der Natur einen nützlichen Dienst, in dem sie diese von verfaulendem Fleisch und Maden befreiten.

Der Tee und das Radio wurden ihm auf einem Tablett gebracht. Er sagte dem Dienstmädchen, daß sie und das andere Personal sich den Rest des Tages freinehmen könnten. Sie verbeugte sich mehrmals, bevor sie zur Villa zurückging. Er tat Milch und

Zucker in seinen Tee und schließlich noch etwas anderes. Er drückte auf mehrere Knöpfe an seinem Radio und begann wieder zu lesen.

... Du wirst dich wahrscheinlich fragen, woher ich weiß, daß du lebst, Papa. Ich habe Sarah vor kurzem getroffen. Sie hat mir erzählt, daß sie, als ihr in dem MG geflohen seid, Mutter in ihrem Clownskostüm gesehen hat. Ich weiß jetzt, daß Mutter dort war, weil das Treffen für den Abend geplant war und sie dir wieder geholfen hat, deinen Tod vorzutäuschen. Später hat Jack O'Keefe Sarah dann gesagt, daß es wohl wieder einer deiner Tricks gewesen sei und du gar nicht gestorben bist. Ich nehme an, daß er diese kleine Unachtsamkeit bereut ...

Der Don nahm einen großen Schluck von dem heißen Tee – Assam, seine Lieblingssorte. Er sah den Hang hinunter bis zum Meer. Er stand auf und schlug sich mit den Händen auf die Brust, um sich aufzuwärmen. Sie würden bald hier sein.

Und als er das dachte, sah er auch schon die Schatten zwischen den Bäumen hin und herhuschen. Sie waren sehr geschickt, aber er sah sie trotzdem. Er konnte sie sogar riechen wie ein Geier seine Beute. Wie ein Hund, der auch nach Jahren noch den Knochen riecht, den er vergraben hat. Er spürte einen Druck in seinem Herzen und dann den plötzlichen Adrenalinschub, der das Leben lebenswert machte.

Er las weiter.

... Wieder hast du mich angelogen. Du hast gesagt, daß du dich auch stellen willst, aber das stimmte nicht. Ich möchte dich sehen. Komm zu uns, Papa.

Die Unterschrift lautete: ›In Liebe, Liz.‹

Hal Sansborough hob den Kopf und bellte: »Sarah!«

Der Name hallte über die trockene, sizilianische Landschaft.

Der durchtriebene Attentäter des Kalten Krieges drehte sich um und beschattete die Augen mit dem Brief, den Sarah gefälscht hatte. »Ich weiß, daß du da bist! Zeig dich gefälligst!«

Er stand allein, arrogant und selbstsicher auf dem Hügel. Neben ihm sein Sessel und der kleine Tisch, hinter ihm die elegante, rosafarbene Villa und der Olivenhain.

Als Sarah und Asher hinter den Bäumen hervortraten und auf ihn zukamen, erschütterte die erste Explosion den Boden wie ein Erdbeben. Hinter der Villa stieg eine graubraune Wolke empor.

»Was zum Teufel war das?« sagte Asher.

Über ihnen tauchte ein Helikopter auf. Sie liefen auf Hal Sansborough zu. Männer und Frauen in Tarnanzügen kamen auf einmal von allen Seiten hinter den Bäumen hervor und liefen auf den Killer zu. Diesmal würden sie ihn erwischen.

»Es ist vorbei, Hal«, sagte Sarah. »Diesmal hilft kein falsches Blut, kein Gerät, das Herzschlag und Puls so reduziert, daß man ihn nicht mehr fühlen kann. Keine Tricks mehr. Diesmal wird der Carnivore sich stellen. Es ist vorbei.«

Der Killer lächelte. »Kommt der Villa nicht zu nahe, wenn ihr nicht mit mir auf die Reise gehen wollt.« Und Sarah sah in seinen Augen, was Liz beschrieben hatte. Es war, als ob sie in einen finsteren, kalten Brunnen des Bösen sehen würde.

Zwei weitere Explosionen krachten auf beiden Seiten der Villa.

»Die Villa versinkt!« rief Asher.

»Unter uns liegt ein altes System unterirdischer Höhlen.« Hal Sansborough trank seinen Tee aus. »Weiß Liz, daß ihr hier seid?«

»Nein«, sagte Sarah und fühlte sich alles andere als wohl auf der bebenden Erde. »Wir haben ihre Unterschrift mit dem Computerscanner gefälscht.«

»Ist da eine Art Sender in der Druckertinte gewesen?«

»Langleys neuestes Spielzeug«, gab Asher zu.

Hal Sansborough hob den Kopf und sah versonnen zum Meer hinunter. »Die Explosionen sind automatisch gesteuert. Ich habe den Prozeß mit meinem Radio in Gang gesetzt. Ich kann ihn jetzt nicht mehr aufhalten.« Er würdigte die versinkende Villa hinter ihm und die argwöhnischen Truppen, deren Kreis sich langsam schloß, nicht eines Blickes. »Die Welt hat sich zu sehr verändert. Heute geht es nur noch um Technik. Regierungen sind überflüssig.«

Und dann gingen die nächsten zwei Sprengladungen los, diesmal auf beiden Seiten von Sarah und Asher. Die Druckwelle warf sie zu Boden. Der Carnivore fiel auf die Knie. Auch die anderen fielen hin, kämpften sich wieder hoch und schrien. Der Helikopter kam jetzt näher und wirbelte einen Tornado trockener sizilianischer Erde auf.

»Onkel Hal!« Sarah kroch zu ihm.

Aber zwischen ihnen stürzte der Boden plötzlich einen halben Meter tief ein.

»Verschwindet endlich!« rief er. »Ich kann nicht so leben wie ihr!«

Asher packte sie um die Taille. Ein tiefer Spalt riß direkt vor ihr auf. Hal Sansborough zog sich auf seinen Sessel. Sein Blick war klar. Sein kurzes graues Haar glänzte im Sonnenlicht.

»Hal, du Mistkerl!« rief Sarah. »Du hast verloren!«

Er lachte, als hätte er den besten Witz seines Lebens gehört, und schloß die Augen. Seine Lippen formten die Worte: »Nein, ich habe gewonnen!«

Bäume stürzten um. Hinter ihm verschwand die Villa jetzt vollständig in einer riesigen Staubwolke, die den Hang hinunterkam. Sarah und Asher sprangen auf und rannten über gähnende Erdspalten und abrutschende Felsblöcke. Sarah schaute gerade noch rechtzeitig über ihre Schulter, um Hal Sansborough, der bewegungslos in seinem Sessel saß, mit erschreckender Plötzlichkeit in der Erde versinken zu sehen.

Sarah und Asher liefen weiter, bis sie eine Anhöhe erreicht hatten. Dort blieben sie stehen und sahen sich um. Wo die Villa des Carnivore gestanden hatte, war jetzt nur noch ein einziger, riesiger Krater. Eine Staubwolke hing darüber und glitzerte in der Sonne. Ehrfürchtig und traurig betrachtete Sarah das Spektakel. Der erste Teil ihres Plans hatte funktioniert: Sie hatte richtig vermutet, daß Red Jack O'Keefe weiterhin Kontakt mit dem noch immer aktiven Hal Sansborough gehalten hatte, aber sie konnte sich nicht sicher sein, bis er den gefälschten Brief erhalten und über Umwege zu Hal in seine letzte Zuflucht geschickt hatte.

Aber – verdammt! – sie hatte *ihn* gewollt, nicht seinen Tod.

»Hast du gesehen, was er sich in den Tee getan hat?« fragte Asher mit sanftem Gesicht.

»Wahrscheinlich irgendein Gift.«

»Das nehme ich auch an. Aber wenn sie ihn bei den Aufräumarbeiten nicht finden, werden wir es nie wissen. Auch nicht, ob er wirklich tot ist.«

Sarahs Blick schweifte über die karge, vom Wind

zerzauste Landschaft. »So hat er es wahrscheinlich gewollt.«

Asher nahm ihre Hand, und sie wandten sich ab. Sie sahen in den blauen Himmel hinauf. Kraft durchströmte sie, und Hoffnung. Auch wenn sie noch immer nicht alles vollständig hatte lösen können, wußte sie jetzt, daß es etwas viel Wichtigeres gab – Asher und das Leben.

ENDE

Band 13 890

Dean Koontz

Geisterbahn

Deutsche Erstveröffentlichung

Als junges Mädchen entfloh sie der Langeweile ihres Elternhauses – geradewegs in die Arme eines Mannes, der eine Geisterbahn unterhält. Erst nach der Heirat merkt Ellen Harper, daß sie diesen Mann nicht liebt. Und so tritt sie erneut die Flucht an.

Conrad Straker wird ihr das nie verzeihen. Während er mit seiner Kirmes-Geisterbahn von Ort zu Ort zieht, sinnt er auf Rache. Aber er will warten, bis Ellen eine neue Familie gegründet hat ... und Kinder hat, die sie mehr liebt als sich selbst.

BASTEI LÜBBE

Sie erhalten diesen Band im Buchhandel, bei Ihrem Zeitschriftenhändler sowie im Bahnhofsbuchhandel.